Anita Konstandin

Morgen früh, wenn Gott will

Anita Konstandin

Morgen früh, wenn Gott will

Ein Baden-Württemberg-Thriller

Silberburg-Verlag

Anita Konstandin, 1956 in Bad Cannstatt geboren, arbeitete als angestellte, später als freiberufliche Werbetexterin. Schreiben ist ihre Leidenschaft, und so verfasste sie Kurzgeschichten für Literaturwettbewerbe und Krimi-Anthologien. Dies war der Auftakt zu ihrem Roman »Morgen früh, wenn Gott will«. Privat engagiert sich die Autorin in der Hausaufgabenhilfe für Migrantenkinder, in ihrem Sportverein und im Tierschutz.
Mehr über die Autorin unter www.anita-konstandin.de

1. Auflage 2016

Umschlaggestaltung: Christoph Wöhler, Tübingen.
Coverfoto: © nexusseven – Fotolia.com.
Druck: CPI books, Leck.
Printed in Germany.

ISBN 978-3-8425-1479-9

Besuchen Sie uns im Internet
und entdecken Sie die Vielfalt unseres Verlagsprogramms:
www.silberburg.de

… und Gott wird abwischen alle Tränen von ihren Augen
und der Tod wird nicht mehr sein,
noch Leid, noch Geschrei, noch Schmerz.
Offenbarung 21,4

I

Alles, was er für die Puppe brauchte, kaufte Mark Bohn in dem Bastelgeschäft in der Badstraße: feinmaschiges Puppentrikot in Hautfarbe, Füllwatte zum Ausstopfen der Körperteile, reißfestes Leinengarn zum Abbinden des Kopfes und stabiles Nähgarn, um Arme und Beine fest an den Rumpf anzunähen. Außerdem eine zwölf Zentimeter lange Puppennadel zum Einziehen der Fäden sowie eine Puppenperücke und ein Paar Glasaugen.

Es war heiß in dem dunklen, bis unter die Decke mit Schachteln vollgestopften Laden. Ein Ventilator schob eiernd seine Propeller durch die abgestandene Luft, er knatterte über der Theke, hinter der die Verkäuferin hervorsprang, um Bohn zu bedienen. Der Schweiß stand ihr im Gesicht und in den kurzen, grauen Locken. Sie ging ihm gerade mal bis zur Brust.

Bei jedem Artikel, den er verlangte, machte sie einen Satz und fegte wie ein dressiertes Hündchen zum Karton, aus dem sie das Gewünschte für ihn herausfischte.

Die Glasaugen präsentierte sie ihm in einem Schälchen, und er war mächtig davon angetan. Er nahm ein braunes heraus und ließ es in seinem Handteller herumkullern. Es sah echt aus. Nicht so künstlich wie die blauen. Der sanfte Braunton war einwandfrei, aber es half alles nichts, er brauchte blaue.

»Ich nehm zwei blaue«, sagte er.

Die Verkäuferin steckte sie in ein Papiertütchen, dann schnitt sie ein Gesicht, vielleicht fiel ihr gerade etwas Tolles ein. Ihre Hand flatterte wie ein Hühnerflügel, als sie Bohn zu sich herabwinkte. Sie flüsterte ihm etwas von einem Quietschapparat ins Ohr und tat so, als würde sie ihm ein großartiges Geheimnis verraten oder irgendwas Peinliches.

»Den stecken Sie in die Füllwatte«, wisperte sie, »mitten ins Bäuchlein.« Sie hielt beide Hände hoch wie zu einer Blüte und sagte, das sei jetzt die Watte. Und dann zeigte sie ihm, wie zwei rotierende Daumen das imaginäre Füllmaterial aushöhlten, um für einen Quietscher Platz zu schaffen. »Der quietscht dann immer, wenn die Puppe bewegt wird«, sagte sie.

Das war in Ordnung, denn die Puppe würde garantiert bewegt werden.

Die Verkäuferin lächelte ihn an und packte alles zusammen. Dabei berührte sie ihn mit der Schulter, was ihn nicht im Geringsten störte. Er blieb einfach so stehen. Ältere Menschen suchten seine Nähe, das war immer so gewesen. Vielleicht wünschten sie sich einen Enkelsohn wie ihn. So einen großen Jungen mit braunen Haaren und einem Engelsgesicht.

Mark Bohn verließ den Laden. Es war ein Freitagmittag im August und der Asphalt flimmerte vor Hitze. Ein paar Tauben flüchteten auf krüppeligen rosa Füßen vor ihm her. Er verlangsamte seinen Schritt, um sie nicht unnötig zu jagen in dieser Affenhitze. Früher, wenn er mit Petra unterwegs gewesen war, hatte er manchmal die schwächste eingefangen und sie sich zwischen die Beine geklemmt.

Eine Hitzewelle war übers Land geschwappt und in Stuttgart war sie in den Kessel gefallen. Auf Frischluft aus den Wäldern ringsum brauchte man nicht groß zu warten, die blieb an den dicht bebauten Halbhöhen hängen. Das bisschen Waldluft, das es doch noch ins Tal hinunter schaffte, wurde von den Abgasen der Autostadt aufgesogen. Stuttgart war die Wiege des Automobils, die Heimat von Porsche und Mercedes, und Bohn scherte sich sowieso einen Dreck um Feinstaub und Stickoxide.

Er überquerte die Badstraße und die in der Sonne gleißenden Schienen der Stadtbahn. In einer Nebenstraße hatte er seinen dunkelroten Peugeot geparkt. Er riss alle Türen auf, um die Hitze rauszulassen. Dann ließ er sich auf den brandheißen Ledersitz fallen und fuhr los.

Die gefangenen Tauben machten nie groß einen Mucks. Er beugte sich dann immer herunter und wühlte ihre Beinchen hervor. Und Petra sah zu. Der Federkörper pumpte, das war Todesangst, schon klar. Dann besahen sie sich das Elend.

Bohn lenkte den Wagen auf die dicht befahrene Pragstraße und drehte die Boxen auf. Wummernde Bässe und kreischender Sprechgesang umfingen ihn. Er rammte die Gänge ins Getriebe und zog den Peugeot auf die linke Spur, wo er alle überholte, bis nichts mehr ging. Stop-and-go. Er zündete sich eine Zigarette an, ließ den Arm aus dem Fenster baumeln und trat aufs Gas. Scherte nach rechts aus und peitschte über den Gehweg den Berg hinauf. Jemand zeigte ihm einen Vogel. Eine Cabrio-Fahrerin hupte, der Fahrer eines Kleintransporters hob den Mittelfinger. Bohn lachte. Und schlängelte sich über den Verkehrsknotenpunkt Pragsattel, wo aus allen Richtungen der Schwerverkehr herandonnerte. Hinter diesem wenig idyllischen Höhenzug lag der Stadtbezirk Feuerbach mit dreißigtausend Einwohnern, Industrie und Geschäften, Weinbergen und Wald. Dort wohnte Bohn und dorthin zog es ihn mit Macht.

Gegen zwei Uhr bog er in die steil ansteigende Wolfsberger Straße ein. Seine Vermieterin, Frau Holzschuh, bezeichnete sie gern als Allee, worüber er nur lachen konnte. Die zwölf Stadtbirnbäume waren so kümmerlich, dass sie kaum Schatten warfen. Außerdem verpassten ihnen die Anwohner beim Parken regelmäßig tiefe Kratzer; aus manchen Stämmchen ragten Späne wie Knochen aus einer Fraktur. Allee!

Bohn wohnte in dem grauen Altbau oberhalb der neuen Reihenhausanlage. Auf vier Ebenen klebten je drei kleine Häuser aneinander: strahlend weiß mit blauen und grünen, sauber lackierten Eingangstüren. Das Ganze sah aus wie Bohn sich eine skandinavische Ferienkolonie vorstellte, schon wegen der Nester aus weißen, gänseeigroßen Kieselsteinen neben den Türen. Als hätten Kinder die Steine an einem Strand aufgelesen und dort abgelegt.

Es waren fast immer menschliche Haare, vermischt mit Kaugummi oder verlutschten Bonbons, die irgendein

Grenzdebiler auf den Boden gespuckt hatte. Das Zeug verklebte die Zehen und schnürte sie zusammen. Bohn holte dann immer die spitze Nagelschere aus der Beintasche seiner Cargo und schnitt den Mist vorsichtig heraus. Und Petra strahlte ihn an. Dann ließen sie die Taube frei.

Er parkte den Wagen und sah zum Seitenfenster hinaus. Sein Mund war ausgetrocknet und sein Herz trommelte wie verrückt. Er hatte sie entdeckt. Julia stand hinten in ihrem Garten. Weißes T-Shirt und Jeans. Bohn stieg aus. Die Fahrertür fiel von allein zu. Die Einkaufstüte mit den Puppenutensilien ließ er im Wagen zurück. Er würde sie später holen.

Julia hatte ihn auch gesehen und hob die Hand. Ein größerer Gegenstand, der sie offensichtlich wütend machte, lag vor ihr im Gras.

Vor sechs Wochen war sie mit ihrer kleinen Tochter Merle in das Reihenendhaus eingezogen, das unterhalb seiner Wohnung lag. Nur ein unbebautes Grundstück, ein Streifen Niemandsland, trennte sie. Als Julia damals mit dem Möbelwagen den Berg hochgetuckert kam, hatte er vom Fenster aus zugesehen und gleich erkannt, dass sie was Besonderes war. Sie saß auf dem Beifahrersitz, schnippte Zigarettenasche aus dem Fenster und maulte den Fahrer an. Bohn konnte es an ihren Mundbewegungen ablesen und daran, wie der Typ aus der Wäsche guckte. Bohn hatte auf die Uhr gesehen und exakt fünfundvierzig Minuten gewartet. Dann schlenderte er hinüber und packte mit an. Zuerst schleppte er Kartons, mehr als die Jungs von der Spedition. Später dübelte er Regale an die Wände. Julia schwirrte mit Kaffee aus der Thermoskanne um ihn herum, und ihre Kleine, noch keine fünf Jahre alt, zeigte ihm wortlos ihre Puppen. Er nickte zu jeder, und sie dampfte dann los und brachte die nächste. Als sie keine mehr hatte, schleifte sie ihre Stofftiere an. Da hockte Bohn sich zu ihr auf den Boden und sie spielten zusammen. Am Abend bat Julia ihn, zum Essen zu bleiben. Sie saßen inmitten von Umzugskartons auf Holzklappstühlen und aßen Butterbrezeln aus der

Tüte und tranken Coca-Cola. An diesem Abend hatte Bohn ein sehr starkes Glücksgefühl empfunden.

Als er näher kam, erkannte er, dass es ein runder Lochblechtisch war, den sie umgekippt vor sich liegen hatte und an dem sie hektisch das letzte Tischbein eindrehte.

»Heute gekauft«, sagte sie bitter. »Die Bohrlöcher schiefer, als ich sie selbst gebohrt hätte.«

Der blonde Seitenpony fiel ihr in das schmale Gesicht und teilte es diagonal. Bohn konnte fast den Blick davon nicht lösen.

»Krasser Tisch«, sagte er anerkennend.

»Wiegt aber mehr als eine Tonne.« Sie beugte sich runter und griff unter die Kante, um ihn hochzuheben. Bohn kam ihr zuvor, hob ihn hoch und stellte ihn mal eben auf die Füße. Er merkte gleich, dass er wackelte.

Julia steckte sich eine Zigarette an und ließ sie lässig im Mundwinkel hängen, was nicht jeder Frau stand. Sie machte dann einen Schritt auf den Gartentisch zu und rüttelte daran. Dann sagte sie: »Er wackelt«, kniff die Augen zusammen und stemmte die Arme in die Seiten. Ihr weißes T-Shirt war vorne schmutzig. Unter dem rechten Ärmel blitzte ein Dornenband-Tatoo hervor. »Wenn ich eins nicht ausstehen kann«, murrte sie, »dann so was.« Sie stieß den Zeigefinger in Richtung Tisch. »Ich leg ein Buch drunter.«

Bohn ging mit der Zunge schnalzend um den Tisch herum. Es war ein Kinderspiel für ihn, aber er ließ sie ein bisschen zappeln, bevor er vorschlug, ein paar Lochscheiben einzulegen.

Am Nachmittag weihten sie den neuen Tisch ein. Er stand bombenfest auf der Terrasse, großflächig beschattet von einem kalkweißen Sonnensegel. Das hatte Bohn am letzten Samstag mal eben in zwei Stunden montiert.

»Das Segel ist genial.« Julia legte den Kopf in den Nacken und blickte versonnen nach oben. Bohn war inzwischen anderer Ansicht. Das Zeltdach hielt zwar die gleißende Sonne ab, was völlig in Ordnung war. Aber es nahm ihm die Sicht auf die kleine Familie, wenn er von seiner Wohnung aus in den Garten runtersah.

»Echt genial«, wiederholte sie und klemmte sich die Haare hinter die Ohren. Sie beugte sich vor, um das Bild zu begutachten, das Merle auf dem neuen Tisch malte. Sie lobte es und gab ihr Tipps. Dazu war sie mehr als berechtigt. Sie war erstens die Mutter, zweitens hatte sie Zeichnen studiert.

Was Bohn ein wenig Unbehagen bereitete, war der schwarze Lack auf ihren Zehennägeln; er blätterte an einigen Stellen ab. Außerdem trug sie kein Make-up, was sich nur wenige Frauen leisten konnten, und sie gehörte zufällig nicht dazu. Bohn steckte sich eine Zigarette an.

Kaum saß Julia in ihrem Gartenstuhl, fuhr sie wieder hoch. »Fast hätt ich's vergessen«, rief sie. »Ich hab uns Kuchen gekauft. Wer von euch zwei Hübschen hat Lust darauf?«

Bohn und das Kind sahen sich mit weit aufgerissenen Augen an, und dann riefen sie: »Ich, ich …«, als wollten sie gar nicht mehr damit aufhören.

Julia lief barfuß ins Haus, und als sie wieder erschien, hatte sie ein Tablett mit Kaffee und Saft gegen die Hüfte gestemmt. Den Kuchen hatte sie vergessen. Sie stellte das Tablett auf den Tisch, schnappte ihr Handy und ging in die Wohnung zurück. Bohn, der Gast, blieb auf der Terrasse sitzen und rauchte, während Merle mit einem Rotstift kleine Punkte auf das Papier tüpfelte.

»Was ist das?«, fragte er amüsiert.

»Heulerei«, sagte sie.

»Sind das rote Tränen, oder was?«

»Ja«, sagte sie. »Von den Waldameisen.«

»Die heulen rot?«

»Meistens heulen die gar nich.« Sie kicherte. »Aber wenn sie traurig sind, dann weinen sie rot, weil sie sind ja rot.« Sie nahm einen grünen Stift und strichelte eine Linie Gras unter die roten Punkte, wobei sie die Lippen übereinanderschob. Bohn verspürte große Lust, die Kleine in den Arm zu nehmen.

Aus dem Wohnzimmer hörte er ihre Mutter am Handy lachen. Er drückte seine Zigarette aus, sah auf die Armbanduhr und nahm die Zeit. Nach drei Minuten kam sie heraus, die Kuchenplatte auf dem Handteller balancierend.

Sie blickte der Kleinen über die Schulter. »Du bist eine richtige Künstlerin!«, rief sie. »Ja wirklich, schau nicht so.« Sie stellte den Kuchen ab. »Das ist ein tolles Gemälde, gib mal her.«

Aber Merle wollte es nicht hergeben, es sei noch nicht fertig, sagte sie, es fehlten noch Menschen. Sie überlegte. Eine Mutter wollte sie noch dazu malen und einen Vater.

Julias Handy klingelte schon wieder. Sie lächelte das Display an und ging mit dem Telefon auf den kleinen Rasen, wo sie den Kübel mit dem Lavendel viermal umkreiste.

Bohn überlegte, mit wem sie wohl sprach. Wahrscheinlich mit einer Kollegin. Natürlich tauschte sie sich über die Arbeit aus. Sie war ja froh, dass sie eine gefunden hatte. Julia arbeitete vormittags in einem Verlag, wo sie Werbeprospekte entwarf. Nachts arbeitete sie zu Hause an ihrem Kinderbuch. Exakt drei Wochen und zwei Tage nach ihrem Einzug hatte sie ihm bei einer Flasche Weißwein die Heldin Gloria Vergissmeinnicht vorgestellt. Sie hatte Skizzen von einem Mädchen, das Merle ziemlich ähnlich sah, auf den Tisch gelegt. »Das issi«, sagte sie.

Bohn beglückwünschte sie zu ihrem Talent und redete eine Menge. Vor allem auch über ihren Arbeitsplatz, den sie sich unten im Wohnzimmer eingerichtet hatte, und der sich seiner Ansicht nach an der falschen Stelle befand. Sie sah das dann auch ein.

Der Schreibtisch wurde bald darauf in den ersten Stock verlegt, in Merles Zimmer, direkt unter das große Fenster. Jetzt konnte Bohn ihr zusehen, wie sie nachts im Schein der hellen Tischlampe zeichnete. Und wie sie gelegentlich den Kopf nach rechts drehte, wo Merle in ihrem Hochbett lag, das er von seinem Standort aus nicht einsehen konnte. In manchen Nächten erhob sie sich und ging sogar hinüber zu dem Kind, vielleicht um es zu trösten oder besser zuzudecken. Was allerdings bedeutete, dass sie aus seinem Blickfeld verschwand. Er wartete dann immer, bis sie wieder auftauchte und sich erneut an ihren Schreibtisch setzte oder das Licht löschte und ihn somit aus der Familie ausschloss.

Schon steckte Julia das Telefon weg und kam wieder zu ihm. Das waren Blitzgespräche, die sie führte, nichts, worüber man sich Sorgen machen musste. Sie glitt in ihren Gartenstuhl und kramte in aller Ruhe eine Lucky Strike aus der Packung. Längst wirkte sie nicht mehr so nervös wie nach ihrem Einzug. Damals fiel ihr immer alles aus der Hand: Besteck, wenn sie den Tisch deckte, Zopfgummis, wenn sie Merle frisierte, die Autoschlüssel, die Post. »Stress«, hatte sie gesagt. »Ich lass dann einfach los.«

Merle schaute von ihrem Bild auf. Es gab zwei Strichmännchen am unteren Rand, nicht der Rede wert. »Mama, ich hab Hunger«, rief sie fast schon heulend.

Julia blies den Rauch aus. »Ich hab das Messer vergessen«, sagte sie, machte aber keine Anstalten aufzustehen. »Mark, könntest du?«

»Klaro.« Bohn sprang auf, federte durch die Wohnung. In der Küche der Holzblock mit den Messern. Er zog ein langes heraus. Einen Moment umschloss er mit der Hand die glänzende Klinge, dann fiel sein Blick auf die Schüssel mit Sahne.

»Da steht ne Schüssel mit Schlagsahne«, rief er über die Schulter auf die Terrasse hinaus.

»Bring sie mit, bitte«, kam es fröhlich von Julia zurück.

Er blieb kurz stehen und atmete den Geruch der Wohnung. Er ließ die Formen und Farben auf sich wirken. In der Küche die petrolfarbene Arbeitsplatte und die weißen Schränke. Ein hellbrauner Sisalläufer schräg über dem schwarzen Steinboden. Im Wohnzimmer helle Sand- und Brauntöne, ein wenig pastelliges Blau. Es gab keinen Raum in diesem Haus, in dem er nicht gestrichen, gedübelt oder geschraubt hatte. Ein warmes, wohliges Gefühl breitete sich in seinem Körper aus, und er nannte dieses Gefühl: heimlich, nein falsch, heimisch. Schon mehrmals hatte er diesen Begriff in einem seiner Notizhefte vermerkt, und sicher würde es auch heute Nacht zu einem solchen Eintrag kommen.

Bohn reichte Julia das Messer. Die Sahneschüssel stellte er neben Merles Kuchenteller, die lächelnd zu ihm aufschaute. Die Luft stand vollkommen still, weder Vogellaute noch Motorengeräusche waren zu hören. Nur die Kuchengabeln schabten leise auf dem Porzellan und Merle schmatzte der Puppe auf ihrem Schoß etwas vor.

Mit einem Mal kamen Wespen. Julia wedelte mit ihrer Serviette. Doch sie flogen nur noch wilder um den Aprikosenkuchen. Bohn schlug vor, sie umzusiedeln. Er häufte Kuchenkrümel auf seine Untertasse und wies die Kleine an, ein Stückchen Aprikose dazuzulegen.

»Brauchen sie auch Besteck?«, rief Merle. Sie war im Begriff, in die Küche zu rennen, um welches zu holen.

»Ob die Besteck brauchen?«, fragte er gespielt nachdenklich und zog jäh die Brauen hoch. »Ausnahmsweise essen sie heute mit den Fingern.« Er lachte sie an. »Such mal einen Platz, wo wir sie füttern.«

Sie flitzte auf das Rasenstück. »Bitte das Essen da hinstellen!« Sie hockte sich hinter dem Lavendelkübel ins Gras und zog ihr Blumenkleid über ihre Knie bis zu den nackten Füßen herunter. Wie ein Säckchen Kind sah sie aus.

Tatsächlich waren ein paar Wespen mitgeflogen, und Bohn spielte den Oberkellner: »Wünsche gut zu speisen, die Herrschaften.«

Merle plumpste kichernd auf ihren Hosenboden. Sie hatte niedliche Grübchen, wenn sie lachte. Bohn konnte sich nicht sattsehen daran.

Es ging Merle gut, heute. Doch oft war sie einfach fertig. Der Kummer über die Trennung ihrer Eltern nagte an ihr und fraß sie förmlich auf. Sie saß dann mit hängenden Armen auf einem Stuhl in ihrem Zimmer, umringt von Puppen, und schaffte es nicht, einen Finger zu rühren, um mit ihnen zu spielen. Manchmal ließ sie ihre Wut heraus. Dann schmetterte sie einen Gegenstand auf den Fußboden und schlug noch mit der Hand darauf. Das letzte Mal hatte sie Prinzessin Lillifee, aller Verehrung zum Trotz, an die Wand gepfeffert. Er hatte die Figur deutlich erkannt, obwohl er nicht dabei war, sondern drüben, in seiner Wohnung. Denn Bohn hatte sich ein Fernglas angeschafft.

Merle ließ sich leicht vom Rasen hochziehen und hüpfte, seine Finger fest umklammernd, mit ihm an den Tisch zurück.

»Die Biester sind weg.« Julia drückte ihre Zigarette aus. »Was würden wir ohne dich machen, Mark?« Sie lachte und strich sich die Haare aus der Stirn. Sie waren fettig von Haut- oder Sonnencreme. Das sah er erst jetzt. Ihr Gesicht und ihre Arme glänzten speckig. Bohn spürte eine innere Unruhe. Die Tüte im Auto fiel ihm ein. Er sollte jetzt gehen, entschied er. Lass sie allein, sagte er sich, lass sie in Frieden. Hau ab!

2

Schon über sechs Monate arbeitete er für die Ergotherapie-Praxis Dr. Müllerschön. Sein Haupteinsatzgebiet war das Traugott-Seniorenheim, das intern als schwierig galt. Die katholischen Schwestern hielten nicht viel von Ergotherapie, beten war billiger.

In diesem heißen August ließen sie die Rollläden am frühen Morgen herunter oder zogen sie erst gar nicht mehr hoch. Durch die Ritzen stachen ein paar Sonnenstrahlen herein und malten verwirrende Fleckenmuster auf die braunen PVC-Böden.

Bei den Bewohnern handelte es sich mit Ausnahme von Herrn Kaiser, neunundneunzig Jahre, um Frauen. Fast alle waren demenzkrank. Manche schlugen nach den Pflegern oder ihren Angehörigen, was Bohn nur zu gut verstehen konnte, andere liefen wie aufgezogen umher und suchten ihre Mütter oder wenigstens den Ausgang. Wenn es ihnen gelänge abzuhauen, wäre die Katastrophe perfekt. Denn sie konnten allein nicht existieren. Sie würden in den Wald gehen und sich verlaufen. Kellertreppen hinunterfallen oder in ihren Wohnungen verbrennen, weil sie den Herd vergaßen. Außerdem vergaßen sie zu essen und zu trinken. Bohn hatte es sich von innen auf die Stirn geschrieben: Nicht freilassen! Das Heim ist ihre Rettung! Damit hielt er sich über Wasser. Zog die Sicherheitstüren hinter sich zu und betrat mit langen Schritten den Korridor. Am Ende lag seine Arbeitsstätte: ein Aufenthaltsraum, ohne Teppich, mit bienenbraunen, abgewohnten Möbeln – Tisch, Stühle, Sideboard. Zwei Sofas wären nötig, es gab aber nicht einmal eines.

Die Bewohner schoben sich an Rollatoren über den Gang. Die wenigsten fanden den Raum, obwohl sie mehrmals an der offenen Tür vorübergezogen waren und hineingesehen hatten. Sie wurden dann vom Pflegepersonal gebracht, oft holte Bohn sie selbst aus ihren Zimmern oder pflückte sie im Korridor vom Handlauf. Manche wollten aber lieber sterben als zur Ergotherapie. Handtücher zusammenlegen, Blumen gießen, den Tisch decken – von den »einfachen Tätigkeiten des Lebens« hatten Bohns Lieblinge die Nase voll. Sie schmissen die Handtücher auf den Boden und die Apfelschnitze versteckten sie in den Sesselritzen. Das Geschirr trugen sie wieder zum Schrank zurück oder schmetterten es gleich in den Mülleimer.

Bis Bohn die Teilnehmerinnen und Herrn Kaiser für das Fröhliche Miteinander beisammen hatte, war jedesmal eine halbe Stunde um. Das war heute nicht anders. Die Erste, die freiwillig zu ihm ins Zimmer kam, war Frau Reinhardt. Mit einer Hand stützte sie sich auf ihren Stock, mit der anderen machte sie kleine, nervöse Putzbewegungen in der Luft. Bohn stellte den Korb mit den Igelbällen auf den Tisch. In seiner Umhängetasche suchte er nach dem gelben Schwamm und gab ihn ihr. Sie nahm ihn wortlos und schrubbte dann alles ab, was sich in ihrer Reichweite befand, einschließlich Bohns Rücken. Er blieb zwei Minuten stehen und ließ sie machen. Dann brachte er sie an eine freie Wand, wo sie sich die Tapete vornahm.

Als die Gruppe vollzählig am Tisch saß, teilte er die Igelbälle aus, damit sie sich gegenseitig massierten, was noch nie geklappt hatte. Frau Reinhardt bearbeitete ihren Igel mit dem Schwamm, dann steckte sie ihn sich in den Ausschnitt. Die Igelbälle der anderen fielen unter den Tisch. Um schöne Erinnerungen zu wecken, stellte er den alten Telefunken-Plattenspieler auf den Tisch. Als Erstes legte er das Japanische Abschiedslied auf, das ihn stets aufwühlte. Die Damen und der Herr fuhren mit den welken Fingern über das blumenbestickte Tischtuch.

Frau Silcher, ein filigranes Persönchen am Tischende, sang weinerlich »Sayonara, Sayonara«, was Bohn als Fortschritt verbuchte.

Um die Teilnehmer aufzuheitern, legte er eine Polka auf. »Hey«, feuerte er sie an. »Wir klatschen in die Hände!« Einige taten ihm den Gefallen, aber ihre Finger waren so trocken und fleischlos und berührten einander nur schwach, sodass kein Ton dabei herauskam. Da suchte er die nächste Schallplatte aus. »Wie wäre es mit ›Kann denn Liebe Sünde‹ sein?« Er reichte die brüchige Plattenhülle zum Betasten an seine Nebensitzerin weiter, die den Fetzen wie einen Schatz in Empfang nahm. Winzig klein kauerte Frau Merkle im Rollstuhl, ihr Kopf war zur Seite gedreht auf der Brust liegend, man sah nur eine Gesichtshälfte von ihr, was Bohn an die Sternguckerkrankheit erinnerte, die er einmal bei einem Kaninchen gesehen hatte. Es war sehr krank gewesen. Eisengraues Fell, Schlappohren, und den Kopf so gedreht, dass ein Auge krass nach oben sah, quasi in die Sterne.

Frau Reinhardt rief: »Zarah Leandertal.«

»Prima«, lobte er. Prima war das Wort aus ihrer Jugend, es hieß so viel wie cool oder geil.

Frau Merkle indes streichelte die Plattenhülle. »Das ist meine Mutter«, nuschelte sie von der Seite her.

»Weiß ich doch«, sagte Bohn. Er legte die Scheibe auf.

Als die verheißungsvolle, dunkle Stimme erklang, sagte Herr Kaiser: »Ach.«

Obwohl es mörderisch heiß war, fröstelte Bohn. Immer wieder kroch diese altvertraute, verhasste Kälte in seine Glieder, die dafür sorgte, dass er seine Arme und Beine bald nicht mehr spürte und mit den Gedanken wegdriftete. Das war eine Jugendsache, für die er mit fast dreißig Jahren eigentlich zu alt war. Er dachte daran, nochmal einen Psychologen aufzusuchen, um diesen Scheiß loszuwerden.

Als er wieder zu sich kam, stellte er fest, dass zwei Leute, die eben noch da gewesen waren, fehlten. Alarmiert sprang er auf.

Anna Bräuning fand er in dem dunklen, schlauchartigen Badezimmer, das nicht mehr benutzt wurde. Es standen nur alte Eimer drin und mit Schmutzwäsche gefüllte Leinensäcke. Sie hatte sich am Fensterbrett festgekrallt. Ihr kleiner, magerer Körper schlingerte unter der Gardine, die wie ein schäbiger Brautschleier über ihr hing. Sie knickte in den Knien ein, und gleich würde sie fallen. Zum Glück, zum Glück! war Mark Bohn zur Stelle. Er hielt sie fest, löste sachte ihre Finger vom Brett. Eine zerknüllte, leere Chipstüte kam darunter zum Vorschein, und sie stammelte: »Darf nicht, darf nicht.«

Ihm war sofort klar, dass sie in diesem Augenblick ein Kind war, das unerlaubt genascht hatte. Aus Angst vor Bestrafung machte sie sich fast in die Hosen. Erst als er sie beschwor: »Es waren deine Kekse, Anna«, atmete sie tief aus und er konnte sie in den Aufenthaltsraum zurückführen.

Frau Reinhardt, die mit ihr durchgebrannt war, kam von allein auf ihrem Stock angehumpelt. Sie war in ihrem Zimmer gewesen und hatte sich aufgebrezelt. Über ihrem geblümten Sommerkleid trug sie jetzt einen großen, fleischfarbenen BH. Mit königlicher Miene nahm sie Platz. Herr Kaiser zog seine Mundharmonika aus der Hosentasche und spielte eine irre Melodie.

Bohn langte nach der Sprudelflasche. In diesen Sommern verdursteten nicht wenige Alte. Er füllte die kleinen, blinden Gläser seiner Patienten. Wenn es hoch kam, nippten sie daran. Meist ließen sie die Gläser einfach stehen. Zur Strafe holte er das Bildkarten-Spiel aus dem wackligen Sideboard. Das Möbel stammte aus den Siebzigern, und erst neulich hatte er die Schrauben nachgezogen. Es schwankte aber trotzdem, und wenn er die Hand drauflegte, fühlte es sich lebendig an, als wäre das der Rücken einer sehr kleinen, aber überlangen Kuh.

Das Spiel hieß Früchte-Erkennen, und sie hassten es. Bohn nutzte die DIN-A4-großen Bilder, um die Kommunikation anzuregen. Er suchte das Kirschenpaar mit den am Ende zusammengewachsenen Stielen aus.

Frau Durian – fliederfarbenes, glitzerndes Haar wie Badeschaum – winkte müde ab. Er hielt die Karte hoch. »Was sehen Sie?«

»Gar nichts«, nuschelte Frau Merkle aus dem Rollstuhl.

Frau Adam mit den goldfarbenen kleinen Locken murmelte: »Omnibus.«

»Gar nicht wahr«, sagte Frau Reinhardt und blickte zufrieden auf ihren BH herab.

Bohn hielt die Pappe vor sich und legte sein Kinn auf die Oberkante. »Weiß jemand, wie viel ein Kilo Kirschen kostet?« Er blickte in entgeisterte Gesichter. Frau Durian griff sich in die lila Haare. Frau Bräuning klopfte ihre Chipstüte flach. Frau Silcher sagte mit feinem Lächeln: »Sayonara.«

Bohn zwinkerte jedem Einzelnen zu. »Wer hat schon einmal Kirschen geerntet?« Frau Merkles eines Auge leuchtete auf. Erst als er den Begriff »Kirschenmichel« in den Raum warf, gab es ein paar Reaktionen, die ihm zeigten, dass die Gruppe bei der Sache war.

Das Fröhliche Miteinander neigte sich dem Ende zu, und Bohn holte das Große Wilhelm-Busch-Buch hervor. Er schlug es am Leseband auf. Die Illustration von Maikäfern auf einer Bettdecke und einem erhobenen Zeigefinger wölbte sich ihm entgegen. Er spürte ein Ziehen in den Schläfen, er brauchte dringend eine Tablette oder zwei. Neben ihm senkten sich weiße flaumige Haarschöpfe über die Seiten. Frau Durian zu seiner Rechten legte ihren fliederfarbenen Kopf an seine Brust. So erschöpft war sie.

Als es Zeit fürs Bett war, rissen die Pflegekräfte die Tür auf. Die Dicke mit der schwarzen Hornbrille kam im Stechschritt herein. Sie hieß Meike oder Mieke, und sie löste die Bremse von Frau Merkles Rollstuhl mit einem kräftigen Fußtritt. Die kleine Faust, mit der sich die Sternguckerin an der Tischkante festhielt, rupfte sie kurzerhand ab. Dann wirbelte sie den Rollstuhl herum und fuhr ihn wortlos aus dem Raum.

Der Pfleger Christian, blond und pausbäckig und mit unreiner Haut, knöpfte sich Frau Adam vor. Er sagte »Goldlöckchen« zu ihr. Er stellte sie an den Rollator, saß ihr fast auf dem Rücken, und bugsierte sie schiebend und stoßend zur Tür. Sie blieb aber im Türrahmen hängen, und irgendwie war ihre Hand dazwischen geraten; sie heulte aber erst, als sie schon auf ihrem Zimmer war.

Diese beiden Pflegekräfte waren allerdings nicht Bohns größtes Problem. Was ihm Kopfschmerzen bereitete, war die Heimleitung: Oberschwester Thekla. Rotes Gesicht mit Schuppen an den Nasenflügeln. Die fettigen Haare in einem Dutt, tief im Stiernacken. Sie beobachtete ihn ständig. Egal, was er sagte oder ihr schrieb, sie war dagegen. Und jetzt riss sie ihm das Fliederköpfchen aus den Armen. Wie eine Puppe legte sie sich die kleine Frau über die Schulter. Sie war die Schlechtigkeit in Person.

Außer dem Traugottheim betreute Bohn eine Handvoll Privatpatienten in Halbhöhenlage. Dr. Müllerschöns Frau, Isabell, hatte ihm unter vier Augen verraten, dass er eine Art Geheimtipp sei. Die Kunden sagten, wenn er sich um ihre Oldies kümmerte, hätte man hinterher tagelang seine Ruhe vor ihnen. Also legten die Töchter und Schwiegertöchter ihre Hausschlüssel unter die Fußmatten und fuhren in ihren Porsches in die Stadt hinunter. Und Bohn betrat ihre efeuumrankten Villen und suchte nach den Greisen, die er im kleinsten Zimmer, im Halbdunkel liegend, in den ausrangierten Betten ihrer Enkel fand. Kleine, wachsgelbe Köpfe auf Bettüberzügen mit UFOs oder dem jungen Michael Jackson.

Obwohl es nicht seine Aufgabe war, drehte er ihre Körper auf den Bauch und suchte nach wundgelegenen Stellen. Während er sie versorgte, fummelten die Alten an seinen sehnigen Armen herum, denn ihre Hände waren noch ziemlich lebendig. In solchen Momenten reichte er ihnen ein Fühli, und schon fuhren knochige Finger in das Säckchen und verschwanden darin bis zum Grund, wo eine Überraschung auf sie wartete: ein Stück Würfelzucker, ein Radierer, eine Walnuss – irgendwas. »Was haben Sie denn gefunden?«, fragte er. Und dann sprach er lange mit ihnen, auch wenn sie schwiegen.

Bevor Bohn die Villen verließ, schrieb er mit großen, schwungvollen Buchstaben Anweisungen: Mehr zu trinken geben! Geeigneten Radiosender einschalten! Luftkissenbett kaufen! Stets setzte er ein doppelt unterstrichenes »Eilt!« darunter. Dann legte er das Blatt Papier auf den Wohnzimmertisch.

Die Schwiegertöchter hatten es nicht eilig mit Schnabeltassen, Bettpfannen und Dekubitusmatratzen. Sie ließen die Alten zur Strafe für den unvollkommenen Sohn, den sie geheiratet hatten, in ihren durchgelegenen Betten schmoren. Und wie sie logen. Ihr Rücken bog sich nach allen Seiten, wenn sie beteuerten: »So gern, so gern möchte ich meinen Schwiegerpapi behalten, glauben Sie mir, Herr Bohn, oder darf ich Mark sagen?« Ihre Hände auf seinem Knie, und der gediegene Lederkoffer fertig gepackt an der Tür.

Die Töchter erfüllten seine Forderungen schneller und waren nicht ganz so verlogen. Auf langen Sofas gestanden sie mit übereinandergeschlagenen Beinen: »Ich packe das nicht, tut mir leid.«

Bohn respektierte ihre Ehrlichkeit, auch wenn es ihm einen Stich gab. Sie hatten ihre Schuldigkeit als Leibeigene getan. Also legte er ihnen ein gutes Seniorenheim – keinesfalls das Traugottheim – ans Herz. Mehr konnte er nicht tun. Die Töchter nickten nur und rauchten mit ihm Zigaretten.

Es war Herbst geworden. In den Steilgärten der Siedlung vertrocknete das Gras, und Frau Holzschuhs flauschige Dahlien ließen die dunkelroten, weiß gefransten Köpfe hängen, während ihnen die Stiele bei lebendigem Leib verfaulten.

Mark Bohn war oben in seiner Wohnung und machte sich Kaffee. Mit nacktem Oberkörper und der Tasse in der Hand schlenderte er ins Wohnzimmer ans Fenster. Es war mit einem dunklen Vorhang zugehängt, außerdem hatte er am Morgen die Jalousie heruntergelassen. Er ging ein wenig in die Knie und blickte durch den unteren Spalt auf den Plattenweg hinunter, auf dem Merle in kurzen Hosen und Flipflops herumrannte. Sie hatte einen Hula-Reifen um den

Bauch, den sie ständig über den Kopf und wieder zu den Knien klappte, wobei sie ihre Zunge weit herausstreckte.

Dann sah er Julia. Sie tauchte an ihrem Küchenfenster auf, hinter dem die Spüle stand. Er griff nach seinem Fernglas. Sie schüttete Nudeln ab, Hörnchen oder Penne, und wackelte mit den Hüften, was hieß, dass sie tanzte. Für ihre zweiundvierzig Jahre sah sie megajung aus. Sie war schlank, nein, dünn, und ihr langer blonder Pony fiel ihr schräg ins Gesicht. Gern hätte Bohn jetzt mehr von ihr gesehen, aber die Bistrogardine vor ihrem Fenster schnitt sie in zwei Teile; er hasste diese Gardine. Er hasste diese Gardine so sehr.

Sie war fertig mit den Nudeln, aber nicht mit dem Tanzen. Sie wirbelte in ihrer Küche umher, das leere Brühsieb in der Hand. Bohn musste lachen. Er stellte seine Kaffeetasse auf dem Sims ab, ging an seine Stereoanlage und drückte ihren Sender. Sie spielten »Waka Waka«, und sie wackelte mit den Hüften, tanzte mal rechts, mal links aus dem Bild. Bohn machte ihre Bewegungen nach, und es dauerte überhaupt nicht lang, bis er absolut gleich tanzte wie sie.

Es lief ganz gut für ihn. Heute Abend war er zum Essen eingeladen, und er hatte zugesagt. Sie lag ihm ja ständig damit in den Ohren: »Mark, komm rüber, wann immer du willst.« Er sagte aber häufig ab; er reduzierte seine Besuche auf ein Minimum. Er rief auch niemals an.

Gegen sieben ging er hinüber. Selten benutzte er den Plattenweg, der vom Bürgersteig zu den Reihenhäusern abzweigte. Er kürzte ab, pirschte durch das Niemandsland heran. Vorbei an hüfthohen Stauden und Dornengestrüpp, jedes Mal ein bisschen anders. Aber stets kam er nach einer Minute dreißig auf dem Rasenstück hinter der Terrasse heraus. Sobald die Kleine ihn kommen sah, hüpfte sie von einem Bein aufs andere, so sehr freute sie sich. Sie aßen dann Eis oder bestellten Pizza. Seit neuestem grillten sie, denn Bohn hatte im Baumarkt ein Schnäppchen von einem Grill besorgt.

Der Kugelgrill stand auf der Terrasse und qualmte. Heute gab es Steaks und Salate und Bohn hatte die beiden Steaks und für Merle Würstchen gekauft. Es war immer noch heiß, sie trugen alle kurze Hosen, und ganz hinten am Zaun, in der schwarzen Wand aus Gebüsch, zirpten die Grillen. Merle hatte dort eine blaue Plastikbadewanne stehen, vor der sie kniete und in aller Ruhe ein Stofftier badete oder Ertränken spielte.

Bohn legte das Fleisch auf den Grill.

Julia saß am Tisch und kontrollierte stirnrunzelnd ihr Handy. Ohne aufzuschauen, sagte sie: »Kannst du mal die Flasche?« Sie tippte eine SMS, die maximal aus drei Wörtern bestand, und schickte sie ab.

»Klaro.« Bohn entkorkte den Wein und füllte die Gläser; ihres schob er vor sie hin. Nachher, wenn Merle im Bett war, würden sie reden. Julia konnte mit ihm über alles sprechen, er war quasi ihr Coach. Sie kam auch mit allem Möglichen an, aber hauptsächlich ging es um ihren Exmann: Heiko Wiechmann. Ein sonderbarer Mensch, direkt unheimlich. Wenn er den Namen Heiko hörte, blieb ihm immer die Luft weg.

Als Merle ins Haus lief, um die Puppen fürs Bett fertig zu machen, brach es wieder aus ihm heraus: »Ich kapier einfach nicht, wie er euch verlassen konnte, das geht mir nicht rein.«

Julia sah auf und blinzelte. »Wie kommst du jetzt auf Heiko?«

Er zuckte mit den Schultern, die Grillzange in seiner Hand schnappte wie von selbst auf und zu. »Einfach so. Für mich gehört der Typ in die Klapse, ist doch wahr.«

»Paare trennen sich, Mark. Das passiert tausendmal jeden Tag. Es ist wie im Beruf: hire and fire, so what?« Sie machte eine Bewegung mit der Hand, als ließe sie einen Vogel fliegen.

Bohn spürte die Grillzange hart in der Hand. »Dass er Merle alle zwei Wochen holt, ist doch wahnsinnig gefähr…«

Weiter kam er nicht, denn Julia hatte den Finger über ihre Lippen gelegt, weil die Kleine angesprungen kam. Sie wechselte das Thema. »Und was machen deine Nesteldecken?« Sie breitete die Arme aus und fing Merle auf.

Es gab ihm einen Stich, denn die Unterredung mit der Oberschwester heute Vormittag war nicht optimal gelaufen. Seit Monaten kämpfte er für Nesteldecken im Traugottheim und sie stemmte sich mit ihrem ganzen Gewicht dagegen.

Nesteldecken waren nichts anderes als große Fühlbeutel, die man den Bewohnern wie ein Plaid auf den Schoß legte. Sie griffen hinein und ertasteten Dinge, die man darin versteckt hatte.

»Die Decken wirken auf zwei Arten«, hatte er zu Thekla gesagt, »einmal beruhigend, einmal aktivierend. Das heißt, die Nervösen kommen runter durch das Tasten, und die Stillen, die Sie immer mal anstoßen, um zu sehen, ob sie noch leben, die wachen wieder auf.«

»Das brauchen wir nicht«, hatte sie gesagt.

War sie dumm? Ja, sicher. Wollte sie leiden? Zu dem Schluss musste Bohn ja kommen. Er war breitbeinig vor ihrem Schreibtisch gestanden, und er hatte sie nicht an sich vorbeigelassen, obwohl sie es ernsthaft versucht hatte. »Die Oberfläche ist fast noch wichtiger als das Innenleben«, hatte er sie belehrt. »Die Decken sind aus Materialien genäht, die sie von früher kennen: Leder, Gummi, was weiß ich, alle möglichen Stoffarten – zum Nesteln!«

Die Oberschwester war rot vor Wut geworden. Dabei hätte sie vor Dankbarkeit auf die Knie fallen müssen, wenn sich in Zukunft die Bewohner ihren taktilen Input von Nesteldecken holten, anstatt vom Gefummel am eigenen Körper. Jeder Beschäftigte im Haus wusste, dass Thekla es kaum ertragen konnte, wenn die Bewohner sich selbst berührten, auch wenn sie nur an ihrer Kleidung schabten.

»Demenzkranke können nicht anders«, hatte er zu ihr gesagt. »Und es ist nicht in Ordnung, dass Sie ihnen eins auf die

Finger geben, weil Sie das Fummeln für ne Sünde halten.« Dann hatte er ihr den Nesteldecken-Prospekt auf den Tisch geknallt und war rausgegangen, um nicht auszurasten.

Er wendete die Steaks und warf Julia einen Blick zu. Sie flocht Merle einen Seitenzopf, hatte aber kein Gummi, um ihn festzumachen. Dann kitzelten sich die beiden gegenseitig und lachten sich halb tot.

Jetzt hob sie ihr Glas und prostete ihm zu. Sie tranken beide einen Schluck Wein und er nahm die Lucky Strike, die sie für ihn aus dem Päckchen zog. Ohne große Worte schilderte er ihr kurz, wie er sich die Oberschwester vorgeknöpft hatte. Julia lachte, weil er die Backen aufblies, um Thekla nachzuäffen. »Ich hab sie so klein gemacht«, sagte er abschließend. Julias Augen funkelten. Sie war ja an allem interessiert, was er ihr erzählte. Immer wieder beteuerte sie, wie wertvoll seine Arbeit war und wie stolz er auf sich sein könnte. Solche Bemerkungen hielt er in Gedächtnisprotokollen ganz gerne schriftlich fest.

Bohn legte das schönere der beiden Steaks auf Julias Teller. Ihr Handy summte, sie erhielt eine SMS, die sie mehrmals las und dabei grinste.

»Ist mein Würstchen fertig?«, rief die Kleine, und ja, es war schon ganz dunkel, also nahm er es vom Grill und kam wie nebenbei dem glühenden Gitterrost zu nahe. Er verbrannte sich an der Handkante, hielt einen Augenblick inne, und atmete dann tief durch.

Später sagte Julia, während sie die Gabel in ihr Fleisch stieß: »Könnten wir so eine Decke nicht selbst nähen?« Sie schob den Bissen in den Mund und fuhr kauend fort: »So, wie du mir das Ding … geschildert hast … ist das … keine große Sache.«

»Hey, das wäre prima.« Bohn nahm sich eine weitere Portion von Julias Nudelsalat, obwohl er schwer versalzen war. Am liebsten würde er auf der Stelle mit der Decke beginnen. Verzückt hörte er zu, wie Julia aufzählte: »Wir brauchen Samt, Seide, Spitze, Tüll … Was gibt es noch?«

Bohn spülte die Stoffe mit einem Schluck Wein hinunter. »Ganz wichtig«, sagte er, »wir brauchen Fell.« Er tauchte die Gabel erneut in den Nudelsalat. »Ich hab ein Video gesehen, wie Demente sich mit Nesteldecken beschäftigten. Sie streichelten ein Fell-Stück, als wäre es ein lebendiges Kaninchen.«

Merles Augen wurden groß. »Ein Kaninchen, Mark.« Sie ließ ihr Messer, mit dem sie die Wurst geschnitten hatte, sinken. »Ich hätte so gern ein Kaninchen!«

Nach dem Essen zündete Julia blaue Windlichter an und telefonierte wieder. Sie lachte und legte die Füße auf einen freien Gartenstuhl und bewegte ihre Zehen auf und ab. Nach einer Weile hielt sie den Hörer zu und flüsterte ihm zu: »Könntest du sie ins Bett bringen?«

Merles Zimmer war penibel aufgeräumt. Ihre Plüschtiere waren in Körbchen gebettet. Von ihrem Hochbett blickten Puppen herab, die Schlafanzüge trugen. Sie kletterte über die Leiter in ihr rosa bezogenes Bett. Bohn strich ihr über das lange braune Haar, und sie drehte sich um.

»Ich wünsche mir so sehr ein Kaninchen … oder einen Hasen, der ist größer.« Sie zog ihre Bettdecke bis unters Kinn. »Lillifee hat auch einen Hasen, er heißt Henry.«

»Ich rede mal mit deiner Mama.« Bohn überlegte laut: »Wir könnten im Frühling ein Pärchen kaufen und ein Freigehege für sie bauen. Hilfst du mir dabei?«

Da schlang sie die Arme um seinen Hals und versprach es ganz fest.

Als er auf die Terrasse trat, telefonierte Julia wieder oder immer noch. Da ballte Bohn die Fäuste. Das hauchdünne Häutchen über der Brandblase riss, und die wässrige Gewebeflüssigkeit lief ihm am Unterarm entlang. Er fühlte aber keinen Schmerz.

Julia erhob sich und ging mit dem Handy am Ohr ins Wohnzimmer. Als sie wieder zu ihm herauskam, waren die Windlichter erloschen. Im Dunkeln suchte sie den Tisch nach ihren Zigaretten ab. Bohn saß reglos in einem Stuhl an der Hauswand. Erst als er ein wenig die Nase hochzog, nahm sie ihn wahr. »Mark! Du bist noch da?«

Als wäre er jemals gegangen, ohne sich zu verabschieden.

Sie knipste das Terrassenlicht an und steckte sich eine Zigarette in den Mund, ohne sie anzuzünden. Und dann fragte sie ihn, ob er jemanden kenne, bei dem sie Merle ab und zu ein paar Stunden lassen könnte.

Sie stand vor der Wandlampe, und das Licht strahlte auf ihren Hinterkopf, sodass ihr Gesicht ganz schwarz war.

Bohn spürte, wie ihm der Schweiß ausbrach. Er sah die Puppe vor sich, sie war fast fertig. Er konnte sie verändern, kein Problem. Eine neue Perücke kaufen, neue Augen.

»Marky, ich hab dich was gefra-hagt.« Sie zündete sich umständlich die Zigarette an.

»Ich denke ja drüber nach«, murmelte er. Er spürte einen Druck im Kopf. Unheilvolle Bilder blitzten auf. Er sah Merle, und dass ihr jemand etwas antat, jedenfalls weinte sie.

Julia blies geräuschvoll den Rauch aus.

»Ich wüsste vielleicht jemanden«, sagte er wie im Selbstgespräch.

Sie beugte sich vor. »An wen denkst du?« Sie hielt die Zigarette eine Handbreit von ihrem Mund entfernt.

Bohn schlug ihr Ruth Engelbrecht vor, er kannte sie gut, sie war sehr freundlich, und was Julia entzückte: Sie wohnte ganz in der Nähe.

3

Julia Wiechmann schloss die Haustür ab und blinzelte in den November-Nieselregen. In der einen Hand trug sie die Plastiktüte mit ihrer zerschnittenen alten Jeans, in der anderen einen vollen Müllbeutel. Sie sah sich nach Merle um, die vorausgesprungen war. Da entdeckte sie den Regenbogen hoch über den Wiesen im Feuerbacher Tal. »Schau mal«, rief sie der Kleinen zu. »Ein Regenbogen.«

»Kenn ich«, kam es unter dem rosa Kinderschirm hervor. »Hab mal einen mit Mark gesehen. Wir haben uns was gewünscht.«

»Beim Regenbogen?«

»Klaro.«

Julia steuerte auf das Müllhäuschen zu. »Man wünscht sich was bei Sternschnuppen, hab ich immer gedacht.« Sie ging an Merle vorbei, die ihr die Lattentür aufhielt.

»Mark hat gesagt, da schlaf ich schon. Ich soll Regenbögen nehmen.«

»Ach so.«

»Genau.« Sie tappste in geblümten Gummistiefeln vor Julia her.

»Und – was hast du dir gewünscht?«

Entrüstet sah Merle zu ihr auf. »Das darf man doch nicht verraten!« Sie warf dem Regenbogen einen verschwörerischen Blick zu.

Julia verschwand mit heißen Ohren in dem Schuppen, wo es nach verdorbenen Lebensmitteln roch. Sie klappte die Mülltonne auf und warf ihren Abfall hinein. Es war dämmrig hier drin, seit Wochen war die Lampe kaputt. Aber in der Ecke, in der immer Merles Fahrrad stand, glänzte es hell.

»Sag mal, ist das dein Rad?« Sie drehte sich nach Merle um, die gerade probierte, ob sie mit ihrem aufgespannten Schirm durch die Tür passte. Gestern war die Kleine mit dem Rad wie von einer Schlammschlacht nach Hause gekommen.

Merle ließ den Schirm draußen und hüpfte herein. Überrascht sagte sie: »Picohund.«

»Das heißt picobello.« Julia fuhr mit zwei Fingern über die Speichen.

»Hat Mark mein Rad gewaschen?« Merle beugte sich über den Sattel und gab ihm einen Kuss.

»Na, ich war's jedenfalls nicht.« Julia wandte sich zum Gehen, dabei streifte sie mit der Schulter den Lichtschalter und die Lampe ging an. »Nee, oder?« Sie schüttelte den Kopf. Na warte, mein Lieber! Sie beschloss, Mark in ein Restaurant einzuladen, wenn's sein musste, mit Gewalt. Seine Kann-ich-nicht-annehmen-Faxen würde sie ihm diesmal nicht durchgehen lassen.

Sie nahm Merle an die Hand, und so gingen sie in den Regennachmittag hinaus. Hinter ihnen fiel krachend die Tür des Müllhäuschens zu.

Vor ihnen lag ein Fußweg von weniger als zehn Minuten. Merles Pferdeschwanz unter dem rosa Regenschirm wippte bei jedem Schritt bis vor zum Mund, der keine Sekunde stillstand.

»Heute gibt es Unterhose bei Tante Ruth«, kicherte sie.

»Quatsch«, meinte Julia. »Unterhosen kann man nicht essen, nur anziehen.«

»Die von Tante Ruth kann man essen.« Sie stieß das Schirmchen in die Luft.

»Blödsinn.«

»Sie hat gesagt, dass sie immer Unterhosen backt, wenn der Winter kommt.«

»Du hast dich verhört.« Julia zog die Kleine mit sich.

Merle drehte die Hüften, damit ihr Plastik-Regencape quietschte. »Es heißt vielleicht ein bisschen anders«, gab sie sich kompromissbereit, »aber es ist eine Unterhose.«

»Ein Schlüpfer?« Julia beugte sich herab und machte ein Mausgesicht. »Ich glaube«, sie spitzte die Lippen, »es gibt eine Speise, die man im Ofen bäckt und die so ähnlich heißt …«

»Ofenschlupfer, Mama!«, rief Merle und giggelte, bis sie vor dem niedrigen, schmiedeeisernen Gartentor standen, hinter dem Ruths zartgelbes Haus aus dem Vorgarten quoll wie ein riesiger Vanillepudding. Merle presste den Daumen auf die Klingel. Es machte Ding-Dong, und sie strahlte übers ganze Gesicht.

Das Gartentor schwang auf und Ruth, sechsundsiebzig Jahre alt, erschien in einem braunen Schneiderkostüm auf der vierstufigen Freitreppe. Lächelnd hielt sie die Haustür auf.

Als Julia zum ersten Mal bei ihr gewesen war, hatte sie sich fast zu Tode erschreckt. Sie hatte mit Ruth im Wohnzimmer auf dem Sofa gesessen, Merle zu ihren Füßen, und die alte Dame erzählte von früher, als sie aufs Mädchengymnasium ging und abends ihre Mutter, eine Ärztin, bei Hausbesuchen begleitete. Das hatte sie bis zu dem Tag getan, an dem sie ihre dicken Zöpfe beim Frisör abschneiden ließ. Da war sie achtzehn gewesen. Im Stuttgarter Rathaus fand sie eine Anstellung, wobei das Beste daran das Paternosterfahren gewesen sei. Es hatte ihr so gut gefallen, dass sie an manchen Tagen jede Akte einzeln aus dem obersten Stock geholt hatte, nur damit sie mit dem Aufzug fahren konnte.

Merle wollte natürlich wissen, was ein Paternoster ist, also stand Ruth auf, hob den wadenlangen Rock bis zu den Knien und starrte auf den Fußboden, als käme gleich etwas angefahren, und dann rief sie: »Abwarten, bis der Kabinenboden auf gleicher Höhe mit den Füßen ist, dann ein energischer Schritt nach vorn!« Sie machte es vor, und die Gläser in ihrer Schrankwand klirrten, und Merle lachte sich kringelig.

Später, als die Kleine den Garten erkundete, wurde Ruth nachdenklich. »Mein Leben lang hatte ich einen festen Stand«, sagte sie in ihrem Honoratiorenschwäbisch, das Julia so gern hörte, »aber jetzt, wo ich alt bin, gerät alles ins Wanken. Wie bei einem Schiff mit Schlagseite.«

Julia hatte eine Hand auf ihren Arm gelegt und erstaunt wahrgenommen, wie zart und weich er sich anfühlte. Doch dann hörte sie Schreie aus dem Zimmer am Ende des Flurs. Vor Schreck fuhr sie vom Sofa hoch. Das Schreien ging in ein Wimmern über, auf das grausiges Gelächter folgte.

Ruth war ganz ruhig geblieben. »Das ist Doktor Leonore Engelbrecht, meine Mutter«, hatte sie erklärt. »Sie ist dement. Ich denke, Sie wissen ungefähr, was das bedeutet.«

»Tante Ruth, wir kommen!« Merle hopste Julia voraus über den feuchten Gartenweg. Rechts und links kahle Quittenbäume und dazwischen kleine runde Beete, mit Tannenzweigen bedeckt.

»Hereinspaziert«, rief Engelchen mit ihrer hohen Stimme. »Unser Herr Bohn ist auch da.« Merle quiekte vor Vergnügen.

Aus dem Haus drang ein feines Apfel-Zimt-Aroma. Das waren die Ofenschlupfer, und Julia freute sich darauf. Sie gab Ruth die Hand, während Merle in die Wohnküche und in Marks Arme stürmte. Mit dem Hintern lehnte er am Herd und grinste über beide Backen. Zwei kleine Panzer fuhren auf seinem khakifarbenen Sweatshirt aufeinander zu. »Bis einer heult«, stand darunter.

Julia setzte sich auf ihren Stammplatz am Tisch, das Fenster mit den kurzen, gelben Vorhängen im Rücken. Sie hörte zu, wie Merle, die auf Marks Schuhspitzen gestiegen war und sich an seiner Hüfte festhielt, von dem Regenbogen erzählte.

»Ich hab mir aber nichts gewünscht«, sagte sie, während Mark wie ein großer Bär mit ihr um den Küchentisch tapp-tappte.

»Wieso nicht?«, wollte er wissen.

»Weil mir nichts eingefallen ist?« Sie machte die Augen zu und ließ sich an seinen Armen nach hinten fallen.

»Nein, so was«, Ruth strahlte, »ein wunschlos glückliches Kind!« Sie pflückte Merle von Marks Füßen und führte sie behutsam zu ihrem Platz am Tisch, neben dem Rollstuhl mit ihrer Mutter. Die nannte jeder nur »Oma-Leo«. Wie alt sie war, getraute Julia sich nicht zu fragen. Aber sie gab acht, dass sie ihr nicht zu nahe kam. Schon einmal hatte die Oma blitzschnell nach ihrer Hand gegriffen und nicht mehr losgelassen. Julia hatte sie am nächsten Tag bis zur Schulter hoch gespürt.

Sie legte die Tüte mit der alten Jeans auf den Küchentisch, und sofort streckte Oma-Leo beide Hände danach aus. Ein Spuckefaden pendelte unter ihrem Kinn. Mark, der neben ihr Platz genommen hatte, wischte ihn einfach mit seinem Tempo ab. Als Dankeschön rollte sie ihren Pullover hoch und zeigte ihm, was sie darunter gebunkert hatte: einen Schwung Stoffreste. Mit zwei Fingern wühlte sie einen Streifen rauchfarbener Federboa heraus und legte ihn sich über den Kopf. Sie sah aus wie ein Schaf. Julia versuchte, nicht zu lachen.

Mark schenkte Kaffee ein und stellte für Merle ein Glas Milch hin. Ruth stand an der Anrichte und bestreute die Ofenschlupfer mit Puderzucker und stach die Portionen ab. Merle bekam die erste, und schon stieß von der Seite her ein knochiger Finger in das dampfende Gebäck.

»Nein, Oma-Leo, das ist heiß!« Merle schob die Hand der Greisin aus der Gefahrenzone. Mark nickte Merle zu, die beiden verstanden sich ohne Worte. Er schnitt ein Stück von seinem Ofenschlupfer ab, blies daran, und drückte es Leo in die Hand. Postwendend gab sie es ihm zurück, und so ging das eine Weile hin und her.

Julia bewunderte Marks Geduld. Verstohlen betrachtete sie sein sensibles Gesicht, die Linie seiner Oberlippe, die stahlgrauen Augen, die langen, geraden Brauen. Er hat so etwas Verlorenes, dachte sie. Und im nächsten Moment: Wie er wohl im Bett ist? Sie schmunzelte in sich hinein und beugte sich über ihren Teller. Was ging sie Marks Sexleben an? Er war mehr als zwölf Jahre jünger als sie, im Geist nannte sie ihn »kleiner Bruder«. Er fragte ja ständig nach ihrer Meinung zu jedem Kram. Außerdem hatte er eine Freundin. Merle behauptete, sie hätte ihn mit einer Art Fee mit langen schwarzen Haaren gesehen.

Julia biss herzhaft in ihren Ofenschlupfer. Ruth und Merle lächelten sich über ihren Kuchengabeln zu, und Mark hatte Oma-Leo so weit, dass sie jedes Fitzelchen, das er ihr an die blutleeren Lippen hielt, auch aß.

Ruth strahlte. »Wenn unser Herr Bohn da ist, dann klappt das mit dem Essen.«

Nachdem alle aufgegessen hatten, stellte Mark die Koffernähmaschine auf den Tisch, und Engelchen schaute ein wenig ängstlich. »Ich hab ewig nicht mehr genäht.« Mit ihren grüngold gesprenkelten Augen taxierte sie die Materialien, die für die Nesteldecke bereitlagen: Kord, Tüll, Samt, Leder. Die Jeansschnipsel sortierte sie gleich aus. »Nicht böse sein, Frau Wiechmann. Aber Nietenhosenstoff weckt bei der älteren Generation keine Erinnerungen, fürchte ich.«

Mark zog einen Zipfel von einem Kartoffelsack, wie es sie im Biomarkt gab, lässig aus der Hosentasche.

»Jute ist gut«, stellte Ruth fest und knautschte das Material in der Hand. Mit der anderen schob sie die Flicken wie Puzzleteile auf dem Tisch umher. Julia bestimmte mit, was in Form und Farbe zueinander passte. Dann hefteten sie die Teile von Hand zusammen. Ruth machte kleine Stiche, Julia große.

Oma-Leo gab glucksende Töne von sich, und Julia schaute zu ihr hin. Sie hatte ihre Stoffreste wie einen Schatz aus ihrem Schoß gehoben. Darunter war ein Flicken mit einem weiß-braun-schwarzen Wellenmuster. »Ist ja witzig«, sagte Julia und schnappte sich das Stöffchen. »Genau so sind Thermometerhühner gemustert.« Und dann erzählte sie die Anekdote von Merle und dem Hühnervogel. Ruth hatte Nadel und Faden zur Seite gelegt. Mark hielt Oma-Leos Hand. Merle presste sich alle Finger auf den Mund, um nicht loszuprusten.

»Es war an einem Sonntagmorgen«, eröffnete Julia amüsiert. »Ich sah zum Garten raus und wunderte mich, was Merle bei den Sträuchern machte. Ich dachte, vielleicht vergräbt sie ein totes Tier, einen Käfer oder so. Aber sie buddelte kein Loch, im Gegenteil, sie häufte mit bloßen Händen Erde auf.«

Ruth sog hörbar die Luft ein. Oma-Leo nahm ihr Gebiss heraus, Mark schob es ihr wieder in den Mund. Merle war kurz davor zu platzen.

Julia lehnte sich zurück und grinste. »Sie wollte ein Thermometerhuhn anlocken. In Stuttgart.«

Alle, außer Oma-Leo, lachten, und Ruth fragte in ihrem unwiderstehlichen Dialekt, was denn um alles in der Welt Thermometerhühnerle seien.

»Das sind große Vögel aus Austeralien«, sprudelte Merle heraus.

»Meinst du Australien?« Ruth sah sie über den Brillenrand an, und ihre Augen glitzerten vor Freude an dem Kind.

»Ja«, rief die Kleine. »Die bauen immer Hükel, wo das Mamahuhn Eier reintut.« Sie zog die Nase hoch. »Das Vaterhuhn hat ein Themometer im Maul und steckt es jeden Tag in den Hükel, und wenn es drinnen zu kalt ist, dann … dann« – sie wusste nicht weiter und warf Mark einen flehenden Blick zu.

Er half ihr sofort: »Dann scharrt er oben den Hügel auf«, sagte er sanft, »und dann wärmt die Sonne die Vogeleier. Und was macht der Vater, wenn es drinnen zu warm geworden ist?«

Merle zerriss es fast vor Eifer. »Er holt Sand mit seinem Schnapel und spuckt ihn oben drauf.« Sie steckte sich rasch ein Bonbon in den Mund und schmatzte absichtlich laut.

»Gottle, was das Kind alles weiß!« Ruth lachte frei heraus.

»Ich hab noch nie von solchen Hühnerle gehört.«

»Die haben ganz lange Flügel«, rief Merle begeistert, »und das Vaterhuhn und das Mamahuhn bleiben immer, immer zusammen.«

Eine betretene Stille kehrte ein, nur Merles Bonbonkauen war zu hören.

Julia schmunzelte. Anscheinend imponierten ihr Lebewesen, die ewig zusammenklebten. Sie würde schon noch lernen, dass Menschen nicht so einfach gestrickt waren wie Hühner. Jetzt eine Zigarette!

Als Engelchen ein Stück roséfarbene Spitze wie von einem Nachthemd unter die Nadel schob und die Maschine losratterte, verzog sie sich auf die Veranda.

Draußen war es kalt und dunkel, es dauerte ein paar tiefe Lungenzüge, bis sich ihre Augen umgestellt hatten. Bald erkannte sie die Umrisse der aufgestapelten, alten Gartenmöbel, und das, woran sie mit ihren Waden stieß, war nur ein harmloser Sack Blumenerde.

Julia dachte an ihren Chef, und das wärmte sie. Konstantin Perlitz war das, was Frauen unter einem attraktiven Mann verstanden: dunkler Typ, groß, gut geschnittenes Gesicht, Manieren. Er war zehn Jahre älter als sie, aber er wirkte jung und ja, ein bisschen verrückt. Julia lächelte, während sie den Rauch ihrer Lucky in die Luft blies. Er fand alles, was sie ihm vorlegte, »wahnsinnig gut«. Das beflügelte sie, und ein Blick in seine mokkafarbenen, leuchtenden Augen sagte ihr, dass sie wirklich bei ihm Chancen hatte – in jeder Beziehung.

Deshalb hatte sie neulich, als er sie besuchte, das Haus von oben bis unten geputzt. Sogar die Terrasse hatte sie sich vorgenommen. Sie riss den verdorrten Lavendel aus dem Kübel, und als Mark plötzlich neben ihr auf dem Rasen auftauchte, drückte sie ihm einen Lappen und Scheuermilch in die Hand. »Stell dir vor, mein Chef kommt morgen zum Kaffee.« Sie schmiss Merles vergessenes Spielzeug in eine Kiste. Mark fing gleich an, den Blechtisch zu scheuern. »Herr Perlitz meint«, sprach sie aufgeregt weiter, »es sei eine Schande, dass ich Prospekte entwerfe, wo ich doch das Zeug zur Kinderbuchautorin hab.« Da nahm Mark den Lappen und wusch auch gleich noch den Rahmen der Terrassentür ab. »Meine Gloria findet er wahnsinnig spannend«, schwärmte sie weiter, und Mark hatte durch die Zähne gepfiffen und noch bis spät abends jede Steinplatte einzeln geschrubbt.

Als Julia wieder in die Küche kam, unterrichtete er gerade Engelchen über »neue Erkenntnisse im Bereich fehlgefalteter Proteine bei der Entstehung der Alzheimer-Demenz«. Julia kannte das Thema schon.

Es war verrückt, wie Mark sich fertigmachte. Er kämpfte gegen den »Feind der Menschheit«, wie er Alzheimer nannte, und fiel doch immer wieder nur auf die Schnauze. Vor allem im Traugottheim, wo er ständig darauf drängte, mit Antidementiva nicht zu knausern und jede Maßnahme zu bewilligen, mit der man die geistigen Fähigkeiten der Bewohner verbessern oder wenigstens stabilisieren konnte. Für die Heimleitung war er ein rotes Tuch. Das war ihm egal. Er liebte seine hühnerhäutigen Alten. Die meisten trugen Windeln, wie die Kinder. Nur dass keiner sie süß fand, außer Mark.

Ruth beschloss, für heute mit dem Nähen Schluss zu machen. Sie hatte mehr als ein Dutzend verschieden großer Teile aneinander genäht und hielt die halb fertige Nesteldecke in die Höhe.

»Hey«, machte Mark, »das ist fantastisch!« Er stand auf und es sah einen Moment so aus, als wollte er Engelchen umarmen. Er ließ es aber bleiben, denn so viel Nähe wünschte die alte Dame bestimmt nicht. Aber sie lachte und schlug vor, schon mal auf die Zusammenarbeit anzustoßen. Sie stellte Siebzigerjahre-Likörgläser auf den Tisch, eins grün, eins rot, eins golden, und schenkte ihren selbstgemachten Quittenlikör aus.

Julia nahm einen Schluck, aber anstatt sich zu entspannen, kam ihr Heiko in den Sinn. Kein schöner Gedanke. Seit Wochen war vereinbart, dass der Mistkerl in Merles Kita den Nikolaus spielen würde. Gestern hatte er abgesagt, wie immer auf die feige Art: schriftlich. Leider habe er keine Zeit. Das nächste Mal bestimmt. Mit freundlichem Gruß, Papa.

Während sie grübelte, brachten Mark, Ruth und Merle die Oma ins Bett. Julia hörte ihre Stimmen am Ende des

Flurs und die kleinen, spitzen Schreie von Leo. Gott mach, dass ich nicht so werde wie sie – so alt.

Ruth und Mark kamen nach einer Weile zurück, Merle blieb im Schlafzimmer, um die Oma in den Schlaf zu singen. Ruth machte ein bekümmertes Gesicht: »Sie sehen blass aus, Frau Wiechmann.«

»Ich hab mich geärgert, das ist alles.« Schon wollten die beiden wissen, worüber. »Über meinen Exmann«, gab sie trocken Auskunft. »Er will den Nikolaus in der Kita nicht spielen. Er hat keine Zeit.« So, die Sache war vom Tisch.

Nicht so für Mark. Mit Jesus-Christus-Miene setzte er sich neben sie und bauschte das Thema auf. »Wie oft will er Merle denn noch enttäuschen?«, blökte er. »Was glaubt er, wie viel Leid sie noch erträgt?«

Wow, starker Tobak. Leid. Julia hatte gar nicht gewusst, dass ihre Tochter litt. Sie zeigte Mark den Vogel.

Ruth schenkte noch einmal die Gläser voll. Das Zeug schmeckte so giftig, wie es aussah. Mark sagte: »Skål.«

Aus dem hinteren Zimmer drang Merles Stimme. Sie sprach mit Oma-Leo wie mit einer Puppe: »Wenn das Thermometerhuhn kommt, gibst du ihm die Milch«, befahl sie. »Ich stelle das Schälchen auf deinen Nachttisch. Du brauchst keine Angst zu haben. Es beißt nicht.«

Julia und Ruth sahen sich an, dann prusteten sie los. Mark war nicht zum Lachen zu bewegen. Er kräuselte die Lippen vor Abscheu. »Wie blöd muss einer sein, dass er so ne Familie aufgibt?«

Fast hätte Julia gelacht.

»Heute trennt sich alles, was zwei Beine hat«, bemerkte Ruth und trank ihr Gläschen in einem Zug leer. »Außer Thermometerhühner.«

Sie lachten wieder los, Mark verzog immerhin das Gesicht. Julia wischte sich die Lachtränen von den Wangen. »Trennungen sind nicht immer schlecht. In meinem Fall war es eine Erlösung.« Es musste mit dem Quittenlikör zusammenhängen, denn sie war richtig aufgekratzt. »Heiko hatte sich total verändert«, redete sie weiter. »Er fand an allem etwas auszusetzen. Als er Leila kennenlernte, kam er nur noch zum Wäschewechseln heim. Schlimm war, wie er Merle aus dem Weg ging. Das hat wehgetan.«

»Sprechen Sie nur weiter, Frau Wiechmann«, nuschelte Ruth.

»Einmal drängte ich ihn, darüber zu reden, wie es weitergehen soll. Ihr hättet ihn sehen sollen. Wie ein Tiger hinter Gittern lief er im Zimmer auf und ab, wie getrieben, von irgendetwas beherrscht. Ich hab ihn angefleht, zum Arzt zu gehen.«

»Psychiater«, raunte Ruth und füllte erneut die Gläser. »So jemand muss zum Psychiater.«

»Das haben Sie aber cool gesagt,« meinte Mark.

Julia war noch nicht fertig: »Er schrie: ›Ihr nehmt mir die Luft zum Atmen.‹« Sie kippte ihren Likör hinunter und stellte das Glas geräuschvoll auf den Tisch zurück. »Ich hab ihn gehen lassen.«

»Das war richtig«, stellte Ruth fest. »Sie und Ihr Kind kommen allein besser zurecht. In Deutschland wird jedes sechste Kind von einem alleinerziehenden Elternteil großgezogen; zu neunzig Prozent von der Mutter.«

»Ja, ja.« Julia warf Mark einen Blick zu. Er hielt den Kopf gesenkt und sah todtraurig aus. Er kannte die Heiko-Story von vorne bis hinten. Nur eines wusste er noch nicht. Julia lauschte auf den Flur, ob Merle noch im Schlafzimmer der Oma war. Dann platzte sie damit heraus: »Heiko wurde sogar handgreiflich.«

Man hätte eine Nähnadel fallen hören, so still war es. Ruth näherte sich von der Seite mit der Likörflasche. Julia legte rasch einen Finger über ihr Glas. Mark runzelte die Stirn, er brauchte wohl einen Moment, um die Information zu verarbeiten.

»Soll das heißen«, sagte er langsam, »er hat dich … geschlagen?«

Julia nahm den Finger vom Glas und ließ Engelchen nachschenken. Dann sah sie ihn an. »So wahr ich hier sitze.«

»Dann bring ich ihn um«, sagte Mark.

Ein schöner Gedanke. Julia hatte auch schon des Öfteren darin gebadet. Sie drehte den Kopf zu Mark: »Er ist es nicht wert, dass du ihn auch nur anfasst, Marky.«

Wie redselig sie auf einmal war. Erstaunt hörte sie sich selbst zu, wie sie im Plauderton erzählte: »Es war kurz vor Weihnachten. Ich steckte gerade zwanzig Euro für den Zeitungsausträger in einen Umschlag und Merle legte ein Bild dazu. Sie hatte einen Tannenbaum gemalt. Plötzlich stand Heiko vor uns. Er schrie, ich würde sein Geld zum Fenster rauswerfen. Merle weinte. Sie klammerte sich an seine Hosenbeine und flehte: ›Bitte, Papa, bitte, Papa!‹ Ich wurde wütend. Ich zog Merle von ihm weg, da hob er die Hand gegen mich.« Sie atmete tief aus. »Ich kann seinen Schlag jetzt noch spüren, wenn ich will.«

»Das lassen Sie mal schön bleiben.« Ruth hob einen Zeigefinger.

Marks Kiefermuskeln zuckten. Er war naiv, was Ehen betraf, er hatte schlicht keine Ahnung. »Übel soll er verrecken«, stieß er hervor.

»Nun bleiben Sie aber auf dem Teppich, Herr Bohn«, mahnte Ruth. »Was Frau Wiechmann passiert ist, ist schrecklich, aber nicht mehr zu ändern. Immerhin zahlt er für Mutter und Kind, und es geht ihnen gut.«

»Geld ist nicht alles.« Mark zog die Nase hoch. »Dass der Kerl die Kleine abholen darf, wie es ihm gerade passt, ist schlichtweg …«

»Es ist normal«, schnitt Julia ihm das Wort ab. Ginge es nach Mark, dürfte Heiko seine Tochter nicht einmal von Weitem sehen. Aber es gab Gesetze, und ihr Exmann hatte ein Recht auf sein Kind. »Es ist auch für Merle wichtig, dass sie zu ihrem Vater Kontakt hat. Auch wenn der nicht perfekt ist. Verstanden?«

Mark schwieg. Ruth meinte nur: »Perfekt ist niemand.« Sie schwankte ein wenig, als sie aufstand und zur Anrichte ging, um eine neue Flasche zu holen.

Julia sagte: »Der ist weit davon entfernt, perfekt zu sein. Neulich hat er sie …« Wenn sie jetzt auch noch damit ankam, musste sie stockbetrunken sein.

»Was war neulich?« Ruth und Mark sprachen synchron. Vor Neugier stand ihnen der Mund offen.

Gut, wenn sie es nicht anders haben wollten: »Er hat Merle in einem Kaufhaus vergessen.«

»Bitte?« Mark hielt die Hand wie eine Muschel ans Ohr und verzog das Gesicht.

Julia zog tief Luft ein, Nikotin wäre ihr jetzt lieber. »Meine Tochter hatte sich in der Damenabteilung unter einem Rundständer mit Windjacken versteckt, und plötzlich war ihr Vater weg.« Aus dem Augenwinkel sah sie, wie Engelchen heimlich die Gläser wieder füllte. »Eine Verkäuferin hat sie gefunden«, fuhr sie fort, »dann wurde Heiko ausgerufen.« Sie nahm ihr Glas vom Tisch und nippte daran. »Aber da war er schon mit seiner Freundin heimgefahren.«

Mark brachte den Mund nicht zu. Ruth sprach gedehnt: »Ein Kind vergessen – das darf nicht passieren.« Sie nahm einen Schluck und behielt ihr Glas in der Hand, als sie fortfuhr: »Aber es geschehen immer wieder … sehr schlimme Dinge.«

Julia spitzte die Ohren in Richtung Flur. Merle war noch bei der Oma, man hörte sie gedämpft das Eskimo-Lied singen. Erleichtert wandte sie sich Engelchen zu. »Was für schlimme Dinge, Frau Engelbrecht?«

»Es gab mal einen Fall … es ist schon lange her.« Ihre grüngolden schimmernden Augen wurden fast schwarz. »Damals hat ein Vater sein Kind in den Keller gesperrt.« Ihre Brauen zuckten empor. »Er vergaß, es wieder rechtzeitig herauszuholen.«

»Und dann?« Mark beugte sich vor.

»Dann war das Kind tot.« Ruth redete wie in Trance. »Es war verhungert. Die Kellerregale standen voll mit Marmelade, aber es hatte so kleine Hände. Es bekam die Gläser nicht auf.«

Sie sahen sich gegenseitig an.

Mark rührte sich als Erster. »Im Keller vergessen, geht's noch?« Er sah an die Decke. »Da hat Heiko ja noch Entwicklungspotenzial. Erst vergisst er Merle in einem Kaufhaus, irgendwann sperrt er sie in einen Keller.«

»Quatsch«, sagte Julia. »Heiko wird sie nie wieder irgendwo vergessen und Einsperren ist völlig aus der Luft gegriffen.«

»Bist du sicher?« Auf Marks Stirn stand Schweiß, ihm war wohl heiß geworden in der kleinen Küche. Er schob die Ärmel seines Sweatshirts hoch. Da entdeckte Julia eine neue Schnittverletzung an seinem linken Unterarm, und er tat ihr fast leid. In seinem Altenheim kam es in der schmalen Teeküche manchmal zu Tumulten, und er schnitt sich beim Hantieren mit den Messern oder beim Gläserspülen, weil er gestoßen wurde. Einmal hatte sie ihn sogar ins Krankenhaus gefahren, weil er genäht werden musste. Er hatte einer Bewohnerin, die sich die Pulsadern öffnen wollte, die Rasierklinge aus der Hand gewunden. Das war Mark: tapfer und selbstlos. Im Augenblick war er allerdings mal wieder überbesorgt und das nervte.

»Sicherheit«, kommentierte Julia verschwommen, »wer kann sich schon sicher fühlen?«

»Sag ich doch«, stimmte Mark zu. »Und deshalb müsste man ihn …«

Da kam Merle herein, und sie schwiegen.

Auf dem Nachhauseweg spiegelte sich der Mond in den Pfützen. Wie Sterne lagen gelbe Ahornblätter auf dem schwarzen Asphalt. Julia war beschwippst. Sie suchte in ihren Taschen umständlich nach Zigaretten und gab dann die Schachtel an Mark weiter. Sie steckten sich die Luckys an und schritten rauchend durch die feuchtkühle Dunkelheit.

Julia legte den Arm um Merles Schulter. »Bist du glücklich, Schatz?«

Die Kleine nickte. Sie zog ihren Prinzessinnenschirm hinter sich her, was ein kratzendes Geräusch gab. »Weil – mit Oma-Leo kann man so schön spielen«, sagte sie.

»Ja? Was spielst du so mit der?«

»Wir spielen Kosmetikerin.«

»Wie das?« Julia nahm einen Zug von ihrer Zigarette.

»Sie muss hinliegen und ich creme sie ganz ein.« Merle hüpfte, ihr Regenmantel quietschte.

»Du cremst sie ein?« Julia war konsterniert. »Mit was denn?«

»Mit Creme.«

In sich hinein lächelnd boxte Julia Mark in die Seite. Im gelben Licht der Straßenlaternen sah sie seine belustigte Miene. Als sie zu Hause ankamen, rauchten sie vor dem Müllhäuschen ihre Zigaretten zu Ende.

Mit einem Mal war Julia klar, dass ihr kleines Problem gelöst war. Sie gab Merle einen Klaps und schickte sie schon mal vor zur Haustür. Dann drehte sie sich um und fragte den jungen Nachbarn, ob er am sechsten Dezember schon etwas Wichtiges vorhätte.

Mark Bohn grinste von einem Ohr zum andern.

4

Corry schlug den Mantelkragen hoch und spreizte die Finger auf dem Lenkrad. Sie steckten in himbeerfarbenen Handschuhen, denn es war kalt an diesem Silvesterabend und wer wollte schon dauernd zwei entstellte Hände sehen. Kriminalhauptkommissarin Corinna Voss bestimmt nicht. Sie startete ihren kaffeebraunen New Beetle. Heute wollte sie nichts als fröhlich sein. Kollege Fabio Lavelli schmiss die Party, und das wurde bestimmt wieder ein heißes Fest, von dem man wochenlang zehren konnte. Sie zog den linken Handschuh ein Stück herab und blickte auf ihre Armbanduhr, über deren Ziffernblatt »PEACE« geschrieben stand. Es war kurz vor halb acht, sie gab Gas, und die Schneeflocken fegten nur so über die Windschutzscheibe.

Mit ihrem Aussehen war Corinna Voss noch selten zufrieden gewesen, aber heute fand sie sich beinahe schon schön. Denn das weinrote Wollkleid passte mal wieder, was bedeutete, dass sie abgenommen hatte. Sie trug etwas Goldschmuck, eine schmale Kette und das passende Armband, und an den Füßen prangten ihre neuen, fuchsfarbenen Pumps. Im Haar, heublond mit Betonung auf »Heu«, glänzte ein schwarzes Samtband, die Schleife saß genau oben in der Mitte.

Es gab nichts Gemütlicheres, als in einem Beetle durch den Schnee zu fahren. Sie hörte Radio, unterbrochen von einzelnen Silvesterböllern, die wie Schüsse knallten, aber weit weg und ganz harmlos.

Fabios denkmalgeschütztes Häuschen stand in einem schmalen verwilderten Garten in einer Sackgasse unterhalb des Uff-Kirchhofs in Bad Cannstatt, keine fünfzig Meter von den Gräbern Gottlieb Daimlers und Wilhelm Maybachs entfernt.

Ein Streifen Licht fiel aus der angelehnten schwarzen Eichentür mit dem geschnitzten Löwenkopf. Corry sprang über die einzeln verlegten Steinplatten darauf zu und stieß sie auf.

Das Haus war voller Partygäste. Stimmengemurmel und Lachen umfingen sie. Leuchtgirlanden blinkten, Gläser klirrten.

Corry schälte sich aus dem Mantel und warf ihn über die Garderobe, wo er gleich wieder herabrutschte.

Eine Asiatin in weißen Hotpants lächelte ihr zu, bevor sie sich an dem glänzenden Treppengeländer in die obere Etage schlängelte, wo die Schlafzimmer und das Bad lagen.

»Hallihallo«, rief Corry melodisch in die Menge, und schon hatte sie ein Weinglas in der Hand. Eine braungebrannte Zweimeter-Frau mit blonder Perücke drehte sich zu ihr um.

»Sieh dir das an, Süße«, sagte sie mit Männerstimme. »Mir hat wer nen Aperol übers Kleid gekippt, das kann ich doch wegschmeißen, oder?« Sie wartete Corrys Antwort gar nicht erst ab, sondern hakte sich bei einem Kerl in schwarzem Leder unter und schob in Richtung Wohnzimmer davon.

Corry lachte. In der Küche entdeckte sie Fabio am Herd, umstellt von Freunden. Er hob einen Bratwender zum Gruß und lachte ihr zu. Er besaß ein gewinnendes Lächeln, was nach Aussage der Kollegin Katharina Fink, die hier auch irgendwo stecken musste mit ihrer lockeren Vogelnestfrisur, einzig an seinem schiefen Schneidezahn lag. In diesen Zahn hatte Fink sich nämlich verliebt, als Fabio zum ersten Mal ins Polizeipräsidium spaziert kam. Sie war nicht die Einzige, und wie die anderen musste auch Fink sich wieder entlieben, denn Fabio war schwul. Rein optisch ginge er jederzeit als Indianer durch; tatsächlich hatte ihn seine Tante Lucia, bei der er in einer Eisdiele in Ostfriesland aufgewachsen war, Jahr für Jahr in ein Indianerkostüm gesteckt.

Fabios Coming-out lag auf den Tag genau ein Jahr zurück. Falls einer der Kollegen damals glaubte, dass Ottmar Reitze, der birnenförmige Chef, damit nicht zurande käme, hatte er sich geschnitten. Der Kriminalrat, ein Koloss von einem Mann, hatte Fabio in sein Büro gerufen, ihn auf einen Stuhl gesetzt und ihm – vorsichtig – auf die Schulter geklopft. »Donnerwetter, Lavelli, hätte ich jetzt nicht gedacht«, rief er aus. Dann stellte er sich ans Fenster und tat, was er in anspruchsvollen Situationen immer tat: Er wippte auf den Füßen – man wurde seekrank, wenn man ihm zusah. Otte konnte dabei aber gut denken, und so dachte er sich etwas aus, das Fabio am selben Abend noch bei einem Glas Bier Corry erzählte: Otte sagte: »Smart und schwul, das ist ein Bonus, Lavelli! Sie sind mein Mann für die ganz sensiblen Sachen.«

Aber Fabio wusste bis heute nicht, was er sich unter Ottes sensiblen Sachen vorstellen sollte. Corry mutmaßte, dass sich der Chef durch Fabio besonders brillante oder raffinierte Mordermittlungen erhoffte, mit denen er seine Vorgesetzten verblüffen konnte. Otte hasste seine Vorgesetzten leidenschaftlich – es gab niemanden im Präsidium, der das nicht wusste. Jedenfalls hatte er kurz nach Fabios Outing in der Kantine eigenhändig den Slogan »Liebe verdient Respekt« an die Wand genagelt.

Corry hielt Ausschau nach Otte. Man konnte ihn nicht übersehen, groß und grau ragte er aus jeder Gruppe heraus. Im Augenblick steckte er in einer Türlaibung mit zwei attraktiven Frauen fest.

Von hinten griff jemand nach Corrys Hand, und unwillkürlich zog sie sie weg. Seit ihrer Brandverletzung war es ihr zuwider, wenn einer ihre Hände auch nur ansah. Wer von zehn Fingernägeln nur noch acht besaß, fühlte sich irgendwie unvollkommen. Aber es war Fink, die sich das erlaubt hatte, und sie auf ihren langen, dünnen Beinen einfach mit zum Büfett zog. Wer wollte sich schon einer Taekwondoka mit schwarzem Gürtel widersetzen? Corry hielt ihr Weinglas fest und gab acht, dass sie nichts verschüttete. Fink war eine von zwei Kolleginnen, die für Corry – blödes Bild: durchs Feuer gehen würden. Auch der Chef hielt große Stücke auf sie: »Ein Handkantenschlag von der Fink«, hatte er

Corry einmal zugeraunt, »und du bist tot.« Manchmal traf er sich mit der Kollegin hinter dem Präsidium, wo der Wein wuchs und sie schweigend aromatisierte Zigarillos rauchten und Kringel in die Luft bliesen, synchron.

Das Büfett war himmlisch. Corry tupfte sich Brokkoliröschen auf den Teller, und Fink angelte für sie ein gebratenes Hühnerbein von einer Etagere. Bei Fabio und Sebastian gab es kein Fleisch von Tieren mit mehr als zwei Beinen.

»Corry!«

Sie drehte den Kopf.

Mit ausgebreiteten Armen kam Sebastian auf sie zugeschwebt. Zahlreiche Freundschaftsbänder hingen um seine Handgelenke, von ihr musste auch eins dabei sein. Sebastian war Fabios Mann. Er war dünn und lang und sah stets übernächtigt aus. Weil er so groß gewachsen war, sich aber über andere nicht erheben wollte, war er vor langer Zeit im oberen Drittel nach vorne eingeknickt und hatte seitdem einen Rundrücken. Er war freier Journalist.

Corry winkte ihm mit dem Kinn, ihr ins Blumenzimmer zu folgen. Sie hielt ihren Teller über dem Kopf, so eng war es geworden. Im Blumenzimmer gab es eine breite Fensterbank, aber keine Pflanzen; wer hätte schon Zeit gehabt, sie zu pflegen. Sie setzten sich auf die grüne Chaiselongue und balancierten ihre Teller auf den Knien.

Corry sagte: »Ich muss oft an deine Kinder denken.« Sebastian schrieb eine Reihe über das Leben der Straßenkinder in Rio de Janeiro. »Wie kommst du voran?«

»Es läuft gut.« Er nahm ein paar Salatblätter auf die Gabel. »Ich habe eine interessante neue Kontaktperson in Rio. José ist Rechtsanwalt, er arbeitet für verschiedene Menschenrechtsorganisationen.«

»Woher kennst du ihn?« Corry nahm sich ihr Huhn vor.

»Er hat mich angerufen. Er sagte, er sei bereit, alles dafür zu tun, um diese Missstände zu bekämpfen.«

»Das ist wunderbar.« Corry lachte Sebastian an. Es tat gut, ihn so zuversichtlich zu sehen.

Er gab ihr von seinem Salat ab. »Weißt du, was die Restaurantbesitzer in Rio mit ihren Speiseresten machen?« Er spießte eine wilde Kartoffel auf. »Sie besprühen sie mit einer bitteren chemischen Lösung, damit die Kinder das Zeug nicht essen können.«

»Das ist unerträglich«, sagte Corry.

»Armut ist schlecht fürs Geschäft. Kein Wirt in Rio möchte vor seinem Lokal zerlumpte Kinder sehen. Also müssen sie verschwinden. Was tun sie?«

»Sie jagen sie weg«, riet Corry.

»Schön wär's.« Sebastian steckte sich die Kartoffel in den Mund und kaute. Nach einer kleinen Weile sagte er: »Sie heuern Killerkommandos an und lassen die Kleinen erschießen.«

Das war Sebastian. Lateinamerikakenner. Immer dem Elend auf den Fersen, immer dort, wo es wehtat. Sie wusste, dass Fabio oft Angst um ihn hatte, aber Sebastian konnte man nicht anbinden.

»Es ist nicht zu fassen!« Corry war auf hundertachtzig. »Wie reagiert die Bevölkerung?«

»Sie nehmen das Kindergemetzel hin, als sei es gottgewollt.« Jemand hatte die Stehlampe neben ihrer Chaiselongue angeknipst. Corry bemerkte die Ringe um Sebastians Augen. Er sah erschöpft aus.

»Pass auf dich auf«, sagte sie zu ihm. Er schüttelte den Kopf, als verlange sie etwas Unmögliches von ihm. Corry wollte ihn am liebsten schütteln. »Es ist noch nicht lange her«, sagte sie leise, aber eindringlich, »dass einer deiner Kollegen ermordet wurde, weil er über die Korruption in Brasilien berichtet hat. Und du wagst dich an organisierte Kinderkiller?«

Er lachte bitter auf. »Und das sagt mir ausgerechnet Stuttgarts taffste Mordermittlerin?« Sebastian ließ sich nach hinten fallen und glitt zwischen zwei große, pflaumenblaue Kissen. »Wenn ich jetzt die Augen zumache, schlafe ich ein«, murmelte er.

»Schlaf gut«, flüsterte Corry, schnappte sich ihr Glas vom Fußboden und stand vorsichtig auf, um ihn nicht zu stören.

Sie trat ins Wohnzimmer hinaus, wo die Gäste einander zuprosteten oder tanzten. Ganz vorn am Büfett stand unübersehbar ihr Chef mit der roten Schleife am Revers. An keinem Sakko wirkte sie so winzig wie an Ottes. Corry trat hinter ihn. »Guckguck!«

Er schrak zusammen. »Ach, du bist es, Voss. Ich dachte schon, die Fink sei hinter mir her.«

Während Corry nach einer Nachspeise Ausschau hielt, frotzelte er: »Sag einmal, gibt es hier nichts Gescheites? Ich seh nur Grünzeug.«

»Nimm dir Hühnchen«, sagte sie, und Otte prustete los:

»Solange wir keine Finken essen, was, Voss!«

Dabei wusste sie, dass der graue Riese traurig war. Als sie ihren Kollegen Max Bender im Krankenhaus besuchte, nachdem eine Motorrad-Gang in ihn hineingefahren war, als wollte sie eine Wiese durchpflügen, hatte der Chef an seinem Bett gesessen. Corry stand in der Tür und wollte leise wieder hinausgehen, als sie Otte reden hörte. Sie hatte gar nicht gewusst, wie sanft er sein konnte, sie kannte ihn nur raumgreifend und dröhnend. Und nun gestand er dem Komapatienten, von dem man nicht wusste, ob er überhaupt ein Wort verstand, wie kreuzunglücklich er war. Wie ihn das Spießbürgertum deprimierte, in das er hineingeboren worden war und aus dem er nicht hatte fliehen können. »Man kann nicht aus seiner Haut heraus«, flüsterte er dem eingegipsten Max zu. Corry wollte gehen, doch etwas hielt sie. Da fing Otte von seiner früheren Frau an, mit der er Galerien und Theater hatte besuchen wollen: »Großstädtisch leben, Bender!« Aber er hatte wohl keine Zeit dazu gefunden, und sie hatte die Scheidung eingereicht. Corry wollte nicht länger zuhören. Sie hatte die Klinke in der Hand und ging vorsichtig rückwärts, als ihr Name fiel. »Und die Voss – Jesses!« Sie blieb wie angewurzelt stehen. »Eine Polizeilandesmeisterin im Pistolenschießen mit verbrannten Händen?« Otte klatschte sich auf die Schenkel. »Willst du wissen, was die da oben davon halten?« Er zog hörbar die Luft ein. »Man will ihr eine Chance geben, eine.« Er führte seinen aufgestellten Daumen dorthin, wo er Max' Augen unter dem Verband vermutete. »Sie geht wieder zum Training, hab ich denen gesagt, sie schießt fast so schnell wie früher – das wird wieder, ich weiß es. Da sagt das Bürschlein vom LKA zu mir: ›Auf die Treffer kommt es an.‹ Otte stampfte auf den Boden. »Kannst du dir vorstellen, was ich mit dem fast gemacht hätte?« Max Bender lag weiter regungslos auf dem Laken. »So hochheben – und dann fallenlassen.« Otte hatte eine Bewegung gemacht, als kippe er etwas Leichtes, Unbedeutendes über die Fensterbrüstung. Corry hatte genug gehört: Eine Chance gab man ihr. Wenn sie die vermasselte, was dann?

Seit jenem Tag trainierte sie jede freie Minute in ihrem Schützenverein. Gab Hunderte von Schüssen ab. Und wie vor der Brandverletzung löste das Klicken beim Durchladen der Heckler & Koch einen Adrenalinausstoß in ihrem Blut aus. Anfangs musste sie ihre steifen Hände zwingen, das zu tun, was ihr Job war: Waffe ziehen, halten, durchladen, abdrücken. Zweimal schnell hintereinander, bumm-bumm. Der erste Schuss lenkt ab, der zweite trifft. Es war wieder wie eine Sucht, und sie wurde jeden Monat besser – und schneller.

Eine junge blonde Frau mit einem Glas Schampus in der Hand lockte Otte vom Büfett weg. Geschmeichelt lächelnd trottete er hinter ihr her. Corry blieb keine zwei Sekunden allein. Mit dem iPhone am Ohr kam Fabio im Zickzack durch das Zimmer auf sie zu. Seine Miene gefiel ihr gar nicht. Zwei Mädchen streuten Glanzkonfetti in die Luft, und er sah aus, als hätte er eine Spinne verschluckt.

»Alles in Ordnung?«, erkundigte sich Corry und wischte sich Glitterpartikel aus den Augenwinkeln.

»Katastrophe«, sagte Fabio und blickte auf sein stummes Telefon. »Ich wusste dass er eines Tages auftaucht und hier bleiben will.«

»Salvatore etwa?« Corry musste lachen.

Fabio schluckte. »Mach darüber keine Witze.«

Salvatore war Fabios Vater, und Katastrophe war untertrieben. Corry hatte ihn bei seinem letzten Stuttgart-Urlaub kennengelernt. Ein alter Latinlover, der um alles herumgockelte, was Kurven hatte. Mit Männern allerdings kam er seit Fabios Coming-out nicht mehr zurecht. Er klemmte die Beine zusammen vor Angst, dass ihm einer dazwischenginge. Zum Glück war Sebastian damals in Mexiko gewesen und hatte das Ganze nicht mitbekommen, etwa die Maria-Mutter-Gottes-Plastikflasche, die Herr Lavelli mit Lourdeswasser (gegen Homosexualität) gefüllt und mitgebracht hatte.

»Du lässt ihn tatsächlich noch einmal kommen?« Zu gut erinnerte sie sich, wie der kleine, knorrige Italiener prophezeit hatte, dass Fabio seine Arbeit bei der Kriminalpolizei verlieren würde. Dass sein Chef die tolleranza nur vorspielte, denn was sollte Signore Reitze mit einem Weichei bei der Stuttgarter Mordkommission anfangen? Corry hatte große Lust verspürt, Herrn Lavelli in die Schranken zu weisen. Aber das war wohl eher Fabios Aufgabe. Am nächsten Tag hatten sie ihn zum Hauptbahnhof gebracht, wo sein Zug nach Perugia auf ihn wartete.

Fabio steckte sein Telefon in die Brusttasche und dirigierte sie zu der kurzen Reihe braunlederner Clubsessel. Sie setzten sich. »Er wird im Sommer pensioniert«, sagte er betroffen. »Dann wird er sich langweilen. Er langweilt sich jetzt schon.«

»Und da will er bei euch einziehen?« Corry musste sich das Grinsen verkneifen. Sie sah sich um. Ein junger Mann mit goldenem Lidschatten tanzte selbstvergessen vor der Fensterscheibe und betrachtete dabei sein Spiegelbild. Was würde Herr Lavelli senior dazu sagen? Zu Fabio bemerkte sie: »Alt und jung unter einem Dach, und dann so ein Giftzwerg.«

»Er bringt dir Baci-Pralinen mit«, versuchte es Fabio versöhnlich.

»Äh!«, machte Corry, als hätte sie je im Leben eine Praline zurückgewiesen.

»Er wird sich anpassen müssen«, lenkte Fabio ein.

»Du sprichst von Salvatore!« Das Haarband rutschte ihr über die Augen, sie schob es wieder an seinen Platz. »Pass nur auf, dass er dir keinen Exorzisten mitbringt.«

Ein Chinaböller wurde so nah am Haus abgeschossen, dass die Fensterscheiben klirrten und der tanzende Junge erschrocken zusammenfuhr.

»Salvatore ist mein Vater«, sagte Fabio.

Darauf wäre Corry jetzt nicht gekommen.

Fabio zog eine Braue hoch. »Es wird für ihn nicht leicht werden, jetzt, wo Sebastian im Lande ist.«

»Was heißt im Lande?«, entgegnete Corry. »Er wohnt hier.«

Otte, der mit einer Weinflasche umherwanderte, goss ihre Gläser voll und zog mit schaukelndem Gang weiter. Corry und Fabio tranken einen großen Schluck und fingen beide gleichzeitig an zu reden und mussten lachen.

Ein paar Gäste schoben sich an ihnen vorbei, die Musik wurde lauter. »Vielleicht wird alles nur halb so schlimm«, meinte Fabio und öffnete ergeben die Hände.

»Na super«, seufzte Corry. »Er kommt einfach daher und bringt euer Leben durcheinander. Es ist jetzt schon kompliziert genug.« Sie war ein wenig angesäuselt und schmetterte los: »Sebastian kämpft in Rio gegen Kinderkiller und du bist mein Partner und musst jeden Tag verflixt aufpassen, dass du nicht so endest wie Max Bender.« Fabio hob die Augenbrauen. Corry fiel auf, dass er eine Menge Fältchen um die Augen hatte, obwohl er noch keine vierzig war.

Mittlerweile wurde im ganzen Haus getanzt. Die Musik war erste Sahne. Eine pinkfarbene Federboa wurde hoch über den wippenden Köpfen umhergestupst und federte von einem zum anderen. Die Gäste riefen nach Fabio, der den Moonwalk ins neue Jahr tanzen sollte. Schon im Gehen begriffen, wandte er sich zu ihr um: »Salvatore … ich meine: Menschen können sich ändern.«

Corry riss die Augen auf und wie auf Kommando lachten sie beide los.

Sie erhob sich, um zuzusehen. Jemand hatte den Sisalläufer vom Flur zusammengerollt und zur Seite gestellt, und an der Hi-Fi-Anlage gab es ein Gerangel. Die Zweimeter-Blondine reichte Fabio den Hut. Billie Jean ertönte. Sehr laut. Corrys Herz klopfte im Takt. Und Fabio setzte den Fedora auf. Schob ihn von hinten über den Kopf, wie Jacko es getan hatte, und dann – Showtime – führte er den Moonwalk vor. Beim Sprung auf die Zehenspitzen kreischte das Publikum begeistert und einige versuchten ihn nachzuahmen. Aber das klappte nicht so ganz.

Corry jubelte. Dann blickte sie auf ihre Armbanduhr. Auf dieser Uhr war außer PEACE nicht viel zu erkennen. Jemand in ihrer Nähe rief: »Himmel, gleich zwölf!« Und eine andere Stimme: »Wo ist der Sekt?«

Der Countdown aus dem Radio lief. Sebastian und die Asiatin, Angie aus Malaysia, ließen die Sektkorken knallen und drückten jedem ein Glas in die Hand. Alle stießen auf ein glückliches neues Jahr an. Vor allem Gesundheit. Angie rief: »Und Geld!«, und Sebastian schob »und Liebe« hinterher. Corry sagte gar nichts, sondern nahm gleich mal einen Schluck. »Prost, Neujahr!«

Die meisten gingen raus auf die Straße und böllerten mit den Nachbarn. Corry blieb im Haus und schaute im Blumenzimmer aus dem Fenster, das auf den kleinen Garten ging. Goldblinker und grüne und lila Sterne rieselten vom Himmel. Aus dem schneebedeckten Gras erhob sich ein einziges, mickriges Bäumchen, das nicht danach aussah, als würde es den Winter überleben. Corry nippte an ihrem Sekt und wandte sich um. Zwei Jungs, die in der Küche hantierten, sangen Schlager. Sie wunderte sich, dass sie die alten Texte kannten. Jetzt sangen sie »Eine neue Liebe ist wie ein neues Leben …« Corry hatte mit der alten noch genug zu tun: Thorsten Koopmann – the man in black. Im Zeitraffer ging sie die Jahre durch, die sie mit ihm zusammen gewesen war, und kam auf fast zwölf. In ihrem Kleiderschrank belegte er noch das linke untere Fach mit Sachen, die er sowieso nicht brauchte. Seine blauen Schwimmflossen etwa. Er hatte sie für den Kuba-Urlaub gekauft, zu dem er dann allein fliegen musste, weil Corry einen Fall zu lösen hatte. Als Koopmann nach drei Wochen zurückkam, war er immer noch beleidigt.

Draußen knallte und zischte es unablässig. Die Partygesellschaft stürmte herein und brachte kalte Luft und Schwefelgeruch mit. Angie drehte die Musik auf. Otte trompetete Corry etwas ins Ohr. Sie verstand nicht, was er von ihr wollte, es war viel zu laut. Aha, tanzen! Also tanzten sie einen Boogie-Woogie. Fabios Freunde machten einen Halbkreis und feuerten sie an. Sie tanzten wie verrückt. Die Stimmung war fantastisch, und sie vergaß Koopmann komplett.

Später ließ sich Corry mit einem Glas Wein in eine kleine, bequeme Couch sinken. Mit einem Mal tauchten vor ihren Füßen ein Paar Westernstiefel in leichter O-Stellung auf. Darin musste Müzeyyen Gül stecken – das Cowgirl vom Morddezernat. In ihrer Wildlederfransenjacke quetschte sie sich zu Corry in den Zweisitzer.

Sie stießen auf das neue Jahr an. Müzze, wie alle sie nannten, hatte auch schon einen in der Krone.

»Feierst du nicht mit Koopmann?«, fragte sie und schob sich die dicken schwarzen Locken aus dem Gesicht.

»Siehst du ihn hier irgendwo?«

Müzze, nach Leder und Honig duftend, schüttelte schwach den Kopf.

Mit Koopmann konnte Corry ja wohl schlecht feiern, wenn er mit einem Freund beim Trekking in Vietnam war. Mit ihr hatte er es in zwölf Jahren nicht einmal auf die Schwäbische Alb geschafft.

Zufällig sah sie über Müzzes Schulter ins Blumenzimmer hinüber und erwischte einen zärtlichen Moment zwischen

Fabio und Sebastian. Beide in die großen Kissen auf der grünen Chaiselongue gekuschelt. Corry schaute gleich wieder weg. Sie spürte nun deutlich den Alkohol.

Müzze sagte: »Erzähl mir von deinen Eltern.«

Corry versuchte, Müzze fest anzusehen. »Du kennst sie.«

»Trotzdem, red einfach so«, bat Müzze. Ihr rechtes Augenlid zuckte.

Immer wollte sie Geschichten aus behüteter Kindheit hören. Corry hatte längst nichts mehr auf Lager, sie erfand aber ganz nette Sachen, und manchmal wusste sie schon nicht mehr, ob es wirklich so gewesen war mit Eva und Volker. »Erfind dir doch selbst was«, sagte sie gereizt, denn soeben war ihr der bedrückende Traum von heute Nacht eingefallen. Sie war irgendwo gefangen und konnte sich nicht rühren.

Müzze stieß sie an, und sie blickten beide auf. An ihrer Couch schlenderten Zigarillos rauchend Otte und Fink vorbei, und Finks Haarnest hielt immer noch, trotz der Tanzerei vorhin.

Auf dem Flur rief jemand: »Die Taxis sind da!«

Viele drängten zum Ausgang, auch Corry und Müzze. Es gab ein Durcheinander mit den vielen Jacken und Mänteln. Corry nahm versonnen eine Papierschlange aus ihrem Gesicht. Fabio hatte sie und Müzze gleichzeitig im Arm. Fink hing an Ottes Arm. Unter seinem offenen Mantel leuchtete die silberne Krawatte hervor. Als sie schon draußen waren, drehte er sich noch einmal um und rief aufgeräumt in das hell erleuchtete Haus: »So eine schöne Silvesterfeier bei Fabio und Sebastian!«

Winken und Kusshände, bis alle über die Steinplatten durch den Vorgarten gehüpft waren. Corrys Schuhe im Schnee wie zwei Eichhörnchen, die jedes in eine andere Richtung losspringen wollen. Dumpf schlugen die Türen vom ersten Taxi zu. Der Motor startete, der Mercedes fuhr los. Corry und Müzze traten an den zweiten Wagen heran. Der Taxifahrer blieb sitzen. Müzze stieg vorne ein. Corry zog die hintere Türe auf. Das Innenlicht fiel in einem breiten Streifen über den zugeschneiten Asphalt, wo im Rinnstein ein kleiner toter Vogel lag.

5

Das neue Jahr fing ja gut an. Es war gegen zwei oder drei Uhr mittags – er schaute besser nicht auf seine Uhr. Denn Mark Bohn balancierte in zehn Metern Höhe auf dem schneebedeckten Geländer einer hundertdreißig Meter langen Brücke. Unter ihm liefen zwei Bundesstraßen in sechs Spuren zusammen, in der Mitte lagen schwarzgrau glänzend die Gleise der Stadtbahn.

Die Kälte biss durch seine Kleidung, Hemd und Hosenbeine flatterten im Wind. Sein lindgrüner Schal flog davon, schwebte in der Luft wie eine Baumnatter, die er so faszinierend fand. Große Schlangen, die im tropischen Regenwald zwischen den Bäumen segelten. Bohn aber tanzte auf Messers Schneide. Die Arme seitlich ausgestreckt, setzte er einen Fuß vor den andern, und in Gedanken sah er Merles Gesicht im Heckfenster des blauen Golf. Sie hatte die Handflächen gegen die Scheibe gepresst, als wollte sie ihn durch das Glas berühren. Aber Julia startete den Wagen und fuhr die Wolfsberger Straße hinunter. Da konnte Merle sich auf der Rückbank aufführen, wie sie wollte.

Das war vor zwei Tagen gewesen, seitdem waren sie weg. Für Julia »keine große Sache«, wie sie gesagt hatte. Sie hatte ihm einen guten Rutsch gewünscht und die Autotür hinter Merles Fersen zugeknallt. Sobald sie außer Sicht waren, war Bohn zum Wald hochgefahren und war dort über die verschneiten Wege gelaufen, vorbei an kleinen, vom Schnee weich ausgepolsterten Schluchten. Und während er ging, rief er sich die letzten Gespräche mit den beiden ins Gedächtnis. Untersuchte jeden Satz nach einer Andeutung, die ihm verriet, dass sie beabsichtigten, nicht wiederzukommen. Er fand aber nichts. Im Gegenteil. Sie schienen mit ihm zufrieden zu sein. Neueste Beweise:

1. Merle: Obwohl er in der Kita verkleidet gewesen war, hatte sie ihn sofort erkannt. »Deine Augen, deine Stimme,

Mark!«, rief sie, eine Spur Entsetzen im Blick. Auch die anderen Kinder hatten ein wenig Angst vor ihm. Er war ja der Nikolaus und die Rute an seinem breiten Gürtel konnte jederzeit zum Einsatz kommen. Kam sie aber nicht. Er machte den Jutesack auf und beschenkte die Kids, die mit jedem Geschenk, das er aus dem Sack hob, zutraulicher wurden. Merle jubelte, denn sie erhielt a) zwei Prinzessin-Lillifee-Haarspangen, b) ein Lillifee-Armbändchen und c) ein Lillifee-Perlenset.

2. Julia: In letzter Zeit hatte sie mehrmals mit fester Stimme und ohne Lachen betont, dass sie nicht wüsste, wie sie ohne ihn klarkommen sollte. Als Beispiel hob sie das Umstellen des Schreibtisches kurz nach ihrem Einzug hervor. Diese Sache fand sie im Nachhinein genial, sie nannte dafür drei Gründe: a) Das Kind schläft schneller ein, wenn sie als Mutter in der Nähe ist. b) Der Schreibtisch nimmt ihr im Wohnzimmer keinen Platz mehr weg. c) Oben ist es heller.

So hatte Bohn sich das in einem seiner Hefte notiert. Er hatte noch dazugeschrieben, dass Julia sogar festen Augenkontakt gehalten hatte, was keine Selbstverständlichkeit war. Sie schaute oft einfach in die Luft oder sonst wohin.

Er hatte etwa fünfzig Meter auf dem zugeschneiten Geländer der Auerbachbrücke zurückgelegt. Sie war aus grauem Beton wie das gesamte Industriegebiet, in dem er herumturnte. Und mit seinem Leben spielte. Denn Bohn war allein. Vielleicht für immer, vielleicht nur … »Bis nächstes Jahr!«, hatte sie gerufen und dann war sie mit Merle in den Odenwald abgezischt, zu Oma und Opa. »Sie wissen gar nicht mehr, wie die Kleine aussieht«, hatte sie gesagt.

Ihr einziges Enkelkind.

Ein Streufahrzeug fuhr unter ihm hindurch, der Splitt spritzte seitlich weg. Bohn erhaschte einen Blick ins Fahrerhaus. Der Fahrer biss in einen Döner. Auf dem Sitz neben ihm lagen original verpackte Silvesterraketen. Er war wohl nicht dazu gekommen, sie gestern Nacht abzufeuern. Gestern …

Kurz nach elf hatte es geklingelt. Er war zur Tür gerannt, ein Reflex. Vielleicht war sie zurückgekommen. Aber das wäre das erste Mal, dass Julia ihn besucht hätte. Er lauschte an der Gegensprechanlage und hörte einen geflüsterten Namen: Petra.

Er zögerte einen Moment, dann drückte er auf den Öffner. Mit dem Donnern eines verfrühten Kanonenschlags drang sie ins Haus ein. Sie stieg rasch die Treppen hoch, am ausgestreckten Arm eine Flasche Sekt. Ihr Haar war länger geworden, es floss wie schwarzer Lack über ihre Schultern, sie musste es mit einem Glanzspray behandelt haben, es glänzte wirklich sehr stark. Sie lächelte fein. Sie war völlig durchgeknallt.

»He, gibt's kein Telefon?« Bohn wünschte, seine Stimme klänge schärfer.

»Deine alte Nummer ist tot, und eine neue hab ich nicht.« Sie senkte den Kopf und knöpfte ihren Mantel auf. »Ich war gerade in der Gegend, und da dachte ich …«

Was zum Henker erzählte sie da? Und wieso rührte es ihn, wie sie vor ihm stand? Mit solchen Haaren, und die Lippen geschminkt. Das war doch Bullshit! Hinauswerfen, dachte er. Er brachte es aber nicht fertig. Also nahm er ihr die Flasche ab und half ihr aus dem feuchten Mantel. Sie lachte überrascht auf und blickte sich um.

Petra, die Affenpflegerin, war die einzige Frau, die diese Wohnung jemals betreten hatte.

»Hier hat sich viel verändert«, bemerkte sie und brachte den Mund nicht mehr zu.

Bohn fand, vor allem sie hatte sich verändert. Er kannte sie nur in Jogginghosen und weiten Polo-Shirts, so, wie sie auch zur Arbeit in den Zoo ging. Kein Vergleich zu jetzt: hohe, schwarze Lederstiefel, ein dunkelblaues Kleid – tatsächlich ein Kleid! Im Ausschnitt der goldene Anhänger, den er ihr vor Jahren geschenkt hatte.

Sie ließ ihre Augen über die Wände und Decken spazieren. »Es ist so dunkel bei dir«, sagte sie. Dann entdeckte sie das Fernglas im Wohnzimmer und lief hin. Bohn hatte es beim ersten Klingelton zur Seite gestellt und das Objektiv in Richtung Kirchturmspitze geschwenkt.

»Man kann nichts sehen«, murmelte sie hinter dem Stativ.

Wie auch, wenn die Schutzkappen noch drauf waren? Er nahm sie ab, rückte das Gerät nach vorn und ließ sie zur Feier des Tages auf den angestrahlten Kirchturm blicken. Silvester. Leuchtsterne und Schneeflocken fielen vom Himmel.

»Traumhaft«, flüsterte sie und wandte ihm ihr herzförmiges Gesicht zu. Da spürte er so etwas wie Freude aufflackern, silbrig und sprühend, und dafür gab es Gründe: 1. Er war nicht mehr allein. 2. Petra sah wirklich nicht übel aus. 3. Julia und Merle würden am fünften Januar wiederkommen. Vorausgesetzt, es würde ihnen nichts zustoßen im Odenwald.

Bohn konnte in dieser Lage einiges zustoßen. Naheliegend wäre ein Ausrutschen auf dem gerade mal zwei Schuhsohlen breiten, eisglatten Untergrund. Er konnte nach innen fallen, auf die Brücke, was ein Witz wäre. Er konnte aber auch über die andere Seite fliegen, wobei fliegen das falsche Wort war, denn Bohn würde fallen. Unten auf der Fahrbahn aufschlagen, auf dem Gesicht. Aber Bohn fiel nicht, sondern schritt weiter, geschmeidig und planvoll wie ein Seiltänzer oder eine Katze.

Er hatte Petra vom Fernglas weggelockt und sich mit ihr aufs Sofa gesetzt. Sie hatte ein wenig von ihrem lukrativen Nebenjob gesprochen, und das erklärte natürlich das Kleid und die glänzenden Haare. Und während sie redete, machte er sich Sorgen um Julia und Merle. In seinem Kopf stiegen Bilder und Schlagzeilen auf: »Autounfall: Betrunkener (2,8 Promille) knallt frontal in Golf; Mutter (42) und Tochter (5) sterben noch an der Unfallstelle.«

Er hatte den Kopf geschüttelt, doch schon war der nächste Schrecken gekommen: Tod durch Erfrieren. Verlaufen im riesigen, zugeeisten Odenwald. Wie oft hatte er Merle gewarnt: Bleib im Wald auf dem Weg! Bohns Puls raste. Er musste die grauenhafte Fantasie abstellen, sie durch positive Bilder ersetzen, sofort! Das Lächeln der Kleinen war immer ein gutes Motiv. Eine Sekunde noch, kein Problem. Wieso schoss Blut aus ihrem Mund? Scheiße!

Er lief ins Bad. Spülte die Tabletten mit Leitungswasser aus der hohlen Hand hinunter. Petras Stiefelspitzen zuckten neben seinen bloßen Füßen.

»Ich bin bei dir.«

Das war nicht Petras Stimme, ihr rechter Stiefel sprach. An seiner Spitze löste sich das Leder von der Sohle, schlappend ging das schwarze Maul auf und zu. »Ich hab's versucht, Mark. Aber ich kann nicht ohne dich.«

Der linke Stiefel öffnete die Schnauze: »Wir gehören zusammen«, sagte er aalglatt.

Bohn presste die Hände an die Schläfen, sein Herz knallte immerzu gegen seine Brust. Er spürte, wie Petra den Arm um seine Schulter legte. Schon klar, die Affenpflegerin. Er sah, wie ihre Augen über die roten Stoffbahnen huschten, die er über die Kacheln gespannt hatte. Ihr Gesicht ein weißes Herz. »Was kann ich für dich tun?«, bettelte sie.

»War nur ein Schwindel«, sagte er, »bin wohl zu schnell gewachsen.« Er lachte.

Da hatte sie den Kopf gesenkt. Immer senkte Petra den Kopf. Wie eine Puppe mit gebrochenem Genick stand sie da. Und er hatte sie wieder aufgerichtet und gerade gebogen, damit sie erneut entzweibrechen konnte.

Die Kälte spürte er schon nicht mehr. Mittlerweile befand er sich fast am Ende der Straßenbrücke. Bis jetzt war noch kein Auto darübergefahren. Alle fuhren langsam unter ihm hindurch. Quälten sich in die Landeshauptstadt hinein oder schlichen aus ihr heraus. Ein grauer Zafira gondelte zum zweitenmal unter seinen Füßen hindurch. Bohn verlor fast das Gleichgewicht. Der Fahrer nickte grinsend zu ihm hoch und hob die Faust, Daumen nach unten. Hieß das: springen? Wollte der Spießer sehen, wie ein Mensch von einer Brücke fiel? »Fuck you!«, presste Bohn zwischen den Zähnen hervor.

Es ging immer so weiter mit Petra, sie würde nie lockerlassen: lieben und hassen und hassen und lieben. Dazwischen war immer mal Schluss, und das waren eindeutig die besseren Zeiten. »Ich bin gebunden«, hatte er zu ihr gesagt, »und du weißt das.«

»Aber das stimmt doch gar nicht, Mark.« Sie heulte fast.

»Glaubst du, ich lüg dich an?«

»Und wo, bitte, ist die Frau?« Petra stand auf und lief in den Flur. An der Garderobe sah sie die Kleidungsstücke durch: ihr klammer Mantel, Bohns Winterjacke, seine kurze Lederjacke. Sie öffnete den Schuhschrank. Außer Herrenschuhen Größe vierundvierzig und Schuhputzzeug nichts.

»Keine Damenschuhe, keine Kinderschuhe«, stellte sie fest. Marschierte in die Küche, kurzer Rundblick, gar nicht mehr schüchtern. Freches Biest. Mit entschlossener Miene steuerte sie das Schlafzimmer an. Hier hatten sie vor Ewigkeiten Nerven zerfetzende Nächte durchlitten.

»He«, rief Bohn ihr hinterher. »Sie ist mit der Kleinen zu ihren Eltern gefahren, sie haben vergessen, wie das Kind aussieht.«

»Hier wohnt keine Frau!« Petra stieß die Bambusschiebetür des Kleiderschranks auf und prallte zurück.

»Ich hab es dir ja gesagt.« Einigermaßen ruhig griff er in seine Brusttasche und zog eine Zigarette heraus, steckte sie an. Draußen explodierten Chinaböller in rascher Folge.

»Tut mir leid«, murmelte sie und schob die Schranktür wieder zu. Schlich ins Wohnzimmer und setzte sich wieder. Raketen zischten, vor dem schwarzen Fenster fielen Silberfunken herunter. Sie schaute auf das Geflimmer. »Ich weiß ja, dass die Frauen auf dich stehen«, sagte sie gedämpft. Tränen standen in ihren Augen.

»Hey, nicht weinen«, sagte Bohn. Die Tabletten wirkten, es ging ihm gut. »Gleich fängt das neue Jahr an, da heult man nicht. Komm schon, wir machen den Sekt auf.« Ein lauter

Böllerknall ließ die Fensterscheibe erzittern, als er ihr die Hand hinstreckte. Sie griff sofort zu. Sie klammerte. Sie machte das genau wie ihre Affen.

Um zwölf standen sie mit Sektgläsern am offenen Fenster. Über ihnen pfiffen Leuchtkometen durch die Luft. Schwefelgeruch und Kälte drangen herein. Bohn mied den Blick nach drüben. Seit sie weg waren, war Julias Haus für ihn gestorben. Er schaute seitlich daran vorbei zur Straße. Dort legten zwei Jugendliche in Kapuzenshirts Knatterpeitschen in den Schnee und zündeten sie an. Einer schaute zu ihnen hoch und winkte.

Sie tranken Sekt, während sich goldene Feuerblüten am Himmel ausbreiteten, kurz innehielten, dann abstürzten. Später hatte er eine Flasche Wein geöffnet und sie hörten Bohns Musik. Am Ende hatte Petra getanzt – die Arme nah am Körper, zaghaft. Ihr Kleid war um ihre Schenkel geschwungen, vor und zurück. Sie war sehr schmal gewesen, und mit ihren langen Haaren hatte sie ausgesehen wie eine Elfe. Eine Affenelfe.

Die Straßenbrücke führte auf einen grünen Hügel zum Stadtteil Burgholzhof. Hier waren früher Amerikaner stationiert gewesen, und Bohns Mutter kaufte über Beziehungen im PX ein. Vor allem T-Bone-Steaks, die es in deutschen Läden nicht gab, und die Buddy gerne aß. Er haute sie sich selbst in die Pfanne. Heidrun verstand nichts vom Kochen.

Bohn strauchelte auf dem rutschigen Geländer, knickte in der Hüfte ein, schlingerte, fing sich wieder. No risk, no fun. Ein roter Mercedes kam über die Brücke frontal auf ihn zu – Lichthupe, Schneematsch volle Kanne gegen seine Beine und bis hoch zur Brust. Im Wagen ein erhobener Arm, eine Fratze mit aufgerissenem Mund. Da stieß einer Todesflüche aus.

Petra hatte dann schneller getanzt, weil Silvester war und er sie anfeuerte. Sie wirbelte im Kreis herum und schüttelte ihr schwarzes Haar kopfüber. Das war völlig verrückt, und mit einem Mal stand das Bild von Bohns Mutter im Raum.

Heidrun schleppte ihn mit zu ihren Freunden, dort ließ sie den Kopf bis zu den Knien hängen und schüttelte ihr schwarzes Haar. In Räumen voller alter Matratzen. Wo es süßlich nach Gras roch und säuerlich nach Dreck, und wo niemand Notiz von dem Achtjährigen nahm, der sich vor Hunger und Müdigkeit kaum auf den Beinen halten konnte. Aber es war gut, wenn sie ihn mitnahm. Es war schlecht, sehr schlecht, wenn sie ihn zu Hause ließ. Denn dann kam Buddy und machte mit ihm, was er wollte.

Das war lange her.

Nach dem Tanzen hatte sich Petra erhitzt zu ihm aufs Sofa gesetzt. »Ich vermisse dich so«, jammerte sie und trank hastig einen Schluck Wein und dann noch einen. »Du hast niemanden außer mir«, sagte sie. »Es existiert keine andere Frau.«

»Du hast es selbst gesehen«, sagte er und angelte sich sein Glas vom Tisch.

»Ich hab Kleider gesehen, Mark. Nur Kleider. Ihr Name steht ja nicht mal am Klingelbrett.«

Er steckte sich eine Zigarette an, blies den Rauch aus. »Sie hat Angst vor ihrem Exmann. Deshalb steht kein Name dran. Noch Fragen?«

»Ich will nicht indiskret sein.« Sie legte den Kopf schräg. »Aber im Bad ist auch nichts von ihr.«

So langsam nervte sie. »Verreist du ohne Zahnbürste? Ohne Kosmetik? Na also.«

Das Herzgesicht rutschte ihr auf die Brust. »Ich kann dich nicht vergessen«, flüsterte sie. »Ich hab nur dich – und meine Orangs.« Traurig, trotzig und betrunken schob sie hinterher: »Wenigstens für meine Kesi bin ich alles.«

Bohn verbrannte sich mit der Zigarette am kleinen Finger. Kesi. Er hatte sie vor zwei Jahren kennengelernt: ein schmächtiges Orang-Utan-Mädchen, das von seiner Mutter verstoßen worden war. Zwei Tage hatte sie ihr Kind hinter sich hergeschleift, dann hatte sie es liegen lassen. »Wie geht's Kesi?«

Petras Augen leuchteten. Sie beugte sich zu ihrem Lederbeutel hinunter und wühlte darin. »Das issi jetzt.« Sie reichte ihm ein Foto von ihrem Affen mit einer Rassel in der Hand. Das Spielzeug hatte die gleiche orangerote Farbe wie das Fell.

»Die schaut prima aus«, sagte er und beantwortete auch gleich die nicht gestellte Frage nach seiner Kleinen: »Ihr geht es auch gut, so weit.« Er drückte die Zigarette aus. »Es ist nur so, dass ihr Vater sie hin und wieder holt, und das ist, gelinde gesagt, scheiße.«

Petra gab dem Foto mit Kesi einen Kuss und lehnte es gegen die Weinflasche auf dem Tisch.

»Schlägt er sie etwa?«

Eine Krähe leistete ihm Gesellschaft. Sie saß zwei Meter vor ihm auf dem Schneegeländer. Sie legte den Kopf schräg und sah ihn still an. Sie wirkte sehr selbstsicher. Jederzeit konnte sie sich in die Luft schwingen und davonfliegen. Sie blieb aber bei ihm, hüpfte vor ihm her. Sie schaute sich nach ihm um, und ihr Blick sagte: Dort ist das Ende der Brücke, Kumpel, du schaffst das.

Petra hatte ihre Stiefel ausgezogen, teure Lederstiefel, die sie bestimmt von dem Geld aus ihrer Nebenbeschäftigung bezahlt hatte. Sie legte sich auf das knarzende Ledersofa und bettete ihren Kopf in Bohns Schoß. Ihr Haar roch nach Kokos-Shampoo. Sie redete über den Affen, den sie eines Tages hergeben musste. »Ich könnte heulen, wenn ich bloß dran denke.« Sie heulte drauflos. »Es ist wie sterben«, sagte sie.

Das kannte Bohn, das ging ihm mit seinen Patienten genauso. »Aber Kesi wird leben«, sagte er. »Sie wird eine Familie haben, Kinder kriegen, sie ist jung. Meine Alten haben keine Zukunft, und ich hab sie nicht gekannt, als sie noch eine hatten. Ich tauche am Ende ihres Lebens auf«, er schnippte mit dem Finger, »und dann ist bald Schluss, ihre Uhr ist abgelaufen, sie sterben.«

Petra weinte noch mehr. Schmiegte sich an ihn, duftend und warm. Bohn nahm sie richtig in den Arm. »Es ist verrückt, aber je lieber ich sie hab, desto schneller sterben sie.« Er begann, sie auszuziehen. »Sie sterben mir einfach weg.«

Petra knöpfte sein Hemd auf, ihre Finger flogen. Sie flüsterte Versprechungen, dass alles besser werden würde, aber Bohn sah nur Julia.

Er blickte in ihre blauen Augen, strich über ihr hellblondes Haar, das ihr Gesicht zur Hälfte verdeckte. Julia. Mit der flachen Hand fuhr er über das Dornenband-Tatoo an ihrem rechten Oberarm. Sie und er waren eins. Untrennbar. Mit ihr schlief er, ihr gab er all seine Zärtlichkeit, seine Männlichkeit – leise sein, wegen Merle. Bis in den Morgen liebten sie sich, heiß umklammert, gelöst, lachend. Niemals zuvor hatte er fulminantere Höhepunkte erlebt.

Beim Aufwachen schlängelte sich Petra an seine Brust. Ihr glänzendes schwarzes Haar und ihr heißer Mund auf seiner Haut. Vor dem Fenster war es noch dunkel. Sie zog sich an seinen Schultern hoch, kroch auf ihn drauf. Sie liebten sich wieder, gierig und hingebungsvoll. Später hatte sie sich auf die Seite gedreht, den Kopf zur Wand, und ruhig geatmet. Und Bohn hatte ihrem Rücken erzählt, wie es wirklich um Merle stand.

Er hatte genug von der Aussicht auf Fabriken, Tankstellen, Autohäuser und den Hochbunker mit den Dauerwerbefilmen. Nur noch ein paar Meter; Bohn und die Krähe näherten sich dem Brückenende. Und da brach die fahlgraue Wolkendecke auf, und schimmerndes Licht fiel auf den unberührten Schnee auf dem Geländer. Der Himmel schien ihm heller, ein neues Jahr begann! Fast hätte er gelacht. Doch die Kälte verschloss ihm die Lippen, er spürte sie nicht mehr. Auch die Haarsträhnen, die der Wind gegen seine Wangen schlug, waren vereist. Nur noch ein paar Meter …

In ein paar Tagen würde er Julia und Merle wiederhaben. Es war nicht vorbei!

Es fing erst an.

Was er noch heute beenden musste, war die Affäre mit Petra. Eine Endlosschleife, wenn er jetzt nicht Schluss machte. Er ärgerte sich, dass er ihr gestern Nacht im Bett von Merle erzählt hatte. Wo sie sich doch gar nicht für die Kleine interessierte. Sie war ja auch gleich eingeschlafen – oder hatte sich schlafend gestellt. Und er hatte ihr die Kaufhaus-Story verklickert, die ihm so unter die Haut gegangen war. »Irgendwann«, sagte er, »sperrt ihr Vater sie in einen Keller und vergisst, sie wieder rauszuholen.«

Keine Reaktion.

Vor dem morgengrauen Fenster sirrte eine letzte Silvesterrakete in die Luft.

Die Zunge klebte ihm am Gaumen. Er hatte so viel geredet. »Heiko und Leila hassen die Kleine«, setzte er noch hinzu. Jetzt wusste sie Bescheid. Auch darüber, dass Merles Vater nicht irgendwer war. Bohn hatte ihn einige Male beobachtet, wie er nachts in seinem schwarzen Jeep vor Julias Haus saß. Mit ausgeschalteten Scheinwerfern. Es gab nur wenige Menschen, die er unheimlich fand. Dieser Typ gehörte unbedingt dazu.

Das hatte er Petra an diesem frühen Morgen erzählt, und er hatte die Bettdecke über ihre nackte Schulter gezogen. Sie hatte sich überhaupt nicht bewegt.

Etwa zehn Meter vor dem Brückenende senkte sich das Geländer zum Boden ab. Die Krähe flog krächzend davon. Bohn sprang ab und folgte der ansteigenden Straße ein Stück. Dann bog er in den verschneiten Weinberg ein und lief zwischen zwei Rebzeilen in östlicher Richtung davon.

6

Das Affentheater dauerte noch bis zum Frühjahr. Petra war ja verrückt nach ihm und tat alles, um ihn zu faszinieren. Und ja, manchmal gelang ihr das. Er fuhr oft nach der Arbeit zu ihr nach Münster raus; in seiner Wohnung wollte er sie nicht haben. Denn dort renovierte er dieses und jenes, außerdem kümmerte er sich um Julia und Merle.

Petra fragte kein einziges Mal nach dem Kind. Sie sprach nur von dem Affen. Ihre Küche hing voll mit Schnappschüssen: Kesi mit einem Handtuch über dem Kopf. Kesi mit einer Möhre in der Hand. Kesi zieht ein Spielzeug hinter sich her.

Als er Schluss mit ihr machte, wirkte Petra gefasst oder ausgelaugt, jedenfalls schaffte sie es nicht, groß dagegen anzukämpfen. Der letzte Satz gehörte wie immer ihr: »Es hört nie auf mit uns«, sagte sie verbissen. »Liebe, Eifersucht, Trennungen, Entschuldigungen …« Bohn hörte nur mit einem halben Ohr zu. Er lauschte den Wellensittichen, die in ihrer Voliere zwitscherten. »Bis zum Ende geht das so weiter«, drohte Petra. Sie ließ den Kopf hängen, aber er kümmerte sich nicht darum. Er hatte ja schon die Türklinke in der Hand und die Zukunft vor sich.

Dummerweise sah er über die Schulter zurück. Wirklich unheimlich, wie sie den Kopf jetzt von unten heraufdrehte. Es erinnerte ihn an die Szene aus »Der Exorzist«, als Regan Teresa ihren Kopf um 360 Grad drehte.

»Meinen Schlüssel hast du noch«, sagte sie monoton. »Behalt ihn.«

Scheiße, dachte Bohn.

Tatsächlich lag Petras Schlüsselbund in seiner Kommode. Er nahm sich vor, ihn mit der Post zurückzuschicken.

Drüben lief es wirklich gut für Bohn. Seine Notizen enthielten fast nur positive Ereignisse, wie dieses hier: Auffallend, wie oft Julia ihr Küchenfenster putzte. Sie nahm die Alu-Schiene mit der Bistrogardine ab, was völlig normal und keinen Eintrag wert wäre. Aber: Sie klemmte sie nicht wieder dran.

Was war das? Eine Einladung, voll in ihre Küche zu sehen? Aber sicher.

Als er sie beiläufig nach dem Spitzending fragte, verzog sie das Gesicht. »Zu heiß gewaschen, was soll's«, sagte sie. Bohn wusste, dass es eine Lüge war.

In der Nacht trieb es ihn, nach der Gardine zu suchen. Er zog sie aus der Mülltonne, und sie war wirklich in Ordnung. Sie war nicht einmal schmutzig geworden, er konnte sie ohne Probleme in die Schachtel mit den Puppenutensilien legen.

Heute Morgen schien die Mai-Sonne grell durch das Laub der kümmerlichen Straßenbäume, ihre Blätter warfen bizarre Schatten auf den Gehweg. Merle hopste in dem Muster herum. Bohn brachte sie zur Kita, was selten vorkam. Julia hatte ihn gestern darum gebeten, weil sie früh zu einem Termin musste.

Merle lief in ihrer dünnen Strickjacke neben ihm her und sang: »Pitsch, patsch, Pinguin steht einsam auf dem Eis ...« Sie grüßte den Briefträger, aber der Mann war so mit dem Sortieren der Post beschäftigt, dass er nicht einmal aufsah. Lautstark sang sie das Pinguin-Lied zu Ende: »Und der Eisbär tappt schon heran, oh Schreck ... Pitsch, patsch, Pinguin, da watscheln alle weg.«

Unterwegs zog sie das Jäckchen aus, es war warm, obwohl es erst neun Uhr war. Jetzt summte sie das Flummi-Lied und wackelte mit den Hüften. Es war zum Niederknien. Dann zog sie ihn an der Hand.

»Mark?« Sie blickte zu ihm hoch und verschob die Lippen übereinander.

»Mhm.«

»Ich möchte so gern ein Kaninchen.« Sie reckte einen Arm über ihren Kopf. »Wenn ich keins kriege, lauf ich vielleicht weg.«

Bohn ließ sie an seiner Hand hangeln. »Du darfst auf keinen Fall weglaufen, he.« Er sah zu ihr runter. »Das machen bloß Feiglinge, hörst du?«

Sie verzog den Mund wie kurz vor dem Heulen.

Er drückte ihre kleine Hand. »Du kriegst dein Kaninchen, wirst schon sehen. Tiere sind gut für Kinder, deine Mama müsste das eigentlich wissen.«

»Aber … wenn sie doch nicht will.« Jetzt heulte sie wirklich.

Er beugte sich zu ihr hinunter. »Vertrau mir.«

Es war nicht einfach. Julia wehrte sich gegen das Kaninchen-Projekt. »Komm schon, Julia«, hatte er neulich bei einem Glas Wein zu ihr gesagt. »Nur weil du keine Tiere gehabt hast, kriegt deine Tochter auch keine?«

Da hatte sie mürrisch einen Hamster namens »Johnny« zugegeben, den sie als Kind in Püppchenkleider gepresst und den ganzen Tag bei dreißig Grad im Schatten mit sich herumgeschleppt hatte. Großer Gott. Sie hatte dann einen großen Schluck Wein auf den Nager getrunken und gesagt, sie fände es absolut nicht in Ordnung, wenn Kinder Tiere zu Tode quälten.

Aber Merle war ein anderes Kind, als Julia es gewesen war. Denn Merle fragte, dachte nach, wollte alles richtig machen. Julia hatte als Kind Angst vorm schwarzen Mann und vor Etwas, das unterm Bett lauerte und einem ins Bein biss, wenn man es nicht richtig zudeckte. Merle war frei von eingebildeten Ängsten. Sie hatte reale. Einmal hatte sie ihm unter Tränen gestanden, dass sie ein böses Kind sei. »Darum haben sich meine Mama und mein Papa getrennt.« Bohn hatte eine Woche gebraucht, um ihr das auszureden.

Merle würde kein Tier quälen, eher sich selbst. Merle war wie er.

Kurz vor der Kita streckte sie den Zeigefinger aus. »Schau, das ist Leon«, rief sie. »Mit ihm spiele ich immer.« Sie zeigte auf einen rothaarigen Jungen, der aus einem Volvo kletterte und schnurstracks zur Kita lief. Die Frau hinter dem Steuer schaute dem Jungen nicht nach und auch er blickte nicht zurück. Er verschwand in dem höhlenartigen, mit dichten Eiben gesäumten Eingang.

»Er hat mich nicht gesehen«, sagte Merle.

Bohn ging in die Hocke. »Hey, bald hast du in jedem Arm ein Kaninchen, okay?« Er strich ihr über den Kopf, wobei das ausgeleierte Zopfgummi abrutschte und ihr Haar lose über die kleinen Schultern fiel. Er stand auf, griff in seine Hosentasche und präsentierte ihr auf der ausgestreckten Hand eine Auswahl Haargummis.

»Welche Farbe?«, fragte er und lächelte. Merle entschied sich für Rosa. Er fasste ihr ins Haar, strich es mit den Fingern zu einem Pferdeschwanz zusammen und schlang den neuen Gummi darum. »Und jetzt ab mit dir!«

Merle umarmte seine Knie, dann fegte sie los. Bohn blieb stehen, bis sich die Tür am Ende des dunklen Laubengangs hinter ihr schloss.

Es wurde Zeit, dass er sich nach Kaninchen umsah. Er musste nur noch Julia überzeugen und den richtigen Augenblick dafür abwarten. Das geeignete Rasenstück für das Freigehege hatte er längst festgelegt. Es beanspruchte etwa fünfzehn Quadratmeter und befand sich im hinteren Teil von Julias Garten.

Mit langen Schritten ging Bohn heimwärts. Er stutzte, als er an der Wolfsberger Straße Julias Wagen stehen sah. Sie war also noch zu Hause. Im selben Moment erschien sie hinten auf dem Plattenweg, und er stellte sich ans Müllhäuschen und sah ihr entgegen. Sie trug ihren Business-Look: blauer Hosenanzug, der Blazer offen, darunter eine edle weiße Bluse mit offenen Knöpfen. Unterm Arm klemmte die Ledermappe, in der sie immer die Unterlagen zu Gloria Vergissmeinnicht transportierte. Das Buch war noch nicht fertig. Das Buch würde nie fertig werden.

Julia strahlte. Offensichtlich war sie in großer Vorfreude auf einen vielversprechenden Termin. Bohn war klar, dass dies der geeignete Moment für die Kaninchenfrage war.

»Hey, du siehst klasse aus.«

Sie lächelte und lief an ihm vorbei, sah kurz über die Schulter. »Mit Merle alles okay?«

»Klaro. Nur – wir wüssten gern, ob du am Samstag mitkommst.« Er schaute zu seinen Schuhen runter und warf ihr dann einen gespielt schüchternen Blick hoch. »Wir gehen in den Baumark, du weißt schon: Hasenzaun und all so was.«

»Oh Gott, Mark, du bist aber auch ein Quälgeist! Ich hab doch gesagt, Kinder sollten größer sein …«

»Kann Merle was dafür, dass du Johnny damals …«

»Himmel-Arsch, Mark!«

»Ooch, komm schon, Julia.« Er lief ihr zum Auto hinterher. »Du brauchst dich um nichts zu kümmern. Wir machen alles: füttern, ausmisten, Krallen schneiden …«

»Ihr wollt dem Kaninchen die Krallen schneiden?« Sie stieß die Autotür auf und schwang sich in den Sitz.

»Wenn's nötig ist.« Bohn lehnte an der offenen Wagentür und blickte ins Innere. Aschenbecher übervoll, zerknüllte Tempos rund um die Gangschaltung, Fußmatten voller Kekskrümel. Es war ihm ein Rätsel, wieso attraktive Frauen oft so verdreckte Autos fuhren.

»Woher weißt du denn das alles?« Sie ließ den Motor an. »Ich mein das mit den Krallen.«

Er machte den Mund auf, um es ihr zu erklären, aber sie hatte es eilig.

»Jetzt nicht, keine Zeit«, sagte sie. »Von mir aus kauft ein Kaninchen und macht damit, was ihr wollt. Aber lass mich jetzt fahren.«

Er drückte die Tür zu und salutierte mit breitem Grinsen, und sie schüttelte den Kopf, dann lachte sie.

Er hatte genau den richtigen Moment erwischt.

Bevor er gegen Mittag zur Arbeit fuhr, machte er sich eine Tasse Kaffee und aß ein Croissant. Dann ging er in das Kinderzimmer. Bohn hatte dafür einen Teil seines Schlafzimmers geopfert, wobei »opfern« nicht das richtige Wort war. Er hatte es gern getan. Der Raum war noch nicht ganz fertig.

Holzleisten und eine Packung Nägel lagen noch herum. Er schob sie mit dem Fuß beiseite. Dann rollte er probehalber den Hello-Kitty-Kinderteppich aus, den er gekauft hatte. Er war rosa mit einem hellgrauen Katzenkopf in der Mitte. Der kleine Teppich sah entzückend aus. Bohn umfing ein Gefühl von Zufriedenheit. Wie immer, wenn er gut vorbereitet war.

Am Samstagmorgen montierte er den Dachgepäckträger an den Peugeot, und zehn Minuten später stiegen Julia und Merle ein. Auf der kurzen Fahrt zum Baumarkt unternahm Julia noch einmal den Versuch, Bohns Plan zu durchkreuzen: Sie bestand auf einem Einzelkaninchen.

»Eins macht genug Dreck«, sagte sie und steckte sich eine Lucky an.

»Aber eins ist traurig«, jammerte Merle von der Rückbank. »Es kann sich nicht unterhalten.«

»Es kann ja mit dir reden«, erwiderte Julia und blies den Rauch aus dem Fenster.

»Aber ich kann kein Hasisch!«

Da freute Julia sich über das traurige Kind, und während Bohn den Wagen durch Feuerbach lenkte, suchte sie in ihrer Handtasche nach einem Stift, um sich den neusten Spruch ihrer Tochter aufzuschreiben. Manchmal fragte sich Bohn, wie sie ihr Buch ohne Merle jemals hinkriegen sollte.

»Also gut, zwei Stück«, sagte sie gnädig. Die Kleine jubelte und stupste Bohn zärtlich in den Nacken.

Sie hatten gewonnen.

Zu dritt schlenderten sie durch den Baumarkt. Julia blieb bei den Gartenpflanzen hängen und lud Strauchmargeriten und Oleander in den Einkaufswagen.

Bohn und Merle holten sich einen eigenen Wagen. Die Kleine stellte sich vorne drauf und Bohn fuhr sie durch die Reihen.

In der Tierbedarf-Abteilung entschieden sie sich für ein Schlafhäuschen mit einem aufgemalten roten Herzen. Dann suchten sie alles zusammen, was sie für das Freigehege brauchten: Volierendraht, Vierkantpfosten, Heringe, mardersicheren Kükendraht. Nebenbei klärte Merle einen Verkäufer über ihr Vorhaben auf.

»Wir bekommen zwei Kaninchen«, sagte sie und presste den Mund gegen die Querstange am Einkaufswagen.

»So, so«, meinte der Verkäufer.

»Weil eins ist einsam«, belehrte ihn Merle. »Es weint den ganzen Tag.«

Der Verkäufer suchte Bohns Blick. »Süße Tochter haben Sie da«, sagte er.

Bohn nickte flüchtig. »Was meinen Sie«, sagte er rasch, »eignet sich Hasendrahtzaun als Abdeckung besser als verzinktes Drahtgitter?«

Der Verkäufer kannte sich nicht so gut aus, aber Bohn wusste sowieso, was er brauchte. Er schaute sich mit Merle alles in Ruhe an. Dann luden sie die Sachen auf und machten sich auf den Weg zur Kasse, wo Julia schon ungeduldig auf sie wartete.

Am Nachmittag, als er wieder in seiner Wohnung war, schrieb er die Bemerkung des Verkäufers in ein neues Heft. Bohn liebte neue, fleckenlose Hefte mit blassblau linierten, glatten Seiten. Wenn er sie schnell umblätterte, klang es wie das Flattern von Flügeln. Er legte den Stift weg und zog Arbeitsklamotten an. Schluckte ein paar Tabletten, packte sein Werkzeug zusammen und überquerte das Niemandsland. Bis in den Abend hinein stach er eine zwölf Zentimeter tiefe Rinne in die Erde, rings um das abgesteckte Karree. Am nächsten Tag, nach der Arbeit, ließ er den Zaun ein. Während er im Gras kniete und schraubte, sprang Merle um ihn herum. Sie reichte ihm die Heringe, mit denen er den Zaun sicherte.

»Mark, wann bekommen wir endlich unsere Kaninchen?« Sie hob mit beiden Händen den Gummihammer an.

Bohn nahm ihr das Werkzeug ab. »Wir bereiten alles perfekt für sie vor.« Er schlug einen Hering ein. »Wir müssen auch an ihre Sicherheit denken – die Abdeckung ist wichtig.«

»Wieso?«

»Stell dir vor, ein Hund springt über den Zaun.« Er prüfte den Hering. Er saß bombenfest.

»Was ist, wenn der Hund kommt?«

»Dann kriegen die Kaninchen Todesangst.«

»Was ist Todesangst, Mark?«

Bohn schaute auf: »Wenn man glaubt, das Herz kommt einem zum Mund raus.«

In den folgenden Tagen arbeitete er bis spät abends in der Praxis Dr. Müllerschön, wo er eine Gruppe Angehöriger von Demenzkranken mitbetreute. Aber schließlich war es so weit: Das Kaninchenheim war fertig und Merle schaffte es, ihre Mutter vom Computer loszueisen und in den Garten zu locken.

Mit zwei Fingern öffnete sie die kleine geniale Zauntür, für die Bohn einen geschlagenen Tag gebraucht hatte. Sie trat vorsichtig in das Gehege, als lägen da schon massenweise Hasenköttel. Merle hopste um Julia herum und führte ihr alles vor: a) das Schlafhäuschen, b) die Heuraufe, c) den Wassertrog, d) das Betonrohr.

Julias Augen blieben an dem zwei Meter langen Rohr hängen, das quer in der Anlage lag. »Wo habt ihr das geklaut und zu was soll das gut sein?«

Merle gluckste. »Mama!«, rief sie, »das ist zum Versteckenspielen, und wenn es heißer Sommer ist, setzen sich die Kaninchen da rein.«

Julias Blick strich von Pfosten zu Pfosten und dann über die gesamte Anlage. »Ganz nett«, war alles, was sie hervorbrachte. Bohn glaubte, nicht recht gehört zu haben. Er wartete eine Minute. Nichts. Was wollte er hören? Vielen Dank, bester Mark, es war bestimmt sehr schwer, diese Pfosten zu setzen und den Zaun so tief in die Erde einzugraben ... War es das? Das war doch blöd.

Er aß mit ihnen zu Abend und ging dann rüber in seine Wohnung. Schmierte Salbe auf die Schwielen an seinen Händen. Erst als das Zeug in die Haut eingezogen war, setzte er sich an den Tisch und notierte: Julia entfernt sich von mir.

Samstagfrüh weigerte sich Julia, ins Tierheim mitzukommen. Sie schützte eine Hausarbeit vor. »Geht allein, holt in Gottes Namen eure zwei Kaninchen, aber kommt mir bloß nicht mit einem Hund oder einer Katze heim, habt ihr gehört?«

Merle fiel ihr selig um den Hals und küsste sie auf die Nase, bis Julia lachte und sie von ihrem Schoß runterschob.

Mit ihrem Lillifee-Köfferchen in der einen und ihrer Puppe in der anderen Hand stürmte die Kleine an ihm vorbei zum Auto.

Auf der Fahrt zum Tierheim im benachbarten Stadtteil Botnang entdeckten sie Plakate: »Willkommen beim Tierheimfest! Große Tombola! Trödel & Bücher & Selbstgemachtes! Besuchen Sie unsere Tiere!«

Bohn ergatterte den letzten freien Parkplatz. Er zwinkerte Merle zu. Sie war so aufgeregt, dass sie nicht wie sonst an seiner Hand hüpfte, sondern sie nur festhielt und sich steifbeinig durch das mit Girlanden geschmückte Gittertor ziehen ließ. Sie hörten die Hunde bellen.

Der Besucherandrang war groß. Bohn spürte ein Stechen in der Brust und einen Anflug von Übelkeit. Er hatte sich das Tierheim nicht so voll vorgestellt. Es waren sehr viele Kinder mit ihren Eltern da. An einem Crêpe-Stand leuchteten Merles Augen auf, aber sie lehnte ab, als er ihr was zum Essen kaufen wollte. »Mark, die Kaninchen«, bettelte sie.

Sie fragten sich zu den Nagern durch und kamen an den Hundezwingern vorbei. Vor einem Schnauzer sank Merle auf die Knie. »Wieso ist er eingesperrt?«

Was sollte er einer Fünfjährigen sagen? Dass sein Besitzer keine Lust oder kein Geld mehr hatte, für ihn zu sorgen? Dass er vielleicht im Krankenhaus lag oder gestorben war?

»Seine Leute machen Urlaub, sie holen ihn wieder ab«, sagte Bohn.

Mit einem erleichterten Seufzer riss Merle sich von dem Hund los und sprang zu ihm. »Wenn er nicht geholt wird, nehmen wir ihn«, beschloss sie und steckte ihre kleine verschwitzte Hand in seine.

Eine Minute später war Merle im Glück. Vor ihnen lag der Kaninchenauslauf. »Sind die süß!«, rief sie. Stellte ihr Köfferchen ab, legte die Puppe darauf und zog sich an dem Holzlattenzaun hoch. Mit ihr hingen ein halbes Dutzend Kinder über der Brüstung. Mit bewundernden Blicken verfolgten sie eine Angestellte mit rotblonden Gretchenzöpfen, die Salat und Karotten auslegte. Merle strahlte von einem Ohr zum andern, als die junge Frau in Gummistiefeln lächelnd auf sie zustapfte. »Na, gefällt dir eins?«.

»Ich darf mir zwei aussuchen«, rief Merle. »Meine Mutter hat's erlaubt.«

»Das ist gut«, sagte die Tierpflegerin und legte die Ellbogen auf die Holzbrüstung. »Am besten nimmst du zwei Weibchen oder zwei Böckchen, damit sie sich nicht vermehren.« Sie streifte Bohn mit einem Seitenblick. »Und weil du noch klein bist, wär's am besten, wenn dein Vater sich um das Füttern kümmert.«

Merle schaute sie entsetzt an. »Lieber nicht«, hauchte sie.

»Wie bitte?« Die Tierpflegerin beugte sich zu Merle runter, die Zöpfchen schaukelten. »Er wird das Füttern wohl nicht vergessen?«

»Mein Vater hat ja sogar mich mal vergessen,« platzte Merle heraus. »In einem Kaufhaus … ist er ohne mich … heimgefahren.«

Die junge Frau richtete sich langsam auf und blickte mit Verachtung auf Bohn herab, der auf einem Bein neben Merle kniete.

»Ich bin nicht der Vater«, beeilte er sich, und Wut auf Heiko kroch ihm über den Rücken.

Merles Unterlippe zuckte, als sie leise sagte: »Ich würde meine Kaninchen nie, nie vergessen.«

Bohn hob sie hoch. »Weiß ich doch.« Sie schlang die Arme um seinen Hals. Zu der Tierpflegerin sagte er: »Wir zwei kümmern uns um die Tiere, machen Sie sich keine Sorgen.«

»Na gut«, meinte sie. »Schau mal, Mädle. Dort hinten ist Hopps, er schaut zu dir herüber.« Sie zeigte auf ein schwarzes Kaninchen mit roten Augen. Merle wollte es sofort haben und zappelte sich von Bohns Arm herunter.

»Und dort drüben«, die roten Zöpfe zitterten, »dort sitzt Tempo, das weiße Angorahäschen.«

»Das ist doch kein Taschentuch!« Merle lachte. Ihr Kummer schien vergessen. Fröhlich blickte sie in dem großen Auslauf umher. Dann vernahm Bohn einen Aufschrei. Sie hatte ihr Traumtier entdeckt. Mit der ganzen Hand zeigte sie auf ein braunes Widderkaninchen.

Die Tierpflegerin blickte von dem Kind auf den Widder und wieder zurück. »Das ist ein richtiger Schmuser. Der hat übrigens noch keinen Namen.«

»Henry«, rief Merle, und ihre Augen glänzten. »Das ist mein Henry! Und Hopps nehmen wir auch mit, bitte, Mark.«

»Wir geben beim Fest keine Tiere ab«, sagte die Pflegerin. »Ich reserviere dir die beiden, dann holst du sie nächste Woche ab.«

Merle hüpfte wie ein Flummiball vor ihr auf und ab, bis sie das Kind sanft, aber bestimmt zur Seite schob, um sich einem anderen zuzuwenden.

Eine überglückliche Merle am Arm, drängte Bohn in Richtung Ausgang. Doch die Kleine kam nicht recht vom Fleck. Überall sah sie irgendwas. An einem Verkaufsstand mit selbstgebasteltem Zeug blieb sie endgültig kleben. Sie hatte rosa Schweinchen-Topflappen entdeckt.

»Magst du deiner Mutter die Topflappen mitbringen?«, fragte die ältere Dame an dem Stand.

»Nein, danke«, antwortete Merle artig. »Ich darf nichts mitbringen, nur Kaninchen, aber keinen Hund und auch keine Katze.«

Bohn grinste, obwohl ihm schlecht war.

»Und wie wäre es damit?« Die Standfrau hielt einen rosa Poncho in die Höhe.

Merle fielen fast die Augen aus dem Kopf. »Der ist zu klein für meine Mama«, sagte sie endlich.

Die Frau lächelte. »Ich hab ja auch an dich gedacht, Mädchen.«

Merle stellte ihr Köfferchen ab. »Rosa ist meine Lieblingsfarbe«, gestand sie.

Die Verkäuferin nickte wissend. »Alle Mädchen lieben Rosa.«

»Es ist die schönste Farbe auf der Welt«, wisperte Merle. Mit den Augen folgte sie dem Poncho, den die alte Dame wie ein großes Pendel hin und her schwenkte.

Mit einem Mal warf sie ihn Bohn zu. Die rosa Wolle fühlte sich weich und zart an. Er ging in die Hocke und zog Merle den Umhang über den Kopf.

Die Verkäuferin klatschte in die Hände. Gerührt beteuerte sie, dass es in ganz Stuttgart keinen schöneren Anblick gäbe als dieses Mädchen mit den langen braunen Haaren und dem rosa Poncho. »Den muss dein Papa dir kaufen, Kind.«

Bevor Merle die Beziehung klarstellen konnte, sagte Bohn: »Schon passiert.« Er federte hoch und angelte einen Geldschein aus der Hosentasche.

Da fiel der Standfrau noch was ein. »Ich glaube, den Poncho gibt es auch für deine Puppe«, sagte sie. »Wenn ich ihn finde, schenke ich ihn dir.« Sie kramte in einem Karton.

Bohn wurde es heiß, er wollte hier raus. Zum Glück fand die Frau schnell, was sie suchte. Sie reichte Merle einen rosa Miniponcho. Erst konnte Merle nichts sagen. Dann brach sie in Jubelgeschrei aus. Sie stülpte den Umhang über die kurzen blonden Locken ihrer Puppe und bedankte sich tausendmal.

Bohn zog sie weiter. Sie hatten schon fast den Ausgang erreicht, als sie wie angewurzelt vor einem Kuchenstand stehenblieb. »Himbi-Kuchen!«, rief sie.

Er schaffte es gerade noch zu einer niedrigen Mauer am Zaun, wo er sich niederließ. Ihm war schwindelig, sein Herz raste. Er versuchte, langsam und regelmäßig zu atmen. Wieder ein Flashback. Wie oft im Leben noch? Steh das durch, sagte er sich. Nicht ausrasten! Du hältst das jetzt aus.

Merle war ihm nachgelaufen. Sie hatte immer noch den Poncho an, obwohl es inzwischen sehr warm geworden war. Sie legte die Hand auf seine Schulter. »Bist du krank, Mark?«

Er schüttelte den Kopf. »Ich bin okay«, log er. »Wir trinken ... nachher was ... und du kriegst ... den Kuchen.« Seine Zähne klapperten.

Sie drängte sich an ihn, und er machte ihr bereitwillig Platz auf seinem Schoß. »Du musst nicht traurig sein, Mark.« Sie roch nach Kindercreme und mimte mal wieder die Krankenschwester. Er spürte, wie sie fest und warm auf seinen Schenkeln saß. Sie war ganz still. Er lehnte mit dem Rücken am Zaun, legte den Kopf zurück, schloss die Augen. Und während die Sonne auf seinem schweißnassen Gesicht brannte, tauchte er ab in einen Film, den er nicht mehr anhalten konnte.

Er war ein kleiner Junge, in zwei Tagen war sein neunter Geburtstag. Am Küchentisch wartete er auf das Frühstück, das seine Mutter ihm versprochen hatte. Heidrun stand mit dem Rücken zu ihm und stöberte in den Schränken. Sie trug das Kleid mit dem Dalmatinerhundmuster und der Sicherheitsnadel am Reißverschluss. Ihr dunkles Haar lag auf ihren Schultern. Es war so dick, dass es sich schlecht kämmen ließ, also ließ sie es meistens bleiben. Sie fand eine Tüte Salzstangen und warf sie ihm zu. Da hörte er aus dem Flur ein Geräusch, und dann kam Buddy in die Küche, der sich sein Oberhemd zuknöpfte, untenrum war er nackt. Heidrun vergaß das Frühstück und verschwand mit ihm im Schlafzimmer. Als sie später wieder herauskam, schob sie den kleinen Bohn in die Küche zurück zu seinen Salzstangen. Sie fuchtelte mit einem Messer herum und schnitt die Tüte in der Mitte auf. Sie stand ganz nah bei ihm, und sie hatte gute Laune.

»Ich backe dir zum Geburtstag einen Himbeerkuchen«, sagte sie.

Er starrte sie an.

»Du darfst Freunde einladen.« Sie kniff ihn in die Wange.

Er glaubte keinen Moment, was sie sagte. Weder dass sie einen Kuchen backen würde noch dass er jemanden mit heimbringen durfte. Eins war so unvorstellbar wie das andere.

Aber Heidrun hielt, was sie versprochen hatte. Fummelte zwei Tage später mit spitzen Fingernägeln an einem eingeschweißten Kuchenboden herum. Schnitt ihn rundherum heraus. Schaffte es unter Flüchen, einen Sahnepudding zu kochen. Kippte ihn kochendheiß und auf einmal auf den Bisquitboden. Alles, was herunterlief, und es war viel, schleckte sie wie eine Katze auf. Ihre Haarspitzen rechts und links von ihrem Kopf hingen auf der speckigen braunen Arbeitsplatte in dem Pudding, und sie leckte alles auf. Der kleine Bohn hielt ihr mit beiden Händen die Pappschale mit den Himbeeren hin. Tränen fielen hinein, mehr als Früchte darin waren. Fahrig nahm sie ihm die Himbeeren ab und streute sie über den Pudding. Nur die in der Mitte blieben liegen, der Rest rutschte ab. Fluchend sah sich Heidrun die Bescherung an. Das Kind verdrückte sich in den Spalt zwischen Kühlschrank und Herd. Die Mutter stieß Verwünschungen aus. Riss die Schubladen auf, warf alles raus. Schließlich fand sie die Plastikdose mit den spitzen Hölzchen. Sie genehmigte sich eine Flasche Bier und machte sich an die Arbeit. Steckte jede einzelne Himbeere mit einem Zahnstocher in dem Kuchenboden fest.

Sie war noch nicht fertig, als die Kinder kamen: zwei Jungs und ein Mädchen aus seiner Klasse. Sie blieben keine Viertelstunde. Bohn schämte sich und heulte. Da tauchte, wie aus dem Boden gewachsen, Buddy auf und knuffte ihn hart zwischen die Schulterblätter. »Ist dir wohl nicht recht, was deine Mutter extra für dich gemacht hat? Wünscht der Herr was Besseres?« Er schlug ihn in den Nacken. Der Junge schrie.

Später an diesem Nachmittag musste er mit den beiden den matschigen Kuchen essen. Und mit ansehen, wie seine Mutter den Mann anbaggerte. Sie öffnete langsam den Mund, um ihm eine versteckte Himbeere auf ihrer Zunge zu zeigen. Dann zog sie die Zunge wieder ein und streckte sie wieder raus. Die Himbeere lag noch mittendrauf. Sie trieb das Spiel so lange, bis Buddy ganz verrückt nach der Himbeere war. Er versuchte, sie ihr mit seiner Zunge abzuluchsen. Da musste das Kind laut lachen, aber das ging den beiden zu weit. Buddy drückte ihm die Hand aufs Gesicht. Er hörte noch, wie Heidrun sagte: »Lass ihn doch«, aber da schleppte Buddy ihn schon ins Kinderzimmer und schloss die Läden. Obwohl es draußen noch hell war, obwohl er heute Geburtstag hatte.

Erst am nächsten Tag zerrte ihn eine Männerhand aus dem dunklen Zimmer. Der Junge erkannte erst auf dem Flur, wo ein funzliges Licht brannte, dass es sein Vater war. Vor Angst und weil er es sowieso nicht mehr halten konnte, machte er in die Hose. Die Flüssigkeit lief ihm heiß die Beine hinab.

Der Vater brüllte, und erst als er genug getrunken hatte und weicher wurde, fragte er: »Was hast du gemacht, dass deine Mutter wieder abgehauen ist?«

Der Kleine sagte, dass er nichts gemacht hatte, aber das glaubte ihm der Vater nicht. Und so sagte das Kind, schlotternd vor Angst: »Wir haben mit Buddy Geburtstag gefeiert, und Mutti hat einen Himbeerku...«

Weiter kam er nicht, denn der Vater peitschte ihn mit seinem Gürtel über den Flur. Am Ende schlug er ihm so fest auf sein linkes Ohr, dass Bohn für Wochen das Gehör verlor.

In seiner stummen Welt starrte er auf Lippen, die sich öffneten und schlossen, und er fing an, Blicke und Gesten zu deuten. Doch was er in den Gesichtern las, war trostlos und so retuschierte er die Realität, bis sie ihm besser gefiel. Das war nicht einfach. Manchmal misslangen seine Korrekturen, und wenn die Gefühle von Ohnmacht und Wut überhandnahmen, half nur das scharfe Messer. Dann schnitt er sich beim Geschirrspülen und ließ sein Blut lange in den weißen Spülschaum tropfen. Erst danach war er fähig zu spielen oder in seinem Tierbuch zu lesen oder wenigstens die Bilder anzuschauen.

Merle schaukelte auf seinem Schoß. Sie zog ihrer Puppe den Strickponcho aus und wieder an. Bohn gelang es, ein paar Tabletten einzuwerfen. Er fühlte sich platt, konnte aber wieder durchatmen. Er drückte seine Wange an Merles Haar. »Hey, lass uns was essen.« Sie schaute ihn fragend an. »Wer am schnellsten am Kuchenstand ist!«

Darauf hatte sie nur gewartet. Sie schnappte ihre Puppe und sprang davon. Er sah ihr nach, wie sie durch die Menschenmenge lief. Sah ihr wehendes Haar, den rosa Poncho, ihr kleines Marzipangesicht. Er folgte ihr.

Auf der Heimfahrt saßen Kind und Puppe im Partnerlook auf der Rückbank. Merle improvisierte ein kleines Lied. Es handelte von Henry und Hopps, die sie bald abholen und niemals zu füttern vergessen würde.

»Nie! Nie! Nie!«, schmetterte sie und ließ die Puppe auf ihren kleinen festen Schenkeln hopsen.

7

Die ersten Strahlen der Morgensonne, die sich bis Mittag in einen Glutball verwandeln würde, krochen über Julias nackte Füße. Merle schlief noch, es war Samstag, die Siedlung lag ruhig. Dies war Julias zweiter Sommer in der Schwabenmetropole – und auch ihr letzter. Barfuß und noch in ihrem weißen Schlafshirt ging sie ans Ende der Terrasse und besah sich die Bescherung. Sie konnte es kaum fassen: Der halbe Garten ein Hasenstall, Himmel-Arsch!

Seit zwei Wochen waren die Kaninchen da und Merle im Glück. Sie spielte Tier-Kosmetikerin mit ihnen, malte dem schwarzen Karnickel mit Ruths Nagellack die Krallen rosa. Mark kam dahinter und verbot es ihr. Es gab zum ersten Mal Krach zwischen den beiden, aber sie hatten sich schnell wieder versöhnt.

Julia steckte sich eine Lucky an und inhalierte tief. Diese Kaninchenanlage würde man so schnell nicht demontieren können. Wie alles, was Mark baute, war es für die Ewigkeit geschaffen. Ende des Jahres würde sie hier ihre Zelte abbrechen, und das Hasending sah schwer nach Ärger mit dem Vermieter aus.

Sie zog heftig an ihrer Kippe. Ihr Blick fiel auf das schwarze Kaninchen, das sofort zu fressen aufhörte und zu ihr herschaute. Auch das Hellbraune blickte wachsam. Eines hieß Hopps, das andere Henry, aber wer nun wer war? Egal. Das Gehege musste abgebaut werden, und sie wusste, dass es Merle das Herz brechen würde – und dabei schwamm sie selbst im Glück. Denn gestern war Julia in München gewesen zu einem Termin mit Konstantins Vater. Während der zweistündigen Zugfahrt zweifelte sie, ob ihre Gloria Vergissmeinnicht die Erwartungen des Seniorchefs erfüllen würde. Was hatte sie schon groß zu bieten? Ein Mädchen mit wilden Locken, das wie ein Fohlen in der Welt herumsprang und nicht einmal zaubern konnte.

Am Münchner Bahnhof angekommen, war das Erste, was sie sah, ein Mülleimer. Beinah hätte sie ihre Mappe darin versenkt. Doch als sie Gustav Perlitz gegenüberstand, löste sich ihre Anspannung sofort. Energisch schob er seinen Chefsessel um den riesigen Mahagonischreibtisch herum und setzte sich neben sie, sodass sich ihre Knie fast berührten. Sein Haar war schneeweiß und gewellt; es roch nach einem Haarwasser mit Kaugummi-Aroma, das Julia heimlich tief einatmete. Während er sich in ihr Manuskript vertiefte, beobachtete sie sein gebräuntes Gesicht, und als er das erste Mal auflachte, fiel sie vor Freude fast vom Stuhl.

»Köstlich, dieses Mädchen!«, rief er. Er war beim Australien-Kapitel, in dem Gloria für einen guten Zweck Thermometerhühner durch brennende Reifen springen ließ. Ein paar Seiten weiter murmelte er: »Das ist fabelhaft!« Gloria gab einer Schulklasse Hasisch-Unterricht. Auf dieser Doppelseite wimmelte es von Kaninchen. Julia hatte dazu stundenlang vor dem verflixten Freigehege gesessen und Merles Karnickel in allen Posen abgezeichnet.

Gustav Perlitz drehte sich auf seinem Sessel zu ihr um: »Ihre Idee ist gut, wir bringen das Buch heraus.« Seine Hände lagen fest auf den Seiten, als wollte er sie schon gar nicht mehr hergeben. »Konstantin hat einen guten Geschmack«, sagte er mit lebhafter Freude in den Augen. »Und nicht nur was Bücher betrifft, wie ich sehe.« Er lächelte väterlich. »Sie gefallen mir, Julia.«

Zum Mittagessen lud er sie in ein französisches Restaurant in der Nähe des Verlags ein. Sie nahmen an einem Tisch am Fenster Platz. Perlitz schaute sich um, grüßte bekannte Gesichter. Als das Essen kam, eröffnete er ihr, dass er den Verlag zum Jahresende an seinen Sohn übergeben wolle. Julia spürte, wie ihre Augen größer wurden. Jetzt bloß nicht gierig dreinschauen, ermahnte sie sich. Nachdenklich sah der Seniorchef sie an. Und dann fragte er, ob sie sich vorstellen könne, hier in München zu leben.

»Aber ja!«, rief sie. Mit Konstantin würde sie überall leben wollen.

Gustav Perlitz drückte warm ihre Hand, als er zum Abschied sagte: »Ich freue mich schon darauf, Ihr Töchterchen kennenzulernen.« Und wie im Selbstgespräch fügte er hinzu: »Konstantin spricht von nichts anderem als von Merle.«

Spät abends kam sie überglücklich nach Hause. Ohne Licht zu machen, schlich sie die Treppe nach oben. Das Kind lag regungslos in seinem Hochbett, bis zur Nasenspitze mit dem rosa Laken zugedeckt. Julia war viel zu aufgedreht, um gleich schlafen zu gehen. Sie machte sich noch in der Küche nützlich. Auf dem Herd hatte noch der Kochtopf gestanden, den sie einweichte, um ihn später auszuspülen. Den Resten nach zu urteilen, hatte Mark für Merle einen Reisbrei gekocht.

Julia drückte die Kippe aus. Merle schlief wohl noch immer. Die Sonne züngelte an ihren Beinen hoch. Sie ging ins Haus und warf den Kaffeeautomaten an. Sie holte eine Tasse aus dem Schrank. Dann sah sie den roten Apfel. Sie zog ein Messer aus dem Messerblock und trat noch einmal auf die Terrasse hinaus. Als der Schwarze sie erblickte, flitzte er panisch in das Häuschen. Sie hörte, wie er mit dem Kopf hinten gegen die Wand knallte. Sie näherte sich dem Zaun, bückte sich und spähte ins Innere. Er schien heftig zu atmen, sein pelziger Körper bebte. Vielleicht spürte er, dass er seine Heimat verlieren würde. Julia ließ die Apfelschnitze ins Gehege fallen, drehte sich um und ging ins Haus zurück.

Zwei Wochen später drückte die Hitze in die allerletzten Winkel der Stadt. Alles schwitzte und schmachtete, und Julia nahm kaum etwas anderes zu sich als Buttermilch, direkt aus dem Kühlschrank.

Während sie sich ein Glas einschenkte, wanderte ihr Blick zur Pinnwand. Dort hing zwischen Kochrezepten und Fotos ein Briefausschnitt des Dichters Nikolaus Lenau, der vor 200 Jahren einem Freund das Stuttgarter Klima beschrieben hatte.

Julia trank ihre Buttermilch bei offener Kühlschranktür und las: »Es ist abscheulich, ich liege in diesem Tal wie auf einer Bratpfanne. Ich habe alles getan, was mir leiblich frommen sollte, auch das Baden nicht vergessen; doch die Luft ist gar zu lax und erbärmlich.« Dem konnte Julia nur zustimmen. Auch die beiden Kaninchen lagen wie tot in ihrer Betonröhre. Und bei dieser Hitze musste sie in die Stadt, sie brauchte dringend neue Kleider, ein paar Dessous und schicke Schuhe, denn Konstantin sprach viel vom Ausgehen. Er wollte mit ihr zu Kunstausstellungen und gleich nach der Sommerpause ins Ballett.

Sie klappte die Kühlschranktür zu und zog das rote Top, das über der Stuhllehne hing, über den nackten Oberkörper. Sie lief an die Treppe, um nach Merle zu rufen. Sie würde heute Nachmittag bei Ruth bleiben. Doch als sie an dem gelben Haus ankamen, lockte die alte Dame mit Eiskaffee.

Okay, eine halbe Stunde, sagte sich Julia. Sie nahm am Küchentisch neben dem Rollstuhl mit Oma-Leo Platz. Seit einem Jahr besaß sie eine Nesteldecke, es war die schönste, die Ruth für das Traugottheim genäht hatte – aus Frottee und Spitze, mit Gummilappen und Leder- und Fellstücken. Momentan trug die Oma sie über dem Kopf und hielt sie vor der Brust fest zusammen.

Ruth, heute im haferbreifarbenen Sommerkostüm, schüttelte wehmütig den Kopf: »Draußen hat es vierzig Grad im Schatten, Mutter, und du sitzt da wie in Sibirien.« Sie versuchte, ihr die Decke wegzunehmen, aber die Oma protestierte. Engelchen wandte sich zur Theke um und bereitete den Eiskaffe zu. Merle sprühte zum Schluss Sahne darauf, und sobald sie ihr Eis hatte, rannte sie in ihren Hotpants und den quietschgrünen Plastikclogs in den Garten.

Ruth unternahm einen weiteren Versuch, ihrer Mutter die Decke abzunehmen. Ohne Erfolg. »Warte nur, bis unser Herr Bohn kommt«, drohte sie. Und zu Julia gewandt: »Ohne ihn läge sie im Heim, in einem Gitterbett.« Sie stellte ihre beiden Gläser mit Eiskaffee auf den Tisch und setzte sich. »Ich bin ihm sehr zu Dank verpflichtet.«

»Er will halt immer helfen«, sagte Julia. »Wenn er nicht helfen kann, kriegt er Schuldgefühle.« Sie probierte die Sahne. »Am liebsten hätte er ein Mittel, mit dem er Alzheimer hokuspokus aus der Welt zaubern könnte.«

»Eine schöne Vorstellung.« Ruth lächelte bekümmert. »Als meine Mutter krank wurde, war ich wie vor den Kopf gestoßen. Sie war ja Ärztin, sie hat ihr Lebtag ihr Hirn benutzt, und jetzt …«

Julia tauchte ihren Strohhalm ins Glas und saugte einen Schluck Kaffee. »Mark sagt, Alzheimer geht quer durch alle Schichten.« Sie wusste, dass Engelchen gleich wieder auf ihren alten Hausarzt kommen würde. Er hatte ihr weismachen wollen, dass sie die Pflege nicht schaffen könnte; ganz andere Kaliber seien daran zugrunde gegangen.

»Unser Hausarzt damals …«

Julia hörte gar nicht mehr zu. Auf der Suche nach Abkühlung in dem Brutkasten von Küche streifte sie unterm Tisch ihre Sandaletten ab. Ruths Blick war auf die Oma gerichtet, die immer noch unter ihrer Decke saß wie eine Schildkröte in ihrem Panzer. »Der Arzt empfahl mir, sie ins Traugottheim zu geben. Hätte er selbst demente Angehörige, das hat er behauptet, würde er sie in genau dieses Heim einweisen.«

Julia überlegte, ob sie bei dieser Hitze wirklich Dessous kaufen wollte, wo doch alles an ihr klebte. Sie stellte sich vor, wie sie sich in einer engen Umkleidekabine mit hautenger Unterwäsche abmühte. Nein danke.

»Ich vertraute diesem Arzt«, hörte sie Ruth klagen.

»Aber Ihre Mutter war doch nur ganz kurz im Heim«, warf sie ein. »Sie hat es vergessen.«

»Mit Händen und Füßen hat sie sich gegen die Einlieferung gewehrt.« Ruth legte die flache Hand auf ihre Papierserviette. »Als ich sie am Abend verließ, fühlte ich mich wie eine Verräterin.« Sie wischte sich mit der Serviette über die Augen. »Das Schlimmste waren die Mitbewohnerinnen. Es war abscheulich, wie die Damen miteinander umgingen.« Ruth sah starr geradeaus. »Ich stand im voll besetzten Speisesaal am Tisch meiner Mutter«, erinnerte sie sich. »Ich wollte ihr beim Essen helfen. Als das Dessert gebracht wurde, sagte sie: Sonne!«

Julia nickte. Sie kannte die Szene. Oma-Leo hatte ihren Teller Vanillecreme, rund und gelb, mit der lieben Sonne verwechselt.

Ruths grüngold gesprenkelte Augen füllten sich mit Tränen. »Meine Mutter legte ihr Gesicht in die Nachspeise.«

Julia wusste, wie es ausgegangen war. Drecksau und Schlimmeres hatten die »Tischdamen« gerufen, während die Vanillecreme von Leonoras Gesicht troff und Ruth sich beeilte, den Brei irgendwie abzuwischen. Da kam eine der Kuttenschwestern herangerauscht, und Ruth hatte auch noch geglaubt, sie wolle ihr helfen. Aber die baute sich vor Oma-Leo auf und drohte ihr mit der flachen Hand, bis sie laut weinte mit ihrem verschmierten Gesicht. Und Ruth hatte geschockt und tatenlos danebengestanden.

»Ich habe ihr nicht geholfen«, sagte Ruth. »Das verzeihe ich mir nie.«

»Sie konnten nichts machen, Frau Engelbrecht.«

»Meine Mutter wurde verspottet, beleidigt und bedroht. Und ich …«

»Oma-Leo ist jetzt bei Ihnen daheim und es geht ihr gut«, stellte Julia klar. Himmel-Arsch, die ersten Tage im Heim waren immer die schwersten. Das wusste sie von Mark. Da bettelten die Alten, heim zu dürfen. Sie weinten und schrien. Und wer noch gehen konnte, suchte den Ausgang. Und ständig fragten sie das Personal, ob man nicht ihre Mütter oder Väter gesehen hätte, obwohl die seit einem Vierteljahrhundert tot waren.

Ruth nahm die leeren Eiskaffeegläser vom Tisch. Sie hatte sich wieder gefangen. Vor dem Schrankfach mit den Spirituosen drehte sie sich lächelnd um. »Ein Gläschen, Frau Wiechmann?«

Eigentlich hatte Julia nur schnell Merle abgeben wollen, jetzt saß sie fest. Sie nickte ergeben, trat kurz über den Flur zur Verandatür und schaute nach, was ihre Tochter trieb. Merle war beim Komposthaufen zugange, wo sie irgendetwas vergrub.

Ruth stellte Schnapsgläser mit Länderwappen auf den Tisch. »Ich bin froh, dass ich meine Mutter schnell heimgeholt habe«, sagte sie und nickte tief.

Sie erhoben das Glas auf Dr. Leonora Engelbrecht.

»Unser Herr Bohn hat mir damals Mut gemacht, aber das wissen Sie ja.«

Julia blinzelte. »Man sollte ihn bei ›Helden des Alltags‹ fürs Fernsehen vorschlagen.« Sie nahm noch ein Schlückchen. Ihren Einkaufsbummel hatte sie endgültig abgehakt. Mehr zu sich selbst sagte sie: »Ich weiß nicht, wie Mark den Beruf aushält.«

»Unser Herr Bohn ist ein Christ«, antwortete Ruth ruhig.

Julia sah den Flaschenhals näherkommen und legte ihren Zeigefinger über das Gläschen, aber Ruth goss zielgenau daran vorbei.

Oma-Leo kreischte gedämpft unter ihrer Decke. Da stürmte Merle herein, ein paar Blümchen in der Hand. »Wieso ziehst du die Decke nicht aus«, schimpfte sie. »Es ist heiß. Schau, ich hab Hotpants an.« Sie kuschelte sich an die Greisin im Rollstuhl, die ihr grob, mit steifer Hand, von oben nach unten übers Gesicht fuhr. Merle legte ihr die Blumen in den Schoß. Dann rannte sie wieder in den Garten.

Sie wird mal Altenpflegerin, dachte Julia.

Ruth lächelte. »Schön, dass Sie heute ein bisschen bei mir bleiben, Frau Wiechmann.« Sie knöpfte den obersten Knopf ihrer hellen Bluse auf. »Darf ich fragen, was die Liebe macht?«

Julia hatte Lust auf eine Zigarette. Was sollte sie Engelchen über die Liebe erzählen, wo sie doch immer bloß mit ihrer Mutter zusammengegluckt hatte? Was Julia erlebte, war eine große, leidenschaftliche Sache. Sie hatte es anfangs selbst nicht geglaubt. Sie konnte sich nicht erklären, was Konstantin mit einer mittelmäßig talentierten, mäßig hübschen, alleinerziehenden Mutter von über vierzig Jahren anfangen wollte. Es gab Bessere – und Jüngere.

»Die Liebe ist ein Spiel, sagt man.« Julia legte den Kopf schief.

»Mag er denn unseren Goldschatz?«, fragte Ruth. »Falls er nämlich das Kind nicht mag …«

»Sie ist sein Sonnenschein.«

Ruth atmete hörbar aus. »Seit Sie einen Freund haben, sehen Sie viel gesünder aus.«

Julia winkte lachend ab.

»Doch, doch, Kindchen. Sie waren so dünn und blass. Als ich Sie das erste Mal sah, war ich ein bisschen erschrocken. Ich dachte, ob sie vielleicht … Rauschgift nehmen.«

Es war viel zu heiß, um sich aufzuregen, deshalb sagte Julia nur: »Ein bisschen süchtig bin ich schon« und zog ihre Zigaretten aus der Tasche. »Ich geh mal eine rauchen.«

Ruth ergriff ihre Hand. »Ihren Bekannten … wie heißt er noch gleich? Ach, ich kann mir den Namen nicht merken.« Sie strahlte Julia an. »Den gönne ich Ihnen von Herzen.«

Julia erwiderte ihr Lächeln und ging barfuß hinaus in den Garten. Da hörte sie die Türglocke zweimal hintereinander und am Komposthaufen einen Aufschrei: »Jippie! Mark kommt!« Merle sprang über das streichholzkurze Gras an Julia vorbei zur Haustür vor.

Nachdem sie im Schatten eines Quittenbaumes eine Zigarette geraucht hatte, kehrte Julia in die Küche zurück. Mark – schwarzes T-Shirt, Bermudajeans – kniete neben Oma-Leo auf dem Fußboden. Sein Gesicht ein einziger Vorwurf.

»Wär nicht verkehrt«, sagte er und zog die Nase hoch, »wenn ihr Leo ab und zu mal was zu trinken gebt.«

Mannomann. Allmählich sollte sich der Bursche einen anderen Ton angewöhnen. »Wir haben ihr Eiskaffee hingestellt«, sagte Julia mit ironischem Unterton. »Sie hat ihn aber nicht angerührt.« Sie grinste. »Nur deshalb lebt sie noch.«

Ruth ging dazwischen. »Meine Mutter hat nur auf Sie gewartet, Herr Bohn.« Sie drückte ihm rasch ein Glas Mineralwasser in die Hand. Er hielt es an die dünnen Lippen der Oma, die immer noch vermummt in ihrem Rollstuhl saß. Sie trank gierig, wie kurz vorm Verdursten.

»Das macht sie mit Absicht«, bemerkte Ruth spitz. »Sie tut so, als bekäme sie den ganzen Tag nichts.« Sie ging zum Kühlschrank und holte für Mark die Familienpackung Eis heraus. Merle durfte ihm den Eisbecher richten, wobei sie geschäftig summte.

»Sollen wir die Nesteldecke jetzt mal wegtun?«, fragte Mark die Oma. Aber sie war noch nicht so weit; sie hielt ihre Decke nur noch fester. Bald steckten sie die Köpfe zusammen und tuschelten in einer Art Geheimsprache. Es war nur ein Gebrabbel, aber schließlich gab Leo nach und nach die Decke frei. Ihre wasserblauen Augen funkelten vor Leben.

Julia wäre jetzt gern allein gewesen, um ihren Gedanken nachzuhängen und sich darauf zu konzentrieren, was Großes vor ihr lag: die Karriere, die Weltstadt München, ein neues, kultiviertes Zuhause. Sie ließ Engelchen noch einmal nachschenken. Aber sie verlor kein Wort über das, was ihr im Kopf herumging. Über ungelegte Eier durfte man nicht sprechen. Sonst wird nichts draus. Also hielt sie schön den Mund.

Es war ein paar Tage später, als sie Mark spontan zum Abendessen herüberwinkte. Sie hatte ihn hämmern gehört, und als sie auf Zehenspitzen über das Stück Brachland blickte, erkannte sie, dass er bei dieser Bullenhitze eine Art Holzwand zimmerte. Das Ding lehnte an dem grauen Altbau, in dem er im obersten Stock wohnte. Seine Vermieterin im Parterre lehnte weit aus dem Fenster und reichte ihm etwas heraus; es sah aus wie ein Stiefel Bier.

Mark machte ein »O« für Okay mit Daumen und Zeigefinger.

»Dein Mark kommt zum Essen«, sagte Julia zu Merle.

»Jippie!«

»Aber um halb neun bist du im Bett.«

»Wieso?«

Julia schenkte sich die Antwort.

Nach dem Essen spielten sie zu dritt im Licht der Kerzen das Ratespiel mit den Fühlbeuteln, das sie jetzt immer spielten. Ruth hatte ein Dutzend genäht – aus dickem Samt und mit bunten Fransen an den Kordelenden. Sie nannten sie »Fühlis«.

Als Merle ihre Augen nicht mehr offenhalten konnte, brachte Julia sie ins Bett.

»Jetzt noch ein Glas Weißwein«, sagte sie zu Mark, als sie wieder auf die Terrasse kam.

Es war dunkel geworden, Sterne blinkten am Himmel. Die Windlichter waren weit herabgebrannt. Ein Nachtinsekt gondelte über den Tisch. Julia hörte mit halbem Ohr Mark zu, der über »die Rolle des Immunsystems beim Untergang von Nervenzellen« sprach. Sie prostete ihm zu, konzentrierte sich aber wieder auf ihre Erinnerung an gestern, als sie bei Konstantin in seiner hellen Altbauwohnung im Stuttgarter Süden gewesen war. Sie hatten Pläne geschmiedet, saßen fast nackt an dem langen Tisch aus Vogelaugenahorn, an dem sie sich nicht sattsehen konnte. Über ihnen glitzerte der prachtvolle Kronleuchter, und sie sprachen über sich und über München. Sie lachten und liebten sich, und Konstantin hörte nicht auf, ihr zu sagen, wie verrückt er nach ihr war.

»Das sind die neuesten Erkenntnisse«, sagte Mark abschließend. Vielleicht war ihm aufgefallen, dass sie nicht bei der Sache war, denn er wechselte das Thema und wetterte wieder einmal über Heikos Besuchsrecht, das man zu Merles Wohl unterbinden sollte.

Julia dachte nicht im Traum daran. Besser hin und wieder einen mittelmäßigen als gar keinen Vater. Und so übel war

Heiko nun auch wieder nicht. Wegen der Kaufhaus-Sache hatte er sich entschuldigt – schriftlich, wie das seine Art war. Er hatte sich extra ins Auto gesetzt, war nach Feuerbach gefahren und hatte Merle einen zärtlichen Brief in den Kasten gesteckt. Schwamm drüber.

Mark klopfte die Taschen an seinem Hemd nach Zigaretten ab. Julia schnippte ihre Schachtel über den Tisch. »Schnorrer«, sagte sie milde.

Er zündete die Lucky an und sagte: »Merle weiß gar nicht, was sie bei Heiko soll. Der Mann kennt kein einziges Spiel.«

Spiele! Hatte ihr Vater je mit ihr gespielt? Ein Witz war das. Sicher, Mark wusste, wie man spielt. Er war ja selbst noch ein halbes Kind.

Er nahm einen tiefen Zug und blies den Rauch langsam aus. »Neulich wirkte sie bedrückt«, sagte er monoton. »Ich hab sie gefragt, ob sie reden will. Sie sagte, sie hätte ihren Kummer bereits ihren Kaninchen erzählt und jetzt sei es gut.« Seine Augen waren ganz dunkel. »Sie hat Kummer gesagt.«

Okay, Merle hatte ein kleines Problem mit Heikos Freundin. Aber die Sache war ausgestanden. Merle hatte ein Fläschchen Duftöl umgeworfen. Es war glitschig, hatte sie gesagt, es war ihr aus der Hand gerutscht. Mein Gott. Leila schimpfte, weil es ein besonderes Zeug war, das sie aus irgendeiner Wüste mitgebracht hatte. Genaueres wusste Julia nicht. Sie wandte sich Mark zu. »Es gab ein Missverständnis, das war alles. Merle freut sich darauf, die beiden wiederzusehen, ehrlich. Du kannst sie fragen.«

Mark schwieg.

Julia hatte keine Lust, Probleme zu wälzen. Sie nahm noch einen Schluck aus ihrem Glas, da fiel ihr etwas ein: »Ich hab euch übrigens neulich belauscht.«

»Du hast uns belauscht?« Marks Stimme klang heiser.

»Tja, sogar eine ganze Weile.« Die beiden hatten das braune Kaninchen verarztet, bei dem etwas mit dem Ohr nicht stimmte. Mark hatte es im Arm gehalten und Merle hatte Salbe auf das Ohr getupft. »Ihr habt mich nicht bemerkt, so vertieft wart ihr in das Ohr von dem Stierkaninchen.«

Mark prustete los.

»Was hast du?«

»Es heißt Widder, nicht Stier.« Er lachte sich kaputt.

»Ha-ha«, machte Julia. »Jedenfalls hab ich gehört, wie du zu ihr gesagt hast, dass sie später mal eine mega Tierärztin abgeben wird.« Sie versuchte nicht zu grinsen. »Wusstest du, dass sie danach tagelang mit ihrem Arztköfferchen herumgerannt ist, mit ihrer kleinen Schere drin und Pflaster und Penatencreme?«

»Nee!« Mark lachte. Seine Augen blickten sanft.

»Sie suchte nach einem Tier, das ihre Hilfe braucht.« Julia stand auf, es war Zeit, schlafen zu gehen.

»Lass sie nicht mehr zu ihm«, sagte Mark. Er drückte seine Zigarette aus und erhob sich ebenfalls.

»Vergiss doch Heiko.« Sie blies die übrigen Kerzen aus. »Bis bald mal wieder.«

Wenige Minuten später schloss sie die Terrassentür.

8

»Kaiser ist tot.« Der blonde Pfleger mit den pickligen Pausbacken streckte seine Zunge bis zum Anschlag heraus und verdrehte die Augen.

Bohn lief zu der Tür mit dem aufgeklebten Papp-Notenschlüssel und öffnete sie. Der Mann mit der Mundharmonika lag still und gelb auf dem Bett, über ihm ein hölzernes Kruzifix. In einem der dunkelsten Zimmer im Traugottheim war der hundertjährige Franz Kaiser sang- und klanglos verstorben.

»Endlich hat's ihn gerissen«, sagte Christian und kratzte an einem Pickel.

»Was? Was hast du gesagt?« Bohn riss seinen Ellbogen hoch und drückte den Blonden in den Flur zurück, wo er ihm mit Wucht gegen das Schienbein trat. Der Pfleger taumelte und rutschte stöhnend an der Wand herab, wobei sein Kopf zweimal gegen den Handlauf schlug.

Bohn ging in Kaisers Zimmer zurück und setzte sich neben den Toten auf einen Stuhl. Er steckte sich die Ohrhörer ein und schaltete seinen MP3-Player an. Die Musik strömte in seinen Kopf.

Auf dem Nachttisch lagen zwei Dinge: a) Kaisers Mundharmonika. Sie war abgenutzt und das Mundstück roch faulig. Bohn drückte das Instrument zwischen die toten Hände. b) Ein Fühli in der Farbe Eisgrün mit schwarzer Kordel und schwarzen Fransen.

Ruth hatte mittlerweile das Altenheim komplett mit Fühlbeuteln ausgestattet. Doch Bohn war der Einzige, der auch etwas hineintat – einen Weinkorken, ein paar Wäscheklammern. Die Bewohner fingen dann manchmal zu reden an. Leise und stockend. Nicht so wie Merle, die drauflos plapperte, weil ihr zu jedem Ding eine Wahnsinnsgeschichte einfiel – die sich Julia ganz gern notierte; Merles Ideen waren eine Fundgrube.

Franz Kaiser brauchte das Fühli nicht mehr. Bohn nahm es vom Nachttisch und verließ das Zimmer. Während er ein paar Schritte über den Korridor ging, ließ er einen kleinen Gegenstand in den Fühlbeutel fallen. Dann klopfte er an der Tür einer neuen Bewohnerin.

Er sprach lockend wie zu einem Vögelchen, das nicht fressen will. »Fühlen Sie mal, was ich für Sie habe.« Die kleine, verwirrte Frau seufzte, Tränen liefen ihr am Hals hinunter. »Nicht weinen«, flüsterte er und setzte sich zu ihr. Folgsam knautschte sie das Samtsäckchen. Löste mit zitternden Fingern die Kordel. Steckte einen Finger hinein. »Hey«, sagte Bohn, »ich glaube, Sie haben's gleich!« Er klatschte auch in die Hände. Die Frau sah ihm in die Augen. Dann wühlte sie den winzigen, goldfarbenen Engel heraus. Vor Überraschung und Freude kullerten neue Tränen über ihre zerfurchten Wangen.

Das Weinen hörte nie auf.

Am nächsten Morgen, es war noch dunkel, sah Bohn vom Fenster aus schemenhaft Julias Golf an der Straße stehen. Zwei Bäume weiter oben der schwarze BMW-X5 ihres Chefs. Bohn schlüpfte in seine Jeans, die ihm um die Hüften schlotterten. Drei Minuten später streifte er über das Niemandsland. An Julias Küchenfenster legte er die Handkanten an und spähte hinein. Das hatte er noch nie gemacht. Er sah auf dem Tisch schmutzige Teller vom Abendessen und leere Bierflaschen stehen. Offensichtlich musste Julia für ihre Karriere viel in Kauf nehmen. Sie wollte unbedingt ihre Gloria-Geschichte zwischen zwei Buchdeckeln sehen, und deshalb gab sie sich jede freie Minute mit ihrem Chef ab, und manchmal war ihr Merle dabei im Weg. Wie vor zwei Tagen, als sie mit Mister Big, wie sie den alten Knacker spaßeshalber nannte, zu Udo Lindenberg ins Neckarstadion ging. Sie hatte tatsächlich auch ihn gefragt, ob er mitkommen wollte. Udo sei der Wahnsinn, und ihr Chef würde sicher auch für ihn noch eine Karte organisieren.

Bohn hatte abgelehnt. Einer musste sich ja um die Kleine kümmern. Ruth Engelbrecht würde es nämlich nicht tun, auch wenn Julia das dem Knacker gegenüber behauptete. Bohn hatte sie am Telefon lügen gehört.

»Merle geht zu Engelchen«, hatte Julia gesagt. »Und wir können in Ruhe zum Konzert.«

In Ruhe zum Konzert. Das musste man sich mal reinziehen. Und vor allem: Der größte Lindenberg-Fan war Ruth, das wusste er schon lange. »Als Udo zur Welt kam, war ich sechs«, hatte sie mal erwähnt. Die hatte sich längst ein Ticket besorgt. »Okay, und was macht Oma-Leo in der Zeit?«, hatte er sie gefragt.

Sie hatte jemanden über die Mobilen Dienste für sie organisiert.

In Ordnung.

»Julia und ihr Chef gehen auch hin«, hatte er ihr noch gesteckt und gehofft, dass sie vielleicht nach Merle fragte. Aber Udo Lindenberg ging vor. Sie sagte nur: »Wie schön.«

Bohn unterließ es, weiter um Julias Haus herumzuschleichen. Er wusste, was ihn durch die Terrassentür erwartete: ein auf dem Sofa liegender alter Sack von einem Chef.

Vor ein paar Monaten hatte er sich hinreißen lassen und war nach hinten getrabt, und nachzusehen, ob es im Wohnzimmer etwas Neues gab. Und da hatte Mister Big schlafend auf Julias Sofa gelegen. Mit halb offenem Mund und bis auf die Schuhe komplett angezogen.

Irgendwie konnte der Mann einem leidtun. Wahrscheinlich musste er mit allen möglichen Autoren nächtelange Gespräche führen. Dabei soff er sich die Hucke voll, und dann konnten sie ihn nicht mehr nach Hause fahren lassen. Sie brauchten ihn ja noch. Er sollte ja ihre Romane veröffentlichen. Okay, die Autoren richteten ihm ein weiches Sofa. Weich wegen der Altersbeschwerden, er war bestimmt schon sechzig. Sein Gang war etwas steif, außerdem hatte er graue Haare an den Schläfen. Der Wichtigtuer übernachtete also bei den Autoren; sie würden alles tun, um den Kerl an sich zu binden. Aber Bohn hatte nichts zu befürchten. Denn zwischen ihm und Julia gab es ein Band, das niemals zerstört werden konnte. Irgendeine höhere Macht hatte sie fest miteinander verknüpft und verwoben. Julia würde nie wieder aus dieser Verstrickung herauskommen. Wozu auch?

Bohn ging noch kurz zum Gehege. Das Blut dröhnte in seinen Ohren. In der Morgendämmerung sah er klar, dass Zaun und Pfosten völlig in Ordnung waren. Er stieg über den Zaun und schlich an das Schlafhäuschen. Hob sachte den Holzdeckel und sah hinein. Er betrachtete die ruhenden Kaninchen. Das Pochen im Kopf hörte nicht auf. Er würde sie demnächst wiegen müssen, er war nicht mehr sicher, ob sie noch genug zu fressen bekamen. Leise legte er den Deckel wieder auf.

Nach dem Kontrollgang ging er zurück zu seiner Wohnung.

Ein paar Tage später, es war früh am Morgen, stand Bohn nackt am Fenster und betrachtete durch das Fernglas seine kleine Gegenwelt, die ihm fröhlich erschien und verheißungsvoll. Er war sich in letzter Zeit oft nicht sicher, ob etwas real war oder nicht, und manchmal hatte er das Gefühl, aus der Wirklichkeit herauszurutschen, wegzuschlittern wie ein Puck auf dem Eis, nur weiter fort. Aber diese Sache hier war real:

Merle hielt einen Apfel unter den Wasserhahn an der Spüle, er war so groß, dass sie ihn nicht richtig umfassen konnte. Als sie mit Waschen fertig war, ließ sie ihn auf der Abtropffläche liegen und setzte sich an den Küchentisch, mit dem Rücken zum Fenster. Die hohe Lehne des Rattanstuhls stahl ihm die Sicht auf das Kind; er sah nur den oberen Teil ihres Kopfes, der nach links geneigt war und immerzu nickte, als wäre Merle ein Huhn. Dabei sprach sie nur lebhaft mit ihrem Nebensitzer. Der rückte jetzt etwas vor, sodass Bohn ihn erkennen konnte. Es war wieder Perlitz, der Chef.

Julia trat im blauen Morgenmantel ins Bild. Sie hielt ihn am Kragen mit einer Hand zusammen. Vielleicht war es kalt, Bohn spürte es nicht. Sie öffnete den Kühlschrank und belud den Frühstückstisch mit allem, was er hergab. Dann setzte sie sich auf den Stuhl rechts und zeigte Bohn ihr hübsches Profil.

Merle hielt ihren Frühstücksteller schief in die Luft. Und Mister Big reichte ihr ein Brötchen. Jetzt nahm er es ihr wieder weg. Er stieß sein Messer rein und schnitt es auf.

Was war mit der Kleinen los? Sie konnte Brötchen perfekt allein aufschneiden, bestreichen und auf jede Art belegen. Bohn hatte es ihr ja selbst beigebracht. Hatte der Typ vor, die Kleine zurückzuspulen? Saß er deshalb mit am Tisch? Es hat nichts zu bedeuten, sagte sich Bohn. Es ist nur ein Geschäft. Der Chef bringt Julias Kinderbuch heraus und dafür darf er kurz Familienluft schnuppern. Eine Hand wäscht die andere. Das ist nur fair. Wahrscheinlich hat er niemanden. Große Klappe, aber keinen Menschen, der zu ihm steht. Arme Sau. Alle wollen nur, dass er ihre Bücher rausbringt. Dann kann er Leine ziehen.

Sobald Julias erster Band im Handel ist, legte Bohn fest, erhält Perlitz Hausverbot.

Er wollte sich gerade von seinem Aussichtsplatz entfernen, um sich anzuziehen, als er sah, wie Julia den Alten küsste. Und dann kletterte ihm auch noch Merle auf den Schoß. Mit seinen langen Armen umfasste Mister Big alle beide. Und Bohn ging in die Knie.

Es war wieder einmal so weit. Es gab keine Schonung für Bohn. Nur Schonfristen. Am Ende dieser Fristen explodierte etwas in seinem Kopf und eine gigantische Welle aus Wut, Schmerz und Trauer rollte auf ihn zu. Tabletten nehmen, sagte er sich. Aber die Wände und die Möbel tanzten schon. Er lag auf dem Ledersofa und konnte nichts tun. Seine Zunge klebte am Gaumen. Er öffnete den Mund einen Spaltbreit, wie ein Hund.

Wie durch einen bleiernen Schleier hörte er das Telefon klingeln. Vielleicht Dr. Müllerschön oder das Traugottheim. Es hatte bestimmt schon hundertmal geklingelt, und als es weiter klingelte, war Bohn wieder der kleine Junge, der Buddy den orangefarbenen Telefonhörer brachte. Buddy, ungeduldig mit den Fingern schnippsend, saß in Unterwäsche an dem verschmierten weißen Schleiflacktisch und tat großspurig am Apparat. Doch das Gespräch verlief nicht nach seinem Geschmack, und bald schon schäumte er vor Wut. Sein Blick fiel auf den Jungen.

Als Heidrun nach Hause kam und ihre Knautschledertasche an die Garderobe knallte, winselte der Kleine, und sie schob die Tür zum Schlafzimmer auf und rief: »Du Schwein!« Und nochmal: »Du Schwein!« Mehr hatte Bohn von diesem Tag nicht im Gedächtnis behalten.

Am Morgen schlug Heidrun ein Fest für ihn vor. »Ich koche uns was«, versprach sie, obwohl es ihr nicht leichtfiel, Mahlzeiten zuzubereiten. Was sie aßen, kam meist aus Plastikhüllen.

Heidrun kochte tatsächlich eine ganze Packung Spaghetti, aber sie vergaß, sie abzuschrecken. Sie ließ die Pasta in dem fahlroten Plastiksieb im Spülbecken liegen, während sie im Wohnzimmer telefonierte. Als sie wieder in die Küche kam, hatte sie keine Idee, wie sie eine Soße herstellen sollte. Zur Inspiration entkorkte sie eine Flasche Rotwein. Sie lehnte mit dem Hintern an der Spüle. In der einen Hand hielt sie ihr Weinglas, mit der anderen machte sie an den zusammengeklebten Spaghetti herum. Irgendwie löste sie eine Nudel aus dem Klumpen und warf sie in die Luft. Das Teigschnürchen blieb an der Decke hängen.

Der Kleine und seine Mutter legten die Köpfe in den Nacken und starrten hoch.

»Jetzt du!«, forderte sie ihn auf. Sie trank einen großen Schluck Wein. Dann fummelte sie eine zweite Nudel aus dem Sieb und reichte sie dem Jungen, der sie lieber gegessen hätte, auch ohne Soße. Aber die Mutter drängte, und wie ein Kind einen Ball wirft, so warf Bohn die Spaghetti in die Luft. Sie blieb wie eine Eins an der Decke kleben. Die Mutter johlte.

Langsam löste sich das blassgelbe Schlänglein vom Untergrund. Erst am einen Ende, dann am anderen, in der Mitte hielt es noch. Heidrun bog sich vor Lachen, und das Kind freute sich. Wenn sie nur nicht so viel trinken würde, jammerte es in seinem Kopf. Sie drückte ihm schon die nächste Nudel in die Hand, und dann noch eine, und dann ganz viele. Es gab einen hitzigen Wettkampf, mal warf die Mutter, mal der Sohn, und schließlich schmissen beide mit den Spaghetti nur so um sich. Dass der Ford des Vaters an den Bürgersteig heranfuhr, hörten sie nicht.

Da musste die Mutter aufs Klo. »Ich verschwinde mal eben«, sagte sie und verließ die Küche.

Der Kleine hörte, wie sie die Toilettentür hinter sich schloss. Er schaute nach oben, wo sich eine Teigschnur löste. Er riss den Mund auf, um sie mit den Lippen aufzufangen, aber sie landete als ein »S« vor seinen Füßen. Da bückte er sich und warf sie beherzt wieder in die Höhe. Sie traf die Küchenlampe, blieb eine Sekunde kleben, fiel herab. Und wie er sich nach der Nudel bückte, um sie erneut nach oben zu schleudern, sah er aus dem Augenwinkel die klobigen Arbeitsschuhe seines Vaters.

Hechelnd blickte der Junge auf. Die Lampe brannte hinter dem Kopf des Herrn, sie verdunkelte sein Gesicht und malte ihm einen Heiligenschein. Rings um den heiligen Kopf baumelten die Spaghetti von der Decke und einige fielen herunter. Der Sohn sollte sofort aufstehen und zwar gerade stehen. Nur dass er den Kopf nicht heben konnte, weil ihm durch das Hemd hindurch das Kinn am Brustbein festgewachsen war.

»Und jetzt komm«, rief der Heilige. Die Augen am Boden, ein Summen im Kopf, so lief das Kind mit dem Vater mitten in einen Ozean von Gewalt.

Mehr tot als lebendig zog Heidrun den Jungen gegen Mitternacht aus dem kopfbreiten Spalt zwischen Herd und Kühlschrank. Die Abfalltüten dort waren umgekippt, und der Kleine hatte im feuchten Dreck von Kaffeesatz, Zigarettenkippen und Asche gesessen. Heidrun versuchte ihn zu säubern. Er nickte die ganze Zeit mit dem Kopf, obwohl sie ihn gar nichts fragte. Sie klebte Pflaster auf offene Stellen, aber sie schien nicht recht zu wissen, wo anfangen und wo aufhören. Dann ließ sie es bleiben. Nach fünf Tagen suchten sie eine Ärztin auf, aber die glaubte ihr kein Wort. Ein Kind, das aus einer fliegenden Schaukel gefallen war, sah nicht so schlimm aus wie dieses, hatte sie gesagt. Heidrun trat von einem Fuß auf den anderen, und der Junge meinte, sie schäme sich vielleicht. Aber sie musste bloß aufs Klo und zerrte ihn aus der Praxis.

Jahrelang träumte Bohn, dass diese Ärztin nach ihm suchen ließ. Einmal war sie höchstpersönlich auf einem Schimmel nachts durch die Stadt geritten, um nach ihm Ausschau zu halten. Sie hatte lange blonde Locken und hielt sich ein Opernglas vor die Augen. Von ihrem hohen Ross hatte sie in alle Stuttgarter Wohnungen geschaut, aber sie konnte das zu Brei geschlagene Kind nicht finden.

Bohn kam wieder zu sich. Mit schmerzhafter Klarheit erinnerte er sich, was Julia und Merle getan hatten: a) den Chef geküsst, b) ihm auf den Schoß gekrochen.

Alles in ihm war leer, der Kopf, der Rumpf – ein Vakuum. Er raffte sich auf, suchte nach seinem Handy, griff daneben. Nochmal. Dann rief er die Rezeptionistin an, denn seinen Dienst im Traugottheim würde er heute nicht antreten.

Während das Freizeichen ertönte, dachte er sich eine Ausrede aus.

Marlies Berger sagte: »Ach, das ist nicht schlimm, wenn das Fröhliche Miteinander ausfällt.« Bohn wartete ab. Sie tippte hörbar auf ihrer Tastatur, dann fuhr sie fort: »Die Bewohner wissen nach zwei Minuten sowieso nicht mehr, ob Sie nun da waren oder nicht.«

Bohn sah Marlies' rundes, von wirren Löckchen umrahmtes Gesicht vor sich und spürte, wie er Lust bekam, sie zu erwürgen. Er legte auf und ging wie ferngesteuert ins

Bad. Der rubinrote Raum stülpte sich wie eine schwere Glasglocke über ihn und trennte ihn von allen Menschen und allem Schmerz.

Später fühlte er sich wieder in seinem Körper. Er war jetzt ruhig, er spürte seinen Magen, der nach Essen schrie. Bohn aß, was er zu Hause vorfand. Das Wasser trank er direkt aus der Leitung. Auf dem Grund seines Waschbeckens drehte sich Merles Apfel, schnell wie ein Kreisel. Und als er liegenblieb, steckte Perlitz' Messer darin.

Merle! Bohn erschrak bis aufs Mark. Welcher Tag war heute? Wie viel Uhr? Er lief an seinen Sekretär, blätterte in einer Liste. Hier stand es schwarz auf weiß: In ein paar Minuten musste er die Kleine von der Kita abholen und zu Ruth Engelbrecht bringen, das hatte er versprochen.

Er zog sich an und lief los. Es war drei Minuten vor eins. Die Herbstsonne spiegelte sich in den Autofenstern, an denen er vorbeirannte. Das helle Licht stach ihm in den Augen. Die ersten Kinder kamen aus dem schwarzen Eibengang herausgesprungen. Bohn sagte atemlos »Hey« zu einem dunkelhäutigen Mädchen. Aber sie schien ihn nicht wahrzunehmen und ging einfach weiter.

Ganz in Rosa flog Merle auf ihn zu. Sie trug den Poncho, den er ihr im Sommer beim Tierheimfest gekauft hatte. Aber als er sie hochnahm und an sich drückte, stemmte sie sich mit beiden Armen gegen seine Brust. »Du stinkst nach Zigarette«, sagte sie.

»Tut mir leid, Kleines. Ich hör auf damit. Versprochen.« Er glaubte das in diesem Moment ganz fest.

»Okee«, sagte sie seufzend und griff nach seiner Hand. »Los komm, bei Ruth gibt's Apfel-Waffeln.« Sie schaute gar nicht hoch zu ihm mit ihren meerblauen Augen. »Magst du Apfel-Waffeln?«

Als ob sie's nicht wüsste. Sie plapperte einfach drauflos. Das war Merles Masche. Plapperte oder lachte Bedrückendes einfach weg. Wenn Julia sie fragte, ob das Wochenende bei ihrem Vater schön gewesen war, fing sie einfach an zu lachen. Bis alle mitlachten. Nur Bohn wusste, dass sie hinterher ihren Kaninchen das Fell nass heulte.

»Apfel-Waffeln? Machst du Witze?« Bohn versuchte, sie anzulächeln. Auf dem Weg zu Ruth musste er sich auf seine Beine konzentrieren, um nicht mit dem Gesicht auf dem Gehweg zu landen. Aber er hörte ihr zu, was sie so von sich gab. Es fiel häufig der Name »Konstantin«. Auch eine Stadt spukte ihr im Kopf herum. »München« sagte sie. Als sie schon fast bei Ruth waren, wurde sie freundlicher und erzählte strahlend von einer Spinne, die gestern Abend neben ihrem Bett an der Wand gesessen hatte.

Das war typisch Merle. Und es war irgendwie auch sein Verdienst, dass sie vor keinem Tier Angst oder Ekel empfand.

»Was war mit der Spinne?«, fragte er.

»Sie ist ein schwarzer Knopf mit so langen Beinen. Ich hab sie gefragt: ›Hast du Hunger?‹«

»Das war nett«, sagte er. »Wenn sie lange Beine hat, ist sie ein Weberknecht.«

»Ich hab einen Teller aus meiner Puppenküche geholt und was von meinem Abendbrot draufgelegt.«

Obwohl ihm zum Umfallen schlecht war, schaute er aufmerksam zu der Kleinen hinunter. »Du hast ihr das Tellerchen hingehalten, wie ich dich kenne.«

»Aber ich hab nicht gewusst, ob das ihr Kopf war oder der Popo. Vorne und hinten sieht gleich aus bei der Bobbelspinne.« Merle musste über sich selbst lachen.

»Sag mal Weberknecht.«

»Webskecht.«

Bohn fing ihren Poncho auf, den sie sich über den Kopf gezogen hatte, um ihn über den Gartenweg hinter sich herzuschleifen. Sie drückte auf die Klingel, ding-dong, und schon sprang das Tor auf und Ruth erschien an der Haustür.

Und Merle rannte zu ihr und warf sich ihr in die Arme.

9

Am 17. Oktober hatte Bohn Geburtstag. Er wurde neunundzwanzig und kaufte sich zur Feier des Tages im Kaufhof einen langen schwarzen Mantel sowie Getränke und Lebensmittel.

Am Abend öffnete er eine Flasche Sekt. Als der Korken kam, klingelte es an der Tür. Bohn erwartete niemanden. Doch Frau Holzschuh musste geöffnet haben, er hörte Schritte die Treppe heraufkommen. Er ging zur Wohnungstür und drückte sie einen Spaltbreit auf. Langes, schwarzes Haar, glänzend auf einem blauen Mantel. Die Haarspitzen bogen sich in Richtung Tür. Ein gelbbraunes Augenpaar starrte ihn an. Eine Sekunde später war sie in der Wohnung. Er würde Petra niemals loswerden, fuhr es ihm durch den Kopf.

»Happy birth…«, sie schlug sich die Hand vor den Mund. »Wie sieht das hier aus, Mark?« Ihr Herzgesicht war weiß.

»Auch ein Glas Sekt?«

Ihr skeptischer Blick, als würde er ihr Rattengift anbieten.

»Ich wollte dir … gratulieren, und …« Tränen schossen ihr in die Augen, gleich würde ihr der Kopf auf die Brust sinken, »… und ich wollte dir … etwas sagen.«

»Was?«

Sie blinzelte und fuhr sich mit den Fingern an die Augen. »Es ist nämlich so, dass ich … Kesi hergeben muss.« Sie ließ ihre Lederbeuteltasche fallen, als sei alle Kraft von ihr gewichen. Sie hatte noch den Mantel an, und es war klar, dass er eine Menge Geld gekostet hatte. Petras Nebenjob war lukrativ. »Ich bin traurig«, stieß sie zwischen ihren nassen Fingern hervor. »Ich weiß, dass du mich verstehst, und deshalb bin ich gekommen. Wegen sonst nichts.«

Bohn spürte, dass sie ihn hereinlegte. »Du hast gewusst, dass du Kesi nicht ewig behalten kannst.«

Sie stand dicht vor ihm mit hängendem Kopf. »Sie haben eine Amme gefunden«, heulte sie. »Deshalb wird meine Kleine mir jetzt schon weggenommen, obwohl sie noch nicht mal drei ist, gerade mal zwei ist sie, aber bei uns hat sie keinen Artgenossen zum Spielen und im Zoo von Barcelona gibt es ein Affenkind in ihrem Alter, und dessen Mutter ist eine ganz Sanfte, weißt du?«

»Okayokay. Reden wir über Kesi.«

Petra atmete tief durch. Sie zog den Mantel aus und hängte ihn an die Garderobe. Eins zu null für sie. Dann lockerte sie ihren weißen Seidenschal, den sie mehrmals um den Hals gewickelt trug, und schon legte sie los: »Nicht böse sein, Mark. Ich meine das jetzt nicht persönlich. Aber so, wie du lebst, das geht nicht.« Sie setzte sich aufs Sofa.

Wieso hatte er die Tür nicht einfach vor ihrer Nase zugeschlagen? »Sagen das die Affen?«, fragte er.

»Also, ich sage ja«, sagte sie.

»Was?«

»Zu dem Sekt.« Sie wischte sich eine Träne aus dem Augenwinkel und lächelte zaghaft. »Ich möchte gern ein Glas mit dir trinken.« Sie schlug ein Bein übers andere. Sie hatte eine Levi's 501 an und braune Stiefeletten. Er gab ihr ein Sektglas und schenkte ein.

»Du bist dünn geworden«, sagte sie. Das Glas zitterte in ihrer Hand. »Meine Wohnung ist groß genug für zwei«, plapperte sie drauflos. »Wir können zusammen leben und ich helfe dir.«

»Ich komme bestens klar.«

»Aber du hast doch gar niemanden.«

Da konnte Bohn nur lachen. Und wie er lachte und dabei seinen Sekt trank. Er hatte nicht übel Lust, Petra mit ihrem langen, dünnen Schal zu drosseln – so lange, bis sie es endlich einsah. »Sie ist verreist«, log er. »Autoren haben Termine, müssen recherchieren. Sie wär lieber hier als sonst wo.«

Die Affenpflegerin runzelte die Stirn, als würde sie ernsthaft über etwas nachdenken. »Alle, die ich kenne, lieben helle Wohnungen. Je heller, desto besser.« Mit weit geöffneten Augen blickte sie umher. »Dies hier ist mehr eine Höhle als eine Woh…«

»Hab ich dich hergebeten?«, unterbrach er sie.

»Entschuldige«, beeilte sie sich. Sie lehnte sich mit ihrem Sekt zurück, Kinn auf der Brust. Mit den Lippen strich sie über den dünnen Glasrand. Auf eine Art faszinierte Bohn ihre Beharrlichkeit. Sie kam immer wieder. Das war nicht mehr menschlich. Das kam von den Affen.

Sie wickelte ihren Schal ab, und der goldene Skorpion im Ausschnitt ihrer Bluse kam zum Vorschein. »Ich verstehe dich so gut,« hörte er sie sagen. Ihre Stimme klang wirklich sexy. »Du gehst zu einem guten Therapeuten, einem, der dich nicht im Stich lässt. Jemand, den du jederzeit anrufen kannst und …«

»Zieh dich aus.« Bohn hörte ihr nicht mehr zu. Er sah nur noch ihren Mund, feucht und rosa und appetitlich. Sie fieberte ihm entgegen, immer schon, das würde auch nie anders sein. Sie war genauso einsam wie er.

Petra wollte zuerst ins Badezimmer, aber er hielt sie fest und knöpfte sein Hemd auf. Nahm ihre schmale Hand und strich sich damit über die Brust. Sie ließ es geschehen, atmete heftig. Er drückte sie in seinen Schoß. Ihre Blicke trafen sich. Er zog ihr die Bluse aus. Das schwarze Bustier schob er nach oben, um ihre Brüste zu küssen. Er fasste sie hart an, und sie wollte es so.

Als sie später ins Schlafzimmer wechselten, gab es ein kurzes Hin und Her, das Bohn missfiel.

»Du hast den Grundriss verändert«, behauptete sie. »Ich hab das Schlafzimmer viel größer in Erinnerung, es fehlt ein Stück.«

»Quatsch«, erwiderte Bohn und strich ihr das Haar zurück. »Stücke von Zimmern können sich doch nicht in Luft auflösen, wo bringst du so was her?« Er küsste sie auf den Mund und hielt ihren heißen kleinen Körper ziemlich fest. »Dunkle Farben verkleinern, das ist alles.«

Als sie stöhnend kam und wieder kam, und ihren Kopf auf dem Kissen hin und her warf, überkam Bohn eine schreckliche Vermutung, die ihn nicht mehr losließ. Schmerzhaft wurde ihm bewusst, dass er Julia Wiechmanns Verhältnis zu ihrem Chef verharmlost hatte. Er hatte in dieser Sache einen Fehler gemacht, und Fehler musste man wiedergutmachen. Ein seltsamer Gedanke kam ihm. Es wurde ihm ein wenig schummrig dabei, aber es war eine Lösung. Zum Glück gingen Bohn nie die Ideen aus.

In den frühen Morgenstunden zwang ihn Petra mit dem Seidenschal, sie erneut zu nehmen. Während ihr Haar rhythmisch über seine Lider strich und sie leise stöhnte, hatte er die Lösung des Problems plastisch vor Augen. Klarheit. Er brauchte Klarheit.

Um halb sieben schälte sich Petra aus dem Laken und lief nackt und schmal ins Bad, um sich für einen neuen Tag mit Kesi hübsch zu machen. Um sieben begann ihr Dienst. Sie würde zu spät kommen.

Bohns Kopf tobte. Hinter seinen Schläfen kochte Wut. Er wollte Petra nicht mehr. Sie sollte nicht mehr wiederkommen. Er sagte es ihr, konnte gar nicht anders, und es war ihm egal, wie schockiert sie zu ihm hinuntersah. Sie sagte nur: »Das kannst du jetzt nicht machen.«

Er schwang die Beine aus dem Bett und ging zur Kommode. »Nimm deine Schlüssel mit«, sagte er und kramte in der Schublade, schmiss alles durcheinander, bis er sie endlich fand. Er warf ihr das Schlüsselbund mit dem Eisbäranhänger zu. Sie fing es nicht auf. Ließ es einfach auf den Boden fallen. Sie presste die Lippen aufeinander, starrte ihn an. Dann rannte sie zur Garderobe, riss Mantel und Tasche herunter. Bohn hörte, dass sie schluchzte. Zu seinem Leidwesen kam sie noch einmal zu ihm zurück, um ihm einen ihrer üblichen letzten Sätze entgegenzuschleudern.

»Du bist ein zutiefst verletzter Mensch«, presste sie hervor, »und deshalb wirst du dein Leben lang andere verletzen.«

Die Tür fiel ins Schloss. Auf den schwarz gestrichenen Dielen lag der Eisbär mit der Schnauze in den Schlüsseln. Bohn hob das Bund auf, knallte es in die Schublade und ging ins Schlafzimmer zurück. Er zog die Schachtel unterm Bett hervor. Unter pinkfarbenem Seidenpapier lag die angefangene Puppe wie eine kleine Leiche. Er würde sie in einigen Details ändern. Er warf das Gewirr aus Armen, Beinen, Haaren und Stoffen in den Karton zurück.

Als das Kopfweh nachließ, schaute er sich seine Aufzeichnungen an. Die Liste, wann drüben das Licht an- oder ausging, hatte er längst aufgegeben. Ergiebiger war das Buch der Zuwendung, in dem er wahrhaftiges Lob sowie Berührungen mit Datum und Uhrzeit dokumentierte. Er ließ die vielen handbeschriebenen Seiten an seinem Daumen vorbeigleiten. Dies war die fortlaufende Erfolgsgeschichte seiner Beziehung zu Julia und Merle.

Doch nun gab es ein kleines Problem.

Bohn suchte aus seinem Sekretär ein neues DIN-A4-Heft heraus. Er roch daran. Es duftete sauber und sah auch so aus. Keine Flecken, keine Risse. Er wählte einen roten Stift und gab dem Deckblatt den Titel: »Acht-Tage-Ultimatum für Julia«.

Bis dahin musste sie die Chef-Sache erledigt haben.

Bohn war bereit. Er hatte ein Ultimatum gestellt, nun lag es an Julia, es zu erfüllen. Sie wusste nichts davon, aber das machte die Sache umso spannender. Sicher, es war ein Risiko, ein Tanz am Abgrund. Aber an manchen Dingen im Leben kam man nicht vorbei. Er würde Julia scharf beobachten, es wäre wirklich schlimm, wenn sie Mist baute.

Neu aufgeflammte Kopfschmerzen trieben ihn ins Bad. Er nahm Tabletten. Auf der Ablage unter dem Spiegelschränkchen glänzte das Rasiermesser. Bohn klappte es auf und hielt sein Gesicht an den Spiegel. Während er sich die Augenbrauen abrasierte, fiel ihm ein Traum ein: Er lief oder schwebte durch spinnwebverhangene Katakomben. Dort wurde Gericht gehalten. Die Richterin trug ein T-Shirt mit einem Pferdekopf vorne drauf. Ein Schimmel mit rosa Nüstern. Sie schlug mit dem Hammer dreimal kräftig auf das Pult und erklärte ihn, Bohn, zum rechtmäßigen Vater der Merle Wiechmann. Julia und Perlitz wurden zum Tod durch Erhängen verurteilt. Zwei Männer in Henkerstracht führten die beiden ab. Sie wehrten sich nicht. Merle stand lächelnd neben der Richterin und streichelte etwas an ihrem Rücken. Als er genauer hinsah, erblickte er einen hellen Schweif, der aus dem Steiß der Richterin herauswuchs. Julia drehte sich nach Merle um und winkte. Aber der Henker schlug ihr auf die Hand und zerrte sie weiter.

Bohn entfernte zwei Drittel seiner Augenbrauen. Er ließ nur jeweils ein daumennagelgroßes Stück in der Mitte stehen. Genau über seinen grauen Augen. Er trat einen Schritt zurück und betrachtete sich im Spiegel. Es sah aus, als hätte er zwei Augenpaare übereinander stehen. Bohn lachte. Dann räumte er das Rasiermesser weg und ging an sein Fernglas.

Tag 1 – Freitag, 29. Oktober: Beim Abendessen, zu dem sich der Chef um 19.07 Uhr an den gedeckten Tisch setzte, sah es nach Fisch und Kartoffelsalat aus. Nach der Mahlzeit verzog sich Julia nach oben an den Schreibtisch. In ihrem schwarzen Rollkragenpullover sah sie aus wie eine Witwe. Sie fixierte die ganze Zeit den Bildschirm ihres Computers, während unten die Kleine den Tisch abräumte und sauber wischte. Bohn erkannte, dass sie Strassklemmen im Haar hatte. Normalerweise hasste sie Klemmen, da sie entweder rutschten oder ziepten.

Nachdem sie mit dem Tisch fertig war, führte sie dem Chef den Flummitanz vor, wobei sie mit dem Spüllappen wedelte. Der feine Herr wusste die Darbietung offensichtlich nicht zu schätzen, denn er lenkte die Aufmerksamkeit auf sich. Griff nach einer Serviette und legte sie sich auf den Kopf. Der Clown!

Tag 2 – Samstag, 30. Oktober: Mit drei Styroporpackungen vom Chinesen stand der Chef um 13.10 Uhr vor der Tür und klingelte. Hatte er keinen Schlüssel? Vielleicht besaß er einen und war bloß zu faul, ihn hervorzukramen. Jemand ließ ihn herein. Die Packungen tauchten auf dem Küchentisch wieder auf, alle setzten sich.

Als Mister Big die Stäbchen auspackte, musste Bohn lachen. Er wusste, dass Merle damit nicht essen konnte, sie hatten es ein paarmal probiert. »Hoffnungslos«, hatte er zu ihr gesagt. »Du hast kein Talent für Chinesisch.« Daraufhin hatte sie mit beiden Händen die Haut an ihren Schläfen zurückgeschoben und ihn mit Schlitzaugen angeblickt. Sie hatten so viel Spaß zusammen.

Gleich springt die Kleine auf und holt sich eine Gabel, dachte Bohn. Sie blieb aber sitzen. Julia nahm etwas aus dem Kühlschrank und setzte sich wieder. Merle redete und die beiden sahen sie an. Bohn las von ihren Lippen, dass sie das Tischgebet aufsagte, das er ihr beigebracht hatte: »Jedes Tierlein hat zu essen, jedes Blümlein trinkt von dir. Hast auch du uns nicht vergessen? Guter Gott, hab Dank dafür.«

Und Merle aß mit Stäbchen.

Tag 3 – Sonntag, 31. Oktober: Nachdem Julia mit ihrem Morgenmüsli fertig war, verließ sie die Küche. Merle, die kleine Haussklavin, wischte den Tisch ab. Der Chef beobachtete sie. Heimlich kroch seine Hand in ein dunkles Fühli. Die ganze grobe Männerhand verschwand darin. Lauernd lag sie am Tischrand. Dann schnappte sie zu. Stülpte sich wie ein Krake über die kleine Faust mit dem Wischlappen. Merle erschrak, das war deutlich zu sehen, aber sie lachte gleich wieder.

Zehn Minuten später ging Perlitz aus dem Haus.

Am Abend bei Ruth: Julia gab Merle ab, weil sie mit dem Chef irgendwohin wollte. Bohn kümmerte sich um Leo, die jetzt immer versuchte, den Gummiflicken aus ihrer Decke zu kratzen.

Ruth reagierte cool auf seine neuen Brauen: »Das sieht aus, als hätten Sie vier Augen, Herr Bohn.«

Nur Julia, die bestimmt fünf Kilo zugenommen hatte, kriegte sich nicht mehr ein. »Himmel-Arsch, Mark! Das sieht scheußlich aus! Ist das jetzt gothic oder was?« Dann drückte sie ihn ganz fest, als ahnte sie, dass sie das vielleicht bald nicht mehr tun könnte.

Tag 4 – Montag, 1. November: Der Chef erschien im Smoking auf dem Plattenweg, der Angeber. Um 18.45 Uhr trat ihm Julia an der Haustür entgegen – in einem bodenlangen silbernen Abendkleid. Darüber hatte sie ein helles Cape geworfen. Die Klamotten waren neu. Bohn kannte sie nicht. Die Dame ließ Mister Big gar nicht erst ins Haus, aber sie küsste ihm die schlaffen Wangen, was keine Notiz wert war. Küsschen dieser Art waren einfach nur banal.

Um 18.50 Uhr verließen sie den Eingangsbereich und eilten zur Straße. Bohn hörte, wie sie die Autotüren zuschlugen. Um 18.53 Uhr startete der Clown den Motor des X5, eine Minute später war alles wieder ruhig. Konzert oder Oper – sie waren weg.

Julia spielte in Bohns Stück die Hauptrolle, schade, dass sie ihren Text nicht kannte. Sie hatte auch keinen Schimmer von der Handlung. Er konnte nur hoffen, dass sie das Ultimatum nicht versiebte und es ein Happy End geben würde. Gleichzeitig fragte er sich zwei Dinge: 1. Merkte sie nicht, dass Perlitz sie nur benutzte? 2. Wo war Merle? Allem Anschein nach allein zu Hause. Krass!

Tag 5 – Dienstag, 2. November: Um 2.06 Uhr morgens tänzelte der Chef mit Julia ins Bild. Ihr fiel an der Tür der Schlüssel aus der Hand, zweimal. Besoffen. Der Chef bog ihr den Rücken nach hinten und küsste sie, dann ging er vor ihr auf ein Knie und schob ihr das Silberkleid hoch. Das war ein starkes Stück. Sie gingen zu weit. Es fing an, richtig wehzutun. Der Boden unter Bohns Füßen wurde weich. Er zwang sich, nicht länger zuzusehen und kehrte um 2.12 Uhr dem Stativ den Rücken. Drehte die Anlage auf. Frau Holzschuh war ein paar Tage bei ihrer Schwester, er störte niemanden. Die Musik zog ihn auf das Sofa hinunter, das Leder knarzte, und die dunklen Wände fuhren Karusell mit ihm.

Am Abend traf er Julia am Müllhäuschen. Sie sah kein bisschen müde aus. Sie sah verdammt gut aus. Sie grinste und schmiss ihre Mülltüte in die Tonne. Dann wurde sie frech. Sie sagte, er solle sich die Augenbrauen doch wieder wachsen lassen. »Sieht einfach scheiße aus, Mark.« Dann fragte sie, ob er morgen Merle von der Kita abholen und zu Ruth bringen könnte. Bohn sagte klaro.

Tag 6 – Mittwoch, 3. November: Perlitz frühstückte von 8.02 Uhr bis 8.32 Uhr mit Julia und Merle und verließ zwanzig Minuten später das Haus. Um 13 Uhr stand Bohn vor der Kita. Merle hatte den rosa Poncho an und sah aus wie ein Bonbon. »Deine Augenbrauen seh'n nicht schön aus«, begrüßte sie ihn. Zwei Minuten später sagte sie: »Wir ziehen bald nach München.«

»Ihr zieht weg?« Bohn hatte plötzlich ein Tosen in den Ohren.

»Wieso zitterst du?«, fragte das Kind.

Wie ferngesteuert führte er sie zu Ruth. Am Gartentor ließ er ihre Hand los: »Spring rein!« Er blickte ihr nach. Da drehte sich Merle um und schnitt ihm eine Grimasse. Bohn hatte das Gefühl, in die Tiefe zu fallen, sie ist nur ein Kind, sagte er sich.

Kurz vor drei in der Nacht schreckte er aus dem Schlaf. Taumelte ans Fenster. Etwas Unheimliches war an Julias Haustür im Gang. Bohn erkannte die dunkle Gestalt, die sich am Briefkasten zu schaffen machte. Er griff nach seiner Jeans, ein Pullover war auf die Schnelle nicht greifbar. Ein Messer nahm er mit, für alle Fälle. Bohn lief los. Glitt mit nacktem Oberkörper durch das Treppenhaus und lautlos hinaus in die Nacht.

Tag 7 – Donnerstag, 4. November: Kein Chef in Sicht. Julia saß lange am Schreibtisch. Um 17.05 Uhr tauchte sie mit einem Eimer auf dem Plattenweg auf. Sie wusch ihr Auto und war um 18 Uhr damit fertig. Bohn ging zu ihr hinunter. Sie kippte das Schmutzwasser in den Gully und redete nur Unsinn: Für ein paar Tage müsste sie geschäftlich verreisen. Morgen ginge es los, Dienstagfrüh sei sie wieder zurück. »Die ganze Abteilung besucht das Stammhaus in München. Wir haben ein Seminar und abends wird gefeiert, stell dir vor.« Sie streifte ihre rosa Gummihandschuhe ab und klatschte sie aneinander.

»Und Merle? Nimmst du sie mit?«

»Das wäre langweilig für sie.« Julia winkte ab. »Sie geht die paar Tage zu Heiko.« Sie probierte eine betretene Miene, aber es klappte nicht. »Wenn wir erst in München wohnen, Merle hat es dir ja gesagt, erledigt sich das mit Heiko von selbst, wirst sehen.« Sie hakte sich unter. »Aber du musst uns besuchen kommen!«

»Klaro.«

»Du siehst müde aus, du arbeitest zu viel«, sie zwickte ihn in den Arm.

Bohn überlegte, ob sie das mit dem Ultimatum noch in den Griff kriegte. Heute war der siebte Tag, und bis jetzt war es ganz dumm für sie gelaufen. Wenn sie versagte, wäre das nicht zum Aushalten.

Tag 8 – Freitag, 5. November: Ende des Ultimatums um 12.00 Uhr. Um 7.55 Uhr verließen Julia mit einem Reisetrolley und Merle mit ihrem Kinderkoffer und ihrer Puppe das Haus. Nichts rührte sich mehr.

Um 11.47 Uhr glaubte Bohn nicht mehr daran, dass Julia vor Ablauf des Ultimatums zurückkäme. Das bedeutete, dass sie tatsächlich nach München unterwegs war und dass die Kleine sich momentan in der Kita befand.

Julia hatte noch dreizehn Minuten Zeit, um hierherzukommen und zu erklären, dass die Chefsache erledigt sei.

Um 11.53 Uhr sah Bohn wieder den Brief vor sich. Er hatte ihn mit seinem Messer aus dem Kasten herausgefischt und später die Toilette hinuntergespült.

Julia hatte noch sieben Minuten.

Wie ein Geschäftsbrief war der Brief geschrieben und die Worte »leider« und »bald« waren mit gelbem Marker unterstrichen.

Noch zwei Minuten.

Falls Julia glaubte, um eins würde Merle von ihrem Vater an der Kita abgeholt, so täuschte sie sich. Ihr Kind würde »die paar Tage« nicht von Heiko Wiechmann betreut werden. Der hatte nämlich – »mit freundlichem Gruß, Papa« – schriftlich abgesagt.

12 Uhr. Eine Wolke schob sich über Julias Haus und verdunkelte alles.

10

Am Sonntag um halb zwölf war ihr klar, dass Nancy nie wieder aufstehen würde. Geschlagene drei Stunden saß Bärbel Hummel jetzt schon im Flur auf dem Fußboden neben ihrer toten Schäferhündin, die irgendwann am frühen Morgen gestorben war.

Bärbels Tränen fielen in das schwarzbraune Fell, das sich heute besonders weich anfühlte. Sie beugte sich tief hinab zu dem vertrauten Tier, strich ihm über den harten Nasenrücken und über die breite Stirn mit den Stehohren. Sie standen immer noch, als luchste Nancy noch im Tod auf eine Katze oder etwas Fressbares.

Jetzt pikste Bärbels Bein, das eingeschlafen war. Schwerfällig rappelte sie sich auf. Sie war nicht mehr die Jüngste und außerdem zu dick, zwanzig Kilo Übergewicht. Auch Nancy war zu schwer gewesen.

Gegen ihre Tränen anblinzelnd, suchte sie aus dem Telefonbuch die Nummer des Tierfriedhofs heraus. Wenig später stand sie wieder einmal vor dem Problem, das sich wie ein roter Faden durch ihr Leben zog: Geldmangel. Nancys Bestattung kostete im preiswerten Fichtensarg inklusive Grabpacht für die kommenden fünf Jahre achthundert Euro. Ohne Grabstein.

Bärbel war starr vor Schreck. Sie hatte den Finger noch im Telefonbuch und rief die nächste Nummer an: eine Tierkremierungsfirma. Der Mitarbeiter pries kreativ gestaltete Urnen an, die man sich auf den Kamin stellen konnte, sofern man einen besaß. Bärbel besaß im Moment nicht einmal die zweihundert Euro für eine Sammeleinäscherung ohne Rückführung der Asche.

Mit verheulter Stimme sagte sie: »Ganz schön teuer.«

»Begraben Sie Ihren Hund doch im Garten«, meinte der Herr freundlich, »das darf man, sofern es kein Wasserschutzgebiet ist.«

Bärbel schwieg.

»Wenn Sie keinen Garten haben«, fuhr er fort, »dann kennen Sie vielleicht jemanden, der einen hat.«

»Schon.« Bärbel wischte sich mit ihrem Pulloverärmel über die nassen Augen, bedankte sich für die Auskunft, und legte auf. Sie würde sich nie getrauen, irgendjemand um einen solchen Gefallen zu bitten.

Eine regenschwere Wolkenbank stand am Himmel, als sie um Viertel nach zwölf von zu Hause loszog. Sie hatte die steife Nancy in eine Plastikplane gewickelt und sie vorn und hinten mit Kabelbindern verschnürt. Wie ein riesiges knallblaues Bonbon lag der Hund in dem alten Leiterwagen, den sie mit einiger Kraftanstrengung die Hohewartstraße zum Heimberg-Wald hinaufschleppte.

Niemand war auf der Straße an diesem düsteren Novembersonntag. Das war Bärbel nur recht. Sie wollte nicht gesehen werden. Dass man sie hörte, ließ sich nicht vermeiden. Der Karren klapperte laut, wenn er mit seinen metallenen Rädern über kleine Steine hinwegrumpelte.

Als es zu nieseln anfing, stopfte sie sich die Haare unter die Kapuze ihres dunklen Regenmantels. Energisch zog sie den Leiterwagen über den Brackeplatz auf der Hohen Warte, vorbei an dem Brunnen, an dem Nancy oft getrunken hatte, und vorbei an der Streuobstwiese. An schönen Tagen standen hier ein halbes Dutzend Autos auf dem Parkstreifen. Heute war der Platz leer.

Bärbel wandte sich nach links, drückte sich mit dem Karren an der Schranke vorbei in den Wald. Holperte auf der kiesbedeckten Eichenwaldallee ein gutes Stück weiter, bis sie an dem abschüssigen Weg anlangte, der tiefer in den Wald hineinführte. Nun ging es leicht, der Karren rollte, und Bärbel schritt kräftig aus. Ihre Augen wanderten zwischen den nass-dunklen Bäumen umher, sie suchte bereits nach einer geeigneten Stelle für das Grab.

Einmal blieb sie stehen. Sie hob ihr Gesicht zum Himmel und sah die Regentropfen auf sich zufallen. Jetzt nicht hier sein müssen, dachte sie. Ihre Finger waren klamm geworden, also steckte sie sie in die Manteltaschen. Da fühlte sie einen vertrauten Gegenstand: Nancys rotes Lederhalsband. Sie holte es hervor. An einem Ring baumelte das Herztäschchen. Sie löste den Druckknopf und zog mit steifen Fingern die fünfzig Cent Telefongeld und den Heilstein gegen Arthrose heraus. Das Geld und den schwarzen Turmalin verstaute sie in der Manteltasche, das Halsband warf sie im hohen Bogen ins Laub. Sie wollte keinen anderen Hund als Nancy.

Der Regen nahm zu. Geräuschvoll fielen die Tropfen auf ihre Kapuze und auf Nancys Plastikplane. Es war dämmrig und unheimlich und der Boden roch modrig nach verfaulten Pilzen. Keuchend passierte Bärbel einen hohen Holzstapel, der mit smaragdgrünem Moos überzogen war. Hinter dem Stapel blieb sie stehen und ließ ihren Blick schweifen. Eine lange Senke zog sich hinab zu einer Mulde, über der Dunstschleier waberten. Doch so weit hinunter musste sie gar nicht gehen. Ihr war eine Buche aufgefallen, hoch und schlank und von Eichen umringt. Dort war der richtige Platz für das Grab.

Sie verließ den Waldweg und bahnte sich eine Spur durch das unwegsame Gelände. Das Riesenbonbon schlingerte auf der Ladefläche und der Klappspaten, eingeklemmt zwischen Hund und Holzstreben, kam ins Rutschen. Bärbel kämpfte sich zielstrebig in Richtung Buche voran.

Ihre Handflächen schmerzten, sodass sie das Deichselkreuz einen Moment losließ und sie sich an ihrem Regenmantel rieb. Trotz des Zwielichts erkannte sie tiefe, rote Abdrücke, die der Griff hinterlassen hatte. Dann sah sie ein paar Meter abwärts das kleine Händchen im Laub. Sie erschauderte. Erst als sie noch einmal hinsah, erkannte sie, dass es nur eine Puppenhand war: weiß und steif, der kleine Zeigefinger in Puppenmanier aufgestellt.

Sie stapfte zu dem Händchen hin. Bückte sich und zog es zwischen den Blättern hervor. Die Puppe war eher klein, aber ganz gewöhnlich. Was Bärbel zu Tode erschreckte, war ihre Bekleidung: ein winziger, handgestrickter Poncho aus einer Schurwolle mit der Bezeichnung Icewolly, Farbnummer 03, Softpink.

Sie kannte dieses Material, weiß Gott.

Sie blickte sich um. Unterhalb der Senke lag die Mulde, und von hier aus war der Dunstschleier, der darüber lag, löchrig und durchscheinend, sodass sie die Stämme der Bäume sah und den Erdboden. Irgendetwas stimmte mit dem Boden nicht.

Bärbel näherte sich zögernd. In einem Radius von zwei bis drei Metern war die Erde unnatürlich aufgewühlt. Nicht wie von Wildschweinen, die mit ihren Rüsseln bohrten und tiefe Hufspuren hinterließen. Das kannte Bärbel. Hier war es anders. Das Laub war an vielen Stellen abgetragen und die Erde fein aufgekratzt. Welches Tier tat so etwas? Sie starrte auf ein Häufchen Laub, als sie aus dem Augenwinkel wahrnahm, dass ein Stück weiter unten, halb verborgen von einem umgefallenen, vermodernden Baumstamm, ein Kind lag.

Sie schrie auf. Aber sie sah gleich, dass es tot war. Der Regen tropfte ja auf seinen Kopf, und es rührte sich nicht. Es war völlig klar, dass das Kind tot war.

Bärbel biss sich auf die Handknöchel. Um sie herum bewegten sich die Bäume auf sie zu. Wo waren die Spaziergänger, die Jogger? Das bisschen Regen konnte sie doch wohl nicht abhalten. »Ist hier jemand?«, rief sie, und sogleich verspürte sie Angst und Entsetzen, dass der Mörder noch in der Nähe sein könnte.

Sie stürzte zum Leiterwagen und pflügte aufwärts durch das kniehohe, dunkel glänzende Blättermeer, zurück auf den Weg. Etwas verfing sich in den Speichen. Sie riss einen verkeilten Ast aus dem rechten Hinterrad, eilte wieder nach vorn an die Deichsel und schleifte das Gefährt weiter den Hang hinauf. Als sie den Weg erreichte, löste sich die hintere Verschnürung der Plane und ein Hinterbein von Nancy ragte aus dem Plastik heraus. Sie zog und zerrte den Wagen weiter.

Völlig aufgelöst kam sie aus dem Wald. Auf dem Brackeplatz parkte noch immer kein Auto und kein Mensch war zu sehen. Bei jedem Schritt spürte sie, dass etwas gegen ihren Oberschenkel schlug. Die Puppe! Bärbel zog sie ein Stück aus ihrer Manteltasche heraus und stopfte sie schnell wieder zurück. Und weiter ging es.

Die Hohewartstraße tat sich vor ihr auf; selten hatte sie sich über diesen Anblick so gefreut. Hinunter! Nichts wie heim! Bei jedem Schritt stieß ihr der Karren in die Kniekehlen. Schon flogen die ersten Häuser an ihr vorbei, das blaue Plastik blähte sich um Nancy, deren gesamtes Hinterteil nun im Freien lag. Den Spaten hatte sie längst verloren.

Als sie zitternd und schwitzend am Gartentor ankam, wartete am Ende der Treppe, hoch über ihr stehend, schon ihre Schwester.

»Wieso bringst du den Hund zurück?«, schnaubte sie.

Bärbel brauchte eine Minute, um zu Atem zu kommen. Dann zerrte sie den Karren durchs Tor und bugsierte ihn mit letzter Kraft neben die Mülltonne. »Polizei rufen«, stammelte sie. »Die Puppe ... furchtbar!«

Mechthild kniff die Augen zusammen. »Was redest du nur für einen Unsinn!«

Bärbel wankte vor Erschöpfung. Sie hangelte sich die steilen Stufen zum Gartenweg hoch und eilte zum Haus, die Blicke der Schwester im Rücken. Als sie endlich in ihrer kleinen Wohnung im Obergeschoss angekommen war, schwirrte ihr der Kopf. Sie nahm das Telefon, wählte 110. Sie musste ihren Namen und ihre Adresse zweimal wiederholen. Dann durfte sie auflegen.

Mechthild erwartete sie bereits im Foyer, wie sie seit Kindertagen den Vorplatz im Treppenhaus nannten. Unter dem runden Fenster gab es eine kleine Holzbank, auf die Bärbel sich jetzt sinken ließ.

»Gleich kommt die Polizei«, sagte sie matt.

»Wozu?« Die Schwester überkreuzte die Arme. »Weil du eine Puppe gefunden hast? Bist du übergeschnappt?«

Bärbel weinte stumm.

»Der Hund kann aber nicht am Hauseingang stehen bleiben!« Mechthilds Gesicht verzog sich angewidert. »Und wie du angezogen bist«, sagte sie säuerlich.

Selbst wenn Bärbel die Kleider ihrer Schwester tragen könnte, was figürlich völlig ausgeschlossen war, würde sie es nicht tun. Sie kaufte in Secondhandläden, was sie brauchte, irgendetwas in Größe XL, vieles aus Jeansstoff – Hauptsache strapazierfähig und billig.

Sie stemmte sich hoch, um aus dem Bullauge zu sehen. Leise sagte sie: »Sie lag unterm Laub und …«

»… und wegen so was alarmierst du die Polizei?«

»Da war doch … das tote Kind«, brachte Bärbel hervor.

»Deine Fantasie möchte ich nicht haben«, sagte Mechthild und schüttelte den Kopf.

»Die Puppe war angezogen«, flüsterte Bärbel.

»Na und?«

»Sie hatte einen … von euren Ponchos an.«

Die Schwester streckte den Kopf vor, als hätte sie nicht richtig gehört. »Was redest du?«

Bärbel befürchtete, ohnmächtig zu werden. Das war alles zu viel für sie. Erst der Hund, dann das Kind. Ein Kind!

Sie riss sich zusammen. »Die Ponchos, die ihr aus der rosa Icewolly gestrickt habt«, sagte sie mit festerer Stimme. »Wenn du die Augen zumachst, müsstest du das Garn noch zwischen den Fingern spüren, so viel hast allein du davon verstrickt.«

Mechthilds kleine, harte Augen sprühten vor Zorn. »Mit der Wolle hat halb Deutschland gestrickt. Doch nicht bloß ich!«

»Aber wer hat schon Puppenponchos gemacht? Und den Saum immer mit Mausezähnchen, wo die Mädchen doch Fransen wollten.« Bärbel liefen Tränen über die Wangen.

»Wir haben immer so gearbeitet. Deinen Poncho aus dem Wald kann jede gestrickt haben. Wo ist er überhaupt?« Mechthild spuckte fast vor Wut. »Willst du meinen Kirchenstrickkreis in den Dreck ziehen? Glaubst du, eine von denen hat etwas mit dem Mord zu tun?«

»Woher weißt du denn, … dass es ein Mord war?«

Mechthild schäumte. »Die rosa Icewolly hast du nicht bloß der Kirche vermacht, vor allem hast du sie in deinem Laden verkauft. Als du noch einen Laden hattest!«

Bärbel zuckte zusammen. »Niemand hat mir die Wolle abgekauft. Sie lief doch gar nicht.«

»Wieso hast du auch solche Mengen Kitschrosa bestellt?«

Bärbel nahm allen Mut zusammen. »Deinen Kirchenschwestern hat sie gefallen. Die waren ganz wild darauf. Sie haben das ganze Material abgeholt – zum Nulltarif.«

»Du warst doch froh darum. Du hast die Miete für dein Wollelager doch gar nicht mehr bezahlen können.«

Bärbel spürte, wie sie rot anlief vor Scham und Wut. »Wie die Verrückten habt ihr davon Ponchos produziert und sie überallhin verkauft. An Waisenhäuser, Frauenhäuser, Kirchenbasare und was weiß ich. Mir habt ihr für die Wolle … keinen Cent gegeben.«

Mechthild zuckte mit den Schultern. »Was hätte das noch genutzt? Du warst doch sowieso schon pleite.«

Bärbel hatte keine Kraft mehr zum Streiten. Sie ließ sich wieder auf das Bänkchen sinken. Sie sah das tote Kind vor sich, das Wenige, das sie von ihm gesehen hatte: Blätter lagen darauf, etwas Weißes war Bärbel ins Auge gestochen, vielleicht die Beine.

Mechthild wies mit dem Kinn aus dem Rundfenster. »Die Polizei kommt.« Ihre Stimme klang jetzt ganz ruhig.

Bärbel erhob sich, sie taumelte und hielt sich an der Fensterlaibung fest. Sie blickte ebenfalls hinaus.

Zwei junge Frauen näherten sich rasch auf dem regennassen Weg durch den Steingarten. Ob sie den toten Hund neben der Mülltonne wahrgenommen hatten? Hing nicht die Rute aus dem Leiterwagen heraus?

Eine der Polizistinnen wirkte südländisch. Sie hatte Cowboystiefel an und sah kräftig aus. Die andere war zart, hellhäutig und hatte die Haare hochgesteckt. Sie stellten sich mit Namen und Dienstrang vor, aber Bärbel vergaß beides gleich wieder. Sie fragten, was sie im Wald gesehen hätte, und sie beschrieb das Kind, wie es auf dem Rücken lag, halb auf der Seite. Der Regen hatte das lange Haar gescheitelt, es floss dunkel in die Erde. Sie sagte, dass da etwas Weißes war, auch die Kopfhaut sei schneeweiß gewesen. Aber sicher sei sie nicht mehr.

Ob sie denn die Stelle im Wald wiederfinden würde, fragte die Zierliche.

»Jederzeit, selbstverständlich«, hauchte Bärbel.

Die andere Polizistin bückte sich zu ihr hinunter und wies mit dem Zeigefinger auf Bärbels ausgebeulten Hosenlatz. »Ist das die kleine Hand, die aus dem Laub herausguckte?«, fragte sie. Sie sprach perfekt deutsch, fast schon schwäbisch.

Bärbel weinte.

Die Polizistin streifte sich Gummihandschuhe über und zog die Puppe zwischen Latz und Pullover hervor und steckte sie in den Plastikbeutel, den ihr die andere aufhielt. Dann drehte sie sich zu Mechthild um und bat sie, ein Glas Wasser für Bärbel zu holen und ein Stück Traubenzucker oder Schokolade.

»Mir geht es gut«, stammelte Bärbel. »Sehr gut.«

Sie trank das Wasser, aber die Schachtel »Mon Chéri« mochte sie nicht extra anbrechen.

Die zierliche Polizistin sagte: »Frau Hummel, kommen Sie bitte mit, wir wollen jetzt mal nachsehen.«

11

Corry saß vor ihrem leer gegessenen Teller bei ihren Eltern. Es war Sonntag, und die beiden führten ihr vor, was es hieß, eine nette Ehe zu führen. Im Radio lief »Ein Schiff wird kommen«, und Eva sang den Refrain laut mit, während sie den Tisch abräumte. Es war geradezu aufreizend, wie sie das Verb »kommen« betonte und Corry dabei tief in die Augen sah.

Schon verstanden. Einer – irgendeiner – wird schon noch anbeißen. Nimm du lieber mal ein paar Kilo ab, Eva! Und falls du auf Koopmann anspielst – der kommt definitiv nicht mehr. Der lebt jetzt im Schwarzwald und baut die Shopping-Mall, die ihm immer vorgeschwebt hat.

»Du hast deinen Nachtisch noch gar nicht gegessen«, stellte Eva fest.

Wie denn, wenn Corry mit den Gedanken in ihrem Keller war. Heute Morgen war sie mit Koopmanns Kuba-Flossen hinuntergerannt und hatte sie in einen Karton gepfeffert. Sie hatte nur noch nicht gewusst, was sie draufschreiben sollte: »Flohmarkt« oder »Wegschmeißen«.

»Iss du doch die Bayrisch Creme, Eva«, sagte Corry. »Du siehst so mager aus.«

Volker stellte Espressotassen mit Kuhmuster auf den Tisch und sang den Schluss des Schlagers mit: »Ich bin ein Mädchen von Piräus und liebe den Hafen, die Schiffe und das Meer …«

Als das Diensthandy klingelte, fuhren alle zusammen, denn Corry hatte Bereitschaft.

»Könnt ihr mal eben still sein?«, bat sie die beiden und blickte finster auf ihr Telefon.

Sie sangen aber trotzdem leise weiter.

Corry ging mit dem Handy in ein anderes Zimmer, und als sie wieder herauskam, rief sie: »Ich muss los.« Sie pflückte ihre Bikerjacke vom Garderobenhaken.

Am Treppenfuß schaute sie noch einmal hoch, weil Volker nach ihr rief. Er beugte sich über das Treppengeländer und schwenkte eine Tupperschüssel mit Bratenresten. Seine Wangen hingen herab; so von unten betrachtet sah er erschreckend alt aus.

»Ich kann das jetzt nicht gebrauchen!«, rief sie.

Und schon war sie draußen, wo ihr der kalte, feuchte Wind gleich mal rechts und links eine Ohrfeige gab. Sie stieg in ihren kaffeebraunen Beetle und fuhr los.

Inmitten einer wabernden Dunstglocke tauchte in den steilen Innenstadt-Weinbergen das Polizeipräsidium auf. Robert Bosch hatte diese riesengroße, weiße Schuhschachtel 1940 als homöopathische Klinik eröffnet, die jahrzehntelang als die größte und bedeutendste in Deutschland galt. Und heute gehörte eines der vielen Fenster zu dem Büro, das Corry sich mit Fabio Lavelli teilte, und außer ein paar Rescue-Tropfen im Kühlschrank war hier nichts Homöopathisches mehr zu finden.

Corry stellte den Beetle auf den Parkplatz vor dem Gebäude und eilte die Treppe hoch. Während sie zum Sicherheitsraum lief, um ihre Waffe zu holen, telefonierte sie mit Fabio. Er war bereits mit zwei Kollegen zum Leichenfundort unterwegs.

Nick Holland, der Jüngste im Dezernat für Tötungsdelikte, kam ihr im Treppenhaus mit Autoschlüsseln an der ausgestreckten Hand entgegen. »Ich fahre dich, Corry. Wir müssen nach Feuerbach, wir sollen den Ford Focus nehmen. Ist das in Ordnung?«

»Wieso nicht?« Corry strebte auf den Ausgang zu. Nick überholte sie und sprintete voraus. Er war der quirligste Mensch, den sie je gesehen hatte. Kernig, athletisch, eher klein, mit kurzen schwarzen Haaren, die in alle Richtungen strebten, der ganze Kopf ein Wirbel.

»Ich hab schon zwei Leichen gehabt«, rief er und umkreiste den schlammfarbenen Wagen. »Einmal stranguliert, einmal Tabletten, beides Suizid.« Er hielt ihr die Beifahrertür auf.

Corry rutschte auf den Sitz. »Dann ist das heute etwas ganz anderes, Nick.«

Auf der kurzen Fahrt nach Feuerbach telefonierte Corry mit ihrem Chef. Als sie auflegte, fing es zu regnen an. Das passte mal wieder. Nick schaltete die Scheibenwischer ein. Mit hoher Geschwindigkeit fuhr er die lange, schnurgerade Hohewartstraße hinauf, die auf auf dem Brackeplatz auf der Hohen Warte endete. Dort war bereits alles mit Trassenband abgesperrt.

Nick stellte den Ford hinter die Zivilfahrzeuge der Kollegen. Davor parkten drei Streifenwagen mit flackerndem Blaulicht, ein DRK-Rettungswagen und ein Polizeibus, in dem Fabio mit einer fülligen, blonden Frau saß.

Fink kam auf sie zugeeilt. Im weißen Faserschutzanzug, die Kapuze auf dem Kopf, sah sie aus wie ein Fläschchen Kondensmilch. Wortlos reichte sie Corry und Nick zwei Schutzanzüge.

»Mistwetter«, sagte Corry. Sie stieg in ihren Anzug und die Plastik-Überschuhe.

Fink streckte einen Arm aus. »Da drüben in dem Dreckswald liegt die Kinderleiche.«

»Wie weit seid ihr?«, fragte Corry.

»Die innere Absperrung um die Tote ist fertig«, erklärte Fink. »An der äußeren ist die Schutzpolizei noch dran. Sie sperren weiträumig den Hang hinunter bis zur Feuerbacher Talstraße ab, dann weiter über die angrenzenden Waldgebiete und die Kleingärtnerkolonie – und im großen Bogen wieder auf diesen Platz hier zurück.«

»Das ist ja alles bestens«, sagte Corry und steckte die Hände in die übergroßen Schutzhandschuhe.

»Fabio spricht gerade mit Bärbel Hummel«, berichtete Fink weiter. »Sie hat die Leiche gefunden, als sie ihren Hund begraben wollte.« Über ihr Gesicht huschte ein Lächeln. »Sie sieht aus wie eine Doppelgängerin der Schauspielerin Marianne Sägebrecht, wenn du weißt, wen ich meine.«

Corry nickte.

»Sie ist dreiundsechzig Jahre alt«, fuhr Fink fort, »wohnt zehn Minuten von hier, und kennt den Wald wie ihre Westentasche.«

Fabio stieg aus dem Polizeibus aus und eilte auf sie zu, unterm Arm den Packen mit Overall und Überschuhen. Die Frau im Bus schaute ihm mit offenem Mund durch das vergitterte Heckfenster hinterher. Sie sah tatsächlich aus wie die Sägebrecht.

Fabio gab Corry und Nick die Hand. »Frau Hummel hat zuerst nur eine Puppe gefunden«, sagte er. »Sie hat sie eingesteckt, und Müzze hat sie ihr aus der Brusttasche ihrer Latzhose gezogen.« Fabio schlenkerte seinen Arm in Richtung Wald. »Gleich darauf hat sie weiter hinten den Leichnam entdeckt. Sie steht unter Schock. Wir haben einen Psychologen angefordert.«

Corry entdeckte Gerd Feldhaus, den Leiter der Spurensicherung. Er war seit vier Jahren Witwer. Corry hatte ihn einmal zu sich nach Hause eingeladen. Sie wollten zusammen kochen, irgendetwas Kompliziertes, für das Corry die halbe Markthalle leergekauft hatte. Aber dann hatte Gerd bloß auf der Kante ihrer Couch gesessen und von seiner toten Kerstin erzählt.

Corry sah, wie er sich unter einem großen schwarzen Regenschirm an dem Parkstreifen entlangbewegte, um Schuh-, Reifen- und sonstige Spuren zu finden. Als er zwischendurch einmal aufblickte und sie wahrnahm, kam er sofort herüber.

Die Kollegen begrüßten einander mit ernsten Gesichtern. Allesamt weiß vermummt standen sie in der Mitte des Bracke-Platzes im Regen. Gerd hielt den Schirm über Corry: »Wir haben da ein Mädchen, fünf bis sechs Jahre alt«, sagte er monoton. »Sie hat lange braune Haare, die Hände sind merkwürdig verdreckt. Mehr kann ich euch im Moment nicht sagen.«

»Missbraucht?« Corry hielt seine braunen Augen fest, die seitlich wegrutschen wollten.

»Ich würde gern Entwarnung geben, aber …«

»Sieht es nach einem Missbrauch aus?«

»Sie hat eine Strumpfhose an. Soweit ich sehen konnte, reicht sie über Bauch und Po.«

»Und was ist mit der Puppe?«

Gerd drückte ihr seinen Schirm in die Hand. »Ich kann den jetzt nicht gebrauchen.«

»Die Puppe«, sagte Corry.

Gerds Stimme wurde weicher. »Die ist bereits im Labor.«

Mit vorsichtigen Schritten ging er auf dem »Trampelpfad« voran, ein mit Polizeiband eingefasster Korridor, der vom Parkplatz bis zum Leichenfundort führte. Niemand durfte diesen Arbeitspfad verlassen. Es regnete jetzt stärker. Gerd ging voraus, die Augen fest auf den Boden gerichtet, wie ein großer weißer Spürhund, immer auf der Suche nach Fasern, einem Schuhabdruck, einer Zigarettenkippe, einem Haar. Ihm folgte Corry, dann Fink, Nick und am Ende Fabio.

Im Gehen telefonierte Corry erneut mit Otte: »Wer vermisst ein fünf- bis sechsjähriges Mädchen mit langen braunen Haaren?«, fragte sie.

Otte sagte: »Niemand.«

Corry ging weiter. Vor ihnen lag der Heimberg-Wald, groß und schwarz, wie das Maul eines Monsters.

Gerd drehte sich zu Corry um. »Der verdammte Regen spült uns die Spuren weg.«

Eine Spur war allerdings deutlich zu sehen. »Die Frau hat ihren toten Hund in einem alten Leiterwagen hinter sich hergezogen«, sagte er und deutete auf die schmalen, tiefen Räderspuren. »Da haben wir den Salat.«

Als sie den Schlagbaum passierten, kam ihnen aus dem Wald eine uniformierte Polizistin entgegen, die zwei Frauen mit Hunden über den Trampelpfad führte. Corry und ihr Team ließen die kleine Gruppe vorbei.

»Wer ist denn noch alles da drin bei dem Scheißwetter?«, fragte Corry, wobei sie niemand Bestimmten ansah.

Gerd nickte ihr beipflichtend zu. »In diesem Wald trampeln Jogger, Biker, Spaziergänger und Leute mit Hunden und – ganz schlimm – mit Pferden umher. Die Spuren sind längst übertreten.«

Sie gingen auf dem Weg in den Wald hinein. Rechts und links glänzten die Baumstämme schwarz vor Nässe. Es roch nach verfaulten Pilzen.

Hinter ihnen kreuzten zwei Uniformierte mit dicken Rollen Absperrband in den Händen auf. Corry sprach kurz mit ihnen. Sie brauchten das Band für die Strecke vom Seerosenweiher zur Gartenkolonie »Ehrenpreis«, sagte einer der beiden. Der andere schwieg, er war kreidebleich. Vielleicht hatte er so ein kleines Mädchen daheim. Sie machten den beiden Platz, damit sie vorbei konnten.

Das Wiehern eines Pferdes erklang. Die letzten Reiter wurden aus dem Wald geholt. Dafür war Müzzeyin Gül verantwortlich. Corry kniff die Augen zusammen. Aus dem Halbdunkel tauchte sie mit einem Rappen am Zügel auf. Es gab keinen Menschen, dachte Corry, der besser neben ein Pferd passte als Müzze. Sie sah ganz verklärt aus, als sie grüßend an Corry und dem Team vorbeizog. Im Sattel saß bolzengerade unter einem dunkelgrünen Regencape eine junge Reiterin und sprach aufgeregt in ihr Mobiltelefon.

»Reiter!« Aus Gerds Mund klang das Wort wie Pest oder Cholera. Das musste man verstehen. Für einen Menschen wie ihn, der mikroskopisch kleine Fussel auf dem Erdboden suchte, waren vier Hufeisen unter einer halben Tonne Gewicht schlichtweg eine Katastrophe. »Hoffentlich sind nicht noch mehr Gäule von dieser Kräherwald-Schickeria in dem Wald«, blaffte er dem Rappen hinterher.

Corry hangelte ihr Handy aus dem Overall und rief Paul Silber an. Der Leiter der Schutzpolizei informierte sie, dass sämtliche Reiter befragt und ihre Daten aufgenommen wurden. Und ja, der letzte Reiter wäre jetzt aus dem Wald draußen und alle würden zu ihrem Reitstall zurückgeschickt.

Corry sagte zu Gerd: »Du bist die Rösser los.«

Es war noch nicht einmal vier Uhr, aber fast schon dunkel, als sie in der Eichenwaldallee ankamen, die mitten durch den Wald verlief. Man hatte sie nicht extra mit Polizeiband abgesteckt. Stattdessen waren Beamte in größeren Abständen postiert, die achtgaben, dass die Kollegen die Allee nicht verließen und den schmaleren Weg fanden, der zum Fundort führte.

In der Ferne sah Corry eine Lichtinsel – dort war der Leichenfundort. Sie schritten weiter, näherten sich dem Licht. Bald kamen sie an einen mannshohen, moosigen Stapel Holz. Dahinter gab es wieder einen abgesteckten Trampelpfad, der den Hang hinunterführte zu einer weiten, taghell ausgeleuchteten Mulde.

Gerd drehte sich zu Corry um. »Oben bleiben! Dass das klar ist. Ihr dürft noch nicht hinunter. Auch du nicht, Corry.«

»Okay.« Sie nickte. Jetzt hieß es warten.

Gerd eilte die Senke hinab zu seinen Mitarbeitern, die aussahen wie Geister, nur dass sie nicht schwebten, sondern wadentief im nassen Laub wandelten. Schweben wäre ihnen lieber, dachte Corry. Denn jeder Schritt zerstörte Spuren. Sie sah, wie Gerd unter der flaschengrünen, vom Regen glänzenden Plane verschwand, die zeltartig über den Leichnam gespannt war.

Fabio wies mit seiner weiß eingepackten Hand auf die Spurentafel Nummer 1. »Hier hat Frau Hummel die Puppe gefunden«, sagte er.

Corry sah Fabio an. Das Kind war also ohne seine Puppe in die Mulde hinuntergegangen oder dorthin gebracht worden.

Neben ihr trat Nick von einem Bein aufs andere. Wenn sie nicht gleich dafür sorgte, dass er sich bewegen konnte, würde er in die Luft gehen. Also schickte sie ihn an den nördlichen Waldsaum zu Paul Silber, damit er dort das Team bei den Befragungen von Reitern und Spaziergängern unterstützte. Dankbar rannte Nick los.

Corry nahm ihr Diktaphon zur Hand und beschrieb die Umgebung. Sie besprach sich mit Fabio. Was war das hier für ein Ort? Hatte der Täter die Stelle gezielt ausgesucht? Wie hatte er das Mädchen hierhergebracht? War er mit dem Auto bis zur Schranke gefahren und den Rest zu Fuß gegangen? War sie freiwillig mitgekommen? Oder hatte er sie in einem Behältnis – Sack oder Koffer – verschleppt? Hatte er sein Opfer zufällig im Heimberg-Wald gefunden? War jemand bei dem Kind gewesen, vielleicht die Mutter? Gab es hier eine weitere Leiche?

Ottes Anruf unterbrach sie.

»Corry?«

»Ja.«

»Ich würde dir gern zehn Leute schicken, das weißt du.«

»Fünfzehn wären besser.«

»Ich kriege nicht so viele, tut mir leid.«

Er paffte. Corry sah seinen birnenförmigen Kopf mit dem Zigarillo vor sich. »Scheiße«, murmelte sie. Jeder von ihnen hatte hunderte Überstunden und keine Zeit, sie jemals wieder abzubauen.

»Corry?«

»Ja.«

»Vielleicht kann ich ja doch noch was machen.«

Von Weitem nahte jemand im weißen Ganzkörperanzug mit einem schwarzen Koffer in der Hand. »Da kommt der Rechtsmediziner«, sagte Corry ins Telefon.

»Wer ist es?«, wollte Otte wissen.

»Sieht nach Dr. Kern aus.«

»Der ist nicht der Schnellste«, sagte Otte. »Aber was er sagt, hat Hand und Fuß.«

Corry sah sofort abgetrennte Hände und Füße vor sich. Sie legte auf.

Dr. Kern schritt über den abschüssigen Trampelpfad zur Fundstelle hinunter. Für einen Moment sah es aus, als rutschte der Rechtsmediziner auf den matschigen Laubmatten aus, aber er fing sich wieder und verschwand unter der Plane.

Corry hielt es vor Ungeduld nicht mehr aus. Sie wählte Gerds Nummer, obwohl sie wusste, dass er dort unten nicht einmal vom lieben Gott gestört werden wollte, und Gerd war katholisch.

Über den Lautsprecher hörte sie laut die Regentropfen auf der Plane, unter der Gerd mit Dr. Kern hockte.

»Hat sie Verletzungen?«, fragte Corry.

Er nuschelte irgendetwas.

»Sag schon«, bohrte Corry.

»Die Leiche ist mit Erde verschmiert. Ob da Blut dabei ist, sehe ich nicht, es ist ja alles verwischt und fortgespült. Hab Geduld, bitte.«

Corry warf Fabio einen Seitenblick zu. Er telefonierte mit Anton Garipov, dem Polizeifotografen, der ebenfalls unter der Plane steckte. Fabio bat ihn, so rasch wie möglich zu ihnen hochzukommen.

Fink quengelte, dass sie jetzt gern mal eine rauchen würde.

»Vergiss es«, sagte Corry.

Anton eilte zwischen den Bäumen den Hang zu ihnen hoch. Unterm Regenschirm hielt er sein Notebook an die Brust gedrückt. Der große, schlanke Mann fiel durch seinen schwarzen Schnauzbart auf, der gut ein Viertel seines Gesichtes einnahm.

Fink nahm ihm den Schirm ab, damit er die Hände frei hatte.

Anton klappte das Notebook auf. Corrys Herz schlug bis zum Hals. Zu viert steckten sie die Köpfe unter den beiden Schirmen zusammen und starrten auf den Monitor.

Die Aufnahmen zeigten ein kleines Mädchen, das neben einem kurzen, morschen Baumstamm auf dem Rücken lag. Der Oberkörper war leicht zur linken Seite gedreht.

Corry ballte die Faust und zwang sich, tief durchzuatmen. Fabio flüsterte etwas Italienisches, was selten vorkam. Fink sagte nichts.

Auf den ersten Fotos war Laub auf dem Leichnam zu sehen. Auf den weiteren Bildern fehlten die meisten Blätter;

die Spurenermittler hatten sie da schon abgesammelt und eingetütet. Die Tote hatte eine weiße Strumpfhose an und ein rosarotes Strickmäntelchen.

»Es ist ein Poncho«, sagte Anton. Sein Schnauzbart verdeckte die Oberlippe komplett. Umso deutlicher war die Unterlippe zu sehen – klein, rötlich und beweglich wie ein Wurm.

Sie blickten auf den Monitor. Die weiße Kinderstrumpfhose war ganz schwarz an den Knien. Ebenso waren die Hände schwarz vor Erde.

Corry sagte: »Was hier passiert ist, schreit zum Himmel.«

Sie merkte, dass Fink weinte. Wenn man sie allerdings fragte, würde sie behaupten, das seien bloß Regentropfen.

Corry standen selbst die Tränen in den Augen. Sie bat Anton, das Gesicht des Opfers heranzuzoomen. Es war weiß und rund. Die Augen geschlossen. Laub steckte zwischen den blassen Lippen, als sei der Körper ausgestopft und die Füllung quelle heraus. Sie schaute auf das Foto daneben, das das Kind im Ganzen zeigte. Auffallend der rosa Poncho, ganz verdreckt und verzogen. Darunter rotkarierter Stoff. Ein Kleid. Die weiße Strumpfhose verdreht, aber sie bedeckte Bauch und Po, wie Gerd gesagt hatte.«

Corry empfand so etwas wie Dankbarkeit. Bis Fink lakonisch bemerkte, dass der Täter sie vielleicht herunter- und anschließend wieder hochgezogen hatte. Natürlich, auch das war vorstellbar.

»Was ist mit dem Erdboden?«, sagte Corry. »Anton, kannst du das Bild vergrößern?«

Eine Sekunde später sahen sie von Nahem, wie es dort unten aussah. Fabio sprach aus, was Corry dachte: »Im ersten Moment sieht der Boden aus wie von Wildschweinen aufgewühlt. Nur dass die tiefer schürfen.«

»Außerdem hätten sie den Körper so nicht liegen lassen«, bemerkte Fink. »Sie hätten ihn angefressen.«

Corry wies auf die Hände. »Die Fingerspitzen sind ganz schwarz und da hängt so Zeug dran. Was ist das?«

»Sieht aus wie feines Wurzelwerk«, meinte Fink. »Oder ein Gespinst von Pilzsporen.«

»Wir kriegen das Schwein«, sagte Corry.

Fabio nickte ihr zu. Dann fragte er Anton nach der Puppe. Der Fotograf forderte die Bilder vom kriminaltechnischen Labor im LKA an. Nach einigen Sekunden empfing er ein Signal und gleich darauf die gewünschten Aufnahmen. Auf dem Monitor erschien die nackte Puppe.

»Eine ganz normale Puppe«, murmelte Fabio. »Kurze, blonde Locken, blaue Augen.«

»Die sehen aus wie Schlafaugen«, stellte Corry fest.

Anton sagte: »Das ist korrekt«, und klickte weiter, bis ein Foto kam, auf dem jemand in Gummihandschuhen die Puppe flach hielt und die Augen geschlossen waren.

»Und die hatte nichts an?«, fragte Corry. Anton schüttelte den Kopf.

»Merkwürdig«, sagte Fabio. »Die Puppe ist überall schmutzig, außer am Oberkörper. Der sieht sauber aus.«

»Stimmt«, sagte Corry. »Die Puppe muss ein Oberteil angehabt haben. Wenn es hier verloren ging, wird Gerd es finden.«

Ein uniformierter Kollege lief auf sie zu und meldete, dass es vorne, an der Waldschranke, Probleme gab. Ein paar Reporter wollten zu ihnen durch und es kostete die Beamten alle Mühe, sie daran zu hindern.

Corry sah vor ihrem geistigen Auge die vom hohen Ross herab telefonierende junge Reiterin. Nicht zu fassen, wie schnell das ging. »Demnächst ist die Presse noch vor der Tat vor Ort«, sagte sie verdrossen. Sie wechselte einen Blick mit Fabio, der sich schon auf den Weg machte, um mit den Journalisten zu sprechen.

Auf der anderen Seite des Waldwegs löste sich Müzze aus dem Dunkel, und als sie vor Corry stand, strich sie sich mit dem Arm das Regenwasser aus dem Gesicht. »Keiner hat irgendwas gesehen«, erklärte sie. »Bei dem Sauwetter war auch gestern und vorgestern kaum ein Reiter im Wald. Sie haben ihre Pferde in der Reithalle bewegt.«

Corry bat sie, erst einmal zu verschnaufen und dann aber fix den Förster aufzutreiben. Sie hatte mehrmals erfolglos versucht, ihn telefonisch zu erreichen. »Schau mal nach, was im Forsthaus los ist.«

Nick meldete sich vom Ende der Absperrung aus dem Tal. Er war außer Atem und ziemlich verärgert. Vor dem rot-weißen Band hatte sich ein Pulk Schaulustiger mit gezückten Handykameras versammelt, und er musste diese Leute hin und her rennend in Schach halten.

Corry schickte sofort Anton Garipov zu ihm, um die Gaffer ihrerseits fotografieren zu lassen.

Sie wandte sich Fink zu: »Du könntest Müzze zum Forsthaus begleiten. Und wenn ihr unterwegs auch nur das Kleinste findet oder bemerkt, ruft mich an.«

Die beiden blieben wie festgenagelt stehen.

»Stimmt was nicht?«

»Hör mal. Nicht, dass wir uns drum schlagen würden, aber …« Fink legte den Kopf schief. »Du gehst da nicht ohne uns runter, ja?«

Gouvernanten, alle beide! Corry sog die wässrige Waldluft in ihre Lungen. »Okay«, versprach sie knapp, damit sie Ruhe gaben.

Müzze stopfte sich eine nasse Locke unter ihre Kapuze und dampfte los. Fink lief ihr hinterher. Sie verschwanden in der Dunkelheit.

Corry stand allein am Abhang. In der Baumkrone über ihr rief ein Vogel. Die Spurensicherer schichteten Laub in große, schwarze Kunststoffsäcke. Sie verschnürten und beschrifteten sie und trugen sie immer zu zweit über den Trampelpfad zum Weg hoch. Mittlerweile stand dort fast ein Dutzend Säcke. Wie Corry beobachtet hatte, waren Blätter und Erdproben aus dem Planenzelt bereits ins Labor abtransportiert worden.

Otte rief an.

»Corry?«

»Ja.«

»Wir müssen heute Abend eine Pressekonferenz geben. Du machst das.« Er zog heftig an einem Glimmstengel. »Die Presse mag dich«, ergänzte er mit lauter Stimme.

Da war was dran.

»Und jetzt freu dich«, trompetete Otte weiter. »Ich hab dir Jan Blessing. Feiner Junge, messerscharfer Verstand, auch wenn er daherkommt wie ein, ein ...«

»Terrorist«, half Corry ihm weiter.

»Richtig.« Otte lachte kurz und lautstark auf.

»Otte?«

»Ja.«

»Habt ihr eine Vermisstenmeldung für die Kleine hereinbekommen?«

»Tut mir leid. Nichts.«

Corry nahm aus dem Augenwinkel eine kleine weiße Figur wahr, die hinter dem Holzstapel verschwand und dann wieder auftauchte. »Die Staatsanwältin kommt. Bis später, Otte.«

Corry ging ein paar Schritte auf Arlet Cronmüller zu. Ohne Stöckelschuhe war sie winzig. Sie war nicht nur die kleinste und jüngste Staatsanwältin Baden-Württembergs, sie war vermutlich die Einzige, die souverän auf zehn Zentimeter hohen Absätzen in den Gerichtssälen umherspazierte. Heute trug sie riesige gelbe Gummistiefel, die unter den transparenten Plastiküberschuhen hervorleuchteten.

Sie begrüßten sich mit einem freundlichen Nicken.

»Das ist ein Scheißwetter«, sagte die Staatsanwältin und blickte den Hang hinunter. Ihr kinnlanges braunes Haar klebte nass an ihren hohen Wangenknochen. Sie nahm ihre rot und schwarz geränderte Brille ab, auf deren Gläsern Regentropfen standen, und rieb sie am Ärmel, was sinnlos war.

Corrys Handy klingelte und Gerd war am Apparat. Sie streckte den Hals. Er war unter der Plane hervorgekommen, sie konnte sehen, wie er mit ihr telefonierte. Gerd sagte, sie könnten jetzt hinunterkommen.

Corry drehte sich zu Arlet Cronmüller um. Sie hatte wieder ihre Brille auf der Nase und schaute dahinter hervor wie eine junge Katze, die Lust auf ein Spielchen hat.

»Wir können dann runter«, sagte Corry. Sie hielt nach Fabio Ausschau. Als Nächstes rief sie Müzze, Paul Silber und Nick an.

Die Cronmüller machte Anstalten, allein hinunterzustiefeln.

»Warten Sie«, sagte Corry. »Wir gehen da gemeinsam runter.«

12

Kaum drei Minuten nach Corrys Anruf näherte sich Fabio auf dem dunklen Waldweg, neben sich eine hoch aufgeschossene Gestalt mit länglichem Gesicht: Jan Blessing. Derzeit stark von Otte favorisiert, Corry vermutete, dass es mit einer gewissen Ähnlichkeit mit Max Bender zusammenhing.

Die beiden kamen rasch näher. Fabio verbeugte sich leicht vor der Cronmüller, und Jan sagte mit zusammengebissenen Zähnen einfach: »Hi«.

Sein Pech, dass seine burgunderroten Korkenzieherlocken nicht richtig unter die Kapuze passten. Einige hingen vorne heraus, nass und wie auf einem Heiligenbildchen. Die Spurensicherung sah so etwas gar nicht gern. Die Cronmüller offenbar auch nicht. »Stecken Sie mal Ihre Haare weg«, sagte sie zu ihm.

Von der Feuerbacher Talseite her kamen Paul Silber und Nick. Hinter ihnen tauchten Müzze und Fink auf – ohne den Förster.

Wenig später standen sie alle gemeinsam in der hell erleuchteten Mulde unter der Plane und umringten still den kleinen Leichnam: Corry, Fink, Müzze, die Cronmüller und natürlich Dr. Kern. In zweiter Reihe Fabio, Gerd, Paul Silber und Nick.

Corrys Magen rebellierte. Dreimal tief durchatmen. Weiter hinsehen, sich jedes Detail einprägen. Alles ist wichtig. Übergeben musste sie sich nicht, wenn sie Tote sah. Corry hatte schon brennende Menschen gesehen, Lebende. »Hilf doch!«, hatten sie gebrüllt, und sie hatte doch nur zwei Hände.

Corry konzentrierte sich auf das vor ihr liegende tote Kind und stellte ihre Fragen an den Rechtsmediziner: »Was war die Todesart? Wann und wie ist die Kleine gestorben?«

Dr. Hellmut Kern war um die sechzig, ein unscheinbarer Mann mit einem See von Fältchen um die Augen hinter einer randlosen, eckigen Brille. Er wirkte mitgenommen. Dr. Kern hatte drei oder vier Kinder.

Mit gesenkter Stimme beschrieb er das tote Mädchen: Die Statur sei normal, der Ernährungszustand gut. Fremdeinwirkung oder Gewaltanwendung habe er nicht feststellen können; später dazu eventuell mehr. Zum Todeszeitpunkt bemerkte er, dass die Leichenflecken nicht mehr umlagerbar seien. Auch wäre die Totenstarre noch voll ausgebildet. Die Körpertemperaturmessung, die er durchgeführt habe, ließe darauf schließen, dass das Kind seit etwa zwei Tagen tot war.

»Geht das präziser?«, fragte Corry nervös.

Dr. Kerns ohnehin kleiner Mund schnurrte zusammen. »Im Moment kann ich Ihnen nicht mehr sagen.«

Corry konnte seinen Widerwillen gegen diesen Fall förmlich riechen. Sie sah ihn an. »Und die Todesart … ist ja wohl keine Frage?«

Dr. Kerns Miene war unergründlich. »Bis jetzt ist die Todesart … ungeklärt.«

»Wie bitte?« Corry zwang sich, ruhig zu bleiben.

»Nun ja … die Auffindesituation spricht natürlich für einen nicht natürlichen Tod«, formulierte er steif. »Mehr kann ich im Moment nicht sagen. Es wäre nichts als Spekulation. Das bringt Sie nicht weiter, Frau Voss.«

»Was hat sich hier abgespielt?« Corry erschrak über ihren scharfen Ton. »Mir sieht das hier nach einem Mord aus.« Sie blickte dem Nächstbesten hart in die Augen. Der arme Nick sah aus, als fiele er gleich in Ohnmacht. »Ich sehe ein totes Kind«, fuhr sie fort, »und merkwürdig aufgeritzte Erde. Was ist das für eine Scheiß-Auffindesituation?«

Der Rechtsmediziner schüttelte bedauernd den Kopf. »Nun … sie hatte wohl starke Krämpfe«, sagte er bedächtig. Der Regen schlug so laut auf die Plane, dass Corry zweimal mit lauter Stimme nachfragen musste, wie er auf Krämpfe käme.

Dr. Kern wand sich, kämpfte mit sich. Corry hatte schon einmal mit ihm gearbeitet; bis er mit der Sprache herausrückte, war der Täter in Rente.

»Sie lebte am Fundort noch«, sagte er vorsichtig. »Sie hat sich hier über den Boden bewegt.« Der Doktor machte mit seinem Arm kleine Schleifenbewegungen zur Erde hin.

»Sie hat also versucht wegzukrabbeln?«, hakte Fabio nach.

Dr. Kern nickte.

Gerd übernahm. »Sie hat sich immer nur im Kreis bewegt. Ihr Aktionsradius reichte nur von hier bis hier.« Er zeigte den Umkreis an; alle Augen folgten seinem behandschuhten Zeigefinger.

Fabio seufzte. »Und sie hatte starke Schmerzen?«

Dr. Kern nickte wieder. »Davon gehen wir aus.«

»Was ist mit diesen Krämpfen?«, meldete sich Corry zu Wort.

»Sehen Sie hier.« Der Rechtsmediziner zeigte auf eine kleine, schmutzige Hand. »Unter den Fingernägeln sitzt Erde. Jeder Nagel ist bis zur Hälfte schwarz.«

»Was bedeutet das?« Corry merkte, dass sie zu laut sprach, aber in ihrem Kopf rauschte das Blut und das Regenprasseln musste übertönt werden.

Zwei unsäglich traurige Augen hoben sich. »Sie hat sich vor Schmerzen in den Boden gekrallt«, sagte Dr. Kern matt.

»Was ist mit den Wimpern an ihrem rechten Auge?«, fragte Corry.

»Die hat sie sich ausgerissen«, antwortete der Doktor.

»Wir haben Wimpern zwischen ihren Fingern gefunden.«

Müzze konnte ein Schluchzen nicht unterdrücken. Fink und die Staatsanwältin zogen die Nasen hoch. Paul Silber sagte leise: »Ein totes Kind ist immer das Schlimmste.«

Corry musste Fabio nicht erst ansehen, um zu wissen, was in ihm vorging. Sie waren beide hartgesottene Polizisten, aber auch Tränen gehörten zum Job. Betonköpfe taugten nicht für diesen Beruf.

Sie traten unter der Plane hervor. Es war still bis auf den Regen und die heiseren Schreie der Vögel über ihren Köpfen. Die Staatsanwältin ordnete die sofortige Obduktion der Leiche an. Müzze sah aus, als würde sie gleich aus den Stiefeln fallen. Fink schniefte, und Dr. Kern hantierte mit seinem Koffer, bevor er sich verabschiedete. Halb im Gehen drehte er sich noch einmal zu Corry und Fabio um: »Wer von Ihnen wird dabei sein?«

»Diesmal bin ich dran«, sagte Fabio rasch.

Das stimmte zwar nicht, aber Corry nahm dankbar an. Autopsien zu begleiten, war ihnen beiden verhasst. Vor allem bei Kinderleichen. Professionalität hin oder her, man brauchte seine Zeit, um darüber hinwegzukommen. Speziell bei diesem gequälten Mädchen wäre es seelisch belastend, zusehen zu müssen, wie es aufgeschnitten und ausgehöhlt würde.

Zu Corrys Überraschung fragte Nick, ob er Fabio begleiten dürfe, aber da mischte sich die Cronmüller ein und sagte: »Ich komme mit.«

Sie bewies Mut, alle Achtung.

Corry sah zu, wie Dr. Kern den Trampelpfad hinaufglitschte. Ein junger Polizist streckte ihm eine Hand entgegen. Verschwommen hörte sie Gerd etwas zu ihr sagen, aber sie verstand kein Wort, weil die Vögel laut miteinander zankten. Sie hatten sich die hohe Buche als Schlafbaum ausgesucht und jetzt ging es um die guten Plätze.

Mit dem Handrücken wischte sich Corry eine Träne weg. Warum war das Mädchen getötet worden? Wer war so grausam? Und warum gab es keine Vermisstenanzeige? Sie fehlte doch schon seit zwei Tagen. Waren die Eltern die Täter?

Oben auf dem Weg rückten die Bestatter an, um die Kleine in die Rechtsmedizin zu bringen. Einer der beiden hustete bellend. Auf dem Trampelpfad kamen sie ins Straucheln, und einen Moment sah es so aus, als würden sie mit dem kleinen Zinksarg die Böschung hinunterstürzen. Der Regen trommelte wie mit wütenden kleinen Fäusten auf das blanke Metall.

Während Corry mit ihrem Team im Schein ihrer Taschenlampe über den Waldweg zur Hohen Warte zurücklief, sprach sie mit Paul Silber. Seine Trupps suchten mit Spezialleuchten den Wald und die Schrebergartenanlage ab.

»Demnächst kommt ›Einstein‹ dazu.« Pauls topasblaue Augen blitzten. »Ein mehrfach ausgezeichneter Fährtensuchhund, die beste Nase weit und breit.«

Corry bat ihn, Nick mitzunehmen, er zappelte neben ihr.

Paul strich sich über den silbrigen Vollbart, der so gut zu seinem Namen passte. »Wir schauen aber nicht nur auf den Boden, Nick. Wir gucken auch nach oben, in die Bäume.« Er grinste. »Wäre nicht das erste Mal, dass sich der Täter erhängt hat.«

Als die beiden losgingen, rief Corry den Chef an und bat ihn, über das BKA einen Abgleich nach ähnlichen Todesfunden zu veranlassen. Stichworte: Kind – Wald – seltsam aufgeschürfte Erde.

»Die Abfrage kann aber dauern, das weißt du«, hörte sie Ottes verrauchte Stimme. Dann vereinbarten sie den Termin für die erste Einsatzbesprechung der »Soko Poncho«: heute Abend, halb acht.

Bis dahin waren es noch neunzig Minuten.

Auf der Hohen Warte zogen sich die Kollegen die Schutzanzüge aus. Das Blaulicht flackerte in der Finsternis, und weit unten im Tal funkelten die ersten Lichter Feuerbachs.

Corry, noch immer in Weiß, schickte Jan ins nahe gelegene Tierheim. »Das Personal und die Gassigänger laufen täglich mit den Hunden durch den Wald; sie kennen jedes Astloch«, sagte sie eindringlich. »Wir brauchen die Namenslisten aller Mitarbeiter und Ehrenamtlichen, um sie zu befragen. Vielleicht kennen sie das Mädchen.« Corry überlegte. »Und frag nach, ob sich ein Hund im Wald auffällig verhalten hat. Vielleicht hat einer irgendwo geschnuppert oder in eine bestimmte Richtung gezogen.«

»Selbstverständlich.« Jan, das lange Gespenst, hob den Daumen und zog ab.

Corry wandte sich Fink und den beiden Polizeioberkommissaren von der Feuerbacher Dienststelle zu. Sie waren um die dreißig Jahre alt und kamen Corry so vor, als fühlten sie sich persönlich verantwortlich, weil die Tat in ihrem Stadtbezirk geschehen war. Sie wirkten sehr bedrückt. Corry bat sie, mit der Anwohnerbefragung zu beginnen, gemeinsam mit Katharina Fink. »Ihr habt eineinhalb Stunden bis zur Besprechung im Präsidium«, sagte sie. »Dann wird euch die Schutzpolizei ablösen.« Die drei nickten. »Arbeitet euch Haus für Haus die Hohewartstraße hinab, und bedenkt: Alles ist im Moment wichtig. Ob einer ein Kind gesehen hat, ob er eines weinen oder lachen hörte oder ob jemandem etwas anderes aufgefallen ist – ein Auto oder was auch immer. Einfach alles.« Corry war äußerst nervös. »Wir wissen, dass Fund- oder Tatorte oft nicht weit vom Wohnort des Mörders entfernt liegen. Deshalb müssen wir die nähere Umgebung penibel durchforschen. Denn hier gibt es eine Spur zu dem Mädchen und zu dem Menschen, der es auf dem Gewissen hat. Wir müssen sie nur finden. Das gelingt am ehesten, solange die Spur noch frisch ist.«

Sofort schwärmten Fink und die beiden Feuerbacher zur Anwohnerbefragung aus.

Sogleich besprach Corry sich mit Fabio, der schon auf dem Weg ins Präsidium war. Dann drehte sie sich zur Cronmüller um, die mit glänzendem Gesicht hinter ihr stand. Feierlich verkündete sie, dass sie bei den Einsatzbesprechungen dabei wäre, so oft es ihr möglich sei, und zwar von Anfang an. Vielleicht hatte sie Fieber. »Ihr bekommt alle Beschlüsse von mir, die ihr braucht«, schnurrte sie weiter. »Ich habe gerade mit dem Ermittlungsrichter telefoniert – er ist auf Stand-by.«

Respekt, dachte Corry, und gab ihr kurz den Schirm zum Halten. Sie stieg aus ihrem Plastikanzug und knüllte ihn zusammen. »Mir geht das Foto von der Puppe nicht aus dem Kopf«, sagte sie wie zu sich selbst.

Arlet Cronmüller schaute gespannt zu ihr hoch.

»Haare, Kopf, Hals und Beine sind dreckig«, fuhr Corry fort. »Doch der Oberkörper – pieksauber. Ich frage mich, wo das Puppenkleid abgeblieben ist.«

Die Staatsanwältin nieste mehrmals, und zwar lauter, als man sich das bei einer so kleinen Person vorstellte. »Mit dieser Frau Hummel stimmt etwas nicht«, sagte sie heiser. »Frau Gül sagte mir vorhin, die Frau hätte die nackte Puppe vorn in ihrer Latzhose stecken gehabt.«

»Ja, es ist seltsam«, pflichtete Corry ihr bei. Sie warf einen Blick auf ihre PEACE-Armbanduhr. »Heute Nachmittag durfte sie nicht länger befragt werden, sie stand unter Schock.«

Die Staatsanwältin luchste durch ihre schwarzrote Brille. »Der Nachmittag ist schon eine Weile her«, sagte sie.«

»Genau. Und deshalb fahre ich jetzt zu ihr.« Corry eilte auf den erstbesten Streifenwagen zu. Arlet Cronmüller rannte fast, um mit ihr Schritt zu halten. Auf dem regennassen Pflaster machten ihre Gummistiefel schmatzende Geräusche.

»Ich habe noch über eine Stunde bis zur Autopsie«, rief sie. »Ich komme mit.«

Corry bat den Kollegen, sie zu Frau Hummel zu fahren. Im Fond des Wagens sitzend, rief sie die Taxizentrale an und erkundigte sich, ob am Freitag ein kleines Mädchen mit langen braunen Haaren und einem auffälligen rosa Poncho gefahren worden sei.

»Wäre ja nicht das erste Mal, dass der Mörder mit seinem Opfer per Taxi zum Tatort fährt«, sagte sie zu Arlet Cronmüller, die über klamme Füße klagte. Corry hätte ihr gleich sagen können, dass man in Gummistiefeln eiskalte Füße kriegt.

Als sie das lindgrün verputzte Zweifamilienhaus der Zeugin erreichten, stand dort zweimal der Name »Hummel«, einmal M. für die untere Wohnung, einmal B. für die obere. Corry läutete oben, der Summer ertönte und die Tür sprang auf.

Im Treppenhaus roch es nach gebackenem Käse und Schinken. Auf dem oberen Absatz stand die Zeugin Bärbel Hummel in einem prall ausgefüllten, himmelblauen Nicki-Hausanzug. In der Wohnung stolperte Arlet Cronmüller beinahe über eine zusammengelegte Wolldecke, die im Flur lag. Sie fing sich im letzten Moment, bog den Ellenbogen übers Gesicht und nieste.

»Haben Sie eine Tierhaarallergie?«, fragte Frau Hummel in mitfühlendem Ton. Die Staatsanwältin verneinte.

»Möchten sie vielleicht einen Toast Hawaii? Ich hab zu viele gebacken. Mein Psychologe war vorhin da, er hat aber nur zwei geschafft.«

Sie folgten der Zeugin in eine behagliche Bauernküche, wo es intensiv aus der geöffneten Ofenklappe nach Toast Hawaii duftete und eine weiss-blau karierte Eckbank den halben Raum einnahm. Arlet Cronmüller setzte sich sofort an den Tisch und nahm die Miene einer gemütlichen bayerischen Hauskatze an, die auf ihre Milch wartet. Auch Corry rutschte in die Bank. Über dem Tisch hing eine Art Wirtshausleuchte, die ein Trockenblumengesteck mit blau eingefärbtem Kunstmoos beschien.

Frau Hummel stellte zweimal Toast Hawaii auf den Tisch und zog sich den Hocker heran. Herr Munderich, erzählte sie, so hieße ihr Psychologe, würde jetzt jeden Tag kommen.

»Möchten Sie Limonade?«

»Ja, bitte.« Corry war am Verdursten.

Frau Hummel brachte Fanta und drei Gläser, die sie auf Untersetzern mit Heiligenmotiven abstellte.

Arlet Cronmüller beugte sich vor: »Sie kommen mir bekannt vor.«

»Bestimmt aus dem Fernsehen«, sagte Frau Hummel und wurde puterrot. »Ich seh halt aus wie die Marianne. Früher wie Vivi Bach, heute wie Marianne Sägebrecht.«

»Das ist doch schön«, sagte Arlet Cronmüller und packte ein ledernes Schreibmäppchen aus. Den dicken Kuli hielt sie weit oben am Schaft. Sie kritzelte auf ihrem Block, während sie die Zeugin über den Wald ausfragte. Ob sie Verstecke kenne, ob es ein Baumhaus gäbe oder vielleicht eine Höhle.

Frau Hummel schüttelte den Kopf. Mit großen Augen blickte sie immer wieder zu Corry über den Tisch. Nachdem sie einen Schluck Limonade genommen hatte, setzte sie ihr Glas direkt neben Corrys kleinem Finger ab. »Frau Kommissarin«, flüsterte sie. »Darf ich fragen, was mit Ihnen … passiert ist? Ich kann gar nicht mehr denken, wenn ich das nicht gleich weiß.«

Ob der unverhohlenen Neugier musste Corry erst einmal schlucken. »Das sind Verbrennungen«, sagte sie kühl. »Tut nicht weh und ist auch nicht ansteckend.«

Da langte Frau Hummel doch tatsächlich über den Tisch und streichelte Corry über den Handrücken.

»Können wir weitermachen?«, fragte die Staatsanwältin. Sie putzte sich den Mund ab, denn sie hatte ihren Toast aufgegessen. Sie konnte ein totes Kind sehen und anschließend Toast Hawaii essen, alle Achtung!

»Wie war das heute Vormittag mit Ihrem Hund?«, fragte sie jetzt.

»Das hab ich schon dem Kommissar erzählt und zuvor Ihrer Frau Gül.«

»Erzählen Sie es uns doch auch einmal.« Mit ihrem Kuli malte sie Zacken wie spitze Hundeohren.

Bärbel Hummel schilderte, wie sie in den Wald gegangen war. »Ich war mir ganz sicher, dass man seinen Hund im Wald begraben darf. Die Rehe sterben da ja auch.«

»Sie meinen, die liegen tot im Wald herum, nachdem sie an Altersschwäche eingegangen sind?« Die Cronmüller hatte etwas Gemeines an sich. »Nein, nein«, fuhr sie etwas freundlicher fort: »Die werden geschossen und dann verspeist.«

Während sie wieder herzhaft nieste und Corry hoffte, keine Viren abzukriegen, stellte sie die nächste Frage: »Ist Ihnen im Wald irgendetwas aufgefallen? Personen? Ein Auto? War irgendetwas anders als sonst?«

»Ich war mutterseelenallein, Frau Kommissarin.«

»Wie war das, als Sie die Puppe fanden? Was ist Ihnen aufgefallen?«

»Dass sie blond war und dass der Poncho ganz dreckig war.«

Corry und die Cronmüller wechselten einen Blick. »Welcher Poncho?«, fragten beide wie aus einem Mund.

Die Zeugin zuckte zusammen und wurde schon wieder rot. Tränen schossen ihr in die Augen. Mit zittrigen Fingern stellte sie die Teller zusammen. Corry hatte von ihrem Toast nichts angerührt.

»Frau Hummel?« Corry zupfte an dem himmelblauen Ärmel.

»Der Poncho von der Puppe«, murmelte sie. »Er ist mir halt aufgefallen.«

»Es ist ganz normal, dass eine Puppe etwas anhat«, lenkte die Cronmüller ein und lauerte.

Frau Hummel nestelte an dem Trockengesteck herum. »Ich hatte mal ein Wollegeschäft«, sagte sie zögernd, »und da macht es mich halt immer traurig, wenn ich selbstgestrickte Sachen seh …«

»Sie haben den Poncho selbst gestrickt?« Die Staatsanwältin ließ den Kuli sinken.

Frau Hummel fuhr hoch. »Nein, um Himmels willen, ich nicht!« Tränen standen in ihren Augen. »Ich hab nur früher eine … ähnliche Wolle verkauft.«

»Und da müssen Sie weinen?« Corry verschränkte die Arme und sah sie finster an.

»Ich hatte zu viel von der Sorte bestellt«, jammerte sie. »Zum Schluss musste ich die ganze Wolle verschenken, weil ich die Miete … fürs Lager … nicht mehr …« Sie hielt sich die zerdrückte Serviette vor den Mund.

»Schreiben Sie mir doch mal auf, wie diese Wolle heißt.« Die Staatsanwältin schob ihr den Block hinüber. Ihren dicken Kuli gab sie aber nicht aus der Hand.

Bärbel Hummel hob den Kopf und blickte auf das Papier. Dann drehte sie sich zur Seite und klaubte aus einem blumenbestickten Utensilo an der Wand einen Bleistift. »Ich bin ganz durcheinander«, gestand sie. »Mir ist heute Morgen der Hund gestorben, und dann finde ich auch noch ein totes Kind, wo ich doch gar nicht viel vertragen kann.« Sie weinte mit kleinen Schluchzern. »Und dann kommen sie mir mit meinem Wolleladen. Da bin ich doch noch gar nicht drüber weg.« Ihre Tränen fielen auf den teuren Block der Cronmüller. Schließlich schrieb sie in wackligen Großbuchstaben: »ICEWOLLY FARBNR. 03 SOFTPINK.«

»Und wem haben Sie die Wolle geschenkt?« Die Cronmüller hielt sich beide Hände über die Nase und unterdrückte ein Niesen.

Aber das ließ sich nicht mehr rekonstruieren; Frau Hummel hatte anscheinend ihre gesamte Kundschaft mit der Wolle bedacht. Die Damen hatte sie kaum mit Namen gekannt, und eine Kundenkartei hatte sie nie angelegt.

»Das war Anfang der Neunziger, da wollten die Frauen nicht mehr stricken«, sagte sie kummervoll. »Sie wollten lieber fingernails mit Strasssteinchen, und da bleibt die Wolle doch dran hängen.«

Corry blickte auf ihre Armbanduhr. Es wurde Zeit. »Jetzt schauen wir uns mal den Puppenponcho an«, schlug sie vor.

Die Zeugin tat, als hätte sie nicht gehört. Stattdessen zerbröselte sie das ganze blaue Moos. Erst als die Staatsanwältin eine Wohnungsdurchsuchung andeutete, stand sie schwerfällig auf.

»Ich geh ja schon.«

Corry folgte ihr ins Badezimmer.

»Ich hab ihn im Waschbecken eingeweicht.«

»Das haben Sie nicht!«

»Er war dreckig, Frau Kommissarin.«

Corry sah zu, wie sie den winzigen, nach Seife duftenden Poncho über dem Waschbecken ausdrückte, in ein Handtuch rollte und sorgsam auswrang. Sie saß auf dem Badewannenrand und blickte entsetzt in das Waschwasser, es war klar wie ein Gebirgsbach.

»Es ist schon das dritte Wasser, Frau Kommissarin.«

Gott!

Corry hielt ihr eine Beweismitteltüte auf. »Tun Sie's da rein, bitte.«

Ein blütensauberer Puppenponcho plumpste hinein. Gerd würde an die Decke gehen.

Draußen wartete der Streifenwagen. Es war Abend geworden und es hatte aufgehört zu regnen. Die Bäume an der Straße tropften aber noch. Corry und die Cronmüller ließen sich auf die Rücksitze sinken. Der Beamte startete den Wagen.

»Wir könnten uns eigentlich duzen«, sagte die Staatsanwältin auf der Fahrt ins Tal hinunter.

»Na, klar!«, stimmte Corry zu, einfach nur froh, dass die Cronmüller an ihrer Stelle zur Obduktion des Mädchens ging und sie verschont blieb.

Zehn Minuten später fuhren sie die Schleife zum Robert-Bosch-Krankenhaus hinauf, wo im Untergeschoss das unbekannte Kind auf dem Seziertisch lag.

Die Staatsanwältin rutschte zur Tür und stieß sie auf. Beim Aussteigen verkeilte sich einer ihrer Gummistiefel unter dem Vordersitz. Sie war Highheels gewohnt. Nachdem sie sich losgerissen hatte, stieg sie aus. »Klappt doch«, sagte sie über die Schulter.

Corry beugte sich zu der offenen Tür hinüber. »Danke, Arlet.«

Die kleine Person nickte ihr zu, lächelte.

Zu ihrem Fahrer sagte Corry: »Jetzt bitte zum Präsidium.«

13

»Für Herrn Feldhaus«, sagte Corry und drückte dem erstbesten Mitarbeiter, der ihr im Präsidium begegnete, die Tüte mit dem feuchten Puppenponcho in die Hand. »Vielleicht kriegt man im Labor noch etwas heraus.«

Sie betrat ihr Büro, das sie sich mit Fabio teilte. Ein großes, helles Zimmer mit einem leuchtend blauen Teppichboden, der ihr manchmal das Gefühl gab, im kalten Wasser zu stehen. Ihre beiden Schreibtische standen unterm Fenster einander gegenüber, und damit jeder auch einmal für sich sein konnte, hatte Corry in die Mitte ein hohes Spalier aus Bogenhanf gepflanzt, lateinisch Sansevieria, aus der Familie der Spargelgewächse. Die schwertförmigen Blätter hielten laut Feng Shui Aggressionen fern.

Ein runder Tisch an den Schmalseiten mit drei hellgrünen Polsterstühlen diente als Ablage oder Besprechungsplatz. Von hier aus blickte man direkt in den Rosensteinpark.

Corrys Arbeitsplatz war auf der linken Seite, wo sie an der Wand hinter sich ein Bild mit einem goldenen Buddha hängen hatte. Hinter Fabio hing ein Aquarell mit einem französischen Straßencafé, dem Corry über die Pflanzenspitzen manchmal sehnsüchtige Blicke zuwarf.

Corry ging an ihren Schreibtisch. Auf dem Berg Papier lag obenauf Fabios erster Lagebericht. Er hatte ihn geschrieben, bevor er zur Autopsie gefahren war. Sie überflog den Text und eilte dann hoch in den zweiten Stock, wo sie das Besprechungszimmer IV betrat. In diesem Raum war alles grau. Die Jalousien an der breiten Fensterfront, der PC- Beistelltisch und der riesige ovale Konferenztisch für bis zu zwanzig Personen. Nur der Fußboden durchbrach die Tristesse mit orangefarbenen Pünktchen im schwarzen Laminat.

Hier versammelten sich nach und nach die Ermittlungsbeamten zur ersten Einsatzbesprechung der »Soko Poncho«. Unter leisem Gemurmel hängten sie ihre dicken Jacken über die Stuhllehnen und nahmen Platz. Jemand schob noch einen Motorradhelm unter seinen Stuhl.

Auch Fink und die beiden Feuerbacher Kollegen traten ein. Corry sah sie fragend an. Fink schüttelte bedauernd den Kopf. Die Befragung der Anwohner bei der Hohen Warte hatte also nichts erbracht. Die drei setzten sich zwischen die anderen und schauten hoch, als Jan hereinschlenderte. Gar nicht schüchtern zog er sich den freien Stuhl neben Corry unterm Tisch hervor und setzte sich. Weiße Tierhaare, Katze oder Hund, klebten am Ärmel seiner grauen Fleecejacke. Corry fragte ihn, was er erreicht hätte.

»Die Tierheimleiterin schickt uns die Namen und Adressen aller Mitarbeiter und Ehrenamtlichen per E-Mail.«

»Wann?«, fragte Corry.

»Morgen früh sind sie im Haus.« Jan zog das Kinn ein.

»Außerdem dürfen wir für die Befragung den Seminarraum im ersten Stock benutzen.«

Corry erhob sich, um Anton Garipov zu begrüßen, der an der langen Wand Fotos an die Magnetleiste klemmte. Die Kollegen am Tisch beobachteten ihn, und ein leises Stimmengewirr hob an.

Vom besten Foto hatte Anton Kopien angefertigt, ebenso von dem Foto aus dem Labor mit der Puppe. Beide Stapel lagen in der Mitte des Tisches, damit die Kollegen sich für die Befragungen damit eindecken konnten. Wie Corry Fabios Bericht entnommen hatte, waren diese beiden Bilder bereits bundesweit an alle Landeskriminalämter gemailt worden. Die Kollegen würden sich sofort melden, wenn sie einen Anhaltspunkt oder Hinweis hätten.

Ottes neue Assistentin, Frau Tillack, kam als Letzte herein und gab jedem die Hand. Sie war gebräunt und das weißblonde, wie von der Sonne ausgebleichte Haar, stand ihr federig vom Kopf ab.

Otte saß grau und klobig an der Stirnseite bei der Tür, seine Brille mit den Leopardenmusterbügeln lag auf einem kleinen Stapel Papier vor ihm auf dem Tisch. Er wandte sich der

Gruppe zu. »Kennt ihr die Kollegin schon? Das ist Ulla Tillack. Sie fragt seit Stunden das Auskunftssystem nach Kindsmorden mit ähnlicher Auffindesituation ab.« Er schaute hoch zu ihr. »Wir sind gespannt«, dröhnte er, obwohl die schmale Frau direkt neben ihm stand. Sie war fast so alt wie Otte, kleidete sich aber wie eine Fünfzehnjährige.

»Es gibt nichts Vergleichbares«, sagte Frau Tillack mit einer überraschend dunklen Stimme. »Im Wald aufgefundene Kinderleichen waren missbraucht und durch Gewaltanwendung getötet worden.« Sie blickte auf die Papiere in ihrer Hand und las ab: »Außerdem wurden die Leichen vergraben, regelrecht beerdigt oder auf irgendeine Art ausgestellt oder aufgebahrt.« Sie ließ die Blätter sinken und blickte den Chef an. »Ich bin bis Mitte der Neunzigerjahre zurückgegangen und habe zusätzlich das französische, das Schweizer und das österreichische Grenzland dazugenommen. Nichts. Vielleicht könnte ich jetzt etwas anderes für Sie tun?«

Otte wirkte mehr als geschmeichelt.

Müzze blickte alle zwei Sekunden auf die Uhr. Das Forsthaus war wie ausgestorben, berichtete sie. Richtig unheimlich. »Wir haben dort eine Nachricht hinterlassen, aber der Förster meldet sich nicht.« Ihr rechtes Augenlid flatterte. »Ich muss da noch mal hin.«

»Du nimmst dir jemanden mit«, bestimmte Corry.

»Wen denn?« Müzze zuckte mit den Achseln.

Corry musterte kurz die Kollegen. Jeder der zwölf Ermittler wurde im Moment hier gebraucht. Sie vernahm ein Hüsteln, es war Ulla Tillack, die so auf sich aufmerksam machte. Kein schlechter Einstand. Corry nickte ihr zu.

Otte, der in seiner Jackentasche nach der Zigarilloschachtel suchte, die vor ihm auf dem Tisch lag, bollerte: »Einverstanden.« Seine dicken Finger krabbelten auf die Schachtel zu. »Ihr zwei schiebt los und bringt uns den Förster. Keiner kennt den Wald besser.«

Zustimmendes Gemurmel. Müzze und Ulla schlüpften in ihre Jacken.

Als Corry um Ruhe bat, legte sich sofort Schweigen über den Raum. »Wir haben ein totes Mädchen«, eröffnete sie die Besprechung, »und keiner vermisst es.« Alle Blicke waren ihr zugewandt, als sie die wenigen Fakten mitteilte und Fragen, so gut sie konnte, beantwortete. Sie schloss mit den Worten: »Der Rechtsmediziner hat keine äußerlichen Verletzungen entdeckt. Wie es aussieht, war kein Gewalttäter im Spiel. Wir haben auch keinen Hinweis auf ein sexuelles Motiv.«

»Vielleicht haben wir es ja – rein hypothetisch – mit einer Täterin zu tun«, warf Jan Blessing ein.

Jan war der einzige Kollege mit kleinen Kindern. Allerdings lebten sie bei seiner Frau, die sich von ihm getrennt hatte. Seitdem war er nicht sonderlich gut auf das weibliche Geschlecht zu sprechen.

»Ich frage mich«, sagte er mit einem leuchtenden Blick in die Runde: »Wo steckt die Mutter?«

»Oder der Vater?«, hielt Fink dagegen.

Corry blickte zu den Fotos an der Wand. Das schneeweiße Gesicht des Mädchens und der rosa Poncho stachen aus dem grauen Novemberwald wie extra koloriert heraus. »Im Feuerbacher Wald ist etwas Entsetzliches geschehen«, sagte sie bitter. »Ein fünf- bis sechsjähriges Kind ist unter Qualen gestorben. Ich kenne den Rechtsmediziner Dr. Kern. Er geizt mit großen Worten. Aber hier sprach er von irrsinnigen Schmerzen.«

Die Kollegen waren sichtlich schockiert und ergriffen. Corry erhob sich und trat an die Bilderreihe. Eine Hand in der Hosentasche, in der anderen einen Stift, mit dem sie auf die Fotos zeigte: »Das hier«, sagte sie, »ist der vergrößerte Ausschnitt des aufgewühlten Waldbodens. Diese merkwürdigen Kratz- oder Grabspuren gehen kaum einen Zentimeter tief.« Sie wandte sich dem nächsten Foto zu: »In dieser kreisförmigen Fläche mit einem Durchmesser von zwei Metern – und nur dort – finden wir die Abtragungen. Sie stammen offenbar von dem Kind selbst; dazu später mehr.« Corry tippte mit dem Stift auf das Foto mit der Leiche neben dem morschen Baumstamm. »Ob das Mädchen darauf zugerollt ist oder versucht hat, sich dahinter zu verstecken, wissen wir noch nicht.« Corry ging weiter. »Auf dieser Nahaufnahme seht ihr die Hände der Toten. Die Erde sitzt tief unter ihren Fingernägeln. Dr. Kern meint, und da sind wir wieder am Anfang, dass es davon kommt, dass sich das Kind regelrecht in die Erde verkrallt hat.«

Die Kollegen saßen wie versteinert. Ihre Gesichter voller Wut und Schrecken. Verstohlen wischte sich eine junge Kollegin mit einem Taschentuch über die Wangen.

Irgendwann meldete sich Fink zu Wort: »Der Täter hat es genossen, das Mädchen leiden zu sehen. Hätte sie ihm leidgetan, hätte er ihre Leiche mit Laub zugedeckt.«

Otte stimmte ihr brummend zu und drehte den Zigarillo zwischen seinen Fingern, unschlüssig, ob er ihn anzünden sollte oder nicht.

»Er hat es nicht darauf angelegt, sie zu verstecken«, fuhr Fink fort, »ganz so, als ginge ihn das Kind nichts an.« Sie schob ihre cremefarbenen Wollstulpen zurück, griff sich zwei leere Gläser und schenkte für sich und Corry Mineralwasser ein.

»Die Blätter auf ihrem Körper wurden sehr wahrscheinlich nicht auf sie draufgelegt«, pflichtete Corry bei. »Es handelt sich wohl um das Laub, das in den zwei Tagen auf sie herabgefallen ist.« Corry ging an ihren Platz zurück. »Wir haben keinen Schimmer, was da abgelaufen ist«, sagte sie und setzte sich. »Wir dürfen nicht vorschnell interpretieren, sondern müssen jede Möglichkeit offenlassen. Erst wenn wir wissen, wie sie gestorben ist, verstehen wir ...«

»Wenn wir das Mordinstrument kennen«, unterbrach Otte sie polternd, »begreifen wir den Fall.« Er beobachtete den Zigarillo, der mal hier, mal da zwischen seinen fleischigen Fingergliedern hervorlugte, bevor er ihn schließlich in die Schachtel zurückschob.

»Und wenn es nun doch irgendetwas mit Wildschweinen ...«, wagte der mollige Uwe Majowski anzumerken. Er hatte einen Kopf voll schwarzer Löckchen und lange Koteletten, die sein rundes Gesicht aber nur mäßig verschmälerten.

Otte legte die flache Hand auf den Tisch. »Ausgeschlossen, Majowski, das können Sie vergessen.«

Die Ermittler machten sich Notizen, ein Handy klingelte, jemand sagte leise: »Ich ruf zurück.«

Dirk Baier, der zweite von der Feuerbacher Wache, fuhr sich durch seine gelb gefärbten Stoppelhaare. »Könnte es nicht doch eine natürliche Todesart gewesen sein? Sie war schwer krank, ist von zu Hause weggelaufen, und im Wald hat sie dann diese … Krämpfe bekommen.«

Jan warf ihm einen Blick zu. »Krank, und keiner vermisst sie?« Seine olivgrünen Augen traten stärker als sonst hervor. »So tief in den Wald hineinzulaufen, das hätte sie nicht geschafft. Schon dreimal nicht, wenn sie geschwächt war.« Er zupfte an seiner Lippe. »Und überhaupt: allein in den Wald! Das können wir ausschließen. Kinder haben Angst vorm Wald.« Er lehnte sich zurück und verschränkte die Hände im Nacken. »Schon wegen der Hexen.«

Fink beugte sich vor und blitzte ihn an. »Und was ist mit den Teufeln?«

Otte putzte seine Leopardenbrille mit einem Feuchttuch. »Er muss die Kleine gekannt haben«, sagte er harsch.

»Wir werden es rauskriegen«, erwiderte Corry gereizt. »Ob es eine Beziehungstat war oder ob er das Opfer zufällig getroffen hat, wir wissen nichts, wir sind am Anfang. Natürlich werden wir nicht warten, bis die forensischen Untersuchungen durch sind, das dauert zu lange.« Sie nahm einen Schluck von ihrem Wasser. »Was wir brauchen, sind Hinweise aus der Bevölkerung. Das Foto der Kleinen muss raus. Dieser auffällige rosa Poncho. Irgendjemand wird sie erkennen.«

»Geht in Ordnung«, sagte Otte und setzte die Brille wieder auf.

In dem Moment öffnete sich die Tür und Nick stürmte herein. »Ich hab nur eine Sekunde«, sagte er. Er langte über den Tisch nach einer Flasche Cola. »Die Gartenkolonie Ehrenpreis ist negativ«, sagte er zwischen zwei Schlucken. »Kein Gartenhaus war aufgebrochen, nirgends gab es sichtbare Spuren. Paul meint, ich soll heute Abend noch die Kleingärtner befragen. Der Vereinsvorstand telefoniert gerade die Pächter zusammen und bestellt sie in die Waldgaststätte »Mähklinge«.« Er nahm noch einen Schluck im Stehen. »Es handelt sich um achtunddreißig Personen.« Er schraubte die Flasche wieder zu. »Ich könnte gut Unterstützung gebrauchen.«

Otte tat, als hätte er nichts gehört, und pulte Zigarillos für sich und Fink aus seiner Schachtel.

»Was hast du über diese Gaststätte?«, fragte Corry. Ihr leerer Magen knurrte.

»Der Wirt hat nichts Auffälliges bemerkt«, antwortete Nick. »Ein fremdes Auto hat am Freitag nicht bei ihm geparkt, er schaut aber auch nicht dauernd raus, hat er gesagt. Der Mann sieht sich außerstande, eine Gästeliste anzufertigen. Seine Besucher stellen sich nicht mit Namen vor. Mehr hab ich nicht.« Nick wollte aufbrechen.

Corry hob die Hand, und er blieb stehen. Sie sprach kurz mit Otte, der sich bereit erklärte, bei anderen Abteilungen um Mithilfe zu bitten.

»Unterstützung ist im Anmarsch«, sagte sie zu Nick. »Und jetzt lauf.«

Es war schon spät, als Müzze den Raum betrat. Mit dem Daumen wies sie hinter sich, wo Ulla das Försterehepaar hereinlotste, das schon durch seine Kleidung als solches erkennbar war, denn beide trugen Lodenjacken mit Hirschhornknöpfen.

»Das sind Jutta und Axel Fengler«, stellte Ulla vor. »Die beiden haben Verwandte in Crailsheim besucht und sind gerade erst heimgekommen.«

»Wir wussten von gar nichts«, sagte Herr Fengler.

Ulla platzierte die beiden mitten hinein in die Ermittlergruppe, die sie freundlich begrüßte. Das Paar blickte sich befremdet um, die Arme vor der Brust. Leere Flaschen, speckige Gläser, Colapfützen. Da behielten sie ihre Lodenarme lieber auf dem Schoß. Rings herum blasse Gesichter, die ihnen erschöpft, aber erwartungsvoll zunickten.

Die Tatortbilder schienen sie erst gar nicht wahrzunehmen. Vielleicht dachten sie, es sei Kunst. Doch dann fiel der Groschen. Herr Fengler wurde aschfahl. Riss die Augen auf und ließ sie von einem Foto zum anderen wandern. Er stieß seine Frau in die Seite und wies mit dem Kinn auf das vergrößerte Gesicht der Toten.

Corry beobachtete das Försterpaar genau. »Haben Sie dieses Mädchen jemals in ihrem Wald gesehen?«

»Nein«, sagte er. Axel Fengler sah aus, wie Corry sich einen Iren vorstellte: karottengelbe Haare und ein windgegerbtes, rötliches Gesicht.

Die beiden hatten nichts Ungewöhnliches in ihrem Wald bemerkt. Weder eine Person, die sich merkwürdig verhalten hatte, noch einen Gegenstand, der verdächtig schien. Es war ihnen auch kein Auto aufgefallen. An allen Waldzufahrten gab es Wanderparkplätze, und auch dort hatte es nichts Ungewöhnliches gegeben. Im Übrigen konnten sie ja nicht ständig überall sein. Das Waldgebiet war riesig.

»Falls Sie es nicht wissen«, sagte Frau Fengler, »Stuttgart besteht zu einem Viertel aus Wald.«

O doch, Corry hatte das gewusst. Die Polizei wusste alles. »Schauen Sie bitte auf den Bildschirm«, sagte sie.

Jan schob den Laptop vor die beiden und zwängte dann seinen Stuhl zwischen sie. Sie rückten nicht recht auseinander, aber er schaffte es doch, sich zwischen sie zu pressen. Jan fuhr das Programm hoch, und der Feuerbacher Wald erschien.

Corry bat den Förster, ihnen auf dem Monitor zu zeigen, wie seine Kontrollgänge verliefen und wann er wo in letzter Zeit gewesen war.

»Oje«, war alles, was er sagte.

Mit einer unbestimmten Geste fuhr er über die dunkelgrünen Baumkronen. »Da ungefähr.«

Das Gebiet war im Sommer aufgenommen worden, das Blättermeer gewährte keine Durchsicht. Nur die breite Eichenwaldallee war als hellbraune Schnur sichtbar.

Jan wechselte auf die topografische Karte. Der Waidmann wiederholte seine Schlenker über ein paar Waldwege und Försterpfade.

»Ist das alles?« Corry sah ihn an.

»Ich hatte eine Menge Büroarbeit«, sagte er ohne aufzublicken. »Es stand ein Interview über den Schutz unserer Wälder an, ich musste mich vorbereiten, was glauben Sie.«

»Ist ja gut.« Corry meinte ja nicht, dass er jeden Pilz kennen müsste. Müzze schon eher. Sie gab einen enttäuschten Seufzer von sich. Wäre sie Försterin, hätte sie ein Pferd, mit dem sie das Gelände dreimal täglich abreiten würde, so viel war klar.

Corry forderte Herrn Fengler auf, ihnen die Stellen zu zeigen, an denen ein Flüchtender ungesehen aus dem Wald entkommen konnte. Jan zoomte dann die versteckten Zugänge heran. Es waren eine ganze Menge. Der ganze Waldsaum bot Gelegenheit, problemlos auszusteigen und sofort in ein anderes, ebenfalls blickgeschütztes Gebiet einzutauchen.

Interessant war die Feuerbacher Talstraße. Wenn der Täter sie überquerte, gelangte er über eine große Wiese zum Feuerbach und in den Kräherwald.

»Dieses Tal bietet viele Möglichkeiten, sich zu verdrücken«, sagte Herr Fengler. »Einfach den Waldhang hoch bis zur stark befahrenen Kräherwaldstraße. Von dort gibt es zig Möglichkeiten, in die Stadt hinunter zu verschwinden.«

Ach du Schande, das war richtig. Corry sah das Försterpaar an. »Danke, Sie haben uns geholfen. Bestimmt ist Ihnen klar, dass Sie mit niemandem über den Fall sprechen dürfen.« Die beiden nickten. »Wir brauchen von Ihnen nun ganz schnell eine Liste der Waldarbeiter, Naturschützer und von allen Leuten, die sich für den Wald engagieren oder auch nur interessieren. Jeder Kontakt, ob telefonisch, schriftlich, persönlich, hilft uns vielleicht weiter.«

Der Förster stieß erneut seine Frau in die Seite. Frau Fengler stöhnte auf. »Selbstverständlich«, sagte sie und sog die Luft ein.

»Das Waldgebiet rund um den Fundort bleibt bis auf Weiteres großräumig gesperrt«, schob Corry noch nach. Dann verabschiedete sie die zwei.

Das Ehepaar schaute noch einmal mit weit geöffneten Augen auf die Fotos, bevor Ulla sie hinausbegleitete.

Corry wandte sich den Kollegen zu. Sie wartete ab, bis Müzze ihre Pizzabestellung aufgegeben hatte (»fünfmal Quattro Stagioni und dreimal Funghi.«) Dann sagte sie: »Wir stellen an den strategischen Punkten im Wald Überwachungswagen auf.« Corry versprach sich nicht viel davon, wollte aber nichts unversucht lassen. »Für den Fall, dass der Täter zurückkehrt, um sich seinen Wirkungsort noch einmal anzusehen.«

Es war weit nach zehn, als sich Fabio aus der Rechtsmedizin meldete und als Erstes fragte, ob eine Vermisstenanzeige hereingekommen sei.

»Nein, nichts«, sagte Corry.

Er flüsterte am Telefon, um Dr. Kern bei der Arbeit nicht zu stören: »Sie hat Einstiche an den Händen.«

Corry hörte im Hintergrund das Klirren von Instrumenten, die auf Nirosta ablegt oder verschoben wurden.

»Einstiche von Spritzen?«

Fabio antwortete sehr leise: »Eher nicht. Die Stichkanäle sind hauchdünn. Er meint, es wird schwierig, sie zu verfolgen.«

»Heißt was?«

»Es ist noch zu früh, Corry. Dr. Kern meinte vage, es könnte sich um eine Art Stachel handeln.«

»Von einem Tier?« Corry hörte im Hintergrund die Staatsanwältin niesen.

Fabio sagte »Gesundheit!«

»Fabio?« Corry wurde ungeduldig. »Was für ein Tier?«

»Dr. Kern will einen Sachverständigen hinzuziehen, einen Experten für tierische Gifte aus Magdeburg.«

»Okay, wann kommt er?«

»Hm. Der Professor ist leider momentan nicht aufzutreiben.«

»Bitte?«

»Wir sind bald bei euch, Corry.«

»Noch eins«, Corry drängte. »Wurde die Kleine ...«

»Nein, ausgeschlossen. Bis später.« Fabio legte auf.

Corry lehnte sich zurück und atmete erst einmal durch.

Ulla schlüpfte zur Tür herein, ihre bunten Klamotten taten Corry gut. Leise kam sie auf ihren Sneakers zu ihr. »Die Presse ist unten im blauen Konferenzraum versammelt«, sagte sie. Corry richtete sich auf, nahm noch einen Schluck Wasser, dann winkte sie dem Chef, ihr zu folgen.

Corry und Otte traten in das Scheinwerferlicht der Fernsehkameras. Vor dem Pult, an dem sie stehen blieben, drängten sich mindestens fünfzig Medienvertreter. Mikrofone schwebten auf Corry zu – Otte war einen Schritt zurückgetreten, um ihr das Reden zu überlassen.

Das Gemurmel hörte sofort auf, als sie sich räusperte und dann die Auffindesitution des unbekannten Mädchens beschrieb. Sie schloss einen sexuellen Missbrauch aus und sie weigerte sich, irgendetwas zur Todesart zu sagen.

»Das können wir im Moment nicht«, sprach sie zu den Reportern. »Wir haben somit auch keine Parallelen zu irgendwelchen früheren Straftaten. Es wäre spekulativ und würde unsere Ermittlungen behindern.«

Die Journalisten wurden unruhig, was Corry gut verstehen konnte, es ging ihr nicht anders. Eine Frauenstimme übertönte das neuerliche Getuschel: »Musste das Kind sehr leiden?«

»Die Untersuchungen laufen noch«, antwortete Corry und fixierte die Mikrofone. »Helfen Sie uns, die Leiche zu identifizieren. Bringen Sie das Foto der Toten.«

Auf der Leinwand erschien das beste Foto in Übergröße. Die Anwesenden seufzten auf: Ach! und Großer Gott! Auf dem Pult stand ein Glas Wasser. Corry hätte zu gern davon getrunken, aber sie wagte nicht, die Hand danach auszustrecken. Zu groß war ihre Sorge, dass einer der Medienvertreter ihre Hände fotografierte. Bildunterschrift: Krüppel bei der Polizei, geht's noch?

Corry hielt sie hinterm Rücken, während sie die Journalisten auf die bereitliegenden CDs verwies. »Darauf finden Sie auch ein Foto der Puppe.« Sie sprach etwas lauter: »Ich möchte Sie auf etwas hinweisen: Bringen Sie in Ihrem Artikel bitte, dass alle beide – das Mädchen und die Puppe – einen gestrickten rosa Poncho trugen.«

Gegen viertel nach elf hörte Corry, die mit ihrem Team am Konferenztisch über mögliche Motive des Täters sprach, ihre neue Freundin auf dem Korridor niesen. Mit ihren sonnengelben Gummistiefeln brachte sie neue Energie in Raum IV. Fabio folgte ihr auf dem Fuß, beide brachten den Geruch der Verwesung mit.

Leichengeruch setzte sich sofort in Haut, Haar und Kleidung fest. Wenn Corry eine Autopsie begleitete, duschte sie hinterher und wusch sich dreimal die Haare. Und alles, was sie angehabt hatte, auch das Badetuch, mit dem sie sich abgetrocknet hatte, steckte sie umgehend in die Waschmaschine.

Fabio griff nach einem Stuhl und zog ihn für die Staatsanwältin heraus, dann setzte er sich neben sie. Er sah mitgenommen aus. »Das Mädchen war noch keine sechs Jahre alt«, begann er. »Sie hat noch ein vollständiges Milchgebiss. Es gibt keine Vernachlässigungszeichen und keine Griffspuren an den Armen oder sonstige Anzeichen von Gewalt. Dr. Kern hat zwei Hämatome am Schienbein gefunden, aber er sagte, das sei normal für ein Kind im Vorschulalter.«

Jan, der Vater, sagte, das mit den Schienbeinen sei korrekt.

Corry reichte Fabio ein Glas Mineralwasser. Er trank es halb leer und fuhr fort: »Nachdem der Körper gewaschen war, stellten Dr. Kern und sein Kollege, Dr. Feyerabend, fest, dass die Leiche an den Händen Rötungen und Schwellungen aufweist und dass es kleine Einstiche an den Fingern sowie an der rechten Handkante gibt – auch für uns war das mit bloßem Auge erkennbar.«

Arlet fügte näselnd hinzu: »Kern sagt, solche entzündlichen Reaktionen deuteten auf die Einbringung eines aggressiven Giftes hin.« Sie nahm ihre Brille ab und rieb sich die Augen. »Es sieht nach Stichen von größeren Insekten aus, meint er.«

»Bei uns, im Wald?« Corry schaute Otte hinterher, der sich erhob und zur Fensterfront ging, um dort in seinen großen Schuhen auf und ab zu wippen. Bald sah sie ihn doppelt, denn er spiegelte sich in der großen schwarzen Scheibe.

Fabio führte weiter aus: »Von den entzündeten Stellen wurden Gewebeproben genommen.« Arlet präzisierte: »Kern hat die Finger und einen Teil der rechten Hand abgetrennt, die Pathologen werden daraus histologische Stufenschnitte fertigen.«

Jan beugte sich vor, und Arlet erklärte heiser: »Das Präparat wird mit einem Mikrotom – das ist ein Schneidegerät – in hauchdünne Scheiben zerschnitten, die man anschließend einfärbt. Auf diese Weise kann man unter dem Mikroskop auch den dünnsten Stichkanal nachverfolgen.«

Jan zupfte an seiner Lippe. »Und wie identifizieren sie das Gift?«

Die Pizzas kamen und verströmten durch die Verpackung ihren Käse- und Oreganoduft.

Fabio konnte komplizierte Fragen sehr gut beantworten. »Indem man Blut im Massenspektrometer untersucht«, sagte er mit fester Stimme. »Damit können Molekülmassen erfasst werden, die für bestimmte Substanzen spezifisch sind, etwa für Ethanol, Diazepam, Methadon oder auch spezielle Nervengifte. Dr. Kern hat uns erklärt, dass die Rechtsmedizin mit dieser Technologie über hunderttausend Gifte in kleinsten Mengen nachweisen kann.« Er runzelte die Stirn. »Vor allem dann, wenn man weiß, wonach man sucht.«

Die Staatsanwältin sagte trocken: »Sie haben Gewebeproben von den lebenswichtigen Organen genommen.«

Die acht Pizzas lagen weiter unausgepackt in ihren Pappschachteln.

»Als sie die Lunge heraushoben«, fuhr sie fort, »war sie überwässert. Beim Aufschneiden hat Feyerabend eine schaumige Flüssigkeit abgestreift; das Kind hatte ein Lungenödem.«

Nun wollte niemand mehr etwas essen.

Otte schob seinen großen Kopf vor. »Lungenödem, das ist ein Hinweis auf ein Herz-Kreislauf-Versagen.«

Arlet nickte: »Ja, schon … Kern will aber nichts überstürzen.«

Ja, das konnte Corry sich denken. Wieso schnell, wenn es auch langsam ging? Sie fing einen Blick von Arlet auf. »Die toxikologische Untersuchung der Asservate läuft, Corry. Sobald Kern etwas herausfindet, meldet er sich bei dir.«

»Was ist nun mit diesem Giftexperten?«, fragte Corry.

Fabio stellte sein Wasserglas ab. »Sie haben ihn wohl inzwischen ausfindig gemacht.«

»Dann ist alles im Gang«, stellte Corry einigermaßen zufrieden fest.

Fabio machte eine ausholende Geste in der Luft. »Selbst wenn der Experte sich beeilt, wird es dauern, bis wir das Ergebnis haben. Dr. Kern sagte, es braucht seine Zeit, er bittet um Geduld.«

Corry schaute ihn finster an. Geduld war für sie ein Fremdwort. Ihr Handy gab ein SMS-Signal. Paul hatte ihr geschrieben. Sie las: »Walddurchsuchung noch ohne Ergebnis. Machen weiter. Gruß Paul.«

Zu den Ermittlern in der Runde sagte Corry: »Die Kollegen im Wald drehen weiterhin jedes Blatt um.«

Otte klopfte Beifall auf den Tisch, es klang, als wollte er ihn in seine Einzelteile zerlegen.

Es war halb eins, als Corry die Sitzung beendete. Arlet Cronmüller, die lautstark nieste, wurde ins Bett geschickt. Sie bestand aber darauf, dass man sie anriefe, sobald sich etwas ereignete.

In ihren Gummistiefeln stapfte sie zur Tür. Fabio folgte ihr, er wollte sie nach Hause fahren. Im Gehen drehte er sich noch einmal zu Corry um: »Sie hat blaue Augen, die Kleine.«

Italiener, dachte Corry. Blaue Augen waren immer das Höchste.

14

Der Schlag gegen das Schlafzimmerfenster ließ Corry in ihrem Bett hochfahren. Sie blickte auf den Wecker: fünf vor sechs. Das Geräusch hatte sie schon einmal gehört. Corry öffnete das Fenster, streckte den Kopf hinaus. Sie wohnte im zweiten Stock, und dort unten lag wirklich etwas; im Schein der Straßenlaterne erkannte sie einen Vogel. Er war auf dem Bauch gelandet. Die Flügel lagen ausgebreitet über seinem Rücken wie ein kleiner, grauer Mantel.

Später im Büro sagte Corry: »Schon wieder ein toter Vogel.«

Schon von zu Hause aus hatte sie versucht, Dr. Kern zu erreichen. Nun rief sie wieder in der Rechtsmedizin an. Dr. Feyerabend war am Telefon und versuchte, sie höflich abzuwimmeln: »Frau Voss, wir wissen ja, dass Sie Ergebnisse brauchen. Aber die toxikologischen Befunde dauern, wir können da leider nichts beschleunigen.«

»Was ist mit Ihrem Gift-Experten?«, rief Corry in den Hörer.

»… steckt in einem Wüstengebiet fest, Frau Voss.«

»Wie bitte?«

»Keine Sorge, Frau Voss, wir sind bei Ihnen.« Dr. Feyerabend sprach mit ihr wie zu einem rohen Ei. »Wir lassen Professor Kästner einfliegen, das wird sicher nicht mehr lange dauern.«

»… dauern?« Corry merkte, dass sie krächzte.

»Wir tun unser Bestes, Frau Voss.«

Es klopfte kurz an der Tür. Ulla Tillack betrat das Büro in einem Batik-T-Shirt, und das im November. Schwungvoll setzte sie einen Packen Zeitungen auf dem Rundtisch ab. »Gut geschlafen?«

»Danke«, sagte Corry. »Ist Frau Gül schon da?«

»Sie ist oben im dritten Stock«, antwortete Ottes neue, überaus fähige Assistentin. »Sie befragt die Waldarbeiter und will bis Mittag durch sein.« Sie beugte sich etwas vor. »Wie spricht man eigentlich ihren Vornamen aus?«

»Müsejen, ganz zart«, sagte Corry.

»Schön.«

Als Ulla die Tür hinter sich schloss, blätterten Corry und Fabio die Zeitungen durch. Das Foto der Toten mit dem runden weißen Gesicht stach hervor. Sie warteten ungeduldig auf Hinweise aus der Bevölkerung. Für Corry war das kaum auszuhalten, also rief sie Peggy Richter an, die die Hotline betreute. Peggy hätte Jan Blessings Zwillingsschwester sein können: dunkelrote Haare und Froschaugen. Corry mochte sie.

»Der erste Hellseher hat sich schon gemeldet«, sagte sie mit fröhlich-geschäftiger Stimme. »Aber etwas Brauchbares haben wir noch nicht. Ich halte Sie auf dem Laufenden, Frau Voss.«

Als Nächstes sprach Corry mit Fink, die noch zu Hause beim Frühstück saß. »Es war schon nach zwei Uhr heute Morgen, als wir die Haus-zu-Haus-Befragungen abgebrochen haben«, sagte sie. Corry stellte laut, damit Fabio mithören konnte, und hielt das Telefon vor die Lücke, die sie in den Sansevieria gelassen hatte, damit sie sich Akten oder Schokolade durchreichen konnten. »Die Hohewartstraße«, fuhr Fink kein bisschen müde fort, »haben wir durch. In der Banzhaldenstraße fehlt uns noch eine Anwohnerfamilie und in der Thomas-Mann-Straße waren drei Anwohner nicht erreichbar. Ich bin da dran, Corry.«

»Gut so.« Corry legte auf, und während Fabio das Leichenfoto der Kleinen an die Wand hängte, direkt neben das französische Straßencafé mit der rot-gelb-gestreiften Markise, wählte sie Nick Hollands Nummer.

Er berichtete über die Kleingärtner, die er in der Mähklinge mit zwei Kolleginnen vom Rauschgift befragt hatte. »Um eins hatten wir sie durch«, sagte er und gab einen zufriedenen Ton von sich.

»Und?«, fragte Corry und hielt die Luft an.

»Keiner hat was gesehen oder gehört.«

Corry atmete geräuschvoll aus. Sie hatte so gehofft … »Nick?« Sie dachte eine Sekunde nach. »Ruf doch gleich mal Jan an, und hilf ihm bei den Tierheimlern.«

»Super, bin schon weg.«

»Moment noch!« Corry hatte das Gefühl, ihn bremsen zu müssen. »Du hast die Infos von der Obduktion erhalten?«

»Bin informiert«, sagte er rasch. »Im Heimberg-Wald gibt es ein größeres Insekt, keine Ahnung, mit einem Stachel.«

»Genau.« Corry senkte die Stimme. »Und das ist top secret.« Sie machte eine kleine Pause, damit der Satz bei Nick nachhallte. »Wenn ihr Kind, Puppe und Ponchos abgefragt habt, erkundigt ihr euch wie nebenbei, ob die Hunde auf irgendetwas im Wald reagiert haben.« Sie bemühte sich um einen mitreißenden Ton, als sie fortfuhr: »Ihr müsst raffiniert vorgehen, und ich weiß, ihr könnt das.«

»Das ist ja klar«, meinte Nick.

»Ihr würdet eine Lawine lostreten«, mahnte Corry.

»Das wollen wir nicht.«

»Was glaubst du, wie viele Schaulustige mit der Lupe im Heimberg-Wald herumkriechen würden, wenn ihr zwei das rauslasst?«

Nick sagte: »Du kannst dich auf uns verlassen.«

Als Paul Silber zur Tür hereinkam, las Corry gerade den letzten Zeitungsartikel, der mit der Überschrift »Wo sind die Eltern?« den Nagel auf den Kopf traf. Corry wollte das auch wissen, und zwar ein bisschen plötzlich.

Auch Paul hatte sich die Nacht mit seinen Suchtrupps um die Ohren geschlagen, dementsprechend sah er aus: blass, die Augen gerötet, die Haare zerzaust. Er setzte sich an den kleinen Tisch, und Fabio schenkte ihm eine Tasse Tee ein und bot ihm ein Vesper an. Paul lehnte aber ab.

»Habt ihr was gefunden?« Corry wollte etwas Positives hören.

»Nichts«, entgegnete er.

»Ist das möglich?«

»Verrostete Dosen, Draht, eine alte Autobatterie, solches Zeug«, zählte er auf.

Corry sah durch den Spalt in den Pflanzen, dass Fabio ein belegtes, in der Mitte durchgeschnittenes Brot auspackte.

»Und dieser Einstein? Auch nichts gefunden?« Corry wurde ein wenig wütend.

Paul schüttelte den Kopf. »Ich weiß nicht, wo der seine Preise herhat.«

»Hat die Kameraüberwachung wenigstens …?«

»Ein Fuchs war mal auf dem Schirm.« Paul lachte bitter. »Schönes Tier.« Er aß nun doch etwas.

»Trotzdem, wir lassen die Überwachungswagen stehen«, bestimmte Corry und wünschte, sie bekäme auch ein Brot.

»Heute früh sind zwei frische Suchmannschaften ausgerückt«, sagte Paul. »Sie nehmen sich das Gebiet jenseits des Feuerbachs vor und kämmen dann den Kräherwald durch bis hoch zur Hauptstraße.«

»Klingt gut«, sagte Corry.

Paul steckte sich den letzten Bissen in den Mund. »Wir haben noch Chancen«, sagte er. Seine hellen Augen blitzten zu Corrys Goldbuddha an der Wand, aber der half einem praktisch nie. Dann lobte Paul das Brot, und Fabio sagte nicht ohne Stolz, dass sein Vater Salvatore es geschmiert hat.

Gott, Salvatore!

Corry verdrängte die Vorstellung. »Bist du überhaupt ins Bett gekommen?«

Paul grinste. »Da müsste ich mal scharf nachdenken.«

»Mach mal Pause, ja?«

Corry stand gerade neben der Tür am Waschbecken und kämmte sich vor dem Spiegel, als es unsanft an der Tür klopfte. Sie sagte: »Herein«, und setzte den Haarreif auf, er war pechschwarz wie der V-Pullover, den sie heute trug.

Ottes großer Kopf erschien im Türrahmen. »Habt ihr was Neues?«, fragte er ohne Hoffnung.

Aus Corrys Computer meldete sich die Mailbox. »Da kommt gerade etwas herein«, sagte sie und eilte hin.

Fabio kam auf ihre Seite hinüber, und dann sahen sie sich zusammen mit dem Chef die Fotos von den Gaffern am Waldrand an.

»Mörder erkennt man nicht per Augenschein, das weißt du, Corry«, sagte Otte für seine Verhältnisse leise.

»Wem sagst du das?«, gab sie zurück und blickte konzentriert auf den Bildschirm. Die meisten Zaungäste schauten auf den Fotos derartig böse drein, dass man sie schon dafür einsperren sollte.

»Ganz schlecht geschlafen heute Nacht«, sagte Otte und kramte in einer Innentasche seiner Jacke. Es war eine Freizeitjacke, etwas für Rentner.

»Wir auch«, gab Fabio zurück. »Und bitte, nicht rauchen.«

Gerade wollte Otte den Mund aufmachen, um als Kriminalrat etwas zu sagen, das ihm sicher hinterher leidtun würde, als Gerd hereinkam. Erwartungsvoll drehten sie sich zu ihm um.

Noch in der Nacht hatte er Corry eine Nachricht geschickt: Er war nach der Obduktion zum Labor gefahren und hatte die Sachen, die Dr. Kern von der Leiche geschnitten hatte, zur Analyse vorbereitet: den Poncho, das Kleid, die Strumpfhose, die Unterwäsche – und die Blätter, die an Hals und Mund der Leiche geklebt hatten. Kein schöner Job, aber Gerd sah das anders.

»Die Untersuchungen laufen«, sagte er rasch. »Corry, mach keinen Druck, wir sind am Limit.« Er hatte Augen wie Haselnüsse.

»Konntet ihr eigentlich mit dem Puppenponcho etwas an…«

Gerd verdrehte die Augen zur Decke. »Eure Frau Hummel hat die DNA mit ihrer Seife zerstört. Wenn ich nur ihren Namen höre … Aber was uns wirklich Sorgen macht, das sind die Reiter.«

Nun, das wusste Corry schon. Sie nickte ihm zu, damit er rasch zur Sache käme. Sie hatte noch einiges zu tun.

»Ich meine die Reiter, die auch noch einen Hund hinter sich herspringen haben.« Gerd sog vernehmlich die Luft ein. »Wir haben mit einem Mann gesprochen, dessen Hund vor einiger Zeit mit einem Handschuh im Maul im Reitstall ankam.«

»Und?« Corry stand eine Sekunde auf der Leitung.

»Die Reiter reiten voran und kriegen gar nicht mit, ob und wann ihr Hund irgendetwas ins Maul nimmt. Wenn es dem Hund danach ist, schleppt er das Beweismittel heim. Hat er die Schnauze voll, legt er es irgendwo unterwegs ab.«

Da hatte Gerd recht.

»Dass wir nichts gefunden haben«, betonte er, »heißt nicht, dass es nichts zu finden gab.«

»Ich weiß, es ist schwer«, sagte Corry. Beweismittel hatten es an sich, dass sie verschwanden, auf welche Art auch immer.

Gerd beugte sich zu seiner Aktentasche hinunter. »Das einzige Greifbare, das wir bis jetzt haben, ist das da.« Er zog ein rotes Hundehalsband hervor. »Wisst ihr, wem es gehört?« Die drei sagten nichts. »Eurer Zeugin, Frau Hummel. Sie hat nämlich ihren Namen und die Telefonnummer innen auf das Leder geschrieben.« Er grinste sarkastisch und warf das Halsband auf den Besprechungstisch. »Leute gibt es! Schmeißen Halsbänder in den Wald, fahren mit Leiterwagen jede Spur kaputt und waschen Beweismaterial mit Kernseife.« Gerd sah aus, als hätte er für heute genug. »Auch wenn unsere Mitbürger jeden Sonntag ›Tatort‹ gucken …«, fuhr er düster fort, »lernen sie das Wesentliche nicht. Sie fassen alles an.«

Otte klopfte ihm grob auf die Schulter. Dann verließen die beiden das Büro, und Corry konnte sich ihrer Arbeit zuwenden.

Auf der Hotline waren inzwischen zwei Dutzend Hinweise eingegangen. Unter den Anrufern gab es einige, die schon am Telefon als verrückt eingestuft werden konnten. Aber es gab auch solche, die geheimnisvoll taten und nicht viel herausließen. Die bestellte Peggy ins Präsidium, und Corry und Fabio sprachen mit diesen Leuten.

Kurz vor einundzwanzig Uhr meldete sich auf der Hotline der Soko »Poncho« die Stimme einer alten, offensichtlich betrunkenen Frau. Sie hätte erst nicht anrufen wollen, sagte sie, aber nachdem sie den Artikel in der Zeitung gelesen hatte, meinte sie, sei es ihre Bürgerpflicht, die Sache mit den Ponchos zu klären. Das Gesicht aus der Zeitung sei ihr unbekannt. Aber sie kenne ein Mädchen, das so einen Poncho besaß. Auch deren Puppe trug manchmal einen rosa Poncho. Sie gab ihre Adresse an und ihren Namen: Ruth Engelbrecht.

Die alte Dame empfing sie in einem grau gesprenkelten Tweedkostüm und heller Bluse. Auf wackligen Beinen ging sie ins Wohnzimmer voran. Eine wuchtige, dunkle Schrankwand nahm die ganze linke Seite ein, rechts, unter dem Fenster mit den zugezogenen schweren Vorhängen, machte sich ein braunmeliertes Sofa mit Fransen breit. Die Deckenleuchte tauchte alles in ein trauriges Licht.

Um auf das Sofa zu gelangen, musste sich Corry hinter der Frau am Couchtisch vorbeidrücken. Es war ein hummerfarbener Marmortisch und sein wolkiges Muster hob ihr kurz den Magen. Fabio wählte den schwarzledernen Fernsehsessel am Ende des Tisches und lobte die Einrichtung. »Gemütlich haben Sie es hier«, sagte er allen Ernstes.

Corry drehte sich zu Frau Engelbrecht, die aufrecht neben ihr saß. »Sie haben uns angerufen, weil sie das Kind aus der Zeitung erkannt haben«, sagte sie so behutsam sie konnte.

»Nein, nicht das Kind!« Die alte Dame schüttelte den Kopf. »Ich habe nur wegen dem Poncho angerufen. Denn Merle hat so einen Poncho.«

Sie hieß also Merle.

Corry brauchte einen Moment, um sich zu sammeln. »Und wer ist Merle?«

»Ein Nachbarkind, auf das ich öfters aufpasse.«

Vom hinteren Teil des Flurs ertönte ein verzweifeltes Miauen. Dort musste eine Katze eingesperrt sein. Ruth Engelbrecht reagierte aber nicht darauf. »Haben Sie ein Foto von Merle?«, fragte Corry.

Die Frau erhob sich zittrig und ging zur Schrankwand, wo sie in einer Schublade kramte. Corry hielt förmlich die Luft an. Sie kam mit dem Foto wieder, und Fabio und Corry senkten die Köpfe, um es genau zu betrachten. Es zeigte Ruth Engelbrecht in einem Sommerkleid. Sie hielt eine Eistüte in der Hand, und neben ihr stand ein lächelndes kleines Mädchen mit langen, braunen Rattenschwänzen. Auch sie hatte eine Eistüte, die sie dicht vorm Mund hielt. Im Hintergrund war ein blaues Schwimmbecken zu sehen.

»Das war im Juni im Mineralbad Leuze«, sagte Frau Engelbrecht.

»Wer hat das Foto gemacht?«, fragte Fabio.

»Ich habe die Eisverkäuferin darum gebeten. Ich habe ihr einfach den Fotoapparat in die Hand gedrückt.« Die alte Dame blickte erstaunt auf. »Man darf niemandem trauen, nicht wahr, aber einer Eisfrau schon.«

Fabio nickte lächelnd und steckte das Foto ein. »Und wie heißt Merle weiter?«

Frau Engelbrecht starrte über den Tisch auf das offene Barfach ihrer Schrankwand. »Wiechmann«, sagte sie wie geistesabwesend. »Aber sie ist es nicht.«

Corry notierte den Namen. »Wir suchen die Eltern«, erklärte sie. Irritiert sah sie zur Tür. Das Jaulen war lauter und drängender geworden. Auch Fabio drehte den Kopf.

Frau Engelbrecht fixierte weiterhin ihre Bar. »Das ist nur meine Mutter«, sagte sie. »Sie spürt, dass etwas Schlimmes geschehen ist.«

Ihre Mutter! Corry lief es kalt den Rücken hinunter.

»Etwas Schlimmes?« Fabio brachte so schnell nichts aus der Ruhe. »Was?«

»Man hat doch ein Mädchen im Feuerbacher Wald gefunden, nicht wahr?« Die alte Dame presste die schmalen Lippen zusammen, als wollte sie einen Schrei unterdrücken.

Vom Flur her kam erneutes Gemaunze. »Sehen wir doch nach Ihrer Mutter«, schlug Corry vor, und Fabio erhob sich und half Frau Engelbrecht auf die zittrigen Beine. Was gar nicht nötig war. Im Hinausgehen wieselte sie an ihre Bar und griff zielsicher nach einer gelben Flasche. Auf dem Haushaltsetikett stand handschriftlich: »Quitte«.

»Ich weiß nicht, ob ich Ihnen ein Gläsle anbieten darf?«, sagte sie matt.

»Wir würden gerne«, sagte Fabio, »aber wir sind im Dienst.«

Zaudernd stellte sie die Flasche auf den Tisch und trippelte durch die Tür. Corry und Fabio folgten ihr.

Am Ende des dunklen Flurs öffnete sie eine Tür, an der eine Kinderzeichnung hing. Sie traten in ein kleines Zimmer. Es gab nur einen Stuhl, ein schmales Sideboard und in der Mitte ein Pflegebett. Von dort schwenkte ihnen eine Greisin ihre steckendürren Arme entgegen. Frau Engelbrecht tätschelte sie ein wenig, fast unbeholfen. Dann reichte sie ihr etwas zu trinken, aber die Mutter schien keinen Durst zu haben.

Als sie bedrückt den Raum verließen, zeigte Fabio auf die Zeichnung: »Wer hat das gemalt? Das ist gut.«

»Merle und ihre Mama«, sagte Frau Engelbrecht. »Ich mag das Bild, weil da Leonora zwischen den Wolken schwebt und lacht. Sie hat früher gern gelacht.«

Sie gingen wieder ins Wohnzimmer, wo ihnen vom Tisch her die halbvolle gelbe Flasche entgegenleuchtete. Corry hätte sie am liebsten weggeräumt.

Frau Engelbrecht setzte sich, wobei sie ein wenig zusammensank. »Merle ist nicht das Kind aus dem Wald«, protestierte sie. »Ein anderes Mädchen hat ihren Poncho angezogen.«

»Wir wissen noch nicht, wer es ist.« Corry schob ein Kissen mit Entenmotiv zur Seite. »Wir müssen jetzt viele Fragen stellen, um das herauszufinden. Sie helfen uns doch?«

Die alte Dame nickte zögerlich.

»Wie heißt denn Merles Mutter mit Vornamen und wo wohnt sie?«

»Sie heißt Julia und wohnt ... mit der Merle ... in der Wolfsberger Straße 23.« Sie starrte die Flasche an. »Leider hat sie ganz schlimm mit mir geschimpft.«

Fabio beugte sich vor. »Wie schlimm?«, fragte er in mitfühlendem Ton.

»Sie sagte, ich würde nicht gescheit auf ihre Tochter aufpassen, aber das stimmt nicht.« Sie streckte eine welke Hand nach der Flasche aus.

»Lassen Sie uns erst noch weiter reden«, schlug Fabio vor. »Merles Mutter hat also mit Ihnen geschimpft?«

»Sie sagte, ich wäre nicht zuverlässig.« Ihre Augen füllten sich mit Tränen. »Und dann hat sie auch noch ... Himmel-Arsch gesagt, Herr Kommissar.«

Fabio, der Schauspieler, ließ sich wie erschlagen gegen die Rückenlehne fallen. »Das war nicht in Ordnung«, sagte er fast schon aufbrausend.

»Und wie lange ist das her?« Corry kramte in ihrer Tasche nach Tempos, aber Fabio war schneller.

»Ach, woher soll ich das wissen?« Frau Engelbrecht schnäuzte sich in das Taschentuch. »Früher kam Merle mehrmals in der Woche zu mir, aber mit der Zeit wurde es immer weniger.«

»Warum?« Fabio fuchtelte mit den Händen durch die Luft.

»Weil auch andere das Sonnenscheinchen um sich haben wollten.«

»Welche anderen?« Corry klopfte das Herz bis zum Hals.

»Nun, der Vater.« Geschwind schob sie eine Hand unter ein Sofakissen und holte ein Likörglas hervor.

»Und wer noch?« Corry saß stocksteif auf dem Sofa.

»Na, der Freund von Frau Wiechmann.« Sie schnappte sich nun resolut die Flasche. »Ich hab ihn nie kennengelernt, und Merle ... hat nie von ihm gesprochen.« Sie goss ihr Gläschen voll.

Corry warf Fabio einen Blick zu, der hieß: gewähren lassen.

»Wie heißt der Freund von Frau Wiechmann?« Corry war nur noch Auge und Ohr.

»Konstantin, aber weiter weiß ich nicht.« Sie nippte an ihrem Likör, lächelte das Glas an. »Er meint es ernst mit Frau Wiechmann, er will sie nach München mitnehmen.«

»Nur Frau Wiechmann oder auch das Kind?«, fragte Corry.

Frau Engelbrecht hob die Schultern und ließ sie wieder fallen. »Woher soll ich das wissen?«

Sie schwiegen einen Moment.

Fabio beugte sich vor. »Was ist mit Merles Vater. Wo ...?«

Die alte Dame hatte den Kopf schief gelegt und schaute Fabio lächelnd an. »Ich glaube nicht, dass wir von demselben Kind sprechen. Was hat man dem armen Wurm aus der Zeitung angetan?« Sie drehte den Kopf weg, als wollte sie die Antwort gar nicht hören.

Fabio sagte: »Das wissen wir noch nicht genau. Die Untersuchungen sind noch nicht abgeschlossen.«

Corry nickte bestätigend. »Was mich noch interessieren würde ...« Sie holte tief Luft. »Sie sagten am Telefon, dass Merles Puppe auch einen rosa Strickponcho trug.«

»Ja, aber nur ab und zu.«

»Können Sie diese Puppe beschreiben?«

»Das ist eine Blondine mit so kurzen Locken.« Sie griff sich in die Haare. »Keine Babsy.«

Barbie, korrigierte Corry im Stillen. Sie hatte selbst fünf davon gehabt. Eindeutig war es Merles Puppe, die jetzt in Gerds Labor lag.

»Sie hat aber keinen Namen.« Frau Engelbrecht leerte ihr Glas. »Ich habe Merle Vorschläge gemacht – Karin oder Susanne, aber sie hat immer nur den Kopf geschüttelt.«

»Aus welchen Verhältnissen kommt Merle eigentlich?«, fragte Corry in einem fast munteren Ton.

»Sie lebt mit ihrer Mutter.« Die alte Dame zog die Stirn in Falten. »Die Eltern sind auseinander. Heute trennt sich ja alles.«

»Wissen Sie, wo die Mutter jetzt ist?« Corrys Puls raste. »Sie haben vorhin München erwähnt.«

»Ich weiß es nicht. Ich hab doch keinen Kontakt mehr.«

»Aber ihre Telefonnummer haben Sie doch bestimmt noch.« Corry lächelte sie an. Da wankte sie aus dem Zimmer und kam mit einem schwarzen Adressbüchlein wieder. Corry tippte sofort Julia Wiechmanns Festnetznummer in ihr Handy und drückte die Anrufen-Taste. Nach dem zwölften Freizeichen – es schaltete sich kein Anrufbeantworter ein – legte sie auf. »Haben Sie ihre Mobilfunknummer?«

»Die ist aber durchgestrichen«, sagte Frau Engelbrecht mit Blick in das Büchlein. »Sie wollte sich ein ganz neues Computer-Telefon kaufen, das weiß ich noch …«

Corry probierte trotzdem die durchgestrichene Nummer – nichts –, dann noch einmal die Festnetznummer, die sie lange läuten ließ. Ohne Erfolg.

Frau Engelbrecht nutzte die Gelegenheit, ihr Gläschen erneut zu füllen.

»Können wir den Likör noch einen Augenblick stehen lassen?« Im Hintergrund war wieder das Jammern der Mutter zu hören. Corry senkte die Stimme: »Ist Frau Wiechmann in irgendwelchen Schwierigkeiten?«

»Das weiß ich nicht.«

»Aber wie Merles Vater heißt, das wissen Sie schon?«

Sie starrte ihr Gläschen an. »Vielleicht fällt es mir mit einem Schlückle wieder ein?«

Fabio nahm die Flasche und goss ihr das Glas daumenbreit voll. »Wir müssen klären, ob das aufgefundene Mädchen Merle ist«, sagte er eindringlich. »Sie wollen doch auch Bescheid wissen.«

Es schien ihr einzuleuchten. Sie süffelte ihr Gläschen aus und steckte noch die Zunge hinein. Dann sagte sie mit veränderter Stimme: »Der Vater holt sie manchmal übers Wochenende. Dann passt er sie um eins vor der Kita ab.«

Fabio ermunterte sie weiterzusprechen: »Das ist gut. Das machen viele Eltern so. Wo wohnt er denn?«

»Er wird doch nicht ...« Frau Engelbrecht legte die Fingerspitzen auf ihren Mund, als hätte sie schon zu viel verraten. »Ich kenne ihn nicht persönlich. Aber Frau Wiechmann sagte einmal, er sei ... verrückt?« Sie fuhr wieder mit der Zunge in das Glas. »Wie ein Tiger im Käfig sei er auf- und abgelaufen, und bloß, weil sie dem Zeitungsausträger ein Weihnachtsgeld geben wollte.«

Die alte Frau war sichtbar erschöpft. Aber Corry und Fabio brauchten Antworten auf die wichtigsten Fragen: Vollständiger Name des Vaters? Ich glaube Heino. Seit wann wohnen Mutter und Tochter hier? Ich glaube länger als ein Jahr. In welche Kita geht Merle? »Rappelkiste« in der St.-Andrä-Straße. Verwandte oder Freunde? Woher soll ich das nur wissen?

Fabio fragte nach Frau Wiechmanns Arbeitgeber. Aber den wusste sie nicht. Irgendein Verlag auf den Fildern. Sie könne sich keine Namen mehr merken, sagte sie. Die Demenz ihrer Mutter sei mittlerweile auch schon in ihr Gehirn geschlüpft.

Corry rückte ans Ende der Couch, um erneut bei Julia Wiechmann anzurufen. Wieder nichts. So telefonierte sie mit Fink im Präsidium und bat sie, die Personalien der Eltern im Polizeicomputer zu überprüfen, ihre Mobilfunknummern herauszufinden, und schließlich den Kitaleiter oder die -leiterin ausfindig zu machen. Dann wandte sie sich wieder Ruth Engelbrecht zu. »Haben Sie noch etwas von Merle, eine Haarbürste oder ein Kleidungsstück?«

Zuerst schüttelte Frau Engelbrecht den Kopf. Schließlich fiel ihr etwas ein: »Sie hat bei mir ein Jäckle vergessen.« Sie stemmte sich aus dem Sofa und schwankte abermals hinaus.

Zwei Minuten später klingelte Corrys Handy und Fink meldete sich mit der Nachricht, dass Heiko mit »k« Wiechmann im Stadtteil Sillenbuch wohne, zusammen mit einer Leila Murad.

»Sehr gut«, sagte Corry und notierte sich die Adresse, während sie Fink weiter zuhörte.

»Das mit der Kita dauert noch.« Fink wirkte gehetzt. »Die Privatnummer der Leiterin ist ständig besetzt.

»Fink, du machst das schon«, sagte Corry. »Was anderes: Ich brauche dich hier, in Feuerbach. Wir treffen uns am Haus der Mutter; sie geht nicht ans Telefon. Fahr am besten gleich los und warte auf mich.« Sie gab ihr die Adresse und legte auf. Dann drehte sie sich zu Fabio: »Das ist die Adresse von Merles Vater.« Sie reichte ihm den Zettel, und er rief sofort die Staatsanwältin an, die vom Fortgang der Ermittlungen angetan schien. Fabio lachte zweimal kurz auf. Dann sagte er: »Sind Sie sicher?« Nachdem er aufgelegt hatte, sah er Corry an.

»Sie will mit nach Sillenbuch. Ich soll sie abholen.«

»Niest sie noch?«

»Kaum.«

Als Ruth Engelbrecht mit einem vanillegelben Jäckchen mit schimmernden Perlmuttknöpfen über dem Arm ins Zimmer trat, lächelten sie ihr zu. Fabio steckte es in eine große Beweismitteltüte. Die Augen der alten Dame standen voller Tränen. Aus dem Zimmer am Ende des Flurs brüllte ihre Mutter.

Fabio verabschiedete sich. Ein klein wenig nahm er Frau Engelbrecht dabei in den Arm. Dann ging er mit großen Schritten aus der Wohnung.

Corry war nun allein mit der alten Frau. Sie zeigte auf ihr Gläschen und sagte: »Auch eins? Jetzt, wo Ihr Chef fort ist?«

Corry musste kurz lachen, dann schüttelte sie den Kopf.

»Was für ein Kind ist Merle gewe…?«

»Sie ist ein Goldschatz«, sagte Frau Engelbrecht bestimmt. »Ich hätte gern wieder … Kontakt. Wenn Sie sie sehen, sagen Sie ihr das, bitte.«

Corry nickte, dann legte sie ihre Visitenkarte auf den kalten Marmortisch. »Unter dieser Nummer können Sie mich immer erreichen.« Mit ihren Augen streichelte sie der alten Frau über die Wange.

15

Zu Fuß eilte Corry durch die Nacht. Sie sog die frische, feuchte Luft ein und legte den Kopf in den Nacken, kein Stern am Himmel, aber ein Mond wie eine gewetzte Sichel. Kurz nach elf erreichte sie die Wolfsberger Straße, die steil zu dem kleinen Greutterwald hinaufführte. Der Gehweg glänzte regennass im Schein der Straßenlaternen; zwischen zweien, im Halbdunkel, stand Fink in schmalen Hosen. Über ihrer Hochsteckfrisur trug sie ein elegantes Tuch, locker unterm Kinn zusammengebunden. Mit den Augen zeigte sie auf einen golden lackierten Mitsubishi am Straßenrand, das war nun also ihr Auto für heute Nacht.

»Was hast du herausgefunden, Fink?«

»Die Wiechmanns sind unbescholtene Bürger. Es gibt keinen Eintrag bei uns.«

Sie betraten lautlos den Fußweg zu den drei Reihenhäusern 23 a bis c und warfen einen Blick in den Holzverschlag für die Mülltonnen, wo sie in der Ecke ein Mädchenfahrrad entdeckten. Sie gingen weiter, steuerten das letzte Haus der Reihe an. Der Plattenweg war stockdunkel, die Lichtanlage war defekt. Auch in den weiß gestrichenen Maisonnettehäuschen brannte kein Licht. Vor einer blaugrün lackierten Haustür blieben sie stehen. Hier wohnte Julia Wiechmann.

Corry und Fink klingelten mehrere Male. Es schellte recht laut. Dann Totenstille. Sie stellten sich auf die Zehenspitzen, und Fink leuchtete mit ihrer Maglite durch ein vorhangloses Fenster in eine aufgeräumte, moderne Küche. Sie schlichen an der Hauswand entlang und stießen auf eine Terrasse mit einem Lochblechtisch. Sie wölbten die Hände gegen die Scheibe der Terrassentür und erkannten schwach die Umrisse von Wohnzimmermöbeln.

»Ich kann Jan Blessing nicht sonderlich leiden«, fing Fink an. »Aber in einem hat er recht: Wenn Frauen töten, dann meist ihre eigenen Kinder.«

»Am häufigsten töten immer noch die Männer«, sagte Corry in Richtung der Glasscheibe, die von ihrem warmen Atem anlief. Instinktiv suchte sie nach einem Arm oder Bein, das hinter Sofa oder Sessel hervorlugte. »Frauen töten selten größere Kinder, eher Neugeborene. Männer löschen gleich mal die ganze Familie aus.« Corry dachte nach. »Mütter töten ihre Babys, weil sie ihnen etwas Furchtbares ersparen wollen.« Sie betrachtete ein Bild mit großen, roten Blüten, das an der linken Wand lehnte. »Diese Frauen haben in ihrem Leben nur schlechte Erfahrungen gemacht und glauben, ihrem Nachwuchs blüht dasselbe.«

»Wieso geben sie ihre Säuglinge nicht zur Adoption frei?« Fink schnaubte. Sicher brauchte sie dringend was zu Rauchen.

»Weil eine Mutter ihr Kind nicht hergibt, so was tun nur Rabenmütter«, erwiderte Corry ironisch. »Die Täterinnen sind oft selbst weggegeben worden, sind in Pflegefamilien oder Heimen aufgewachsen, wo sie schlimme Dinge erlebt haben.«

»Vom Regen in die Traufe.« Fink zog die Nase hoch.

»Und sie leben meist in zerrütteten Beziehungen. Sie denken, besser das Kind umbringen, als es dem Scheißtypen aussetzen, mit dem sie zusammen sind. Also töten sie es. Vierzig Prozent wollen sich anschließend umbringen, aber bei einem Viertel klappt das nicht, sie überleben.«

»Das ist kein Glück, wenn man das überlebt«, meinte Fink.

»Hier ist niemand«, Corry schob die Hände in die Jackentaschen. »Es liegt überhaupt nichts herum, alles wirkt sehr ordentlich und sauber.«

Fink gab bedenkliche Geräusche von sich. »Jan hat in der Kantine neulich erzählt, dass Kindsmörderinnen häufig vorher putzen.« Sie knotete das Tuch unterm Kinn fester. »Er hat von einem Fall gesprochen, wo die Mutter erst stundenlang saubermachte, bevor sie ihren Säugling und am Ende auch noch den Hund erstach. Sie selbst wurde in letzter Sekunde gerettet.«

»Was der immer redet«, sagte Corry. Sie kehrten der Terrassentür den Rücken zu. »Schau, der Garten.«

»Ich seh bloß Zaun«, bemerkte Fink.

Sie hatte recht. Vor ihnen lag ein Kleintiergehege, das nach Hasen oder Meerschweinchen aussah. Es gab einen steinernen Tunnel und eine Heuraufe, die bis obenhin mit nassgeregnetem Futter vollgestopft war. Über dem hinteren Teil des Auslaufs lag aufgerollt ein Mardernetz.

In ihren zierlichen Schnürstiefeletten stieg Fink in das Gehege und schlich zu dem Holzstall, auf den ein Herz gemalt war. Sie klappte den Deckel nach hinten. »Leer«, sagte sie über die Schulter.

Sie gingen wieder vor zur Klingel, und Fink legte ihre ganze schöne kleine Hand darauf.

Corry blickte zu Boden. »Schau mal, ein Steinenest, was bedeutet das eigentlich?«

»Es ist ein Versprechen, dass man zurückkommt«, erklärte Fink.

Sie sahen sich schweigend an.

»Das Mädchen hieß Merle«, sagte Corry.

»Merle bedeutet Amsel.«

Was Fink nicht alles wusste.

»Ich habe übrigens die Adresse der Kitaleiterin«, verkündete Fink. »Sie heißt Johanna Sorg und wohnt in der Burgenlandstraße.«

Corry gab ihr einen anerkennenden Klaps auf die Schulter. »Da fahren wir gleich hin!«

Über den dunklen Weg gingen sie zurück zur Straße, wo Fink den goldenen Japaner geparkt hatte. Sie rauchte gleich mal ein Zigarillo zum Fenster hinaus, während Corry mit Otte telefonierte. Sie forderte Kollegen an, die Frau Wiechmanns Haus observieren sollten, bis sie auftauchte. Damit war er einverstanden. Aber als sie Beamte für die Nachbarschaftsbefragung anforderte, und zwar nicht wenige, und zwar sofort, sah er Probleme. Erst wenn die Opfer-DNA mit dem Genmaterial auf dem gelben Jäckchen übereinstimmte, so Otte, könne man in etwa sicher sein, dass Merle Wiechmann die Tote aus dem Wald war.

»Eure Zeugin«, blaffte er, »hat das Mädchen in der Zeitung doch gar nicht erkannt!«

»Sie wollte sie nicht erkennen«, konterte Corry. »Sie hat das Kind doch gern gehabt. Klar sieht ein fröhliches, lebendiges Mädchen anders aus als eins, das zwei Tage lang tot im Dreck lag.« Corry holte tief Luft und Otte brummte. Sie hörte, wie er sich etwas zu Trinken einschenkte.

»Also, wen schickst du mir?«, fragte sie einigermaßen zahm.

»Es besteht immer noch die Möglichkeit, dass die Wiechmanns alle miteinander verreist sind«, hob Otte gemütlich an. »Die Mutter, der Vater …«

»Sie haben sich getrennt«, unterbrach Corry ruppig. »Außerdem kennt Ruth Engelbrecht den Poncho und den Puppenponcho. Unsere Tote ist Merle Wiechmann.«

»Von mir aus«, grummelte Otte, »aber nur zwei Teams.«

»Geht doch«, sagte Corry und legte auf. Fink verschluckte sich am Rauch und musste schrecklich husten.

»Bis die Kollegen kommen, fangen wir schon mal mit den direkten Nachbarn an«, bestimmte Corry.

Sie nahmen sich die grüne Tür der Nummer 23 b vor und klingelten erst normal, dann Sturm bei T. Hille.

Im ersten Stock wurde ein Fenster hell. Einen Moment später ging es auf und ein Mann rief herunter: »Was wollen Sie mitten in der Nacht?« Aber dann entdeckte er Fink und meinte, er komme gleich mal runter.

Herr Hille wohnte erst seit vier Monaten in dem Haus, das er gemietet hatte. Als Handlungsreisender der Möbelbranche war er nicht oft zu Hause, sondern im ganzen Land unterwegs. Er strich sich einen Wisch Haare aus der Stirn, sie waren fein und grau wie Spinnweben. Der Wisch schwang aber gleich wieder nach vorne. Dass im letzten Haus, direkt neben ihm, eine Frau und ein Kind wohnten, war ihm bekannt. »Und ein Mann doch auch?«, tat er eifrig.

Corry bat um eine Beschreibung. »Etwa Mitte fünfzig, mit einem schwarzen BMW-X5.«

»Und Frau Wiechmann, was für ein Auto fährt sie?«, fragte Corry.

»Die hat einen blauen Golf«, antwortete er in Richtung Fink. »Das Kennzeichen weiß ich nicht, könnte ich aber für Sie rauskriegen.«

Schleimer. Es gibt nichts, dachte Corry, was wir nicht schneller rauskriegen als Herr Hille mit den Spinnweben auf dem Kopf. Sie stellte ihm weiter Fragen zu Merle, an die er sich aber im Detail nicht erinnern konnte.

»Okay, die Mutter hab ich ein paarmal gesehen«, legte er nach. »Aber bei Kindern, sorry, ich hab da keinen Blick für.«

Corry schickte ihn wieder nach oben.

Sie liefen zur Straße vor, um nach dem Golf zu sehen. Er stand nicht dort, überhaupt kein blaues Auto. Aber ein Streifenwagen kreuzte auf, und Corry freute sich, Nick, Jan und die beiden Feuerbacher zu sehen. Sie blickte auf ihre Uhr. Es war kurz vor Mitternacht. Ein Sichelmond stand über ihren Köpfen.

Auf dem gegenüberliegenden Gehweg, zwischen den Lichtkegeln zweier Straßenlaternen, besprachen sie flüsternd die Lage. Corry erläuterte die Fakten: »Wir wollen wissen, wie Merles Umfeld war, welche Kontakte es gab. Bekam die Familie Besuch? Von wem? Gab es Streit? Ist irgendetwas aufgefallen? Wann hat man die Mutter zuletzt gesehen? Mit wem? Wann das Kind? Kennt man den Vater? Was weiß man vom Freund der Mutter? Die nebensächlichste Beobachtung ist für uns vielleicht elementar.«

Alle nickten. »Wissen wir, Chefin«, sagte Nick für alle.

Ja, natürlich. Wem sagte sie das. »Nun das Wichtigste: Auf unserer Hotline hat sich niemand aus dieser Straße gemeldet. Obwohl Merle und ihre Mutter schon länger hier wohnen. Der Grund ist einfach: Sie erkennen sie auf dem Zeitungsfoto nicht.«

»Merle hat also anders ausgesehen?« Dirk Baiers blonde Haare standen hoch wie ein kleines, reifes Stoppelfeld.

»So ist es. Vor einer Stunde habe ich ein Foto von ihr gesehen«, sagte Corry. »Merle hat kein rundes, dickes Gesicht, sondern ein schmales. Und wenn sie lacht, hat sie Grübchen.«

Uwe Majowski strich sich über die schwarzen Koteletten und nickte. »Meine Nichte hat auch Grübchen, das sind ganz besondere Leute.«

Mitternacht war schon lang vorbei, als Corry und Fink bei der Kitaleiterin läuteten. Sie wohnte in der zweiten Etage eines dreistöckigen Backsteinhauses in der Burgenlandstraße, unten im Tal, in der dicht bebauten City von Feuerbach.

Johanna Sorg kam im Schlafanzug an die Tür. Ihr brünettes Haar war zerzaust. »Ich war schon im Bett«, sagte sie entschuldigend. In ihrer Wohnung herrschte ein gemütliches Durcheinander. Die Einrichtung erinnerte Corry an frühere Zeiten, als sie strickend und kiffend in Studentenzimmern gesessen und über Gott und die Welt diskutiert hatte.

»Sie ist tot, sagen Sie?« Frau Sorg bot ihnen einen Platz auf ihrer Couchgarnitur an. Ihre auffallend hübschen, vergissmeinnichtblauen Augen füllten sich mit Tränen. »Ich arbeite erst seit drei Monaten in der ›Rappelkiste‹«, brachte sie hervor.« Sie strich sich die Haare aus dem Gesicht und legte dann ihre schlanke Hand an ihre Kehle. »Merle habe ich gar nicht so gut kennengelernt.« Eine Träne fiel in ihren Schoß. »Verstehen Sie mich bitte recht: Sie ist ein Kind, ich meine, sie war ein Kind, das sich gut allein beschäftigen konnte. Sie brauchte uns Erzieherinnen weniger als andere Kinder. Nur dass Sie das richtig verstehen, bitte: Wir haben einundzwanzig Kinder und sind nur zu zweit. Unsere Halbtagskraft ist schon seit September krank, und eine Vertretung bekommen wir nicht.« Sie wischte ihre schönen Augen mit dem Schlafanzugärmel ab. »Die Stadt hat zu wenig Springkräfte, wir sind am Rand unserer Kräfte.« Sie schluchzte auf.

Corry und Fink warfen sich einen verständnisinnigen Blick zu.

»Und dann sollen wir auch noch die Entwicklung von jedem Kind dokumentieren und darüber mit den Eltern sprechen, aber das ist nicht zu schaffen.«

Corry folgerte: »Das heißt, über Merles Entwicklung können Sie uns praktisch nichts sagen?«

»Ich könnte nachsehen, was im Kitabuch über sie steht.«

»Steht da auch drin, wer sie bringt und holt und über wen sie spricht?« Corry rutschte vor auf die Kante der Kordsamtcouch.

Die Erzieherin schüttelte den Kopf. »Wenn wir Zeit hätten, würde es drinstehen.«

»Steht es nun drin oder nicht?«, hakte Fink nach.

»Ich weiß nicht auswendig, was meine Vorgängerin eingetragen hat. Aber irgendetwas wird schon über sie im Kitabuch stehen.«

»Schaun wir rein«, schlug Corry vor.

Frau Sorgs Augen färbten sich einen Tick dunkler. »Das Kitabuch ist in der Kita.«

»Da fahren wir jetzt hin«, beschloss Corry und sprang auf.

»Ich muss mir etwas anziehen.«

»Allerdings«, sagte Fink.

Corry ließ sich wieder in das Sofa fallen und machte sich Notizen, während Johanna Sorg das Kleiderbündel sortierte, das über einer Stuhllehne lag. Sie ließ ungeniert ihre Pyjamahose fallen und stieg in einen Slip. »Wie war Merles letzter Tag in der Kita?«, fragte Corry. »Wir sprechen vom Freitag, dem fünften November.«

Die Kitaleiterin schlüpfte in ihre Röhrenjeans. »Merle freute sich, dass sie übers Wochenende zu ihrem Vater durfte«, sagte sie und zog mit Leichtigkeit den Reißverschluss zu. »Meine Kollegin hat sie an dem Tag mehrmals von der

Straße geholt, fällt mir ein. Sie konnte es gar nicht erwarten, ihren Vater zu sehen. Sie stand draußen im Regen.« Weinend knöpfte sie ihr Pyjama-Oberteil auf. »Sie ist rausgegangen, obwohl gerade die ›Biberburgenbaumeister‹ vorgelesen wurden; da hängen uns normalerweise alle Kinder an den Lippen.« Sie ließ das Oberteil auf den Korkfußboden fallen, es schien ihr völlig egal zu sein, dass Corry und Fink ihren Busen sehen konnten.

Jetzt runzelte sie die Stirn, als wollte sie sich genauer erinnern. »Es muss kurz vor eins gewesen sein, da nahm sie ihr Köfferchen und ging zum letzten Mal hinaus. Da waren wir noch beim Essen, das dauert ja immer so lang; wir haben auch Zweijährige, die wir füttern …«

»Was gab es?« Die Frage kam von Fink.

»Schinkennudeln.« Die Kitaleiterin zog sich einen dunkelblauen Pullover über den Kopf.

Corrys Magen hüpfte. »Was ist das für ein Köfferchen?« Sie blickte den Vergissmeinnicht-Augen hinterher, die jetzt den Fußboden nach etwas absuchten.

»Eins von Prinzessin Lillifee«, sagte sie und zog ein Paar Turnschuhe unter dem Sessel hervor. »Ganz rosa.«

Lillifee, Corry schrieb sich den Begriff auf und in Klammern: »rosa«.

»Wie oft hat der Vater sie gewöhnlich abgeholt?«

Johanna Sorg hockte auf dem Boden und band sich die Schuhe zu. »Ich kann mich nur an ein Mal erinnern, da war ich noch ganz neu in der ›Rappelkiste‹. Jetzt fällt es mir wieder ein. Er kam mit einer großen Tüte herein, und Merle war glücklich und stolz. Er hatte Muffins für alle Kinder gestiftet.« Sie versuchte ihre Tränen wegzublinzeln.

»Wie war Ihr Eindruck?« Corry saß wie auf Nadeln.

»Herr Wiechmann hat einen guten Eindruck auf mich gemacht«, sagte sie schlicht.

»Wer hat sie sonst in die Kita gebracht oder abgeholt?«

»Das weiß ich nicht, wahrscheinlich die Mutter.« Sie warf sich eine rote Steppjacke über die Schultern. »Wir sehen nicht, wer draußen steht. Die Fenster gehen alle zur Gartenseite raus.«

Innerlich stieß Corry einen gotteslästerlichen Fluch aus. Laut fragte sie: »War Merle am Freitag anders als sonst?«

»Höchstens noch fröhlicher. Sie hat sich ja auf ihren Vater gefreut.« Nachdenklich runzelte Frau Sorg die Stirn. »Ich meine, sie hatte am Freitag sogar ein Kleid an.«

Bingo. »Ein rot kariertes Flanellkleid?«

»Ja.«

Als sie auf der Rückbank des Mitsubishi saßen, schluchzte Frau Sorg erneut. Corry wartete, bis sie sich beruhigt hatte, dann drehte sie sich auf dem Sitz zu ihr um. »Was hat Merle so in der letzten Zeit erzählt?«

»Von einem ›Hopps‹ hat sie gesprochen, das könnte ein Kaninchen sein.« Sie schnäuzte sich die Nase. »Es fiel auch mal der Name Harry, nein, Henry, glaube ich.« Sie schlug sich die Hände vors Gesicht. »Verstehen Sie mich nicht falsch, aber bei einundzwanzig Kindern …«

»Was sagte sie über diesen Henry?« Corry notierte den Namen, während Fink bei nahezu Rot über eine Kreuzung schoss.

»Oh, tut mir leid«, Johanna Sorg streckte alle zehn vollkommenen Finger von sich. »Ich habe einen Blackout, fürchte ich, ich weiß es wirklich nicht.«

»Mich interessiert Ihre Meinung«, lockte Corry leise. »Was war Merle in Ihren Augen für ein Kind?«

»Aber … ich kenne sie doch noch gar nicht lang.« Energisch wischte sie die Tränen weg. »Ich hatte immer den Eindruck, dass sie glücklich ist. Sie spielte immer so gern mit den bunten Säckchen, sie brachte öfter eins mit.«

»Säckchen?«

»Ja, diese Zuziehbeutel. Man legt etwas hinein, ein kleines Spielzeug oder so, und ein anderes Kind tastet, was es wohl ist.«

»Und solche Säckchen hat Merle mitgebracht?«

»Immer wieder mal, ja.«

Der Zugang zur Kita »Rappelkiste« hätte vom Stil her gut in eine Geisterbahn gepasst. Zwei Reihen schwarzgrüner, zerfranster Eibenbäume wölbten sich über dem Weg zu einem blickdichten, finsteren Baldachin. Die beiden Lampen über der Eingangstür konnten so viel Licht gar nicht geben, wie das uralte Eibengewächs schluckte. Corry und Fink sogen die Luft ein, als sie durch das höhlenartige Portal schritten.

Frau Sorg durchwühlte alle Schubladen, bis sie schließlich das Kitabuch fand. Auf der Elternliste stand hinter dem Namen Julia Wiechmann die Nummer des Festnetzanschlusses – bei dem niemand abnahm und sich auch kein Anrufbeantworter einschaltete. Des Weiteren gab es eine Handynummer. Es war dieselbe tote Nummer, die Ruth Engelbrecht in ihrem Adressbüchlein ausgestrichen hatte. Von Herrn Wiechmann gab es keine Telefonnummer. Über Merle nur zwei Worte: »lebhaft« und »fantasiebegabt«.

Corry bat um eine Kopie der Liste. Das war leider nicht möglich, denn der Kopierer war abgeschafft worden.

»Das müssen Sie schon verstehen, der war ja dauernd kaputt.«

»Okay. Dann drucken Sie mir die Liste mal eben aus. Sie haben sie ja sicher auf dem Rechner.«

»Unser Drucker … also der geht auch nicht mehr.«

»Dann schicken Sie mir halt gleich mal eine E-Mail ins Präsidium, ich brauche diese Liste.«

Johanna Sorg verzog das Gesicht. »Der Computer ist so eine Sache … Wir haben einfach keine Zeit, uns darum zu kümmern.«

Mein Gott!, dachte Corry. Hilf dieser reichen Stadt – sofort!

»Ich tippe die Liste ab«, versprach Frau Sorg und streckte ein paar Finger zum Schwur in die Luft; was dabei herauskam, war das Peace-Zeichen.

»Ich brauche sie morgen früh auf meinem Schreibtisch.« Corry warf einen Blick auf ihre Armbanduhr und korrigierte sich: »Ich meine heute früh.«

»Ich bringe Ihnen die Liste ins Präsidium. Sie können sich auf mich verlassen.«

Corry sah sich um. Kleine, bunte Möbel, Kisten mit Spielzeug, an den Wänden Zeichnungen.

»Bringen Sie mir bitte alle Bilder mit, die Merle gemalt hat.«

Die Erzieherin wirkte überfordert.

»Versuchen Sie es«, sagte Corry.

Frau Sorg kämpfte gegen neue Tränen an. »Man kann doch so ein Kind nicht umbringen.« Sie strich sich mit den Fäusten hart über die Wangen. »Sie wollten wissen, was für ein Kind sie war?« Sie schrie fast.

»Ja«, sagte Corry.

»Eins, das andere gerne zum Lachen brachte.« Ihre Augen glitzerten. »Neulich sagte sie: ›Jetzt weiß ich, warum die Mamas ihre Babys im Bauch tragen.‹«

Corry und Fink sahen die Kitaleiterin ratlos an.

»Damit sie keiner klauen kann.« Johanna Sorg fing mit dem Handrücken eine Träne auf. »Ist das nicht witzig?«

16

Kurz nach halb acht saß Fabio am Küchentisch, das Kinn auf die Faust gestützt, vor sich eine dampfende Tasse Ostfriesentee und ein unbenutzter Frühstücksteller. Er sah zum Fenster hinaus, hinter dem – in Salvatores Worten – ein Handtuch von einem Garten lag. Aber gerade dieses Fleckchen Grün hatte damals den Ausschlag gegeben, dass er und Sebastian den Kaufvertrag für das kleine Haus unterschrieben hatten.

Aus dem nassen Gras erhob sich der kleine Pflaumenbaum, von dem Fabio glaubte, dass er eines Tages Früchte tragen würde. Eine Regenbö klatschte gegen das Fenster.

Die Nacht hatte er im Blumenzimmer auf der Chaiselongue verbracht, um Sebastian nicht zu stören und um allein zu sein mit den Bildern und Geräuschen im Kopf, die er hatte ertragen müssen: das kleine Mädchen nackt auf dem Seziertisch, das Schnappen der Schere, das Sirren der Säge. Und wie immer der Verwesungsgeruch … Die Staatsanwältin hatte ihm mit bloßem Finger Pfefferminzöl unter die Nase gestrichen, was ihn geärgert und im Übrigen auch nichts genutzt hatte.

Die Hände der Kleinen sah er wieder vor sich. Und Dr. Kern, der sie säuberte und lange und prüfend betrachtete. »Herr Lavelli, schauen Sie.« Fabio hatte sich hinabgebeugt und seinen Blick auf die zerstochenen und entzündeten Finger gesenkt, und der erfahrene Rechtsmediziner hatte eine vorläufige Diagnose abgegeben: Ein durch feinste Stichkanäle verabreichtes, höchst aggressives Gift!

Fabio kippte einen Löffel Sahne in seinen Tee. Um halb zwei heute Morgen hatte er Arlet Cronmüller heimgefahren und vor ihrem Haus parkend mit Corry telefoniert. Sie wollte noch in der Nacht über Wiechmanns Haus in Sillenbuch informiert werden. Als er Corry angerufen hatte, war sie gerade nach Hause gekommen. Er hörte, wie etwas Schweres an einer Wand herunterrutschte. »Steh auf, Corry«, hatte er gesagt.

»Ach, lass mich«, kam es vom anderen Ende der Leitung. »Ihr habt Wiechmann also nicht angetroffen?«

»Nein, das Haus war leer.«

»Merle hat am Freitag auf ihren Papa gewartet«, sagte Corry. »Die Kitaleiterin berichtete, dass sie ein paarmal rausgerannt ist und nach ihm Ausschau gehalten hat, im Regen.« Fabio hörte, dass sie sich wieder auf die Füße rappelte, während sie fortfuhr: »Ich hab ihn mir auf der Website seiner Werbeagentur angesehen. Er sieht aus wie ein Vampir.«

Fabio grinste. Die Cronmüller hatte auf der Fahrt nach Sillenbuch etwas Ähnliches gesagt. An einer roten Ampel hatte sie ihm das Display mit dem Foto unter die Nase gehalten. Nun ja, der Mann hatte auffallend blasse Haut und schwarzes, glattes, in der Mitte gescheiteltes Haar. Dazu die hohlen Wangen und das schiefe Lächeln bei geschlossenen Lippen. Überhaupt diese Lippen.

»Was hat Arlet zu ihm gemeint?«, wollte Corry wissen.

»Sie sagte, wenn der den Mund aufmacht, kommen Fangzähne raus.«

Corry hatte müde gelacht.

Fabio hatte zu Arlet Cronmüllers Fenstern hochgesehen, während die Windschutzscheibe des Fords zunieselte. Sie wohnte in einer netten Gegend mit Tannen und weißen Koppelzäunen vor den Häusern.

Er sprach weiter mit Corry. »Wir haben Wiechmann eine E-Mail geschrieben, dass er sich sofort melden soll. Es kam dann bald eine Abwesenheitsmail – ohne Rückkehrdatum.«

Zwanzig Minuten später waren sie vor seinem Haus gewesen. Nie hatte Fabio ein durchsichtigeres gesehen. Nichts als große, nächtlich schwarze Fensterscheiben über zwei Stockwerke. Bewegungsmelder sorgten dafür, dass auf dem Rasen ständig das Licht an- und ausging, als er mit der Staatsanwältin um das Haus herum ging. Sie sagte, es sei eine Gefahr-im-Verzug-Situation, vielleicht lag der Kindsvater ja tot oder halbtot in der Badewanne. Sie riefen also den Schlüsseldienst, und bis er eintraf, sahen sie sich in der Umgebung um. Es gab kaum Nachbarn, und die, die sie befragten, schüttelten die Köpfe. Ein älteres Ehepaar wusste nur, dass Herr Wiechmann mit seiner Freundin zurückgezogen lebte. Ein Kind war ihnen nicht aufgefallen. Instinktiv zog es Fabio ein paar Parallelstraßen weiter, zu der Gaststätte »Grüner Kranz«. Der Wirt kassierte gerade seine beiden letzten, stark alkoholisierten Gäste ab. Einer der Männer erkannte Merle auf dem Badetag-Foto. Er behauptete, er hätte sie hier im Flecken schon mal gesehen. Mit einer hübschen Frau mit Augen wie aus »Tausendundeiner Nacht« und ganz kurzen Haaren, aber die sei gar nicht nett zu dem Kind gewesen.

»Nicht nett?« An dieser Stelle hatte Corry ihn unterbrochen, und oben, in der Wohnung der Cronmüller, war das Licht erloschen.

»Der Mann war nicht fähig gewesen, seine Aussage zu präzisieren«, sagte Fabio. »Ich habe ihn für morgen ins Präsidium bestellt. Mal sehen, was er sagt, wenn er nüchtern ist.«

»Was wissen wir über Wiechmanns Lebensgefährtin?«

»Sie heißt Leila Murad und ist einunddreißig«, antwortete Fabio. »Mutter Französin, Vater Marokkaner. Laut Auskunftssystem lebt sie seit zwanzig Jahren unbescholten in Baden-Württemberg.«

»Alles klar. Ihr seid dann in das Glashaus rein.«

»Sicher. Alles topmodern, schwarzer Boden, weiße Sofas, aber nirgendwo ein Kinderzimmer oder auch nur eine Spielecke. Es gibt überhaupt keine Spielsachen und nirgends hängt eine Kinderzeichnung an der Wand.«

»Da wird einem ganz kalt«, meinte Corry.

Fabio schilderte, wie er mit Arlet die Räume inspiziert hatte. Alles war aufgeräumt und peinlich sauber. Es sah nicht danach aus, als hätte das Paar sein cooles Zuhause fluchtartig verlassen. Sie hatten ihre Zahnbürsten mitgenommen. Leider auch die Computer. Im Home-Office lagen nur noch die

Anschlusskabel auf den Schreibtischen. Aber im Wäschekorb fand die Staatsanwältin getragene Wäsche.

Fabio hörte Corry kurz auflachen. »Gerd wird sich freuen. Ich sehe ihn vor mir, wie er sich draufstürzt, um noch das kleinste bisschen DNA herauszukratzen.«

Fabio und Corry lachten ein wenig und besprachen das weitere Vorgehen. Sie wollten sich um halb neun beim »W & W WerbeWerk« im Römerkastell treffen, um mit dem anderen »W« im Firmennamen, einem Herrn Windisch, zu sprechen. Dann hatten sie aufgelegt und Fabio war endlich nach Hause gefahren.

Der Termin war in einer halben Stunde. Fabio schenkte sich noch eine Tasse Tee ein. Zum Römerkastell auf dem Hallschlag brauchte er höchstens fünfzehn Minuten. Im oberen Stockwerk rumorte es; etwas rollte im Gästezimmer auf dem Fußboden hin und her. Es klang nach Salvatore, der seit Kurzem Morgengymnastik betrieb. Dann gingen oben die Türen und gleich darauf polterte es auf der Treppe. Sebastian, der immer zwei Stufen auf einmal nahm, schlackste in die Küche, wo er mit dem Kopf gegen ein Bündel getrockneter Peperoncini stieß, das Salvatore aus Perugia mitgebracht und an die Decke genagelt hatte.

»Das muss aber höher«, meinte er leicht muffig, öffnete den Kühlschrank und holte sich einen Becher Joghurt heraus.

Ohne das tote Mädchen vor Augen hätte Fabio ihn gefragt, was eigentlich mit diesem José aus Rio sei, der ihn zweimal in fünf Stunden Halbschlaf von der Chaiselonge geholt hatte. Wenn er schon so dringend mit Sebastian reden müsste, sollte er ihn gefälligst auf dem Handy anrufen und nicht auf dem Festnetz im Blumenzimmer.

Aber Fabio schwieg. Wenn er einen Fall hatte, gab es kein Privatleben. Er trank einfach seinen Tee und ließ die besorgten Blicke seines Partners über sich ergehen.

»Du musst was essen«, sagte Sebastian. Aber Fabio hatte keinen Appetit.

Eine Minute später hielt er ein Butterbrot in der Hand und Sebastian ließ Honig darauf tropfen. »Iss es vor meinen Augen.«

Jetzt kam Salvatore die Treppe herunter. Er trug einen Trainingsanzug aus den frühen Siebzigern in Königsblau und ruderte mit den Armen. »Was isse das für eine Fall?«, fragte er. »Du sehe aus wie eine kranke Katze.«

Sebastian flüsterte ihm zu, dass Fabio den Mord an einer Fünfjährigen aufzuklären hatte. Fabio aß unterdessen das Honigbrot. Salvatore stellte sich an den Herd und kochte sich ein Ei. Eine Weile beobachtete er stumm das Kochwasser, dann stieß er eine Reihe italienischer Flüche aus sowie ein deutsches »Swanze ab!«

»Nein, sie wurde nicht missbraucht,« mischte sich jetzt Fabio ein und nahm den letzten Schluck Tee.

»Wo isse Mama von die Kinde, wo isse Papa?«, fragte Salvatore das Ei, während er es auf einem Löffel an seinen Platz balancierte.

Das hätte Fabio als Kind auch gern gewusst: Wo war die Mama? Irgendwo in Amerika. Wo war der Papa? Auf sämtlichen Baustellen Süddeutschlands. Während der kleine Fabio von Tante Lucia in Ostfriesland großgezogen wurde. Und jedes Mal, wenn er seinen Papa besuchen wollte in Baden, Bayern oder Franken, war der gerade mal wieder nach bella Italia abgereist. Nicht etwa wegen eines Urlaubs – impossibile! Nein, er fuhr Gabelstapler in der alten Baci-Pralinenfabrik. Kartonweise hatte Salvatore die »Küsse von Perugia« nach Leer geschickt. Doch weder Fabio noch Tante Lucia mit ihren Eulenaugen hatten sich viel daraus gemacht. Sie hatten ja die Eisdiele und aßen jeden Tag Spaghettieis. Seinen Vater sah Fabio höchstens alle zwei Jahre. Seine Mutter nie.

Sebastian stellte dem Schwiegervater in spe den Salzstreuer neben den Eierbecher. »Fabio und Corry finden heraus, wo die Eltern stecken«, sagte er optimistisch. »Lass ihn in Ruhe zu Ende frühstücken. Wir haben doch heute viel zu tun, oder etwa nicht?«

Salvatore nickte und seine Augen glänzten.

»Ich muss los«, sagte Fabio. Er stand auf, gab Sebastian einen Kuss und dem Vater einen Knuff. Was die beiden wohl vorhatten?

Einen Moment später trat er aus der schweren Eichentür und sprang über die nassen Steinplatten zur Straße.

Hoch über Bad Cannstatt steuerte Fabio den Ford Focus in den riesigen Innenhof des Römerkastells. Zweitausend Jahre nach den Römern hatten sich jetzt Künstler, Medienunternehmen und ein Supermarkt hier niedergelassen.

Unter einer riesigen weißen Schirmlampe trat Corry hervor, blass und ganz in Schwarz gekleidet. Sie hob eine orange behandschuhte Hand und wies auf das Firmenschild »W & W WerbeWerk« hinter ihr, das nicht zu übersehen war. Die Krähen, die sich in ihrer Nähe versammelt hatten, flogen auf.

»Moin-Moin«, sagte Fabio.

»Du konntest auch nicht schlafen, stimmt's?« Sie hakte sich unter, ließ aber gleich wieder los.

»Ein bisschen schon«, sagte er. Sie schritten auf das langgestreckte Gebäude zu, wo ein gut gekleideter Mann einen Briefkasten abschloss und den Armvoll Prospekte, den er gerade herausgeholt hatte, unbesehen in die grüne Tonne warf. Sein graumeliertes Haar war streng nach hinten gekämmt und er trug dieselbe karamellfarbene Brille wie auf dem Foto auf der Homepage.

»Das ist er«, sagte Fabio.

Sie gingen auf ihn zu.

»Benjamin Windisch?« Fabio sprach ihn an.

Der Mittvierziger drehte sich um. Kleine, runde Geschäftsmannsaugen stachen hinter der Brille hervor. »Was kann ich für Sie tun?«

Sie zeigten ihm die Kriminaldienstmarken. »Wir möchten mit Ihnen sprechen – in Ihrem Büro,« sagte Corry. Sie zog ihr Finanzamtsgesicht, das bei den meisten Mitmenschen Beklemmungen auslöste.

»Ich hab doch nichts ausgefressen?«

»Es geht nicht um Sie«, beruhigte Fabio. »Können wir?«

»Wenn Sie meinen Partner sprechen wollen, der ist momentan nicht hier.«

»Das wissen wir«, sagte Fabio.

Der smarte Werbemann stieg die Treppe voran ins Hochparterre, wo er eine hohe, weiße Kassettentür aufschloss. Ein langer Flur mit leberbraunen Holzdielen tat sich vor ihnen auf. Alle Türen standen offen, alle Räume waren leer.

Benjamin Windischs Büro lag am Ende des Flurs. Es gab keine Bilder darin, keine Pflanzen, keine Schränke, es gab praktisch nur Windisch. Mit generöser Handbewegung wies er ihnen zierliche Designerstühle zu, während er sich hinter dem gläsernen und wie leergefegten Schreibtisch in einen breiten Chefsessel warf.

Auf die Frage nach dem Personal erklärte er, dass es im Prinzip keines gäbe. »Wieso sollten wir uns belasten?« Belustigt kräuselte er die Lippen. »Mein Partner und ich sind ein Thinktank, und das ist gut für unsere Kunden.« Er lauschte seinen Worten nach. »Wir verfügen über einen Pool kreativer Profis, für jeden Job setzen wir die spezifisch besten Freelancer ein.«

»Wo ist Heiko Wiechmann?«, fragte Fabio.

Windischs Murmelaugen huschten zu ihm. »Ich weiß noch gar nicht, worum es geht.«

»Routine«, log Corry. »Wir können Sie auch aufs Präsidium bestellen. Das kostet Sie allerdings Zeit.«

Das wollte Windisch wohl doch nicht riskieren. »Heiko hat sich ein paar Tage freigenommen, und mehr sag ich nicht.«

Corry erhob sich und lief hin und her, wie eine schwarze Witwe mit orangefarbenen Handschuhen, während sie ihm nahelegte, die Ermittlungen nicht zu boykottieren. »Sie machen sich strafbar, verstehen Sie das?«

Der Mann nickte. Das Grinsen war ihm vergangen.

»Außerdem dürfen Sie niemandem von unserem Gespräch erzählen, solange die Ermittlungen laufen. Sie machen sich sonst zum Beihelfer, und das ist gar nicht gut fürs Geschäft. Haben Sie auch das verstanden?«

Benjamin Windisch hauchte ein Ja.

»Und nun beantworten Sie alle Fragen wahrheitsgemäß und schnell«, drückte Corry auf die Tube. »Wann haben Sie Heiko Wiechmann zuletzt gesehen?«

Der Geschäftsmann ließ sich in seinem Sessel nach hinten fallen und suchte an der Zimmerdecke nach dem Datum. »Das muss letzten Mittwoch gewesen sein. Wieso?«

Corry setzte sich wieder und schob ihren Notizblock über die Glasplatte. Sie hatte immer noch die Handschuhe an und tippte auf den Block. »Schreiben Sie mir seine Mobilnummer auf, danke.«

Die dynamische Lehne knallte Windisch in den Rücken, als er sich rasch aufsetzte. »Am besten«, er musste husten, »rufen wir ihn jetzt gleich an.«

»Das überlassen Sie bitte uns.« Corry wies mit dem Kinn auf ihren Block. »Die Nummer.« Er malte die Zahlen mehr, als dass er sie aufschrieb. Corry tippte sie in ihr Handy und trat aus dem Büro, um in einem der leeren Zimmer ungestört zu telefonieren.

Fabio lehnte sich zurück. »Wie lange kennen Sie Herrn Wiechmann?«

Windisch presste die Lippen zusammen, er schien scharf zu überlegen. »Vier Jahre?«

»Dann kennen Sie auch seine Tochter?«

Windisch nickte langsam.

Fabio beugte sich wieder vor. »Haben Sie in den Medien nichts über ein totes Mädchen im Feuerbacher Wald gehört oder gelesen?«

Sein Mund klappte auf. »Im Prinzip schon, aber …?« Irritiert sah er zu Corry hoch, die gerade hereinkam und verhalten wütend vor dem Fenster auf und ab lief. Offensichtlich hatte sie Merles Vater nicht erreicht.

Fabio konzentrierte sich auf sein Gegenüber. »Wir gehen davon aus, dass es sich bei der Toten um Heiko Wiechmanns Tochter handelt.« Windisch lief rot an, seine Hand wanderte zum Herzen. Völlig normale Reaktion. Fabio sprach langsam und deutlich: »Also – wo ist Wiechmann und wann kommt er zurück?«

»Aber er wollte Merle doch … mitnehmen.«

Corry blieb abrupt stehen und drehte sich zum Tisch. »Das hat die Kleine auch gedacht. Sie hat am Freitag auf ihren Vater gewartet, und jetzt liegt sie in der Pathologie. Also nochmal: Wo ist er?«

»Das weiß ich nicht. Heiko wollte ein paar Tage wegfahren, das macht er ab und zu, das ist doch normal.« Der Werbemann war kleiner geworden auf seinem Thron. »Sagten Sie … Merle ist tot?« Er blickte von Fabio zu Corry und wieder zurück. »Aber wie …?«

Fabio erklärte, dass sie keine Details weitergeben durften. Noch nicht.

Windisch beteuerte, dass sein Kompagnon nichts damit zu tun haben könnte. »Der liebt seine Tochter doch!«

Corry ließ sich auf ihren Stuhl fallen. »Und seine Freundin, Leila Murad? Wie stand sie zu dem Kind?«

»Die kenne ich kaum.« Windisch zog ein zerknülltes Taschentuch hervor und tupfte sich die Stirn. »Ehrlich, über die kann ich nichts sagen.«

»Kommen wir zu Heikos Exfrau, Julia. Sie arbeitet in einem Verlag auf den Fildern, in welchem genau?« Corry tippte auf ihren Block. »Ich notiere mir das jetzt.«

Windisch schaute zur Decke, dann auf den leeren Tisch. »Perlitz-Verlag, glaube ich. Sie entwirft Prospekte für Kochbücher und so.«

»Sie entschuldigen mich einen Augenblick.« Fabio trat ans Fenster. Der Parkplatz hatte sich gefüllt, ein paar junge Leute standen dort und unterhielten sich. Fabio rief Jan Blessing an und informierte ihn über den Arbeitgeber Julias. Dann ging er zum Schreibtisch zurück und bat Windisch, die Beziehung von Vater und Tochter aus seiner Sicht zu schildern. Und Windisch redete.

Zwanzig Minuten später erhoben sich Fabio und Corry aus ihren unbequemen Stühlen. Der Unternehmer blieb noch einen Moment sitzen. Er nahm die Brille ab und rieb sich mit dem Taschentuch über die Augen.

»Schauen wir uns Wiechmanns Büro an«, sagte Fabio.

Windisch setzte die Brille wieder auf, erhob sich und ging stumm voraus.

Sie betraten Heiko Wiechmanns Wirkungsort: hohe weiße Wände, ein leerer Schreibtisch, ein Drehstuhl, vor dem Fenster ein Stehpult und hinter der Tür – eine hohe, schmale Glasvitrine.

Fabio und Corry blieben wie erstarrt davor stehen.

»Das ist … makaber«, murmelte Fabio. Ihm schnürte sich die Kehle zu.

Windisch sagte rasch: »Das war aber schon immer so.« Er stand hinter ihnen und starrte ebenfalls in die Glasfächer.

»Grundgütiger«, sagte Corry und trat zwei Schritte zurück. »Fotografierst du das, Fabio?«

Was sie vor sich hatten, sah man sonst nur an Unfallstellen am Straßenrand, wo Trauernde künstliche Blumen, Kruzifixe und Fotos der Verstorbenen aufstellten. Genauso war das hier – auf sechs Etagen.

Fabio fotografierte, was er im Stillen »Merle-Gedenkstätte« nannte. Die Fotos steckten in silbernen Rahmen, umgeben von roten Plastikrosen wie von einem Schießstand auf dem Volksfest. Und dann die Kruzifixe – Fabio lief es kalt den Rücken hinunter. Corry sagte, ihr würde gleich schlecht. Die Kreuze waren silbern oder aus schwarzem Holz, und immer hing ein elfenbeinweißer Jesus daran, an den Händen und Füßen mit einer dünnen Blutspur.

»Abartig«, sagte Corry.

»Er hat die Dinger früher gesammelt.« Windisch rieb sich die Wange. »Man sammelt doch so allerhand.«

Was hieß man? Fabio sammelte nichts.

Die Fotos gaben ihnen neue Eindrücke von dem Kind. Sie sahen eine nachdenkliche Merle, den Blick in die Ferne gerichtet, mit wehendem Haar, das ihr bis fast zur Hüfte reichte. Im Hintergrund Strand, Strandhafer und das Meer. Sie hatte also das Meer gesehen, immerhin.

Ein anderes Bild zeigte eine strahlende Merle auf einer Pferdekoppel. In der Ferne ein hellbraunes Pferd, das mit gesenktem Kopf zu ihr herüberschaute.

Das Foto einer ins Malen vertieften Merle rührte Fabio besonders. Sie hielt einen roten Wachsstift in der Hand und blickte auf den Skizzenblock auf ihren Knien. Ein grünes Haarband mit großen, weißen Tupfen hielt ihr das Haar aus dem Gesicht. Sie hatte lange, aufwärts gebogene Wimpern. Im Hintergrund war Rasen zu sehen und Gebüsch.

Unter den vielen weiteren Bildern fiel ihm die ausgelassene Merle mit geflochtenem Seitenzopf auf. Sie trug helle Shorts und warf aus einem Sandkasten heraus Sand in Richtung der Kamera. Der Fotograf war sicher erfreut. Um sie herum Sandelförmchen, aber kein Kind zum Spielen. Auffällig war, dass es keine Babyfotos von ihr gab. Alle Aufnahmen waren nicht älter als höchstens ein Jahr.

Corry deutete auf mehrere längliche Päckchen, die im untersten Glasregal auf einem Haufen lagen. »Was ist das?«

»Merle schenkt ihm manchmal Pfeifenreiniger. Heiko raucht ab und zu Pfeife. Ich weiß nicht, wieso er sie da reingetan hat.«

Erinnerungen, dachte Fabio. Er drehte sich zu dem Kompagnon um, der blass am Pult stand. »Sie kennen Ihren Partner seit Jahren. Halten Sie es für möglich, dass er seine Tochter getötet hat?«

Windisch schüttelte energisch den Kopf. »Das ist völlig ausgeschlossen!«

»Oder dass er sich selbst etwas angetan hat?«

Er fuhr sich mit der Hand an den Mund. »Man kann in einen Menschen ja nicht hineinsehen.«

Fabio reichte ihm seine Karte. »Rufen Sie mich an, falls er mit Ihnen Kontakt aufnimmt. Stellen Sie sich dumm. Fragen Sie ihn, wo er ist, aber lassen Sie sich nichts anmerken. Und dann rufen Sie mich an. Sie wissen, was für Sie auf dem Spiel steht?«

Der Mann nickte.

»Versprochen?«

»Versprochen«, sagte Windisch. Seine Miene war todernst geworden.

Als sie das Römerkastell verließen und über die Löwentorstraße zum Präsidium fuhren, blinkte die Sonne zwischen den Wolken hervor, und Fabio sah einen Moment lang einen zarten grünen Sprenkel am Himmel, so als schwebte dort oben Merles Haarband.

Jan Blessing kam ihnen auf dem Flur entgegengelaufen. Seine khakifarbenen Klamotten schlotterten nur so an ihm, das war normal. Aber er war kreideweiß und wirkte aufgeregter als üblich. »Es geht um Minuten«, rief er ihnen zu und eilte ins Büro voraus. Dort blickte er panisch auf die Wetterstation mit Funkuhr, die Fabio auf seinem Schreibtisch stehen hatte. Es war kurz vor zehn.

»Schieß los«, sagte Corry.

»Als ich in dem Verlag angerufen habe, druckste die Angestellte erst mal herum, und dann ließ sie irgendwann endlich raus, dass die gesamte Redaktion von Freitag bis heute früh im Stammhaus in München war. Ein Ausflug. Ich habe sofort in München angerufen, und schließlich konnte ich mit dem Seniorchef, Gustav Perlitz, sprechen. Er sagte, die Stuttgarter seien mit einem Kleinbus gekommen.« Jan sah flehentlich zur Uhr. »Und jetzt sind sie auf dem Rückweg.«

»Wusste er, wann sie losgefahren sind?«, fragte Fabio. Er lehnte an dem kleinen Besprechungstisch, auf dem sich über Nacht ein Berg von Papieren aufgetürmt hatte.

»Geplant war um halb acht. Herr Perlitz sagte, die Mitarbeiter wollten heute alle noch den halben Tag in den Verlag, außer Julia. Die wollte heimfahren, weil ihre Tochter um halb elf von ihrem Vater gebracht wird.«

Fabio sah auf die Uhr. Noch fünfundzwanzig Minuten. »Das schaffen wir.«

»Ich habe Herrn Perlitz auferlegt, weder seinen Sohn noch Julia Wiechmann unterwegs anzurufen, wegen der Unfallgefahr.«

»Gut gemacht.«

Fabio stieß sich vom Tisch ab. Corry griff nach der Tafel Schokolade, die auf ihrem Schreibtisch lag. Sie waren schon bei der Tür, als Jan ihnen hinterherrief: »Der alte Herr sagte noch … Julia freut sich wie verrückt auf ihr Kind.«

17

Sie rannten auf ihren Wagen zu, und eine Minute später fegte Fabio vom Parkplatz des Präsidiums. Als Corry Fink anrief, schmierte der Ford schon über die große Kreuzung. »Wir sind gleich bei Frau Wiechmann«, rief Corry ins Telefon. »Sie kommt jeden Moment nach Hause und glaubt, dass ihr Exmann um halb elf Merle zurückbringt.«

Fink sagte keinen Ton.

»Bist du noch da?«

»Schon.«

Corry bat sie, Arlet Cronmüller und Gerd Feldhaus zu informieren. »Vor allem Gerd soll ins Haus kommen.«

»Alles klar.«

Fabio preschte bei Dunkelorange über die nächste Kreuzung.

»Kam noch etwas über die Hotline?«, erkundigte sich Corry.

»Über hundert Anrufe«, antwortete Fink. »Unser Team und zwanzig Kollegen von der Bereitschaft arbeiten jeden Hinweis ab, der nicht von vornherein idiotisch ist. Bis jetzt ist nichts Rechtes dabei.«

»Danke, bis später.«

Corry legte auf und rief Dr. Kern an, aber es meldete sich wieder nur Dr. Feyerabend. »Frau Voss, wir können Ihnen leider nichts Neues …«

»Still!«, herrschte sie ihn an. Und dann: »Herr Dr. Feyerabend, richten Sie bitte die Tote so her, dass man sie der Kindesmutter zeigen kann. Ist das möglich?«

»Selbstverständlich, Frau Voss, auf Wiederhören.«

»Warten Sie, ich bin noch nicht fertig. Ist dieser Gifttier-Professor endlich aufgetaucht?«

»Das ist eine Frau Professor.«

»Mir egal.«

»Wahrscheinlich fliegt sie morgen …«

»Sagten Sie morgen?«

»Es läuft, Frau Voss, es läuft!«

Sie legte auf. Fabio schaltete einen Gang höher. Der Wagen brauste den Berg hoch, plötzlich kam von rechts ein dunkler Brocken angeflogen und Fabio gelang es, auszuweichen. Um ein Haar wäre der Vogel, groß wie ein Reiher, gegen das Beifahrerfenster geknallt. Corry hätte fast geschrien. Sie hatte die Vogelaugen gesehen, da war ein rotes Funkeln.

»Scheißjob!« Corry jammerte. Sie bückte sich nach ihrem Handy, das in den Fußraum gefallen war. Dabei rutschte ihr der Haarreif in die Stirn und sie musste ihn neu aufsetzen. »Mir geht das alles zu langsam«, stöhnte sie. »Diese Giftuntersuchungen … wie lange dauern die denn noch?«

»Es kann gar nicht schneller gehen.« Fabio fuchtelte mit einer Hand in der Luft herum. »Die Pathologen müssen ja alles untersuchen: das Blut, die Galle, den Urin, den Mageninhalt …«

»Ja, ja, ist ja gut.«

Zwei Minuten vor halb elf parkte Fabio den Wagen in der Wolfsberger Straße. Wie zum Hohn glitzerte die Sonne auf dem Asphalt, als wäre dies ein Freudentag. Ein blauer Golf stand auf Höhe des Müllhäuschens. Gegenüber saßen zwei Beamte in Zivil in einem schwarzen Nissan. Einer, klein und bullig, stieg aus und lief auf sie zu, der andere blieb sitzen. Der Kollege berichtete, Julia Wiechmann sei vor zehn Minuten mit dem Golf nach Hause gekommen. »Sie hat einen Reisetrolley hinter sich her gezogen und machte einen unbekümmerten Eindruck.« Der Beamte legte den Kopf schief. »Brauchen Sie uns noch, Frau Voss, oder sollen wir abrücken?«

Corry ließ die Streife Feierabend machen.

Zum zweiten Mal ging sie über den Fußweg zu dem kleinen Reihenendhaus, diesmal bei Tageslicht, diesmal mit Fabio. An der Haustür blieben sie einen Moment stehen, ohne irgendetwas zu tun. In dieser Minute ist die Frau noch glücklich, dachte Corry. Wenn wir hineingehen und die Todesnachricht überbringen, ist ihr Leben zerstört.

Fabio drückte auf die Klingel.

Kurz darauf erschien das lächelnde Gesicht einer hübschen Frau in der Tür.

»Sind Sie Julia Wiechmann?«, fragte Corry. Die Frau nickte, ihre blauen Augen blickten bereits alarmiert.

»Wir sind von der Kripo Stuttgart.«

Die Frau streckte den Hals vor, schaute hinter Corry und Fabio, als ob sich in ihren Rücken Merle versteckte.

»Dürfen wir hereinkommen?«, fragte Corry. Ihr Magen krampfte sich zusammen.

Die Frau öffnete leicht den Mund, sie sagte nichts, als sie einen Schritt zurücktrat.

Gleich nach der Garderobe ging es um die Ecke in die moderne Küche. Corry hatte sie in der Nacht schemenhaft von außen gesehen. Um den dunklen Holztisch waren fünf Rattanstühle gruppiert, mit hohen Rückenlehnen und flachen, kittfarbenen Sitzkissen. Davor stand der Trolley mit geöffnetem Reißverschluss; Frau Wiechmann hatte schon angefangen, ihn auszupacken. Auf dem Tisch lag ein bayrischer Plüschlöwe mit Lederhose und weiß-blauem Hut, das Preisschildchen war noch dran. Ein Mitbringsel für Merle, dachte Corry. Laut fragte sie: »Dürfen wir uns setzen?«

Alle drei setzten sich.

»Was gibt es?« Frau Wiechmann saß wie zum Sprung bereit auf der vorderen Kante ihres Stuhles.

»Es geht um Ihre Tochter«, sagte Corry.

»Merle! Wieso?« Angst stand in ihren Augen. »Mein Exmann bringt sie gleich.«

»Sie müssen jetzt stark sein«, sagte Corry. Wie sie diesen Satz hasste.

»Hatten sie einen Autounfall? Sind sie verunglückt?« Der blonde Pony fiel über ihre Stirn und verdeckte ein Auge. Mit dem anderen fixierte sie Corry. »Wo ist meine Tochter?«

»Sie wurde am Sonntagmittag aufgefunden, sie ist …«

»Ich will zu ihr!« Frau Wiechmann sprang auf und lief zur Tür. »Was ist? Wieso bleiben Sie sitzen? Ich will sofort zu meinem Kind. Ist Merle verletzt? Was ist mit ihr?«

Wieder einmal schaffte Corry es nicht, das Wort tot auszusprechen. Ihre Kehle war wie zugeschnürt.

Fabio neben ihr sagte: »Es tut uns leid, aber ...«

»Gleich wird Merle von ihrem Vater gebracht, das ist so ausgemacht.« Sie schüttelte sich das Haar aus dem Gesicht. »Er hat sie übers lange Wochenende bei sich gehabt, was dagegen? Er wohnt in Sillenbuch, und genau da fahre ich jetzt hin, Himmel-Arsch!« Sie hastete an die Garderobe, riss Kleidungsstücke herab, trat wieder in die Küche, mit einem Arm steckte sie in einem olivfarbenen Parka, mit der freien Hand schnappte sie nach ihrer Handtasche, die über einer Stuhllehne hing.

»Bitte, bleiben Sie.« Corry war aufgestanden und schaute der Frau in die Augen. Sie weiß es, schoss es ihr in den Kopf. Noch bevor ihr Verstand es begriffen hat, weiß sie, dass ihr Kind tot ist.

Der Parka rutschte vollends herab. Fabio hob ihn auf und stellte sich neben Merles Mutter, um sie zu stützen, falls es nötig wäre.

»Ich glaub Ihnen gar nichts«, rief sie und kniff die Augen zusammen.

Wir haben ja noch gar nichts gesagt, dachte Corry. Sie bat die Frau, sich wieder hinzusetzen. Mit leiser Stimme sagte sie: »Ihre Tochter wurde tot im Heimberg-Wald aufgefunden.«

Julia Wiechmann erstarrte, ihre Augen weiteten sich, irrten in der Küche umher, bis sie sich an einem Zigarettenpäckchen festhielten, das aus dem Trolley herausschaute. »Ich muss sie sehen.« Sie schrie fast. »Das klärt sich alles auf, ich weiß es.« Sie fingerte eine Zigarette heraus und versuchte, sie anzuzünden. Ihre Hände zitterten so sehr, dass sie herunterfiel und vor Corrys Füße rollte.

Sie hob die Zigarette auf und legte sie neben die Schachtel. »Wen dürfen wir für Sie anrufen? Ihre Eltern? Freunde?«

Sie schaute verwirrt, schüttelte den Kopf.

»Sollen wir Ihren Freund anrufen?«

Ihre Augen sagten nein.

An der Tür klingelte es, zweimal kurz hintereinander. »Merle!«, schrie sie und rannte aus der Küche.

Corry und Fabio schlossen einen Moment die Augen. Sie hörten die heisere Stimme der Staatsanwältin und ihre klackenden Absätze, als sie über die Fliesen ging. Frau Wiechmann folgte ihr mit hängenden Schultern, ihr Gesicht war verzerrt. Tränen liefen über ihre Wangen und tropften am Kinn herab. »Bitte«, stieß sie mit schluchzender Stimme hervor: »Ich will sofort zu meinem Kind!«

Bevor sie in das Auto stiegen, trat Arlet Cronmüller neben Corry und flüsterte ihr zu, dass sie einen Haftbefehl für Heiko Wiechmann beantragt und ihn zur Fahndung ausgeschrieben habe. Corry nickte ihr zu. Wenn sie solche Leute hatte, konnte nichts schiefgehen.

Auf der Fahrt zum Robert-Bosch-Krankenhaus saß Corry auf der Rückbank neben Frau Wiechmann, die am ganzen Körper zitterte. Sie tat ihr unendlich leid. In der Pathologie wurden sie gebeten, einen Moment im Vorraum zu warten. Das Zimmer war mit zwei kurzen Reihen grauer Wartezimmerstühle möbliert. Frau Wiechmann blieb mit dem Rücken zur Wand stehen und schaute zu dem schmalen Oberlicht hinauf, durch das die Sonne schien. Ihr Gesicht war grau vor Angst.

Mit einem Mal verzog sie den Mund zu einem schiefen Grinsen; mit den Augen suchte sie ringsum die Decke ab, dann blickte sie hoffnungsvoll. »Das ist jetzt ›Verstehen Sie Spaß‹, oder?«

Was würde Corry dafür geben, wenn es so wäre. Sie warf Fabio einen Seitenblick zu. Er schien weit weg zu sein, vielleicht spazierte er gedanklich in seiner Geburtsstadt Perugia umher, obwohl er sich dort gar nicht auskannte. Corry sah zu Arlet, aber die war in ihre Handtasche vertieft, aus der sie ein Nasenspray hervorholte.

Corry schwieg und unterdrückte ihre Tränen.

Frau Wiechmann durfte von elf Uhr dreißig bis elf Uhr fünfundvierzig, exakt fünfzehn Minuten lang, bei ihrer Tochter sein. Der Leichnam lag unter einem grünen Laken, nur das Gesicht der Toten war aufgedeckt. Es sah frisch gewaschen aus, vielleicht war es sogar eingecremt worden, es glänzte. Ihre Haare waren so hingekämmt, dass man den Sägeschnitt nicht sehen konnte.

Dr. Kern sprach sein Beileid aus. Frau Wiechmann sah gar nicht auf, sie stand zu ihrem toten Kind hinabgebeugt und weinte. Als er sie am Arm fasste, um ihr einen Stuhl unterzuschieben, wehrte sie sich, bis sie begriff, dass er sie nicht wegzerren, sondern im Gegenteil, bei Merle sitzen lassen wollte.

Corry, Arlet und Fabio standen im Hintergrund. Jetzt fieberte Frau Wiechmanns Blick über das Leintuch, und schon streckte sie die Hände danach aus. Sie durfte, um Gottes willen, das Tuch nicht herunterreißen. Corry wollte nach vorne schnellen, aber Fabio war schon bei ihr.

»Wo?«, fragte sie ihn mit erstickter Stimme und ohne ihn anzusehen.

»Im Heimberg-Wald«, sagte er leise.

Sie wandte keine Sekunde die Augen von ihrem Kind ab. »Warum?«, fragte sie und rieb mit einer Hand ihre Augen, aus denen ohne Unterlass die Tränen strömten. Sie fasste das kleine tote Gesicht an, streichelte über das Näslein, zwei Finger wollten das Haar aus der Kinderstirn streichen, doch Fabio hielt ihre Hand zurück.

»Warum ist Merle tot?«, klagte sie, und alle waren ratlos und hilflos. Fabio seufzte leise. Arlet tupfte sich ihre Tränen unter dem Brillenrand weg. Auch Corrys Augen waren feucht geworden. Sie musste der Frau nun endlich die Wahrheit sagen, oder das, was sie in diesem Augenblick dafür hielten.

»Merle wurde vermutlich durch ein Tiergift getötet«, sagte sie und krümmte sich innerlich. Frau Wiechmann schaute zum ersten Mal auf, verwirrt und verständnislos. Corry widerstrebte es, die Frau mit Fragen zu quälen, doch sie brauchte Auskunft. »Könnte Ihr Exmann damit etwas zu tun haben?«

»Niemals«, brachte sie kaum hörbar hervor.

»Fällt Ihnen jemand ein, der irgendwelche giftigen Tiere hält?«

Blind vor Tränen, schüttelte Frau Wiechmann den Kopf.

Als Fabio eine Stunde später in die Wolfsberger Straße einbog, fuhr Julia Wiechmann plötzlich auf dem Rücksitz hoch. »Bitte ... ich muss nochmal zurück ... zu Merle.« Sie zitterte am ganzen Leib. »Entschuldigung, ich hab sie noch nicht ... genug ... angesehen. Ich muss ... zu ihr.«

Ihr Wimmern und Weinen war für Corry kaum mehr auszuhalten. »Es wird sich gleich jemand um Sie kümmern«, sagte sie so sanft, wie sie überhaupt sprechen konnte. »Bitte nehmen Sie die Hilfe an.«

Vor dem Haus stand bereits eine Mitarbeiterin vom Kriseninterventionsteam. »Sarah Stein«, stellte sie sich vor. »Psychologin.« Sie war etwas über dreißig und war lang und dünn. »Meine Patientin braucht erst einmal Ruhe«, stellte sie klar.

»Das verstehe ich«, sagte Fabio. »Allerdings müssen wir noch mit Frau Wiechmann sprechen, wir machen es so kurz wie möglich.«

Frau Stein nickte ergeben.

Sie nahmen in der Küche Platz. Frau Stein sprach kurz mit Frau Wiechmann, ob sie Tee wolle. Sie kannte sich mit fremden Küchen gut aus, denn sie öffnete sofort die richtige Schranktür und holte Päckchentee heraus, und dann setzte sie Wasser auf.

Frau Wiechmann bettete die Hände in den Schoß und legte ihr Gesicht hinein. Sie machte sich ganz klein und rund auf ihrem Stuhl. Corry wusste, sie mussten so schnell wie möglich ihre dringendsten Fragen stellen. Es war gut möglich, dass die Frau bald nicht mehr in der Lage war, verlässlich zu antworten.

»Wie ist das Verhältnis zwischen Merle und ihrem Vater?«, begann Corry.

»Der macht so was nicht«, murmelte sie fast unverständlich.

»Wer dann?«, fragte Fabio in seiner ruhigen Art.

Frau Wiechmann blickte ihn an. Ihre Gesichtshaut war durchscheinend mit roten Flecken. Ihre Achseln zuckten.

»Haben Sie mit jemandem Streit?«

Sie schüttelte den Kopf, ihre Tränen fielen auf den dunklen Tisch.

Die Psychologin hatte mit ihren langen Armen den kleinen Löwen weggeräumt. Jetzt stellte sie eine Kanne Kräutertee und fünf helle Keramiktassen darauf.

Corry beugte sich vor. »Gibt es jemanden, den Sie – auch ohne Absicht – verletzt haben? Oder jemanden, der sich falsche Hoffnungen macht?«

»Nein, nein.« Ihre Augen schwammen in Tränen.

Corry durfte noch nicht aufgeben. »Wer ist Henry?«

Frau Wiechmann schlug die Hände vors Gesicht. »Nur ein … Kaninchen«, stammelte sie.

Frau Stein berührte sie an der Schulter. »Wenn Ihnen die Fragen zu viel sind, sagen Sie es mir.« Sie half ihr, einen Schluck Tee zu trinken.

Arlet sah immer noch fiebrig aus, nieste aber kaum mehr. Sie klappte ihren Block auf, der dicke Kuli lag tatenlos daneben. »Was war für dieses Wochenende genau verabredet?«

Frau Wiechmann gab sich Mühe, verständlich zu sprechen. »Dass Heiko … unsere Tochter … am Freitag von der Kita … abholt.« Sie atmete heftig durch den Mund, ihre Nase war vom Weinen verstopft. »Und dass er sie heute … um halb elf … wiederbringt.« Sie ließ den Kopf hängen und reagierte auch nicht, als in der Handtasche an ihrem Stuhl das Handy klingelte.

Fabio nahm es heraus. »Auf dem Display steht Konstantin«, sagte er zu ihr. »Ist das Ihr Freund?«

Sie nickte schwach, und Fabio reichte ihr das Telefon. »Sprechen Sie mit ihm.«

Frau Wiechmann zitterte so sehr, dass der Apparat wie etwas Lebendiges in ihren Händen hüpfte. »Merle ist tot!«, schrie sie ins Telefon und ließ es fallen. Fabio fing es auf und notierte sich die Nummer des Anrufers.

Sarah Stein legte die flache Hand auf den Tisch. »Nun ist es genug.«

Corry und Arlet baten die Psychologin um Verständnis. »Wenn wir nicht schnell die Ermittlungen voranbringen, wird der Fall vielleicht nie aufgeklärt. Das wollen Sie auch nicht.«

Frau Stein schloss eine Sekunde die Augen. Seufzend lehnte Corry sich zurück und atmete tief durch. In ihrem Blickfeld hing eine Pinnwand voller Kochrezepte, Zeitungsausschnitte und Kinderzeichnungen. Eine Pinnwand, die nach glücklicher Familie aussieht, würde Müzze sagen.

Fabio hatte inzwischen begonnen, Fragen zu Frau Wiechmanns Reise zu stellen, und sie berichtete stockend und voller Schuldgefühle von den vier Tagen in München.

»Noch eins«, sagte Corry am Ende. »War Ihr Freund die ganze Zeit bei Ihnen?«

Frau Wiechmann bejahte und weinte leise. Die Psychologin, Arlet und Fabio versuchten, sie zu trösten.

In dem Moment rief Otte an. Da seine Stimme stets auch für die Umgebung gut zu hören war, lief Corry mit ihrem Handy ins Wohnzimmer.

»Wir haben Wiechmann geortet«, schmetterte er.

»Wo?« Corry stellte sich an die Terrassentür und sah hinaus auf das Kleintiergehege.

»Frankreich«, sagte er. Die Art, wie Otte den Rauch ausblies, sagte ihr, dass er mit sich zufrieden war. »Zuletzt hat Wiechmann sich in Verdun eingewählt.«

»Habt ihr herausgefunden, ob sein Handy letzten Freitag im Heimberg-Wald geortet wurde?«

»Das läuft«, brummte Otte. »Rom wurde auch nicht an einem Tag …«

»Mal im Ernst«, unterbrach ihn Corry. »Angenommen, er ist mit der Trennung nicht klargekommen, er ist eifersüchtig, weil seine Exfrau einen Freund hat, da möchte er am liebsten mal die Frau bestrafen. Und was wäre eine härtere Strafe, als ihr das Kind zu nehmen?«

»Hatten wir alles schon«, brummte Otte. »Bevor ein anderer mein Liebstes kriegt, mach ich es tot.«

»Wie mich das anfrisst«, sagte Corry.

Als sie in die Küche zurückkehrte, blickten alle, außer Frau Wiechmann, gespannt zu ihr hoch. Corry beugte sich zu ihr herab. »Ihr Exmann hält sich in Verdun auf. Sagt Ihnen das etwas?«

»Nein.« Sie griff nach ihrem Handy, drückte wie wild Tasten. Fabio entwand ihr das Telefon. »Sie dürfen ihn jetzt nicht anrufen!«, rief er.

»Ich will ihn ... was fragen«, keuchte sie, »wieso ist Merle nicht bei dir?«

»Nicht jetzt«, Fabio sah sie an. »Er fährt gerade, baut einen Unfall und gefährdet Menschenleben.«

Frau Wiechmanns Blick sagte: Ist mir doch egal.

Fabio setzte sich anders hin, sein Stuhl knarzte. »Eine letzte Frage: Kam es vor, dass Ihr Exmann Merle einmal nicht abholen konnte, vielleicht weil er keine Zeit hatte?«

Frau Wiechmann beteuerte, dass er dann immer absagte. Sie blickte starr auf den Tisch. »Er hat aber nicht ... abgesagt.«

Sie fiel vornüber, rutschte beinahe unter den Tisch. Fabio griff ihr unter die Arme und half ihr wieder auf den Stuhl. Die Psychologin erhob sich und schob kampfbereit das Kinn vor. »Sie gehen jetzt besser.«

»Rufen Sie lieber den Hausarzt.« Corry sah rot. »Das hätten Sie längst tun sollen.« Und zu Frau Wiechmann: »Jeden Augenblick kommen die Beamten von der Spurensicherung. Sie brauchen eine Speichelprobe von Ihnen und auch von Ihrem Freund, um sie von den sichergestellten DNA-Spuren abzugrenzen. Was übrig bleibt, ist fremdes Genmaterial, und darunter, so hoffen wir, die DNA des Täters. Ich denke, Sie verstehen das.«

Frau Wiechmann nickte, den Kopf auf der Brust. Frau Stein legte ihr einen langen Arm um die Schulter, und Corry bemühte sich um einen verträglichen Ton, als sie erklärte, dass sie sich nun Merles Zimmer ansehen würden. »Wir gehen jetzt hoch.« Sie stand auf und gab Arlet und Fabio einen Wink mit den Augen, ihr zu folgen.

Sie stiegen über die helle Holztreppe in das Obergeschoss. Rechts vom Treppenabsatz stand die Tür in ein schmales Schlafzimmer offen. Ein französisches Bett unter dem Dachschrägenfenster, auf der anderen Seite ein Nostalgie-Kleiderschrank aus weiß lasiertem Holz. Die Wände waren in einem hellen Grauton gestrichen. Die zweite Tür führte in ein kleines Badezimmer mit Dusche und WC. Unter dem Waschbecken stand ein Kindertrittschemel.

Geradeaus lag das Kinderzimmer. Die Tür war zu. Auf dem Türblatt klebten bunte Sticker. Fabio streifte sich Einmalhandschuhe über und drückte mit zwei Fingern die Klinke herunter.

Sie blieben in der Tür stehen – vorn Arlet, dahinter Corry und Fabio – und blickten in Merles Reich: ein geräumiges Zimmer mit drei geraden und einer schrägen Wand. In die Schräge war ein großes Fenster eingelassen, unter dem ein Erwachsenen-Schreibtisch mit einem PC stand. Schwarze Künstlermappen lehnten an der Wand. Rechts ein Hochbett mit Rutsche. Das Bett war gelb- und rotgeblümt bezogen. Am Fußteil saß ein Teddy mit steif nach vorn ausgestreckten Armen. Unter dem Hochbett befand sich eine weiß lackierte Wäschekommode, die untere Schublade stand ein Stück offen und eine rote Mütze schaute heraus.

In der Mitte des Raumes hing ein Netzschlauch von der Decke, angefüllt mit Spielsachen und Plüschtieren. Aber das Schönste war die Kindersitzgruppe mit drei hellblauen Stühlchen und einem passenden Tisch.

Fabio sagte: »Das nenne ich ein Kinderzimmer.«

Arlet drehte sich halb zu Corry um: »Im Haus ihres Vaters haben wir nichts dergleichen vorgefunden. Dort gibt es keinen Raum, nicht einmal ein Bett für das Kind. Ich frage mich, wo das Mädchen dort geschlafen haben soll.«

»Was ist das?«, fragte Corry und wies auf ein rosa Gebilde, das auf einem kleinen Holzregal mit einer Reihe Kinderbüchern thronte.

»Das ist das Schloss von Prinzessin Lillifee«, bemerkte Arlet fast schon andächtig. »Meine Nichte hat das auch. Kleine Mädchen sind verrückt danach.«

Corrys Blick blieb auf dem Poster darüber hängen. Es zeigte eine Wüste mit Wanderdüne und Kamelen. »Mir geht gerade diese Leila Murad im Kopf herum«, sagte sie nachdenklich.

Arlet sagte: »Frau Fink hat herausgekriegt, dass sie Reisebegleiterin ist.«

Das wusste Corry auch schon. Frau Murad brachte ausgebrannte Manager in die Wüste, wo sie mit den Tuareg im Sand Pfannkuchen backten und abends im Freien schliefen. Das brachte sie anscheinend wieder ins Lot.

»Ich möchte Frau Wiechmann fragen, was sie von ihr hält«, sagte Corry. Kaum hatte sie die Worte ausgesprochen, als es unten klingelte. Corry hörte Frau Wiechmann aufschreien. Sie dachte bestimmt wieder, dass Merle heimkommt. Läutet Sturm, weil sie auf die Toilette muss oder dringend etwas erzählen möchte … Dann drangen Männerstimmen herauf, das waren die Spurenermittler, und dazwischen die mittlerweile frostige Stimme der Frau Stein, die sich jetzt alles verbat.

Corry schaute über die Treppenbrüstung nach unten, wo Gerd Feldhaus den Kopf in den Nacken legte und zu ihr hochstrahlte. Corry rief: »Komm hoch, Gerd!«

Er flog die Treppe hinauf.

Gerd begrüßte sie und blickte dann streng von der offenen Kinderzimmertür zu Corry, Arlet und Fabio. »War irgendjemand von euch da drin?« Er sah vor allem Corry an. »Habt ihr irgendetwas angefasst?«

Sie verneinten.

»Gegenfrage: Was habt ihr an verwertbaren Spuren gefunden?«

»Eine Sache könnte interessant werden.« Mit den Augen scannte Gerd bereits den cremefarbenen Teppichboden in Merles Zimmer. »Wir haben fünfzig Meter vom Leichenfundort ein Stück schwarzes Garn sichergestellt, und heute früh habe ich das Resultat bekommen.«

»Und?«, fragte Corry, auf den Zehenspitzen vor Ungeduld.

»An dem Garn wurden keine humanen DNA-Sequenzen nachgewiesen«, sagte er gedehnt, »aber animale.«

Nun machte er es aber spannend. »Animale«, sagte Corry, »und welche Spezies?«

»Es handelt sich um einen Canis familiaris.«

Corry hatte große Lust, ihn die Treppe hinunterzuschubsen. Nicht jedes Ass bei der Polizei hatte sich in der Jugend den Hintern im Lateinunterricht breit gesessen.

»Ein Hund«, dolmetschte Arlet ungefragt.

»Weiß ich«, sagte Corry etwas zu heftig.

Gerd erklärte, dass das Garn abgebissen oder abgekaut worden war. Es war Speichel und etwas Blut daran, außerdem braune und weiße Haare; so kurz, wie sie bei Hunden nur an der Schnauze wachsen. »Ich würde mir diesen Hund ganz gern einmal ansehen.«

»Okay«, sagte Corry. »Dann wende dich an Nick oder Jan, die sind mit dem Tierheim und den Gassigängern beschäftigt.« Corry wollte dringend hinunter zu Frau Wiechmann, weil ihr das Wüstenbild nicht aus dem Kopf ging. Sie drehte sich zu Fabio um und stach mit dem Zeigefinger mehrmals in Richtung Erdgeschoss. »Und tschüs!«

Frau Stein empfing sie im Flur mit weit ausgestreckten Armen. »Der Hausarzt hat ihr eine Beruhigungsspritze gegeben.« Sie versperrte ihnen den Zutritt ins Wohnzimmer.

Fabio nickte verständnisvoll. »Wir lassen Frau Wiechmann jetzt in Ruhe. Aber dürfen wir Sie um einen Rat fragen? Sehen Sie, die Staatsanwältin und ich sollten besser Bescheid wissen über Schuldgefühle von Eltern nach dem Tod eines Kindes. Können Sie uns da weiterhelfen?«

Sofort nahm Frau Stein die beiden mit in die Küche. Corry nutzte die Chance und schlüpfte ins Wohnzimmer.

Julia Wiechmann lag mit versteinertem Gesicht auf einer blau-weiß gestreiften Couch, die Knie angezogenen, ein Kissen im Rücken, ein helles Plaid über den Beinen.

Corry nahm im Sessel Platz und sagte leise: »Ich möchte alles tun, um den Täter zu fassen.« Sie legte ihre Visitenkarte auf den Beistelltisch. »Bitte machen Sie mir eine Liste mit allen Verwandten, Bekannten, Kollegen – mit jedem Kontakt, auch von früher – auch wenn Sie die Adresse nicht mehr haben oder nicht kennen, wir finden das heraus.«

Frau Wiechmann nickte fast unmerklich.

Corry beugte sich vor. »Rufen Sie mich an, wenn sie das kleinste Misstrauen gegenüber einer Person verspüren oder Ihnen irgendetwas ungereimt vorkommt.«

»Kenne … niemand, der so was … macht.« Frau Wiechmann hob ihr verweintes Gesicht.

»Darf ich eines noch wissen?« Corry schaute in die blauen, nassen Augen. »Was halten Sie von Frau Murad?«

»Gut«, flüsterte sie. Ihr Blick schweifte zum Fenster.

»Was fällt Ihnen gerade ein?«

»Einmal hat sie … Merle … bei mir abgeholt.« Tränen liefen über ihre Wangen. »Ich sagte zu ihr, dass Merle … gerne Reisbrei isst … mit Zucker und Zimt.«

»Was hat sie geantwortet?«

»Leila sagte … dann sind wir schon zwei.«

Vor dem Haus, neben dem Steinenest, warteten Fabio und Arlet auf Corry. Während sich Arlet einen Zisch Nasenspray verabreichte und Fabio rasch vorauslief, drückte Corry auf die Kurzwahltaste 1 ihres Diensthandys.

»Habt ihr etwas Neues?«

»Kann man so sagen«, trompetete Otte.

»Dann sag es!«

»Wiechmann treibt sich etwa achtzig Kilometer vor Forbach herum«, raunzte er.

»Erst Verdun – jetzt Forbach.« Corry kombinierte: »Das ist die A4, die Ostautobahn. Kommt er etwa …«

Otte ließ sie nicht ausreden. »Die Kollegen von der Autobahnpolizei sind an ihm dran, Corry.«

»Wir kommen jetzt ins Präsidium«, sagte sie und legte auf.

Als sie zu Fabio und Arlet in den Wagen stieg, sagte sie: »Heiko Wiechmann läuft uns direkt in die Arme.«

18

Zwischendurch hatte es geregnet, aber jetzt schossen grelle Sonnenstrahlen durch die Fensterscheibe und bohrten sich in Bohns Schläfen, wo sie stechende kleine Schmerzen verursachten. Die Kopfschmerztabletten nützten überhaupt nichts.

Gegen halb zwei verließ er seine Wohnung, eilte die Treppe hinab, eine Hand über dem frisch gewachsten Holzgeländer.

»Herr Bohn, bitte warten Sie!« Er drehte sich um, die Finger schon nach der Haustürklinke ausgestreckt.

»Ist es nicht furchtbar, das mit dem Kind?« Frau Holzschuh stand ganz aufgelöst vor ihm. Ihr Gesicht glänzte speckig. Das blutrote Haar stand ihr an den Ohren ab. Sie hatte es zwar irgendwie festgeklippst, aber umsonst. Zwei Büschel rechts und links wie Hundeohren. Wenn nicht alles so traurig wäre, hätte Bohn jetzt laut gelacht.

»Kein Auge hab ich mehr zugetan heute Nacht«, sagte sie.

Bohn stemmte die Haustür auf und hielt sie mit dem Rücken offen. Die Sonne gleißte in den Gang hinein, sodass die Vermieterin im Licht stand. Ihre Kittelschürze war auf der Brust voller Fettflecken. Sie hielt sich eine Hand über die Augen und trat einen Schritt auf Bohn zu. »Stirbt ein Kind«, sagte sie bitter, »ist es für die Mutter das Ende.«

»Mein Gott«, sagte Bohn. Er lehnte sich noch immer gegen die Tür, die Arme hinterm Rücken; er spürte das Gewicht des schweren Holzes, es hätte ruhig noch etwas mehr sein dürfen. »Das mit dem Kind ist unerträglich«, sagte er.

»In unserem Viertel ist doch noch nie etwas passiert.« Die Hausbesitzerin schluchzte in ihre kleine, runde Faust, dann drehte sie sich um und verschwand hinter ihrer Glastür.

Mit einem Mal hatte Bohn das Bedürfnis, jemand Bestimmtem einen Besuch abzustatten. Mit schwingenden Armen marschierte er los, immer weiter, bis er vor Ruths Gartentor stand.

Die Sonne grinste durch die kahlen Zweige der Quittenbäume, aber die Luft war kühl. Plötzlich meinte er, Merles rosiges Gesicht hinten an der Hausecke zu sehen. »Ma-ark!«, rief sie, und dann hopste sie lachend auf ihn zu. Sie trug den Poncho, den er ihr im Frühjahr beim Tierheimfest gekauft hatte. Sie streckte die Arme nach ihm aus und ließ sich hochheben. Sie war ganz leicht. Federleicht. Er setzte sie behutsam auf dem Boden ab, der ein wenig nachgab und leicht mitschwang wie bei einem Trampolin.

»Ich hab Sonnenblumenkerne gesammelt, ganz viele, schau«, sagte das Kind und hüpfte vor Vergnügen auf der Stelle. Es zog ein rotes Fühli aus seinem Köfferchen und löste langsam die schwarze Kordel.

Bohn sah hinein und nickte erfreut.

Da steckte das Kind seine ganze Rechte hinein, holte ein Händchen voll Samenkörner heraus und ließ sie in Bohns ausgestreckten Handteller rieseln. »Für die hungrigen Vögel«, hauchte das Kind.

»Mhm, das wird ihnen schmecken.« Bohn strich dem Kind übers lange braune Haar. »Wir müssen ein Vogelfutterhaus bauen, hilfst du mir?« Es nickte immerfort. »Dann woll'n wir mal wieder ranrauschen«, sagte er und rieb sich die Hände.

Bohn stand am Gartentor. Die Türklingel ertönte: dingdong, ding-dong, bleib-fort, bleib-fort.

Ruth bat ihn wortlos ins Haus. Der oberste Knopf ihrer gestärkten Bluse war offen, so hatte er sie noch nie gesehen. Die Wohnung roch abgestanden, nach Alkohol und Angst. Bohn sah sich das Engelchen an. Es hängte sich an seinen Arm, ließ sich ins Wohnzimmer ziehen. Dort stand das Fenster zur Straße weit offen, trotzdem roch es übel im Zimmer, auch nach Urin. Vor allem nach Julias Lucky Strikes, die sie früher hier geraucht hatte, obwohl dies ein Nichtraucherhaushalt war. Am Anfang lief sie immer auf die Veranda, später rauchte sie, wo es ihr gerade passte. Sie kontaminierte Ruths Möbel – die Vorhänge, den Teppichboden. Das war Julia vollkommen egal. Was! Was war ihr eigentlich nicht egal?

Bohn warf das Fenster zu. Sein Spiegelbild in der Scheibe: zwei Augenpaare übereinander, verzerrt, und hohle Wangen. Er hatte nichts mehr zu essen daheim und im Moment ertrug er keine Supermärkte. Der kleine Bäcker in der Nähe hatte dichtgemacht. Er zog die schweren Vorhänge vor, wobei ihm Ruth zitternd am Arm hing, bei jeder Bewegung schleuderte er sie mit sich herum. Jetzt stellte er sie am Fernsehsessel ab. »Setzen!«, sagte er.

Sie erfasste den Ernst der Lage nicht. Fing an zu plappern im dämmrigen Zimmer.

»Herr Bohn, haben Sie es denn noch nicht gehört?« Sie rutschte auf dem glatten schwarzen Leder ganz nach hinten. »Sie sagen, Merle ist tot!«

Bohn machte es ihr bequemer, er klappte das Fußteil hoch, da flogen ihre dürren Beine in die Luft und fielen hart wieder herab. Jetzt lagen sie ausgestreckt vor ihm. Das rechte Bein gerade, aber beim linken zeigte das Knie nach innen. Es sah grotesk aus, wie tot sah das Bein aus. Bohn musste es gerade ausrichten, was ihm auch gelang.

»Glauben Sie, dass Merle tot ist?« Ruths Zähne schlugen aufeinander. Mit beiden Händen griff sie nach ihm.

Bohn befreite sich aus der Umklammerung. »Ich kann es nicht fassen«, sagte er.

»Bitte setzen Sie sich zu mir«, flüsterte Ruth. Ihre Stimme schwankte. »Was ist denn nur mit Ihren Augen?« Sie starrte eine Sekunde auf Bohns rasierte Brauen, dann rutschte ihr Blick auf den Couchtisch mit dem leeren Likörglas in der Mitte. So derangiert hatte er sie noch nie gesehen.

Jetzt ließ Engelchen ihren linken Arm am Seitenteil des Sessels hinunterfallen und riss ihn wieder hoch – schon hatte sie eine ihrer gelben Flaschen in der Hand. »Die Polizei verdächtigt die ganze Siedlung«, sagte sie schleppend. »Gestern Abend kamen zwei Kommissare zu mir, eine Frau und ein Mann, und sie sind lange geblieben.«

Bohn drehte ihr die Flasche aus den steifen, kalten Fingern. »Was wollten die von Ihnen?«, fragte er.

Fünfeinhalb Minuten lang stand ihr Schnabel nicht still. Bohn saß neben ihr und hörte zu und fragte nach. Sie sprach schwerfällig und mit einem starken schwäbischen Akzent, das war neu. »Und heute früh«, hob sie von Neuem an, »stand schon wieder die Polizei vor meiner Tür. Diesmal kam eine Türkin. Ich hab ihr Kaffee gemacht, die konnte sich ja kaum noch auf den Beinen halten. Bevor sie gegangen ist, hat sie gesagt: Der Mörder ist oft einer, der das Kind gut gekannt hat.«

Sie schauten sich groß an.

»Aber wer kennt sie denn schon außer uns?«, fragte Bohn.

»Das habe ich auch gesagt«, wisperte Ruth. »Ich hab ihr gesagt, hier kennt man sich nicht so gut.« Ruth war wieder an ihre Flasche gekommen und hielt sie im Arm wie ein Baby. »Die Nachbarn, die ich noch mit Namen gekannt hab, sind im Altersheim oder tot. Die Polizistin sagte, in der Türkei sei das alles ganz anders.« Ruth spitzte den Mund. »In Ankara kennt man sich, hat sie behauptet. Die Leute würden sich ständig Zucker oder Mehl borgen, bloß um dem Nachbarn das Gefühl zu geben, dass man ihn braucht.«

»Frau Engelbrecht«, unterbrach Bohn ihr Geplauder. »Anscheinend ist Merle tot. Ich kann jetzt nicht an irgendwelche Leute in Ankara denken.«

Sie saßen still beieinander, und Ruth zupfte an dem Aufkleber mit ihrer steilen Handschrift herum. »Quitte« hatte sie draufgeschrieben, sie nahm die Flaschenöffnung in den Mund.

»Lassen Sie das!«, sagte Bohn.

»Es war ja gar nicht Merle«, stammelte sie jetzt. »Es war ein ganz, ganz anderes Kind. Mit solchen dicken Backen.« Sie blies ihre mageren Wangen auf, aber die wurden davon nicht wesentlich runder. Sie langte nach dem Goldschnittbuch, das auf dem Beistelltisch lag und klappte es an der Stelle mit dem Lesebändchen auf. »Ich lese Ihnen etwas vor …«

Bohn legte sofort die Hand ins Buch.

Das letzte Mal, dass er eine Bibel in der Hand gehalten hatte, war auf Heidruns Beerdigung gewesen, die vor fünf Jahren gestorben war, genauso wie sein Vater. Sie waren auf die Schnapsidee gekommen, in den Urlaub fahren zu wollen. Sie hatten keine Ahnung von Urlaub. Sie kamen dann ja auch nicht einmal aus dem Ort heraus mit ihrem uralten Granada. Zwei Straßenzüge hinter ihrer Mietskaserne knallte ein Kleinlaster in sie hinein. Der Fahrer hatte keine Hand fürs Lenken frei gehabt, weil ihm die Kippe in den Schoß gefallen war und er sein Handy nicht losließ, mit dem er telefonierte. Heidrun starb noch am Unfallort, der Vater eine Woche später.

Bohn war bei ihm im Krankenhaus gewesen, aber der Alte hatte auf nichts mehr reagiert. Bohn hatte ihm trotzdem gesteckt, dass er sich die ganze Kindheit hindurch immer nur den einen Vater gewünscht hatte: Willie Tanner, Film-Daddy von Alf, dem Außerirdischen. Er war sein Traum von einem Vater.

Bohn nahm die Bibel von Ruths Schoß und warf sie auf das Tischchen zurück.

Ruth presste die Hände vor den Mund. Ihre Augen waren verändert, der Goldton war herausgefallen, es war nur noch grüner Schlamm darin zu sehen.

Bohn wanderte an der Schrankwand auf und ab. Bei jedem Schritt klirrten die Gläser im Barfach. Jäh drehte er sich um zu dem Häufchen Elend. »Was habe ich immer gepredigt?«, rief er. »Aufpassen! Merle nicht zu ihrem Vater lassen! Hab ich das nicht hundertmal gesagt?«

Bohn wollte ein klares Ja hören. Doch Ruth hielt sich weiter, von Schluchzern geschüttelt, den Mund zu. Irgendwann stieß er sie an, damit sie sich wieder einkriegte. Da kippte sie in ihrem Fernsehsessel zur Seite. Aber er war schnell, fasste sie am Arm, und zog sie wieder in Sitzposition. Sie hatte sich steif gemacht wie eine Puppe.

»Ja«, gab sie endlich zu, die Augen voller Wasser. »Ja, das haben Sie immer mal wieder gesagt.«

Sie erinnerte ihn an eins dieser übrig gebliebenen Hühner. An eins dieser Wracks, die Monat für Monat von der Hühnerfabrik angeliefert wurden … Am ersten Tag konnte so ein Huhn kaum stehen. Am zweiten Tag machte es die ersten Schritte, gegen Nachmittag spreizte es schon die Flügel. Am dritten Tag flatterte das Huhn und pickte im Streu umher. Glaubte allen Ernstes, jetzt, da es im Zoo gelandet war, beginne sein Leben. Also sprang es in dem großen Stall von hier nach da, mit all den anderen Hühnern. Es schaute zu dem Pfleger hinauf und schenkte ihm sein Vertrauen. Der Mann brachte ja das Futter und das Wasser, und am Abend bettete er alle Hühner ins Stroh und löschte das Licht. Acht Tage lang. Und am neunten brach er ihnen das Genick.

Ruth hatte sich aus dem Fernsehsessel befreit und taumelte ans Barfach, wo ihr durch die verspiegelte Rückwand Kristallkaraffen und bunte Gläschen aus dem Süden doppelt und dreifach entgegenfunkelten. Sie stützte sich an der Schrankwand ab und wandte sich zu Bohn um. »Heute früh, als die Türkin fort war, bin ich zu Frau Wiechmann hinübergegangen«, beichtete sie mit brüchiger Stimme. »Ich wollte ihr – falls es doch Merle gewesen wäre – mein Beileid aussprechen.« Ruth kehrte ihm den Rücken und griff jetzt nach einer grünen Flasche mit einem Hirschen. Als sie sich wieder umdrehte, bemerkte sie: »Es waren eine Menge Leute in ihrer Wohnung, und ich war so schwach auf den Beinen.« Wacklig goss sie sich ein Gläslein voll. »Deshalb habe ich nur ans Küchenfenster geklopft; Frau Wiechmann hat mich gesehen. Da rief ich durch die Scheibe hinein: ›Gottes Kraft mit dir.‹«

Ein Weinkrampf schüttelte sie.

»Kommen Sie her, Frau Engelbrecht.« Bohn klopfte neben sich auf das Sofa. »Was denn nun? Gerade sagten Sie, es war gar nicht Merle. Es sei ein anderes, ein dickes Kind gewesen.«

Seine Kopfschmerzen waren schlimmer geworden, und Ruth ging ihm auf die Nerven. Sie nahm vorsichtig auf der

Sofakante Platz, das Gläschen zitterte in ihrer Hand. »So ganz sicher bin ich mir nicht mehr«, meinte sie und steckte die Nase tief ins Glas.

Da kam Bohn ein Gedanke. Und wie mit einer glühenden Nadel durchfuhr der Schmerz seinen Schädel. Bohn schloss einen Moment die Augen und atmete gleichmäßig weiter. »Vielleicht kennen Sie die Geschichte schon«, begann er. Die Hände lagen auf seinen Knien, der Oberkörper war etwas herabgebeugt. »In der Schweiz, es war in Zürich oder Bern, hat ein Vater seine beiden Zwillingstöchter getötet. Der Mann lebte von der Mutter und den Mädchen getrennt. Eines Tages sollte er sie, wieso auch immer, in die Schule bringen. Sie waren Erstklässler! Aber er verschleppte sie und brachte sie um. Der Mann hat sich dann irgendwo in Italien vor einen Lastwagen geworfen.« Bohn fuhr sich mit beiden Händen an die Stirn. »Ich an seiner Stelle hätte das auch getan.«

»Sie an seiner Stelle, das gäb's ja gar nicht, Herr Bohn.«

Sie schwiegen eine Weile, bis Ruth mit dem Zeigefinger auf den Marmortisch tippte. »An diesem Tisch hat Merle ihren Namen schreiben gelernt.« Sie schlug sich mit der Hand auf den Mund, als hätte sie etwas Schreckliches gesagt. »Sie hat Wiechmann immer vorne mit M geschrieben, erinnern Sie sich?«

Klaro erinnerte er sich. Und nicht nur daran. Er brauchte nur die Augen zu schließen oder nicht einmal das, schon liefen die ganzen Merle-Filme in seinem Kopf ab. Jetzt sah er die Szene mit dem Heiratsantrag. Sie hatte nämlich kurz nachdem sie die Kaninchen geholt hatten, beschlossen, ihn zu heiraten. Sie rührte einen Lillifee-Cremepudding an, blassrosa mit winzigen Zuckerblumen, und während sie ihn wohlwollend betrachtete, musste er ihn essen. »Kann ich dich heiraten, wenn ich groß bin, Mark?«, hatte sie gefragt. Und er hatte ohne Zögern geantwortet: »Klaro, wieso nicht?«

Aus dem hinteren Schlafzimmer drang Stöhnen, aber weder Bohn noch Ruth kümmerten sich darum.

»Als Merle das letzte Mal bei mir war«, erzählte Ruth stockend, »hat sie mir beim Abwasch geholfen, und dabei haben wir … das Eskimo-Lied gesungen.«

Sie fing doch tatsächlich mit ihrer hohen Altfrauenstimme weinerlich zu singen an: »Es war ein kleiner Eskimo, und das war schlimm, und das war so …«

Bohn kannte den Song auswendig. Wie oft hatte er ihn mit Merle gesungen. Beim Refrain setzte er ein: »Sit down on your popo, and drink a cacao …«

Am Ende weinte die alte Lady leise. Ihr Taschentuch lag als nasse, kleine Kugel vor ihr auf dem Tisch. Sie legte eine Hand auf seine. »Es war immer so lustig mit dem Goldschatz«, wisperte sie.

»Mir fehlt sie auch«, pflichtete Bohn ihr bei. »Sie hatte ganz seidige Haare.«

Ruth hielt ihm das trocken geschleckte Glas hin. »Unser Leben liegt in Gottes Hand, nicht wahr?«

Er zuckte die Schultern, aber sie ließ nicht locker. »Unsere Merle hat fest an Gott geglaubt.«

Schon möglich. Einmal, als er sie zu Bett gebracht hatte, fing sie mit Beten an, bevor er aus der Tür war. Sie lag zugedeckt in ihrem Hochbett, die Hände gefaltet, den Blick an die Decke über ihr gerichtet. »Lieber Gott«, hatte sie geflüstert, »mach bitte, dass Leila mich wieder mag. Ich hab das Ölfläschchen nicht mit Absicht runtergeschmissen, es war glitschelig. Leila hat es extra aus der Wüste mitgebracht, und sie war wirklich stinkich. Bitte mach, dass sie mich wieder lieb hat.«

Leila! Vielleicht steckte sie dahinter. Bohn warf Ruth einen Blick zu, aber die lutschte nur an dem leeren Glas. Aus ihrem Zimmer hinten im Flur schrie Leonora sich die Seele aus dem Leib.

Mit einem Mal hielt Bohn es keine Sekunde mehr hier aus. Er stand vorsichtig auf, ohne den hämmernden Kopf groß zu bewegen.

Ruth trippelte mit ihm zur Tür.

Sie würde ihm auf Schritt und Tritt nachlaufen, das war schon klar.

Aber was sollte er mit ihr anfangen.

Das war ja immer das Problem gewesen: Was fängt man mit dem übrig gebliebenen Huhn an?

19

Kurz vor zwei Uhr mittags betraten Corry und Fabio ihr Büro. Zu ihrer Überraschung saß bereits Otte auf einem der Besucherstühle.

»Habt Ihr Wiechmann?«, fragte Corry.

Otte wies mit dem Kinn auf sein Telefon, das aus der Brusttasche seines Jacketts herausschaute. »Ich bin auf Stand-by. Die Autobahnpolizei meldet sich, sobald er sich rührt. Übrigens wurde sein Handy in der Nähe der Leichenfundstelle nicht geortet.«

Nun, das musste nichts bedeuten. Wiechmann hatte es eben zu Hause gelassen; heute wusste doch jeder, dass es Handyortung gab.

»Etwas anderes«, brummte der Chef. »Heute Abend um acht machen wir eine kleine Pressekonferenz. Die Journalisten wollen Fakten.«

»Die wollen wir auch«, feuerte Corry los. »Leider gibt es im Moment nichts, was wir ihnen sagen könnten.«

»Es kommt ja drauf an, wie man das formuliert«, gab Otte zurück.

»Was kann ich formulieren, wenn ich nichts habe? Dieser Fall ist ein Rätsel, klar, und die Presse ist scharf darauf. Aber wie stehen wir da?«

Es war einfach deprimierend. Bis jetzt hatten weder die Befragungen in der Nähe des Leichenfundortes noch die Gespräche mit den Kleingärtnern oder dem Tierheimpersonal etwas gebracht. Ebenso negativ waren die Befragungen der Reiter, Jogger, Waldarbeiter und Pilzführer verlaufen.

»Soll ich der Presse sagen«, legte Corry listig los, »dass Dr. Kern von einem mysteriösen Tiergift spricht? Ich sehe die Schlagzeile vor mir: ›Gift-Tier im Feuerbacher Wald – wer findet die Bestie?‹ Du liebe Güte! Und dass wir nach dem Kindesvater fahnden, möchte ich auch nicht in der Zeitung lesen.« Corry riss die Augen weit auf, um Otte Angst einzujagen.

Der drückte sich mit einem Ruck aus dem Besucherstuhl. »Bin gespannt, was du draus machst, Corry.«

»Wie bitte?«

Otte war schon weg, als sie von dem toten Hund erfuhren.

»Gerade kommt eine SMS von Nick«, rief Fabio. »Das klingt interessant.«

»So?«, sagte Corry.

»Er hat jemanden kennengelernt, dessen Hund am Samstag im Heimberg-Wald verendet ist.«

»Hm«, machte Corry. In Gedanken notierte sie: Hund – tot – Farbe?

In der Tür erschien Jan in seinen abgefahrensten Klamotten mit einem Packen Papier unterm Arm. Corry winkte ihn mit einer ungeduldigen Handbewegung herein.

»Der Zeuge aus der Sillenbucher Kneipe war da.« Jan schlappte näher. »Er sagt, die Frau hat das Kind herumgezerrt und geschimpft. Was sie konkret gesagt hat, konnte er aber nicht verstehen. Die Szene hat sich vor dem Supermarkt in der Ortsmitte abgespielt, wo er sich ein paar Bier geholt hatte.« Jan setzte sich. Er sah hundemüde aus.

»Was hast du noch?« Corry aß nebenher ein paar Rippchen Schokolade.

»Hier sind meine Berichte über die Nachbarnbefragung in der Wolfsberger Straße.« Er richtete seine glasigen Augen auf die Papiere. »Darüber kann ich ja nachher bei der Lagebesprechung berichten, es ist aber nichts Besonderes dabei.«

»Schade«, sagte Corry und griff wieder nach der Schokolade. »Wie weit bist du mit den Telefongesellschaften?«

»Das läuft. Ich habe Einzelverbindungsnachweise für alle ein- und ausgehenden Gespräche der letzten sechs Monate angefordert.«

Das konnte zwei Tage dauern.

»Und wie geht's dir so?« Sie schob dem langen Gespenst den Rest ihrer Schokoladentafel zu.

»Der Fall geht mir nach, ja?« Er steckte sich die paar Stückchen in den Mund und kaute. »Zufällig ... habe ich Kinder«, nuschelte er.

Das stimmte nicht ganz; seine von ihm getrennt lebende Frau hatte sie.

»Nimm dir heute Nachmittag ein paar Stunden frei, Jan.«

Der halsstarrige Kerl schüttelte den Kopf. »Ich will hier dabei sein, ja?«

Nachdem Jan abgezogen war, wählte Corry die Nummer der Pathologie.

»Guten Tag, Herr Dr. Kern!« Sie drückte den Hörer ans Ohr. Der Rechtsmediziner wusste einiges, keine Frage, aber er wollte es zu diesem Zeitpunkt noch nicht herauslassen, wie er betonte.

»Wann dann?«, rief Corry ins Telefon. »Werde ich es noch erleben?«

Schließlich rückte er mit einem Begriff heraus, mit dem Corry nicht viel anfangen konnte. Es handele sich um ein Gift mit Peptid-Charakter, und das sei analytisch nur sehr schwer fassbar.

Das Gefühl hatte Corry auch.

Dr. Kern seufzte. »Wahrscheinlich stammt das Gift von einem Spinnentier – festlegen kann ich mich nicht. Im Moment laufen komplizierte chemisch-toxikologische Untersuchungen, wir werden vielleicht schon bald ein genaueres Resultat haben.«

»Und wann ist bald?« Corry spitzte die Ohren.

»Frau Voss, wir sprechen morgen darüber. Kommen Sie um elf Uhr in mein Büro, dann ist auch Professor Kästner zugegen.«

Corry schoss hoch. Professor Kästner, endlich. »Ich werde pünktlich sein, darauf können Sie ...« Den Rest verschluckte sie lieber.

Fünf nach drei erschien die Kitaleiterin mit einem geblümten Schnellhefter vor der Brust. »Ihre Liste, Frau Voss!«

Corry schlug den Hefter auf und überflog die mit Schreibmaschine getippten Namen und Adressen. Darunter lag ein kleiner Stoß Kinderzeichnungen.

»Das ist alles von Merle«, sagte Frau Sorg.

Corry blickte auf Sonne, Wolken, Haus und Gras und braune und schwarze Gebilde, die Hund, Katze oder Hase darstellen konnten. Ab und zu ein kleines Wesen mit langen braunen Haaren und grünen Schuhen – Merle. Auf zwei Zeichnungen: Frau mit gelben Haaren – Julia Wiechmann. Einmal stand ein Mann schief neben der Frau: schwarze Haare, Stöckchen im Mund, halt!, das war eine Pfeife – Heiko Wiechmann, der Vater.

Frau Sorg straffte die Schultern. »Ich habe mit meiner Vorgängerin telefoniert; Frau Pfister lebt ja jetzt in Berlin. Sie hat sich gleich an Merle erinnert. Ihr war ein Verhalten aufgefallen, das bei Scheidungskindern nicht unüblich ist …«

»Was für ein Verhalten?«

»Manche Kinder machen sich vor, dass das getrennte Elternteil immer noch bei ihnen zu Hause wohnt – oder dass es sie heimlich besucht, verstehen Sie?«

Nein. Corry verstand nichts von Kindern. Sie hatte keine und würde in diesem Leben auch keine mehr kriegen. Sie schüttelte den Kopf.

»Merle hat Frau Pfister hin und wieder von solchen Fantasien erzählt.«

»Was genau hat sie gesagt?«

»Dass ihr Papa gekommen sei.« Frau Sorg runzelte die Stirn.

Corry drückte das Kreuz durch. »Etwas genauer.«

Die Kitaleiterin sagte langsam: »Merle hat steif und fest behauptet, dass ihr Vater sie immer wieder heimlich besucht, und zwar nachts.«

Dieser Satz ging Corry lange im Kopf herum.

Bei der Lagebesprechung in Raum IV im zweiten Stock fehlten Otte, Nick und Paul. Die Anwesenden verteilten sich am Konferenztisch: auf der Seite mit den Tatortbildern Corry, Fabio, Fink und die zwei Feuerbacher. Auf der anderen Seite Müzze, Ulla und Jan.

Peggy Richter schneite kurz herein, als die Soko »Poncho« noch Stühle rückte. Sie hatte ihre verfilzte bunte Häkelmütze auf, bei der Corry vom bloßen Hinsehen die Kopfhaut juckte.

Wie läuft's?«, fragte Corry.

»Der Hellseher hat sich wieder gemeldet. Er sieht weitere tote Kinder, auch in der Innenstadt.« Peggy verdrehte die großen Augen. »Wir haben auch wieder mal einen Ermittlungshelfer.« Sie fuhr sich mit dem Daumen quer über die Kehle.

Diese Besserwisser kosteten die Polizei viel Zeit und Kraft. Sie wussten nichts. Sie behinderten die Arbeit. Sie waren die Pest.

»Außerdem«, fuhr sie munter fort, »sind vier anonyme Anzeigen hereingekommen, wer das Kind mit Sicherheit ermordet hat.«

»Wer kümmert sich darum?«, fragte Corry. Diese Denunzianten gehörten alle in einen Sack gesteckt und im Neckar versenkt.

»Ist alles gut verteilt; das mache ich zusammen mit Ulla und einem Kollegen vom Rauschgift.«

»Gut so.«

Als Otte hereingewalzt kam, schaute Corry ihn prüfend an. Nein, es gab keine Neuigkeiten von den Kollegen von der Autobahn. Wiechmann hatte den Wagen seit Forbach nicht mehr bewegt – oder sein Handy dort weggeschmissen.

Corry ließ zunächst Fink, die heute knallrote Armstulpen trug, über die Ermittlungen der Münchener Kollegen berichten. Es ging um das Alibi der Julia Wiechmann, und ja, es war einwandfrei. Ihr Aufenthalt in München von Freitag, halb zwölf Uhr mittags, bis Dienstagfrüh wurde von drei Personen bestätigt: vom Hotelmanager, dem Seminarleiter und dem Seniorchef des Verlags, Gustav Perlitz. Auch das Alibi von dessen Sohn Konstantin war wasserdicht.

Fink zog energisch ihre rutschenden Stulpen hoch, als sie sagte: »Die Münchener haben den alten Herrn Perlitz bestürzt angetroffen. Sein Sohn wollte Merle keinesfalls aus dem Weg haben, im Gegenteil: Er freute sich an dem Kind, er hatte es lieb. Dasselbe gelte auch für die Mutter.«

Die Mutter. Corry erhob sich und ging unter den Tatortfotos auf und ab, während sie die Vernehmung von Julia Wiechmann schilderte: »Sie kann sich nicht vorstellen, wer die Tat begangen haben könnte. Sie hat keine Feinde, weder beruflich noch privat, glaubt sie.« Corry blickte in die Gesichter ihrer Kollegen. »Julia ist eine attraktive zweiundvierzigjährige Frau mit einem netten Job, einem gepflegten Zuhause und einer süßen kleinen Tochter. Sie wollte ein neues Leben anfangen und mit ihrem Freund nach München ziehen. Vielleicht hat jemand etwas dagegen gehabt.«

»Der Vater!«, sagte Fink frostig.

Fabio drehte die Handflächen nach außen. »Heiko Wiechmann ist de facto unsere heiße Spur«, sagte er ruhig. »Wir haben ihn in Frankreich geortet, und es sieht so aus, als sei er auf dem Weg in die Heimat. Das hoffen wir zumindest. Die Kollegen von der Autobahn sind ihm auf den Fersen.«

Freudiges Stimmengemurmel. Die beiden Feuerbacher wirkten schon ganz erleichtert. Sie griffen nach den kleinen Saftflaschen, und Ulla sagte, sie würde mal eben belegte Brötchen holen. Als Otte sich herzhaft auf den Oberschenkel schlug, ging das Corry zu weit. Noch wussten sie sehr wenig. Noch wussten sie eigentlich gar nichts.

In einem ernüchternden Ton sagte sie: »Julia Wiechmann hält es für ausgeschlossen, dass ihr Exmann irgendetwas mit Merles Tod zu tun hat.«

Fabio, der sich nachdenklich am Kinn kratzte, fügte hinzu: »Sie war jedoch sichtlich irritiert, dass er einfach verreist

ist und den Termin mit Merle nicht abgesagt hat wie sonst immer.«

»Könnte es nicht so gewesen sein«, warf Müzze ein, »dass Heiko sehr wohl abgesagt, aber Julia es glatt vergessen hat in dem Trubel mit den Seminarvorbereitungen oder so.« Sie klemmte sich ihre buschigen Locken hinter die Ohren. »Es ist doch nur menschlich, dass man mal was vergisst.«

»Aber man vergisst doch nicht sein Kind«, sagte Jan, der es wissen musste.

»Wir werden das klären«, sagte Corry und setzte sich wieder. »Fakt ist, wir wissen nicht, wer und ob überhaupt jemand Merle von der Kita abgeholt hat. Nehmen wir mal an, sie wurde nicht abgeholt. Was macht sie?«

Jan, der Kinderexperte, meinte: »Sie bleibt einfach dort stehen und heult.«

Fabio war anderer Ansicht. »Sie versucht, ihrem Vater entgegenzulaufen.«

Otte spann den Gedanken weiter. »Sie geht die Straße hinunter Richtung City und da begegnet ihr der Täter.«

»Ja, es ist ein Mann«, stellte Fink fest und nahm den Zigarillo, den Otte ihr über den Tisch reichte. »Er sitzt im Auto und sieht, dass sie allein ist. Er nutzt die Gelegenheit und greift sich das Kind.«

Corry sagte: »Eines ist klar: Wir müssen die Person finden, die Merle am Freitag zuletzt gesehen hat. Ein Elternteil, eine Bezugsperson, die vor der Kita gewartet hat. Die Erzieherin hat mir eine Liste der Eltern gebracht, die muss jetzt abgearbeitet werden – zusätzlich die Anwohner rund um die Kita.« Sie blickte in die Runde. »Ich brauche vier von euch.«

Jan hob sofort den Arm. »Okay«, sagte Corry. »Und du, Müzze, bist auch dabei.« Dirk Baier und Uwe Mojewski streckten ebenfalls die Hand hoch.

»Super.« Corry sah einen nach dem anderen an. »Kriegt raus, ob jemand sie gesehen hat. Nehmt dieses Bild mit.« Corry zog einen Stapel Fotos aus ihrer Mappe. Es war Merle auf der Pferdekoppel. Anton hatte es fünfzigmal für sie ausgedruckt. »Falls die Kleine nicht gesehen wurde, ist vielleicht jemandem ein Fahrzeug aufgefallen.« Sie dachte an einen schwarzen Jeep, wie ihn Wiechmann fuhr. »Sobald ihr etwas habt, ruft ihr mich oder Fabio an.«

Die vier nickten und wollten schon aufstehen.

»Bevor ihr losgeht, hören wir noch den Bericht über die Nachbarnbefragungen in der Wolfsberger Straße. Bitte, Jan.«

Jan zog das Kinn ein und ging dann rasch die Nachbarn durch. Zur angenommenen Tatzeit am Freitag hatte Eddy Haag an einer Stil- und Typberatung bei der VHS teilgenommen. Anschließend besuchte er mit ein paar Leuten aus der Gruppe das Restaurant dort im Haus. Als Nächstes die Familie Ganser. Frau Ganser war mit ihrem Sohn bei Freunden in Pfullingen; Herr Ganser, ein Krankenpfleger, hatte Dienst im Bürgerhospital. Jan verschob ein paar Blätter, die vor ihm lagen. Die Befragung der Judith Kaminski war ebenfalls negativ. Sie war zur Probe bei ihrer Laienschauspielgruppe in Kaltental. Die Rentnerin Margit Beutelspacher war die ganze Zeit zu Hause, sie backte mit einer Bekannten zusammen für ein Fest im Mehrgenerationenhaus Heslach. Jan guckte in seine Unterlagen und führte eine Ivka Holzschuh an, ebenfalls Rentnerin, auch sie war den ganzen Tag zu Hause, machte Handarbeiten und sah fern. Der im selben Haus wohnende Ergotherapeut Mark Bohn war zur Tatzeit bei seiner Freundin im Stadtteil Münster. Sie kochten und er übernachtete auch dort. Dann gab es noch die Musiklehrerin Ida Hornberger. Sie tapezierte mit ihrer Schwester, die aus Biberach angereist war, Küche und Esszimmer. Zwischendurch ließen sie sich von einem Pizzaservice etwas kommen.

»Das war's«, sagte Jan.

Das war gar nichts. Corry sah ihn scharf an. »Und? Kannten sie Merle?«

Jan wiegte den Kopf. »Die Nachbarn haben sie zwar mal vorbeirennen sehen oder im Sommer mit einem

Hula-Hoop-Reifen auf dem Gehweg herumtanzen – aber viel mehr haben sie nicht gesagt. Manche meinten, sie sei schon länger weg.« Jan schaute hoch. »Die Reaktionen waren aber alle völlig normal, die Leute waren geschockt und wütend, und manche hatten Angst, weil da draußen ein Mörder herumläuft.«

»Wer überprüft ihre Alibis?«, fragte Corry.

»Nick und Paul sind schon dabei«, sagte Jan. Dann schien ihm noch etwas einzufallen. »Das hätte ich jetzt glatt vergessen, wo ist nur der Bericht?«

Corry kniff die Augen zusammen, um den Text auf seinem schilfgrünen Sweatshirt lesen zu können: »SAVE A WHALE, EAT A JAPANESE«.

Bald hatte er das richtige Papier gefunden. »Es geht um die Nachbarin von schräg gegenüber«, sagte er. »Frau Betz verdächtigt ihr eigenes Kind.«

Corry lehnte sich zurück. »Wieso das?«

»Sie sagte, ihr Sohn Jonas hat kein Alibi und dass er die Tote kennt und auch im Wald gewesen sei.« Jan machte ein angewidertes Gesicht. »Sie riss einfach die Tür zu seinem Zimmer auf. Dort saß Jonas, zwölf Jahre, an seinem Computer. Seine Mutter herrschte ihn an: ›Gib zu, dass du mit ihr geredet hast.‹«

Corry beugte sich vor. »Jonas kannte also Merle?«

»Sie wollte ihm die Kaninchen zeigen, das ist aber Monate her.« Jan klappte die Augen zu und wieder auf. »Der Junge erklärte, er hätte keine Lust gehabt, und da hättet ihr mal seine Mutter hören sollen: ›Keine Lust!‹, schrie sie. Braucht man Lust, um sich ein Kaninchen von nem kleinen Mädchen anzusehn?‹«

»Und? War er im Wald?« Corry schaute gereizt an die Decke.

»Ja, aber erst am Montag, nachdem der Leichenfund in der Zeitung gestanden hatte. Er sagte, er sei hinter der Absperrung geblieben, und ich glaub ihm das.«

»Konnte er etwas über Merle sagen?«, hakte Corry nach.

»Jonas hat nur dieses eine Mal mit ihr Kontakt gehabt. Er sagte, mit Mädchen ihres Alters könne er nichts anfangen. Das muss man verstehen.«

Nachdem Jan, Müzze und die beiden Feuerbacher abgezogen waren, um sich die Kita-Eltern vorzunehmen, kam endlich der Anruf auf Ottes Handy: Saarbrücker Kollegen war es gelungen, Heiko Wiechmann und Leila Murad an einer Raststätte an der A6 zu fassen. Die beiden saßen in diesem Moment getrennt in zwei Streifenwagen. In etwa drei Stunden würden sie in Stuttgart ankommen.

Corry vergaß, wie gereizt und müde sie war.

Eine Stunde später erschien Gerd in Corrys Büro. Sie hoffte inständig, dass er handfeste Ergebnisse mitbrachte. Aber so, wie er sich mit einem Ächzen auf den Besucherstuhl fallen ließ, sah er herzlich wenig vielversprechend aus. Bis er sich zu seinem Aktenkoffer hinabbeugte und eine Beweismitteltüte herauszog.

Er legte sie wie eine Kostbarkeit auf Corrys Schreibtisch. »Das lag am Fußende in Merles Bett, unter der Decke.«

Durch die Folie sah Corry einige Säckchen, etwa so groß wie Tabaksbeutel, in Gelb, Lila, Grün, und zwei in Rosa.

»Da fehlen ja die Kordeln«, bemerkte Corry. »Die Kitaleiterin sagte, die Säckchen werden mit einer Kordel zusammengezogen.«

»Wir haben sie so gefunden.« Gerd packte sie wieder in die Tasche. Als seine kräftigen Hände wieder auftauchten, hielten sie eine Bäckertüte: »Nimm dir, Corry«, sagte er. Gerd hatte Butterbrezeln mitgebracht.

»Und weiter?« Corry biss ein knuspriges Brezelärmchen ab und sah sich Gerds Haselnussaugen an.

»Wir haben ein benutztes Unterhemd von Merle für den Suchhund ergattert. Wir hoffen, dass wir so den Kinderkoffer finden oder sonst etwas, das noch zu ihr gehört. Ich bezweifle das allerdings.« Er biss in das Weiche seiner Brezel. »Wir haben ja den halben Wald in Tüten verpackt.«

Da war was dran. Corry ließ ihn erst einmal fertig kauen, dann sagte sie: »Und sonst? Ist das alles?«

Gerd zog nun eine kleine Klarsichthülle aus der Tasche und hielt sie hoch. »Das ist das Garn mit der Hunde-DNA. Ich hab dir ja gesagt, es geht immer schnell, eine Genspur nach menschlich oder tierisch zu unterscheiden.«

»Und da ist Blut dran?« Corry kniff die Augen zusammen, aber sie sah nur einen kurzen schwarzen Faden, der an einem Ende ausgefranst war.

»Aber sicher«, sagte Gerd. »Und winzige Hundehärchen – zwei braune und drei weiße.«

Corry griff zum Telefon und hielt den Hörer in die Luft. »Am Samstag ist im Heimberg-Wald ein Hund gestorben«, sagte sie zu Gerd. »Mal sehen, was der für eine Farbe hatte.«

Sie wählte Nicks Nummer und wusste eine Minute später Bescheid. »Der Besitzer soll aufs Präsidium kommen!«, rief sie ins Telefon. Sie drehte sich auf ihrem Stuhl zu Gerd um, der sie gespannt ansah. »Es war ein braun-weißer Hund, und im Maul war er verletzt.«

Heiko Wiechmann und Leila Murad wurden gegen achtzehn Uhr dreißig ins Präsidium gebracht, in getrennte Vernehmungsräume gesetzt und von Beamten bewacht. Arlet Cronmüller war inzwischen auch eingetroffen.

»Wir machen es so«, verkündete Otte polternd: »Fink und Fabio befragen Leila Murad. Den Kindesvater nehmen sich Corry und die Staatsanwältin vor.«

Damit war Corry mehr als einverstanden. Sie eilte den Flur entlang, die Treppe hoch, zwei Stufen auf einmal. Arlet musste springen, um mit ihr Schritt zu halten. Das schien ihr nichts auszumachen, sie war wieder gesund, vielleicht hatte sie neun Leben wie eine Katze.

Dass Otte bei ihnen geblieben und nicht mit Fink und Fabio in den dritten Stock hinaufmarschiert war, überraschte Corry keineswegs. Galt doch Merles Vater als die Spur, von der sie sich das meiste erhofften.

Zu dritt blickten sie durch den Einwegspiegel. Wiechmann saß an dem festgeschraubten Tisch und schaute in seinen rechten Handteller, als studiere er eine eklige Speisekarte.

Corry sah sich den »Vampir«, wie sie ihn für sich nannte, genau an: Er war dreiundvierzig Jahre alt, wie sie aus den Akten wusste, und trug lässige, schicke Freizeitkleidung. Auffallend schwarz war das in der Mitte gescheitelte, glatte Haar. Es glänzte wie in Öl gebadet. Als er sich ihnen im Profil präsentierte, fiel ihr seine Unterlippe auf; sie passte nicht recht zu seinen markanten Zügen – sie hing in der Mitte herab, wie bei einem schmollenden Kind oder einem Kamel.

»Komischer Vogel«, meinte Otte bündig.

Jetzt sah sich Wiechmann im Raum um, ignorierte den Beamten im Hintergrund, blickte auf seine teure Armbanduhr. Als er sich seine Finger vornahm, die Nagelhäute überprüfte, entschied Corry: »Genug. Wir gehen rein.«

Otte blieb vor dem Fenster stehen. »Wenn ihr mich braucht ...«, brummte er.

Corry stob los, Arlet auf Tuchfühlung hinter ihr.

Wiechmann federte aus seinem Stuhl. »Ich will sofort wissen, wieso ich hier festgehalten werde«, rief er aufgebracht.

Corry stellte die Staatsanwältin, dann sich selbst vor und bat ihn, wieder Platz zu nehmen. Arlet fragte ihn, was er in Frankreich gemacht hatte, aber er spuckte nur den Ortsnamen aus. Arlet, die sich in der Gegend auskannte, kniff die Augen zusammen. »Massy, sagen Sie? Etwa zwanzig Kilometer südwestlich von Paris.« Ihr übergeschlagenes Bein wippte wie wild. »Was haben Sie da gemacht – im November?«

»Das geht Sie gar nichts an«, blaffte er. »Und jetzt will ich wissen, was los ist.«

Wenn man einem Menschen etwas Furchtbares sagen muss, glaubt man, die Zeit steht still. Doch der Sekundenzeiger flitzt weiter auf dem Zifferblatt, wie immer. Die

Wände kommen näher, aber dann weichen sie wieder an ihren Platz zurück. Es ist überstanden. Es ist schwer, aber machbar.

Corry betrachtete Merles Vater. Er hatte den Kopf in den Armen vergraben, hielt sich die Ohren zu. Er bettelte, sie solle noch einmal von vorne beginnen, aber bitte, bitte, mit einem neuen, einem anderen Text.

»Sagen Sie bitte das Gegenteil, Frau Voss.« Er weinte laut. »Sagen Sie: Ihr kleines Mädchen ist wohlbehalten aufgefunden worden. Nur ein paar Kratzer hat es abgekommen, aber sonst? Alles bestens. Das Kind singt ... es malt ... es tanzt.«

»Aber nein«, sagte Corry. »Ich erzähle keine Märchen. Sie haben doch gehört, was ich gesagt habe. Ihre Tochter lebt nicht mehr.«

»Ich frage Sie noch einmal: Was haben Sie in Massy gemacht?« Arlet belauerte Wiechmann, an dem alles zitterte. Hände, Arme, Schultern. Mit seiner Freundin Leila sei er bei deren Bruder gewesen, brachte er hervor.

»Wieso sind Sie ohne Merle gefahren?« Corry sah ihn scharf an. »Sie wollten sie doch mitnehmen.«

Wiechmanns hängende Unterlippe zuckte.

»Ich warte auf Ihre Antwort«, sagte Corry. Seine schwarzen Augen voller Tränen.

»Wir haben Zeit«, meinte Arlet und wippte noch schneller mit ihrem Bein. Der dicke Kuli schwebte über ihrem Block.

»Nun reden Sie schon«, drängte Corry. »Es geht Ihnen hinterher besser, das verspreche ich Ihnen.« Tränen liefen über seine puderweißen Wangen. »Wir wissen, dass Sie Merle am Freitag von der Kita abholen sollten, Ihre Tochter hat auf Sie gewartet.«

Kaum dass sie den Satz beendet hatte, bekannte Wiechmann sich schuldig.

Aus seinem weichen Mund strömte eine Flut der Selbstanklage. »Was habe ich angerichtet? Ich habe ihr Leben ... zerstört«, wimmerte er. Mit beiden Händen rieb er sich den

Kopf. »Ich habe sie nicht mitgenommen«, schluchzte er, »ich wollte doch nicht, dass … dass sie das hört.«

»Dass Merle was hört?«

Wiechmanns Kopf sank zum Tisch herab. Beinahe berührten seine Haarspitzen Arlets Block, auf dem sie gerade ein Gitter zeichnete, das nach einer Gefängnisfassade aussah.

»Sie haben meine Frage nicht beantwortet«, sagte Corry.

Wiechmann schwieg. Machte dicht.

Aber nicht mit Corry. »Haben Sie Merle am Freitag von der Kita abgeholt, ja oder nein?«

Wiechmann zitterte stark. »Ich bin schuld«, sagte er dumpf. Er zog ein paar Papiertaschentücher aus der Packung, die auf dem Tisch bereitlag, sie rutschten ihm aus den Fingern und fielen auf den Fußboden. Corry ließ sie liegen.

»Sie haben also Merle abgeholt – und dann?«

Wiechmann bückte sich nach den Taschentüchern, blickte wie geisteskrank auf. »Ich war … nicht … dort.«

Corry wartete ab. Arlet fuhr ihn an: »Wieso nicht?«

Wiechmann legte die Papiertücher vor sich auf den Tisch. Drei Stück. Vater, Mutter, Kind. »Ich habe doch abgesagt«, stammelte er.

»Davon ist uns nichts bekannt.« Arlet trommelte mit den Fingern auf ihrem Block. »Das müssen Sie uns schon erklären.« Ohne groß hinzusehen, tupfte sie Punkte in die Fensterchen, das waren die Gefangenen, und Wiechmann zählte bestimmt schon dazu.

»Ich habe Merle doch einen Brief geschrieben.«

»Ihre Exfrau hat keinen Brief erwähnt«, entgegnete Corry.

Wiechmanns Hände fuhren an seine Stirn, dann schlich sich ein kleines böses Grinsen auf seinen hängenden Mund. »Also hat Julia meinen Absagebrief … weggeschmissen.«

»Denken Sie das wirklich?« Corry war auf hundertachtzig. »Glauben Sie, Julia ließe zu, dass Merle allein auf der Straße steht – vier Tage lang?«

Wiechmann stand der Mund offen.

»Ihre Exfrau war in München«, erklärte Arlet. »Sie fuhr im Vertrauen, dass Merle bei Ihnen ist.«

»Sie konnte doch nicht zu diesem Seminar fahren, wenn ich doch abgesagt habe. Das geht doch nicht.« Wiechmanns Körper bebte. Der Mann war fertig. Aber Corry noch lange nicht. Sie würde gleich wieder auf seinen Absagebrief kommen, aber zuvor hatte sie eine andere Frage: »Mit wem ist Merle sonst noch so zusammen?«

»Eine ältere Frau«, stammelte er. »Ich habe wenig Zeit … ich muss mich um die Agentur kümmern! Arbeiten … immer arbeiten, verstehen Sie?«

Und ich hab tausend Überstunden, dachte Corry. Laut sagte sie: »Sie werden doch irgendwann einmal Ihrem Kind zugehört haben, von wem es erzählt.«

Die Taschentücher verschwanden in seiner Hand.

»Wer ist Henry?« Corry stellte ihn auf die Probe. Wiechmann schluckte. »Ich weiß nicht«, stieß er hervor, »mit wem … meine Exfrau alles rummacht.«

»Henry ist ein Kaninchen«, klärte Arlet ihn auf.

Da schlug er sich die Hand vor die Stirn. Arlets Kuli fuhr dreimal feste um das kleine Gefängnis, damit auch ja keiner mehr herauskam. »Wir waren in Ihrem Haus«, sagte sie gedehnt. »Es gibt dort kein Kinderzimmer.«

Wiechmann legte seine Hände, weiß wie Schnee, über sein Gesicht. »Merle konnte überall spielen«, sprach er darunter hervor.

»Und wo hat sie geschlafen?« Arlets Hacke wippte.

»Wie bitte?« Die Schneehände rutschten herab.

»Wo hat denn Ihr Kind übernachtet, wenn es bei Ihnen war?«

Er schwieg.

»Kommen wir auf Ihren Brief zurück«, Arlet blitzte ihn an. »Wieso haben Sie Ihre Exfrau nicht einfach angerufen, um den Termin abzusagen?«

Wiechmann blickte vor sich auf die Tischplatte. Arlet stieß ihn kurz mit dem Kugelschreiber an.

Endlich sagte er wie benommen: »Ich habe Merle geschrieben, dass ich nicht kommen kann, und eine Sonne … habe ich auf das Kuvert … gemalt.«

»Eine Sonne?« Corry hob beeindruckt die Brauen. »Und was stand im Brief?«

Heiko Wiechmann fuhr sich über die rot geweinten Augen. »Dass ich leider … wegfahren muss.«

»Wann haben Sie den Brief abgeschickt?« Corry wusste, dass bei der Post immer mal etwas verloren ging.

»Ich habe ihn … eingeworfen«, sagte er und heulte nun wie ein kleiner Junge.

Corry schlug einen milderen Ton an. »Es sieht so aus, als wäre Ihr Brief nie angekommen.«

20

»Herr Lavelli!« Fabio drehte sich um. Er war zusammen mit Fink auf dem Weg zu dem Besprechungsraum, in dem Leila Murad festgehalten wurde. Ulla Tillack rannte hinter ihnen her.

»Der Hundehalter … sitzt unten in der Cafeteria. Ich hab ihn ganz vergessen.« Sie zog die Stirn in Falten. »Uh, ist mir das peinlich.«

Fabio entschied, dass Frau Murad noch ein paar Minuten warten konnte. »Okay, sprechen wir mit ihm«, sagte er, dann eilten sie zu dritt die Treppen hinab. Ulla meinte noch: »Der Mann wirkt depressiv.«

In der Cafeteria war nur ein Platz an einem Vierertisch besetzt, ganz hinten, unter einem Fenster zum Weinberg.

»Das ist Herr Bräutigam«, stellte Ulla den älteren Herrn vor. »Sein Hund ist am Samstag im Heimberg-Wald gestorben, also einen Tag später als Merle.«

Fabio gab ihm die Hand. Wasserhelle, traurige Augen blickten durch eine Goldrandbrille zu ihm hoch. Er hatte eine olivfarbene Barbourjacke an, der Reißverschluss stand offen. Ein blassroter dünner Schal lag ihm wie ein Galgenstrick um den Hals. Neben einer leer getrunkenen Tasse lag ein Foto von einem braun-weißen Hund, einem Beagle. Er saß in einer Krokuswiese und schaute freundlich in die Kamera.

Fabio zog sich einen Stuhl heran. »Erzählen Sie mir alles der Reihe nach, Herr Bräutigam.« Fink und Ulla nahmen ebenfalls Platz und hörten zu.

Der Rentner war mit seinem Rüden am Samstag gegen sechzehn Uhr zum Wald gefahren. Er hatte auf dem Parkplatz der Gaststätte »Mähtal« seinen Wagen abgestellt und den Hund von der Leine gelassen.

»Wir wollten dort unsere Runde drehen, wie jeden Samstag«, sagte er, nahm die Brille ab und wischte sich mit den

Fingern über die Augen. »Dann ist Maxwell gegen seine Gewohnheit diesen Abhang hinuntergelaufen.« Er zog einen Stuttgarter Waldführer aus der Innentasche seiner Jacke und tippte mit dem Brillenbügel auf einen roten Punkt, den er auf die Wanderkarte gemalt hatte.

Fabio erkannte, dass der Punkt nicht weit von der Stelle entfernt war, wo am Samstag noch Merles Leiche gelegen hatte. »Was ist dann geschehen?«, fragte er.

»Mein Hund bellte und heulte laut auf. Ich pfiff nach ihm, aber er kam nicht sofort, wie sonst immer. Als er endlich daherkam, hing ihm seitlich etwas aus dem Maul. Weil es dämmerig war, konnte ich nicht erkennen, was es war.« Herr Bräutigam setzte seine Brille wieder auf. »Maxwell ahnte wohl, dass ich ihm das Ding abnehme, also rannte er ein Stück in die andere Richtung, blieb stehen, und warf es hoch, wie ein Fuchs die Maus hochwirft, damit er sie besser packen kann.«

Herr Bräutigam saß vornüber gebeugt, mit den Händen knetete er seine Knie. »Ich hab mich noch gefreut, dass der alte Junge wieder so munter ist«, sagte er. »Ich dachte, prima, er hat sich erholt. Sie müssen wissen: Maxwell hat ein schwaches Herz, er kriegt jeden Morgen eine Herztablette, und am Freitag war ja die Zahn-OP.« Herr Bräutigam verzog das Gesicht, als litte er selbst unter Zahnweh. »Die Tierärztin hat ihm einen Backenzahn gezogen, zweihundert Euro.« Er ließ eins der Knie los und machte das Teuerzeichen mit den Fingern.

Fabio notierte sich: schwaches Herz, Zahn-OP am Vortag.

»Ich bin weitergegangen«, sagte Herr Bräutigam. »Ein Hund rennt seinem Herrn üblicherweise hinterher. Nach einer Weile hab ich mir Sorgen gemacht, weil er nicht nachkam.«

Der alte Herr lehnte sich zurück, ließ die Arme an dem lehnenlosen Stuhl seitlich herabhängen. Mit geschlossenen Augen sagte er: »Dann fing er an zu schreien. Ich wusste nicht, dass ein Hund so schreien kann.«

Schmerzen. Fabio sah Dr. Kern vor sich, wie er um Worte gerungen hatte, und dann schlicht und einfach sagte: Das Mädchen hat sich vor Schmerzen in den Boden gekrallt.

»Sprechen Sie bitte weiter«, sagte Fabio.

Stockend schilderte Herr Bräutigam, wie er zu seinem Beagle gelaufen war, der sich im Laub krümmte. »Ich dachte, das hängt mit der Zahnoperation zusammen. Also versuchte ich, die Tierärztin zu erreichen, aber es war ja Samstag und niemand nahm ab. Maxwell erbrach sich und rieb seine Schnauze am Boden. Ich bin dann von allein draufgekommen, dass mein Hund vergiftet worden ist.«

Fabio schrieb auf: Schnauze am Boden reiben.

Der alte Herr seufzte und nahm den Becher Kaffee an, den Ulla ihm in die Hand drückte. »Ich mag mir diese Hundehasser gar nicht vorstellen«, sagte er. »Sie legen Giftköder aus und ergötzen sich an der Vorstellung, dass ein Tier qualvoll daran zugrundegeht. Solche Leute haben das Herz nicht auf dem rechten Fleck. Was sie tun, ist heimtückisch.«

»Beschreiben Sie, wie das aussah, was Maxwell aus dem Maul hing«, bat Fabio.

»Es sah aus wie ein Streifen Speck.«

»Hat es sich bewegt?«

»Das kann ich nicht sagen, Maxwell ist mit der Beute ja nicht hergekommen.«

»Dann haben Sie auch nicht gesehen, ob er diesen ... Streifen gefressen hat?«

»Zuzutrauen wär's ihm.«

»Eine Frage noch: Wo haben Sie Ihren Hund begraben?« Fabio würde ihn auf der Stelle ausgraben.

»Den habe ich gar nicht begraben«, sagte Herr Bräutigam. »Er wurde abgeholt und kremiert.« Er steckte seinen Waldführer wieder ein. »Über Nacht habe ich ihn in der Garage liegen lassen, und am nächsten Morgen kam der Tierbestatter, obwohl Sonntag war. Das geht ratzfatz.«

Fabio blickte von Fink zu Ulla. Beide drehten die Augen zur Decke. Einen Moment herrschte Schweigen. Dann sagte Fabio: »Versuchen Sie bitte, sich zu erinnern: Haben Sie im Wald oder am Parkplatz einen rosa Kinderkoffer gesehen?«

Der Mann schüttelte verneinend den Kopf.

»War an diesem Samstag dort draußen irgendetwas anders als sonst? Haben Sie jemanden getroffen?«

»Einen Reiter habe ich gesehen, auf einem Rappen.« Herr Bräutigam runzelte die Stirn. »Da lebte mein Hund noch, das war auf dem Hinweg.« Er nahm einen Schluck Kaffee. »Auf dem Rückweg kam mir auf der Eichenwaldallee ein Ehepaar entgegen. Sie blieben bei mir stehen und fragten, ob sie mir helfen könnten. Ich lehnte aber ab, weil ich Maxwell allein tragen konnte.« Er hielt einen Moment inne. »Ja, und später, kurz vor dem Parkplatz, fuhr ein junger Mann auf einem Mountainbike an mir vorbei. Er hat nicht einmal abgebremst, ist einfach vorbeigerast, als wäre ich gar nicht da mit dem toten Hund auf dem Arm.«

Als wäre ich gar nicht da, echote es in Fabios Kopf.

Herr Bräutigam zuckte die Schultern. »Ich weiß nicht, ob meine Geschichte etwas mit dem toten Mädchen zu tun hat«, räumte er ein. »In der Zeitung steht, ihr wollt nicht damit herausrücken, an was es gestorben ist.« Seine Stimme schwankte, als er fortfuhr: »Wäre es nicht möglich, dass das Kind einen vergifteten Köder … gegessen hat?«

Fabio dachte eine Sekunde nach. »Das wissen wir im Moment noch nicht. Aber es war richtig, dass Sie gekommen sind.« Er erhob sich zum Zeichen, dass das Gespräch zu Ende war. »Wir kümmern uns um die Sache.«

»Apropos Sache«, sagte der Herr Bräutigam beim Aufstehen. »Ein Tier ist ja vor dem Gesetz eine Sache – aber quälen darf man diese Sache auch nicht gerade?«

Fabio nickte abwesend. »Natürlich nicht.«

»Der Herr von der Kremierungsfirma sagte mir, dass Hundevergifter Freiheitsstrafen von bis zu drei Jahren kriegen oder Geldstrafen bis zu sechstausend Euro, wenn man sie schnappt. Stimmt das?«

Fabio hatte gar nicht recht zugehört. Ihm ging das Gifttier in Form eines Streifens Speck im Kopf herum. »Ja, ja, das stimmt«, sagte er beiläufig.

»Ich möchte hiermit Anzeige wegen Tierquälerei mit Todesfolge erstatten«, sagte Herr Bräutigam und steckte die Hände in die Jackentaschen. »Ich sehe nicht ein, dass so ein fieser Finger ungestraft davonkommt.«

»Sie haben ja recht«, sagte Fabio. »Gehen Sie morgen früh zur Polizeiwache in Feuerbach.« Der alte traurige Mann sah ihn an; es tat fast weh. »Oder … Frau Tillack, könnten Sie die Anzeige aufnehmen?«

Ulla nickte und lächelte Herrn Bräutigam an.

Fabio drehte sich noch einmal zu dem Mann um. »Wie nannten Sie die Hundevergifter – heimtückisch?«

Er nickte. »Es ist heimtückisch, wenn man heimlich veranlasst, dass eins stirbt, aber nicht dabei ist, wenn man noch helfen könnte.«

Leila Murad saß aufrecht an dem zerkratzten und an den Rändern mit Zigarettenglut versengten Resopaltisch. Dies war das kleinste Besprechungszimmer im ganzen Polizeipräsidium. Der PVC-Boden war alt und abgenutzt, die kahlen Wände fleckig, das schmale Oberlicht voller Schlieren.

Peggy Richter hatte auf Frau Murad aufgepasst; jetzt stieß sie sich von der Wand ab, sichtlich erleichtert, dass sie abgelöst wurde. Mit einem Kopfnicken verließ sie den Raum.

»Guten Abend, Frau Murad«, sagte Fabio.

Dies also war die Schöne aus Tausendundeiner Nacht, die Merle vor einem Supermarkt ausgeschimpft hatte. Sie sah besser aus als auf dem Foto vom Passamt. Ihr Teint war wie Milchschokolade und ihre großen, dunklen Augen leuchteten. Sie waren mit Kajal umrahmt, vielleicht war das aber auch gestochen. Ihr millimeterkurzes Haar brachte ihre schmale Kopfform und die hohe Stirn zur Geltung.

Leila Murad reichte ihm zögernd die Fingerspitzen.

Fabio und Fink setzten sich zu ihr.

»Was war denn der Grund Ihrer Reise?«, fragte Fabio einigermaßen freundlich.

»Wir waren bei meinem Bruder!«, fuhr sie ihn an. Ihre Zähne schimmerten wie eine dicke Perlenkette. »Muss man jetzt die Polizei um Erlaubnis fragen, wenn man seine Verwandtschaft besuchen will?«

Fabio lehnte sich zurück und sagte ihr, dass Merle tot im Wald gefunden wurde, ganz zufällig, als jemand sein Haustier begraben wollte.

»Nein … das ist nicht wahr!« Ihre Augen weiteten sich. »Das darf nicht sein, nicht so etwas …«

Fabio beugte sich wieder vor. »Warum haben Sie Merle eigentlich nicht mitgenommen?«

»Merle war doch gar nicht eingeplant«, erwiderte sie matt. »Wieso sollte sie denn mitfahren?«

Vielleicht, weil es ganz nett sein konnte, mit dem Papa und seiner Freundin eine Spritztour nach Frankreich zu machen, dachte Fabio. Er schob den Gedanken weg, war er doch selbst niemals mit Salvatore irgendwohin gefahren, und wenn, wäre er wohl kaum weiter gekommen als bis zur nächsten Großbaustelle. Laut sagte Fabio: »Weil Merle letztes Wochenende bei ihrem Vater verbringen sollte.«

Leila Murad hob erstaunt die Brauen. »Aber davon weiß ich nichts.« Zwei, drei Tränen rannen über ihre Wangen, die sie mit dem Ärmel ihres hellen Wollblazers energisch fortwischte.

»Merles Mutter sagt, dass es mit Heiko so ausgemacht war«, bekräftigte Fabio.

»Das wüsste ich«, brauste sie auf und hievte ihre rehbraune Ledertasche auf die Knie. »Und jetzt sind mein Freund und ich verdächtig, ist es so?« Ihre Märchenaugen sprühten Gift.

»Solange Ihr Alibi in Massy nicht bestätigt ist, schon«, antwortete Fabio betont gelassen.

»Das wird kein Problem sein«, entgegnete sie und fischte ein Tempo aus der Tasche. »Mein Bruder ist Lehrer an der christlichen Sprachschule Les Cèdres. Er wird bestätigen, dass wir bei ihm waren.« Sie ließ die Tasche mit einem metallischen Klicken zuschnappen.

»Dann sind Sie aus dem Schneider«, stellte Fabio sachlich fest. »Aber noch ist es nicht so weit, und wir haben Fragen.« Leila Murad sah unbeteiligt zu dem Oberlicht hoch mit dem schwarzen Himmel dahinter. Fabio tauschte mit Fink einen Blick. Dann sagte er: »Wie standen Sie zu dem Kind?«

»Ich? Gut. Sehr gut.« Frau Murads Miene hellte sich auf. »Leider habe ich nur wenig Zeit. Ich arbeite nämlich.« Sie packte ihre Tasche am Riemen. »Und jetzt will ich zu meinem Freund, er macht ja die Hölle durch, wenn er das jetzt erfährt.«

»Er weiß es schon.« Fabio sah sie forschend an.

»Aber er hat so viele Pläne mit ihr.« Sie schnäuzte sich.

»Was für Pläne?« Fabio beobachtete die schöne Frau aus dem Sillenbucher Glashaus, wo es für Merle auf 200 Quadratmetern Wohnfläche nicht das kleinste Plätzchen gegeben hatte.

»Sie sollte reiten lernen, wenn sie größer ist.« Leila Murads große, schwarze Augen glänzten.

»Sie wird nicht größer«, sagte Fabio.

Die Träne, die ihr die Wange hinabrann, schien Frau Murad zu kitzeln. Mit ihrem Blazerärmel schlug sie geradezu danach.

Fabio wechselte das Thema. »Wussten Sie, dass Julia mit Merle nach München ziehen wollte?«

Frau Murad presste die Lippen aufeinander, nickte unbehaglich.

»Was meinte Ihr Freund dazu?«

»Heiko konnte sich nicht vorstellen, dass Julias Chef es lange mit ihr aushält«, sagte sie mit einem schiefen Grinsen. »Er glaubte nicht, dass es zu dem Umzug kommt.«

Nun ergriff auch Fink einmal das Wort: »Kennen Sie denn Julias Chef?«

»Ich habe ihn kurz gesehen, als ich mal Merle nach Hause fuhr. Da fuhr er gerade in seinem BMW weg.«

»Wie hat Merle reagiert?«, wollte Fink wissen.

Leila Murad tupfte mit dem Taschentuch an ihren Augen herum, obwohl sie schon nicht mehr weinte. »Merle hat so getan, als kennte sie ihn nicht. Ich sagte zu ihr: ›Das ist doch der Freund deiner Mutter?‹ Aber sie sagte nichts.«

Fink fuhr fort: »Hat Merle mal von diesem Herrn gesprochen oder von einer anderen Person?«

»Sie behielt alles für sich. Und wenn sie mal was erzählte …« Frau Murad stockte.

»Was dann?«, fragte Fabio.

»Dann war es erstunken und erlogen.«

Die Worte trafen Fabio wie ein Schlag ins Gesicht. »Erklären Sie uns das, bitte«, forderte er Frau Murad auf.

Aus ihrem rechten Auge fiel nun doch noch eine Träne. »Ich will nichts Schlechtes über sie sagen, jetzt, wo sie tot ist. Aber Merle war … schwierig. Sie hatte Schlaf- und Essstörungen. Es war nicht einfach mit ihr, das dürfen Sie mir glauben.«

»Und was ist mit den Lügen?«, erinnerte Fabio.

Sie zog die Mundwinkel herab und schaute düster auf den zerkratzten Tisch. »Merle behauptete, wir hätten sie mal in einem Kaufhaus vergessen. Und ein andermal hieß es, wir hätten ihr Kaninchen am Ohr verletzt.« Leila Murad zog scharf den Atem ein. »Aber wir sind doch keine Ungeheuer.«

Es klopfte kurz an der Tür. Peggy steckte den Kopf herein und gab Fabio ein Zeichen: Corry wollte ihn sofort sprechen. Fabio entschuldigte sich und ging mit Fink hinaus.

Vor der Tür lief Corry nervös hin und her. Ihr schwarzer Schal reichte auf einer Seite bis zum Boden. Sie wirkte gleichzeitig müde und aufgedreht. Jetzt blieb sie abrupt stehen. »Wiechmann behauptet, dass er seiner Tochter schriftlich abgesagt hat.« Sie stemmte die Hände in die Seiten. »Wenn das wahr ist, hätte Julia wissen müssen, dass er Merle am Freitag nicht abholt.«

»Das passt zu dem, was Frau Murad sagt«, meinte Fabio. »Sie behauptet, von dem Termin nichts gewusst zu haben.«

Corry lief zwei Schritte vor, rechts um, zwei Schritte zurück. »Wiechmann windet sich in Selbstvorwürfen – ›Wäre ich nur da gewesen‹, bla-bla. ›Hätte ich Merle doch nur mitgenommen‹, bla-bla. ›Warum hab ich sie bei der Schlampe gelassen?‹ – gemeint ist übrigens die Mutter.« Corry stampfte hin und her. »Er ist vor fünf Minuten zusammengebrochen, wir haben einen Arzt geholt.«

Fabio und Fink gingen nun auch auf und ab. »Bei uns lief es so«, sagte Fink: »Leila Murad hat zwar ein wenig geweint, beschrieb Merle aber im selben Atemzug als verhaltensauffällig.«

Corry hob eine Braue.

»Schlaf- und essgestört sei sie gewesen«, fuhr Fink fort, »und außerdem verlogen. Wenn du mich fragst: Sie hat Merle kein bisschen gemocht.«

Fabio sah Corry an, dass sie gleich in die Luft gehen würde, aber da kam Ulla vom Ende des Korridors auf sie zugeeilt, und Corry riss sich zusammen.

Ulla hielt ein Papier in der ausgestreckten Hand. »Nachricht von den französischen Kollegen«, keuchte sie. »Leila Murads Bruder, ein Lehrer für …«, sie schaute auf das Blatt, »für biblisches Französisch«, las sie ab. »Nun, er gibt den beiden ein Alibi. Sie waren die ganze Zeit bei ihm; sie kamen, um sich Geld zu pumpen.« Ulla sah noch einmal auf das Papier: »Finanzspritze für Herrn Wiechmanns Werbeagentur W & W Irgendwas. Herr Murad meinte, als Christ könne er nicht nein …«

»Ja super«, Corry unterbrach Ulla mit einem säuerlichen Lachen. »Deshalb wollten sie Merle nicht dabeihaben.« Sie kniff die Augen zusammen. »Wer will schon Zeugen, wenn er schnorren geht?«

»Igitt nochmal«, pflichtete Fink bei, während Ulla wieder den Gang zurücklief zu den Treppen.

»Was die Staatsanwältin wohl dazu sagt?«, überlegte Fabio laut.

Corry sprach die Antwort aus: »Dass wir sie laufenlassen müssen, und zwar sofort.«

Fink stieß einen Seufzer aus. »Wenn Heiko Wiechmann die Kleine nicht von der Kita abgeholt hat, wer war es dann?«

»Wir finden ihn, keine Sorge.« Corry wirkte halbwegs optimistisch. »Und dann machen wir Hackfleisch aus ihm, okay?«

Das war Corry. Fabio knuffte sie kurz am Arm, dann kam er auf die schriftliche Absage zurück. »Glaubst du Wiechmann?«

»Irgendwie schon«, sagte Corry.

Fink sagte: »Also, ich weiß nicht.«

»Wir fragen Julia Wiechmann«, schlug Fabio vor. »Gleich morgen früh.«

»Okay«, meinte Corry. »Schneller geht's, wenn wir sie heute noch fragen.« Sie warf einen Blick auf ihre Uhr. »In zehn Minuten fängt die Pressekonferenz an; danach fahren wir kurz zu ihr.« Mit diesen Worten hob sie das lange Ende ihres Schals hoch, warf es sich über die Schulter und eilte davon.

Heute noch? Fabio hätte gern mal zu Hause nach dem Rechten gesehen. Rief der beziehungsreiche José immer noch alle fünf Minuten an, um Sebastian nach Rio zu locken? Und was hatte Salvatore in der Zwischenzeit angestellt?

Fabio befahl sich, nicht mehr an seine Privatsachen zu denken. Denn eines war klar: Der Täter sollte keine Minute länger als nötig frei herumlaufen. Würde er weitere Opfer fordern? Sie hatten keinen Schimmer, wie er – oder sie – tickte. Die Soko »Poncho« war kaum weiter als am Sonntag, als sie im Regen gestanden und den Waldhang hinuntergestarrt hatten. Und jetzt war ihre heiße Spur – Vater tötet Kind aus Hass gegen Exfrau – Schnee von gestern.

Fabio schickte Fink in den Feierabend. Sie lächelte ihm dankbar zu und hob zum Abschied eine Hand. Ihre leuchtend rote Armstulpe stand einen Moment wie ein Ausrufezeichen in dem grauen Korridor.

Fabio betrat erneut das Vernehmungszimmer mit der schönen, dunklen Frau. Er wollte die Zeit bis zur Pressekonferenz nutzen, um mehr über Merles Umfeld zu erfahren, und dazu gehörte, selten aber doch, Leila Murad.

Sie bedachte ihn mit einem kühlen Blick, als er sie fragte, wohin denn die Reisen mit den Führungskräften gingen, die sie organisierte.

»In die Wüste«, sagte sie.

Fabio sah Merles Poster über der hellblauen Kindersitzgruppe vor sich. Sonne, Sand, Kamele. »Welche Wüste?« fragte er.

Frau Murad machte ein wenig mit dem Taschentuch herum, bevor sie erklärte: »Vor dem Bürgerkrieg ging ich nach Libyen. Wir wanderten mit Tuareg-Führern durch die Wüste und schliefen unter einem Meer von Sternen. Dann wich ich nach Algerien aus, doch wegen der Terrorgefahr ist es auch damit vorbei. Momentan bin ich arbeitslos.« Sie schaute wieder zum Oberlicht. Aber es gab heute keine Sterne. Nur die schwarze Scheibe – im Format eines Kindersargs.

Fabio ließ Leila Murad laufen, es gab keinen Grund, sie länger festzuhalten. Zum Abschied hielt sie ihm die Fingerspitzen hin und zog sie gleich wieder weg. An der Tür blickte sie noch einmal zurück. »Die Wüste ist wunderschön«, sagte sie in einem bitteren Ton. »Aber gefährlich.«

Fabio traf Corry im Büro, wo sie die Pressekonferenz vorbereitete. Der Termin war zum Glück um eine Viertelstunde nach hinten verschoben worden, aber davon waren auch schon wieder zehn Minuten herum.

»Wie sollen wir das nur schaffen?«, stöhnte sie und legte den Kopf auf den Wust von Papieren auf ihrem Schreibtisch.

»So wie immer«, rief er ihr über die Pflanzenstängel zu. »Denk ans Gehackte!«

Sie lachte kurz, und dann stürmten sie beide aus dem Büro.

Auf dem Weg ins blaue Konferenzzimmer konnte Fabio ihr endlich von Herrn Bräutigam und seinem Beagle berichten. Corry hörte aufmerksam zu. Fabio blieb einen Moment stehen. »Da hüpft etwas im Wald umher, das wie ein Streifen Speck aussieht und hochgradig giftig ist. Ich habe Gerd Bescheid gesagt.«

»Großartig«, sagte Corry im Gehen. Ihr langer, schwarzer Schal wippte hinter ihr her.

Um halb neun trat sie vor die Mikrofone. Die Journalisten warfen ihr Fragen zu: Wer ist das Mädchen? Wie wurde es getötet? Was genau ist im Heimberg-Wald passiert?

Corry, die Hände tief in den Hosentaschen, ließ die Fragen auf sich herunterprasseln, wie es schien. Sie machte ein stoisches Gesicht, wartete einfach ab, bis die Leute zur Ruhe gekommen waren. Erst dann sagte sie: »Dank Ihrer Hilfe konnten wir die Tote identifizieren.«

»Den Namen!«, riefen die Reporter. Und wieder: »Wie wurde sie ermordet, wie?«

»Über die Todesursache muss noch geschwiegen werden, meine Damen und Herren. Aus ermittlungstaktischen Gründen dürfen wir keine weiteren Informationen herausgeben.«

Die Journalisten reagierten unwillig. Von den hinteren Plätzen kam ein »Wer hätte das gedacht«, und jemand rief: »Na klasse.«

Dann wurde es wieder still, und alle schauten auf Corry.

»Wir gehen den zahlreichen Hinweisen aus der Bevölkerung nach, und wir ermitteln nach allen Seiten«, versprach sie. »Es ist wichtig, dass wir rasch, aber sorgfältig alle Spuren abarbeiten können, ohne dass die Ermittlungen in irgendeiner Form gestört werden. Sie verstehen das?«

Fabio vernahm zustimmendes Raunen.

»Natürlich habe ich etwas für Sie.« Corry machte eine winzige Pause. »Ihre Leserinnen und Leser dürfen noch einmal mit dabei sein ...« Sie nickte Anton Garipov zu, der sogleich das Katalogfoto eines Prinzessin-Lillifee-Köfferchens an die Wand warf.

»So einen rosa Kinderkoffer hatte das Mädchen am Freitagmittag bei sich, als es um eins die Kita ›Rappelkiste‹ in der St.-Andrä-Straße verließ.« Corry gab die Maße durch, obwohl das nicht nötig war, da sie in der Bildlegende standen. »Wem so ein Kinderkoffer irgendwo aufgefallen ist, soll sich doch bitteschön sofort auf der Hotline der ›Soko Poncho‹ melden.«

Corry machte ein Gesicht, als habe sie soeben eine Belohnung im sechsstelligen Bereich ausgesprochen.

Die Zeitungsschreiber hingen mit ihren Blicken am Bild des Köfferchens.

Fast beiläufig brachte sie das Waldverbot aufs Tapet: »Es soll nun aber keiner in den Wald rennen und das Köfferchen suchen, das machen schon unsere Leute.« Corry grinste und erntete kleine Lacher. »Im Übrigen ist das Gebiet noch großflächig gesperrt, weil weitere Suchaktionen stattfinden.«

Corry rutschte der Haarreif, aber wie Fabio sie kannte, würde sie den Teufel tun, ihn wieder zurechtzurücken. Vor der Presse verbarg sie ihre Hände. Sie hatte keine Lust, wegen ihrer Brandnarben glorifiziert oder herabgewürdigt zu werden. Corry hatte nicht das mindeste Vertrauen zu Journalisten. Seltsamerweise spürten sie das nicht.

Jetzt fragten sie nach den Obduktionsergebnissen, worauf Corry sich lässig hinstellte, auf den Boden guckte und wieder aufblickte. Dann sagte sie: »Wir müssen im Moment alle sehr geduldig sein, Himmel noch mal.«

Ihr Publikum grinste. Corry war für ihre Ungeduld bekannt.

»Die Rechtsmedizin steht kurz vor dem Resultat«, tröstete sie. »Um sicherzugehen, hat man einen Spezialisten hinzugerufen, und ich werde Ihnen demnächst hier in diesem Raum die Erkenntnisse liefern. Vertrauen Sie mir.«

Damit bedankte sie sich und ging auf keinerlei Fragen mehr ein, was manche Reporter mit einem Schnauben quittierten, doch der große Rest nickte ihr zu, und jemand rief: »Corry, du schaffst das!«

Ohne den Rufer eines Blickes zu würdigen, eilte sie zu Fabio. »Komm schon«, sagte sie und drehte sich zur Wand, um ihren Haarreif zu richten. »Wir haben noch zu tun.«

21

Nach der Pressekonferenz nahmen sie den goldenen Mitsubishi, da sich die Kollegen vom Rauschgift den Ford geschnappt hatten.

Corry schnallte sich an. »Auf, zu Julia Wiechmann, auch wenn ich mir nicht viel davon verspreche.« Sie holte ihr Handy hervor. »Ich hoffe, dass Merle vor der Kita gesehen wurde.« Sie drückte die Kurzwahl für Müzze, während Fabio über die Pragkreuzung schoss.

»Was haben die Eltern gesagt?«, kam sie sofort zur Sache.

»Dass sie nichts gesehen haben«, antwortete Müzze verschwommen. Sie hatte etwas zu Essen im Mund, vielleicht auch nur das Ende eines Schreibwerkzeugs.

»Sprich mal deutlich, ich versteh dich schlecht!«, sagte Corry.

»Diese Leute sind blind, Corry! Während ihre Kinder hinten aus den Autos fallen, schauen sie vorne ins Tablet, was sie alles zu erledigen haben.« Sie sprach nun gut verständlich. »Und dann machen sie, dass sie fortkommen. Das ist Deutschland.«

»Mach mal halblang, Müzze«, sagte Corry. »In ganz Europa kannst du nicht mehr langsam tun. Ich sag nur Hamsterrad. Sonst droht dir die Altersarmut, das ist ein Fakt.«

»Wann trinken wir ein Bier, Corry?«

»Sobald dieser Fall vom Tisch ist. Nur wir beide, du und ich.«

»Versprochen?« Müzze heulte ja fast.

»Ich geb dir meine Hand drauf«, sagte Corry.

Fabio parkte den Wagen gegenüber von Julia Wiechmanns Golf. Als sie vor ihrem Haus standen, fiel das Licht aus dem Küchenfenster auf ein Dutzend Plüschtiere, weiße Grabkerzen und ein Filzherz auf Draht, das jemand in das Steinenest gesteckt hatte.

Julia Wiechmann ging ins Wohnzimmer voraus. Vor dem Sofa drehte sie sich um. »Heute früh hab ich Merle … auf der Treppe gehört.« Sie blickte angespannt zur Decke, als lauschte sie. »So kleine, klebrige Tapper«, flüsterte sie, »wie wenn Merle … barfuß die Treppe runterkommt.« Frau Wiechmann zitterte stark. Corry half ihr, sich zu setzen. »Sie fehlt mir so«, schluchzte sie. »Ich möchte mein Kind wiederhaben.«

Was sie durchmachte, war die Hölle, und niemand konnte ihr helfen, Corry schon gar nicht. »Es tut mir leid, dass ich Sie mit Fragen belästigen muss«, sagte sie und setzte sich zu ihr. »Ihr Exmann sagte uns, dass er den Termin für Freitag schriftlich abgesagt hat.«

Julia Wiechmann blickte zu ihr hoch.

»Haben Sie einen Brief von ihm bekommen?«, fragte Corry.

»Nein.«

»Er sagt, dass er den Brief auf dem Computer geschrieben hat. Er hat eine Sonne auf das Kuvert gemalt, so wie dies hier.« Corry zog aus ihrer Mappe das Blatt aus Arlets Notizblock. Wiechmann hatte einen Kreis und fünf Striche gekritzelt. »Sieht das nach ihm aus?«

Frau Wiechmann starrte auf die Zeichnung. Ihre Lippen öffneten sich, sie nickte stumm.

»Ihr Exmann sagt, er hat ihn Mittwochnacht in Ihren Briefkasten geworfen«, erklärte Corry.

»Ich habe keinen Brief bekommen.«

»Wann wurde denn Ihre Altpapier-Tonne geleert?«, erkundigte sich Fabio.

»Weiß nicht«, sagte Frau Wiechmann.

Fabio ging hinaus, um nachzusehen. Corry wandte sich wieder an Julia, die ihre verschwollenen Augen kaum offenhalten konnte. »Bitte, wo bewahren Sie das Altpapier auf, bevor Sie es wegwerfen?«

»Küche«, wisperte sie. Ihre Stimme war kaum zu hören.

»Zeigen Sie es mir, ich muss es mir ansehen.«

Corry stützte sie ein wenig, sicher nahm sie Beruhigungstabletten von Frau Stein oder ihrem Hausarzt.

Mit einer müden Handbewegung zeigte Frau Wiechmann auf ein Holzgestell neben dem Kühlschrank. Corry dirigierte sie zu einem der Rattanstühle, dann griff sie sich den Stapel Wochenblätter und Werbeprospekte und blätterte ihn im Stehen am Tisch durch.

Fabio kam wieder von draußen herein, Zuversicht in den Augen. »Der Altpapier-Behälter ist randvoll.« Er ging in die Hocke und erklärte Frau Wiechmann mit ruhigen Worten: »Der Brief könnte zwischen Werbeprospekte in Ihrem Briefkasten geraten sein, vielleicht wurde er versehentlich weggeworfen.«

Julia Wiechmann schüttelte schwach den Kopf.

»Wir müssen den Altpapier-Behälter durchsuchen«, sagte Fabio und zog sein iPhone aus der Tasche.

Während er Kollegen für diese Aufgabe anforderte, entdeckte Corry an der Pinnwand ein kleines Foto, das sie am Vormittag einfach übersehen hatte. Es war nahezu vollständig von einem Kochrezept verdeckt. Corry nahm das Foto ab, und schon lachte ihr Merle entgegen. Ihr braunes Haar lag in einem Seitenzopf über ihrer rechten Schulter. Sie hielt eine Gabel mit aufgewickelten Spaghetti über ihrem Teller.

»Wer ist das auf dem Bild?«, fragte Corry und drehte sich zu Frau Wiechmann um.

Sie warf einen langen, tränenverhangenen Blick darauf. »Das ist Merle.«

»Und der junge Mann neben ihr?« Corry hielt ihr das Foto hin.

»Mark, unser Nachbar.«

»Wo genau wohnt er?«

Sie zeigte aus dem Fenster über der Spüle und sagte matt: »Da drüben.«

»Wie heißt der Mann?«

»Mark. Bohn.« Sie sprach leise, ohne jede Emotion.

Corry erinnerte sich, dass der Name in der Soko-Besprechung gefallen war. Jan und Nick waren bei ihm gewesen.

»Hatte er öfter Kontakt zu Merle?«

»Er ist ein Freund.«

Corry stellte sich an das nachtschwarze Fenster und schaute über das unbebaute Grundstück zu dem hoch aufragenden Altbau hinauf. Nur im Hochparterre war ein Fenster erleuchtet.

»In welchem Stock wohnt er?«

»Oben.« Frau Wiechmanns Stimme war nur noch ein Flüstern. »Heute Morgen … hat er mich besucht.«

Corry steckte das Pinnwand-Foto in ihre Tasche.

Fünf Minuten später eilte sie mit Fabio über den dunklen Plattenweg zur Straße. Bei dem Holzverschlag für die Müllbehälter blieben sie stehen, und während Fabio Polizeiklebeband aus dem Auto holte und den Altpapier- Behälter versiegelte, telefonierte Corry mit Jan. Sie wollte hören, wie sein Eindruck von diesem Nachbarn war.

»Das ist der Ergotherapeut«, sagte Jan. »Momentchen, ich hab's gleich. Neunundzwanzig Jahre, Angestellter. Er musste am Freitag Überstunden abfeiern, war den ganzen Tag bei seiner Freundin.« Corry hörte seine Tastatur klicken. »Gleich hab ich mehr«, sagte Jan. »Ja, hier: Die beiden haben gekocht, sind nicht weggegangen, er hat dort auch übernachtet.«

»Das ist nicht zufällig der nette, einsame Nachbar, dieser Einzelgänger, den wir suchen?«

Jan lachte auf. »Nein, der hat zig Kontakte. Übrigens sieht er ziemlich abgefahren aus. Das ist nicht der nette Onkel, dem die Kinder in den Wald folgen.«

»Ich hab hier ein Foto, da ist er mit Merle beim Spaghettiessen drauf«, sagte Corry. »Da sieht er aber schon irgendwie nett aus.« Na ja, dachte sie im selben Moment: Er macht ein Gesicht, als müsste er sich gleich übergeben. Insofern war das vielleicht schon »abgefahren«. Kam drauf an, was Jan unter dem Begriff verstand.

»Was heißt bei dir abgefahren?«

»Wie ein Freak halt.« Jan zog die Luft ein, er war ja selbst einer. »Der Mann war ehrlich geschockt und völlig überrascht. Jemand, der seit vier Tagen weiß, dass das Kind tot ist, kann nicht so perplex tun.«

»Gute Schauspieler können das«, konterte Corry.

»Er hat die Reaktionen gezeigt, die wir erwarten«, beharrte Jan. »Bestürzt, traurig, ein Anflug von Wut – total normal. Sein Alibi wird noch überprüft.«

»Danke, Jan«, sagte Corry. »Etwas anderes: Hast du bei den Gesprächen mit den Kita-Eltern etwas herausbekommen?« Sie wusste, dass er nichts hatte.

»Negativ«, sagte er. »Niemand hat Merle gesehen.« Er druckste rum. »Hör mal, die Kita-Eltern haben Angst vor einem Serienmörder.«

»Ja, ich weiß.«

»Sie fordern Polizeischutz für die Kita.«

»Ist gut.«

»Die steigen uns aufs Dach.« Jans Stimme klang jetzt ein wenig hysterisch.

»Geh auch mal schlafen«, mahnte Corry. Aber sie wusste, dass er das selbst entscheiden würde.

Im Schein zweier Straßenlaternen ging sie mit Fabio an dem unbebauten Grundstück vorüber, das die Reihenhauszeile von Bohns Haus trennte. Aus dem Brachland streckten sich ihnen kahle schwarze Zweige wie flehende Hände entgegen. Corry verscheuchte das Bild aus ihren Gedanken. Sie war überarbeitet und sie hatte Hunger. Ihr Gehirn spielte ein wenig verrückt. Im Notfall würde es aber funktionieren.

Das Haus Nummer 17 war ein grauer Altbau, der hoch im Berghang stand. Im Hochparterre, wo ein Fenster erleuchtet war, wohnte die Hausbesitzerin, wie sie von Jan wussten. Corry schaute auf das Klingelbrett am Torpfosten. Hinter zwei alten Messingrähmchen steckten getippte Namenskärtchen. Unten: Fam. Holzschuh, darüber: Mark Bohn.

Corry drückte auf Bohns Klingel, obwohl oben alles dunkel war. Sie hörte, wie ein Fenster aufgemacht wurde. »Wen suchen Sie?«, schmetterte eine Frauenstimme herüber. Das musste Ivka Holzschuh sein.

Fabio legte die Hände an den Mund und rief ihr halblaut zu: »Wir hätten gern mal Ihren Mieter gesprochen.«

Das Außenlicht sprang an, der Summer ging, und das Tor in den Vorgarten schwang auf. Von der Haustür führte ein gepflasterter Pfad ums Haus. Nach ein paar Schritten standen sie unter dem Fenster, aus dem Frau Holzschuh sich herauslehnte. »Herr Bohn wird in der Stadt sein«, schnarrte sie. »Wer sind Sie überhaupt?«

Corry und Fabio hielten ihre Kriminalmarken hoch. Sie wurden fast geblendet von dem Deckenlicht aus dem Zimmer, während die Hausbesitzerin im Dunkeln blieb.

»Gestern Nacht waren zwei junge Polizisten bei uns. Auch ohne Uniform, genau wie Sie.« Sie wackelte mit dem Kopf. »Die zwei haben mich und meinen Mieter über das arme Mädchen ausgefragt, aber wie. Vor allem der Lange mit den Schillerlocken, das war ein ganz Genauer. Ich konnte ihm aber nicht mehr sagen, als dass ich die Leute aus den neuen Häusern gar nicht kenne. Gesehen hab ich sie freilich mal, aber kennen?« Plötzlich schluchzte sie auf. »Ach, das ist so furchtbar mit dem Kind.«

Corry hob ihr Gesicht zu dem Fenster empor. »Und Ihr Mieter? Kannte er das Mädchen?«

»Was heißt kennen?«, blaffte sie herab. »Freilich hat er denen dort unten auch mal was geschafft.« Sie wackelte wieder mit dem Kopf. »Herr Bohn ist ja hilfsbereit, wo gibt's denn so was noch in Stuttgart?«

Corry hatte das Gefühl, gleich eine Nackenstarre zu bekommen. »Ihr Mieter kannte Merle also?«

Die Hausbesitzerin beugte sich herunter und flüsterte vertraulich: »Er hat ihr einen Hasenstall gebaut.«

»Das stabile Gehege?«, hakte Corry nach. »Das hat Herr Bohn gemacht?«

»Und nicht bloß das.« Frau Holzschuh hob den Zeigefinger. »Warten Sie, ich komme raus.« Es klang wie eine Drohung.

Kurz darauf stand eine korpulente Rentnerin, nachlässig in einen dunklen Daunenmantel gehüllt, mit einer Taschenlampe in der Hand vor ihnen. »Kommen Sie mit«, bestimmte sie.

Corry und Fabio folgten ihr zur anderen Seite des Hauses, bis sie stehen blieb und mit dem Lichtstrahl über eine kleine, sauber gespurte Ackerfläche wedelte. »Sehen Sie?«, sagte sie.

Corry war etwas ratlos.

Frau Holzschuh sog die Ackerluft ein. »Gepflügt, geharkt, bepflanzt und wieder sauber abgeräumt«, raunte sie. »Das ist mein Mieter.«

Fabio nickte anerkennend. »Das ist nützlich, wenn man so jemanden hat.«

»Moment«, sagte sie. »Wir sind noch nicht fertig.« Die Hand auf die Brust gelegt, schoss sie um das nächste Eck. Corry und Fabio liefen ihr hinters Haus hinterher, wo sie abrupt stehen blieb, sodass sie fast in sie hineinliefen. Hier gab es eine zusammengeklappte Wäschespinne zu bewundern.

»Wer, glauben Sie, hat diese Wäschespinne montiert?« Frau Holzschuh gab gleich die Antwort: »Herr Bo-hohn«, sagte sie so melodisch, wie man ein so kurzes Wort nur sprechen konnte. Dann winkte sie Corry und Fabio mit ihrer Taschenlampe näher heran: »Von mir haben Sie das aber nicht«, presste sie hervor: »Oben, in einem der letzten Häuser … Was glauben Sie, wie viele leere Flaschen mein Mieter dort herausgetragen hat. Kistenweise!« Sie senkte die Stimme. »In dem Haus hat ein Alkoholiker mit seiner Frau gewohnt, Name spielt keine Rolle, er ist eh schon gestorben: Leberzirrhose. Das Ehepaar hat sich wegen der Flaschen geniert. Und was macht mein Herr Bohn? Schafft das ganze Leergut raus und« – sie hob den Zeigefinger – »und sorgt dafür, dass der Arzt mal in die Puschen kommt, wie man auf Deutsch sagt.« Sie schwenkte ihre Taschenlampe, die sie in Hüfthöhe hielt, kurz auf Fabio. Dann schob sie weiter, um das nächste Hauseck herum.

Nun befanden sie sich auf der Seite mit dem angrenzenden Brachland, unter dem Julia Wiechmanns Haus lag. »Gucken Sie nur«, sagte Frau Holzschuh und rüttelte an einer hohen, breiten Holzwand, die keinen Millimeter nachgab. »Das ist mein Rankrosengerüst. Und jetzt dürfen Sie dreimal raten, wer es gebaut hat?«

»Ihr Mieter?«, riefen Corry und Fabio synchron.

»Richtig.« Ihr Gesicht ging auf wie eine Sonne. »Den muss man nicht lang fragen. Der sieht, wo's fehlt.«

Fabio tätschelte die Holzwand, als wäre sie ein braves Pferd. »Sie wollten da Kletterrosen haben?«, fragte er. Die Hausbesitzerin nickte. »Und das haben Sie sich ausgedacht?« Sie runzelte die Stirn. »Oder war das die Idee von Ihrem Mieter?«, half Fabio nach.

»Herr Bohn hat immer gute Ideen«, stimmte sie zu.

Corry sah sich die Konstruktion genauer an. Ein Rankgitter, das vor eine blickdichte Bretterwand gesetzt worden war. »So können Sie ja gar nicht zu den Wiechmanns hinuntersehen.«

»Das will ich auch gar nicht«, gab die resolute Rentnerin zurück. »Ich bin doch nicht neugierig.«

Corry kam zum Thema: »Merle war ja ein aufgeschlossenes, hübsches Kind …«

»Kommen Sie mir nicht mit so was daher!« Sie legte den Kopf schief. »Es gibt nicht nur schlechte junge Leute. Es gibt auch gute. Auf meinen Mieter lass ich nichts kommen. Der hat mit Mord und Totschlag nichts zu tun, der kann ja nicht einmal ein Viech totmachen.«

»Nicht einmal das?«, mischte sich Fabio mit gespieltem Erstaunen ein.

»Was glauben Sie, was hier los war, als ich ihm sagte, dass ich im Keller eine Mausefalle aufgestellt hab?« Zwei kleine, runde Augen huschten von Fabio zu Corry und zurück. »Er hat sie gegen eine Lebendfalle ausgetauscht, und als die Maus drin war, hat er sie laufen lassen, Merle war dabei.«

Corry zuckte zusammen. »Erzählen Sie!«

»Da gibt's nicht viel zu erzählen. Die sind mit dem Auto auf die Felder gefahren, extra wegen einer Maus bis nach Möhringen hinauf, und da haben sie sie springen lassen. Mir war's recht, ich war sie los.«

»Wo ist denn Herr Bohn heute?«

»Was weiß ich, er darf doch wohl nach der Arbeit ein Bierchen trinken gehen?« Ruckartig zog sie ein großes kariertes Taschentuch aus ihrer Kittelschürze, die sie unter dem Mantel trug, und wischte sich über die Augen. »Wir Nachbarn können doch gar nicht mehr schlafen, so geht uns das mit dem Mädchen nach. Herr Bohn hat sogar den Appetit verloren. Ich hab gehört, wie er das gestern Nacht ihrem Kollegen gesagt hat, dem Langen, als der ihn verhört hat.«

»Vernommen«, sagte Fabio freundlich, »vernommen oder befragt.« Corry dachte manchmal, Fabio wäre ein ganz netter Lehrer geworden.

Frau Holzschuh schaute ihn zänkisch an. »Ihr Kollege ist nicht auf jedem Wort herumgeritten. Aber er hat meinem Mieter und mir schwerere Fragen gestellt als Sie. Über jede Minute mussten wir Rechenschaft ablegen, und er hat sich alles aufgeschrieben, genau wie im Fernsehen.«

Corry und Fabio lächelten. »Das war unser Herr Blessing.«

»Richtig.« Sie wackelte mit dem Kopf. »Von dem können Sie sich eine Scheibe abschneiden.« Und damit stapfte sie an ihnen vorbei zur Haustür. »Gute Nacht!«, blaffte sie und war verschwunden.

»Böses Weib«, sagte Corry.

Obwohl es spät war, beschlossen sie, ein weiteres Mal mit Ruth Engelbrecht zu sprechen. Bohn hatte das Kaninchengehege gebaut, also müsste die alte Dame seinen Namen schon einmal gehört haben – entweder von Merle oder Julia. Auf der kurzen Fahrt sagte Corry: »Dieses Foto von der Pinnwand … Ich kenne niemanden, der Spaghetti nicht mag, du etwa?«

Fabio verneinte.

»Setzt man mir einen Teller Spaghetti vor«, fuhr Corry mit hängendem Magen fort, »sieht mein Gesicht aber anders aus.«

Fabio drehte den Kopf nach einer Parklücke um. »Das ist ein Spaßfoto, was glaubst du? Erst tut er so, als wären das eklige Würmer, und hinterher haut er rein wie jeder reinhaut bei Spaghetti.«

»Gott, hab ich Hunger«, sagte Corry. »Wir gehen nachher noch was essen, ja?«

»Abgemacht«, sagte Fabio.

Die Netzgardine an Frau Engelbrechts Küchenfenster bewegte sich, und für einen Moment sah Corry hinter der Scheibe zwei bleiche Gesichter. Da das Gartentor offen war, betraten sie das Grundstück und gingen zum Haus. Corry klingelte. Fabio blieb am Treppenabsatz stehen. Er beobachtete das Fenster.

Es dauerte eine Weile, bis Ruth Engelbrecht an die Tür kam. Sie öffnete nur einen Spalt; sie hatte eine Kette vorgehängt, was Corry grundsätzlich begrüßte. »Corinna Voss und Kollege«, rief sie durch den Schlitz. »Dürfen wir einen Moment hereinkommen?«

»Jetzt hab ich endlich meine Mutter losbekommen«, flüsterte die alte Dame. »Sie war mit den Nachthemdknöpfen in der Gardine … hängengeblieben.« Sie seufzte. »Sie muss ins Bett, aber sie will nicht.«

Corry sagte: »Nur fünf Minuten.«

Frau Engelbrecht nahm die Vorhängekette ab und ließ sie herein.

Wieder fiel Corry auf, wie mager sie war, nur Haut und Knochen. Sie trug das graue Kostüm von gestern, und auch heute wirkte sie nicht ganz nüchtern.

Sie traten in den Flur, und Corry warf einen Blick in die Küche. Dort saß die Greisin im Rollstuhl am Tisch. Sie war ganz still. Auf ihrem Schoß lag eine lumpige Patchworkdecke, an der sie rubbelte. Hinter ihr, am Fenster, hing die grobmaschige Gardine halb von der Vorhangstange herab.

»Frau Engelbrecht, erhalten Sie eigentlich Hilfe?«, fragte Corry.

»Oh, viel!« Die betagte Dame winkte ab. »Von allen Seiten.«

Im Wohnzimmer wollte Fabio wissen, wie sie sich denn heute fühle. Sie klagte, dass sie gar nicht geschlafen, sondern nur gebetet hätte. »Ein ums andere Gebet hab ich aufgesagt, bis morgens um vier.«

Sie nahmen auf der Couch Platz, Fabio setzte sich wieder in den Fernsehsessel. Frau Engelbrecht jammerte, dass ihre Mutter den ganzen Tag herumgegeistert sei, obwohl sie doch bereits im Rollstuhl säße. Unter Tränen gestand sie, dass Demente im Rollstuhl leichter zu handhaben wären als solche, die noch umherlaufen konnten. »Meine Mutter kann mir nicht mehr abhauen, nicht wahr?« Sie seufzte. »Aber manchmal, so wie heute, fällt ihr wieder ein, wie das Gehen geht, und dann steht sie auf und tapst herum.«

Es roch säuerlich in der Wohnung, und Corry wurde es fast schlecht. Zum Glück stand kein Alkohol griffbereit. Frau Engelbrecht berichtete mit schleppender Stimme, sie sei heute bei Julia Wiechmann gewesen, habe aber nur am Küchenfenster gestanden. Sie saugte ihre dünne Unterlippe ein. »Ich bin nun nicht mehr mit ihr beleidigt.« Sie fischte ein Stofftaschentuch aus der Ritze am Sofaende. »Alles Unglück, das ich schon gesehen hab, ist nichts gegen das Unglück von Frau Wiechmann.« Sie zog das Tüchlein auseinander und stopfte es sich oben in die Bluse.

Obwohl ihr Frau Engelbrecht leicht weggetreten schien, begann Corry mit ihren Fragen. »Kennen Sie den Nachbarn der Wiechmanns – Herrn Mark Bohn?«

»Freilich«, kam nach kurzem Zögern die Antwort.

»Sie hatten ihn gar nicht erwähnt, als wir …«

»Wieso auch, er ist ja kein Mörder.«

Corry nickte, ohne die alte Dame aus den Augen zu lassen. »Wie war denn der Kontakt zwischen ihm und Merle?«

»Sehr gut.« Frau Engelbrecht erhob sich und ging langsam zur Schrankwand. »Sie dürfen ja nicht, ich schon«, sagte sie. »In meinem Alter … darf man alles.« Sie griff im Barfach nach einer Flasche und stellte sie auf den Marmortisch. Dann holte sie ein Likörglas heraus und stellte es dazu. Sie richtete sich auf und stand klein und mager vor ihnen, ihre Arme hingen herab. »Ist das tote Mädle denn wirklich Merle?«

Corry und Fabio nickten langsam.

Frau Engelbrechts Augen füllten sich wieder mit Tränen. Zittrig kam sie um den Tisch herum und setzte sich wieder neben Corry. Aus der Küche ertönte leises Maunzen. Aber Ruth Engelbrecht hatte nur noch die Flasche im Blick.

Corry wählte einen munteren Ton, als sie sagte: »Ich habe den Eindruck, Herr Bohn und Merle haben sich gut verstanden.«

Die Miene der alten Frau hellte sich auf. »Oja.« Sie schnappte sich die Flasche und füllte ihr Glas. »Er hat ihr viel beigebracht, Merle weiß alles … über Pflanzen und Tiere.«

Tiere. Corry schoss das Bild einer haarigen Vogelspinne in den Kopf. In die Richtung ging es doch irgendwie. »Wissen Sie, ob Herr Bohn Insekten oder etwas Ähnliches hält?«

Sie schüttelte entschieden den Kopf. »Herr Bohn sagt immer: ›Wer keine Zeit hat, nicht wahr, der soll sich kein Tierle anschaffen.‹«

»Das ist vernünftig«, stimmte Corry zu. »Und ich dachte schon, er hätte viel Zeit – wenn er sich sogar um ein fremdes Kind kümmert.«

Frau Engelbrecht reagierte nicht auf die Anspielung. Sie blickte stumm auf den Tisch, auf dem ihr kleines volles Likörglas auf sie wartete.

»Oder ist kümmern nicht das richtige Wort?«, bohrte Corry tiefer.

»Er arbeitet viel«, sagte die alte Dame und zählte mit hoher Stimme auf, wie viel der junge Mann leistete: im Traugott-Seniorenheim, in der Nachbarschaft, bei den Privatpatienten auf der Halbhöhe, und ganz nebenbei erwähnte sie, dass er auch für sie, Ruth Engelbrecht, tätig war. »Glauben Sie etwa, dass ich meine Mutter ganz allein betreuen kann?«

Corry war einen Moment sprachlos. Die Welt war klein, und Mark Bohn allgegenwärtig. Ein Gutmensch, der für Vermieter Äcker anlegte und blickdichte Trennwände errichtete, der Alkoholkranken die Häuser ausmistete und alleinstehenden Frauen mit Kind zu einer artgerechten Hasenhaltung verhalf. Corry fragte sich, was er wohl für seine Freundin alles tat. Holte er ihr die Sterne vom Himmel?

»Wann ist sein nächster Termin bei Ihnen?«, fragte sie hastig.

»Das braucht's bei Herrn Bohn nicht«, sagte sie. »Er schaut immer mal herein und packt mit an.« Sie nahm einen Schluck von ihrem Likör und stellte das Gläschen wieder geräuschlos auf den Tisch. »Und jetzt muss ich meine Mutter zu Bett bringen. Ich begleite Sie hinaus.«

Corry entdeckte einen offenen Handarbeitskorb in der Schrankwand, aus dem ein Zipfel rosa Samt herausschaute. Sie warf Fabio einen Blick zu und winkte ihn mit den Augen zu dem Stoff.

Fabio zögerte keinen Moment. »Ich hab etwas auf dem Herzen«, sagte er zu Frau Engelbrecht. »Ich hörte, dass sie so hübsche Säckchen nähen.«

Die alte Dame erhob sich, erst wirkte sie schwach, dann lief sie fix aus dem Zimmer. Corry hörte, wie sie in der Küche zu ihrer Mutter sprach: »Gleich darfst du ins Bett, gell?«

Sie kehrte mit zwei Samtsäckchen zurück. Eines war dunkelrot, das andere naturfarben. Sie warf sie auf den Tisch. »Für Merle hab ich die gemacht«, seufzte sie. »Die wollte immer noch mehr Fühlis. Jetzt nähe ich keins mehr … wenn sie doch tot ist.«

Fühlis hießen die kleinen Beutel also. Es waren die gleichen, wie Gerd sie in Merles Bett gefunden hatte. Nur dass diese beiden fertig genäht waren: Sie besaßen bereits Schlaufen und schwarze Kordeln mit Troddeln daran. Corry heftete ihre Augen starr auf die etwa fünf Zentimeter langen Fransen. Sie sahen genauso aus wie Gerds Hunde-DNA-Faden. Allmächtiger!

Corry erwähnte mit keinem Wort, dass im Wald eine solche schwarze Franse gefunden worden war, und dass ein herzkranker Hund den Kontakt damit nicht überlebt hatte. Obwohl es bestimmt weniger an der Verschnürung, als an dem Säckchen respektive seinem Inhalt gelegen hatte. Aber wo war das Fühli abgeblieben? Hatte der Beagle es verschluckt?

Fabio überzeugte Frau Engelbrecht, ihnen die beiden Säckchen als Anschauungsmaterial mitzugeben, und Corry sah für den Bruchteil einer Sekunde Gerd, wie er ihr vor Freude über neues Untersuchungsmaterial um den Hals fiel. Doch das Bild verschwamm, und ein anderes schob sich darüber: wieder Merle und der junge Mann vor Tellern mit Pasta. Das Mädchen hoch erfreut, der Mann angewidert.

Corry bat Frau Engelbrecht, sich noch einmal zu ihr zu setzen. »Ich habe noch eine letzte Frage«, sagte sie. »Kam es vor, dass Merle und Herr Bohn, vielleicht auch Frau Wiechmann, bei Ihnen gegessen haben?«

Die alte Dame setzte einen Blick auf, aus dem Corry erkennen sollte, dass das wohl selbstverständlich war. »Freilich«, sagte sie. »Arme Ritter hab ich manchmal gemacht oder Apfel-Waffeln, die hat Merle so mögen.« Sie blinzelte gegen neue Tränen an. »Ach, das Mädle!«

Corry streckte weiter ihre Fühler aus: »Gab es auch mal … Spaghetti?«

»Da war der Goldschatz ganz wild danach«, antwortete Frau Engelbrecht und fuhr sich über die verweinten Augen. »Ach je, wenn sie wirklich … tot ist, das bringt einen um den Verstand.«

»Und die anderen? Haben die auch Spaghetti gegessen?« Fabio beugte sich weit vor in dem schwarzledernen Fernsehsessel.

Milde blickte die alte Dame ihn an. »Italiener?«

Fabio nickte.

»Freilich haben alle gern Spaghetti gegessen.« Sie schnäuzte sich die Nase. Dann trank sie den letzten kleinen Schluck von ihrem Likör. »Außer unser Herr Bohn.« Sie sprach in das leere Gläschen hinein: »Unser Herr Bohn mag keine Spaghetti.«

Als sie Ruth Engelbrechts Haus verließen, war es draußen stockdunkel. Corry legte den Kopf in den Nacken. Über ihr schaukelte die Mondsichel hin und her, was sicher davon kam, dass sie fast starb vor Hunger und Durst.

Sie fuhren hinunter in die Feuerbacher City, wo es viele Lokale gab. Der Mitsubishi bewegte sich durch eine kleine, dicht zugeparkte Seitenstraße. An deren Ende tauchte eine Pizzeria auf, und drei Minuten später standen sie vor dem Restaurant.

Blumenkästen mit verdorrten Pflanzen vom Sommer hingen vor den erleuchteten, gelbgrünen Wirtshausfenstern. Der Fußabtreter war in der Mitte ganz abgetreten. Aber die Pizza-Aromen, die unter der Tür zu ihnen herausdrangen, waren zu verlockend.

Sie öffneten die Tür zur Pizzeria »Ristorante Vendosso« und traten ein.

22

Als Bärbel Hummel die Kommissare hereinkommen sah, fiel ihr fast das Bierglas, das sie unter den Zapfhahn hielt, aus der Hand. Warum kam die Polizei in die Pizzeria? Mitten in der Nacht? Es konnte nur einen Grund geben: Nancy.

Bärbel stammelte ein »Guten Abend«, aber es klang wie »Guhun-Abd«. Gut, dass Zita in der Küche stand und es nicht hörte. Ihre Freundin legte Wert darauf, dass die Gäste anständig begrüßt wurden.

»Kriegen wir noch etwas zu essen?«, fragte der Polizeibeamte und lächelte überrascht, sie zu sehen. Bärbel zuckte zusammen. Sie stellte rasch das Glas zur Seite. Fast hätte sie es in den Abfalleimer geworfen. Dann lief sie den beiden hinterher; sie suchten sich ausgerechnet Bärbels Stammplatz aus. Hier saß sie immer, wenn sie nicht zum Kellnern kam, sondern privat, als die beste Freundin der Wirtin. Hier lag ein von ihr bestickter Läufer auf dem Tisch und auf der Eckbank häuften sich im Muschelmuster gehäkelte, hellblaue Kissen. An der Wand hing ein selbst gemachtes Stickbild im Holzrahmen.

Der Kommissar setzte sich genau darunter. Er drehte den Kopf und bewunderte die Arbeit, Bärbel sah es an seinen Augen. »Ein Schäferhund«, erklärte er seiner Kollegin, die den Stuhl an der Stirnseite anpeilte. Am liebsten hätte Bärbel gesagt: Das ist nicht ein Schäferhund, das ist Nancy. War Nancy. Aber sie schwieg.

Frau Voss schleifte einen langen, schwarzen, schlampig gestrickten Schal auf dem Fußboden hinter sich her. Das Schwarz stand ihr gar nicht, es war zu hart. Sie zog den Stuhl geräuschvoll zurück und ließ sich aufseufzend darauf nieder. Bärbel fand, dass sie heute schlecht aussah. Die senkrechte Falte auf ihrer Stirn war tiefer geworden und die Schatten unter den Augen dunkler. Für ihr Haar konnte sie einem leidtun, da nützte auch der Reif wenig. Sie klappte ihn auf die Nase herab, und das Haar fiel ihr wie ein Vorhang über die Augen. Sie schob ihn wieder hoch, und es sah nicht besser aus als vorher.

Der Kommissar war nett, aber Frau Voss mit ihrem stechenden Blick machte ihr Angst. Bärbel legte die Speisekarten vor und lief schnell wieder hinter die Theke. In ihrem Rücken steckte Zita den Kopf durch den Schnurvorhang aus weißen Schneckenhäuschen, der Gastraum und Küche trennte. Sofort lief Bärbel wieder zu den beiden Polizisten, denn die Chefin wünschte, dass das Personal mit den Gästen Smalltalk betrieb. Aber das war leichter gesagt als getan.

»Müssen Sie so lang arbeiten?«, probierte sie scheu, den Blick auf den sympathischen Herrn Lavelli geheftet. Der ging aber die Speisekarte durch und hatte ihre zaghafte Frage wohl gar nicht gehört.

An seiner Stelle antwortete Frau Voss: »Wir müssen ja den Fall klären, oder?« Im Sitzen schälte sie sich aus ihrem schwarzen Mantel. Darunter kam auch nur wieder Schwarz zum Vorschein, und da kombinierte Bärbel, dass sie vielleicht in Trauer ging wegen des toten Kindes.

»Haben Sie den Mörder noch nicht gefunden?«, fragte Bärbel und spürte, wie sie knallrot anlief.

»Wir suchen noch«, sagte Frau Voss und schob ihre Hände unter die Oberschenkel.

Bärbel nahm die Bestellungen entgegen: zweimal Spaghetti Aglio e Olio, ein Wasser und für die Kommissarin ein Pils.

Als sie ging, um die Order weiterzugeben, kam es Bärbel so vor, als hätte Frau Voss die Nase gerümpft und ihre stahlblauen Augen in Richtung Küche bewegt. Sie eilte zu Zita, einen Fingerknöchel im Mund. »Die Polizei ist da. Hilf mir!«

»Was soll dir schon geschehen?« Zitas Tonfall war eisig, und jetzt warf sie auch noch den Kochlöffel in den Spülstein. »Ich verliere meine Existenz, nicht du.«

Bärbel schwirrte der Kopf. Wenn Zita ihretwegen ihre Existenz verlor, verlor sie die Freundin. Dann wäre sie ganz allein auf der Welt. Bei dieser Vorstellung zog sich ihr das Herz zusammen. »Oje-oje«, murmelte sie.

»Nun hab dich nicht so«, sagte Zita und griff nach den Topflappen, »die sind bloß zum Essen da. Schau sie an, sie sind bleich vor Hunger.«

Bärbel lachte auf, fast fühlte sie sich wieder wohl. Die beiden wollten nur essen und keineswegs nach dem Hund suchen. Aber da kamen ihr wieder Bedenken. »Glaubst du, es ist ein Zufall, dass sie hier sind?«

»Gibt es denn Zufälle?«, fragte die Freundin dunkel. »Hab noch keinen erlebt – alles ist Schicksal.« Sie richtete ihre schweren, nassen Augen auf die Wanduhr, die kurz vor elf zeigte. Dann sagte sie: »Bring ihnen Brot, avanti.«

»Ich weiß gar nicht, was ich mit denen noch reden soll«, meinte Bärbel mutlos.

»Sag ihnen: Hier kommt ein Gruß aus der Küche.«

»Nicht Küche!« Bärbel wurde ganz flau im Magen.

Zita kniff die schwarzen Augen zusammen. »Dann sag halt: Guten Appetit. Die Spaghetti kommen gleich.«

Das war nicht schlecht. Bärbel brauchte nur ihre Freundin zu fragen, und schon war alles geritzt.

»Geh schon«, sagte Zita.

Mit ihrem dicken Bauch stieß sich Bärbel an der Arbeitsplatte ab und eilte hinaus. Aber als sie die Getränke und das warme Brot servierte, hatte sie vergessen, was sie sagen sollte, und stellte das Brotkörbchen stumm vor den Beamten ab.

Herr Lavelli spielte mit dem kleinen Tischaufsteller. »Das ist fantastisch«, sagte er leise. »Bei Ihnen gibt es ja die Suppe aus Perugia.«

Sie sah ihn fest an. Blickkontakt, sagte Zita immer. Du musst den Gästen in die Augen sehen, sonst denken sie, das Essen sei schlecht. »Ja«, sagte sie ohne zu blinzeln. »Die kocht sich von ganz allein.« Bärbel schoss das Blut in den Kopf.

Der Kommissar lachte. Frau Voss trank von ihrem Bier, sie hatte einen kräftigen Zug.

Bärbel fühlte sich unbehaglich. Ausgerechnet heute trug sie den dicken, apricotfarbenen Pullover, der ihr bis zu den Knien hing und in dem sie aussah wie ein Kürbis auf zwei Beinen. Rasch versteckte sie sich wieder hinter der Theke und stauchte Bierdeckel gerade. Aus dem Augenwinkel nahm sie wahr, dass Herr Lavelli Anstalten machte, aufzustehen. Gleich würde er herüberkommen und die Küche durchsuchen. Ihr wurde fast schwarz vor Augen. Sie durfte nicht zulassen, dass er in Zitas Küche vordrang. Also stellte sie sich in den Türrahmen, die Schneckenstränge im Rücken, die Arme seitlich an die Leibung gepresst – eine kompakte menschliche Sperre. Hier kam keiner durch, nur über Bärbels Leiche.

Der Kommissar wollte aber gar nicht kommen. Er wollte offenbar, dass sie kam. Bärbel nahm Anlauf, schwang sich um die Theke, stieß sich schmerzvoll die Hüfte und hastete hinkend an den Polizistentisch.

»Bitte?«, fragte sie atemlos und starrte von dem Herrn zu der Dame, die das ganze warme Brot aß und es mit ihrem Bier hinunterspülte. Als sie das leere Glas absetzte, sagte sie: »Vermissen Sie nicht etwas?«

Bärbel schluckte. Natürlich vermisste sie Nancy. Wollte die Polizei wissen, wo sie abgeblieben war? Ihr wurde schlecht. Erst als Herr Lavelli sprach, konnte Bärbel wieder atmen. Er sagte, sie hätten Nancys Lederhalsband im Laub gefunden und es sei doch noch gut, vielleicht wolle sie ja wieder einen Hund. »Dann brauchen Sie kein neues zu kaufen«, erklärte er fürsorglich. Und während sie wie angewachsen am Tisch stand und den Worten nachspürte, die sich anfühlten wie ein warmer Regen mit einem Tropfen Rosenwasser, kam er auf seinen Vater zu sprechen. Anscheinend litt er unter Fleischentzug, und Herr Lavelli glaubte, mit einer Fleischsuppe – er tippte auf den Werbeaufsteller – wäre ihm fürs Erste geholfen. Denn Salvatore, so hieße der Vater, liebte nichts mehr als die ›Minestra alla perugina‹.

»Da kommt er nämlich her, wissen Sie?«

Bärbel nickte sprachlos.

»Ich schicke meinen Vater demnächst zum Essen her, Frau Hummel. Dann bringt er Ihnen das Halsband mit, ja?«

»Ja.«

Die Kommissarin war als Erste fertig mit ihren Spaghetti. Sie zischte noch ein zweites Bier, und als Bärbel die Gratis-Grappas mit der Rechnung an den Tisch brachte, sah sie schon besser aus. Sie hatte etwas Farbe im Gesicht und ihre Augen glitzerten. Sie trank dann auch Herrn Lavellis Gratis-Grappa in einem Zug aus.

Um halb eins rappelten sich die beiden endlich auf, zogen ihre dunklen Mäntel an und bewegten sich auf den Ausgang zu. Der lange Schal zuckelte hinter Frau Voss her. Doch kaum hatte sie die Tür zugeworfen, riss sie sie wieder auf. Bärbel stockte der Atem. Vielleicht wollten sie jetzt doch noch in die Küche! Aber die Kommissarin hatte nur die langen Fransen eingeklemmt. Mit einem Ruck beförderte sie ihren Schal zu sich in die Nacht hinaus.

Als Zita den letzten Gast abkassierte, zog sich Bärbel in die Küche zurück. Die Spülmaschine war wieder einmal defekt, und sie erhielt fürs Handspülen vier fünfzig die Stunde, was unter Freundinnen mehr als genug war.

Vor einer Weile hatte sie die großen Kochtöpfe in heißem Prilwasser eingeweicht. Doch so gern Bärbel abwusch, heute Abend fühlte sie sich gar nicht wohl. Zitas Angst vor dem Wirtschaftskontrolldienst hatte sie angesteckt. Außerdem schien die Freundin wirklich sauer zu sein. Denn kaum waren die Beamten aus dem Haus gewesen, hatte sie ihr zugeflüstert: »Das Einzige, was ich in Deutschland mir je hab zuschulden kommen lassen«, und ihr Ton war mehr als frostig, »ist ein Hund in der Tiefkühltruhe.«

Bärbel beugte sich tief über das Spülbecken und suchte mit den Fingern in der Brühe nach der Spülbürste, damit sie kräftig schrubben konnte. Nach ein paar Minuten hörte sie das hohle Klirren der Schneckenhäuschen, und Zita trat neben sie. Bärbels Herz klopfte schneller als die Spülbürste im Topfboden rotierte. Herum und herum, sie erwischte das kleinste Nudelrestchen. Sie senkte den Kopf noch tiefer hinab. Am liebsten würde sie sich zu dem Kochtopf in das heiße Spülwasser setzen.

Zita räusperte sich.

Bärbel hielt kurz inne. »Wo hätte ich sie denn hintun sollen?«, jammerte sie, ohne den Kopf zu heben. Dann schrubbte sie weiter.

Als am Sonntagnachmittag die Polizei endlich mit ihr fertig war, hatte es Bärbel daheim nicht mehr ausgehalten. Sie war zu Zita geflohen. Den Karren mit Nancy hatte sie hinter der Pizzeria abgestellt. Mit zitternden Knien war sie zu ihrer Freundin hineingegangen, und die hatte wenig später ein Schild vor die Tür gehängt: Wegen Todesfall geschlossen.

»Wie lang willst du den Topf noch schrubben?«

Bärbel fuhr zusammen. Zita stand hinter ihr und sah ihr über die Schulter. »Der ist doch schon sauber«, sagte sie schroff und rauschte aus der Küche.

Bärbel kam wieder aus dem Spülstein hoch. Sie hielt den Topf unters laufende Wasser, aber nur kurz, damit ihr Zita nicht wieder mit den Wassergebühren kam. Noch mit dreiundsechzig Jahren kriegte Bärbel heiße Ohren, wenn über Geld gesprochen wurde. Sie drehte den Wasserhahn fest zu.

Das tote Kind im Wald war ihnen am Sonntag dann dermaßen aufs Gemüt geschlagen, dass sie zu viel Grappa getrunken und schließlich Nancy hereingeholt und in die Gewerbe-Tiefkühltruhe gelegt hatten. Sie hatten die Väschen von den Tischen gesammelt, die Nelken herausgezogen und sie auf der blauen Plane drapiert, unter der Nancy auf dem Eis lag. Mit hängenden Köpfen standen sie dann eine Weile vor der offenen Truhe und hörten zu, wie das Aggregat summte, und Zita sagte: »Sie fehlt einem jetzt schon.« Dann ließ sie den Deckel herab und schloss ab. Gemeinsam verließen sie die Küche und setzten sich an ihren Stammtisch, und Bärbel musste ihrer Freundin Rede und Antwort stehen.

»Wie hat die Leiche ausgesehen?«

Bärbel beschrieb die kleine, steife Puppenhand, das war nicht ganz so schlimm.

»Ich meine die Leiche?«, bohrte Zita.

»Die war weiter weg, da lagen Blätter drauf.«

»Hast du Angst gehabt?«

»Und wie.« Bärbel schilderte, wie es ihr ergangen war in dem gottverlassenen Wald – allein mit dem Kind. Wie sie sich nach allen Seiten umgeschaut hatte. »Der Wald ist mit mir Karussell gefahren, Zita. Alles war dunkel vom Regen – das Laub und die Baumstämme pechschwarz, und ich rannte durch das schwammige Laub, ich hörte Zweige brechen, ich glaubte, der Mörder verfolgt mich, weil ich doch das Mädchen gesehen hab, ich hatte eine Heidenangst, im Laub steckenzubleiben – es war wie in einem Albtraum, man kommt nicht so schnell voran, wie man will.«

»Maria Mutter Gottes.« Zita bekreuzigte sich.

In dieser Nacht hatte Bärbel sogar bei ihr schlafen dürfen, in der Wohnung über der Pizzeria, in einem riesigen, schwarzen, holzverschnörkelten Ehebett.

Bärbel griff nach dem Geschirrtuch. Es war ganz nass. Der Fünfzig-Liter-Topf, den sie zum Abtrocknen an einem Henkel hielt, zwang sie in die Knie. Es tat gut, von nichts Schlimmerem als einem Topf in die Knie gezwungen zu werden.

In den Schneckenhausvorhang kam wieder Bewegung und Zita erschien. Ihr struppiges Haar stand ihr vom Kopf ab. Bärbel durfte nicht struppig sagen oder denken, denn Zita war ihre beste Freundin und auch die einzige.

»Häng das Geschirrtuch auf und komm raus an unseren Tisch«, sagte Zita. »Avanti!«

Ein wenig drehten sich die gekachelten Wände. »Was ist denn?«, fragte Bärbel. Mit klopfendem Herzen stellte sie den Kochtopf an seinen Platz und lief, wie befohlen, hinaus zum Stammtisch. Zu ihrer Überraschung dampften dort zwei Tassen Kaffee. Bärbel hatte den Kaffeeautomaten gar nicht gehört. Sie setzten sich.

»Wir haben heute Nacht noch etwas vor«, sagte die Freundin und rührte Würfelzucker in ihren Kaffee. »Wenn der Wirtschaftskontrolldienst kommt, bin ich erledigt. Ist dir das klar?«

Bärbel nickte fest. Halblaut fragte sie: »Und jetzt … wirfst du mich und Nancy hinaus?«

Da musste Zita so laut lachen, dass Bärbel erst verwundert aufschaute und dann schreiend mitlachte. Die Tränen flogen ihr nur so aus den Augen.

Dann tranken sie ihren Kaffee.

»Sie wird noch heute begraben«, sagte Zita und legte die flache Hand auf den Tisch. »Basta.«

»Zita, man darf Hunde nicht im Wald …«

»Tun wir ja gar nicht«, fiel ihr die Freundin ins Wort. »Wir begraben sie in irgendeinem Garten in deiner Nachbarschaft.«

Zum Glück saß Bärbel auf einem festen Stuhl. »Vielleicht fällt uns morgen etwas Besseres ein, Zita.«

»Heute, meine Liebe. Oder ich nehm deinen Hund und leg ihn vors Rathaus.«

Bärbel starrte die Freundin an. Sie hatte wirklich struppige Haare. »Das würdest du doch nicht tun?«

Sie brüteten beide vor sich hin. Nach einer Weile sagte Zita: »Hol mal die gute Flasche Grappa.«

Bärbel erhob sich schwer. »Die gute?«, fragte sie kleinlaut.

Zita nickte.

Nach dem zweiten Grappa lachten sie wieder ein wenig, und Bärbel dachte schon, die Freundin hätte den Hund vergessen.

»Ist der Tierfriedhof wirklich so teuer?« Zita runzelte die Stirn.

»Mhm.« Bärbel musste an ihren Laden denken, und dass sie nie etwas hatte zurücklegen können. »Ich hab halt nur am Anfang gut verdient«, sagte sie kläglich. »Da strickten die Mädchen kiloschwere Blockstreifenpullover und ganze

Bettüberwürfe in der Schule, sogar während des Unterrichts.«

Bärbel kamen die Tränen, denn die Stricknadeln klapperten nur wenige Jahre, dann regte sich keine Masche mehr. Trotzdem hatte sie ihr Geschäft gehalten; es hatte ihr auch keiner geraten, es abzustoßen. Der Mann in der Bank hatte bloß immer mit dem Mund gezuckt, wenn er sie mit ihren Kontoauszügen stehen sah.

»Später hab ich ewig auf Kundschaft gewartet, aber es kam keine. Obwohl ich die schönste Wolle im Schaufenster liegen hatte und die tollsten Strickmodelle. Ich glaubte schon, ich sei schuld, denn an der Wolle konnte es ja wohl nicht liegen.«

»Heute stricken sie wieder«, sagte Zita dumpf. »Das kommt und geht.«

»In der Not hab ich Rollkragenpullis für Möpse gestrickt.«

Zita streckte die Hand über den Tisch. »Das war eine gute Idee.« Zita konnte sehr nett sein. Bärbel dehnte ihren langen Pullover über die Knie; morgen würde sie ihn auftrennen und für Zita etwas Neues daraus stricken.

»Für Nancy hast du aber nie etwas gemacht, oder?«, fragte die Freundin.

»Einmal Knieschoner, wegen der Arthrose.« Bärbel rieb sich eine Träne von der Wange. »Na ja, jetzt braucht sie nichts mehr.«

»Doch, ein Grab«, meinte Zita. »Denn da, wo sie ist, kann sie nicht bleiben.«

Bärbel weinte noch ein bisschen, und wie sie so ihre Tränen vergoss, fiel ihr der Polizist mit dem Vollbart und den topasblauen Augen ein. Er hatte sie im Wald zur Seite genommen.

»Zita!«, rief sie.

Die Freundin blickte sie fragend an. Bärbel schilderte, was ihr der Beamte vorgeschlagen hatte.

Zita war sofort einverstanden.

23

»Gifttiere! Wer denkt sich so etwas aus?« Fabio stützte sich auf seine Ellbogen, die in dem weichen Kopfkissen versanken. »Es ist perfide.« Er drehte sich halb zu Sebastian, der im Morgenlicht neben ihm lag, einen Arm angewinkelt unter dem Kopf, Blick zur Decke.

»Bei Gifttier fällt mir spontan ein: Pfeilgiftfrosch, Kegelschnecke, Würfelqualle, Trichternetzspinne.« Er rutschte an Fabio heran.

»Inlandtaipan«, ergänzte Fabio.

»Kenn ich nicht.«

»Die giftigste Schlange der Welt. Lebt in Australien, jagt sogar Rinder. Das Gift aus einem einzigen Biss reicht aus, um zweihundert Menschen zu töten oder eine Viertelmillion Mäuse.«

»Furchtbar«, sagte Sebastian.

»Aber das, was wir suchen, ist keine Schlange. Was wir suchen, ist kleiner und sieht aus wie ein Stück Speck.«

»Speck.« Sebastian rutschte näher. Fabio genoss es, den warmen, sehnigen Körper des Freundes zu spüren. Es gab nichts, das sie trennen könnte. Höchstens dieser José …

»Du fliegst nicht nach Rio?«, fragte er leise.

»Wer sollte denn dann auf deinen Vater aufpassen?«

Gott, danke, dachte Fabio.

»Sprich weiter«, drängte Sebastian.

»Dieses Insekt, oder was auch immer es sein mag, war am Tag nach Merles Tod noch aktiv. Wir nehmen es zumindest an. Da tötete es einen Beagle im Wald, und bevor du jetzt fragst: Nein, wir können ihn nicht ausbuddeln, er hat sich nämlich in Rauch aufgelöst.« Fabio ließ sich wieder ins Kissen zurücksinken. »Der Hund hatte nach einer Zahnoperation eine Wunde im Maul«, erklärte Fabio. »Vermutlich ist das Gift auf diesem Weg in seine Blutbahn gelangt.«

Sebastian kniff die Augen zusammen. »Habt ihr neue Spuren?«

»Nichts, außer einem angekauten schwarzen Garn. Wir sind ziemlich sicher, dass das anhaftende Blut von dem toten Beagle stammt und der Faden von Merles Fühlsäckchen.«

Sebastian schaute ihn fragend an, dann kam er drauf. »Stimmt ja, sie spielte immer mit diesen Säckchen.«

Fabio fuhr im Bett hoch. »Ich muss Feldhaus anrufen!« Er griff nach dem Telefon auf seinem Nachttisch und wählte die Nummer.

Nach dem zweiten Freizeichen meldete sich Gerd: »Moin, Fabio.« Ausgeschlafen klang anders. Aber als Fabio ihm die zwei Samtsäckchen von Ruth Engelbrecht versprach, mit Kordeln und Fransen, war er hellwach. »Bin in einer halben Stunde da«, rief er. Und: »Nicht groß anfassen, ja?«

Zu Sebastian sagte Fabio: »Gerd Feldhaus kommt in einer halben Stunde.«

»Ich mach uns Frühstück«, sagte Sebastian. »Was möchtest du?«

Dich!, hätte Fabio am liebsten gesagt. Dich und ganz viel Zeit. Laut sagte er: »Einen Toast mit Honig oder so.«

Als Fabio in die Küche hinunterkam, saß Salvatore in einem teddybraunen Hausanzug am Tisch. Vor ihm lag eine aufgeschlagene »Bild«-Zeitung, von der Tiffanylampe gelb und rot beschienen. Wortlos schüttelte er den Kopf. »Eute isse scho Mittewoch«, meinte er.

Fabio setzte sich neben ihn. Sebastian kochte Tee und holte die Butter aus dem Kühlschrank.

Salvatore tat so, als bemerkte er die beiden nicht. Anklagend sprach er in Richtung Kaffeeautomat: »Leider isse meine Sohne nickt gebliebe in die Eisediele in schene Stadt Leer in Niedersacks. Fabio ware eine prima Gelatiere, aber diese Junge liebe die Gefahr. Tustu deine Lebe riskiere in Eisediele? Niemale. Falle vielleickt eine Male in Eisemaschine, aber mehr passiere nickt.« Er nahm das Stück Hefezopf, das Sebastian ihm hinhielt, und stippte es in seinen Kaffee. Er veranstaltete dabei eine Mordssauerei an seinem Platz, Fabio mochte gar nicht hinsehen.

Nachdem er seinen Kuchen fertig geschlürft hatte, schlug er die Augen zu seinem Wohltäter auf. »Sebastino«, sagte er klagend. »Tu auck sehe, wie Farbe von Gesickt von meine Sohne isse grau wie eine Stein von Baustelle?«

»Ich finde ihn schön«, sagte Sebastian.

An der Haustür klingelte es, und Fabio ging grinsend, um zu öffnen.

In der Küche erhielt Gerd einen Becher Kaffee von Salvatore, einen Teller mit Honigtoast von Sebastian, und schließlich von Fabio »das neue Material«.

Gerd hielt die Beweismitteltüte mit den zwei Säckchen unter das Licht an der Dunstabzugshaube. »Mit bloßem Auge«, sagte er genüsslich, »erkenne ich, dass diese Fransen die gleichen sind, wie die verbissene aus dem Wald. Wenn sie tatsächlich identisch sind ...«

Fabio sprach den Satz zu Ende: »Dann wissen wir, dass Merle ein Fühli bei sich hatte, als sie starb.«

»Und wo isse die Säckle jetze?« Salvatore warf die Arme hoch. »Und was ware drin?«

Das wüsste die Kripo auch ganz gern, dachte Fabio.

Gerd spekulierte: »Entweder hat der Beagle das Fühli gefressen oder irgendein Hund hat es verschleppt.« Er blickte deprimiert in Salvatores faltiges Gesicht. »In dem Wald, Herr Lavelli, sind immer eine Menge Hunde unterwegs ...«

Salvatore ließ sich so schnell nicht überzeugen. Das Säckle, meinte er, läge sicher noch im Wald, man hätte halt richtig suchen müssen. Worauf Gerd ihm – mit rotem Kopf – versicherte, das Waldgebiet millimeterweise durchforscht zu haben. Jetzt schauten sich beide zornig an. Salvatore verstand es immer, Fabios Kollegen auf die Palme zu bringen. Wenn Corry nur seinen Namen hörte, verdrehte sie die Augen.

Sebastian lenkte ein: »Vielleicht hat der Täter es mitgenommen.«

Dieses Szenario hatte Fabio mit Corry gestern Nacht in der Pizzeria auch durchgespielt, unablässig beobachtet von Frau Hummel. Corry hatte gemeint: Wie auch immer Merle getötet worden ist, da hat jemand abgewartet, bis sie es hinter sich hatte. Und dann hat er alles mitgenommen, was er zur Tat benutzt hat.

Das Geräusch von raschelndem Papier brachte Fabio in die Gegenwart zurück. Die beiden Streithähne waren offenbar wieder versöhnt; Salvatore packte gerade für Gerd einen Viertel Hefezopf in eine Doppelseite »Bild« ein.

Fabio brachte den Kollegen zur Tür. »Wir sehen uns um elf bei Dr. Kern.«

Fabio trank seinen Tee aus. Mit der freien Hand griff er nach dem Rest der Zeitung. Die Schlagzeile lautete an diesem Morgen: »Jetzt spricht der Förster vom Kindermörder-Wald.« Ein Foto zeigte Fengler im Lodenjanker und mit Jägerhut. In der Bildunterschrift stand kursiv gedruckt: »Axel F., 47 Jahre: ›Ein totes Mädchen in meinem Revier! Mir gefror das Blut in den Adern.‹« Daneben in einem Kreis das Foto von Merle mit den Rattenschwänzen. In Kinderkrakelschrift darunter: »Warum musste Merle sterben?«

Ja. Warum? Die Soko »Poncho« fragte sich das den ganzen Tag. Es wäre eine Katastrophe für jeden einzelnen Ermittler, wenn dieses Verbrechen ungelöst bliebe, dachte Fabio. Der Fall zehrte an den Nerven, die Kollegen konnten nicht mehr abschalten, nicht schlafen, sie aßen nicht richtig – apropos essen ... Fabio schaute seinen Vater an. »Wolltest du nicht unbedingt mal wieder Fleisch, oder täusche ich mich?« Salvatore machte ein Gesicht, als habe er das Wort Fleisch in dieser Küche nicht erwartet.

Fabio steckte noch einen Bissen blanken Toasts in den Mund und kaute betont langsam, um Salvatore zu ärgern. Dann sagte er: »In Feuerbach gibt es eine Pizzeria, die kochen die ›Minestra alla perugina‹. Du könntest dort mal essen gehen und etwas für mich abliefern.«

Salvatore schluckte. »Mit Rindefleisch?«

»Glaub schon«, sagte Fabio.

Salvatore legte eine Hand auf seine Brust, er wirkte erleichtert. »Ah«, sagte er. »Wenn arbeite wie eine Pferd, muss esse Fleisch.«

Er arbeitet wie ein Pferd? Fabio warf Sebastian einen fragenden Blick zu. »Was arbeitet er?« Sebastian zog bloß die Schultern hoch.

»Andiamo!« Der alte Herr erhob sich. »Jetze macke ick die Wurzel von die Flaumebaume raus.«

»Was?«, rief Fabio.

Salvatore stemmte die Hände in die Seiten und dehnte sich nach rechts, links, vorne, hinten.

»Das war unser einziger Baum!« Fabio starrte seinen Vater an. »Wir haben keinen anderen.«

»Ick kann Gemuse anpflanze und Salate.«

»Nein!«, rief Fabio. »Keinen Salat!« Dann sah er nach der Uhr. »Ich muss los.« Er küsste Sebastian und drohte Salvatore mit den Augen.

Im Vorgarten lief er rasch über die regennassen Steinplatten zur Straße. Die Bescherung im Hintergarten würde er sich jetzt nicht ansehen. Er hatte das schiefe Bäumchen gern gehabt.

Corry war aufgeregt. Gleich würden sie erfahren, welches Gifttier die kleine Merle getötet hatte. »Ich bin Adrenalin pur«, sagte sie zu Fabio, der neben ihr durch die Glastür zur Pathologie schritt. Er sah niedergeschlagen aus, was kein Wunder war, denn Salvatore lebte immer noch bei den beiden, hatte sich regelrecht eingenistet, und jetzt fällte er auch noch ihren gesamten Baumbestand.

»Schick ihn wieder heim«, sagte Corry.

In Dr. Kerns kleinem Büro saßen schon Otte und Arlet flüsternd beieinander. Und hinter Corry und Fabio tauchten Gerd und Jan auf. Sie begrüßten einander und rückten ein wenig zusammen, weil ja noch Dr. Kern, sein Mitarbeiter, und die sehnsüchtig erwartete Professorin hineinpassen mussten. Corry blickte auf ihre Uhr und sagte: »Jetzt ist es elf.«

Die Tür öffnete sich und Dr. Hannes Feyerabend kam mit ausgestreckter Hand auf Corry zu. Er war sehr groß und hatte dasselbe dünne Haar wie sie, aber in einem saubereren Blondton. »Freut mich sehr«, »Freut mich auch«, sagten sie zueinander.

Corry sah ihm zu, wie er sein Notebook unterm Arm hervorholte und in die Mitte des Tisches stellte. Alle nahmen Platz ringsum.

»Und wann kommt die Expertin?«, fragte Corry. Es war gerade mal drei nach elf.

Arlet, die einen mausgrauen Kaschmirpullover trug, der toll zu ihrer Brille passte, nickte ihr beipflichtend zu.

Dr. Feyerabend versicherte, dass es der Professorin tatsächlich gelungen war, noch rechtzeitig aus der Sahara herauszukommen. »Sie ist dann über Paris nach Stuttgart geflogen«, sagte er nachdrücklich, »und gestern Abend bei uns in der Pathologie … gelandet.« Er lächelte über den Witz. »Wir haben fast die ganze Nacht gearbeitet«, fügte er noch hinzu.

Das sollte Corry nur recht sein. »Hauptsache, wir erfahren endlich, was für ein Gift Merle getötet hat«, sagte sie.

Schweigepause. Corry nutzte den Moment, um im Büro anzurufen, ob sich Mark Bohn gemeldet hatte. Nach dem Rundgang durch den nächtlichen Garten mit seiner Vermieterin hatte sie ihm eine Benachrichtigung in den Briefkasten gesteckt, er solle sich auf dem Präsidium melden.

Fink war am Telefon. »Noch nicht, leider«, sagte sie. Corry legte auf.

In der Sekunde trat Dr. Kern herein. »Darf ich vorstellen?«, sagte er freudig. »Professor Doro Kästner aus Magdeburg.« Sie schüttelten sich die Hände.

Corry mochte die Frau auf Anhieb. Sie war etwas älter als sie. Nicht zu schlank. Brünette Locken umrahmten ihr feines Gesicht. Sie war dezent geschminkt, nur ihre Fingernägel waren lang und leuchtend korallenrot lackiert. Unter ihrem weißen Arbeitskittel schaute eine glänzende, tintenblaue Bluse mit großem Kragen hervor.

Es war eng in dem Büro. Die halbhoch gekachelten Wände waren nicht das Schlimmste. Auch nicht die ungepolsterten Stühle. Es war der schleierdünne Leichengeruch, der über allem lag.

Dr. Kern setzte ein hausväterliches Gesicht auf und begann mit den Worten: »Sie haben sich vielleicht gefragt, warum wir unbedingt Frau Kästner bei diesem speziellen Fall dabei haben wollten.« Er schloss seinen kleinen Mund und blickte in die Runde.

Hoffentlich spricht er bald weiter, dachte Corry. Etwas streifte sie im Rücken. Vielleicht etwas Giftiges. Es war aber nur die Ecke eines Buches, das aus dem Regal hinter ihr herausstand, wie sie erleichtert feststellte. Sie drückte sich mit dem Rücken dagegen.

»Das werden Sie gleich verstehen«, fuhr Dr. Kern aufgeräumt fort. »Bei der Obduktion haben wir erkannt, dass die sehr feinen Stichverletzungen an den Händen der Leiche durch Stacheln verursacht wurden. Denn ein Stachel reißt nur wenige Gewebefasern durch, der entstehende Wundschlitz ist somit sehr klein. Mit bloßem Auge sieht man ihn kaum. Die starken Entzündungen an diesen Stellen wiesen uns darauf hin, dass über die Stichkanäle ein sehr aggressives Gift zugeführt worden war.« Dr. Kern ließ seine Aussage einen Augenblick wirken. »Wir lagen richtig, als wir vermuteten, dass die Einstichstellen auf ein ganz bestimmtes Gifttier hinweisen, und aus dem Grund haben wir Frau Kästner, eingeladen. Sie ist Toxinologin, das heißt eine Expertin für Pflanzen-, Pilz- und Tiergifte.« Er warf ihr einen feierlichen Blick zu. »Sie ist eine weltweit anerkannte Spezialistin für die Gattung Skorpione.«

Skorpione? Corry sah das wöchentliche, stets nicht zutreffende Horoskop in ihrer Fernsehzeitung vor sich. Wer war Skorpion? Otte wahrscheinlich. Oder Arlet. Wann

Gerd Geburtstag hatte, wusste sie nicht. Fabio war Krebs, Jan Zwillinge und sie selbst Schütze, was sonst.

Professor Doro Kästner nickte freundlich in die Runde. »Die meisten Skorpionarten sind nicht sehr gefährlich«, sagte sie. »Aber es gibt einige, deren Gift tödlich ist, vor allem für Kinder.«

Sie waren erst einmal alle sprachlos. »Skorpione«, wiederholte Otte brummend und runzelte die Stirn. »Und das steht fest?«

»Absolut.« Die Professorin zuckte nicht mit der Wimper.

»Es besteht kein Zweifel«, sagte jetzt Dr. Kern, und zwar so felsenfest überzeugt, wie Corry ihn noch nicht erlebt hatte. Er wandte sich seinem Kollegen zu. »Bitte, Dr. Feyerabend.«

Der wissenschaftliche Mitarbeiter räusperte sich und sah auf einen Stapel Papier mit Tabellen und Kurven hinunter, den er vor sich liegen hatte. »Unsere Beweise sind stichhaltig, ich möchte sie Ihnen kurz erörtern«, sagte er. »Erstens: Wir haben die präparativ gesicherten Wundschlitze anhand von Vergleichslösungen auf über hundert unterschiedliche Giftstoffe getestet. Zweitens: Die im Blut der Toten gefundene Substanz haben wir mit der Massenspektrenbibliothek abgeglichen. Und drittens: Die chemisch-toxikologischen Analysen wurden mit aller Sorgfalt ausgewertet.« Fast trotzig schaute er aus seinen wasserblauen Augen. »Wir haben ein Neurotoxin identifiziert«, sagte er kühl.

Fabio hakte nach: »Das Kind wurde mit einem Nervengift umgebracht?«

Dr. Feyerabend nickte. »Mit einem Gift-Cocktail aus hunderten Komponenten.« Seine Finger zitterten ein wenig, als er das unterste Blatt hervorzog und dann ablas: »Darin sind Salze, Lipide, Aminosäuren und Polypeptid-Toxine sowie biogene Amine wie Histamin und Serotonin enthalten, die unerträgliche Schmerzen verursachen.« Er fuhr sich mit der Hand über die Augen. »Das sind sogenannte Schmerzgifte.«

Otte stieß einen gotteslästerlichen Fluch aus. Jan zog das Kinn ein. Arlet kniff den Mund zusammen. Ihre Augen funkelten hinter den Brillengläsern. Gerd schaute bedrückt zu Corry herüber. Fabio sagte: »Wieso besteht das Gift aus so viele Komponenten?«

»Weil ein breites Wirkungsspektrum für Skorpione überlebenswichtig ist«, erklärte die Professorin. »Skorpione müssen einerseits in der Lage sein, ihre lebende Nahrung schnell und effektiv zu lähmen, andererseits muss ihr Gift stark genug sein, um damit Feinde abzuwehren.«

Otte brummte vor sich hin. »Sie beißen zu, und ihr Gift wirkt verheerend.«

»Skorpione beißen nicht«, sagte die Wissenschaftlerin milde. »Sie stechen ihre Opfer, sie haben am Schwanzende einen Giftstachel.«

Otte, der offensichtlich nicht zugehört hatte, sprach wie in Trance weiter: »Mit ihren großen Scheren schnappen sie zu …«

»Wir gehen nicht davon aus, dass es sich um Skorpione mit großen Scheren handelt«, unterbrach ihn Professor Kästner gutmütig. »Sehr wahrscheinlich haben wir es mit Skorpionen aus der Familie Buthidae zu tun, denn darunter finden sich die gefährlichsten Arten.« Sie lächelte Otte an. »Und die haben zierliche Scheren. Merken Sie sich den Grundsatz: Je schmaler die Scheren, desto giftiger der Skorpion.«

In dem Büro war kein Laut zu hören.

»Diese Spinnentiere stechen übrigens nicht reflexhaft wie Bienen oder Wespen. Skorpione injizieren ihr Gift bewusst.«

Corry beugte sich vor. »Habe ich Sie richtig verstanden? Ein Skorpion sticht – mit Kalkül?«

Professor Kästner nickte. »Absolut. Skorpione dosieren ihr Gift je nach Größe oder Gefährlichkeit des Gegners.« Sie legte wie zum Gebet die Handflächen aneinander. Ihre ausgeprägten Fingerbeeren sahen aus wie kleine, rosafarbene feste

Kissen. »Wenn ein Skorpion ein Heimchen betäuben will, um es zu fressen«, fuhr sie fort, »braucht er nicht viel; wenn er sich aber bedroht fühlt, setzt er eine Menge Gift ab.«

»Was bedroht ihn denn?«, polterte Otte, der aus seiner Erstarrung erwacht schien. Alle erschraken.

»Ein Fuß, der auf ihn tritt«, führte die Skorpionexpertin aus. »Eine Hand, die nach ihm greifen will. Hochgiftige Arten stechen im Bruchteil einer Sekunde zu.«

Corry überlegte laut: »Der Skorpion war in einem Fühli.« Sie schaute Doro Kästner an. »Merle hatte oft so kleine Samtbeutel bei sich.«

Die Expertin nickte langsam. »Das erklärt, wieso die Tiere so stechaktiv waren. In dem Säckchen waren sie windgeschützt; zudem war es hier am Freitag außergewöhnlich warm für die Jahreszeit. Ich habe mir die meteorologischen Daten angesehen. Der kühle Regen kam erst am Samstagfrüh.«

Das war richtig. Neben ihr konstatierte Fabio. »Jemand hat also einen Skorpion in Merles Fühli getan. Wie oft kann so ein Biest eigentlich stechen?«

»So oft es nötig ist. Ein kleines Opfer tötet er mit nur einem Stich, ein größeres wird er mehrmals oder viele Male stechen.« Die Professorin hielt kurz inne. »Es gibt da noch etwas, das Sie wissen sollten: Jungtiere haben noch nicht viel Erfahrung mit dem Dosieren; deshalb geben sie oft ihr ganzes Gift auf einmal ab.« Sie schlang ihre Finger ineinander. »Wir gehen davon aus, dass es sich in Ihrem Fall um mehrere, sehr wahrscheinlich jüngere Skorpione handelt.«

Nach zwei Stunden erhoben sie sich von ihren Plätzen. In Corrys Kopf krabbelten die Skorpione mit drohend erhobenen Schwänzen und Scheren umher. Sie fühlte sich wie zerschlagen. Und wieder kochte die Wut auf den Täter oder die Täterin in ihr hoch – sie würde diesen perfiden Fall lösen, gemeinsam mit Fabio, der neben ihr gesessen und einen ganzen Block voll über das Leben und Töten der Skorpione mitgeschrieben hatte.

Es gab nur einen Haken an der Sache: Es existierten eintausendfünfhundert Arten Skorpione, aber nur etwa fünfundzwanzig Arten waren so giftig, dass sie einen Menschen töten konnten. Und die Expertin hatte die genaue Spezies noch nicht identifiziert.

»Ich bin erst spät am Abend hier angekommen«, sagte sie entschuldigend. »Wir wissen aber sehr bald mehr.«

Corry sagte: »Danke. Wann ist das?«

»Kommen Sie morgen früh, gegen zehn Uhr.« Doro Kästner schüttelte ihr die Hand. Sie war warm, Corry hatte eine kühle erwartet.

»Morgen kann ich Ihnen alles über die Skorpionart sagen, die das Kind getötet hat.«

Corry und Fabio saßen regungslos im Auto. Stumm beobachteten sie, wie Otte, Jan und die Staatsanwältin in einem nilgrünen Mercedes vom Parkplatz rollten. Sie erschraken beide, als plötzlich Gerd an Corrys Fenster auftauchte und ihr Zeichen machte. Sie zuckte die Schultern und murmelte: »Was?«, kam aber nicht auf die Idee, ihr Fenster herabzulassen, um mit ihm zu sprechen. Sie war momentan erledigt.

Gerd schlenderte zu seinem alten Volvo und bevor er einstieg, blickte er noch einmal zu ihr zurück und lächelte.

»Keine Ahnung, was er wollte«, sagte Corry.

»Ich glaube, er mag dich.«

Sie hörten, wie seine Gangschaltung krachte, und zogen beide automatisch den Kopf ein. Dann sahen sie, wie er den Wagen zurücksetzte und davonfuhr.

»Er ist ein netter Kerl«, sagte Fabio.

Corry wusste, dass er jetzt nur so redete, weil sein Gehirn eine Auszeit brauchte, um einmal fünf Minuten nicht an Merle und die Skorpione zu denken. Ihr ging es doch genauso. Allerdings war »nett« reichlich untertrieben. Feldhaus war ein verdammt cooler Typ, auf den man sich hundert Prozent verlassen konnte. Es gab nicht viele von der Sorte.

Corry fiel etwas ein. »Gerd hat uns etwas zu essen mitgebracht.« Sie wies mit dem Kinn auf die Bäckertüte, die auf ihrer Tasche lag. »Er ist extra zur Brezel-Ecke gefahren.«

»Er wohnt dort.«

»Du Mistkerl!« Corry bedachte ihn mit einem zornigen Blick. Fabio lachte leise. Dann fuhren sie vom Parkplatz und schlängelten sich zwischen dunstigen Weinbergen hinab zum Präsidium. Dort würde Fabio in dreißig Minuten eine Person aus Julia Wiechmanns Umfeld vernehmen.

Corry hoffte, dass die Frau Licht ins Dunkel brachte.

24

Auf Fabios Schreibtisch türmten sich Ordner, Aktenmappen und lose Papiere. Er fasste das Chaos ins Auge und baute vier Stapel, von denen er zwei noch heute abarbeiten musste, die anderen beiden dringend morgen.

Die Zeit bis zu dem Termin mit Ina Greiner, Frau Wiechmanns Kollegin aus dem Verlag, nutzte er, um Merles Zeichnungen nochmal zu überprüfen. Er ging sie Blatt für Blatt mit der Lupe durch. Hinter ihrem Pflanzenspalier hörte er Corry abwechselnd tippen und telefonieren. Als er fertig war, rief er zu ihr hinüber: »Sie hat keinen Skorpion gemalt. Wir können die Bilder abhaken.« Er schob die Bilder in die Jurismappe zurück, was ihm einen Stich gab.

Um halb drei führte Ulla Tillack Ina Greiner in das Büro. Im Herankommen knöpfte sie ihren schwarzen Maximantel auf, ließ ihn aber an, als sie sich setzte. Ihre Umhängetasche, tiefrot und geflochten, legte sie auf den Besprechungstisch, neben den Klotz von Aschenbecher aus Muranoglas. Otte hatte gewagt ihn aufzustellen, für den Fall, dass er hier einmal rauchen dürfte.

Die Verlagsassistentin saß spitznasig auf der Stuhlkante und blickte über die grünen Spitzen von Corrys Unkraut auf Merles Foto.

»Die Kleine kann einem leidtun«, sagte sie mit schmalen Lippen.

»Es gibt jemanden, dem sie kein bisschen leidgetan hat«, erwiderte Fabio. »Es gibt jemanden, der sie mitleidlos getötet hat.« Er sah die Dreißigjährige offen an.

Wenn sie schwieg und den Mund zusammenkniff, wirkte ihre Nase noch spitzer. Fabio fiel Tante Lucia ein, die ihm immer geraten hatte, um Spitznasige einen großen Bogen zu machen. »Die bringen Unglück«, davon war sie überzeugt.

»Sorry, aber da kann ich Ihnen nicht weiterhelfen.« Sie fuhr sich nervös seitlich in die Pagenkopffrisur.

»Ich denke aber schon«, meinte Fabio. »Ihre Eindrücke von der Beziehung zwischen Julia und ihrer Tochter interessieren mich wirklich.«

Sie schaute wieder zu dem Foto. »Also, richtig gut war die Beziehung bestimmt nicht.«

»So?«, sagte Fabio und wunderte sich.

»Ich will ja nichts Schlechtes über sie sagen«, erklärte sie.

»Tun Sie doch gar nicht«, log Fabio.

»Julia hat oft vom Büro aus herumtelefoniert, wo sie die Kleine unterbringen kann. Manchmal hat sie Merle zu einer Frau Engel-Nochmalwas geschleppt, auch wenn die wohl öfter nicht ganz nüchtern war.«

Fabio fragte: »Kommen Sie mit Frau Wiechmann auch privat zusammen?«

»Nö, das gerade nicht.« Ina Greiner hob den Kopf. »Ich glaube, mit Männern kann sie's besser ... na, Sie wissen schon.«

»Ja, klar«, sagte Fabio. »Wie meinen Sie das genau?«

»Na ja, sie flirtet eben gern, ist ja auch nichts dabei, oder?«

Fabio schüttelte den Kopf.

»Tja, und dann bückt sie sich so tief«, Ina Greiner rollte den Oberkörper ein, »dass man alles sieht.«

»Ah«, sagte Fabio. »Männer gucken immerzu, das darf man nicht persönlich nehmen.«

Kurz lachte sie auf, und es klang wie Blech. »Tja, der eine ist zufällig unser Chef.« Sie klappte den schmalen Mund zu und weg war er. »Wollen Sie wissen, wie ich darüber denke?« Sie wartete nicht ab. »Never fuck in the factory.«

Hinter der grünen Grenze prustete Corry los. Fabio verkniff sich das Grinsen.

Ina Greiner legte den Kopf schräg, die Nase ganz spitz. »Sagen Sie, Julia wird ja wohl nicht mehr im Verlag weiterarbeiten?«

»Wieso nicht?«

»Wenn so was geschehen ist, kann man dann noch arbeiten?«

»Nach einiger Zeit …« Fabio wiegte den Kopf. »Apropos arbeiten: Julia war alleinerziehend, was ja nicht einfach ist. Hatte sie Leute, die ihr ab und zu hilfreich …?« Er ließ den Satz in der Luft hängen.

Ina Greiners Kiefermuskeln zuckten. »Ihr strecken sich immer Hände entgegen. Glauben Sie, dass mal jemand auf die Idee kommt, etwas für mich zu tun?«

Fabio dachte nein und sagte laut: »Wieso nicht?«

Sie schien kurz darüber nachzudenken. »Also gut«, sie straffte die Schultern. »Außer dieser Schnaps-Oma gibt es in Julias Nachbarschaft so einen jungen Kerl.«

Fabio war klar, dass sie Mark Bohn meinte. Auch Corry hörte auf zu tippen.

»Sie braucht nur anzurufen, dann springt er. Julia schickt ihn zur Reinigung und all so was.«

»Ein junger Kerl«, wiederholte Fabio gespielt gelangweilt. »Er wird sich halt ein Taschengeld verdienen wollen.«

»Nö, der arbeitet. Ich glaube, er ist Altenpfleger oder so. Er heißt Mark.« Sie blickte zu ihren schwarzen Stiefeletten hinunter. »Sieht aber nicht gut aus.«

»Nein?« Fabio sah sie erstaunt an.

»Er hat sie mal mit seinem Auto abgeholt, als ihr Golf kaputt war. Ich hab zufällig aus dem Fenster geschaut, das geht zur Straße runter. Er musste erst mal den Beifahrersitz leerräumen, den ganzen Krempel zum Kofferraum tragen, damit sie vorne reinsitzen konnte. Und da hab ich gesehen, dass er barfuß war. Es war Winter.« Sie verdrehte die Augen. »Dann hat er sich hinters Steuer geschmissen und die Anlage aufgedreht, Brutalo-Musik, Sie wissen schon. Obwohl die Autofenster zu waren, hat die ganze Straße gezittert von dem Sound. Dann stieg Julia bei ihm ein und er ist mit ihr weggefahren – angeschnallt war er übrigens nicht, und er hat Gas gegeben wie ein Verrückter.«

Fabio sah in seine Unterlagen: »Mark Bohn fährt einen dunkelroten Peugeot.«

»Die Marke sehen Sie dem Auto nicht mehr an.«

Wie beiläufig sagte Fabio: »Ich würde gern mehr über ihn wissen.«

»Wird er denn beschuldigt?«

»Nö«, meinte Fabio. »Wir versuchen, das soziale Umfeld von Merle und ihrer Mutter kennenzulernen, das ist Routine.«

»Julia sagte mal: ›Mein Nachbar bückt sich wegen jedem Marienkäfer auf'm Teppich.‹«

»Interessant«, sagte Fabio.

»Tja, sorry, mehr weiß ich nicht. So oft hat sie nicht von ihm gesprochen, der lief mehr so nebenher.«

»Und ich dachte, er sei ein Frauentyp«, gab sich Fabio überrascht.

»Herr Lavelli! Ich bitte Sie. Der ist noch ein Kind.«

»So jung?«

»Pony bis zur Nase und angezogen wie ein Beach-Boy, Sie verstehen schon.«

Fabio tat, als müsste er Bohns Geburtsjahr erst aus den Unterlagen suchen: »Er ist – Moment bitte – immerhin neunundzwanzig Jahre alt.«

»Der?« Ihr Mund verschwand so schnell wie er aufgetaucht war.

Fabio tastete sich vor: »Dieser Mark … hat er auch mal mit Merle zu tun gehabt?«

Ina Greiner sog die Backen ein. »Nö, das glaub ich kaum. Obwohl, wenn ich mich nicht täusche, hat Julia ihn mal angerufen und gesagt, er soll Merle von der Kita abholen.«

»Tatsächlich?« Fabio blickte kurz zu Corry hinüber, die mit tellergroßen Augen durch die Durchreiche starrte. Er wandte sich wieder der Zeugin zu. »Kam das öfter vor?«

Sie fuhr sich in die Haare. »Wie soll ich das wissen? Julia ist ja nur halbtags da, und ich bin nicht dauernd um sie herum.«

Fabio nickte und faltete die Hände unterm Kinn. »Das verstehe ich«, sagte er, und wie nebenbei fragte er sie nach Skorpionen.

»Skorpione?« Sie presste die Hand auf den Mund, aber das kurze, blecherne Lachen war schon heraus. »Herr Lavelli. Ich weiß nichts von Skorpionen.«

Fabio tat, als sei das Detail nicht wichtig. »Nur, falls Sie was gehört oder gesehen haben.«

»Müsste ich?« Sie runzelte die Stirn. »Es gibt doch hier gar keine, die leben doch in Afrika oder so.« Sie klemmte sich das Haar hinters rechte Ohr.

»Und wie stand Ihr Chef zu Merle?«, wechselte Fabio das Thema.

»Unser Chef?« Sie zog die Brauen hoch. »Woher soll ich das wissen?« Sie verschränkte die Arme über der Brust. »Aber falls Sie denken, dass Herr Perlitz ... das ist völlig ... Außerdem waren wir ja gar nicht in Stuttgart, als das passiert ist.« Sie blickte wieder zu Merles Foto. »Wir waren alle zusammen in München. Tja, sorry, aber mein Chef hat somit ein felsenfestes Alibi.«

»Ein wasserdichtes«, sagte Fabio.

»Sorry?«

»Man hat eine felsenfeste Meinung, aber ein wasserdichtes Alibi«, erklärte Fabio. »Und wenn wir schon dabei sind, klären wir jetzt mal eben München ab, einverstanden?«

»Kein Problem.«

Fabio griff sich den Seminar-Prospekt der »Agentur für Zeitmanagement und Arbeitsorganisation« und schlug ihn auf. »Wann sind Sie am Freitag in München angekommen?«, fragte er.

»Gegen elf Uhr«, sagte Ina Greiner wie aus der Pistole. »Wir haben alle im Hotel »Platzl« eingecheckt, das ist in der Altstadt. Danach sind wir ins Konferenzzentrum in der Lazarettstraße gefahren.« Fabio nickte ihr zu, damit sie weitersprach. »Um halb eins gab es dort einen Lunch mit dem Seminarleiter Dr. Schinder, danach gingen wir in die Seminarräume und sprachen über das Prozedere und unsere Ziele und all so was. Das Übliche halt.«

»Ja, klar«, sagte Fabio. »Und wie lang ging das?«

»Bis abends um sechs.«

»War Ihr Chef anwesend?«

»Nö.« Ina Greiner wollte schon wieder lachen, ließ es dann aber sein. »Das kann er sich ja wohl schenken.«

»Wieso?«

»Er muss ja nicht angefeuert werden, sondern das Team.« Sie studierte wieder ihre Stiefeletten.

Fabio kombinierte: »Sie haben also Konstantin Perlitz zuletzt um elf Uhr im Hotel gesehen, ist das richtig?«

»Das kann man so stehenlassen.«

»Danke«, sagte Fabio. »Wann haben Sie ihn dann wieder gesehen?«

Sie schien scharf zu überlegen. »Tja, das muss so gegen halb sieben gewesen sein. Ich hab ihn kurz im Hotel-Foyer getroffen. Wir gingen alle auf unsere Zimmer, um uns für den Abend frisch zu machen.«

Fabio blätterte ein wenig in dem Prospekt. »Sprechen wir über den Abend«, sagte er in einem gemütlichen Ton. »Was haben Sie da gemacht?«

»Steht alles im Prospekt.« Ihr Mund war nur ein Strich.

»Oha«, rief Fabio, nachdem er eine Seite weitergeblättert hatte. »Da steht's: Bayerischer Abend beim ›Jodlerwirt‹. Klasse.«

Ina Greiner zog die Luft ein. »Wir haben Schweinswürstel gegessen.«

»Und der Chef? Hat's ihm geschmeckt?«

Sie antwortete mit einem Schulterzucken: »Wieso nicht?«

»Hm«, machte Fabio. »War er irgendwie anders als sonst? Angespannt, nervös?«

»Er war wie immer«, sagte sie, aber ihre Augen sagten etwas anderes. Sie sagten: Ich bin mir nicht sicher, und Fabio registrierte das.

Er legte den Prospekt zur Seite. »Haben Sie eine Idee, wo Ihr Chef von elf bis halb sieben Uhr gewesen sein könnte?«

»Nö, weiß ich nicht.« Sie spielte mit dem langen Riemen ihrer Flechttasche, kippte ihn vor und zurück.

Fabio rechnete im Kopf aus, dass Perlitz die Zeit gereicht hätte, zurück nach Stuttgart zu fahren, Merle in den Wald zu locken, und abends um halb sieben wieder im Hotel »Platzl« zu sein. Er hätte sogar noch Zeit gehabt, sich zu duschen.

Er reichte Frau Greiner seine Visitenkarte und belehrte sie über ihre Schweigepflicht. Dann fügte er noch hinzu: »Wenn Ihnen etwas einfällt, eine Kleinigkeit nur, rufen Sie mich an?«

Ina Greiner nickte und stand abrupt auf. Sie griff nach ihrer Tasche und zog sie vom Tisch, und das Trumm von einem Ascher fiel polternd herab.

»Ach, du Schande«, rief Corry. Aber da war es schon geschehen. Der knallblaue Muranoascher war zu Boden gefallen und in drei dicke Scherben zersprungen.

»Sorry, das tut mir echt leid«, stammelte die Greiner. »Hoffentlich bringt das jetzt kein Unglück.«

Bei Fabio lagen einen Moment die Nerven blank. Eine dunkle Ahnung überfiel ihn. Die Gräueltat an Merle Wiechmann würde ein Nachspiel haben. Es war noch nicht vorbei, sagte ihm eine innere Stimme, die sich schwer nach Tante Lucia anhörte.

Als Ina Greiner aus der Tür ging, atmete er tief durch. Er nahm einen Stift und schrieb »7,5 Stunden« auf ein Blatt. Und darunter: »Wo war Konstantin Perlitz am Freitag von 11 bis 18.30 Uhr?«

Corry blickte auf die Uhr. »Wir müssen los!«, rief sie. Auf vier Uhr war eine Lagebesprechung anberaumt. Sie rannte mit Fabio die Treppe hoch. Beide bepackt mit Unterlagen, beide übermüdet und hungrig.

In Raum IV steuerten sie sofort auf Otte zu, der hinten bei den Fenstern in seinen Schuhen wippte. Wie abgesprochen, hatte er die Soko »Poncho« über das Gespräch am Vormittag in der Pathologie unterrichtet. Nun brachten sie ihn auf den neuesten Stand betreffend Konstantin Perlitz.

Fabio sagte zu Otte: »Wir dürfen uns nicht auf die Aussage von Frau Greiner verlassen, vielleicht will sie ihm Schwierigkeiten machen, aus welchem Grund auch immer.«

»Vielleicht war sie scharf auf ihn«, mutmaßte der Chef.

»Möglich«, sagte Fabio. »Sie war grün vor Neid, als sie von ihrer Kollegin sprach.«

»Weil Julia einfach alles hatte«, warf Corry ein. »Sie war kreativ, sie scharte dienstbare Geister um sich, sie schaffte es, den Chef zu angeln, und sie hatte etwas, das ganz allein ihr gehörte: Merle.«

Sie schwiegen eine kleine Weile. Dann sagte Fabio, ganz entgegen seiner Art: »Die Greiner ist ein Aas.« Otte, der sie gar nicht kannte, pflichtete ihm kopfnickend bei und ging dann vor zu Fink, die soeben in einer schwarzen Rüschenbluse in der Tür erschien.

Fabio holte sein iPhone hervor und probierte alle Nummern, die Perlitz für die Ermittlungsakte angegeben hatte. »Überall nur die Mailbox.« Er steckte das Telefon weg, und sie begaben sich an den Konferenztisch.

Die Staatsanwältin setzte sich neben Corry. »Mich beißt's überall.« Sie drehte sich auf ihrem Stuhl. »Schau mal bitte, ob da hinten was sitzt.«

Corry hakte einen Finger in den Ausschnitt des weichen Pullovers und zog ihn ein Stück herunter. Sie bemerkte, dass es da keinen BH-Verschluss gab; allerdings auch keinen Skorpion. »Ich seh die Viecher auch schon überall«, sagte sie und ließ den Pulli los.

Jan und Nick trudelten ein. Mit den Füßen angelten sie sich Stühle und sanken wie erschossen darauf nieder. Paul erschien und ging nach hinten zu Müzze, die eine blaukarierte Westernbluse trug und leise in ihr Handy sprach. Uwe Majowski und Dirk Baier, beide noch in ihren dicken Lederjacken, unterhielten sich mit den Kollegen vom Rauschgift: die kulleräugige Katja Sauer und Elmar Abele, der auch »der schöne Elmar« genannt wurde. Sie hatten freie Kapazität und würden sie ab jetzt unterstützen.

Am Kopf des Tisches, an der Tür, breiteten sich Otte und Fink aus.

Corry begrüßte die Kollegen. Fink hob kurz einen Finger. »Der Stapel mit den anonymen Hinweisen wächst.« Sie hob ein paar Blätter hoch.

Wenn Corry etwas hasste, dann anonyme Hinweise. Auf die Art rächten sich Mitbürger an ihren Nachbarn oder Erzfeinden, was oft dasselbe war, und hielten die Polizei zum Narren.

»Was Ernsthaftes dabei?«

Fink zog die Schultern hoch. »Wir arbeiten daran.«

»Nun ja«, sagte Corry.

Sie kam dann gleich auf die Skorpione zu sprechen. »Die Rechtsmediziner haben mit Hilfe einer Toxinologin das Rätsel um Merles Tod gelöst: Es war Skorpiongift. Das Gift mehrerer, wahrscheinlich junger Skorpione. Fabio hat für euch die Einzelheiten.«

Fabio erklärte gestikulierend einige Details, die er seinen umfangreichen Notizen entnahm. Er nannte die Skorpione jetzt sogar Gliederfüßer, und manchmal sagte er auch Spinnentiere.

Die Reaktionen der Kollegen waren wie erwartet: Staunen, Schaudern, Ekel.

»Da kann einem angst und bange werden«, meinte Jan.

Fink blitzte ihn an und behauptete, ihr grauste vor nichts, auch nicht vor Skorpionen.

Müzze meinte: »Corry, das ist unerträglich.« Sie konnte mit großen Tieren umgehen, Pferde, Kühe, kein Problem. Aber alles, was kleiner war als eine Katze, war ihr suspekt.

Corry sah sie an. Natürlich war das unerträglich. Alles, was ein Mädchen von fünf Jahren tötete, war unerträglich. Auch ein Auto, das ein Kind zerfetzte, weil ein Raser am Steuer saß, war unerträglich. »So ist es nun mal«, sagte sie nur.

Ulla Tillacks neongelbes Sweatshirt leuchtete in der Tür auf. Sie brachte frischen Kaffee, nahm sich einen Stuhl und setzte sich dazu.

»Danke«, sagte Corry. Dann wandte sie sich an die Gruppe: »Morgen wird uns die Expertin mitteilen, um welche Skorpionart es sich handelt. Sobald wir das wissen, können wir einigermaßen unverdächtig in Internet-Foren und -Blogs kommunizieren. Es nützt nichts, mit Insidern ganz allgemein über Skorpione aus der Familie der Buthidae sprechen zu wollen. Wie mir die Professorin sagte, gibt es Liebhaber dieser oder jener Arten und sie sehen darin einen Riesenunterschied.« Corry schenkte sich ein Mineralwasser ein und blickte in die Runde. Ihr fiel Otte auf, der wie mühsam an sich haltend auf seinem Stuhl saß.

Sag es schon, dachte Corry. Und wie bestellt, polterte er los. »Wenn wir nicht bald etwas Handfestes haben, müssen wir das LKA einschalten, Corry, das weißt du.«

Nichts ging dem Chef mehr gegen den Strich, als das LKA einschalten zu müssen.

Prompt reichte Fink ihm ein Zigarillo. »Wie gut«, sagte sie gedehnt, »dass die Aufklärungsrate bei uns fast einhundert Prozent beträgt.« Ihre dünnen Finger zappelten aus den sahnigweißen Wollstulpen. »Wer sind wir, dass wir uns wegen einem LKA hetzen lassen?« Mit einer eleganten Bewegung entzündete sie ein Streichholz und hielt es Otte hin.

In dem Augenblick ging die Tür auf und Gerd kam herein. Er strahlte über den langen Tisch hinweg Corry an. Für diese Sitzung hatte er ihr wichtige Erkenntnisse versprochen.

Noch bevor er sich setzen konnte, sagte Corry: »Gerd Feldhaus, bitte.«

Gerd stellte seine Aktentasche auf den Stuhl und blieb dahinter stehen. »Wir haben die DNA von Merle aufgeschlüsselt. Somit konnten wir feststellen, dass das Laub und die Erde am Leichenfundort ausschließlich Genmaterial von ihr selbst aufweist.« Er senkte die Stimme: »Merle war höchstwahrscheinlich allein, als sie starb.«

»Höchstwahrscheinlich«, wiederholte Otte. »Was ist denn das für ein Wort?«

Gerds Augen wurden dunkel. »Nasses Laub ist nicht gerade das Material, von dem sich DNA gut isolieren lässt. Um gute Ergebnisse zu bekommen, brauchen wir schon eine geeignete DNA-Spur, und ich kann Ihnen versichern: Wir haben in dem verregneten und von Joggern, Bikern, Pferden und Hunden zertretenen Wald wohl kaum eine gute Spurenlage vorgefunden.«

Otte sagte: »Haben Sie das jetzt persönlich genommen?«

Gerd schien die Frage zu ignorieren. »An Merles Kleid«, fuhr er fort, »haben wir DNA-Spuren von ihrer Mutter und deren Lebensgefährten, Herrn Perlitz, gefunden, was uns nicht überrascht. Doch auf Merles Poncho wurden mehrere fremde Genspuren entdeckt.«

»Weibliche oder männliche?«, fragte Arlet und kniff die Augen zusammen.

»Sowohl als auch«, antwortete Gerd. »Im Moment gleichen wir Merles DNA-Code mit dem ihres Vaters und Leila Murads Genmustern ab. Die Auswertung läuft aber noch; es ist kompliziert und zeitaufwändig.«

»Was ist davon zu halten?«, fragte Otte ruppig. »DNA kann wochenlang auf diesem Poncho drauf sein. Natürlich haben der Vater und seine Lebensgefährtin ihn irgendwann mal angefasst.«

»Die beiden sind ja deshalb nicht automatisch verdächtig«, sagte Corry.

Arlet griff hilfreich ein. »Was uns interessiert, sind die verbleibenden Genspuren.«

Gerd atmete lange aus. »Es ist kaum möglich, dass ein Täter keine DNA hinterlässt. Aber wenn er nur eine einzige, winzige Hautschuppe am Tatort verloren hat, die der Regen zwei Tage lang in den Boden geschwemmt hat, dann sieht das ziemlich schlecht für uns aus.« Er lächelte säuerlich. »Ich scheue den Vergleich mit der Nadel im Heuhaufen. Die hätten wir nämlich ratzfatz gefunden.« Gerd wurde wieder ernst. »Die Spur des Täters aus den vielen Antragungen an

Merles Poncho zu finden, das ist das Kunststück, an dem wir arbeiten.«

Na bravo, dachte Corry, das kann dauern. »Vielen Dank für diese Einschätzung«, sagte sie und drehte sich zu Jan, dem die Haarlocken fettig ins Gesicht hingen. »Jetzt zu den Kita-Eltern«, fuhr sie fort und schaute finster. »Wieso hat niemand Merle gesehen?«

»Weil viele Kinder allein nach Hause gelaufen sind«, sagte Jan. »Und die anderen wurden irgendwann abgeholt, aber nicht um eins.«

»Richtig«, schaltete sich Müzze ein. »Um ein Uhr hat keiner der Befragten sein Kind abgeholt.«

Corry trank von dem Kaffee, den ihr Arlet eingeschenkt hatte. »Okay«, sagte sie. »Kommen wir nun zu Merles Kinderkoffer. Gibt es einen Hinweis aus der Bevölkerung?« Die Frage hätte sie sich sparen können. Sie würden alle auf dem Tisch tanzen, wenn von Merle noch irgendetwas aufgetaucht wäre.

Jan hob die Augen. »Es rufen immer wieder Leute an, die wissen wollen, ob es eine Belohnung gibt.«

Corry versuchte, das ärgerliche Gemurmel in der Gruppe zu überhören. Sie wollte so schnell wie möglich zum nächsten Thema kommen. Fabio neben ihr probierte erneut, Perlitz zu erreichen. Ohne Erfolg.

»Nun der Brief, den Wiechmann geschrieben haben will.« Corry wechselte mit Müzze, die sich darum gekümmert hatte, einen Blick. »Er wollte Merle bekanntlich an dem Wochenende nicht um sich haben, damit sie nicht mitbekommt, wie er bei der Verwandtschaft seiner Freundin schnorren geht.«

»Richtig«, stimmte Müzze zu. »Die Kollegen von der Bereitschaft haben heute Nacht das Altpapier aus der Reihenhauszeile Wolfsberger Straße 23 a bis c nach diesem Brief durchsucht. Jeder Wisch wurde geprüft – da war kein Brief mit einer Sonne auf dem Umschlag, da war überhaupt keine Zeile von Heiko Wiechmann dabei.«

Corry sah auf die Uhr. Es war halb sechs, als sie sagte: »Ich sehe drei Möglichkeiten. Erstens: Merles Vater hat gar keinen Brief geschrieben. Zweitens: Es gab diesen Brief, aber Julia wollte, verliebt wie sie war, unbedingt nach München. Also verdrängte sie den Brief – bewusst oder unbewusst. Drittens: Jemand anderes hat den Brief verschwinden lassen.«

Otte meinte: »Dieser Perlitz ist ein windiger Hund.«

»Er hat uns angelogen«, sagte Corry. »In der Ermittlungsakte steht, er sei auf dem Seminar gewesen. Punkt. Nun hören wir von seiner Assistentin, dass er am ersten Tag gar nicht mitgemacht hat.«

Fabio sagte lapidar: »Entweder Ina Greiner lügt, oder es fehlen Perlitz siebeneinhalb Stunden.«

»Das ist unser Mann«, resümierte Otte. »Drei Viertel der Täter haben eine Vorbeziehung zum Opfer. Vielleicht hatte er genug von dem Kind. Perlitz wollte nur die Mutter.«

Das würden sie herauskriegen. Corry sah Fabio an. Sie waren beide auf dem Sprung, und ihr Ziel war dasselbe. Doch jetzt musste Corry ein ernstes Wort mit den Kollegen sprechen. Sie wusste, dass sie sofort weiterarbeiten wollten, denn draußen lief ein Täter herum, der ein kleines Mädchen mit Skorpionen zu Tode misshandelt hatte. Doch Corry sagte: »Ihr müsst euch ausruhen. Wir sehen uns morgen.«

Dann eilte sie mit Fabio aus dem Raum.

Neben Julia Wiechmanns Haustür waren die Plüschtiere mit Regenwasser vollgesogen. Im Steinenest stand eine Pfütze und das rote Filzherz auf Draht war umgekippt.

Julia öffnete nach dem sechsten oder siebten Klingeln. Obwohl es erst sieben war, trug sie ein Nachthemd. Es war weiß mit schwarzen Punkten.

»Meine Tochter ist noch im Robert-Bosch-Krankenhaus«, sagte sie statt einer Begrüßung. »Wann krieg ich sie wieder?«

Corry trat in den Flur, Fabio folgte ihr. »Es tut mir leid, dass es noch dauert«, sagte sie behutsam.

Mit rundem Rücken, wie eingesunken, stand die Frau vor ihnen. »Ich muss Merle beerdigen.« Ihr Haar fiel ihr strähnig ins Gesicht und verdeckte ein Auge. »Der Bestatter sagt, ich soll überlegen, was sie anzieht. Sie mag … ihren Poncho. Aber den habt ihr zerschnitten.« Sie wischte sich die Tränen mit dem Handrücken ab.

Corry wünschte sich sehr weit weg. Sie wusste, dass Julia Wiechmann nur noch aus Schmerz und Sehnsucht bestand. Nachdem sie gestern behauptet hatte, Merles Schritte auf der Treppe gehört zu haben, hatte Corry die Psychologin angerufen. Sarah Stein erklärte ihr, dass es bei verwaisten Eltern, die ja unter extremem Stress und Schlafentzug litten, nicht selten zu Halluzinationen käme.

»Frau Wiechmann, wir haben noch eine Frage«, sagte Fabio.

Sie nahmen im Wohnzimmer Platz. »Wir möchten noch einmal mit Ihrem Freund sprechen.«

Obwohl der BMW-Geländewagen nicht auf der Straße geparkt war, fragte Corry, ob er denn im Haus sei.

»Nein, hier ist es nicht mehr schön«, entgegnete Frau Wiechmann.

»Wann kommt Herr Perlitz wieder?« Corry bemühte sich um einen neutralen Tonfall.

Julia Wiechmann brachte kein Wort heraus. Ihre Finger verhakten sich ineinander.

Fabio lächelte ihr zu. »Er kommt wieder, ganz sicher.«

Sie nickte, wirkte einen Moment verständig. Dann sprudelte sie hervor: »Ich möchte in den Wald hoch. Aber der Polizist an der Hohen Warte … er lässt mich nicht.«

Was wollte sie dort? Bilder rasten Corry durch den Kopf. Nur mal schnell nachsehen, ob Merle nicht doch bloß Verstecken spielte zwischen den Bäumen? »Da sollten Sie nicht hingehen«, sagte Corry. »Bitte bleiben Sie im Haus, Sie können jetzt nichts tun.«

An der Tür läutete es. Frau Wiechmann fuhr herum. »Merle!«

Aber es war Sarah Stein, die vor der Tür stand.

Beim Hereingehen warf sie Corry einen halbkollegialen Blick zu. Unterm Arm hatte sie ein Weißbrot, sie sagte: »Wir essen nachher etwas zusammen, ja, Julia?« Ihre Stimme klang warm.

»Nein«, sagte Frau Wiechmann.

Fabio sprach leise mit Frau Stein. Sie wiegte den Kopf und schien nicht recht einverstanden zu sein. »Aber nur kurz«, meinte sie und trat an das Sofa, in dem Frau Wiechmann kauerte.

»Das Seminar in München«, sagte Corry. »Wer hat denn am Freitag teilgenommen?«

»Alle.« Frau Wiechmann sprach kaum hörbar.

»Auch Konstantin Perlitz?«

Sie schüttelte langsam den Kopf. »Er kennt das alles doch schon.«

»Er war also nicht dabei«, stellte Corry fest, und als Frau Wiechmann nickte, fragte sie: »Was hat er dann gemacht?«

»Wieso?« Ihre hellen Augen blickten verwundert.

Fabio sagte: »Weil es in unserer Akte nicht drinsteht, und sie muss vollständig sein, deshalb.«

»Er hat eine Verwandte besucht.« Tränen sammelten sich in ihren Augen.

Frau Stein sagte: »Das genügt doch wohl jetzt?«

»Wir sind gleich so weit«, beschwichtigte Corry, während sie ihren Notizblock hervorholte. »Wen hat er besucht?«

»Seine Großtante ... Meta Perlitz. Sie lebt in einem Seniorenstift ... in Augsburg.«

Gut, dachte Corry, sehr gut. Julias Freund war aus der Schusslinie. Wie hätte die Frau auch das noch verkraften sollen. Sie notierte sich den Namen.

»Was ganz anderes«, sagte Corry. »Vor Ihrer Tür liegen Stofftiere. Sind die von Ihren Nachbarn?«

Julia Wiechmann weinte. »Sie kommen … und sagen was … ich hör nicht zu.«

»Wer war denn alles da?« Corry beugte sich vor zu ihr.

Julia wischte sich ununterbrochen die Tränen ab. »Ich wusste nicht … dass wir so viele … Nachbarn haben.«

»Und Herr Bohn«, fragte Corry. »War er auch da?«

»Ja«, flüsterte sie. »Natürlich war er da.«

25

Es war nach Mitternacht, als sie den Lichtstrahl der Taschenlampe auf das Schlupfloch richtete. Weder ein rotes noch ein schwarzes Augenpaar blendete das Licht. Sie klemmte die Taschenlampe zwischen die Zähne, um beide Hände frei zu haben, und klappte das Dach nach hinten. Der Lichtschein fiel ins Stroh. Leer. Julia ließ den Deckel offenstehen, sollte es doch hineinregnen, wen kümmerte das noch.

Das Freigehege hatte sie heute schon mehrmals durchsucht. Das Heu in der Futterraufe war nass und faulig und in dem Betonrohr stand das Wasser. Die Kaninchen waren ausgeflogen. So wie ihr Kind. Niemand mehr da.

Gestern war sie auf allen Vieren in Merles Zimmer herumgekrochen. Dort waren die Kaninchen auch nicht gewesen. Sie hatte überhaupt nichts Lebendiges in dem Zimmer finden können. Sie hatte dann Merles Kopfkissen genommen und es sich vors Gesicht gehalten und ihren Duft eingeatmet. Merle roch nach Kind und Vanille. Julia setzte sich mit dem Kopfkissen auf ein hellblaues Stühlchen. Als sie wieder zu sich kam, suchte sie weiter jeden Winkel ab. Sie wusste nicht, wonach sie suchte. Eigentlich nach ihrem Kind, aber das war nicht hier. Sie fand ein Foto, das hinter das Bücherregal gerutscht war. Merle musste es oft angefasst haben. Es war ganz zerknickt und speckig. Sie cremte ja so gern ihre Puppen ein mit ihren kleinen geschickten Händen. Auf dem Foto war sie noch ein Baby. Sie lachte, Tränen in den Augen. Sie war in ein hellgrünes Badetuch eingewickelt. Heiko hielt sie auf dem Arm, die Hemdsärmel aufgekrempelt. Er hatte sie gebadet. Mit diesem Foto in der Hand war Julia auf dem Fußboden eingeschlafen.

Jetzt ging sie den Zaun ab, aber da war nirgends ein Loch. Auch hatten die Tiere sich nicht untendurch gegraben, der Zaun war ja zwei Handbreit tief in die Erde eingelassen. Sie ging nochmals zurück zu dem Schlafhäuschen. Es roch nach Kaninchen, aber sie waren wirklich nicht drin. Sie klappte das Dach wieder zu.

Sie ging gebeugt über die Terrasse zum Haus zurück. Ein Streifen orangegelbes Licht fiel von der Stehlampe im Wohnzimmer über die staubigen Steinplatten auf ihre nackten Füße. Sie waren schmutzig und der schwarze Nagellack blätterte ab. Tropfen fielen von ihrem Gesicht herab. Sie wischte die heißen Tränen widerwillig mit dem Ärmel ihres Nachthemds weg. Die Wohnzimmeruhr zeigte halb eins.

Um diese Zeit hatte sie früher gerne gemalt. Dann saß sie oben in Merles Zimmer und merkte gar nicht groß, wie schön das war. Blatt um Blatt waren lustige Bilder und Texte zum Staunen und Schmunzeln entstanden. Das Bild von ihrem toten Kind passte gar nicht dazu. Der Stahltisch, das grüne Tuch bis zum Kinn, die Haut …

Julia musste würgen, aber sie schaffte es nicht bis hinauf ins Bad, so dass sie in die Küchenspüle spie. Sie fühlte sich wie erschlagen. Um sie herum Nebel, dick wie Watte. Sie spülte das Becken aus, wischte nach, warf den Lappen in den Mülleimer. Der Auszug stand offen, sie spähte angestrengt hinein, ob da nicht ihr Mädchen zusammengekauert saß, aber nein, der Platz würde ja gar nicht ausreichen. An dieser Stelle hier brauchte sie nun nicht mehr nachzusehen.

Sie schleppte sich ins Wohnzimmer und ließ sich vor dem Sofa auf den Teppich sinken. Ihre Hände zitterten, es gelang ihr nicht, eine Zigarette heil aus der Packung zu ziehen. Ihr Blick fiel auf das Bild von Cy Twombly, das an der Wand lehnte. Große rote Blüten auf gelbem Grund, über die dicht an dicht, von oben nach unten Rinnsale blutroter Farbe strömten. Sie mochte das Bild nicht anschauen. Sie zupfte die geknickte Zigarette heraus und zündete sie an. Dann hielt sie sie mit den Zähnen fest.

Sie hörte die Tür gehen. Merle! Sie rutschte auf Knien, auf die Fäuste gestützt, in den Flur. Aber es war nur Konstantin, der mit einem großformatigen, flachen Gegenstand in braunem Packpapier eintrat. Er riss das Papier auf. Bei dem lauten Geräusch presste Julia sich die Hände an die Schläfen und schloss die Augen. Als sie sie wieder öffnete, sah sie Merles Porträt.

»Für die Trauerfeier«, sagte Konstantin. »Es steht dann vor dem Altar.«

Auf dem Foto sah Merle schon wie ein Schulkind aus. Ernst, aber voller Zuversicht blickte sie in die Kamera. Sie trug ein weißes T-Shirt und in ihrem Haar, das ihr offen auf dem Rücken lag, hatte sie ein grünes Band mit großen weißen Tupfen.

Julia rutschte zum Sofa zurück. Konstantin stellte Merles Foto neben das Pfingstrosen-Bild an die Wand. Dann ging er in die Küche, sie hörte die Kühlschranktür gehen. Mit einer Weinflasche und einem Glas in der Hand kam er zurück und beugte sich zu ihr hinunter. Er fragte, ob er ihr aufhelfen dürfe. Aber das passte momentan nicht. Sie schüttelte heftig den Kopf. Es passte, dass sie auf den Knien lag. Denn sie war schuldig.

Julia vergrub den Kopf in ihren Händen. Sie weinte. Wenn sie am Freitag hiergeblieben wäre, würde Merle noch leben. Zum wiederholten Mal lief ein innerer Film ab – der Abschied von Merle.

Sie hatte ihr gepacktes Köfferchen auf den Tisch gestellt und war hin und her gehopst. Dann war ihr etwas eingefallen, und wie ein Blitz war sie die Treppe hochgeschossen. Julia hörte sie in ihrem Zimmer rumoren. »Ich hab's eilig«, rief sie hoch. Gleich darauf kam Merle heruntergefegt, die Haare flogen nur so. In der Hand hielt sie eine blaue, glänzende Schleife, die noch um Leilas Geschenk gebunden werden musste. Es war ihr wichtig, dass die Schleife schön und gleichmäßig über das Geschenkpapier fiel, also musste die Mama ihr helfen. Aber Julia war sehr ungeduldig, denn sie hatte es eilig. Sie wollte pünktlich im Verlag erscheinen, denn heute würde sie mit dem Team in einem kleinen Bus nach

München fahren. Da fing Merle auch noch mit den Pfeifenreinigern für ihren Vater an, doch da machte Julia nicht mehr mit. »Die werden nicht auch noch eingepackt«, bestimmte sie und schob das Kind zur Tür hinaus. »Beeil dich gefälligst«, rief sie. »Wehe, du trödelst.« So verließen sie das Haus. Merle hatte sogar ihren Kinderlippenstift benutzt. Und ein Kleid hatte sie angezogen. Auf dem Plattenweg übertönte das Klappern von Julias Reisetrolley das Geschnatter der Kleinen. Julia konnte kein Wort verstehen, und sie hörte auch gar nicht hin. Sie kurvte schneller als sonst zur Kita, wo sie den Wagen anhielt, ohne den Motor abzustellen. Merle zwängte sich in ihrem rosa Poncho über die Mittelkonsole zu ihr nach vorne, um sie einigermaßen fest umarmen zu können. Julia hatte sie dann recht schnell von sich geschoben, der Motor lief ja. »Viel Spaß beim Papa«, hatte sie noch gesagt. Und dann hatte sie Merle gehen lassen.

Julia versuchte sich genau zu erinnern: Wie lang hatte diese letzte Umarmung gedauert? Sie schloss die Augen, zählte stumm. Sie kam immer nur auf weniger als fünf Sekunden. Das würde sie sich nie verzeihen.

Sie bemerkte, dass Konstantin aus dem Wohnzimmer ging. Er telefonierte jetzt in der Küche, nachts um eins. Julias Mund war wie ausgedörrt. Vielleicht sprach er mit der Polizei. Vielleicht sagte er, dass Merle es bei ihr nicht gut gehabt hatte. Gründe dafür gab es viele. Sie zählte an den Fingern ab, was sie Merle alles verboten hatte: Das gute Zeichenpapier durfte sie nicht benutzen, weder zum Malen noch zum Ausschneiden von Figuren. Es war ihr außerdem nicht erlaubt, Pudding zu kochen, obwohl sie wusste, wie man das machte und oft darum bettelte. Es war ihr verboten, Weinbergschnecken mit nach Hause zu bringen. Für Hopps und Henry war das Sofa tabu, obwohl Merle sich sehnlichst wünschte, einmal mit ihren Häschen, eins rechts, eins links im Arm fernzusehen. Außerdem durfte sie nicht »Blödi« sagen, wenn sie Jonas, den Jungen von gegenüber, auf der Straße sahen.

Julia würde alle Verbote zurücknehmen, bitte, Gott, hilf!

Konstantin war anscheinend wieder ins Zimmer gekommen, sie hatte ihn gar nicht gehört. Jetzt griff er ihr unter die Arme und setzte sie aufs Sofa. Sie hielt sich an einem Kissenpolster fest, weil alles schwankte. Er schritt auf und ab und sprach über die bevorstehende Trauerfeier. Er wollte noch ein breites schwarzes Band seitlich über Merles Foto drapieren, und ob sie das auch so sehe.

Aber sie sah nur Merle. Und dann verknüpfte sich irgendwie das Trauerband mit dem langen, schwarzen Schal der Kommissarin.

Am frühen Abend waren sie wiedergekommen. Die Polizei kam jetzt jeden Tag. Sie stellten Fragen. Zuerst hatte Frau Voss sich scharf nach Konstantin erkundigt. Wo er sich denn aufgehalten hätte am ersten Seminartag? Julia hatte gesagt, bei einer Großtante sei er gewesen, in Augsburg.

Dann hatten sie wieder mit Heiko und seinem angeblichen Brief angefangen. Ob sie nicht doch das Kuvert mit der Sonne erhalten habe. Denn im Altpapier hätte er nicht gelegen. Ob es nicht sein könnte, dass sie ihn aus ihrem Briefkasten genommen und unterwegs – völlig unbewusst – in einen Abfalleimer …

Dann fragten sie nach Mark.

»Das ist doch ein Freund«, hatte sie denen entgegengeschleudert. Die Kommissare schwiegen eine kleine Weile, und dann fragten sie allgemein: Ob sich irgendjemand bei ihr gemeldet hätte, von dem sie vielleicht lange nichts gehört hätte. Ob ihr irgendein Name in den Sinn gekommen sei, ganz plötzlich, ohne jeden Grund.

»Mir kommt immer nur Merle in den Sinn«, hatte sie geantwortet, und Frau Voss hatte genickt, weil sie so viel dann doch auch verstand.

Konstantin legte einen Arm um ihre Schulter, aber sie spürte es nicht. Sie erwog einen Moment, ihn zu fragen, ob er wirklich in Augsburg gewesen war. Er hatte ihr an dem Abend erzählt, wonach Tante Meta gerochen hatte: Lavendel.

Wenn Julia Lavendel dachte, sah sie Merle auf der Terrasse, den Rücken gegen den Pflanzenkübel gelehnt, ein Kinderbuch auf den Knien.

Jetzt erhob Konstantin sich wieder, er war ein unruhiger Gast. Er reihte kurze Sätze aneinander, die sie nicht verstand, und hin und wieder blickte er zum Fenster hinaus, wo alles dunkel war, und tatsächlich schien dort draußen derselbe alte Mond wie immer. Obwohl Merle tot war.

Julias Kopf sank auf ihre Brust. Es gab keinen Grund sich aufzurichten. Denn sie hatte auf ihr Kind nicht gut aufgepasst. Auch wenn Sarah Stein ihr jeden Tag versicherte, es träfe sie keine Schuld, so wusste Julia doch, dass es so war. Die Schuld war ein Pfeil und steckte in ihrem Herzen. Sie war getroffen und verwundet, obwohl sie nicht blutete. Ihr Nachthemd war trocken und sauber, aber das Blut war da, es lief ununterbrochen über das Pfingstrosenbild, es war eindeutig Blut.

Konstantin kam zu ihr. Sie konnte seine schwarzen Augen sehen. Er sagte etwas. Ach so, er sagte, er müsse bald weg.

»Die Kripo sucht weiter«, sagte er. »Es sind mehrere Teams im Einsatz.«

»Wen suchen sie?«

»Den Mörder.«

Ja, natürlich. Und sie hatte schon gedacht, sie suchten Merle. Aber die brauchte man nicht mehr zu suchen, sie lag ja im Robert-Bosch-Krankenhaus. Nicht, dass sie krank wäre – keine Mandelentzündung, kein Schlüsselbeinbruch, auch keine Lungenentzündung – es war viel schlimmer: Sie war tot. Julia hatte sie ja gesehen. Und angefasst. Merle war kalt gewesen und verhüllt mit einem Tuch. Nur das Gesicht, rund aufgedunsen, hatten sie freigelassen. Die Haut weiß gepudert, nur das Näslein war gelb, und die Haare waren ganz falsch gekämmt.

Konstantin nahm sie in die Arme, es war wie Luft. Vom Pfarrer erzählte er jetzt, und von der Rede für den Trauergottesdienst am Sonntag. Sie sei fast fertig. Konstantin selbst hatte den Text verfasst und mit dem Pfarrer durchgesprochen. Der sei noch jung, sehr empfindsam. Anrührend, die Tränen auf seinen Wangen. Eine schöne Trauerfeier habe er versprochen, es sei seine erste.

Nachdem Konstantin gegangen war, zog Julia sich aus dem Sofa hoch. Sie schleppte sich in die Küche, wo sie sich ein Glas Wein einschenkte, einiges ging daneben. Die Packung Lucky Strikes schnitt sie mit der Haushaltsschere auf. Sie trank im Stehen, dann zündete sie sich eine Zigarette an.

Gestern war Ruth herübergekommen, hatte ihr durchs Küchenfenster irgendwas zugerufen, das Julia nicht verstand. Dann war sie wieder zur Straße vorgelaufen, ganz klein und verstört in ihrem grauen Kostüm.

Kurz nach Ruth war Mark erschienen. Sein Mund geöffnet vor Entsetzen. Die Augen weit vor Schmerz. Erst brachte er kein Wort heraus. Hielt sie einfach nur fest. So fest, dass sie seine sehnigen Arme durch die dicke, klebrige Wand von Trauer und Schuld spüren konnte. »Warum?«, sagte sie zu ihm. Sie stellte jedem, der ihr begegnete, diese Frage: »Warum mein Kind? Ich versteh's nicht.« Mark sagte, es zerreiße ihm das Herz. Ihr Ohr lag auf seiner Brust. Sie hörte, wie es hämmernd gegen seine Rippen schlug.

Die Polizei verdächtigte ihn. Sie verdächtigten auch sie, die Mutter, und Heiko, den Vater. Das Verdächtigen war ihr Beruf. Die Kommissarin hatte gesagt: »Frau Wiechmann, wie kommt es, dass Sie nach München gefahren sind, wo doch Ihr Exmann den Termin abgesagt hat – schriftlich sogar?« Aber Heiko hatte nicht geschrieben. Er hatte Merle einfach vergessen. Wie schon einmal unter dem Rundständer mit den Windjacken im Kaufhaus, und nun vor der Tür von der Kita »Rappelkiste«.

Wut auf Heiko kochte wieder in ihr hoch. Wieso war er nicht da gewesen, als Merle ihn brauchte? Ein Vater musste sein Kind doch beschützen.

Mark hatte seine Umarmung etwas gelockert, um sie anzusehen. »Wenn ich das Schwein erwische«, hatte er ihr zugeflüstert, »breche ich ihm mit bloßen Händen das Genick.« Darauf hatte er ihr seine starken Hände gezeigt, sie zitterten vor Zorn.

»Ja, du bringst ihn um«, hatte sie gesagt, »ich weiß.« Dann hatten sie lange geschwiegen.

Julia zog den Rauch tief in die Lungen. Die Küche war dunkel, sie machte kein Licht an. Mit dem Weinglas und der Zigarette schlich sie ins Wohnzimmer zurück. Sie trank von dem Wein, und die Pfingstrosen schauten zu ihr herüber. Die rote Farbe rann immerzu über die Blüten und über den Rand hinaus in den Fußboden. Unter dem Rahmen war bestimmt alles voller Blut. Unter dem Rahmen lag vielleicht ihr Kind.

Beim Aufstehen ergriff sie ein Schwindel. Der Aschenbecher rutschte ihr aus der Hand. Die Asche fiel auf den dicken, hellen Teppich. Die Kippen krümmten sich darin wie dicke Maden. Alles war schmutzig. Julia weinte lautlos. Betäubt vor lauter Sehnsucht nach Merle saß sie die ganze Nacht in all dem Schmutz.

26

Am Donnerstag früh telefonierte Corry von zu Hause aus mit Otte.

»Fabio hat mir soeben gesagt, dass Perlitz nicht zurückruft, und im Verlag sei auch niemand, nur der Anrufbeantworter. Es ist nicht zu fassen, es ist acht Uhr.« Sie wartete nicht ab, was Otte dazu meinte und fuhr fort: »Es gibt ein Problem mit Perlitz' Alibi. Er hat nämlich am Freitag nicht das Seminar, sondern eine Großtante besucht. Jedenfalls glaubt Frau Wiechmann das.« Sie gab Otte den Namen der Verwandten durch und sagte: »Das muss von den Münchener Kollegen überprüft werden.«

Otte brummte. »Wird sofort veranlasst.«

»Noch etwas«, sagte Corry. »Ich habe gestern Abend mit Gerd telefoniert. Die Franse mit dem Hundeblut ist identisch mit Frau Engelbrechts Kordeln. Merle hat im Wald also ein Fühli bei sich gehabt.«

»Und darin waren die Skorpione«, ergänzte Otte.

»Davon gehen wir aus.« Corry nahm einen Schluck von ihrem Kaffee. »Fragt sich nur noch, wer hat ihr das Fühli gegeben? Wer kommt an Skorpione heran? Wer bringt so etwas fertig?«

»Das sind viele Fragen.«

»Otte?«

»Ja.«

»Wir sehen uns nachher in der Pathologie.« Corry legte auf.

Der Rechtsmediziner hielt ihnen die Tür auf. Corry und die Kollegen traten ein und rückten zusammen.

»Im Normalfall dauern die Untersuchungen, die wir hier angestellt haben, vier Wochen, Frau Voss.« Dr. Kerns Augen hinter der Brille waren gerötet. »Wir haben rund um die Uhr gearbeitet, das kann ich ohne Übertreibung so sagen.«

Corry wusste, dass er nicht übertrieb. »Danke«, sagte sie und warf ihm ein rasches Lächeln zu.

Die Tiergift-Expertin trug heute ein braunes Twinset unter dem offenen Arbeitskittel. »Das habe ich für Sie kopiert«, sagte sie und legte einige Blätter auf den Tisch. Neben ihr seufzte Dr. Feyerabend, der sich an einem Notebook zu schaffen machte. Die Professorin sah ihm zwei Sekunden zu, dann eröffnete sie die Sitzung mit den Worten: »Ich will sie nicht auf die Folter spannen; wir haben das Ergebnis, und wir lagen richtig mit der Vermutung, dass die gesuchte Skorpionart aus der Familie der Buthidae stammt. Die genaue Bezeichnung lautet: Gelber Mittelmeerskorpion, auch Fünfstreifenskorpion genannt. Wissenschaftlicher Name: Leiurus quinquestriatus.«

»Mittelmeer«, murmelte Otte, »das klingt harmlos.«

»Leiurus ist einer der aggressivsten und gefährlichsten Skorpione der Welt«, entgegnete Doro Kästner. »In seinen Giftdrüsen produziert er verschiedene toxische Substanzen und mixt sie zu einem tödlichen Cocktail.« Mit einem Seitenblick prüfte sie, ob Dr. Feyerabend auf dem Monitor stehen hatte, was sie zeigen wollte. Dann erklärte sie weiter: »Die Gifte wirken speziell auf die Nervenzellen und das Nervengewebe, was Schockzustände auslöst. Das Toxin des Leiurus ist ein vernichtender Angriff auf das Zentralnervensystem.« Sie blickte reihum in die angespannten Gesichter. »Kommen wir zu der höchst komplexen Symptomatik, die Stiche dieser Spezies auslösen«, fuhr sie mit fester Stimme fort. »Es beginnt mit sehr starken, fortwährenden Schmerzen an den Stichstellen. Dann Unruhe, Angstzustände, Verwirrtheit, Schweißausbrüche. Es folgen Kurzatmigkeit, Erbrechen, Krampfanfälle.« Sie zögerte einen Moment. »Das Herz rast. Herzrhythmusstörungen. Spastische Lähmungen. Kreislaufversagen. Es entwickelt sich ein massives Lungenödem, das mit der Atemlähmung dann – endlich – zum Tod führt.«

»Endlich?« Fabio runzelte die Stirn.

»Bei einer entsprechenden Dosis …«, die Tiergift-Expertin sah ihm offen ins Gesicht, »exitus letalis innerhalb von fünf bis vierundzwanzig Stunden.«

Schweigen. Als Erster fing sich Otte: »Bis zu vierundzwanzig Stunden?«

»Sie haben richtig verstanden.« Ihr Gesichtsausdruck verriet, dass ihr nicht leichtfiel, was sie vorzutragen hatte. »Ein gesunder Erwachsener kann einen Stich überleben. Aber bei Kindern unter sieben Jahren ist die Mortalität hoch.« Sie wirkte nachdenklich. »Eine Gnade wäre es gewesen, wenn Merle allergisch gegen Tiergifte gewesen wäre. Sie hätte dann einen anaphylaktischen Schock erlitten und wäre schnell gestorben. So musste sie sich lange quälen.«

Alle am Tisch schwiegen.

»Kommen wir zu Leiurus quinquestriatus, über den ich Sie weiter unterrichten möchte.« Doro Kästner warf einen Seitenblick auf Dr. Feyerabend, der den Computer jetzt im Griff hatte. Er drehte ihn um, damit jeder einigermaßen auf den Bildschirm sehen konnte.

Sie sahen einen unscheinbaren hellbraunen Skorpion, der reglos in einem Glaskasten im Sand saß. Die Expertin wies mit einem Stift auf seinen Schwanz, den er hoch gebogen über dem Rücken trug. »Der schwanzartige Hinterleib heißt Metasoma.« Sie wartete einen Moment, bis Otte sich den Begriff einmal leise vorgesagt hatte. »Und dies hier sind die Pedipalpen«. Sie deutete auf die beiden dünnen Scheren, die wie ein Essbesteck vor dem stumpfen Skorpionskopf lagen. »Skorpione haben vier Beinpaare«, erklärte sie. »Sie gehören also zu den Spinnentieren.«

Corry verspürte beim Anblick der acht spitzen Beine einen Juckreiz.

Otte neben ihr kramte in seiner Jackentasche, aber hier wurde nicht geraucht. Er fragte: »Aus was besteht er?«

»Sie meinen das Außenskelett?« Professor Kästner lächelte dünn. »Aus Chitin, natürlich. Skorpione häuten sich mehrmals im Leben, immer, wenn sie ein Stück gewachsen sind. Sie klappen dann den alten Panzer oben und unten auseinander und schlüpfen heraus.«

Arlet rutschte auf ihrem Stuhl vor. »Wie groß werden die? Der auf dem Bildschirm wirkt ja ziemlich klein.«

»Etwa zwölf Zentimeter«, sagte die Kästner und kam gleich auf den Schwanz zurück. »Das Metasoma ist in fünf Segmente gegliedert. Das letzte, das dunkle Glied, ist der Giftapparat mit den Giftdrüsen und dem Stachel.« Sie zeigte auf das runde, wie zum Platzen aufgetriebene letzte Schwanzstück, an dem der Stachel in Form eines Hakens hing. Corry rieselten kalte Schauder über den Rücken.

»In der Fachsprache wird der Giftapparat Telson genannt«, fügte die Professorin hinzu.

»Telson«, echote Otte. »Und damit kann der einen Menschen töten?«

»Absolut.« Doro Kästner nickte. »Er wird nicht zögern zuzustechen. Bei einem Leiurus genügt der kleinste Reiz. Dann zieht er blitzschnell sein Metasoma über den Kopf und greift an.«

Gerd, der eingeklemmt zwischen Nick und Jan saß, zog vernehmlich die Luft ein. »Blitzschnell, sagen Sie?«

»Er ist der schnellste Skorpion, den ich kenne.« Die Skorpionexpertin legte ihre Fingerspitzen mit den zehn roten Nägeln aneinander. »Leiurus kann vorwärts, rückwärts und seitwärts laufen – und rundherum in alle Richtungen stechen, und er ist erstaunlich treffsicher.«

Das war Dr. Feyerabends Stichwort. »Wir haben einen kleinen Film«, sagte er und ließ seine Chirurgenfinger über die Tasten hüpfen. »Schauen Sie bitte.«

Sie sahen den Skorpion an einer spazierstocklangen Pinzette zappeln, wo er sich wie ein Aal wand, um die Pinzette zu stechen. Es schien ihn rasend zu machen, dass sein Stachel in das Edelmetall nicht eindringen konnte. Schließlich stach er wild um sich in die Luft. Dr. Feyerabend drückte auf Stopp und zoomte das Insekt näher. Jetzt sah man einen weißen Gifttropfen am Stachelende. Dann war der Film aus und ein neuer begann: Ein winziger Skorpion in einem Glaskasten. Sand, ein flacher schroffer Stein, ein kleines Wasserbecken. Eine Grille, fast so groß wie der junge Leiurus, lief ihm – nun ja – in die Arme. Corry riss die Augen auf. So schnell konnte man kaum schauen, wie er mit hoch erhobenen Scheren nach vorne stieß. Der Giftstachel baumelte über seinem Rücken wie das bizarre Lämpchen einer Bogenleuchte. Schon packte er das Beutetier, hielt es fest, drehte sich mit ihm und fiel aufs Kreuz. Die acht Beine des Skorpions bewegten sich wellenförmig in der Luft, aber immer noch hielt er sein Opfer umklammert. Dann stellte er die Grille auf die Beine und »impfte« sie, indem er seinen Stachel gezielt zwischen ihre Chitinplatten am Rücken stieß und ihr mehrmals seitlich unter den Bauch fuhr. Die langen Fühler der Grille hoben und senkten sich, ihre Vorderbeine zappelten, sie kämpfte um ihr Leben. Aber das Skorpionkind schob sie hin und her wie ein Spielzeug, bis die Grille mit dem Kopf vor seinen Fresswerkzeugen lag. Und richtig, die Kästner erwähnte es gerade: »Der Skorpion frisst zuerst den Kopf. Er will das Gehirn seines Opfers ausschalten.«

Allmächtiger. Corry schüttelte ihre Hände unter dem Tisch aus, es war ihr, als hatte sie einen krabbelnden Skorpion auf der Haut gespürt. Das ist doch nur ein Film, sagte sie sich. Doro Kästner erkundigte sich besorgt, ob sie weitermachen dürfe.

»Nur zu«, sagte Corry.

Eine Stunde verging, dann noch eine. Die Skorpionexpertin schien ihr gesamtes Wissen über diesen speziellen Gliederfüßer zu vermitteln. »Wird er in die Enge getrieben«, lehrte sie gerade, »sticht er wie rasend um sich. Braucht er Nahrung, sucht er sie gezielt. Und zwar mithilfe eines Sinnesorganes, das nur Skorpione besitzen.« Ein roter Fingernagel zeigte auf die Grafik, die Dr. Feyerabend aufgerufen hatte.

Schon besser, dachte Corry. Skorpione in Einzelteilen waren ihr lieber als lebensecht gefilmte.

»Mit diesen beiden Kämmen an der Bauchplatte nehmen sie Vibrationen wahr«, erklärte die Kästner. »Sie setzen das Organ alle paar Zentimeter auf dem Untergrund auf und fahren die Kämme wie fegende kleine Besen nach rechts und links aus.« Alle schauten auf das Kammorgan.

»Sehen kann er nicht?« Ottes dröhnende Stimme zerschnitt die gespannte Stille.

»Details sieht er wohl kaum«, die Professorin schüttelte den Kopf. »Seine zwölf Augen sind extrem lichtempfindlich und funktionieren eher wie Nachtsichtgeräte. Wie Sie wissen, sind Skorpione nachtaktiv.«

Corry hatte das nicht gewusst. Man wurde jeden Tag klüger.

»Zwölf Augen«, sagte Otte. »Mehr nicht?«

»Zwei Hauptaugen auf dem Rückenschild und fünf Paare Seitenaugen.«

»Wie fasst man die eigentlich an?« Das war Jan, der mit der Nase am Bildschirm hing. »Wie man eine Schlange hinterm Kopf hält, oder wie?«

»Man fasst Leiurus überhaupt nicht an, junger Mann.« Doro Kästner verschränkte die Arme auf dem Tisch. »Haben Sie die extra lange Pinzette im Film gesehen?« Er nickte widerwillig. »So fasst man ihn an, wenn überhaupt.«

Jan zog das Kinn ein und lehnte sich zurück. Arlet kratzte sich den Oberarm. Otte tauschte mit Gerd einen Blick, der sagte: Mit was man es bei der Polizei aber auch zu tun hat. Fabio machte sich Notizen.

Gerd fuhr sich mit der Hand übers Gesicht. »Was machen wir, wenn draußen noch welche herumlaufen?«

Die Expertin winkte ab. »Davon gehe ich nicht aus. Skorpione sind Wüstenbewohner, und seit gestern ist es recht kühl geworden. Vor allem der Regen …«

»Aber in Merles Säckchen …«, begann Gerd.

»Da haben Sie absolut recht. Einige Stunden konnten sie darin überleben, aber nach all der Feuchtigkeit jetzt …«

»Wo ist das Säckchen überhaupt?« Arlet ließ das Kratzen sein.

»Es wurde nie gefunden.« Gerd lehnte sich mit einem Seufzer zurück. »Vermutlich hat es dieser Beagle gefressen oder ein anderer Hund hat es aus dem Wald getragen.« Er wandte sich wieder der Skorpionexpertin zu. »Und wenn doch noch einer frei herumläuft?«

»Das ist unvorstellbar.« Sie hob abwehrend eine schöne Hand. »Wenn es wärmer wäre, dann ja.«

»Und dann?«, fragte Gerd verbissen.

»Dann ist er weg, er versteckt sich. Einen frei umherspazierenden Leiurus können Sie nicht einfach einfangen. Das können Sie vergessen.«

Sie diskutierten weiter, und gegen Ende wollte Arlet wissen, wie diese Viecher überhaupt hierherkämen.

»Früher wurden Jungtiere in diesen kleinen schwarzen Filmdosen aus der Wüste geschmuggelt. Heute bestellt man sie im Internet.«

»Wer hält sich die? Und wozu?« Otte klopfte gewohnheitsmäßig seine Taschen nach Zigarillos ab, er zog die Schachtel aber nicht hervor.

Professor Kästner sagte nachdenklich: »Es geht um die Faszination des Grauens, schätze ich.« Sie lächelte Otte zu. »Das Gefährliche hat einen Reiz, als Polizist wissen Sie das doch.«

Otte brummte.

Corry flüsterte Fabio zu: »Aus der Wüste geschmuggelt.« Sie sah Merles Kinderzimmer vor sich. Über der hellblauen Sitzecke das Poster mit den Sanddünen und dem Kamel. »Welche Wüste?«, fragte sie langsam. »Wo genau lebt Leiurus?«

»Im Nahen Osten und in Afrika. Sein Habitat sind Wüsten und Halbwüsten, vor allem Steinwüsten.«

Otte sagte: »Das war aufschlussreich, vielen Dank, Frau Professor.«

»Afrika.« Corry fixierte sie. »In welchen Ländern genau?«

»Vor allem in Ägypten stellt er ein Problem dar«, antwortete sie. »Ebenso in Libyen, im Sudan und in Algerien.«

»Algerien?« Corry sprang auf. Neben ihr stieß Fabio den Namen aus, der auch ihr im Kopf herumschoss: »Leila!«

Bevor sie Dr. Kerns Büro verließen, winkte Corry Jan und Nick auf den Flur hinaus. »Ihr beide«, drängte sie, »geht sofort an eure Computer und findet heraus, was in Sachen Leiurus im Land läuft. Gibt es spezielle Foren? Wer schreibt darüber einen Blog? Ihr müsst mit den Anbietern reden, fragt sie, woher sie die Skorpione beziehen und wer ihre Kunden sind. Was sind das für Leute? Das wollen wir wissen.«

Die beiden schossen los.

Corry schob die Hände in die Hosentaschen und drehte sich zu Fabio um. »Fahren wir«, sagte sie und schlüpfte im Gehen in ihre Bikerjacke. »Fragen wir Leila Murad, wann sie zuletzt einen Wüstenskorpion gestreichelt hat.«

Auf dem Parkplatz lief ihnen erstaunlich schnell die Staatsanwältin hinterher. Fabio ließ sie hinten einsteigen. Mittlerweile genoss sie höchste Anerkennung im Team. Arlet schaffte jeden Beschluss heran, der gebraucht wurde, und Fabio behauptete sogar, sie trüge zu einer angenehmen Arbeitsatmosphäre bei, was Corry überzogen fand. Corry mochte Arlet durchaus, aber sie war einfach zu gut angezogen, als dass man sie gern haben konnte.

Jetzt hielt sie mit ihren praktischen kleinen Händen ihren teuren Kamelhaarmantel am Kragen zusammen und sagte: »Huch, geschafft.« Dann nestelte sie ihr Telefon aus der Tasche und rief: »Ich schau mal, ob ich einen Durchsuchungsbeschluss bekomme.«

Fabio grinste und schaltete in den nächst höheren Gang, und so fuhren sie nach Sillenbuch.

Corry telefonierte mit Müzze. »Du musst die Kollegen, die noch im Wald arbeiten, warnen. Sie sollen Stangen benutzen, wenn sie im Laub wühlen. Vorsicht, ja?«

»Geht das präziser?« Müzze schnaubte in den Hörer.

»Ein paar giftige Skorpione, die ein Irrer ausgesetzt hat, sind vielleicht noch halbwegs am Leben.«

»Das ist Horror«, meinte Müzze.

Corry sagte nachdrücklich: »Mach mir die Gäule nicht scheu, ja?«

»Die Presse ruft dauernd an«, moserte Müzze. »Aber von mir erfahren die kein Wort.«

Das wusste Corry. Trotzdem sagte sie: »Gib nichts raus! Ich bin mit Fabio und der Staatsanwältin gleich bei Leila Murad, wir nehmen sie in die Zange. Zufällig kommt das Mordinstrument genau daher, wo sie immer hingefahren ist – aus Algerien. Tschüs, Müzze.«

»Corry?«

»Ja.«

»Pass auf dich auf.«

Corry beendete das Gespräch und sah zum Fenster hinaus. Alles grau und verregnet, kahle Bäume, eine lange Schnur geparkter Oberklassefahrzeuge am rechten Straßenrand. Hinter ihr schimpfte Arlet.

»Ich kann den Ermittlungsrichter nicht erreichen, verflucht. Um die Zeit geht er Kaffeetrinken und nimmt kein Telefon mit, das ist doch nicht zum Aushalten.« Corry hörte, wie sie ihr Handy in die Handtasche warf. »Wir durchsuchen trotzdem das Haus. Es besteht Fluchtgefahr, was uns das Recht dazu gibt.«

Fabio warf Corry einen Seitenblick zu, der sagte: Die Cronmüller ist fantastisch. Er schaltete den Scheibenwischer auf Intervall zurück und hielt an einer roten Ampel. »Die Murad war aber doch in Massy«, sagte er zögernd.

Corry brachte ein kurzes ironisches Lachen zustande, in das Arlet einfiel. Sie beugte sich vor. »Das Alibi stammt von ihrem Bruderherz«, rief sie, »und Verwandte lügen bekanntlich wie gedruckt.«

»Er ist ein christlicher Sprachlehrer«, sagte Fabio. In ihm tickte wohl der Italiener. Das rührte Arlet offenbar. Sie legte ihm die Hand auf seine Schulter. »Du glaubst an das Gute im Menschen, Fabio, so etwas ist selten.«

Sie mussten dann alle drei lachen, und bald darauf parkten sie den Ford vor Wiechmanns Haus, das sich wie aus dem Ei gepellt aus dem regennassen, kurzgeschorenen Rasen erhob. An der Fassade traten überall spitze Winkel hervor, Corry hatte das Gefühl, sich zu schneiden, wenn sie dem Haus zu nahe käme. »Das ist ja tatsächlich ein Glashaus«, sagte sie.

Ein roter Mercedes mit Kölner Kennzeichen stand vor der Garage.

Auf das zweite Klingeln öffnete sich die gläserne Haustür automatisch. Wiechmann erschien, er war über Nacht gealtert. Sein Vampirhaar hatte den Glanz verloren und die Unterlippe hing tief herab. Sie fragten nach Leila.

»Was wollen Sie noch von ihr«, schnauzte er.

Sie betraten eine reinweiße Wohnlandschaft. Das Innere des Hauses wirkte noch kühler als das Äußere. Corry fror in ihrer Lederjacke, obwohl sie darunter einen dicken Pullover trug.

Heiko Wiechmann stand in einer schmalen, schwarzen Hose und einem anthrazitfarbenen Rolli wie ein dunkles Fragezeichen im Raum. »Ich weiß nicht, wo sie ist.«

Arlet mit spitzen Zähnen: »Wann haben Sie Ihre Freundin zuletzt gesehen?«

»Heute Morgen.« Er rieb sich an der Wange. »Gegen halb neun. Wir haben … über Merle gesprochen.« Er blickte auf das schwarzbraune Parkett hinunter.

»Beim Frühstück?« Die Frage kam von Corry.

Wiechmann schaute auf, seine Augen waren rot unterlaufen. »Nein.« Er winkte genervt ab. »Leila ging es nicht gut, sie musste sich übergeben.«

Corry dachte kurz nach. »Eine starke Reaktion«, stellte sie fest.

»Sie hatte Merle lieb«, sagte er kraftlos. »Wir hätten sie gern … zu uns genommen.«

»Das habe ich bei Frau Murad aber so nicht herausgehört«, bemerkte Fabio.

Der Hausherr warf ihm einen stechenden Blick zu.

Corry ließ ihre Augen über die kahlen Wände schweifen. Sie suchte nach einem Regal mit einem Glaskasten. Was sich im oberen Stockwerk und im Keller befand, würde sie Gerd überlassen. Sie zog ihr Handy hervor und schickte ihm eine SMS. Als sie auf »Senden« drückte, hörte sie, wie Arlet in ihrer geschmeidigen Art fragte: »Halten Sie eigentlich Skorpione?«

»Wie bitte?« Wiechmann schüttelte den Kopf.

»Sie haben mich schon verstanden«, sagte Arlet. »Ich schlage vor, wir setzen uns.«

Wiechmann wies knapp auf zwei lämmerweiße Sofas an der Fensterfront mit spitzen schwarzen Füßen. Er setzte sich auf die gegenüberstehende Ottomane, auf der eine verwuschelte weiße Felldecke lag.

Corry senkte die Stimme, um ruhig zu klingen. »Ihre Tochter starb durch Skorpiongift.«

Erst keine Regung. Dann biss Wiechmann die Zähne zusammen, seine Kiefermuskeln arbeiteten. Er blickte von einem zum andern. Zog eine Grimasse. Lachte spitz auf, als habe man ihn an der Nase herumgeführt und er war draufgekommen, der glücklich Veräppelte. Gleich würde er sie alle hochkant hinauswerfen.

Corry sagte: »Haben Sie eine dieser Bezeichnungen schon einmal gehört: Gelber Wüstenskorpion? Fünfstreifenskorpion? Leiurus quinquestriatus?«

»Noch nie«, murmelte er, die Finger in das Fell gekrallt.

»Dieser Skorpion kommt aus dem nördlichen Afrika«, sagte sie, »und das gibt uns zu denken.«

Er federte aus der Ottomane und lief an eines der Fenster.

Corry blieb ruhig sitzen. »Ihre Freundin war öfter in Algerien«, rief sie zu ihm hinüber.

»Alle haben Angst ... vor diesen Viechern.« Wiechmann sprach gegen die blanke Scheibe. »Leila hat die Touristen immer angewiesen, ihre Schuhe und alles ... auszuschütteln, bevor sie sich anziehen.«

Fabio erhob sich. »Wir müssen jetzt mit Frau Murad sprechen.«

Wiechmann wandte ihm sein verzerrtes Gesicht zu. »Ich weiß nicht, wo sie ist«, sagte er langsam. »Ich weiß nur, dass ich ...« Ihm knickten die Knie ein. Fabio packte ihn unter den Armen und half ihm auf seinen Platz zurück. »Ich hab Merle im Stich gelassen«, weinte er. »Hab mich nicht … gekümmert.«

Von einer schmalen Tür bei der Treppe kam ein Geräusch. Corry und Arlet fuhren herum, Fabio war schon dort und drehte den Knauf, woraufhin ihm ein korpulenter älterer Herr in die Arme fiel. Hinter ihm stand eine schmächtige Frau gleichen Alters in einem schwarzen Strickjäckchen, S-Größe mit Glitzersteinchen.

»Wir sind Heikos Eltern«, sagte der Mann mit Kölner Dialekt. »Was geht hier vor?« Er drückte das Kreuz durch und zog den Hosenbund hoch.

Fabio nahm die Personalien auf. Herbert und Elisabeth Wiechmann aus Köln-Nippes.

Sie berichteten, dass sie die Nacht in ihrem Mercedes verbracht hatten, da Heiko sie nicht ins Haus gelassen hatte. Der eigene Sohn. »Wir wollen ihm doch beistehen«, schrie die Mutter.

»Wo ist Leila?«, wiederholte Fabio und blickte Heiko an. Der saß stumm auf der weißen Ottomane und machte dicht.

»Rufen Sie sie an, sofort«, verlangte Fabio.

»Lassen Sie meinen Sohn in Ruhe«, brüllte der Vater.

Der Sohn boxte sich mit der Faust gegen den Kopf. »Ich begreife nichts«, heulte er und ließ sich rücklings in das Fell sinken.

»Sofort!«, rief Fabio, dem selten der Kragen platzte.

Heiko hob den Kopf, die Augen ganz schmal. »Sie hat kein Handy dabei.«

»Wo ist es?«

Ein lahmer Fingerzeig, und Arlet flitzte in die Küche und kam mit einem Mobiltelefon heraus. »Es ist hiermit beschlagnahmt.«

Wiechmann fand wieder Worte: »Das dürfen Sie nicht.«

»Ich schon«, gab Arlet zurück.

Fast schon im Liegen meinte er: »Vielleicht ist sie auf dem Frauenkopf. Sie sagte, dass sie frische Luft braucht.«

»Die braucht sie immer, wenn wir kommen«, riefen Heikos Eltern wie mit einer Stimme.

Corry sah kurz zum Fenster raus. »Sie ist in den Wald gegangen?«

Heiko stützte sich auf die Ellbogen. »Sie geht in den Silberwald, dann zum Frauenkopf … und irgendwann kommt sie wieder.«

Fabio setzte sich ihm gegenüber aufs Sofa. »Wie lang dauert das im Normalfall?«

Heiko legte den Kopf schief, eine Haut wie graues Pergament. »Zwei Stunden.«

»Sie fehlt jetzt aber seit fünf Stunden«, hatte Corry ausgerechnet. »Und draußen regnet's.«

»Das macht der gar nichts«, mischte sich Wiechmann senior ein. Er stand immer noch mit seiner Frau vor der Abstellkammer. »Die ist wetterfest. Um die braucht man sich nicht zu kümmern«, schob er nach. »Die kommt überall durch.« Er zog seine Hose am Bund hoch, sie rutschte aber gleich wieder. »Suchen Sie lieber den Mörder unserer Enkelin.« Aufschluchzend drehte er sich zu seiner mageren Frau um. Die sah ihn erschrocken an und fingerte an einem Glitzerstein herum.

»Was hat Leila an?« Fabio zog sein iPhone aus der Tasche und gab nach Heikos Aussage »Barbourjacke, dunkelblau« durch sowie eine Personenbeschreibung. Er sprach mit Paul und bat ihn, die Gegend rund um den Fernsehturm nach Leila Murad abzusuchen.

Corry beugte sich zu Heiko vor. »Ist Ihre Freundin schwanger?«

Sie hatte gerade an den gestrigen Abend gedacht, als Fink mit einer Tüte Lebensmittel bei ihr daheim aufgekreuzt war. Corry hatte den Wein entkorkt, Fink die Nudeln gekocht und eine Soße aus dem Glas erwärmt. Beim Essen waren sie auf das Phänomen der übertriebenen Brutpflege zu sprechen gekommen. »Nehmen wir an«, sagte Fink, »Leila möchte mit Heiko Kinder haben. Dann ist doch klar, dass die später einmal das Glashaus erben, richtig? Was für ein Pech, wenn es noch eine Erbberechtigte – nämlich Merle – gibt. Falls Leila zur übertriebenen Brutpflege neigt, könnte sie auf böse Gedanken kommen.« An der Stelle goss sie die Spaghetti ab. »Solche Leute gibt es wirklich, Corry. Sie tun alles, damit die eigene Brut gedeiht und zu Wohlstand kommt. Wären diese Menschen Vögel«, hatte sie gesagt und im Kühlschrank Parmesankäse gesucht, »würden sie das ungeliebte Küken aus dem Nest schmeißen, verstehst du?«

»Schwanger?« Heiko fiel der Unterkiefer herunter. »Ich hab gerade mein Kind verloren«, blaffte er. »Mir ist nicht nach Schwangerschaft und Leila … ist garantiert nicht schwanger.«

»Sie hat sich heute Morgen erbrochen«, erinnerte ihn Corry.

Elisabeth Wiechmann rief von der Abstellkammer aus: »Die hat schon alles versucht, die kriegt keine Kinder. Da helfen auch die Rituale nicht.«

»Still!«, zischte Heiko Wiechmann, weiß vor Wut.

Seine Mutter getraute sich zwei Schritte vor. »Alles hat sie getan, damit sie schwanger wird. Das Bett war immer mit grüner Wäsche bezogen«, rief sie über die zornigen Einwände ihres Sohnes hinweg. »Ein Schamane hat ihr das empfohlen«, schnarrte sie. »Sogar als sie mal bei uns in Köln übernachtet hat, hat sie von mir ein Bettzeug mit Grün verlangt.«

Heiko Wiechmann warf ihr wütende Blicke zu. Zaghaft machte sie ein paar weitere kleine Schritte vorwärts, wobei sie unablässig ihren Sohn beobachtete, der mit dem Kopf in den Händen wieder auf der Ottomane saß.

Corry entschied, es sei Zeit, an die Skorpione zu erinnern. »Haben Sie je davon gehört oder welche gesehen?«

Elisabeth Wiechmann erhob die dünne Stimme: »Vielleicht für irgendeine Magie?«

Mit einem Satz war Wiechmann bei ihr und packte sie an den Schultern. »Halt deinen Mund«, schrie er.

Fabio sprang auf, riss ihn herum und platzierte ihn wieder auf seinem Fell. »Beherrschen Sie sich!«, rief er.

Als Ruhe eingekehrt war, meinte Arlet samtig: »Skorpione, Schwangerschaft – wir hören Ihnen zu, Elisabeth.«

Die machte den Mund auf, aber ihr Gatte war schneller.

»Leila will verheiratet sein, das kann man ja wohl verstehen«, raunzte er. »Die hat nichts zu lachen im Beruf. Wenn sie ein Kind kriegte, würden die beiden ja heiraten.«

»Quatsch!«, presste Wiechmann zwischen den Zähnen hervor.

»Sie wollten etwas über Skorpione sagen«, erinnerte Arlet und blinzelte die alte Wiechmann an. Die knöpfte sich die oberen Knöpfe an dem Jäckchen auf und sagte: »Von Skorpionen weiß ich nichts. Aber ich hab den Spiegel gesehen.«

»Welchen Spiegel?« Corry blickte sie scharf an.

»Na, zum Schwangerwerden.« Sie machte die Knöpfe wieder zu. »Das ist ägyptisch. Man legt einen Spiegel unters Bett und darf ihn nicht wegnehmen, bis das Kindlein geboren ist.«

»Hör auf mit dem Mist«, rief Heiko, der sich, nach vorn gebeugt, genervt die Ohren zuhielt.

»Vielleicht hat jemand den Spiegel gefunden und weggetan«, fuhr sie ängstlich fort. »Dann wirkt der Zauber nicht, ich meine, wenn man an so was glaubt.«

Heiko Wiechmann schaute sie verächtlich an. »Man hat dich nach Skorpionen gefragt, Mutter. Hast du hier schon welche gesehen? Antworte! Sie wollen das wissen.«

Sie blickte ihn verunsichert an. »Skorpione hatten wir noch nie.« Sie holte tief Luft. »Aber einmal … dachte Leila, sie sei schwanger, und dann war es doch wieder nichts.«

»Halt den Mund«, murmelte Heiko Wiechmann, die Augen geschlossen.

Aber seine Mutter sprach weiter, mit Tränen in den Augen: »Damals waren wir hier zu Besuch, mein Mann und ich, und Merle war an dem Tag auch da.« Von der Ottomane kam ein unterdrücktes Schluchzen. »Vor lauter Enttäuschung, dass es wieder nichts war mit dem eigenen Kind, schoss Leila wie eine Furie durchs Haus, und dann hat sie Merle entdeckt.«

»Mutter, sei still!«, knurrte Wiechmann.

Der kleinen alten Frau liefen Tränen übers Gesicht. »Sie sollte Merle doch nicht so fest an den Haaren ziehen.«

Corry biss sich auf die Zähne. Nach Finks These war das Küken schon halb aus dem Nest geworfen. »Wir werden mit Leila sprechen«, sagte sie zu Heiko, der lautlos weinte. »Nur noch eins«, Corry erhob sich, »wir möchten jetzt Merles Zimmer sehen.«

»Dort oben, auf der Galerie«, rief Wiechmanns Mutter und stakste zu der eleganten Wendeltreppe am Eingang.

Corry, Fabio und Arlet stiegen die Treppe hoch.

»Hier hat sie geschlafen?«, rief Corry von oben herunter. »Wo, auf dem Fußboden?«

Von seiner Ottomane aus deutete Heiko Wiechmann schwach zu den beiden Clubsesseln aus schwarzem Leder, die fünf Meter auseinander auf der schmalen Galerie standen. Er kam jetzt auch zum Fuß der Treppe. »Wir haben immer die Sessel zusammengeschoben«, sagte er bereitwillig.

Seine Mutter, winzig neben ihm, warf die Arme hoch. »Kindern gefällt das, es ist wie Camping.«

Corry, nicht ganz schwindelfrei, beugte sich über das schmiedeeiserne Geländer. Eine Fünfjährige konnte ohne Weiteres darunter durchrutschen und sich den Hals brechen.

»Wo hatte Merle ihre persönlichen Sachen?«, rief sie hinunter. Mutter und Sohn schauten ratlos hoch. »Wollen Sie meine Frage nicht beantworten?«

Wiechmann hangelte sich zwei Stufen hoch. »Sie hat immer alles dabeigehabt und nahm es auch wieder mit; sie war ordentlich.« Er schluchzte und hielt sich krampfhaft am Geländer fest.

Corry sah hinunter. Sie fühlte einen Kloß im Hals. Von hier aus hatte Merle ihren Vater und Leila beobachtet. Hatte zugesehen, wie sie lebten, hatte jedes Wort mit angehört. Vielleicht hatten die Erwachsenen gestritten. Vielleicht war es dabei um Merle gegangen.

Hier oben gab es nichts als schräge Glasscheiben, metallene Streben und – den Abgrund. Merle hatte nicht einmal ein Bett gehabt. Kein Ball lag in der Ecke, keine Zeichnung hing an der Wand. Corry spürte ihre Wangen nass werden. Einen Moment dachte sie, die große Scheibe über ihr wäre undicht und es tropfe Regen- oder Kondenswasser herab. Aber es waren ihre Tränen.

Als sie sich die Nase putzte, spürte sie eine Schulter neben sich. Es war Fabio, der genauso enttäuscht war wie sie.

Zu dritt stiegen sie nacheinander die steile Treppe hinab.

27

Um halb sechs kam die Soko »Poncho« zu einer weiteren Lagebesprechung zusammen. Als Corry den leeren Raum IV betrat, sprangen ihr die orangefarbenen Pünktchen aus dem dunklen Laminat wie Flöhe um die Beine. Sie ließ sich auf den nächstbesten Stuhl fallen. Sie war übermüdet und aufgewühlt. In ihrem Kopf schoben sich dicke Ledersessel zusammen und Merle, die versuchte sich draufzulegen, rutschte immer durch den Spalt. Corry brauchte dringend eine Pause.

Zum Glück kam Ulla mit Kaffee herein. Ihr warmes Lächeln durchströmte Corry bis in die Zehenspitzen. Sie stellte die Kanne auf den Konferenztisch, und Corry fragte: »Wer hat sich um Konstantin Perlitz gekümmert?«

»Katja Sauer«, antwortete Ulla. »Ich habe sie gerade gesehen, die kommt gleich mit den anderen.«

Hinter Ulla erschienen sie nun alle, auch Arlet und Fabio, die kurz in der Cafeteria etwas gegessen hatten, und Otte mit Fink – und als Letzte Katja.

Corry berichtete kurz über den Besuch im Glashaus und schloss mit den Worten: »Paul und ein Suchtrupp durchforsten die Wälder rund um den Fernsehturm nach Leila Murad. Ich bin gespannt, was sie uns zu sagen hat. Sie kennt die algerische Wüste, und wie wir wissen, sitzt dort unter jedem zweiten Stein ein Leiurus. Aber nun zu Katja, ich bin gespannt auf das neue Alibi von Konstantin Perlitz.«

»Es ist widerlegt«, sagte Katja und rollte mit den Augen. »Die bayerischen Kollegen haben seine Großtante befragt. Sie sagte, dass Konstantin sie schon jahrelang nicht mehr besucht hat.«

»Er lügt also.« Corry kochte. »Jetzt hab ich aber die Faxen dicke. »Besuch im Seniorenstift – netter Versuch.« Sie wechselte mit Fabio einen Blick, der hieß: Übernimm du ihn und mach Hackfleisch draus.

Katja rief: »Ich würde gern mitgehen.«

Fabio nickte ihr zu, und die beiden standen auf. Im Hinausgehen hörte Corry, wie er zu Katja sagte: »Sieben Stunden bei Tante Meta … welchen Mist erzählt man uns eigentlich?«

Corry blickte zu Jan am Ende des Tisches, der gerade Elmar, dem Schönen, weismachen wollte, dass Frauen und Gift praktisch zusammengehörten. »Jan«, sagte Corry in scharfem Ton. »Du tuschelst. Dürfen wir das auch hören?«

»Ich sagte nur, ich setze auf Leila. Gift ist nun mal die klassisch weibliche Mordmethode. Achtzig Prozent der Giftmorde gehen auf das Konto von Frauen – weil kein Kraftaufwand nötig ist oder so.«

Fink, die laut Otte mit einem Handkantenschlag zehn Dachziegel auf einmal durchbrechen konnte, schnappte hörbar nach Luft.

Jan, diese Intelligenzbestie. Er hatte ja recht. Auf der Stelle verlangte Corry seinen Bericht über die Telefonverbindungen von Heiko und Leila.

»Die Telefongesellschaften haben mir erst vor einer Stunde die Einzelverbindungen übersandt.« Nicht ohne Stolz zog er einen Stapel Telefonlisten aus einer verratzten Plastikmappe. »Peggy ist dabei, sie vollständig auszuwerten«, sagte er und zupfte an seiner Lippe herum. »Ich kann im Moment nur so viel sagen, dass Heiko täglich mit Leila telefoniert hat. Mit seinen Eltern in Köln hat er fünfmal gesprochen, jeweils kaum zwei Minuten. Mit Julia hat er in dem halben Jahr nur dreimal kurz telefoniert. Das letzte Gespräch fand am 27. Oktober statt. Das dürfte das Telefonat gewesen sein, in dem er zusagte, dass er Merle kommenden Freitag von der Kita abholt, damit sie nach München fahren kann. Zeitlich stimmt das mit ihren Aussagen überein.« Jan rieb sich die Stirn. »Dann gab es etwa hundert Anrufe bei Firmen und Agenturen.« Er blickte auf das Papier und wieder hoch. »In der kurzen Zeit sind wir noch nicht weitergekommen. Allerdings haben wir uns angeschaut, ob es Verbindungen zu Personen gibt, die wir von

Haus-zu-Haus-Befragungen in Feuerbach kennen. Aber wir haben nichts entdeckt.«

»Wäre auch zu schön gewesen«, dachte Corry. »Und Leilas Telefonate?«

»Sie hat in der Zeit über achtzigmal Wiechmann auf seinem Handy angerufen.« Jan las ab: »Sie hat zweiundzwanzig Gespräche mit verschiedenen Banken geführt und Mitte Oktober hat sie viermal mit dem Institut Les Cèdres in Massy telefoniert. Die Rufnummer ist auf ihren Bruder eingetragen, Dennis Murad.«

»Voilà«, sagte Arlet und rümpfte die Nase. »Der christliche Lehrer, der seiner Bagage aus Stuttgart barmherzig das Portmonee füllt.«

Manche lachten.

Die Tür ging auf und ein energiegeladener Nick kam herein. Er hängte seine Leinentasche über einen Stuhl und bestieg ihn so, wie Jungen sich aufs Fahrrad setzen.

»Du kannst gleich loslegen«, sagte Corry.

»Vier Stunden am Computer …«, sagte er und strich sich mit flacher Hand das kurze schwarze Haar die Stirn hoch. »Was ich bis jetzt herausbekommen habe, muss man erst mal verdauen.«

»So lang haben wir nicht Zeit«, raunzte Otte und schaute auf den Zigarillo zwischen seinen dicken Fingern, als gäbe der ihm recht.

»Schon klar.« Nick sog scharf die Luft ein und fasste dann die Fakten zusammen: »In Deutschland gibt es einen Markt für Skorpione jeder Art. Sie werden über Kleinanzeigen in Terraristikmagazinen und vor allem übers Internet verkauft. Von den dreißig gewerblichen Skorpionzüchtern führen etwa fünfzehn Leiurus quinquestriatus im Programm.«

»Und was kosten die so?« Arlet schaute von ihrem Block hoch, in den sie einen Skorpion gezeichnet hatte.

Nick sortierte rasch ein paar Zettel. »Ein großer Anbieter, der alle möglichen Exoten verkauft – also Echsen, Schlangen, Riesentausendfüßler und eben auch Leiurus, hat sie gerade von neununddreißig auf neunundzwanzig Euro heruntergesetzt.« Nicks Schuhe schurrten über den Boden. »Er hat noch vier Stück auf Lager.«

»Aber du kaufst keinen!« Otte schickte seinen Worten ein Rauchwölkchen hinterher.

Nick überging die Bemerkung. »Es gibt günstigere Anbieter. Im Schnitt kostet ein ausgewachsenes Exemplar, keine Ahnung, fünfzehn Euro plus Versand.«

»Versand?« Arlet hüstelte und wedelte mit der Hand Ottes Qualm fort.

Glaubte sie etwa, man holte seinen Skorpion persönlich ab wie einen Welpen?

Nick lachte die Staatsanwältin an. »Ein Frankfurter Händler sagte mir am Telefon: ›Heimchendose auf, Skorpi rein, Deckel drauf, fettisch!‹ – Die gehen als versichertes Päckchen auf die Reise.«

»Ah so.« Otte schnaubte. »Fünfzehn Euro, teuer sind die ja nicht gerade.« Gedankenverloren reichte er seinen Stumpen an Fink weiter.

»Noch preiswerter sind sie bei privaten Haltern«, fuhr Nick fort. »Viele Skorpionfans züchten selbst. Wenn ihre Jungtiere überhandnehmen, verkaufen sie sie im Internet. Da gibt es dann schon mal zehn Kleine für fünfundfünfzig Euro.«

Elmar vom Rauschgift sagte: »Es gibt doch Gifttierverbote.«

»Nur in Bayern, Hessen und Berlin«, belehrte Arlet ihn. Sie schraffierte mit ihrem dicken Kuli die Giftblase ihres Skorpions.

Nick sagte: »Die kommerziellen Anbieter weisen die Käufer darauf hin, dass die Ländergesetze zu beachten sind und dass eine Meldepflicht beim Amt für öffentliche Ordnung besteht und ebenso beim Wohnungsvermieter. Aber ob sie sie anmelden, wissen die Händler natürlich nicht.«

»Also kann sich jeder diese lebenden Giftspritzen zulegen«, stellte Elmar fest.

»Wenn er über achtzehn ist.« Nick zog ein Knie hoch und ließ es wieder fallen. »Die meisten Anbieter verlangen eine Kopie vom Personalausweis. Manche sind dafür, dass Leiurus nur an Personen mit einem Sachkundenachweis abgegeben werden sollte.« Er beugte sich über den Tisch. »Übrigens haben alle, mit denen ich geredet habe, ihre Kunden darauf hingewiesen, dass ein Stich lebensgefährlich sein kann. Vor allem, wenn eine Insektengiftallergie besteht. Denn dann ist in zehn Minuten Schluss.«

»Das wissen wir«, brummte Otte. Er sah sich nach seinem Zigarillo um, aber Fink hatte ihn schon im Ascher versenkt. »Was ich immer noch nicht begreife: Wieso halten sich die Leute solche Viecher?«

Nick zuckte mit den Schultern. »Weil sie fasziniert sind von ihrer Urwüchsigkeit. Skorpione sind lebende Fossilien. Die gab es schon, keine Ahnung, vor über dreihundert Millionen Jahren.« Ein wenig glänzten seine Augen. »Damals waren sie fast einen Meter groß.«

»Sonst noch was?« Ottes großer Kopf wackelte.

»Es sind Überlebenskünstler.« Nick griff sich eine kleine Cola. »Die halten zwei Jahre ohne Nahrung durch und nehmen dabei nicht einmal ab.«

Das schien nun doch auch Otte zu beeindrucken. Mit dem Zeigefinger schob er seine Brille auf dem Nasenrücken hoch und blickte aufmerksam zu Nick, der jetzt in Schwung gekommen war. »Alle, die ich gesprochen habe oder mit denen ich online Kontakt hatte, waren sich bewusst, mit was sie da unter einem Dach leben.« Er klickte die Flasche auf und nahm einen Schluck. »Generell hielten sie ihre Skorpione aber nicht für viel gefährlicher als … keine Ahnung … Motorradfahren oder Fallschirmspringen oder …«

»Schon verstanden«, unterbrach ihn Otte. »Und deshalb laufen bei denen die Skorpione in der Wohnung herum wie bei anderen Leuten die Rauhaardackel …«

»Chef, sie haben abschließbare Terrarien.« Nick nahm noch einen Schluck von seiner Cola. »Die krabbeln nicht auf dem Sofa herum.«

Otte rieb sich unbehaglich den Rücken in seinem Stuhl. »Aber was sind das für Leute?«

»Das sind Beobachter«, klärte Nick ihn auf. »Ähnlich wie Bird-Spotter oder Whale-Watcher.«

»Was du da alles zusammenschmeißt«, grummelte Otte und klopfte seine Taschen nach Zigarillos ab, wurde aber nicht fündig.

Nick verschränkte die Arme im Nacken. »Einer der Händler nennt seine Kunden ›Kinder der Nacht‹.«

»Wenn der mal nicht zu viel Lyrik liest«, bemerkte Otte, der sich erhob und ein Bein ausschüttelte.

Fink schaute auf. »Spielt der Händler auf die Gothic-Szene an?« Mit zwei Fingern zog sie ihre schwarzen Spitzenstulpen bis über die Ellenbogen hoch.

»Das hat damit nichts zu tun«, meinte Nick kennerisch. »Er nennt die Leute so, weil Leiurus nachtaktiv ist. Wer was sehen will muss nachts aufbleiben.«

Arlet, die gerade die fünf Streifen auf ihren Skorpion malte, fragte: »Was sieht man da schon groß?«

Nicks Augen leuchteten, und Corry merkte, dass er deshalb verlegen war. »Es ist wie Kino«, sagte er. »Die Skorpione laufen hin und her, wühlen im Sand, verstecken sich unter einem Stein und kommen wieder hervor.«

»Das ist ja außerordentlich spannend«, brach es aus Otte hervor. »Da gibt ja ein Goldfisch mehr her.«

Arlet und Ulla lachten laut. Nick lachte mit. Jan hielt sich raus. Elmar blies die Backen auf. Und Fink streifte ihre Stulpen wieder herunter.

Corry sagte: »Es geht ums Töten, vergesst das nicht.« Mit einem Seitenblick nahm sie wahr, dass Arlet ihr zunickte.

»Indem der Halter dem Skorpion ein Beutetier überlässt«, sagte Arlet gedehnt, »bestimmt er über Leben und Tod.« Schwungvoll setzte sie ein Häkchen an die Giftblase, das war der Stachel.

»Da ist was dran«, sagte Otte melodramatisch. »Man lässt töten.«

»Nun ja«, sagte Corry. »Nick, wer von deinen Händlern hat denn in letzter Zeit nach Stuttgart geliefert?«

»Er sitzt in der Nähe von Bremen und hat einen ausgewachsenen Leiurus nach Zuffenhausen geschickt.«

»Name, Adresse – überprüfen!« Otte massierte sich die Schläfen, dann stand er ruckartig auf.

»Ist schon erledigt«, erklärte Nick. »Gegen die Adressatin liegt nichts vor.«

Er schob seine leere Colaflasche zur Tischmitte. »Übrigens ... die Fans nennen ihn Deathstalker.«

»Wen, den Skorpion?« Otte drehte sich in der Hüfte, blieb aber in der Bewegung stecken.

»Todes-Spanner«, übersetzte Arlet frei und tüpfelte ein Dutzend Augen auf die Zeichnung.

»Richtig ist aber Pirschjäger«, entgegnete Nick lächelnd.

»Wie auch immer«, sagte Corry. »Du hast hervorragend gearbeitet. Mach morgen weiter, Nick.«

Arlet klappte ihre Schreibmappe zu. Es gab einen kleinen Knall, und das war der Moment, als Müzze in einer Wolke feuchter, kühler Abendluft hereinstürmte. Sofort steuerte sie auf Corry zu und flüsterte ihr etwas ins Ohr.

»Das ist mal eine Neuigkeit«, sagte Corry.

Müzze zog ihre Jacke aus und setzte sich. Corry blickte auf ihre PEACE-Uhr. »Okay. Kommen wir nun zu dem direkten Nachbarn von Julia Wiechmann, Mark Bohn.«

Der Chef wippte hinten bei den Fenstern in seinen großen Schuhen. »Das ist nicht unser Mann«, brummte er und verschränkte die Arme im Rücken. »Wir suchen nach einem sozialen Außenseiter, und das ist Bohn nicht. Er arbeitet in einem Heim mit alten, hilfebedürftigen Menschen.« Jetzt wippte er schon ganz ordentlich. »Ich sage euch, wie es ist: Ich habe heute früh mit seinem Chef, Herrn Dr. Müllerschön, telefoniert. Im Bericht steht's.«

Allmächtiger, dachte Corry, wann hätte sie Zeit gehabt, einen Bericht zu lesen. »Was steht drin?« Sie warf dem schaukelnden Fass einen finsteren Blick zu.

»Corry, das ist nicht der unheimliche Nachbar …« Otte schnellte die Arme vor, machte Klauenfinger und riss die Augen auf hinter seiner Leopardenbrille. »Bohn passt nicht ins Raster, das weißt du. Der Mann ist integriert und beliebt. Von den Privatpatienten bekommt er an Weihnachten Geldgeschenke.« Otte machte ein Gesicht, als bekäme er auch gerne Geldgeschenke. »Weißt du, Corry«, er stellte endlich das Geschaukel ein und kam näher. »Langsam rückt mir das LKA auf die Pell…«

»Otte!« Corry riss nun ihrerseits die Augen auf. »Wenn ich bis Montag nichts habe, krieche ich auf allen Vieren in die Taubenheimstraße zum LKA, das verspreche ich dir.«

»Reg dich nicht so auf«, brummte er und ging an seinen Platz zurück, wo ein Glas Wasser auf ihn wartete. »Nichts kann man ihr sagen«, maulte er, »gleich ist sie eingeschnappt.«

Jan am Ende des Tisches räusperte sich. »Wenn ich mal was dazu sagen darf: Bohn ist safe, Corry. Das ist nun wirklich nicht der lonely wolf, den wir suchen. Er hat feste Bindungen – und ein Alibi.«

»Wer hat das überprüft?«, rief Corry, wobei ihr Haarreif wieder einmal rutschte. Ärgerlich schob sie ihn hoch. Wann würde sie jemals Zeit haben, in einen Drogeriemarkt zu gehen und sich einen neuen zu kaufen?

Nick meldete sich mit dem Zeigefinger. »Wir beide, Jan und ich«, sagte er aufgeweckt. »Unser Bericht liegt …« Er biss sich auf die Lippen.

Bevor Corry etwas Wütendes sagen konnte, hatte Jan die Sache heruntergespielt. »Sie heißt Petra Löble«, sagte er wie gelangweilt, »und sie arbeitet in der Wilhelma. Sie ist Affenpflegerin.«

»Wir haben sie hier gehabt«, warf Nick ein. »Gestern Abend um sechs ist sie gekommen. Und als wir sie nach Skorpionen bei Herrn Bohn fragten, hat sie das strikt verneint. Er hält keine Tiere, hat gar keine Zeit, sich drum zu kümmern.«

Jan übernahm wieder. »Ihre Aussage war glaubwürdig. Sie beschrieb, wie sie den ganzen Freitag zusammen waren. Mark Bohn musste erst am Samstagmittag wieder zum Dienst ins Altenheim.« Jan kippelte auf seinem Stuhl nach hinten. »Wie er schon ausgesagt hat, haben sie am Freitag zusammen gekocht.«

»Und was gab's?«, fragte Corry. »Bananen?«

Arlet lachte. Otte stöhnte und winkte heimlich ab, aber Corry hatte es registriert.

Jan ließ sich wieder mit dem Stuhl nach vorne fallen. Nick sagte: »Keine Ahnung, das haben wir nicht gefragt.«

»Solltet ihr aber!« Corry bückte sich zu ihrer Arbeitsmappe hinunter und zog das von Anton Garipov vergrößerte Foto heraus, das Corry an Julias Pinnwand entdeckt hatte. Sie hielt es vor die Brust und schaute die Kollegen provozierend an. »Das sind Merle und Herr Bohn – vor zwei Tellern Spaghetti.«

»Corry, du verrennst dich«, schnaufte Otte.

Sie hatte nicht das Gefühl. Sie wandte den Blick von ihrem Chef ab. Da fiel ihr Nick auf. »Was ist los?«, fragte sie ihn.

»Also, wenn ich das Foto so betrachte ... da sieht er nicht so mager aus wie in echt.« Nick drehte den Oberkörper zu Jan. »Findest du nicht auch?«

»Schon«, gab Jan zu. »Der Mann hat eben abgenommen. Seine Freundin meinte ja auch, dass er ständig Überstunden schiebt.«

»Genau wie wir«, sagte der schöne Elmar.

»Manche Leute nehmen ab und wieder zu, keine Ahnung, die haben drei Kleidergrößen im Schrank«, beschwichtigte Nick.

Falls das eine Anspielung auf Corry war, hatte sie nicht die Absicht, darauf zu reagieren.

»Als wir mit ihm redeten, war an seinen Augen irgendwas anders als auf dem Bild da«, stellte Jan zögernd fest.

»Oha.« Corry schubste ihm das Foto zu. »Was war anders?«

»Die Augenbrauen sind … irgendwie so wegrasiert. Er sieht ein bisschen aus wie ein Freak, aber ein sympathischer.«

»Das ist doch schön!«, rief Corry. »Und was habt ihr in seiner Wohnung gesehen?«

Jan saugte die Lippen nach innen. »Ähm, wir standen mit ihm und seiner Vermieterin im Treppenhaus.«

Corry rang um Fassung. »Ihr seid nicht zu ihm in die Wohnung?«

»Er musste zum Dienst.« Nick lächelte angespannt. »Er war spät dran, wollte gerade aus dem Haus. Er sagte, seine Oldies im Heim drehn durch, wenn er sie noch länger warten lässt.«

Jan nickte beipflichtend. »Es gab keine Lügensignale, Herr Bohn hat Blickkontakt gehalten und war keineswegs panisch, als wir sagten, wir müssten eventuell wiederkommen, um ihn genauer zu befragen.«

»Man kommt seitdem schwer an ihn heran«, sagte Corry. »Nun, wie dem auch sei, ich bin gespannt auf ihn.« Sie drehte sich auf ihrem Stuhl lächelnd zu Müzze um. »Wann sagtest du, kommt er?«

Müzze grinste von einem Ohr zum andern. »Mark Bohn kommt morgen früh um zehn ins Präsidium.«

28

An diesem Abend nahm Bärbel Hummel die karierte Decke endlich vom Wäscheständer. Sie war längst trocken und roch keine Spur mehr nach Hund. Sie faltete sie zusammen und räumte sie in den Schrank. Das rote Lederhalsband mit dem Herztäschchen legte sie dazu.

Herr Salvatore Lavelli hatte es ihr heute Mittag in der Pizzeria mit einer charmanten Verbeugung überreicht. Er war höchstens ein paar Jahre älter als sie und sah wirklich gut aus. Er war etwas klein, aber Bärbel war noch kleiner. Seine Augen waren braun wie Maronen. Sie brachte ihm einen Rotwein an den Zweiertisch am Fenster, und er sagte, dass er Hunde furchtbar gern hätte, vor allem ganz kleine. Es war irgendwie drollig, wie er seine braunen Hände übereinanderhielt und hineinspähte, als hockte ein Chihuahua-Welpe darin. Bärbel hatte nur stumm auf Nancys Halsband geblickt, und da merkte er wohl, dass es einem großen Hund gehört haben musste.

»Scusi, Signora«, hatte er gesagt. Seine Stimme war dunkel, wie die von seinem Sohn, dem Kommissar, aber es war ein Kratzen darin, das Bärbel sehr mochte.

Er bestellte dann die Rindfleischsuppe und löffelte sie still, ohne auch nur einmal abzusetzen. »Isse die beste Minestra alla perugina, wo ick gegesse in Deutschelande«, hatte er gesagt. Noch selten hatte ein Gast Zitas Kochkünste so über den grünen Klee gelobt.

Bärbel drückte die Schranktür zu. Die Hundedecke lag nun bei ihren Turn- und Badeanzügen und dem seegrünen Bikini, der schon zu eng gewesen war, als sie ihn gekauft hatte. Nancy selbst lag noch immer in der Pizzeria in der Tiefkühltruhe bei minus zwanzig Grad. Bis jetzt hatten sie es nicht fertiggebracht, sich ihrer zu entledigen. Obwohl sie schon nahe dran gewesen waren. Doch jedes Mal, wenn sie den Deckel hoben, leuchteten ihnen die vielen kleinen roten

Nelkchen entgegen, die aussahen wie gerade frisch gekauft. Es lag aber nicht an den Blumen, dass sie in dieser Sache nicht weiterkamen. Es war die blaue Plane, die an einer Ecke hochstand, und dort blitzte Nancys rechte Vorderpfote hervor. Sie ließen immer sofort den Deckel wieder herab, wenn sie die Pfote sahen.

Heute nun sollte umgesetzt werden, was der bärtige Polizist mit den hellen Augen vorgeschlagen hatte. »Das kostet nichts«, hatte er zu Bärbel gesagt, »und es ist Tag und Nacht offen.« Zita hatte es sogar eine saubere Lösung genannt und gefragt, worauf sie eigentlich warteten.

Bärbel schaute auf die Wohnzimmeruhr an der Wand überm Fernseher. Fast halb acht. Sie schlüpfte in ihre warme graue Jacke, stopfte sich ein buntes Tuch in den Kragen, und schlich die Treppe hinunter. Auf Zehenspitzen ging sie in ihren klobigen Schuhen an Mechthilds Wohnungstür vorbei und hielt die Luft an. Erst als sie draußen war und das Tor hinter sich zumachte, atmete sie wieder aus. Im Schein der Straßenlaternen lief sie die lange Hohewartstraße hinunter zur Pizzeria »Vendosso«.

Schon von Weitem sah sie das Ruhetag-Schild, das Zita immer dann in die Tür hängte, wenn es nötig war.

Es war stockdunkel, als sie darangingen, den fest in die Plane verschnürten, steinharten Hund in Zitas Cinquecento zu verfrachten. Auf der Straße war es zum Glück kalt und ungemütlich, sodass niemand sie überraschte und komische Fragen stellte. Die Nachbarn saßen sicher vor ihren Fernsehern und sahen sich in der Tagesschau die Gräuel der Welt an.

Bärbel zog, Zita schob von hinten. Bärbel rief: »Vorsicht, der Schwanz!« Doch der Kofferraum reichte vorne und hinten nicht aus für die sperrige Last. Also legten sie Nancy auf die Rückbank.

Zita gab die Adresse in ihr Navigationsgerät ein, dann gab sie Gas. Bärbel drehte den Kopf. Nancy dampfte vor Kälte. Schnell schaute Bärbel wieder nach vorn durch die dunkle Windschutzscheibe. Der Backsteinbau der freien Musikschule flog an ihnen vorbei, ein Baumarkt, kleine Restaurants. Zita hielt den Schaltknüppel wie einen Kochlöffel. Manchmal machte sie Fehler beim Kuppeln, aber Bärbel sagte nichts, sie zog nur jedesmal das Genick ein, wenn das Getriebe krachte. An einer roten Ampel sagte sie zu Zita: »Seit Sonntag kann ich nicht mehr schlafen. Herr Munderich meint, ich hab ein Trauma von dem Leichenfund.«

»Einen Quark hast du«, sagte die Freundin und wischte mit der bloßen Hand Staub vom Armaturenbrett. Da musste Bärbel an die arme Frau Voss denken. Die konnte mit den Händen bestimmt keine Handarbeiten machen. Zu Zita sagte sie: »Wir Mädchen früher schauten beim Stricken auf unsere hübschen Hände mit den fliegenden Fingern und freuten uns daran.«

Zita lachte kurz auf. Die Ampel zeigte Grün, und sie fuhr an. Preschte am Theaterhaus vorbei. Als sie in den vierten Gang schaltete, jaulte das Getriebe auf. Bärbel lächelte zu ihr hinüber.

Vor der Bundesstraße 27 drosselte sie die Geschwindigkeit und gondelte dann geradezu über die Heilbronner Straße, was Bärbel nur recht war. Am liebsten würde sie immer weiter so fahren. Sie würden sich unterhalten. Über alles würden sie sprechen, bloß nicht über den tiefgefrorenen Hund auf der Rückbank.

»Herr Munderich meint«, nahm sie den Faden wieder auf, »dass ich große Schwierigkeiten hab, weil ich wie die Sägebrecht aussehe, aber nicht die Sägebrecht bin. Ich hab ihm gesagt, dass ich mir darüber noch gar keine Gedanken gemacht hab.« Bärbel schaute zu Zita hinüber und erzählte noch den Schluss: »Jetzt besteht er darauf, dass ich mal darüber nachdenke.«

»Den bringst du mir mal in die Pizzeria.« Resolut lenkte Zita den Fiat, wie vom Navi befohlen, in eine Nebenstraße. »Wenn ich ihn mir vorknöpfe, dann hat er was zu denken.«

Das Sträßlein führte unter der Bundesstraße hindurch und tauchte in einer gottverlassenen Gegend mit gläsernen Firmenhochhäusern und schmalen Fußgängerbrücken wieder auf. Keine zwei Minuten später ließ Zita den Wagen neben dem Bordstein ausrollen. »Wir sind da«, sagte sie und zog den Zündschlüssel ab.

Im Licht der Scheinwerfer erschien in nächster Nähe ein in den Hang hineingebauter kleiner Bunker. Eine Lampe brannte über der silbrig gestrichenen Eisentür. Daneben steckte ein Eisenpfosten mit einem Schild im Boden.

»Zuerst ohne Hund«, entschied Zita. »Andiamo.«

Bärbel hatte ganz wacklige Knie, das spürte sie sogar im Sitzen. »Noch einen Moment«, bat sie. Plötzlich hörten sie ein Knistern aus dem Fond. Erschrocken fuhren sie herum. Wieso gab Nancys Verpackung Geräusche von sich?

»Sie taut auf«, beruhigte Zita. »Wir hätten die Heizung nicht anmachen sollen.«

Sie blieben noch eine Weile im Auto sitzen. Bärbel las das Schild an dem Pfosten laut vor: »Städtische Kleintier-Kadaversammelstelle.« Sie drehte sich zu Zita um. »Nancy war doch kein Kleintier.«

»Ein Elefant war sie aber auch nicht.« Zita prüfte im Rückspiegel ihr Gesicht. Sie hatte ein altes Gesicht, ein von Sorgen gezeichnetes, aber schön war es trotzdem.

»Unter Kleintier versteh ich Hamster«, sagte Bärbel und starrte auf die silberne Eingangstür.

Zita schaltete die Scheinwerfer aus. »Wir gehen da jetzt rein.«

Bärbel dackelte hinter ihr her. Zita war es, die die Tür öffnete, sie schwang erstaunlich leicht auf. Sofort strömte ihnen ein süßlich-madiger Geruch entgegen. »Igitt!«, rief Bärbel.

Eine Neonröhre erhellte den winzigen, deckenhoch gefliesten Vorraum. Auf dem Fußboden stand eine Zinkwanne mit einem getigerten toten Kätzchen. Es lag ganz verdreht auf dem Köpfchen in einer Lache rötlich gefärbten Wassers. Bärbel hielt sich an Zita fest, die dicht hinter ihr stand in ihrer weißen Daunenjacke und die Tür aufhielt, damit der Verwesungsgestank hinauswehte, aber das würde Jahre dauern.

Der Vorraum wurde von einem Eisentresen begrenzt, auf den von der Decke herab ein schwefelgelber Vorhang aus breiten, überlappenden PVC-Streifen stieß. Um zu sehen, was dahinter war, trat Bärbel einen Schritt darauf zu. Mit dem Fingernagel drückte sie vorsichtig einen der steifen, unten herum mit Blut verschmierten Streifen nach hinten. Sofort verstärkte sich der widerliche Geruch, und Zita, die ihren Posten bei der Tür verlassen hatte und jetzt dicht hinter ihr stand, stieß ein »Maria Mutter Gottes« hervor. Auf der anderen Seite des Tresens standen mehrere, bis obenhin mit ineinander verknäulten, felligen Körpern gefüllte Wannen. Bärbel begriff: Sie sollten die vierzig Kilo schwere Nancy auf das Tigerchen legen, um diese Wanne hier zu füllen. Ein städtischer Angestellter würde sie dann auf die andere Seite schieben. Und dann ab in den Ofen.

Bärbel und Zita schlugen die Hände vor den Mund und stürmten ins Freie, zum Auto. Im Schein der Straßenlaterne glänzte der Cinquecento und wirkte wie eine frisch geweißelte kleine Kapelle.

Sie ließen sich in die Sitze fallen.

»Das geht nicht«, sagte Zita und ließ den Motor an. »Das können wir nicht tun.« Sie wendete den Wagen und schlängelte sich auf der kleinen Straße zurück auf die Bundesstraße. »Nancy bleibt vorläufig in der Pizzeria.«

Bärbel atmete tief ein und wieder aus. Der Verwesungsgeruch war vergessen. Sie roch das zarte Zitrusparfüm von Zita. Sie spürte das samtige Gefühl von Dankbarkeit vom Scheitel bis zum großen Zeh. Und als Zita den Berg hinauf und auf der anderen Seite wieder hinunter fuhr und ihnen die Lichter Feuerbachs entgegenfunkelten, bat sie die Freundin, das Sprichwort mit den Melonen aufzusagen.

Zita blickte kurz zu ihr herüber, die schweren Augen nur halb geöffnet. »Wahre Freunde sind wie Melonen ...« Sie ließ die Gangschaltung krachen. »Unter hundert findet man nur zwei Gute.« Der kleine Fiat ruckelte so stark, dass der Hund fast von der Rückbank rutschte. Da mussten sie doch tatsächlich lachen.

An der Pizzeria angekommen, war es nicht einfach, Nancy hinter den Sitzen herauszuziehen, so steif wie sie war. Dauernd drehten sie die Köpfe vor Angst, von jemandem beobachtet zu werden und ihn später bestechen zu müssen, damit er den Mund hielt. Denn mittlerweile hatte sich die Schnur von der Plane gelöst und einige Körperteile, allen voran die spitzen Ohren, lugten aus dem Plastikwirrwarr hervor.

Als der Hund wieder an seinem angestammten Platz lag, friedlich, wie sie beide fanden, tranken sie zusammen ein Glas Wein an ihrem Tisch. Zita sagte: »Ich bezahl dir ein Grab.«

»Das kann ich nicht annehmen«, antwortete Bärbel, die Fingerknöchel im Mund.

»Angelo hätte das auch getan.«

Da war sich Bärbel nicht so sicher. Sie kannte Zitas verstorbenen Ehemann zwar nur aus deren Schilderungen, aber da war er ihr nicht gerade als Wohltäter aufgefallen. Eher als Schürzenjäger. Weshalb Bärbel lange geglaubt hatte, dass Zita eventuell … aber solche Gedanken hatte sie noch jedes Mal mit einem Gratis-Grappa hinuntergeschluckt. Angelo Vendosso war vor acht Jahren an einem Herzinfarkt gestorben. Er hatte tot neben dem Klo gelegen. Seitdem war Zita genauso allein wie sie.

Plötzlich hörte sie den Namen Lavelli.

»Was hast du gesagt, Zita?«

»Er wird noch Stammgast bei uns, dieser Salvatore.« Sie wiegte den Kopf, als prüfe sie, wonach der Name schmeckte. »Willst du wissen, was ich beobachtet habe?«

Bärbel stülpte die Unterlippe vor.

»Er ist in dich verschossen!«

Darüber mussten sie beide lachen, ziemlich laut sogar.

Es war nach Mitternacht, als Bärbel ihre Wohnungstür aufschloss. Wärme schlug ihr entgegen. Jedes Zimmer war mollig warm. Sie hatte vergessen, die Heizungen zurückzudrehen. Ihr blieb der Mund offen stehen. Aber dann fiel ihr wieder Salvatore Lavelli ein und somit rückte die kommende Heizkostenabrechnung stark in den Hintergrund. Verschossen! hatte Zita gesagt. Sie war eine gute Beobachterin. Wenn sie etwas sagte, stimmte es meistens.

Bärbel war ganz aufgedreht. Wenn sie einen Baldriantee trinken würde, könnte sie vielleicht heute Nacht schlafen. Herrn Munderich würde es freuen.

Sie setzte Wasser auf, stellte eine Bechertasse auf den Tisch. Da lag noch die Tageszeitung von heute Morgen. Sie schlug das Blatt auf. Das tote Mädchen aus dem Wald war ganz klein abgebildet. Auf dem größeren Bild war eine grünblaue Haustür zu sehen, vor der weiße Steine lagen und rote Grabkerzen, Plüschtiere und ein paar Blumen. »Immer noch keine heiße Spur«, stand in der Überschrift.

Während der Tee zog, setzte sich Bärbel auf die Küchenbank und las lautlos, wobei sich ihre Lippen bewegten:

»In der Landeshauptstadt herrscht tiefe Betroffenheit. Das Mitgefühl der Nachbarschaft und der ganzen Stadt gilt der alleinerziehenden Mutter des getöteten Mädchens. Am Sonntag wird in der katholischen Kirche ein Trauergottesdienst abgehalten. Es werden hunderte Mitbürger erwartet, die von Merle W. Abschied nehmen möchten. Beginn: 14 Uhr.«

Bärbel drückte den Teebeutel aus und las den nächsten Absatz:

»Noch immer ist der Mörder der Fünfjährigen nicht gefasst. Mittlerweile geht die Mordkommission mehr als 500 Hinweisen aus der Bevölkerung nach. Bis jetzt haben sie noch keine konkrete Spur erbracht. Zur Todesart verhängte Polizeirat Ottmar Reitze aus ermittlungstaktischen Gründen eine Nachrichtensperre. Er versicherte jedoch, dass die Ermittlungen auf Hochtouren liefen. Um Verständnis warb Corinna Voss, die leitende Ermittlerin der Soko ›Poncho‹: Über aktuelle Ermittlungen und Überprüfungen werde nicht mehr berichtet, um eine Überführung des Mörders nicht zu behindern. Sie warnte eingehend davor, den abgesperrten Feuerbacher Heimberg-Wald zu betreten, da dort weitere polizeitechnische Untersuchungen stattfinden würden.«

Bärbel nahm einen Schluck von ihrem Tee und las den letzten Satz:

»Vermisst wird immer noch ein rosafarbenes Köfferchen, das Merle W. bei sich gehabt haben soll. Sachdienliche Hinweise erbittet die Polizei an die Hotline …«

29

Heute war Freitag. Merle war seit einer Woche tot. Vor Corry lag ein Berg Akten, Protokolle und Listen. Sie drehte den Kopf zu ihrem Goldbuddha hinter ihr. Der Erleuchtete verzieh alles, Corry nichts. Schon gar keinen Mord an einem Kind. Schon gar keinen Mord auf eine so grausame Weise.

Sie wollte gerade aufstehen, um die Sansivieria nach Langem einmal zu gießen, als sie spürte, dass sie beobachtet wurde. Aus dem Augenwinkel nahm sie etwas auf dem Fenstersims wahr. Sie ging einen Schritt darauf zu. Ein Vögelchen saß aufgeplustert auf seinen wie mit drei Strichen hingekritzelten Füßen. Es war sehr klein, ein Spatz oder Fink.

Bei »Fink« dachte sie automatisch an die Theorie der übertriebenen Brutpflege, und dies erinnerte sie an gestern Abend, als Paul die schöne Frau Murad aufs Präsidium gebracht hatte. Im Ramsbachtal in Degerloch hatte er sie gefunden, wo sie im Dunkeln auf einer Holzbank gesessen und Tee mit Rum aus ihrer Thermosflasche getrunken hatte. Der Zorn, dass man sie aufgegabelt hatte, stand ihr noch in den Kajal-Augen, als sie Corry im Vernehmungsraum gegenübersaß.

»Sie sind nicht zufällig schwanger?«, hatte Corry gefragt.

Sie verzog das Gesicht. »Zum Teufel, kümmern Sie sich um Ihre eigenen Angelegenheiten.«

Das würde Corry gerne machen, aber sie hatte keine Zeit dazu. Sie schaffte es ja nicht einmal, ihren Kühlschrank aufzufüllen und ihre Wäsche zu bügeln.

»Ihr Freund sagte, sie hätten sich heute Morgen erbrochen.«

Sie schäumte: »Wenn ich schwanger wäre, wüsste ich das. Ich habe Magenprobleme, das ist alles. Was wollen Sie noch von mir?«

Corry beugte sich vor. »Herr Lavelli meint, Sie waren früher öfter in Algerien – in der Wüste. Wie ich erfahren habe, gibt es dort haufenweise Skorpione.«

»In Haufen kommen die nicht vor«, blaffte Frau Murad. »Die sitzen einzeln unter Steinen.«

»Auch nicht immer«, konterte Corry. »Nachts geht der Wüstenskorpion auf die Jagd.«

»Man muss eben vorsichtig sein.« Die Wüstenkennerin schaute böse auf. »Ich riet meinen Klienten, ihre Schuhe auszuschütteln, bevor sie reinschlüpfen.« Die Pulsadern an ihren Schläfen arbeiteten. »Wenn jemand gestochen worden wäre, wäre das schlimm gewesen, denn es gibt kein effizientes Antidot.«

Das wussten Corry und Paul auch schon längst.

Murads große, dunkle Augen funkelten. »Und falls Sie mich jetzt fragen, ob ich mir damals einen Skorpion gefangen habe oder jemanden gesehen hätte, der sich einen fängt – nein!« Ihr Gesicht war reine Wut.

»Kommen Sie mal wieder runter«, sagte Paul. Er wurde immer ruhiger, je mehr sich sein Gegenüber aufregte.

Corry fragte: »Hat Merle irgendwann mal einen Skorpion erwähnt?«

»Das ist doch Irrsinn«, hatte sie sich ereifert und dann nur noch geschwiegen.

Der Spatz oder Fink flog vom Fensterbrett, als Fabio schwungvoll zur Tür hereinkam und auch noch Otte mit weit ausholender Geste hereinbat.

»Nach dir, Otte.« Fabio klang fast amüsiert. Wieso hatte er so gute Laune? Er trat auf sie zu, schwenkte ein Foto in der Hand. Ah ja, der rosa Schriftzug »MÖRDER« auf der schwarzen Karosserie von Perlitz' Geländewagen.

Otte nahm sich einen Stuhl und sagte zu Fabio: »Wissen wir, von wem das Gesudel stammt?«

»Das ist das Werk von Lena Hausinger aus München-Sendling.« Fabio strahlte.

»Heißt so Perlitz' neuestes Alibi?«, erkundigte sich Corry.

»Erraten.« Fabio setzte sich neben Otte an den Besprechungstisch. »Lena Hausinger ist Perlitz' Exfreundin und ziemlich geladen, wie er sagt. Sie wirft ihm vor, ihre Liebe gemordet zu haben.«

»Und deshalb pinselt sie ›MÖRDER‹ auf sein Auto?« Corry rollte mit den Augen.

»Perlitz sagt, sie sei stocksauer, weil sie seit einem Jahr darauf wartet, dass er zu ihr zurückkommt.«

»Enttäuschte Liebe«, grummelte Otte.

»Und bei der war er letzten Freitag?«, hakte Corry nach.

»Das überprüfen gerade die Münchener.«

»Sein falsches Alibi hat ein Nachspiel«, drohte Corry. »Der kommt mir nicht ungeschoren davon.«

»Perlitz wollte halt auf keinen Fall, dass Julia erfährt, dass er nochmal bei seiner Ex war. Schon gar nicht jetzt, nach Merles Tod.«

»Wie rücksichtsvoll«, sagte Corry ironisch.

Otte überkreuzte die Arme. »Weiß er was über Skorpione?«

»Negativ«, antwortete Fabio. »Perlitz kennt niemanden, der welche hält, und er hat Merle nie davon reden hören. Sie sprach zwar oft von Tieren, aber nicht von Skorpionen, da war er sich sicher.« Fabio zögerte. »Wo die Kaninchen abgeblieben sind, konnte er nicht beantworten, aber er hatte einen Tipp für uns: Vielleicht wüsste es der junge Nachbar, hat er gesagt. Der hätte sie schließlich angeschleppt.«

»Da haben wir ihn wieder«, freute sich Corry. »Wir kommen immer wieder auf Mark Bohn zurück.« Sie sah auf ihre Armbanduhr. Es war kurz nach neun. »Übrigens, in einer Stunde lernen wir ihn kennen.«

Otte machte ein Gesicht, als dächte er an seine Oberen vom LKA. Leichthin fragte er Fabio: »Dieser Perlitz, kennt der eigentlich Herrn Bohn?«

»Nur vom Sehen. Mark Bohn ist wohl eine Art kleiner Bruder für Frau Wiechmann.«

»Da hast du es, Corry«, sagte Otte wenig charmant.

Sie entschloss sich, das zu ignorieren. »Kennt Perlitz vielleicht Bohns Freundin?«

»Er wusste gar nicht, dass er überhaupt eine hat«, antwortete Fabio.

Otte lachte. »Natürlich hat der eine, wenn das mal ausreicht.« Er ließ die Brauen emporzucken. »Sein Chef sagt, das ist ein aufgeweckter, ganz normaler junger Mann.« Damit stand Otte auf, streckte das mächtige Kreuz durch und ging aus dem Zimmer.

Während Fabio seinen Computer hochfuhr, erhielt Corry einen Anruf von Peggy Richter. Sie hörte eine Weile zu, dann sagte sie angefressen: »Hab ich mir gedacht«, dann legte sie auf.

»Willst du das Neuste wissen?«, fragte sie Fabio düster durch die Pflanzenwand. »Bohn hat abgesagt.«

»Neiiin!« Fabio knallte eine Schublade zu. »Und ich war so gespannt auf ihn.«

»Peggy war am Apparat«, sagte Corry verdrossen. »Gib mir Schokolade, bevor ich mich vergesse.«

Eine Tafel Ganze Nuss plumpste durch den Spalt im Pflanzenspalier.

Corry riss das Stanniolpapier auf. »Peggy sagt, Bohn hätte so eine Stimme. Er näselt irgendwie. Sie meint, wenn man mit ihm spricht, hat man das Gefühl, man müsse ihm irgendwie beispringen – heiße Wickel machen oder Fieber messen oder wenigstens einen Tee kochen.«

Fabio lachte laut und tippte nebenher.

»Weiber«, sagte Corry mit vollem Mund. »Wie ich sie hasse.«

Fabio klopfte weiter auf seiner Tastatur herum. »Und wann kommt er nun?«

»Heute Abend, ganz sicher.« Ironischer konnte Corry nicht sprechen. Sie aß die halbe Tafel Schokolade auf. »Dieser Mensch hat anscheinend einen Termin nach dem andern.«

»So wie wir«, murmelte Fabio, ohne seine Arbeit am Rechner zu unterbrechen.

»Na ja, so ähnlich.« Corry knautschte das Silberpapier zu einer Kugel und warf sie, kaum dass sie hinsah, in den Papierkorb vorne bei der Tür. Treffer.

Als ihr Telefon erneut klingelte, kurz vor zehn, war Müzeyyen Gül dran. Sie klang aufgeregt, und es dauerte keine Sekunde, und Corry war es auch. Jemand hatte Merles Köfferchen gefunden.

Gerade hatte Fabio noch über das Gerücht nachgedacht, das in der Stadt kursierte: Ein Kindermörder läuft frei herum, und die Stuttgarter Mordkommission schafft es nicht, das Monster einzufangen. Die Folge war, dass Eltern ihren Nachwuchs nicht mehr allein in Kitas oder Schulen gehen ließen, sondern sich zu hektischen Fahrdiensten verabredeten, was bereits zu einem Auffahrunfall vor einer Grundschule geführt hatte.

Corrys Stimme riss ihn aus seinen Gedanken. »Wir haben Merles Köfferchen«, rief sie über die Spitzen ihrer lanzenartigen Pflanzenzucht.

»Das ist fantastisch.«

»Und ob«, rief sie und nannte ihm das Waldstück, in dem der Kinderkoffer zur Abholung bereitstand.

Also fuhr Fabio in den Stadtteil Botnang, eine bevorzugte Wohngegend, ganz von Mischwald umgeben. Er fuhr die Feuerbacher-Tal-Straße entlang, rechts der Heimberg-Wald, der Fundort von Merles Leiche. Links die weiten Wiesen, dann das Tierheim und die Sportplätze eines Tennisvereins. Rechts ein kleines Freibad und im Anschluss eine Siedlung mit schneeweißen Hochhäusern.

Fabio fuhr über die schmale Straße, die zum Augenwald hinaufführte. An deren Ende leuchtete ihm der gelbe Irokesenschnitt von Dirk Baier entgegen. Fabio fuhr geradewegs darauf zu. Nun erschien auch Uwe Majowski, der am Zugang eines Fußwegs zum Wald mit einer Frau sprach. Sie hatte Zwillinge im Alter von etwa zehn Jahren bei sich. Fabio parkte gleich neben dem Streifenwagen und stieg aus.

Dirk kam rasch zu ihm gelaufen und gab ihm die Hand. »Die Frau heißt Irene Naupert«, sagte er. »Ihre Jungs haben ihr gebeichtet, dass sie den Koffer schon am Mittwoch dort oben im Wald gesehen haben.«

Fabio ging auf die Frau und ihre Kinder zu. Er gab allen die Hand.

Uwe Majowskis rundes Gesicht strahlte Verständnis aus, als er für Frau Naupert sprach: »Sie hatte den Zwillingen verboten, in den Wald zu gehen. Sie sind aber doch rein. Dort haben sie den Koffer entdeckt, hatten aber Angst, es ihr zu sagen.«

Die Frau stand regungslos zwischen den Jungs und kniff den Mund zusammen. Sie war schlampig blondiert und trug eine helle Felljacke, Leggings und dazu Stulpenstiefel mit vielen Schnallen und Nieten.

Fabio wandte sich an die Zwillinge. »Ihr wollt uns also zeigen, wo ihr einen rosa Koffer gesehen habt?« Sie schauten zu ihm hoch und nickten gleichzeitig mit den Köpfen. Sie sahen völlig identisch aus. Als Kind hatte Fabio sich einen Zwillingsbruder gewünscht, na ja, jedenfalls ein Geschwister, um nicht immer allein mit Tante Lucia in der Eisdiele herumzuhocken.

Dirk sagte: »Die Spurensicherung kommt auch gleich. Ich warte hier am Wagen auf die Kollegen.«

Fabio nickte und ging mit Uwe hinter der kleinen Familie über den Fußweg in den Wald hinauf. Frau Naupert hielt die Zwillinge fest an der Hand, die sich dagegen sträubten. Ihr Schritt war unsicher, als seien ihr die Stiefel zu groß oder ihre Füße zu klein, und immer wieder schimpfte sie: »Ich muss ins Geschäft, mein Chef macht mich alle.«

Uwe, der neben Fabio ging, sagte. »Die beiden haben den Koffer stehen lassen, falls Sprengstoff drin wäre.« Er schüttelte lächelnd den Kopf. »Der eine meinte, das sei ja so'n Mädchenzeug«, schob er flüsternd nach, »und da wollten sie die Finger von lassen.«

»Ein Glück«, gab Fabio genauso leise zurück.

Als sie auf dem Pfad etwa zweihundert Meter tief in den Wald gegangen waren, streckten die Zwillinge gleichzeitig die Zeigefinger aus.

Im Laub, halb verdeckt von einem herabgebrochenen Ast, lag das rosafarbene Lillifee-Köfferchen auf der Seite.

Fabio gab Uwe mit den Augen ein Zeichen, dass er mit der Mutter ein Stück zurückgehen sollte, damit er mit den Kindern allein sprechen konnte. Als sie sich entfernt hatten, bückte er sich zu ihnen hinab und lachte sie freundlich an. »Und ihr habt den Koffer tatsächlich nicht aufgemacht?«

»Nö.«

»Kein bisschen neugierig gewesen?« Fast hätte Fabio vor Freude die zwei geknufft. Endlich war Merles Köfferchen gefunden, jetzt würden sie in dem Fall ein gutes Stück weiterkommen. Vielleicht war der Koffer der Schlüssel zur Lösung des Falles. Er schickte sich gerade an, den beiden die Schultern zu klopfen, als ein Geständnis aus dem einen Zwilling hervorbrach und der andere zu heulen anfing.

Fabio sah fassungslos auf die beiden hinunter. Er brauchte ein paar Sekunden, um sich innerlich zu beruhigen. Dann vereinbarte er das übliche Stillschweigen, obwohl er wusste, dass es keine halbe Stunde anhalten würde. Außerdem forderte er Frau Naupert auf, ihre Jungs heute zu Hause zu behalten.

»Aber ich muss zur Arbeit«, nölte sie und zog eine Schachtel Zigaretten aus der Jackentasche.

»Bitte nicht rauchen«, sagte Fabio.

Er blickte ihnen nach, als sie den Pfad hinabstolperten und Frau Naupert schon nach wenigen unsicheren Schritten ihre Buben auf die Hinterköpfe stieß. »Was gibt's da zu heulen, hab ich Heulsusen oder was?«, war das Letzte, was Fabio von ihr hörte.

In der Ferne tauchten vier weiße Gestalten auf: Gerd Feldhaus mit zwei Mitarbeiterinnen, und dahinter Anton Garipov.

Schonend brachte Fabio dem Chef der Spurenermittler die Lage bei.

»Ist es zu fassen?« Gerd schlug sich auf den Oberschenkel. »Der Koffer liegt nur einen Steinwurf hinter unserer Absperrung!« Er drehte sich um sich selbst. »Hätten wir lumpige zwanzig Meter dazugegeben«, stöhnte er künstlich auf, »hätten wir den Koffer gleich am Sonntag gefunden und längst untersucht.« Er presste eine Hand auf den Mund und sprach undeutlich: »Wenn Paul das hört … Ich weiß nicht, wie oft er mit seinen Leuten in diesem Waldabschnitt war, ich meine: bis kurz davor. Ich sehe schon sein Gesicht …«

Während Gerd den Kopf darüber schüttelte, dass Merles Köfferchen die ganze Zeit in greifbarer Nähe gelegen hatte, fotografierte Anton den Fund aus der Entfernung.

»Gerd, das ist noch nicht alles«, erklärte Fabio. »Es kommt schlimmer.«

»Sag mir alles, ich vertrage heute nichts«, meinte Gerd.

Zwei Minuten später schallten Flüche durch den Wald, wie Fabio sie noch nicht gehört hatte. »Sakrament und zugenäht«, war einer davon. Die beiden Kriminaltechnikerinnen, in sicherem Abstand, reckten die Köpfe.

»Das glaube ich einfach nicht«, rief Gerd und schlug sich mit der flachen Hand vor die Stirn.

Fabio gab sich die allergrößte Mühe, nicht auch noch auszurasten. »Okay, genug, mach ihn jetzt auf«, sagte er.

Gerd wirkte aufrichtig verzweifelt, als sie den Pfad verließen und übers Laub zu dem Köfferchen gingen. Lustlos ließ er den Verschluss hochschnappen. Dann packte er mit einer langstieligen Spezialzange den Inhalt unter vielem Murren in eine weiße Plastikwanne, die ihm seine Assistentin hingestellt hatte. Anton fotografierte das Geschehen.

Um Viertel vor zwölf rief Fabio im Polizeipräsidium an. »Corry, wir haben den Koffer safe«, sagte er ruhig. Er konnte hören, wie sie aufatmete. »Mit folgendem Inhalt«, fuhr er sachlich fort: »ein Schlafanzug, zwei Unterhemden, zwei Schlüpfer, ein Märchenbuch, ein Mäppchen mit Malstiften und zwei Geschenke: Pfeifenreiniger und eine Tafel Eierlikör-Schokolade.«

»Eierlikör?«

Fabio hatte keine Lust über Geschmäcker zu reden. Er sagte ernst: »Die Zwillinge wollten natürlich den Koffer öffnen. Sie haben am Verschluss herumgemacht, aber dann kriegten sie Angst, dass Sprengstoff drin wäre und ließen es sein …«

»Das finde ich richtig klasse«, lobte Corry.

»Und weil sie den Koffer angefasst hatten und keine Fingerspuren hinterlassen wollten, sind sie später nochmal in den Wald und haben ihn auf allen Außenseiten mit Schwamm und Flüssigseife abgewaschen.«

Corrys Reaktion war ein Schrei.

Fabio hielt den Hörer etwas vom Ohr weg. »Die Kids sehen ja dauernd Krimis im Fernsehen.«

»Verdammt, diese Bälger«, zischte Corry. »Ich kriege so einen Hals.«

»Du weißt nicht, wie Gerd fluchen kann.« Fabio zwang sich, einigermaßen ruhig zu klingen. »So ist unser Job.«

»Fabio?«

»Ja?«

»Das ist doch scheiße, oder?«

30

Corry begoss ihre Pflanzen, die einen vertrockneten Eindruck machten, als die Tür aufging und Fabio in einer Wolke frischer Waldluft hereintrat. Er hob zum Gruß lahm die Hand, sprechen konnte er offenbar nicht mehr. Auch Corry hatte die Schlappe mit den Zwillingen schlecht vertragen.

Als sie die Gießkanne wegstellte, klopfte es leise an der Tür. »Herein!«, rief sie.

Jan Blessing und Nick Holland schlichen ins Zimmer. »Uns ist etwas eingefallen«, druckste Jan herum. »Oder besser: aufgefallen.«

»Ja, was denn nun?« Corry schaute die beiden scharf an.

Nick übernahm. »Es geht um das Alibi von Herrn Bohn.«

Fabio, der noch keine Minute an seinem Platz saß, erhob sich. »Was ist damit?«

»Alles in Ordnung.« Nick hob beschwichtigend die Arme, Handflächen nach vorn. »Es ist nur so, als wir Petra Löble befragten, haben wir etwas bemerkt.«

»Seine Freundin ist ja Affenpflegerin in der Wilhelma«, erklärte Jan.

»Wissen wir«, sagte Corry.

Nick fuhr fort: »Sie hatte so eine goldene Kette an.« Er fuhr sich mit dem Finger im Halbkreis unterm Hals durch. »Und da hing so ein goldener Anhänger dran.« Er schielte zu Jan, der ihm zunickte. »Im Nachhinein kommt es uns so vor, wir können uns täuschen, aber irgendwie sah das aus wie ein Skorpion.«

»Irgendwie?« Corry schoss aus ihrem Drehstuhl. Sie warf Fabio einen alarmierten Blick zu. Und kaum dass die zwei Zauderer draußen waren, rief sie: »Ich will diese Freundin sehen, sofort!«

Keine zehn Minuten später saßen Corry und Fabio im Auto und fuhren die Pragstraße hinunter. Sie führte am Rosensteinpark entlang, der in den zoologisch-botanischen

Garten Wilhelma überging, in dem Petra Löble beschäftigt war.

Natürlich standen sie im Stau, wie sich das in einer Autostadt gehörte. Aber dann tat es einen Ruck und sie glitten ins Tal hinab, wo am Neckar die Möwen auf- und niederschossen.

In einem Pulk von ächzenden Lastwagen kroch der Ford am historischen Wilhelmatheater um die Ecke. Zwei Minuten später stellten sie den Wagen in dem efeubewachsenen Parkhaus ab und schritten an der Terrakottawand voller Ornamente zum Haupteingang.

Das Verwaltungsgebäude, ein weißer Bungalow, war frisch gestrichen worden. Der Geruch der Farbe hing noch in der Luft. Die Direktionssekretärin empfing sie in ihrem Büro, in dem alles in Weiß und Bordeaux gehalten war. Corry schätzte Monika Denzler auf Mitte vierzig, also etwa so alt wie sie selbst. Sie war groß und schlank, und sie strahlte Vernunft und Verträglichkeit aus. Corry mochte sie auf Anhieb.

»Leider kann ich meine Chefin nicht herbeizaubern«, sagte sie und bot Corry und Fabio Stühle an. Sie schob ihren Drehstuhl hinterm Schreibtisch vor, sodass sie beieinander saßen. »Frau Dr. Tessmann ist im Urlaub«, sagte sie bedauernd. »Ich kann sie im Nationalpark Taman Negara nur schlecht erreichen, das ist in Pahang.«

Fabio nickte, als wüsste er genau, wo der Ort lag. Corry hatte keine Vorstellung. »Wir brauchen Ihre Chefin im Moment nicht«, sagte sie. »Helfen Sie uns weiter.«

»Aber sicher.«

Sie unterhielten sich etwa zehn Minuten, während die lebhaften Sekretärinnenaugen mal bestürzt, mal besorgt blickten. Dann sagte Frau Denzler mit ernster Miene: »Frau Löble finden Sie im Aufzuchthaus für Menschenaffen.« Sie blickte auf ihre silberne Armbanduhr. »Sie macht heute früher Schluss, weil sie morgen nach Spanien fliegt. Der Orang-Utan, den sie pflegt, geht in den Zoo von Barcelona.«

»Warum bleibt er nicht in Stuttgart?«, wollte Fabio wissen.

»Wegen des EEP«, sagte Frau Denzler, deren kurze Fingernägel passend zur Uhr silbern lackiert waren. »EEP ist das Kürzel für Europäisches Erhaltungszuchtprogramm«, erklärte sie. »Es verpflichtet die Zoos zur Erhaltung seltener und bedrohter Tierarten. Seit 1985 steuert das EEP die Zuchten zentral. So vermeidet man Inzucht und erhält genetisch ausbalancierte Populationen. Damit hoffen wir, Wildtierbestände, die immer kleiner werden, aufzustocken und für die Zukunft zu erhalten.«

Das hatte sie sehr schön gesagt.

Fabio beugte sich vor. »Wie lange wird Frau Löble in Spanien bleiben?«

»Etwa vier, fünf Tage«, antwortete Frau Denzler. »Die vertrauten Pfleger helfen den Tieren beim Eingewöhnen.«

»Das ist gut«, sagte Corry. »Ich habe noch eine andere Frage.«

»Schießen Sie los«, sagte die Sekretärin.

»Gibt es in der Wilhelma auch Wüstenskorpione – um genau zu sein: Leiurus quinquestriatus?«

»Fragen Sie mich lieber, was es bei uns nicht gibt. Die Wilhelma ist einer der artenreichsten Zoos weltweit.« Sie sprang auf. »Ich rufe Ihnen Herrn Reger, er ist der dafür zuständige Tierpfleger.« Sie rollte ihren Drehstuhl hinter den Schreibtisch zurück, wo sie kurz telefonierte. Ihre keksbraune Seidenbluse sah zu der Jeans wirklich gut aus. Corry schaute sich um: ein Fensterbrett mit Orchideen in Rosa- und Lilatönen, und links an der Wand ein Plakat: Wilhelma – ein Park zum Verlieben.

Ein junger, schmaler Mann in grüner Arbeitskleidung holte sie vor dem Bungalow ab. Corry musterte ihn von der Seite, während er sie mit federnden Schritten zum Insektarium führte. Er hieß Sven Reger und hatte Augen wie ein Spaniel, so braun und treu. Seine helle Mähne wippte auf und ab beim Gehen. Er blinzelte zu Corry hinüber. »Sie wollen den Leiurus sehen? Von mir aus.«

Fünf Minuten später blickten sie zu dritt in das Terrarium: Sandboden, Steine – im Hintergrund Sukkulenten. Herr Reger sagte: »Da isser.«

Corry und Fabio sahen Leiurus zum ersten Mal lebendig. Er war knapp zehn Zentimeter lang und blassbraun. Ausgestreckt lag er auf einem flachen, grauen Stein.

»Der hat nur Schlafen und Fressen im Kopf«, sagte Herr Reger und lächelte in die Scheibe. »Der wartet schon aufs Fressen, er mag Heimchen, Grillen und Schaben.«

»Fassen Sie den an?« Corry probierte es einfach.

»Bloß nicht!« Er lachte scheu.

»Was würde passieren?« Corry stellte sich dumm.

»Mannomann!« Sven Reger schüttelte sein falbfarbenes Haar. »Da bräuchten wir aber ganz schnell den Notarzt.«

Corry starrte durch das Glas auf das Vorzeigetier; ihre Nase war etwa fünfzehn Zentimeter von der dunklen, prall gefüllten Giftblase entfernt. »Fehlen da nicht ein paar Exemplare?«

»Wir haben bloß den einen«, sagte der Tierpfleger. »Es is ja nicht viel dran an denen. Aber schaun Sie mal da.« Er wies auf das nächste Terrarium. »Das sind unsere Kaiserskorpione.«

Corry und Fabio warfen einen Blick auf die großen, schwarz glänzenden Skorpione.

»Die machen was her«, meinte Reger, »und dabei sind die richtig gutmütig, also stechfaul heißt das in der Fachsprache.«

Stechfaul. Wörter gab's. Herr Reger fuhr einen sommersprossigen Zeigefinger aus. »Und da drüben is unser Dickschwanzskorpion. Wie der Name schon sagt.«

Während sie den fadbraunen, dickschwanzigen Skorpion besichtigten, fragte Corry in bewusst desinteressiertem Ton: »Sagen Sie, gibt es Kollegen, die sich privat den Leiurus halten?«

»Boah«, machte der Tierpfleger. »Kann ich mir echt nich vorstellen.«

Corry hatte genug von der Skorpionshow. Sie drehte dem Gekrabbel den Rücken zu und tippte den jungen Mann, der wieder bei seinen stechfaulen Kaiserskorpionen stand, auf die Schulter. »Genug mit diesen Viechern hier«, sagte sie. »Bringen Sie uns bitte zu Frau Löble.«

Sven Reger schüttelte den Kopf und legte die Stirn in Falten, ein ganzer Spaniel. »Die hat aber auch gar nix mit Spinnentieren zu tun, ehrlich. Die is Primaten.«

Zehn Minuten später standen Corry und Fabio im Affenaufzuchthaus. Es roch nach Rindenmulch und Mangos. Zwei raumhohe Panzerglasscheiben trennten sie von den jungen Menschenaffen, die zwischen bogenförmig von der Decke hängenden Feuerwehrschläuchen herumtollten und kreischten.

Herr Reger klingelte an einer schmalen, weißen Tür, die in die Wand zwischen den Schaufenstern eingelassen war. Dann verabschiedete er sich und hob eine Hand wie zum Indianergruß.

Petra Löble erschien mit großen, fragenden Augen in der Tür. Laut Ermittlungsakte war Mark Bohns Alibi achtunddreißig Jahre alt. Sie wirkte aber viel jünger mit ihren langen schwarzen Haaren, die sie offen trug. Ihre Statur war klein und sehr schlank. Auffallend ihr blasses herzförmiges Gesicht, auf dem Corrys Blick nur kurz verweilte. Vielmehr interessierte sie das Dekolleté der Affenpflegerin. Doch die trug keine Kette und auch sonst keinerlei Schmuck. Das hätte auch gar nicht gepasst zu der Arbeitskluft: ausgebeulte Cargohosen und ein dunkelgrünes Sweatshirt mit dem Aufdruck »Wilhelma – ein Park zum Verlieben.«

Frau Löble senkte ihre goldbraunen Augen auf die beiden Kriminalmarken. »Ich hab Ihren beiden Kollegen auf dem Präsidium schon alles erzählt«, sagte sie kleinlaut.

»Wir haben bloß ein paar klitzekleine Fragen«, erwiderte Corry. »Das dauert nicht lang.«

Petra Löble senkte den Kopf zur Brust, drehte sich um und ging mit wiegenden Schritten einen schmalen Gang entlang. Corry und Fabio folgten ihr in den rückwärtigen Teil der Anlage, wo sie ein fensterloses Affenzimmer betraten. Es war ähnlich eingerichtet wie der große Raum vorne: Schaukelschläuche, Hängematten, ein simples Klettergerüst und Nester von Holzwolle am Boden. Der einzige Bewohner, ein kleiner Orang-Utan, klammerte sich sofort an Frau Löbles Beine. Sie nahm ihn hoch, wie man ein Baby hochnimmt, und dann setzten sie sich alle auf umgedrehte Futtereimer.

Corry sah das orangefarbene Wesen neugierig an. Diese großen, mandelförmigen Augen. Die Nase, die keine war: nur Atemlöcher, und dieses große, helle, runde Maul mit den dünnen Lippen. »Na, du«, sagte Corry.

»Wie gesagt, mein Freund und ich waren den ganzen Freitag zusammen.« Sie klang weinerlich: »Wir mussten Überstunden abfeiern. In unseren Berufen hat man schnell mal hundert Überstunden beieinander.« Ihr Kinn sank wieder auf ihre Brust und der Affe legte sein Köpfchen dazu. Sein Fell bildete einen schönen Kontrast zu Löbles pechschwarzen Haaren. Mit leiser Stimme fuhr sie fort: »Mein Freund … betreut Alzheimer-Patienten … der springt nicht einfach weg, wenn er gebraucht wird. Und dieses Affenkind nimmt einen ganz schön in Anspruch.« Sie kitzelte es kurz durch, worauf es staccatoartig Wonnelaute ausstieß. Frau Löble blickte auf. »Mein Freund und ich, wir schauen beide nicht ständig auf die Uhr.«

»Bravo«, sagte Fabio ohne eine Spur von Ironie.

Der Orang-Utan streckte einen seiner langen Arme aus und zeigte auf einen Apfelschnitz am Boden. Schon ging Fabio auf ein Knie, um dem Tierkind den bescheidenen Wunsch zu erfüllen. »Mangiare!«, flüsterte er und nickte ihm aufmunternd zu. Offenbar sprach er mit Tieren italienisch. Jetzt machte er auch noch den Mund auf und zu und schmatzte mit den Lippen.

Corry wandte sich genervt wieder Frau Löble zu. »Das wissen wir ja alles. Aber was mich interessieren würde … Ich würde mir gern mal ihren goldenen Schmuckanhänger ansehen.«

Petra Löbles Augen wurden groß und dunkel. Sie fasste sich an den Hals. »Ich weiß nicht, welchen Sie meinen … Ich hab ja mehrere.«

»Den mit dem Skorpion«, sagte Corry.

»Ach den.« Mit zwei Fingern klaubte sie den Apfelschnitz aus ihrem Ausschnitt, den ihr Schützling dort hineingesteckt hatte. »Wieso?«

»Einen Skorpion findet man ja nicht gerade … niedlich.«

Petra Löbles Miene nahm einen beleidigten Zug an. Sie senkte ihr Gesicht in das schüttere Nackenfell des Affen. »Ich bin halt Skorpion«, sagte sie.

Corry hätte sich in den Hintern beißen mögen. Ein Sternzeichenanhänger! So eine Blamage. Nick und Jan hatten ebenso wie sie selbst auf der Leitung gestanden. Diese Deppen, diese verflixten Oberdepp…«

»Am Montag hab ich Geburtstag«, unterbrach die Affenmutter scheu Corrys Gedanken. »Ich bin zweite Dekade Skorpion. Das Sternzeichen ist nicht gerade beliebt.« Sie schaute liebevoll auf den zotteligen Kloß auf ihrem Schoß. »Kesi ist Fische, die sind nett.«

Das konnte Corry nicht bestätigen. Thorsten Koopmann war Fische, und nett war anders. Sie suchte Löbles Augen in Kesis orangerotem Fell. »Wann haben Sie Mark Bohn zuletzt gesehen?«

Sie schaute verwundert auf, ein Primatenfüßchen in der hohlen Hand. »Vorgestern hat er mich zu Hause besucht«, sagte sie nach kurzem Zögern, »aber dann musste er wieder zur Arbeit.«

»Hat er das tote Nachbarskind erwähnt?«

Ihr Kopf fiel wieder in Kesis Nacken. »Er war darüber schockiert und traurig.«

Nun wurde es dem Affen auf dem Schoß seiner Pflegerin langweilig. Er kletterte herab und lief unter eine Hängematte, wo ein kleiner Haufen Holzwolle lag, in dem er kramte.

Corry sagte: »Herr Bohn ist schwer zu erreichen. Man kriegt nur seine Mailbox.«

»Das ärgert mich auch immer«, sagte Frau Löble wie unter Freundinnen. »Er schaltet sein Handy meistens ab, er will bei der Arbeit nicht gestört werden.« Sie sah dem Affen hinterher. »Manchmal nimmt er sein Handy gar nicht mit, gell, Kesi?«

Der Affe drehte den Kopf, dann hoppelte er auf Corry zu, ein grünes Plüschkrokodil schlenkernd am Boden hinter sich herziehend. Corry dachte einen Moment an ihre gute Hose, aber da kletterte das halbe Menschlein schon auf ihren Schoß.

»Orangs mögen Kitzeln gern«, sagte Frau Löble. »Oder wenn man sie so an den Haaren zupft.« Sie langte herüber und rupfte an den zerzausten Haaren herum. »Oder wenn man ihnen Zöpfchen flechtet, da halten die ganz still.«

Meine Güte. Corry hatte vor Jahren einmal das Baby einer Verwandten halten müssen, dieses hier fühlte sich ähnlich an. Nur dass es müffelte. Der Orang-Utan drehte sich auf ihrem Schoß um und streichelte behutsam ihre getuschten Wimpern. Corry hielt still, die Augen nur einen Spalt geöffnet, damit er mit seinen dünnen Fingern nicht hineinfasste. Aber sie sah auch so genug: Petra Löbles kleine, kräftige Hände zitterten.

»Mal was anderes«, sagte Corry, ohne die Lippen groß zu bewegen. »Hält Herr Bohn eigentlich Skorpione?«

»Warum fragen Sie das?« Petra Löble schüttelte den Kopf.

»Das können Sie sich doch denken«, sagte Corry und drehte Kesis Arm von ihrem Gesicht weg. »Das Nachbarkind wurde durch Skorpionstiche getötet.«

»Aber damit hat doch Mark nichts zu tun … Das ist alles so furchtbar … Mark könnte niemanden töten.«

Kesi hatte eine Art Schneidersitz eingenommen und lehnte mit dem Rücken fest an Corrys Brust.

»Hat er Ihnen von Merle erzählt?«

»Mer-le?« Frau Löble sprach den Namen mit vielen Fragezeichen aus. »Ich hab überhaupt noch nie diesen Namen gehört«, schrie sie fast.

Kesi kletterte von Corry herunter und wankte, schrille kurze Rufe aussendend, auf ihre Pflegerin zu.

»Es tut mir leid«, sagte sie, und nahm die Kleine auf, »aber meine Ablösung kommt jeden Moment und ich muss noch das Abendfutter richten.« Sie erhob sich mit dem Affen im Arm.

Fabio streckte ihr seine Visitenkarte hin. »Wenn Ihnen noch etwas einfällt ...«

Kesi nahm die Karte entgegen, und ob sie wollten oder nicht, mussten sie lachen. Nur Petra Löble stand da wie versteinert.

»Sie können auch aus Barcelona anrufen«, sagte Fabio. »Einfach 0049 vorwählen, und plopp, schon sprechen wir mit Ihnen. Oder Sie mit uns. Beides ist schön.«

Kesi kreischte, wobei sie eine kleine Menge spitzer Zähne zeigte. Man konnte Frau Löble kaum verstehen, als sie fragte: »Sie wissen, dass ich Kesi wegbringen muss?«

»Aber natürlich.« Corry pustete ein paar Affenhaare von ihrer Lederjacke. »Die Polizei weiß alles.«

An der Tür klopfte es. Erschrocken fuhr Frau Löble herum. Aber es war nur die Ablösung, die groß und kräftig, mit schwarzer Prinz-Eisenherz-Frisur und ordentlich Rouge auf den Wangen, den Raum betrat. »Was ist hier los?«, sagte sie zur Begrüßung.

Frau Löble machte eine fahrige Handbewegung. »Sie sind von der Polizei, ich weiß auch nicht ...«

Das Affenkind krallte sich an ihrem Hals fest, es wollte nicht zur Ablösung. Die musste erst einige Faxen machen, bis es sich von ihr nehmen ließ.

Petra Löble beugte sich zu Corry herab und meinte: »Müssen Sie nicht auch gehen?«, worauf Corry und Fabio gleichzeitig die Köpfe schüttelten. Sie zögerte, dann sagte sie »Tschüs« und verschwand in der schmalen Tür. Kesi kreischte. Sie legte sich das grüne Krokodil auf den Kopf und blickte mit ihren großen Augen zur Tür.

Corry überreichte der Mittdreißigerin ihre Visitenkarte. »Wie ist Ihr Name?«, fragte sie.

»Birgit Jetter.«

»Ich stelle mir Ihren Beruf wunderschön vor«, log Corry. »Sie können den ganzen Tag Tiere beobachten und streicheln.«

»Pfff«, machte Frau Jetter. »Futtersäcke schleppen, ausmisten, Scheiben putzen.«

»Es klingt vielleicht romantisch«, fuhr Corry unbeirrt fort. »Aber es muss doch schön sein, wenn man in einem Zoo arbeitet und so nette Kollegen hat. Dieser Sven Reger, ich find ihn toll, oder Petra Löble, ich meine, das ist doch ein liebenswerter Mensch.«

»Jawohl«, sagte Frau Jetter. Sie kaute an einer dünnen Haarsträhne, die knapp in ihren Mundwinkel reichte.

»Die Tierpfleger«, begann Fabio und malte einen großen Kreis in die Luft, »halten fest zusammen, so stelle ich mir das vor ...«

»Das können Sie laut sagen«, nuschelte Frau Jetter und ließ den feuchten Zipfel fahren. »Wir sind wie eine große Familie.« Kesi kreischte. »Aber jetzt muss ich mit dem Orang ins Schaufenster.«

Corry hatte nichts dagegen, und bald saßen sie alle im Affenspielzimmer auf großen blauen Sitzwürfeln. Kesi stürzte sich auf ihre Spielkameraden und gackerte vor Vergnügen. Durch das Panzerglas sahen einige Besucher lächelnd herein. Eine ältere Frau winkte ihnen zu. Als Corry Frau Jetter fragte, ob sie auch den Freund ihrer Kollegin kenne, machte sie ein erstauntes Gesicht.

Darauf sagte Fabio: »Sie schauen aus, als wüssten Sie gar nicht, dass Frau Löble einen Freund hat.«

»Das geht mich ja auch nichts an«, meinte sie steif. »Das ist Petras Privatsache.«

»Aber Sie sagten, Sie sind wie eine Familie.« Fabio sang den Begriff »Familie« geradezu. »Da weiß jeder alles vom andern«, dozierte ausgerechnet er, der kaum etwas über seinen Vater und rein gar nichts über seine Mutter wusste.

Frau Jetter schälte eine Mandarine für Kesi. »Ich dachte, das wäre längst aus«, sagte sie achselzuckend.

»Wann haben die beiden denn Schluss gemacht?«, fragte Fabio.

Frau Jetters Gesicht verschloss sich. Also lenkte Corry sie mit Fragen ab, die sich nicht auf die Kollegin, sondern auf das Äfflein bezogen, und da war sie in ihrem Element.

Einmal zeigte sie auf Fabio. »Am besten stehen Sie mal auf. Dann kann Kesi sich an Ihren Arm hängen.« Bereitwillig erhob er sich und streckte einen Arm aus. Und schon hing Kesi dran.

»Diese Primaten gehören nämlich nicht auf den Boden«, erklärte Frau Jetter. »Vielleicht wissen Sie das nicht, aber Orang-Utans sind die größten Säugetiere, die auf Bäumen leben.«

Corry machte mit ihrem Handy ein Foto von Fabio mit Kesi am Bizeps hangelnd.

»Nun, wie war das mit Herrn Bohn?«, nahm sie die Befragung wieder auf. »Kennen Sie ihn denn?«

»Um was geht es denn um Himmels willen?« Sie reichte dem Primaten das letzte Mandarinenstück. Kesi griff mit einer Hand danach, mit der anderen baumelte sie weiter an Fabios Arm. Sie nahm noch ein Bein dazu, um besser schaukeln zu können.

»Haben Sie von dem Mord an der Fünfjährigen gehört?«

Birgit Jetter zog die Brauen zusammen. »Aber … was soll Mark damit zu tun haben?«

»Ah, ich merke, Sie kennen Frau Löbles Freund.«

Frau Jetter kramte in ihrer Hosentasche. Ein Stück Blumenkohl kam zum Vorschein.

Corry kniff die Augen zusammen. »Falls Sie die Ermittlungsarbeit der Polizei in irgendeiner Weise behindern, machen Sie sich strafbar.« Sie sah ihr forschend in die Augen. »Hier geht es um Mord.«

Frau Jetter zögerte, bevor sie mit monotoner Stimme sagte: »Er war doch ein Kollege.«

Corry spürte, wie ihre Finger eiskalt wurden, sie kribbelten, und sie hasste das. Neben sich hörte sie, wie Fabio die Luft einsog.

Frau Jetter ließ sich rücklings auf die Ellbogen nieder. »Mark war Tierpfleger, wie wir alle hier.« Kesi hoppelte auf sie drauf. Sie balgten ein wenig, mal lag Frau Jetter unten, mal der Orang-Utan. Als sie sich schließlich aufsetzte, die Beine weit von sich gestreckt, ein Büschel Holzwolle auf der Prinz-Eisenherz-Frisur, meinte sie atemlos, aber nachdrücklich: »Mark würde nie jemanden umbringen.«

Mark Bohn war also gelernter Tierpfleger. Er hatte vor Jahren in diesem Zoo gearbeitet. Dort, wo zufällig auch die Skorpionart ausgestellt wurde, die Merle das Leben gekostet hatte. Und wo zufällig auch die Frau beschäftigt war, die ihm ein Alibi für die Tatzeit gab. Für Corrys Geschmack waren das zwei Zufälle zu viel.

Während sie mit Fabio eilig zur Verwaltung zurückging, grübelten sie über diese Zusammenhänge.

»Da sind wir wieder«, rief Corry und trat an der Direktionssekretärin vorbei in das Büro. Ohne Umschweife verlangte Fabio die Personalakte von Mark Bohn, aber da kamen Frau Denzler Bedenken.

»Da müsste ich erst einmal in Malaysia anrufen«, sagte sie und blickte auf ihre Silberuhr. »Aber es ist fast unmöglich, Frau Dr. Tessmann zu erreichen, sie macht Dschungel-Exkursio…«

»Aber gern!«, rief Fabio. »Sie rufen da jetzt an und ich lasse mir inzwischen einen Durchsuchungsbeschluss bringen. Den haben Sie in etwa fünfzehn Minuten auf dem Schreibtisch. Allerdings …«, jetzt wurde er gemein, »allerdings steht dann auch ganz schnell die Presse am Eingang, und ich weiß nicht, ob Ihre Chefin das nach ihrem Urlaub in der Zeitung lesen will. Ihr Zoo in Verbindung mit einem Verbrechen.«

Schuft. Corry versuchte, Monika Denzler einen kameradschaftlichen Blick zuzuwerfen, aber der prallte an der Sekretärin ab.

Fabio tippte bereits zum Schein irgendwas in sein iPhone. Er war ein erstklassiger Schauspieler.

Frau Denzler federte aus ihrem Drehstuhl. »Ich gebe Ihnen die Akte. Nehmen Sie doch wieder Platz.« Sie zeigte auf die beiden bordeauxfarbenen Polsterstühle an der Wand.

Als sie wiederkam und Fabio die Personalakte stumm in die Hand drückte, wirkten ihre samtbraunen Augen kühl.

Corry nahm ihren Stuhl und trug ihn zu Frau Denzlers Schreibtisch hinüber. Während Fabio sich in die Akte vertiefte, sprach sie leise mit der Sekretärin. Sicher sei es keine leichte Aufgabe, sämtliche Mitarbeiter, die – zumindest beruflich – mit Bohn Kontakt gehabt hatten, zu einer Befragung einzuberufen. Und zwar: ohne, dass sie die Hintergründe erfuhren. Und zwar sofort. »Kriegen Sie das hin?«

Frau Denzler straffte die Schultern und sah Corry ins Gesicht. »Sie können sich auf mich verlassen, Frau Voss.«

Monika Denzler telefonierte, was das Zeug hielt, und Fabio war in Bohns Personalakte versunken. Corry nutzte die Zeit, um im Freien zu telefonieren. Als Erstes sprach sie mit Gerd. Der war gerade dabei, Heikos Absagebrief zu entschlüsseln. Wiechmann hatte den Brief nach dem Ausdrucken gleich gelöscht, doch mit einer speziellen Software konnte Gerd die Daten aufspüren und somit den Text rekonstruieren.

»Super«, sagte Corry.

Die Dämmerung senkte sich über den idyllischen Park mit den riesigen alten Platanen. Als sie Müzze anrief, blickte Corry zu den historischen Gewächshäusern, in deren Kuppeldächern die dunklen Silhouetten haushoher Palmen aufragten. Sie wollte auf der Stelle wissen, ob Perlitz' neues Alibi mit der Exgeliebten nun geklärt war. Nach dem zweiten Freizeichen nahm Müzze ab. Dieses Mal stimmte sein Alibi. Perlitz war von mittags bis zum frühen Abend bei Lena Hausinger gewesen. Das bestätigte sogar ein Arzt, da die Hausinger, von Beruf Wäschemodel, einen Schwächeanfall erlitten und ärztliche Hilfe gebraucht hatte.

»Die hat doch einen an der Waffel«, frotzelte Müzze, und Corry konnte ihr nur zustimmen. Ein Jahr auf einen Mann warten, wie blöd war das?

»Noch etwas«, sagte Müzze, und sie klang bedrückt. »Wegen Herrn Bohn. Du weißt ja, dass er heute Abend kommen wollte.«

Und ob Corry das wusste.

»Er musste den Termin leider absagen.«

»Sag das noch einmal.« Corry biss fest auf ihre Backenzähne.

»Er kommt aber ganz bestimmt morgen«, beeilte sich Müzze.

Corry schoss das Blut in den Kopf, gleich würde sie explodieren.

»Er kann nichts dafür, Corry! Dr. Müllerschön hat bei mir angerufen, dass sein Mitarbeiter heute unabkömmlich sei. Eine Privatpatientin läge im Sterben und deren Schwiegertochter ließe nur Mark Bohn zu ihr.«

Corry stieß Flüche aus.

»Er ist wirklich nett«, fuhr Müzze fort. »Gleich nachdem ich mit seinem Chef gesprochen hatte, rief er nämlich selbst an. Nur um sicherzugehen, dass es nicht schlimm sei, wenn er heute nun doch nicht erscheint …«

»Es ist schlimm«, rief Corry. Sie war bei der Freiflugvoliere angelangt und nestelte sich durch das Netz an der Drahtgittertür, die geräuschlos hinter ihr zufiel.

Müzze seufzte. »Herr Bohn rief vom Traugott-Seniorenheim an. Er sagte, und das muss man verstehen: Woher soll er denn wissen, wie lange das Sterben dauert. Er kann ja schlecht zwischendurch sagen: Sekunde, ich muss mal eben zur Kripo, meine Aussage wiederholen.«

Corry kochte vor Wut. Ein brauner Vogel, vielleicht eine Wachtel, lief ihr fast vor die Füße, dann rannte er in panischer Angst ins Gebüsch.

»Herr Bohn hält bis zuletzt die Hand der Patientin, die ganze Nacht«, erklärte Müzze. »Das gibt's sonst doch bloß noch in der Türkei, Corry, was meinst du?«

Woher sollte Corry wissen, ob jemand in Ankara Händchen hielt. Aber eines war klar: Schon nach einem kurzen Schwatz war eine gestandene Frau wie Müzeyyen Gül von diesem Typen infiziert.

»Corry?«

»Ja.«

»Ich hab ihm gesagt, er muss aber subito morgen im Präsidium erscheinen.«

»Toll. Er soll gleich in der Frühe kommen.« Corry wollte auflegen.

»Corry? Leider hat er morgens laut Dienstplan …«

»Müzze!«

»Um neun Uhr dreißig macht er Gedächtnistraining im Traugottheim, deshalb schafft er es nicht vor Mittag aufs Präsidium«, getraute sie sich noch zu sagen. »Aber das hat er mir geschworen.«

»Schwüre!« Corry lachte bitter. Ein bunter Vogel floh in die letzte Ecke der riesigen Voliere. »Weißt du, wie viel ich darauf gebe?«

»Corry, sei nicht so negativ, bitte.«

Corry drückte das Gespräch weg und machte, dass sie aus dem Gehege kam.

31

»Was hast du herausgefunden?« Corry sah Fabio von der Seite an. Sie liefen in Richtung Schaubauernhof; dort lag das Wilhelma-Restaurant, in dem die Mitarbeiterbefragung stattfand. Es war bereits Feierabendzeit, und die Tierpfleger schüttelten ärgerlich den Kopf, während sie auf das Lokal zusteuerten.

»In seiner Personalakte steht, dass Bohn sich hier zum Zootierpfleger ausbilden ließ«, berichtete Fabio. »Er hat noch ein Vierteljahr drangehängt, bevor er ohne Gründe zu nennen gekündigt hat. Das war vor vier Jahren.« Fabio wirkte nachdenklich. »Bohn ist nie lange auf einer Stelle geblieben. Und eins zieht sich wie ein roter Faden durch sein Arbeitsleben: Immer hatten seine Jobs mit Pflegen, Kümmern oder irgendwie Helfen zu tun.«

»Helfersyndrom, wie ich es hasse.« Corry ging schneller und animierte so einen zotteligen, kastanienbraunen Esel, sie ein Stück in seinem Gehege zu begleiten. »Gleich hören wir, was seine früheren Kollegen von ihm halten, und wehe, einer erzählt mir, was das für ein Engel war.«

Und schon standen sie vor dem Eingang des Lokals.

»Du fängst an«, sagte Corry und stieß die Glastür auf.

Im hinteren Bereich der Schnellgaststätte waren schwarze Tische zu einer langen Tafel zusammengeschoben. Corry wickelte ihren Schal ab und schob die Hände in die Hosentaschen. Vierzehn Tierpfleger – sechs Frauen und acht Männer – nahmen Platz.

Fabio ging vor den Versammelten auf und ab und erläuterte die Fakten. Er machte auch kein Geheimnis aus dem Mordinstrument: Leiurus quinquestriatus. Denn inzwischen waren schon zu viele Personen danach befragt worden, als dass der Tatbestand nicht durchgesickert wäre.

Sven Reger vom Insektarium war der Erste, der etwas sagte. »Sorry, aber das kann nich sein.« Seine Spanielaugen blickten treuherzig, aber auch stur. »Ich hab Ihnen vorhin unsern Leiurus gezeigt. Wir haben nur den und sonst keinen.«

»Der war's ja auch gar nicht«, erklärte Corry bündig.

»Ja dann?«, lispelte eine junge Frau mit einem Zungenpiercing. »Was haben also wir mit der Sache zu tun?« Die kleine, silberne Kugel hüpfte auf und ab, während sie sprach.

»Sagen wir so – Sie haben einen Draht zu Tieren«, sagte Fabio und fuhr aufmunternd fort: »Sie kennen sich aus mit Säugern, Reptilien und Gliederfüßern. Sie können uns helfen.« Er strahlte die eine Seite des langen Tisches hinunter und die andere wieder hoch. Doch Corry hatte das Gefühl, dass es nicht sonderlich fruchtete.

Ein Mann Ende fünfzig mit kurzer Boxernase und Halbglatze argwöhnte: »Wir werden hier aber nicht zufällig verdächtigt?«

»Nur befragt«, antwortete Fabio. In dem Moment ging die Tür auf und Birgit Jetter kam herein. Sie sah verbiestert aus, was vielleicht davon kam, dass sie den Affen alleinlassen musste. Ohne die Kommissare eines Blickes zu würdigen, zerrte sie sich einen Stuhl heran und drückte sich zwischen ihre Kollegen. Fabio begrüßte sie mit einem Nicken. Im Plauderton fuhr er fort: »Es gibt einige Leute, die Skorpione zu Hause halten. Das ist Geschmackssache.« Er hob die Arme, um zu zeigen, wie schnurzegal ihm das war. »Mich interessiert nur: Kennen Sie so jemanden?«

Die Tierpfleger sahen sich fragend an, hoben die Brauen und schüttelten die Köpfe. Frau Jetter machte »Pfff«, und ihre Nebensitzerin, eine junge Frau mit wuscheligen blonden Locken, zeigte Fabio heimlich einen Vogel.

»Skorpionhalter – das kann jeder sein«, meinte eine stupsnasige Brünette.

Ein Mittzwanziger mit nach hinten gekämmten, hellbraunen Haaren, der Corry an einen jungen Otter erinnerte, erklärte: »Mit den Skorpionen ist das ist wie mit den Kampfhunden. Hält einer die normal, besteht keine Gefahr. Bleiben die Skorpione schön drin im Terrarium, passiert gar nichts.«

Die Versammelten nickten.

»Da sind aber welche nicht schön drin geblieben«, bemerkte Fabio, »und wir suchen die Person, die sie rausgelassen hat.« Er musterte jeden Einzelnen. »Das ist sicher keiner von Ihnen – aber vielleicht ist es jemand, den Sie kennen. Sie verstehen mich?«

Die Tierpfleger machten Rätselgesichter. Die Brünette mit der Stupsnase schätzte vorsichtig, dass Tausende in Frage kämen: »Woher soll man wissen, wer alles Skorpione hält?«

Der Mann mit der Boxernase lehnte sich zurück und streckte seinen runden Bauch vor. »So jemanden kennen wir nicht«, sagte er.

Draußen war es dunkel geworden. In der blauschwarzen Fensterfront spiegelten sich die Besprechungsteilnehmer. Vorne dran der auf- und abschreitende Fabio, redend und gestikulierend. Die Augen der Tierpfleger folgten ihm wie bei einem Tennisspiel. Bis ihn Frau Jetter, die kerzengerade auf ihrem Stuhl saß, gereizt unterbrach: »Sagen Sie doch gleich, dass Sie Mark Bohn meinen.«

Die Kollegen drehten ihr erstaunt die Gesichter zu.

»Gar keine schlechte Idee.« Fabio verbeugte sich leicht in ihre Richtung, und ohne sich einer bestimmten Person zuzuwenden, fragte er: »Was fällt Ihnen denn zu dem ehemaligen Kollegen ein?«

Achselzucken. Kopfschütteln. Jemand lachte kurz auf.

Sven Reger sagte, dass Bohn nie im Insektarium beschäftigt gewesen sei. Und dass er mit Skorpis aber auch gar nix am Hut gehabt hätte.

Fabio setzte sich auf den freien Stuhl an der Stirnseite zwischen die Brünette und einen Mann Ende fünfzig mit dicken Tränensäcken unter den Augen.

»Okay, reden wir konkret«, sagte Fabio. »Wie war Mark Bohn?«

»Keine Ahnung, ist schon lange her«, lispelte die Gepiercte.

Eine korpulente Frau mit Silberblick hinter einer runden Brille rief trotzig: »Nett war er, sehr hilfsbereit.«

»Ein Mörder ist er jedenfalls nicht«, ließ sich ein athletischer Mann um die dreißig mit rauer Stimme vernehmen. Er trug eine Wilhelma-Schildmütze, unter der helle, kluge Augen hervorblitzten.

Das Boxergesicht schoss vor. »Der und Mord! Da lachen ja die Hühner.«

Corry blickte auf ihre Uhr. Nach einer halben Stunde waren sie nicht groß weitergekommen. Wie sie befürchtet hatte, sangen die Kollegen ein Loblied auf Bohn.

»Wir wissen«, sagte sie, und alle wandten ihr das Gesicht zu, »dass Herr Bohn keiner Fliege etwas zuleide tun kann. Aber vielleicht einem Menschen?« Die Tierpfleger starrten sie verwirrt an. »Mein Kollege wird Ihnen jetzt einmal beschreiben, wie wir das Opfer im Wald vorgefunden haben.«

Die Tierpfleger flüsterten.

Fabio blickte in die Runde. »Der Tatort im Wald sah aus, als hätte ein Wildschwein den Boden aufgerissen. Aber das war kein Wildschwein, das war ein kleines Mädchen. Sie war fünf, und sie hatte Schmerzen. Ich gebe Ihnen eine Vorstellung von ihren Qualen, und bitte, hören Sie nicht weg.« Er lief wieder auf und ab. »Von Überlebenden wissen wir, dass Stiche von Leiurus gellende Schmerzen hervorrufen. Ein Züchter, der von einem solchen Skorpion in den Daumen gestochen wurde, sagte – ich zitiere: ›Halte deine Hand in Salzsäure, dann ins Feuer; so sind diese Schmerzen, und sie hören nicht auf. Hätte ich eine Axt gehabt, ich hätte mir die Hand abgehackt.‹«

Alle schwiegen betroffen und der Mann mit den hellen Augen nahm seine Schildmütze ab und legte sie vor sich auf den Tisch.

Corry sagte: »Sie hieß Merle, und sie liebte Tiere.« Sie zog das Foto aus ihrer Mappe, auf dem Merle bei dem Pferd stand. »Haben Sie dieses Mädchen schon einmal gesehen?« Sie hielt das Bild hoch.

Sven Reger erhob sich halb aus seinem Stuhl, um besser sehen zu können. »Issi das?«, fragte er scheu.

Corry schubste ihm das Foto zu. Er starrte auf das Bild. Der junge Otter neben ihm schaute mit. »Kann man sich nich vorstellen«, sagte Reger leise, »dass jemand so nem Kind was antut.«

»Wir von der Kripo«, erwiderte Corry, »können uns leider alles vorstellen.« Sie bat ihn, das Foto herumgehen zu lassen. Sie lehnte sich zurück und beobachtete die Reaktionen, wobei ihr nicht die kleinste Regung in den Gesichtern der Tierpfleger entging.

Meist schauten sie zu zweit auf das Bild, bis einer nach dem anderen den Kopf schüttelte. »Tut mir leid, nie gesehen«, beteuerten sie.

Fabio ergriff wieder das Wort: »Unsere Rechtsmediziner gehen von einem Todeskampf von etwa sechs Stunden aus.«

Die Versammelten blickten auf die Tische. Sie wussten nichts. Alle, bis auf Frau Jetter. Sie wirkte nervös, ihr Mund zuckte.

Corry machte sich Notizen, während Fabio, die Hände immer in Bewegung, weitersprach. »Sie hat sicher geschrien, aber es waren keine Spaziergänger im Wald. Merle war allein mit ihrem Mörder – oder ihrer Mörderin.«

Die Wilhelma-Angestellten waren unruhig geworden; sie wollten nach Hause. Fabio, der hinter seinem Stuhl stand, gab ihnen einen Satz mit auf den Weg: »Wir alle wünschen uns, dass ein Mörder nicht über sein Opfer triumphiert.«

Der Boxer streckte ihm darauf die Hand hin, und Fabio schüttelte sie kräftig. Sven Reger verabschiedete sich mit einem beinahe zutraulichen Lächeln. Birgit Jetter war schon draußen. Und die Frau mit der runden Brille sagte zu Fabio: »Viel Glück.«

Monika Denzler holte sie am Restaurant ab und führte sie über das dunkle Zoogelände zum Ausgang. Eingemummelt in eine mausbraune Daunenjacke mit Leuchtstreifen, rauchte sie im Gehen eine Zigarette, deren Asche sie in einen Unterwegs-Aschenbecher stippte.

»Wer ist eigentlich Frau Löbles Chef, ich bräuchte noch den Namen«, sagte Corry.

»Ich bedauere, aber der liegt im Krankenhaus.«

»Ein Skorpionstich?« Corry sah sie von der Seite an. »Ich rate nur.«

Fabio räusperte sich. Die Direktionssekretärin lachte kurz auf. »Er hat sich das Bein gebrochen.« Sie nahm zwei hastige Lungenzüge im Stehen, dann sagte sie den Namen, und Corry notierte sich: Karl Wagner, Fraktur rechtes Bein, Karl-Olga-Krankenhaus.

Mit langen Schritten glitten sie an den Gehegen vorbei. Die Ställe lagen in völliger Dunkelheit, hier und da war ein Muhen oder Stampfen zu hören.

Corry musste sich anstrengen, um mit den beiden Schritt zu halten. Es ging ein kalter Wind und die alten Platanen über ihren Köpfen ächzten. Sie fröstelte und schlang ihren langen schwarzen Schal einmal mehr um ihren Hals. Notfalls kann ich mich damit aufhängen, dachte sie zynisch.

Am hell beleuchteten Parkhaus, unter wehenden Efeuzipfeln, sagte sie: »Danke für alles«, und es fehlte nicht viel und sie hätte Monika Denzler angefasst. Nicht umarmt, Allmächtiger, aber den Arm gedrückt oder etwas in der Art. Sie unterdrückte den Impuls und bat Fabio, rasch den Ford aufzuklicken.

Monika Denzler ging zu ihrem Schlitten von einem Auto, und Corry zog die Mundwinkel herab und nickte als Zeichen, dass ihr die Kiste gefiel. Zu Fabio, der schon im Wagen saß, sagte sie: »Morgen reist die Löble mit ihrem Affen nach Spanien.«

»Ich weiß, was du sagen willst.« Fabio startete den Motor.

»Genau. Ich will sie vorher nochmal sehen. Was meinst du dazu?«

»Wir sind schon unterwegs.«

Auf der Fahrt in den Stadtteil Münster ging es am Fluss entlang. Corry telefonierte mit dem Präsidium, um zu erfahren, wie die Pressekonferenz am Nachmittag verlaufen war. Ulla berichtete in vertraulichem Ton, dass der Chef und die Staatsanwältin sich redlich bemüht hätten, sie gut zu vertreten.

»Was heißt bemüht?«

»Die Journalisten wollten dich sehen, Corry.« Ulla klang amüsiert. »Nicht Otte, nicht Arlet.«

Corrys Blick schweifte über den dunklen Neckardamm, wo milchigweiße Kugellampen wie dicke Luftballons aufragten.

»Die sind doch übergeschnappt.«

»Otte meinte, diese Leute vergessen nicht, was du vor zwei Jahren getan hast«, erklärte Ulla. »Das rechnen sie dir hoch an.«

Corry wäre froh, wenn es den Vorfall nie gegeben hätte. Dann besäße sie noch zwei gesunde, schöne Hände und niemand vom LKA käme auf die Idee, ihre Schießfähigkeiten anzuzweifeln. Ottes Worte an Max Benders Krankenbett hatte sie nicht vergessen: »Das Bürschlein vom LKA gibt Corry eine Chance, eine. Es hat Bedenken, dass die Schützin nicht trifft, wenn's drauf ankommt.«

Corry sprach noch zwei, drei Minuten mit Ulla und beendete dann das Gespräch.

Die Einfahrt zu dem dreistöckigen, blasslila verputzten Haus, in dem Petra Löble wohnte, führte auf einen Hinterhof mit zwei Garagen. Als Corry ausstieg, stieß ihre Wagentür an eine Mülltonne aus Kunststoff. Sie stand auf dem Kopf, den Deckel nach hinten geklappt, in einer Lache aus schaumigem Seifenwasser. In dem Weinbergflecken Münster wurde offenbar noch die große Kehrwoche vollzogen.

Sie gingen nach vorn, zum Eingang, wo die vertrockneten Triebe einer Clematis bis fast zum Dach hoch reichten.

Bleiches Licht fiel aus dem Doppelfenster im Hochparterre, wo Petra Löble wohnte.

»Die Kripo«, rief Corry in die Sprechanlage. Fünf Sekunden später sprang die Haustür auf. Vor Löbles Wohnungstür ein Fußabstreifer mit einer Igelfamilie und dem Schriftzug:

»willkommen«. Die Mieterin machte allerdings nicht den Eindruck, als freue sie sich. Sie stand mit gesenktem Kopf in der halb geöffneten Tür.

»Uns ist noch was eingefallen«, sagte Fabio zu ihr.

»Das versteh ich jetzt nicht«, meinte sie giftig von unten nach oben. Sie hielt einen Esslöffel in der Hand, an dem sahnige Reste klebten. Ohne den Affen wirkte sie leer.

»Sie kochen gerade?« Kaum hatte Corry die Frage gestellt, stand sie auch schon in dem kleinen Flur mit Kiefernholz-Garderobe. Petra Löble hatte inzwischen ihre grüne Kluft gegen einen langen, hellroten Strickpullover und dunkle Jogginghosen getauscht. Sie sah hübsch aus, sexy.

»Mein Abendessen«, sagte sie.

Ein süßes Aroma stieg Corry in die Nase, und ihr Magen meldete sich mit einem Knurren. Aber hier knurrte noch etwas ganz anderes.

»Was knurrt denn da?«, fragte sie und spähte in einen Raum, dessen Tür offen stand.

Statt einer Antwort ging Petra Löble mit wiegenden Schritten in das Zimmer und wies mit dem Löffel in die Ecke zwischen Sofa und Fenster. Dort stand ein geräumiger Käfig auf dem Fußboden, den es so bestimmt nicht zu kaufen gab. Und was dort knurrte, knatterte und Pfiffe ausstieß, war eine Gruppe gefleckter Meerschweinchen.

Ein anderes Geräusch kam von rechts, aus einer Voliere mit einem halben Dutzend Wellensittichen. Zwitschernd hüpften sie von Zweig zu Zweig.

Corry schaute sich um. An den Wänden dünn gestreifte Tapeten in Gelb und Orange. Am Fenster bodenlange, hellgelbe Vorhänge. Auf dem Fensterbrett rosa Usambaraveilchen. Davor ein zum Schreibtisch umfunktionierter Tapeziertisch mit einem Notebook und ein paar Stapeln Bücher und Broschüren. Soweit sie sehen konnte, alles Fachliteratur über Primaten. Vor dem Sofa eine große Trommel, auf der eine Glasplatte lag. Das war der Couchtisch. Daneben stand ein schwarzer, abgewetzter Lederkoffer.

»Schon alles für die Reise gepackt?«

Frau Löble nickte. In ihren Augen lag ein tiefer Schmerz. Sie musste ein Äffchen hergeben, das ihr ans Herz gewachsen war.

»Sie werden Ihren Geburtstag in Barcelona feiern«, sagte Corry, und sie wusste, dass das gemein war.

»Wieso feiern?« Petra Löble schlug die Lider nieder. »Für mich ist diese Reise ein Abschied für immer.« Ihre Stimme klang nach Weinen. »Ich darf nur bis Mittwoch, allerhöchstens Donnerstag bei Kesi in Barcelona bleiben.« Sie blinzelte mit nassen Wimpern. »Für uns ist das schlimm.«

»Wissen Sie, was noch schlimmer ist?« Corry lehnte sich vorsichtig gegen den Tapeziertisch. »Der Tod der kleinen Merle.«

Frau Löble schüttelte den Kopf. »Ich kenne sie gar nicht.«

»Merle heißt Amsel. Wussten Sie das?«

»Ich weiß gar nichts von dem Namen.«

»Sie liebte wie Sie die Tiere.«

»Es tut mir leid.« Petra Löble wischte sich mit der einen Hand über die nassen Wangen, mit der anderen wies sie zaghaft zu dem kleinen Sofa. Corry setzte sich. Fabio blieb auf der anderen Zimmerseite und ließ seine Augen ihre Arbeit tun.

»Merle hatte zwei Kaninchen«, sagte Corry feierlich, »und Ihr Freund hat sie angeschleppt.«

»Davon weiß ich nichts.«

»Seit Merles Tod sind sie weg.«

Frau Löbles goldbraune Augen gingen kurz auf, und es war, als hielte sie einen Moment den Atem an.

Corry sah sie an. »Haben Sie einen Tipp für uns, wo wir sie finden könnten?«

»Ich hab keine Ahnung. Bei mir sind sie nicht, Sie können ja nachsehen.«

Fabio biss sofort an. »Okay, am besten gehen Sie voran.«

Corry erhob sich, um ihnen zu folgen. Sie seufzte, denn sie war müde, durstig und obendrein hungrig. In diesem Moment fiel ihr Blick auf ein mit Zimmerwein überwuchertes Holzregal und sie erstarrte.

»Was ist das?«, rief sie. Konnte es sein, dass Fabio das Terrarium übersehen hatte?

Frau Löble, die auf dem Flur demonstrativ eine Tür nach der anderen aufgerissen hatte und sich mit Fabio im Augenblick im Schlafzimmer befand, eilte herbei.

»Eine Eierschlange.«

»So?«, sagte Corry. Schon stand sie mit gebeugten Knien davor. Über zwei Zweigen hing locker eine kleine, braune Schlange mit schwarzen Flecken. Corry kniff die Augen zusammen und suchte den Sandboden ab, ob nicht noch etwas Anderes das Habitat bewohnte.

»Sie ist ungiftig«, sagte Fabio und machte ein Gesicht wie einer, der täglich mit Eierschlangen hantierte. »Es sind die einzigen Schlangen«, fuhr er lehrerhaft fort, »die kein Fleisch fressen, nur Eier.«

Frau Löble stellte ihre Füße in seine Richtung. »Sie können Eier verschlingen«, sagte sie nur zu ihm, »die viermal größer sind als ihr Kopf.«

»Ich weiß«, sagte Fabio.

Oh. Corry war in Biologie nicht gut gewesen, was sie wurmte. »So weit können die ihr Maul aufreißen?«, brachte sie gerade noch hervor. Denn sie hatte etwas entdeckt. Sie stellte sich vor das Bild, das über dem Schreibtisch hing. Das war nichts Abstraktes, wie sie zunächst gedacht hatte. Aus der Nähe entpuppte sich das Bild als schwarzweiße Fotocollage.

Fabio trat neben sie. Beide sahen sie sich die Fotos an. In der Mitte des Bildes: Mark Bohn und Petra Löble vor einer großen, blühenden Magnolie, beide in Arbeitskleidung, und sie legt den Kopf an seine Schulter. Ihr Haar ist kürzer als heute. Nächstes Foto: Mark Bohn mit Denkermiene und Zigarette zwischen den Lippen. Weiter unten: Mark Bohn macht einen Kussmund. Untere linke Ecke: Mark Bohn streckt die Zunge raus.

Fabio zeigte mit den Augen nach rechts oben im Bild: Löble und Bohn führen Ponys mit Kindern im Zoopark herum. Aber so scharf Corry ihre Augen auch stellte, keiner der kleinen Reiter ähnelte Merle.

Ihr fiel der Slogan ein: Wilhelma – ein Park zum Verlieben. Sie drehte sich zu Petra Löble um, die jetzt auf der Sofakante saß und zu ihr heraufsah. »Haben Sie sich bei der Arbeit kennengelernt?« Löble nickte. »Und seitdem sind Sie zusammen?« Sie nickte noch einmal.

Aus der Küche ertönte das Geräusch einer schleudernden Waschmaschine.

»Dann hab ich eine Bitte«, sagte Corry. »Suchen Sie mir doch gleich ein paar Sachen von ihm zusammen. Vielleicht haben Sie getragene Unterwäsche von ihm?«

Petra Löble schwenkte ihren Löffel in Richtung Küche. »Waschmaschine«, sagte sie tonlos.

Die Maschine rumpelte laut dem Ende des Schleudergangs zu.

»Okay, verstanden«, sagte Corry. »Dann seine Zahnbürste.«

Frau Löble sprang vom Sofa auf und lief in den kleinen Flur, Corry hinterher. Sie sah nur noch den Rücken der jungen Frau, die ins Badezimmer schoss. Sie ließ die Tür offen, stand am Waschbecken und rief: »Da ist meine!« Sie beförderte eine Zahnbürste mit orangefarbenem Stiel aus dem Zahnputzglas und warf sie achtlos ins Waschbecken. Sie riss das Spiegelschränkchen auf. »Und diese hier«, ihre Stimme überschlug sich fast, »die ist für Mark.« Mit zwei Händen hielt sie eine schwarzstielige Zahnbürste mit Schwingkopf vor ihre Brust – jungfräulich in der Blisterpackung.

Corrys Mund war wie ausgetrocknet. »Wo ist seine alte?«

Die Vögel im Wohnzimmer zwitscherten jetzt recht laut.

Frau Löble drehte den Kopf in Richtung Hinterhof, wo die Mülltonne zum Austrocknen stand.

»Sagen Sie jetzt nichts«, sagte Corry.

Die Löble sagte aber doch was. »Ich kaufe alle drei Monate neue Zahnbürsten.«

Corry kniff die Augen zusammen vor Wut. »Okay, wir nehmen die Haarbürste.« Ein Trumm von einer Holzhaarbürste lag auf der Porzellanablage.

Frau Löble wagte nicht aufzublicken. Corry sah im Spiegel ihre gefurchte Stirn. »Das tut mir jetzt leid«, kam es von unten herauf. »Er will sie nicht benutzen. Er sagt, sonst riechen seine Haare nach Affe.«

Ein sauberer Freund.

»Möchten Sie ein Glas Wasser?«

Sah Corry so fertig aus? »Okay, geben Sie mir eins. Aber ich komme mit.« So betrat sie Frau Löbles Küche. Das Zuckerwattearoma war überwältigend. »Ah«, sagte Corry. »Sie haben sich eine Paradiescreme gemixt.« Kinderspiel, auf der Arbeitsplatte stand ein Rührgerät mit weiß verschmierten Quirlen und daneben lag die leere Packung.

»Ich mag nur Stracciatella.«

»Ich auch«, presste Corry hervor. Und während sie das Wasser trank, stellte sie Fragen: »Letzten Freitagmittag haben Sie und Ihr Freund zusammen gegessen. Was haben Sie denn gekocht?«

»Ich hab doch schon alles gesagt.«

Fabio, der beim Kühlschrank stand, verschränkte die Arme: »Im Protokoll steht, dass Sie nicht mehr wussten, was es zu essen gab.«

Frau Löbles Kiefermuskeln zuckten.

Corry lehnte sich gegen die Spüle, das Wasserglas in der Hand. »Sie hatten beide frei, an einem Wochentag, das ist doch ein Fest.«

»Ja, und?« Frau Löble umklammerte mit ihren kleinen, kräftigen Händen die Stuhllehne.

»Okay«, sagte Corry, »überlegen wir mal gemeinsam, was es bei Ihnen gegeben haben könnte.« Frau Löble guckte entgeistert. »Vielleicht«, fuhr Corry fort, »gegrillte Hornissenlarven an Kaviarsoße? Oder … Zaunkönigflügel mit Brombeersahnepüree? Oder … Fischstäbchen mit Rehpinscherremoulade oder … einfach Spaghetti?«

»Einfach Spaghetti«, sagte Frau Löble tonlos. Die Knöchel an ihren Händen traten weiß hervor.

Fabio sagte auf eine nette Art: »Wir möchten uns vorstellen, wie Sie den Mittag verbracht haben. Sie waren im Supermarkt einkaufen, sie kochten, dann aßen sie zusammen – Spaghetti, wie wir jetzt wissen ... Und was dann?« Er ging etwas in dic Knie, um ihr ins Gesicht sehen zu können.

Frau Löble knetete die Stuhllehne.

Corry sah in ihren Augen Angst. Laut überlegte sie: »Wenn man frei hat und zu Hause bleibt, dann kann man zum Beispiel nach dem Essen miteinander ins Bett gehen.« Frau Löble wurde doch tatsächlich rot. »Oder man macht einen Spaziergang. Oder man fährt in die Stadt und geht ins Kino. Wie haben Sie den Freitag verbracht?«

Ihr Kopf rutschte auf die Brust herab. »Wir haben uns einfach nur unterhalten.«

Fabios Miene hellte sich auf. »Super, über was denn?«

Sie presste die Lippen aufeinander. »Nur so«, flüsterte sie. Drehte die Handrücken in die Augen, wie ein übermüdetes Kind. »Ich muss packen«, sagte sie. »Ich hab noch so viel zu tun.«

»Eine Sekunde noch.« Corry bemühte sich, nicht sonderlich interessiert zu klingen, als sie fragte: »Und wie haben Sie die Spaghetti gemacht?«

»Was?« Petra Löble nahm die Hände aus dem Gesicht und starrte Corry an.

Fabio sagte: »Beantworten Sie einfach Frau Voss' Frage. Das geht doch, oder?«

Sie schaute auf die Nagelhaut an ihrem Daumen, während sie aufzählte: »Salzwasser kochen. Pasta rein. Fertig.«

Nun, so schnell ging das auch wieder nicht. »Welche Soße?«, fragte Corry. »Carbonara? Napoli? Bolognese? Aglio e olio?«

Ihre Unterlippe zitterte, als sie sagte: »Einfach nur Spaghetti.«

»Okay.« Corry seufzte und gab ihr das Wasserglas zurück. »Sie haben am Freitag einfach nur Spaghetti zusammen gegessen.« Sie wartete, bis sie nickte. »Hat es geschmeckt?«, fasste sie nach.

Wieder nickte Frau Löble, trotzig und verbissen.

»Überlegen Sie es sich genau«, sagte Corry todernst, »ob Sie Ihr falsches Alibi aufrechterhalten wollen.«

Petra Löble blickte von Corry zu Fabio und wieder zurück. »Aber warum sagen Sie so was?«

»Weil Mark Bohn niemals Spaghetti isst«, sagte Corry.

32

Bärbel Hummel zapfte ein Bier nach dem anderen, während sich die Gäste über die Tische hinweg über die Flüchtlingshilfe stritten. Zita meinte, der Streit sei gut fürs Geschäft, denn beide Seiten, Befürworter wie Gegner, bekämen Durst davon. Und Hunger. Also sprang sie mit ihren struppigen Haaren zwischen Gaststube und Küche hin und her, dass die Schneckenhäuschen nur so gegeneinanderrasselten.

Bärbel hielt hinter der Theke Stellung. Als die Tür wieder einmal aufging, blieb ihr die Luft weg, und augenblicklich hatte sie vergessen, wie viele Halbe sie noch zapfen musste. Denn Herr Salvatore Lavelli war gekommen und steuerte auf ihre Theke zu.

Er streckte einen Arm aus und reichte ihr etwas über den Tresen. »Für Sie, Signora Ummel, aus meine Aimat«, sagte er.

Einen Moment blieb ihr Herz stehen. Dann griff sie nach der Pralinenschachtel und drückte sie an ihren Bauch.

Die Gäste hatten sich mächtig in der Wolle. Einer der Streithähne rief schroff durchs Lokal: »Wir haben schon genug Migranten. Die nehmen uns die Arbeitsplätze weg, die Wohnungen, und alles, was sie kriegen können.« Er krempelte die Ärmel an seinem rotkarierten Hemd hoch.

»Es ist ein Gebot der Menschlichkeit, dass man hilft«, entgegnete ein großer Dünner in einem grünen Sweatshirt.

Bärbel versteckte rasch die Baci-Pralinen in einem Fach unter der Theke und stellte sich wieder an den Zapfhahn.

»Helfen schon«, blaffte der Holzfällertyp, »aber nicht bei uns, du Lauch.«

Grobes Gelächter.

Von der Theke aus sah Bärbel, dass Herr Lavelli den Kopf schüttelte. In Perugia, wo er und die Pralinen herkamen, ging man bestimmt freundlicher miteinander um.

Eine rothaarige Frau ereiferte sich: »Die grapschen nach allem, was einen Rock und offene Haare trägt.«

»Die meinen halt, ihr wollt das so«, vermeldete eine dunkle Männerstimme. »Andererseits geben sie euch nicht mal die Hand.«

»Das sind doch Klischees, was Sie da verzapfen!« Eine blondgelockte Dame, Handtasche auf dem Schoß, schüttelte den Kopf.

»Bitte, was?«, kam es gehässig vom Tisch neben dem WC.

»Klischees«, wiederholte sie, »du Driebl«.

»Jetzt langt's aber!« Der Rotkarierte ließ sein Bierglas auf den Tisch krachen. Die halbe Wirtschaft pflichtete ihm lautstark bei.

»Wir müssen doch froh sein an den Leuten.« Die Stimme gehörte einem älteren Herrn mit Baskenmütze, den Bärbel hier noch nie gesehen hatte. »Wir haben einen Fachkräftemangel, ist Ihnen denn nicht klar, was das heißt? Dann ziehen die Firmen ins Ausland ab, so ist das!«

Worauf der beim WC herausbellte: »Dann können sie die Flüchtlinge gleich mitnehmen.«

Bärbel schämte sich für das Benehmen der Gäste, jetzt, wo Herr Lavelli mit seinen Maronenaugen am Zweiertisch am Fenster saß und auf seine »Minestra alla perugina« wartete.

Bärbel kannte sich mit dem Flüchtlingsproblem nicht so genau aus. Sie war ratlos. Ein böser Diktator bewarf sein Volk mit Fassbomben voller Nägel und trieb es in die Flucht, übers Meer, wo doch die Flüchtenden gar nicht schwimmen konnten. Sie wusste nicht, was sie anstelle der Bundeskanzlerin getan hätte. Bestimmt dasselbe. Bärbel empfand Mitleid mit den Menschen, vor allem mit den Kindern.

Die Atmosphäre heizte sich weiter auf. Durch das Stimmengewirr hindurch bahnte sich Zita einen Weg zu Herrn Lavelli, um die Suppe zu servieren. Bärbel schaute zu, wie sie den Teller vor ihm abstellte, wie sie ihm den Löffel reichte und ihm einen guten Appetit wünschte. Erst dann holte Bärbel wieder Luft.

»Ich weiß noch, wie es hieß, da kommen lauter Ingenieure«, höhnte die Rothaarige, und der blasse junge Mann an ihrem Tisch ergänzte: »Und Hirnchirurgen.«

»Es zieht mir die Schuhe aus, wenn ich Ihnen zuhöre«, sagte die Blonde.

»Ha, ha«, lachte der Karierte: »Am Ende sind's dann hauptsächlich Analphabeten, gell?«

Der Baskenmützenmann erhob sich: »Sie wollen wohl, dass wir sie wieder in den Krieg zurückschicken? Abtransportieren, wie vor siebzig Jahren die Juden und alle, die den Nazis nicht gepasst haben. Ist es das, was Sie wollen?«

Die Gäste fielen sich gegenseitig ins Wort. Herr Hoffmann, ein Stammgast, rief: »Das kann man nicht machen. Das ist ungesetzlich.«

»Klugscheißer!«, brüllte einer vom überfüllten Sechsertisch herüber.

Der blasse junge Mann meinte: »Die Flüchtlinge kosten den Steuerzahler Milliarden!«

»Als ob bei uns der Zaster auf der Straße liegt«, bollerte der Holzfäller, der für zwei Tische sprach. »Aber Hauptsache, wir sind Gutmenschen, gell?«

Der Dünne im grünen Sweatshirt drehte seinen Stuhl halb zu ihm um: »Aus Ihrem Mund klingt das, als wäre gut schlecht. Sie verkehren alles ins Gegenteil.«

»Und Sie können mich mal!«

Bärbel fing einen Wink von Zita auf und eilte zu ihr. Sie sollte Gratis-Grappas austeilen und die Streithammel bitten, ihre Auseinandersetzung woanders fortzusetzen. Zita hatte für heute genug.

Bärbel flitzte mit dem Tablett voller Grappas von einem Tisch zum andern, wobei sie den Zweier mit Herrn Salvatore Lavelli ausließ, damit sie nicht etwa in seiner Nähe ins Stolpern geriet. Erst als sie fertig war mit dem Servieren, schaute sie zu ihm hinüber. Und dabei stellte sie fest, dass er heute noch besser aussah als gestern, als er ihr Nancys Halsband gebracht hatte. Denn heute lag über seinen Schultern ein heller Pullover, und wenn sie sich nicht täuschte, war das Kaschmir. Italiener hatten Stil und Geschmack, also alle außer Zita, und das beste Beispiel dafür saß dort drüben am Zweiertisch. Leider war sie selbst nicht sonderlich gut angezogen. Sie trug das Oberteil ihres hellblauen Nicki-Hausanzugs und die geräumige schwarze Schlupfhose. Am liebsten wäre sie im Erdboden versunken.

»Allein die Deutschkurse verschlingen Millionen Euro«, rief der Mann mit der dunklen Stimme. »Und da soll man keinen Zorn kriegen?«

»Wo doch in Stuttgart jedes sechste Kind arm ist.« Das war die Rothaarige. »Eine Schande, so was.«

»Man kann mit Ihnen nicht diskutieren, Sie begreifen nichts.« Das war der Herr mit der Baskenmütze. Zita stand bei ihm und drückte ihm die Schulter. Das tat sie bei jedem neuen Gast. Man muss sie einmal berühren, sagte sie immer, dann kommen sie wieder.

Der Geräuschpegel in der Pizzeria war auf höchstem Level. Man konnte sein eigenes Wort nicht mehr verstehen, aber Bärbel sagte sowieso nichts. Sie machte nur die Biere klar und blickte ab und zu zu dem Italiener hinüber. Er löffelte seine Suppe und lächelte ihr zu, dass ihr die Wangen brannten.

Die Gäste beruhigten sich und wechselten das Thema. Sie sprachen über das tote Kind aus dem Wald, das Bärbel gefunden hatte. Aber das wusste keiner. Sie schwieg eisern, und Zita ebenso. Läge Nancy nicht in ihrer Tiefkühltruhe, würde Zita vielleicht nicht dichthalten. Denn eine Aushilfe, die Leichen fand, das war schon was.

Der Mann mit der Baskenmütze erzählte, was er im Radio gehört hatte: »Die Staatsanwältin sagte, man habe das Köfferchen von dem Mädchen gefunden. Sie werten jetzt die Spuren aus und hoffen, dass sie zu dem Täter führen.«

Bärbel wollte gar nicht mehr daran denken.

Später am Abend saß sie bei Herrn Salvatore Lavelli. Zita hatte sie mit zwei Gläsern Rotwein an seinen Tisch bugsiert, und bald war es Bärbel schnurz, wie sie gekleidet war. Herr Lavelli sah sowieso nur in ihre Augen, die eigentlich Marianne Sägebrecht gehörten und das Beste waren, was sie vorzeigen konnte. Diesen blauen Augen erzählte er, wie er vor langer Zeit als Gastarbeiter am Stuttgarter Hauptbahnhof angekommen war.

»Wir wurde zur Fabrik gebrackt, die Baracke ware gleick danebe. Mit eine Zaune. Wir ware eingezäunte wie Tiere.« Bärbel hörte ihm zu. »Die Arbeit ware swer«, fuhr er leise fort, »und wir vermiss' unsere Speisen, vor allem die Olivenöl, Zucchini, Spaghetti ...«

»... und Minestrone«, ergänzte Bärbel und spürte, wie sie rot anlief.

Er hatte die Arme auf dem Tisch aufgestützt und schmunzelte auf seine kugeligen braunen Hände herab. »Unsere Kopfe ware in Deutschelande angekomm', aber unsere 'erze ware nock in Italia.« Seine Miene ganz traurig. »Wir vermiss' unsere Feste und die Tanze, wir ware junge Leute. Manckemal wir macke Feste in die Baracke. Dann tanze Männer zusamme, weil wir 'abe keine Mädle.« Später erzählte er ihr von seiner Frau, die nach Amerika durchgebrannt war mit einem Ami mit langen Koteletten. Der kleine Fabio konnte noch nicht einmal »Papa« sagen, aber das war ihr egal, sie ließ das Kind zurück.

Im Geist wusch Bärbel Herrn Lavellis Kaschmirpulli in ihrem Handwaschbecken aus, um ihm etwas Gutes zu tun. Sie konnte sich überhaupt nicht vorstellen, wie man von diesem Mann weglaufen konnte. Sie würde nie jemanden verlassen, nicht einmal einen Hund. Schon gar keinen Hund. Nicht einmal einen Blumenstock würde sie seinem Schicksal überlassen.

Herr Lavelli betrachtete wohlwollend ihr Gesicht. »So ware meine Leben, Signora Barbarina.«

Bärbels Rotweinglas wackelte in ihrer Hand. Er nannte sie Barbarina. Noch nie hatte ein Wort sich hübscher in ihren Ohren angehört.

Er beugte sich über den Tisch. »Und deine Lebe, wie isse gewese?«

Oje. Schnell trank sie ihr Glas leer. Was gab es da groß zu sagen? Ein verpatztes Leben, alle Entscheidungen falsch getroffen, nie eine Chance ergriffen. Das Beste, was es in ihrem Leben gegeben hatte, war Nancy.

»Ich hatte einen Hund«, fing sie an. Herr Lavelli nickte, er hatte ihr ja gestern das Halsband gebracht. »Einen Hund und einen Laden«, fuhr sie mit zitternden Lippen fort. »Der Laden lief nicht so sonderlich …« Nun legte sie aber doch los, bemüht, einen beiläufigen Ton zu halten, aber als sie beim Strickschwund in den frühen Neunzigern ankam, musste sie weinen. Sie nahm die Serviette, die Herr Lavelli ihr reichte. »Ich hätte nie gedacht«, schniefte sie, »dass Wolle noch mal in Mode kommt. Heute heißt es, Stricken sei das neue Yoga.«

Herr Lavelli strich mit seiner Kugelhand über ihren bloßen Arm. »Sackst du Salvatore zu mir«, sagte er.

Das getraute sie sich aber erst später, nachdem ihr die Sache mit der Tiefkühltruhe herausgeplatzt war. Da fuhr ihr die Hand an den Mund und sie flüsterte: »Bitte, Salvatore, sag es nicht deinem Sohn, wo er doch Polizist ist.«

Kaum hatte sie das Wort »Polizist« ausgesprochen, fiel ihr die Kommissarin ein, die gestern Nacht bei ihr Sturm geklingelt hatte. Bärbel steckte schon mit einem Bein in ihrer Schlafanzughose. Sie humpelte zum Türöffner, und schon stürmte Frau Voss herein: blass, ganz durchsichtig, den schlampigen schwarzen Schal um den Hals. Sie stiefelte gleich in die Küche, lief auf und ab, und der Schal zuckelte ihr wie ein bockiges Haustier hinterher.

Bärbel hatte große Angst gehabt, dass sie wegen Nancy gekommen war. Dass sie wissen wollte, wo der Hund denn nun begraben sei.

Aber die Kommissarin wollte bloß alles über die Icewolly Softpink wissen. Auch davor hatte Bärbel Angst, aber nicht in dem Maß wie vor der Frage nach dem Hundegrab, und so fühlte sie sich etwas leichter und schlüpfte in das zweite Hosenbein und war auch wieder höflich. »Haben Sie Hunger?«, hatte sie gefragt.

Die Kommissarin hatte bloß geschnauft und sich auf die Küchenbank fallen lassen. Sie schaute sich um, während Bärbel ihr eine Scheibe Brot dick mit Nusskäse schmierte. Dann sagte sie: »Frau Hummel, Ihr Lager war voll mit der Icewolly Softpink, und Sie mussten räumen …«

Bärbel reichte ihr das Brot. Frau Voss hielt es in der rechten Hand, die linke war die Schlimmere, die ließ sie meistens in der Manteltasche stecken.

»Es gab ja noch kein Ebay«, verteidigte sich Bärbel, »sonst hätte ich die Wolle übers Internet verkauft.«

Die Kommissarin biss in das Brot, ihre stählernen Augen senkten sich einen Moment auf die Walnusshälfte, die Bärbel in die Mitte gedrückt hatte. »Merles Mutter kommt nicht drauf, woher sie den rosa Poncho hat«, sagte sie. »Die Frau kann in ihrem Zustand nicht mehr eins und eins zusammenzählen, das ist ja verständlich. Nun denken Sie mal scharf nach: Wer hat denn Ihre ganze Wolle gekriegt?«

Und da rutschte es Bärbel heraus. »Der Kirchenstrickkreis«, stammelte sie, und das Blut schoss ihr in den Kopf. »O Gott, das wollte ich jetzt aber nicht sagen.«

»Das macht nichts«, sagte Frau Voss mit vollem Mund. »Ich hab mir so was gedacht.«

Bärbel spürte, dass ihr das Kinn zitterte. »Die Frauen haben immer nur Kinderponchos hergestellt«, sagte sie. »Da strickt man einfach zwei Rechtecke und …« Frau Voss verdrehte die Augen zum Zeichen, dass Bärbel bloß nicht ins Detail gehen sollte. Also sagte sie bündig: »Ich weiß auch nicht, wieso das tote Mädchen so einen Poncho anhatte.«

Die Kommissarin bohrte weiter: »Zu welcher Kirche gehörte der Strickkreis? Hat das was mit Ihrer Schwester zu tun? Über ihrer Wohnungstür hängt doch ein Kruzifix.«

»Das hab ich noch gar nicht gesehen«, log Bärbel.

Frau Voss hatte das Brot vertilgt und putzte sich mit dem Ärmel über den Mund. Ohne Antwort würde sie nicht nach Hause gehen. Also stotterte Bärbel: »Meine Schwester? Ich glaube scho-hon.«

»Okay«, sagte die Kommissarin und streckte im Sitzen ihr Kreuz durch. »Und wohin wurden die Ponchos verkauft?«

Die Frage hing schwer über dem Küchentisch. Das Trockenblumengesteck, stellte Bärbel fest, war stark zerrupft. Es gehörte in den Mülleimer. Sie würde es wegwerfen, gleich morgen früh. Vorher aber musste die Frage vom Tisch. Lieber Gott, warum steckte sie ihr Leben lang in Schwierigkeiten? Wut stieg in ihr hoch, und sie schmetterte der Kommissarin entgegen, dass sie rein gar nichts für die gute Wolle bekommen hatte. Zweimal war der Kirchenbüttel mit dem Lieferwagen vorgefahren und hatte alles eingepackt, sogar die passenden Stricknadeln dazu.

»Überallhin wurden die verkauft«, hatte Bärbel gesagt, und das war die Wahrheit. »Kein Waisenhaus, kein Basar im Land war sicher vor ihren Ponchos.«

In der Pizzeria schlugen sich die Gäste weiter die Argumente um die Ohren, man musste schreien, um gehört zu werden. Also schrie Bärbel: »Salvatore, du wirst es deinem Sohn doch nicht sagen?«

»Niemale!« Er hob drei Finger zum Schwur. Bärbel atmete auf. Salvatore kam ganz nah an ihr Gesicht. »Auck ick will sage eine Geheimnis«, flüsterte er. »Meine Sohne isse swul.«

»Das ist doch nicht schlimm«, sprudelte Bärbel hervor. »Sei froh, dass du so einen tüchtigen Jungen hast.«

Salvatore blinzelte mit feuchten Wimpern in Richtung Tür und hob einen Finger. Bärbel drehte den Kopf; sie hatte gar nicht gehört, dass noch jemand gekommen war zu so später Stunde. Ein langer Lulatsch, ungekämmt, Mitte dreißig, schlenderte auf ihren Tisch zu.

Salvatore sagte leise: »Eine Junge? Schau mal, ick 'abe sogar zwei.« Bärbel lächelte ihn an. »Das isse Sebasti«, sagte er mit leuchtenden Augen. »Er olt mick mit die Auto ab.«

Der junge Mann zog vom Nebentisch einen Stuhl heran und setzte sich zu ihnen. Er war sehr dünn und sein Rücken rund, vielleicht war er auch einfach zu groß, um ordentlich an einem Tisch sitzen zu können, aber er lächelte bezaubernd.

Bärbel reichte ihm die Hand, aber er beugte sich vor und gab ihr einfach ein Wangenküsschen. Da lief sie wieder rot an, aber es machte ihr nichts aus.

Zita schaute herüber, und kurz darauf brachte sie Kaffee und ein italienisches Gebäck, das sie normalerweise erst an Weihnachten servierte. Bärbel wollte aufspringen, um sich nützlich zu machen, aber Zitas Augen sagten: Du bleibst sitzen.

Also saß Bärbel zwischen den zwei Männern und rührte Zucker in ihren Kaffee und klimperte mit dem Löffelchen, und sie lachte und schaute zu, wie Salvatore sprach und gestikulierte, und plötzlich nahm er seinen Kaschmirpulli und legte ihn über ihre Schultern. Sofort prüfte sie heimlich das Material, sie musste es ja nur anfassen, und sofort stand fest, dass das gar kein Kaschmir war. Da mochte sie den Italiener noch viel lieber.

Sebastian aß das allermeiste von dem Gebäck. Und mit einem Mal fragte ihn Bärbel, denn es ließ ihr einfach keine Ruhe, was es denn mit den Händen der Frau Kommissarin Voss auf sich hätte.

Sebastian blickte fragend zu Salvatore. Der nickte schwer und sagte: »Barbarina geöre zu mir.«

Diese vier Worte lösten in Bärbel ein Glücksgefühl aus; und einen Moment war sie verwirrt und wie weggetreten, aber so viel verstand sie dann doch von Sebastians Vortrag: Frau Voss hatte vor zwei Jahren unter Lebensgefahr drei junge Leute aus einem brennenden Auto geborgen. Zwei blieben nahezu unverletzt, doch ein junger Mann auf dem Rücksitz hatte nicht überlebt.

Bärbel sagte: »So war das.« Gestern Nacht hatte sie also eine Heldin auf ihrer Küchenbank sitzen gehabt und ihr nichts weiter angeboten als ein gewöhnliches Käsebrot.

Sebastian erhob sich und schlenderte zur Theke. Salvatore zwinkerte Bärbel zu. »Sebasti isse eine Giornalista, immer stecke in die Slums in Sudamerika.« Sein Gesicht wirkte sorgenvoll, aber es hellte sich schnell auf. »Schau, jetze bezahle meine Essen, isse eine gute Junge.« Sie drehten beide die Köpfe zu Sebastian, der Zita Geldscheine in die Hand zählte.

»Eute 'at er mir geolfen«, berichtete Salvatore stolz. »Wir abe dene Wurzel von eine alte Flaumebaume rausegeackt.«

Bärbel sah ihn an. Sein Akzent gefiel ihr so gut und die kratzende, warme Stimme.

»Sebasti sage: ›Musse gleick die grosse Lock mit Erde fullen‹«, fuhr er gedämpft fort, »aber ick sag: ›Junge, mackama morgen.‹«

»Ein großes Loch?« Bärbel stellte die Schneidezähne auf die Unterlippe und wartete ab.

Salvatore mit Grabesstimme: »Si, Barbarina.« Nachdenklich rieb er sich an der Nase. »Wie groß isse eigelick deine 'und?«

Bärbel hatte die Pulliärmel am Hals locker geknotet, jetzt zog sie sie fest zu. »Sie war ein Schäferhund«, keuchte sie.

»Kein Problem, Barbarina.« Salvatore langte zu ihr hinüber und lockerte den Knoten. »Alles gut. Passt.«

Während Sebastian bei Zita vorne stand und einen Espresso trank, tauschten Bärbel und Salvatore ihre Telefonnummern.

Eine Viertelstunde später verließen die beiden Männer das Lokal, nicht ohne sich noch einmal nach ihr umzudrehen und ihr zuzuwinken. Bärbels Herz machte Sprünge.

Sie war schon ewig nicht mehr so glücklich gewesen wie heute.

33

Corry hielt ihr Telefon in der einen, den Wasserkessel in der anderen Hand. Sie sprach mit Müzze: »Na ja, wir wissen, dass Bohn nachher dieses Gedächtnistraining in dem Altenheim hat …« Sie goss das kochende Wasser in die Teekanne und sah zu, wie die Teeblätter in der Kanne umherwirbelten. »Und nun zu meinem Plan, Müzze …«

Die Kollegin unterbrach sie kein einziges Mal, erst als Corry geendet hatte, zog sie hörbar die Nase hoch.

Corry, die letzte Nacht Eier, Speck und Brot an einer Tankstelle gekauft hatte, holte mit einer Hand ein Ei aus dem Kühlschrank. »Wenn du gleich kommst«, lockte sie, »mach ich dir ein Cowboy-Frühstück.«

Fünfzehn Minuten später stand Müzze in einer lila Tunika und durchgewetzten Jeans vor Corrys Esstisch. Während sie das Frühstück austeilte, schilderte sie den gestrigen Abend bei Petra Löble. Abschließend sagte sie: »Bohns Alibi ist erstunken und erlogen.«

Müzze hielt ihre leere Tasse in beiden Händen, die Augen rund wie Murmeln. »Wenn du hören könntest, wie der redet, Corry, da wird irgendwie ein Schalter im Gehirn umgelegt, kannst du dir das vorstellen?«

Corry verneinte und schenkte Müzze Tee nach.

Wie Bohn redete, war ihr wurst. Sie wollte ihn so langsam einmal sehen. Gestern hatte sie nach dem Löblebesuch noch spät am Abend die Staatsanwältin angerufen und um einen Beschluss für eine Durchsuchung bei Bohn gebeten. Aber Arlet hatte durchblicken lassen, dass der Ermittlungsrichter ablehnen würde. »Das ist zu dünn, Corry«, hat sie wörtlich gesagt. Und nach einer kurzen Weile: »Ich seh mal, was ich machen kann.«

Müzze zerbröckelte ihr letztes halbes Brot und wischte damit ihren Teller aus. Corry schaute auf ihre PEACE-Uhr: »Wir müssen los.«

Müzze manövrierte den goldenen Mitsubishi an der gigantischen Baustelle für den neuen Tiefbahnhof vorbei, und Corry fielen angesichts der Kräne und jeder Menge Dreck die beiden Jungs ein, die Merles Köfferchen gefunden hatten. Sie drehte sich halb zu Müzze um, die auf dem Lenkrad trommelte, weil es in der Stau-Stadt Nummer eins nur stockend vorwärtsging.

»Fabio sagte, die Zwillinge hätten sich vor Angst fast in die Hosen gemacht. Ihre Mutter drohte ihnen, sie würden verhaftet, weil sie den Koffer angefasst haben. Deshalb sind sie heimlich noch einmal in den Wald und haben ihn generalgereinigt.«

»In Familien herrscht so viel Angst«, sagte Müzze. »Als ich klein war, dachte ich immer, nur die türkischen Kinder hätten so viel Angst; die deutschen kamen mir stark vor.«

Das Leder von ihrer Fransenjacke roch angenehm.

»Familien können grausam sein«, sagte Corry.

Regen nieselte auf die Windschutzscheibe. »Es gibt aber auch gute Familien«, sagte Müzze und schaltete die Scheibenwischer ein. »Aber man kennt sie halt nicht.«

Corry sah, dass Müzzes rechtes Augenlid zuckte. Familiensachen gingen ihr immer schwer unter die Haut. Corry beschloss, sie aufzumuntern: »Wie nennt man ein kleines schwäbisches Schwein, das am Straßenrand um Hilfe ruft?«

Müzze hatte eine Parklücke entdeckt. Mit einer Lenkbewegung quetschte sie die Goldkugel zwischen zwei Kleintransporter. »Sag halt«, sagte sie.

Corry versuchte ernst zu bleiben: »Notrufsäule.«

Beide brachen gleichzeitig in Gelächter aus.

In dem langen, braunen Korridor, den sie entlangschritten, roch es nach Urin, Kamillentee und Antiseptikum. In einer Nische in der Wand standen zwei Rollstühle, in denen die Greise mehr lagen als saßen. Alles wiederholt sich, dachte Corry. Am Ende des Lebens hängen wir wieder zwischen Speichenrädern, wie am Anfang, als wir Säuglinge waren.

Corry hörte hinter sich Schritte, die sich rasch auf sie zubewegten. Sie drehte sich um. Eine junge Frau mit rundem, rosigem Gesicht begrüßte sie. »Sie wünschen?«

Ein paar Minuten später standen sie vor einer hohen Empfangstheke mit abgestoßenen Ecken, hinter der Marlies Berger residierte. Im Augenblick sah man nur ihre blonden Löckchen, denn sie stand tief gebeugt über den beiden Polizeidienstausweisen von Corry und Müzze.

Herr Bohn, so sagte sie in kühlem Ton, sei seit mehreren Tagen nicht mehr im Heim erschienen, was – süffisant nebenbei bemerkt – keiner der Mitarbeiter oder der Bewohner bedauerte.

»Wieso?«, fragte Corry.

»Weil es sowieso sinnlos ist. Die Bewohner vergessen Herrn Bohn in dem Augenblick, wo er zur Tür raus ist mit seinen alten Platten.« Sie telefonierte nach ihrer Chefin und zwei Kollegen. »Vielleicht sagen die Ihnen ja etwas anderes.«

Nach einer Weile tauchte eine korpulente Frau Ende zwanzig mit dunkler Hornbrille in der Tür auf. »Ich wäre gottfroh, wenn er fortbleibt«, feuerte sie los.

Müzze schaute deprimiert aus ihrer Tunika. »Wer sind Sie?«, fragte sie knapp. »Ihren Name bitte.«

»Massbacher, Meike«, stellte sie sich vor. »Examinierte Altenpflegerin.«

Corry drehte den Kopf zu ihr. »Wieso gottfroh?«

»Mark macht ein bisschen viel Wind. Er bringt uns hier alles durcheinander. Stimmt's, Marlies?« Sie stemmte die Hände in die Seiten und blickte über den Tresen zu der Rezeptionistin, die Papiere zusammentackerte. Meike Massbacher fuhr sich mit der Zunge über die wulstige Unterlippe. »Wollen Sie wissen, bei was der schon ausrastet? Beim Tod eines Hundertjährigen.« Sie schlug sich die Hand vor die Stirn und gackerte stumm. »Darf man mit hundert Jahren«, ihre Schultern hüpften, »nicht mal so langsam …?«

»Sterben?«, fragte Müzze.

Frau Massbacher nickte. »Aber wenn es nach Mark ginge, wäre das verboten.«

Frau Berger riss die eben zusammengetackerten Seiten wieder auseinander. »Aber ein Kinderschänder ist er nicht«, bemerkte sie.

»Es geht nicht um Schändung«, sagte Corry.

»Ach.« Marlies Berger warf die Papiere einfach hinter sich. »Sie sagten aber doch, dass Sie wegen dem toten Mädchen hier sind.«

Corry sagte: »Genauso ist es.«

Frau Berger legte die Fingerspitzen auf die Thekenbrüstung. »Der Mark und Mord? Nie!«

Der Meinung war auch Frau Massbacher. »Alles, was recht ist.« Sie zog das Genick ein und machte einen Buckel. »Unter uns Pfarrerstöchtern: Der reißt keiner Fliege den Flügel raus.«

Kaum hatte sie ausgelacht, zwängte sich eine enorm dicke Frau mit Dutt in die Rezeption. Sie stellte sich mit »Oberschwester Thekla« vor. »Herr Bohn ist untragbar für unser Haus«, stieß sie kurzatmig hervor. »Wir kündigen die Zusammenarbeit mit der Praxis Müllerschön. Am Montag geht der Brief raus.«

Marlies Berger sagte: »Super.« Meike Massbacher feixte: »Recht so!«

»Und wieso?«, fragte Müzze, blass. »Etwa, weil es ihm an die Nieren geht, wenn wer stirbt?«

»Dafür gibt es mehr als einen Grund«, raunte die Oberschwester. »Der packt einen, wenn ihm was nicht passt.« Sie fummelte nervös in ihrer Schürzentasche herum, als suche sie etwas. Dann fuhr sie blitzartig herum und griff nach Müzzes Handgelenk.

Müzze schrie auf. »Kruzitürken, lassen Sie mich los!«

Corry blieb ruhig. Sie lehnte mit dem Rücken an der Theke, und kaum dass sie einmal blinzelte, war Müzze wieder frei und Thekla saß im Polizeigriff auf einem Stuhl an der Wand.

»Mein Gott«, sagte Corry zu dem Berg von einer Frau. »Was erlauben Sie sich?«

Die folgende Unterredung untermauerte Corrys Eindruck, dass dies ein Irrenhaus war. Nach Theklas Aussage war Mark Bohn gewalttätig, was die beiden Damen Berger und Massbacher allerdings nicht bestätigen mochten.

»Richtig angegriffen«, sagte die Massbacher, »hat der uns noch nicht«, und es klang fast, als täte ihr das ein wenig leid.

»Verrückt«, sagte Corry, als sie mit Müzze wieder auf den Korridor hinauseilte, wo gerade ein blonder Pfleger mit einem leeren Servierwagen in den Lift huschte. Das musste Christian Gall sein, der Altenpfleger, der sich geweigert hatte, zur Besprechung an die Rezeption zu kommen. Corry und Müzze sprangen zu ihm in den großräumigen Aufzug.

Der Mann verzog das Gesicht. Corry entdeckte Spuren von Hämatomen an seinem Unterkiefer.

»Wir möchten mit Ihnen über Mark Bohn sprechen«, sagte Corry.

Gall hielt sich am Bügel des Karrens fest. »Den kenn ich gar nicht richtig«, murmelte er. »Wenn Bohne Dienst hat«, krähte er, »hab ich frei.«

Es machte pling und die Tür öffnete sich zur Station im ersten Stock. Auch hier der ungute Geruch und braun gesprenkelter Linoleumboden. Gall schob den Wagen voraus. Über die Schulter rief er: »Ich muss jetzt das Frühstück in den Zimmern abräumen.«

»Bleiben Sie mal stehen«, sagte Corry.

»Heute ist Samstag, und ich mach pünktlich Feierabend.« Der Pfleger lief knallrot an. »Wir haben einen Speiseraum«, sagte er und wies mit dem Kinn zum Ende des Korridors. »Aber die meisten Bewohner liegen im Bett, wo sie auch essen, und dementsprechend sehen die Zimmer aus.« Er verzog abfällig den Mund, schnappte sich den Putzlappen vom Servierwagen und wollte in das erste Zimmer verschwinden.

»Wir kommen mit«, rief Corry.

Der Anblick des alten Herrn, der seitlich auf seinem Bett saß und dessen blau geäderte Beine nackt herabhingen, schmerzte Corry. Sein klein geschnittenes Butterbrot war nicht angerührt. Dafür hatte er seinen Kaffee auf dem Bett verschüttet, und die Angst vor Strafe stand ihm ins Gesicht geschrieben. Er hielt die Hände abwehrend hoch.

»Ist gut«, sagte Müzze zu ihm. Sie fand immer die richtigen Worte, wenn es um so was ging. »Das ist nicht schlimm.«

Christian Gall warf ihr einen glasigen Blick zu. Er räumte Teller und Tasse weg und wischte mit dem Lappen über den Nachttisch. Dann ging er aus dem Zimmer. Corry und Müzze hinterher.

»Der Mann hat noch nichts gegessen«, protestierte Müzze. Ihr rechtes Augenlid flatterte.

Der Pfleger meinte, dass die alten Herrschaften nicht mehr viel vertragen könnten und es besser sei, sie nicht zu zwingen.

»Von Zwang kann ja wohl keine Rede sein«, ereiferte sich Müzze.

»Bohne zwingt die Leute immer zum Essen, der Arsch.« Er packte den Schiebebügel von dem Servierwagen und zog weiter.

»Moment mal«, rief Corry. »Wir sind noch nicht fertig.«

Gall stand da wie einer, der jeden Moment Schläge erwartet.

»Ihnen passiert nichts«, beschwichtigte Corry. »Wir behandeln Ihre Aussage vertraulich.«

»Das sagen Sie nur so.«

Mark Bohn hatte diesen jungen Mann offenbar im Griff. »Fühlen Sie sich bedroht?«, fragte Corry.

Der Pfleger lachte auf. »Von dem?« Er langte wieder nach dem Servierwagen, legte beide Hände auf den Stahlbügel. »Lachhaft!« Er schob los, blickte über die Schulter und rief: »Bohne, der Penner, den rauch ich in der Pfeife.«

»Lieber Gott«, Müzzes sonst so kräftige Stimme war dünn, »mach, dass wir mal nicht in so nem Heim enden.«

»Wir doch nicht.« Corry legte ihr den Arm um die Schulter und dann liefen sie, zwei Stufen auf einmal nehmend, das dunkle Treppenhaus hinab und raus ins Freie. Sie atmeten auf. Doch in Corrys Herz hatte sich ein Gefühl geschlichen, dass sie vielleicht einmal noch sehr viel schlimmer enden könnte.

Kurz vor elf lenkte Müzze den Mitsubishi in die Paulusstraße im Westen der Stadt. Unter Regenschleiern ragte verschwommen ein Jugendstilhaus am Hang auf: das Domizil von Bohns Arbeitgeber, Dr. Dieter Müllerschön. Das Klingelschild verriet, dass die Praxisräume im Erdgeschoss, die Privatwohnung im ersten Stock lagen. Corry läutete oben und unten.

Erst knisterte es in der Gegensprechanlage, dann brummte eine tiefe Männerstimme: »Hallole.«

»Hier ist die Kripo«, sagte Corry.

Kurz darauf erschien ein stattlicher, dunkelhaariger Herr Anfang sechzig mit kohlschwarzen Augen, die von Corry zu Müzze sprangen und wieder zurück. »Grüß Gottle, ihr zwei, kommt herein.«

Dr. Müllerschön ging mit langen Schritten voraus ins Büro. Er trug braune Breitkordhosen und ein hellblaues Hemd, das über die Hose hing. In dem Erkerraum standen zwei mit Papierhäufchen übersäte Schreibtische.

»Entschuldigen Sie die Unordnung«, sagte er mit einer schlaffen Handbewegung über die Tische. »Bürokram. Sache meiner Frau. Ich bin mehr der Praktiker.« Er wies auf zwei Kniestühle, und Müzze schwang sich gleich auf den einen, als wäre es ein Pferderücken. Corry kletterte in den anderen und schaute sich Müllerschön an, der auf einem blauen Sitzball Platz nahm. »Wie kann ich Ihnen helfen?«, fragte er.

»Sie haben uns falsch informiert. Herr Bohn hatte heute Morgen mitnichten einen Termin im Traugottheim«, sagte Corry mehr oder weniger mit zusammengebissenen Zähnen. »Er war schon tagelang nicht mehr dort, und ich denke, Sie wissen das.«

Dr. Müllerschön guckte überrascht, aber keineswegs alarmiert. »Man hätte nicht mich fragen dürfen, Frau Voss. Diese Termindinge macht meine Frau.« Er klatschte in seine großen Hände. »Und ausgerechnet jetzt ist sie nicht da«, sagte er. »Isabell ist in der Stadt. Sie wissen schon: die Samstagseinkäufe, die Königstraße rauf und runter, und dann in der Markthalle, ein Sektchen mit der Freundin …«

Nein, wusste Corry nicht. Es gab Dinge, die sie nicht erlebte. Sie hatte keine Freundin und keine Zeit für vieles, das für andere ganz normal war.

»Rufen Sie sie an«, sagte sie scharf.

Müzze wiegte sich leicht auf ihrem Stuhl.

Der Doktor wählte eine Nummer, lauschte. Corry fiel auf, dass ihm Haare aus der Nase wuchsen. Dann stimmt was in der Ehe nicht, sagte ihre Mutter immer. Sie musste es ja wissen.

»Die Mailbox nur.« Dr. Müllerschön schaute hilflos auf und zuckte die Schultern. »Wie gesagt, sie ist shoppen.«

Corry wurde laut. »Kommen wir zu Bohns angeblicher Sterbebegleitung: Name, Adresse!«

»Aber … unsere Kunden erwarten Diskretion. Sie können da nicht einfach …«

»Können wir doch.«

Er runzelte die Stirn. »Mark betreut seit fast einem Jahr unsere Privatpatienten und die sind mit ihm mehr als zufrieden.«

»Im Traugottheim hält man nicht viel von ihm.« Corry lächelte vor Wut. »Niemand vermisst ihn.«

»Ach wissen Sie, das Traugottheim.« Er stupste ein Stäubchen von seinem Hosenbein. »Mark eckt halt auch mal an, er ist ein junger, wilder Kerl.« Er überlegte kurz. »Ein Idealist, ich hab's.« Er rollte vor und zurück auf seinem Sitzball, die Beine weit gespreizt. »Wir waren früher doch auch so, oder nicht?«

Corry hatte vergessen, wie sie igendwann einmal war. Sie verspürte auch nicht die geringste Lust, darüber nachzudenken. Sie suchte einen Mörder, und sie roch ihn förmlich.

»Schreiben Sie die Adresse auf, wo er in diesem Moment Dienst tut.« Corry sah Müllerschön zu, wie er den PC hochfuhr und ungeschickt in Dateien blätterte.

»Ich hab's«, sagte er schließlich und kritzelte eine Adresse auf einen rosa Klebezettel. Müzze nahm ihn entgegen, entfernte sich ein paar Meter und gab die Information telefonisch an das Präsidium weiter.

Dr. Müllerschön gab missmutige Laute von sich, die Corry ignorierte. »Hat Herr Bohn hier einen Spind mit Arbeitskleidung?« Sie spuckte ja schon fast beim Sprechen, wie sie das hasste.

»Wir tragen zivil«, antwortete er und schloss kurz die Augen. »Die Menschen, die zu uns kommen, haben fast alle Angst vor weißen Kitteln. Und nicht zu unrecht, wenn sie mich fragen.«

Corry fragte nicht.

»Wenn Sie wüssten ...« Müllerschön hob das Kinn.

»Was wüsste?« Gleich würde Corry auf ihn losgehen.

Der Doktor legte den Kopf in den Nacken, und während er über Corrys und Müzzes Kopf hinweg aus dem Fenster in die graue Landschaft blickte, sprach er: »Wenn Sie wüssten, wie gut Mark mit alten, kranken Menschen umgeht, und immer anständig gegenüber den Angehörigen. Dankschreiben zu Weihnachten, Dankschreiben an Ostern. Osterhasen mit Glöckchen.« Er sah Corry offen an. »Ich weiß ja, dass Sie verzweifelt einen Kindermörder suchen. Aber dass Sie sich dafür Mark ausgeguckt haben – ist ungeheuerlich. Das hab ich auch zu Ottmar gesagt.«

»Ottmar?« Corry pfefferte das Wort gegen die Wände. Müzze stieß einen hohen Ton aus.

»Ja. Wir kennen uns von früher. Ihr Vorgesetzter und ich, wir haben mal zusammen ...« Er schüttelte den Kopf. »Schnee von gestern.« Er trommelte mit den Fingern auf das knallige Blau des Sitzballs zwischen seinen Beinen. »Frau Voss, mein Mitarbeiter ist kein Totschläger.«

»Wir suchen keinen Totschläger.« Corry schaute ihm unter die Nase, genau auf das Haarbüschel, das da herauswuchs. »Wir suchen einen Giftmörder. Um genau zu sein: jemanden, der mit Skorpiongift tötet.«

Der Doktor schüttelte wieder den Kopf. »Unvorstellbar.«

»Rufen Sie ihn an. Bitten Sie ihn, jetzt sofort in die Praxis zu kommen.«

»Kein Problem«, sagte er und griff nach dem Telefon, das er vor sich liegen hatte. Wählte, horchte, sprach: »Ja, Hallole, hier spricht der Dieter. Mark, kannst du dich mal bitte in der Praxis melden?«

»Sofort!«, funkte Corry dazwischen.

»Ähm … kannst du dich mal bitte sofort melden? Hallole, geht das klar? Der Dieter war am Apparat.«

Es war zwei Uhr mittags, als Corry und Müzze das Präsidium betraten. Otte saß bereits in Corrys Büro und hielt eine zimtfarbene Jurismappe auf den Knien. Er wirkte bedrückt.

Corry warf ihre Tasche auf den Schreibtisch und setzte sich in ihren Drehstuhl. Fabio tippte etwas in seinen Rechner. Sehen konnte sie ihn nicht, da er die Lücke zwischen den Sansivieria mit seinem Fremdwörterbuch zugestellt hatte.

Müzze lehnte sich hinter Corry an die Wand mit einem Brötchen, das sie sich in der Cafeteria gekauft hatte.

Als Corry gerade den Mund aufmachen wollte, um Otte auf Hallole-Dieter anzusprechen, sah sie, wie die Tür aufging und die Staatsanwältin hereingeschlichen kam. Sie hatte einen Stoß Papier unterm Arm, und Corry hoffte, dass dies die Erlaubnis zum Einholen von Bohns Telefondaten war und vielleicht sogar der Beschluss für die Wohnungsdurchsuchung. Beides waren Wunschgedanken, und Arlet ließ ihr keine Zeit, sie auszukosten. Der Richter habe sich nicht gemeldet, sagte sie, und dass heute, am Samstag, alles sehr schwierig sei. »Hab etwas Geduld, Corry.«

Genau das hatte Corry nicht.

Otte saß nur da und schaute auf die Stelle, wo mal sein Murano-Ascher gestanden hatte.

»Seit wir Bohn suchen«, rief Corry, »kriegen wir ihn nicht mehr zu Gesicht.« Aus dem Augenwinkel sah sie, wie Fabio das Buch wegnahm und zu ihr herüberspähte. »Da der Mensch seine Termine mit uns platzen lässt, wie es ihm gerade passt«, redete Corry sich in Rage, »sind Müzze und ich heute früh zum Altenheim gefahren und haben mit den Beschäftigten gesprochen. Bohn wird als Tunichtgut, sogar als gewalttätig geschildert. Sein Arbeitgeber, Dr. Müllerschön, den wir anschließend besucht haben, behauptet das Gegenteil.«

»Ihr wart bei Dr. Müllerschön?«

»Na klar.«

Otte versteckte sich hinter seiner Jurismappe. Als Corry ihn anstarrte, sagte er kummervoll: »Die ist von Gerd Feldhaus.«

»Was soll das sein?« Corry rauchte der Kopf.

Er zog ein Blatt Papier daraus hervor und bat Corry, es vorzulesen. »Mir dreht sich der Magen um«, meinte er noch.

Arlet stand auf und trat hinter sie. Gemeinsam schauten sie auf den wiederhergestellten Brief Wiechmanns.

Und das waren die Zeilen, die Heiko an seine Exfrau geschrieben hatte: »Julia! Aus geschäftlichen Gründen kann ich Merle am Fr. nicht von der Kita abholen. Ich kann verstehen, wenn du wieder sauer bist. Ich nehme sie dafür nächsten Sommer mit in den Urlaub (3 Wo.)! Bitte lies Merle den folgenden Text vor, aber nicht in dem üblichen säuerlichen Ton. Gruß, Heiko«

Dann folgte der Brief an das Kind.

»Liebe Merle, ich freue mich darauf, bald wieder mit dir schöne Tage zu verbringen. Doch leider, leider kann ich dieses Wochenende nicht, ich habe sehr viel in der Firma zu tun. Wenn du groß bist, wirst du mich verstehen. Bestimmt hole ich dich übernächstes Wochenende. Mama soll dir im Kalender zeigen, wann das ist. Wir zwei fahren dann zum Reitverein und besuchen den ›Romero‹. Ich freue mich schon auf dich, mit freundlichem Gruß, Papa«

Corry legte das Blatt auf ihren Schreibtisch. Schweigeminute. Merle würde nirgendwo hinfahren. Merle würde nie mehr ein Pferd streicheln.

»Niederschmetternd«, sagte Arlet und setzte sich wieder zu Otte an den Besprechungstisch.

Der polterte los: »Wir wissen allerdings nicht, ob er den Brief auch eingeworfen hat. Wiechmann hat ihn auf seinem Computer getippt und gelöscht, das wissen wir. Mehr nicht.«

In dem Moment stakste in engen Hosen Fink wie ein gespitzter Bleistift zur Tür herein. Sie nickte Corry zu und berichtete: »Bohn ist wie vom Erdboden verschluckt. Jan und Nick checken stündlich sein Handy. Nichts. Die Kollegen an Julias Haus, die auch Bohns Hauseingang observieren, sagten mir, dass er weder rein noch raus ist. Bei Petra Löble, wo wir ebenfalls einen Wagen hatten, hat er nicht übernachtet. Übrigens wurde die Löble heute morgen um Viertel vor fünf von einer weiblichen Person mit Prinz-Eisenherz-Frisur abgeholt und zum Flughafen gefahren.«

»Das war ihre Kollegin, Birgit Jetter«, sagte Corry. »Danke, Fink.«

Müzze biss hörbar in ihr knuspriges Brötchen.

In der Tür erschien eine bunte Häkelmütze. »Ich hab geklopft, aber keiner hört mich«, rief Peggy Richter. Sie kam vollends herein. »Isabell Müllerschön hat gerade angerufen.«

»So?« Müzze stieß sich von der Wand ab. »Was hat sie gesagt?«

»Sie hat sich entschuldigt. Bei ihr ginge es drunter und drüber, vor allem, wenn ihr Mann sich in Bürosachen einmischt.« Peggys Froschaugen leuchteten. »Es gab ein Hin und Her, damit die Überstunden von Herrn Bohn nicht verfallen … Nun, er hat also ein paar Tage Urlaub genommen. Alles ganz normal, sagt Frau Müllerschön.«

Urlaub! Corry warf Fabio, der hinter den Pflanzenlanzen aufgestanden war, einen Blick zu. »Kommt uns das nicht irgendwie spanisch vor?«

Er schüttelte den Kopf. »Das ist kein Zufall, dass er Urlaub nimmt, wenn seine Freundin mit dem Affen nach Barcelona fliegt.«

»Ich lass die Passagierlisten am Flughafen überprüfen«, rief Peggy, und schon war sie weg.

Otte wiegte schwer den Kopf und zupfte für sich und Fink Zigarillos aus der Schachtel, die in seinen Händen bebte. »Ich höre immer Bohn, Bohn. Nur weil er in Feuerbach wohnt, ist das doch nicht unser Täter.«

Corry traute ihren Ohren nicht. Jetzt versuchte Otte, sich sein Zigarillo anzuzünden, aber Fabio machte »No« mit den Lippen, und er ließ es ohne Murren sein. »Dieser junge Mann hat nicht einmal mehr Eltern«, sagte er. »Beide sind bei einem Verkehrsunfall getötet worden. Mark Bohn hat schon etwas mitgemacht im Leben. Wir müssen davon ausgehen, dass er einfach nicht in etwas hineingezogen werden will. Das ist so eine Art Polizei-Phobie, verstehst du, Corry?«

»Nein, ich verstehe es nicht. Und ich verstehe nicht, dass du nicht zu uns hältst.«

Otte wirkte sichtlich niedergeschlagen. Falls er rauchen wollte, sie würde ihn jetzt lassen. Sie hatten einfach alle zu viel auf dem Tisch. Täglich kamen stapelweise neue, irre Hinweise. Das alles abzuarbeiten, war fast nicht zu schaffen. Über zwanzig Kollegen aus anderen Abteilungen halfen mit, und die Zeit lief ihnen davon.

Erneut wurde die Tür aufgestoßen. Paul Silber trat herein und blieb breitbeinig mitten im Raum stehen. Er kam soeben von Frau Ortlieb, deren Schwiegermutter heute in den frühen Morgenstunden friedlich – dank Herrn Bohn – eingeschlafen sei.

Otte ruckte mit seinem Stuhl herum und starrte Corry ins Gesicht. »Siehst du?«

Corry schaute schnell weg.

Paul setzte sich neben Arlet, die ihn gutmütig musterte. Er sagte: »Frau Ortlieb war gerührt, dass der Tod der Omi Herrn Bohn so sehr mitgenommen hat; sie war achtundneunzig.«

»Kein Alter für Bohn«, murmelte Corry. Und zu Paul: »Entschuldige, ich wollte dich nicht unterbrechen.«

Paul nickte und fuhr fort: »Ich bat sie, mir zu beschreiben, wie er sich verhalten hat. Sie sagte, sie hätte ja selbst so viel geheult, dass sie blind vor Tränen war. Als sie nachdachte, meinte sie, er wirkte ziemlich fertig, aber sie schob es darauf, dass er ihre Schwiegermutter furchtbar gern gehabt hatte und die alte Dame ihn.«

Corry sah in Pauls blitzenden Augen, dass die Pointe erst noch kam.

»Und was geschah dann?«, fragte sie.

Paul grinste. »Herrn Bohn gingen die Tempos aus, und da hat er von Frau Ortlieb ein Taschentuch bekommen.«

Man hätte eine Stecknadel auf den Teppichboden fallen hören können.

»Super«, sagte Corry. »Wo ist es?«

Er steckte zwei Finger in die Innentasche seines Parkas und zog eine Beweismitteltüte hervor, in der ein weißes Stück Stoff mit Spitzenbordüre lag. »Darin hat er seine Tränen vergossen«, erklärte Paul. »Es ist ihm wohl beim Verabschieden heruntergefallen. Frau Ortlieb hat es im Flur gefunden.«

Corry rief: »Sofort ins Labor!« Müzze nahm Paul die Tüte ab und lief hinaus. Mit diesem Taschentuch erhielten sie endlich Bohns Genmaterial. Aber wie lange das dauern würde? Nach Corrys Geschmack ging alles viel zu langsam.

Otte, der mit nickendem Kopf auf einem Stuhl saß, der zu klein war, um ihn ganz aufzunehmen, sah ihr genau zwischen die Augen. »So, nun wissen wir, wo Herr Bohn heute Nacht geschlafen hat«, sagte er mit bitterem Unterton. »Gar nirgends. Er war die ganze Nacht wach. Denn er hat eine Sterbende begleitet.«

Es war Fink, die sagte: »Du meinst, er verdient einen Orden?«

Erneut wurde die Tür aufgestoßen und Peggy stürmte herein. »Ich habe zwei Sachen«, sprudelte sie hervor. »Erstens: wegen der Flugdaten. Bohn saß weder in der Morgenmaschine nach Barcelona noch in einer der folgenden. Er steht auch auf keiner Passagierliste für spätere Maschinen. Falls er auftaucht, kriegen wir Bescheid. Zweitens: Birgit Jetter aus der Wilhelma ist da. Sie wartet im Besprechungszimmer auf Sie, Frau Voss.« Peggy zog die Brauen zusammen. »Ich glaube, sie muss dringend etwas loswerden.«

34

Birgit Jetter saß in einem dicken senfgelben Pullover im kleinen Besprechungszimmer und schwitzte. »Viel zu warm für November«, sagte sie mit hochrotem Gesicht.

»Da bleiben die Skorpione länger am Leben«, bemerkte Corry. »Wäre es kalt, wären sie schon tot.«

»Ich kenne mich mit Skorpionen nicht aus«, gab Frau Jetter zurück.

»Die sind auch halb lebendig noch zum Töten imstande«, erklärte Corry und nahm Platz. »Letzten Samstag ist ein Hund an einem Stich verendet.«

»Ein Hund?«

»Ein Beagle.«

»Furchtbar«, sagte Frau Jetter und beugte sich zu ihrem riesigen grauen Lederbeutel, der auf dem Stuhl neben ihr saß wie ein Warzenschwein. Sie steckte gerade den Kopf hinein, als Fabio mit einem Tablett und Getränken erschien.

»Hallo, schön, dass Sie da sind«, sagte er. »Tasse Kaffee gefällig?«

»Pfft«, tönte es aus den Lederfalten hervor. »Eigentlich nicht.«

Corry atmete schon flach, und Fabio, der alles auf den Tisch stellte, runzelte die Stirn. Endlich kam Frau Jetter aus ihrer Tasche – sie hielt einen Zettel in der Hand. »Den habe ich heute Vormittag in der Futterküche gefunden«, erzählte sie. »Ich habe Großputz gemacht, meistens machen wir das zu zweit, aber ich war allein, und es hat mir nichts ausgemacht.« Sie nahm eine dünne Haarsträhne zwischen die Lippen, blies sie aber gleich wieder weg. »Heute morgen habe ich meine Kollegin zum Flughafen gebracht, Kesi war schon eingecheckt, und ich dachte, vielleicht seh ich sie nie wieder, ich meine Kesi, und als ich dann in der Wilhelma war, fing ich gleich mit dem Putzen an.« Sie legte das Stückchen Papier auf den Tisch.

Corry und Fabio beugten sich darüber. Es war eine aus Abkürzungen bestehende, hingesudelte Bleistiftnotiz mit folgendem Inhalt: WC-Pap. Weissw. Paradi.

»Das ist ein Einkaufszettel«, stellte Corry fest.

Die Affenpflegerin nickte. »Er lag hinter einem der Obstkörbe, die ich vorgezogen habe, um mal wieder dahinter feucht zu wischen. Lesen Sie weiter.«

Corry las das Gekritzel in der nächsten Zeile: Gri. Heu. Heim. »Was soll das heißen?«

Frau Jetter rieb sich die Wange. »Ich denke mal: Grillen, Heuschrecken und Heimchen.«

Corry sagte: »Interessant.«

»Es ist Petras Schrift«, erklärte Frau Jetter mit Verwunderung in der Stimme. »Ich habe mich gefragt: Wozu braucht sie Futtertiere? Sie hat eine Eierschlange, aber …«

»Aber die frisst nur Eier«, warf Corry ein.

»Es ist Skorpionsnahrung«, sagte Fabio trocken.

Frau Jetter machte ein unbehagliches Gesicht. »Ich würde nicht damit ankommen, wenn Sie das mit dem Mädchen nicht gesagt hätten … dass sie so lang mit dem Tod gekämpft hat.«

»Und verloren hat«, ergänzte Fabio.

Auf Jetters Hals bildeten sich rötliche Flecken. »Ich will aber Petra nicht beschuldigen.«

»Das wissen wir doch.« Fabio unterstrich seine Worte mit einer beruhigenden Handbewegung, worauf die Tierpflegerin durchatmete.

»Ihre Kollegin hat die Futtertiere vielleicht für jemand anderen besorgt«, sagte Corry betont gelassen. Sie wusste auch schon, für wen.

Auf Jetters Nase glänzte Schweiß, als sie die kurze Nacht beschrieb, die hinter ihr lag. Stunde um Stunde hatte sie wachgelegen und gegrübelt. Sie konnte sich einfach nicht vorstellen, dass Petra wieder mit Mark zusammen war. Denn schon vor Monaten hatte sie ihr erzählt, dass es aus sei und sie erleichtert wäre. Die Beziehung mit Mark sei die Hölle gewesen.

Fabio bot Frau Jetter ein Mineralwasser an, das sie mit einem Kopfschütteln ablehnte. Er schenkte ihr trotzdem ein Glas ein. »Vielleicht hält Mark Skorpione?«

»Pfft! Mark ist gar nicht der Typ für ein Terrarium. Der hätte keine Freude daran, einen Skorpion zu beobachten.« Sie steckte die Haarsträhne in den Mund.

Corry überlegte laut. »Dann also doch Petra Löble, wieso auch nicht, Skorpione sind durchaus reizvoll.«

»Das ist vollkommen ausgeschlossen.« Frau Jetter schüttelte den Kopf. »Petra durfte nicht einmal während der Ausbildung im Insektarium arbeiten. Sie hat nämlich eine Insektengiftallergie. Wenn sie mit Tiergift in Berührung kommt, geht's um Minuten. Haben Sie schon einmal vom anaphylaktischen Schock gehört?« Sie wartete die Antwort nicht ab. »Da stirbt man, wenn nicht innerhalb von zehn Minuten Hilfe kommt.«

»Wenn das so ist«, sagte Corry, »sollten wir doch noch einmal – ganz kurz – an Mark Bohn denken.«

»Ich komme mir schäbig vor«, jammerte Frau Jetter, »wenn ich private Dinge über meine Kollegen erzähle, das ist nicht meine Art.«

»Sehen Sie es als Ihre Pflicht«, schlug Fabio vor.

»Niemand von meinen Kollegen hält Skorpione, da bin ich mir sicher. Das hätte ich gehört; wir sprechen miteinander.« In ihrem Gesicht arbeitete es. »Es ist ganz klar, dass die meisten von uns irgendwelche Tiere daheim haben. Schon deshalb, weil im Zoo immer mal welche übrig bleiben.«

»Übrig bleiben?«, wiederholte Corry.

»Jawohl.« Die Tierpflegerin nickte. »Wenn ein Meerschwein von seiner Gruppe gemobbt wird … oder ein Vogel den Flügel hängen lässt und der Tierarzt kann nichts für ihn tun, dann werfen wir diese Tiere ja nicht auf den Müll. Wir nehmen sie halt mit heim. Wir haben den Beruf ja ergriffen, weil wir Tiere lieben. Obwohl wir natürlich auch welche schlachten müssen.«

»Ach ja?«, sagte Fabio gedehnt. Er schrieb etwas in sein Notizheft. Corry schielte darauf, aber er schrieb immer so klein, dass man es nicht lesen konnte.

»Da fällt mir ein, Mark hat sich ständig darum gedrückt.« Nachdenklich runzelte sie die Stirn. »Wir müssen mehrmals in der Woche Hühner schlachten, jeder ist mal dran. Die Hühner kommen von der Hühnerfabrik. Niemand macht das gern. Aber Mark«, sie biss sich auf die Unterlippe, »Mark war beim Schlachten irgendwie ... speziell.«

»So?« Corry spitzte den Mund.

»Erklären Sie uns das bitte«, bat Fabio.

Frau Jetter hatte ihre kräftige Stimme wiedergefunden. »Man haut ihnen den Stock aufs Hirn, das betäubt sie. Dann bricht man ihnen mit der Hand das Genick.«

»Mit der Hand?«, fragte Corry überrascht.

»Wenn Sie ein Beil nehmen, haben Sie hinterher ein Blutbild an der Wand, Sie verstehen?« Corry und Fabio nickten. »Es ist auch ganz wichtig«, fuhr sie aufgeräumt fort, »den Kopf dranzulassen. Unsere Würgeschlangen fressen die Beute vom Kopf her. Was, wenn keiner mehr dran ist?« Sie ließ die Frage offen.

Corry schluckte. »Sie deuteten an, dass Mark Probleme beim Schlachten hatte.«

»Also, Probleme würde ich das nicht nennen«, entgegnete Frau Jetter. »Er wollte halt nie ein Tier übrig lassen.«

Schon wieder: übrig. Corry kombinierte: »Heißt das, er hat die ganze Ladung von der Hühnerfabrik auf einmal ...?«

Frau Jetter kicherte. »Nein, nein. Er machte es immer so, dass mindestens zwei Tiere übrig blieben, niemals nur ein Einzelnes.«

»Weil sonst das Huhn allein wäre?«, vergewisserte sich Fabio.

»So hab ich das auch verstanden«, sagte Frau Jetter achselzuckend und nahm nun doch einen Schluck Wasser. »Ich gebe Ihnen ein Beispiel. Wenn der Revierleiter vom Raubtierhaus für die nächste Fütterung vier Hühner braucht, aber es befinden sich fünf im Hühnerstall, dann würde Mark ihm entweder drei bringen, damit zwei übrig bleiben, oder er würde Rest machen und alle fünf töten.«

Rest machen. Corry verschlug es die Sprache. Für einen Moment herrschte Stille.

Es war Fabio, der das Schweigen brach: »Gab es weitere, sagen wir mal, Spleens?«

»Ich fühl mich gar nicht gut, wenn ich über meine Kollegen herziehe«, sagte Frau Jetter.

»Er ist nicht mehr Ihr Kollege.« Corrys Stimme kratzte. »Mark ist jetzt Ergotherapeut – ganz andere Baustelle.«

Das schien Frau Jetter zu beruhigen. Halblaut gestand sie: »Manchmal bekam er mit Besuchern Krach, aber das muss man verstehen. Wir Tierpfleger denken oft, sind die Leute verrückt? Stellen Sie sich einen Vater vor, der mit seinem Sohnemann am Gehege steht und einem Affen eine brennende Zigarette durchs Gitter reicht. So etwas regt uns auf. Oder wenn ein Eisbär kläglich verendet, weil er den Rucksack gefressen hat, den ihm jemand in die Anlage geworfen hat.« Sie sog scharf die Luft ein. »Wissen Sie, wie oft Wasserschildkröten in unsere Krokodilbecken geworfen werden, weil es da so schön viel Platz zum Schwimmen gibt?« Sie kniff die Augen zusammen. »Unsere Krokodile knacken die kleinen Panzer, als wären das Erdnüsse. Und wissen Sie, wie viele Käfigvögel in Zoos ausgesetzt werden? Wer seinen Vogel satt hat, stopft ihn sich in die Jackentasche und grubelt ihn in der begehbaren Voliere heraus. Und dann glaubt er auch noch, er hätte seinem Hansi etwas Gutes getan.« Ihr Gesicht wurde hart. »Der Besitzer kriegt ja nicht mit, was hinterher geschieht, wenn er längst wieder zu Hause ist.«

»Lassen Sie mich raten«, unterbrach Corry, »Mark ist in solchen Fällen irgendwie – sagen wir eingeschritten.«

Frau Jetter nahm eine Haarsträhne, um darauf herumzubeißen. »Er hat die Leute verseckelt«, sagte sie undeutlich. »Und das dürfen wir nicht.«

Fabio beugte sich vor. »Und was passierte nun mit dem Vogel?«

»Sie meinen Hansi?« Die Tierpflegerin wandte den Blick ab. »Die anderen Vögel pickten ihm die Augen aus.«

Nachdem Birgit Jetter gegangen war, besprachen sich Corry und Fabio in ihrem Büro. Sie standen am Fenster, beide müde und hungrig. Draußen war es schon fast dunkel. Ihre Gesichter spiegelten sich in der Glasscheibe.

»Die wichtigste Information«, stellte Corry fest, »ist die Sache mit der Pärchenbildung. Mark Bohn ließ nie ein Tier allein zurück.« Sie nahm ihren Haarreif herab und setzte ihn wieder auf. »Julia fand einen neuen Mann, Konstantin. Sie waren ein Paar, sie waren zu zweit.«

Fabio spann den Faden weiter: »Merle sollte nicht übrig bleiben.«

»Genau«, sagte sie matt. »Deshalb hat er sie umgebracht.« Corry lief es kalt den Rücken hinunter.

Bohn hatte Rest gemacht.

Es war stockdunkel, als sie in die Wolfsberger Straße einbogen. Nachdem Fabio geparkt hatte, suchte er mit den Augen die Straßenränder ab. Corry sagte: »Da.« Gegenüber stand die schwarze Limousine, in der Katja mit Elmar saß. Aber weder Bohns Peugeot noch Perlitz' Geländewagen waren zu sehen. Nur Julias blauer Golf parkte zwischen zwei dürren Bäumen, die Windschutzscheibe voll mit nassem Laub.

»Gehen wir«, sagte Fabio zu Corry, die nervös wirkte. Sie betraten den schmalen Fußweg und schauten beide gleichzeitig nach links oben: Hinter Bohns Fenstern brannte kein Licht.

Vor der blaugrünen Haustür waren ein paar Grabkerzen dazugekommen und ein neues Stofftierchen mit Glubschaugen. Fabio klingelte.

Julia Wiechmann hingen die Haare strähnig ins Gesicht und ihre Augenlider waren rot vom Weinen. Anstelle einer Begrüßung sagte sie kaum hörbar: »Kommen Sie jetzt jeden Tag?«

Leise fiel die Tür hinter ihnen zu. Vor der Küche hatte sich Sarah Stein postiert. Ihre langen Arme hingen herab. Sie zögerte beim Händeschütteln.

Julia Wiechmann ging ins Wohnzimmer voraus. »Haben Sie Merles Mörder?«, fragte sie ohne Hoffnung in der Stimme.

Fabio schüttelte den Kopf, und als sie sich alle gesetzt hatten, fragte er sie sofort nach einem Terrarium. Ob sie vielleicht eines bei Herrn Bohn gesehen hätte.

»Nein.« Julia Wiechmann krümmte sich in ihrem Sessel, als durchzuckten sie Magenschmerzen. Sie war in dieser Woche spindeldürr geworden.

»Wann waren Sie zuletzt drüben bei Ihrem Nachbarn?«, wollte Corry wissen.

Julia Wiechmann flüsterte: »Da war ich noch nie.«

»Was?«, rief Corry. »Sie waren nie in seiner Wohnung?«

Verwirrt sah Julia Wiechmann auf. »Wozu auch?« Sie weinte. »Meine Tochter war allein ... im Wald«, brachte sie stockend hervor. »Und jemand hat sie ... totgequält, während ich ...« Sie schlug sich mit den Händen die Tränen aus dem Gesicht. »Während ich in München ... glücklich war ...« Sie schrie heiser auf. Frau Stein beugte sich zu ihr hinunter und sprach leise mit ihr. Fabio fing die Worte »Schmerz« und »Leben« auf. Dann fiel sein Blick auf das an die Wand gelehnte Bild. Es zeigte große, pinkfarbene Blüten auf sonnengelbem Grund, und über alles lief rote Farbe – wie Erdbeersoße über Spaghetti-Eis. Fabio verstand nicht viel von Kunst. Wie auch, wenn man in einer Eisdiele in Leer groß geworden war. Aber dieses Werk sprach ihn an. Er riss den Blick davon los und schaute zu Julia Wiechmann.

»Sie erwähnten einmal«, sagte er ruhig, »dass Herr Bohn viel gemacht hat in Ihrer Wohnung. Was genau?«

Als Antwort erhielt er eine müde Handbewegung, die das ganze Haus umfasste.

»Alles, was in einem Haushalt ansteht?«, erkundigte er sich.

Julia Wiechmann zuckte mit den Schultern.

»Was hat er dafür bekommen?«

»Wieso?« Ihr mageres Gesicht bestand nur noch aus Augen.

»Was haben Sie ihm dafür gegeben?«

»Meinen Sie ... Geld?«

»Zum Beispiel.«

Julia Wiechmann schüttelte verständnislos den Kopf. Fabio fragte sich, wieso manche Menschen davon ausgingen, dass ein anderer für sie die Ärmel hochkrempelte und sein Können, seine Energie und seine Zeit für sie hergab – für umsonst.

»Er gehört doch irgendwie ... zur Familie«, presste sie hervor.

»Ich will Ihnen nicht wehtun«, sagte Fabio. »Aber seit wann gehörte er dazu? Oder besser gefragt: von wann bis wann?«

Corry stand auf, ging ein paar Schritte auf und ab. Die Bikerjacke geöffnet, die Hände in Corrymanier tief in den Hosentaschen. Sie sah wütend aus. »Bis Konstantin Perlitz bei Ihnen auftauchte?«, fragte sie.

Die Psychologin trat einen Schritt auf sie zu. »Das reicht«, sagte sie schroff.

Fabio bat sie, diese Frage um Himmels willen zuzulassen. Doch sie herrschte ihn an: »Sie wissen nicht, was meine Patientin durchmacht.«

Fabio zögerte, dann bat er Frau Stein um eine kurze Unterredung. In der Küche erklärte er: »Wie sie selbst sagten, gehört der Schmerz zum Leben. Glauben Sie mir: Wir wollen Ihre Patientin nicht quälen. Aber da draußen läuft ein Mörder herum, und wir haben einen Verdacht, und wir brauchen jede Unterstützung. Wir müssen da gemeinsam durch, Sarah.« Fabio bemerkte, dass die Psychologin milder dreinschaute.

»Julias Welt liegt in Trümmern«, entgegnete sie. »Wissen Sie das?«

Fabio sah sie offen an. »Wir brauchen Antworten, auch wenn unsere Fragen manchmal seltsam oder sogar verletzend klingen. Ich hoffe auf Ihr Verständnis.«

Sie zuckte mit den Achseln, dann nickte sie leicht.

Als sie wieder ins Wohnzimmer kamen, brauste Julia Wiechmann gerade auf: »Meine Tochter wurde getötet! Und Sie fragen mich, ... wer bei mir die Wände ... gestrichen hat?«

Frau Stein trat zu ihr und flüsterte ihr etwas zu.

Fabio setzte sich wieder. »Wann hat Herr Bohn erfahren, dass Sie nach München umziehen?«

Frau Wiechmann hob das Gesicht. Ihr schräger blonder Pony fiel ihr über die entzündeten Augen. »Mark war nicht übermäßig traurig, falls Sie das meinen.«

»Wann hat Mark es erfahren und von wem?«, hakte Corry nach.

»Merle hat's ihm gesagt.«

Fabio beugte sich vor: »Wenn Sie sich eine Skala von null bis zehn vorstellen: Wie gern hatte Mark Ihre Tochter, wenn null gar nicht bedeutet und zehn sehr?«

Julia lehnte sich an das blau und weiß gestreifte Polster. »Er hat sie sehr gemocht, Herr Lavelli. Und wenn Sie Merle gekannt hätten ...« Ihre Stimme ging in Schluchzen über. »Sie hätten sie auch ... ins Herz geschlossen.«

Corry drängte sich vor. »Hatten Sie nie das Gefühl, dass Mark in Sie verliebt ist?«

»Das ist doch Unsinn!« Julia Wiechmann schüttelte entgeistert den Kopf. »Was reden Sie denn?« Sie schluchzte und krümmte sich ganz klein zusammen.

»Hören Sie jetzt auf, bitte!« Sarah Steins Verständnis war aufgebraucht, und Fabio konnte es ihr nicht einmal verdenken.

»Eine letzte Frage«, hörte er Corry sagen. »Über was haben Mark Bohn und Merle zuletzt gesprochen?«

Julia Wiechmann starrte vor sich hin. »Ich kam vom Einkaufen ... räumte die Sachen weg«, antwortete sie gedankenverloren. »Merle und Mark saßen am Küchentisch ... Sie unterhielten sich über ... so kleine ... Papageien.«

»Was für kleine Papageien?« Corry runzelte die Stirn, ihr Mund halb geöffnet.

»Rosenköpfchen«, hauchte Julia Wiechmann. »Er sagte, wenn zwei sich lieben, bleiben sie immer zusammen.« Sie starrte wieder ins Leere. »Mehr weiß ich nicht mehr, ich vergesse alles.«

Draußen im Auto steckte Fabio den Zündschlüssel ins Schloss und sah zu Corry hinüber, die ermattet auf dem Beifahrersitz saß. »Diese Papageien«, erklärte er, »nennt man auch Unzertrennliche.« Er parkte aus und ließ den Ford die steile Straße hinunterrollen. »Stirbt einer von beiden, geht auch der andere ein.«

»Na toll«, sagte Corry. Und nach einer Weile: »Gut möglich, dass Mark Bohn nicht mehr lebt.«

Zwanzig Minuten später knipste Fabio das Flurlicht an. Sebastians Mantel fehlte an der Garderobe, ebenso Salvatores Rentnerblouson. Fabio folgte dem Rosmarinduft in die Küche, wo ein Ratatouille auf dem Herd stand. Er schaute durch den Glasdeckel. Sebastian hatte ihm zwei tiefe Teller übriggelassen. Fabio legte eine Hand an den warmen Topf und schaute auf die Uhr. Die beiden hatten etwa um acht zu Abend gegessen. Eine Notiz, wo sie waren, lag nicht auf dem Tisch.

Auf dem Weg in den ersten Stock knöpfte er sich das Hemd auf. Er war froh, dass er endlich Feierabend hatte. Unter der Dusche, die er heiß und am Ende kühl einstellte, dachte er an gar nichts, sein Kopf war wirklich leer, und er genoss diesen Zustand.

Im Bademantel ging er wieder nach unten. Entkorkte eine Flasche Wein, ließ ihn atmen. Er machte den Eintopf heiß, schnitt sich vom Brotlaib eine dicke Scheibe ab. Dabei schaute er hinaus in den nächtlichen Garten. Wo war der kleine Pflaumenbaum? Nicht drüber nachdenken.

Fabio stellte sein Essen und den Wein auf ein Holztablett und setzte sich damit auf die Chaiselongue im Blumenzimmer. Als er in den weichen grünen Polstern fast eingeschlafen war, hörte er Sebastian und Salvatore nach Hause kommen. Sein Vater schlich sofort ins Gästezimmer hinauf, die Treppe knarzte nur leicht. Sebastian kam zu ihm ins Blumenzimmer geschlendert und setzte sich lächelnd neben ihn. »Dass du schon da bist«, gab er sich gespielt überrascht.

Fabio grinste müde. Schlawiner, dachte er. Und dann stellte er die blödeste Frage, die ihm gerade einfiel: »Wie geht's José?« Typisch Polizist eben.

Sebastian rümpfte die Nase. »Da stimmt etwas nicht; er ruft nicht mehr an«, sagte er frostig. Innerlich lächelte Fabio dankbar. Der brasilianische Anwalt fand jetzt offenbar jemand anderen »spannend«. Fabio zog Sebastian an sich. Sie würden vielleicht irgendwann mal darüber reden. Jetzt nicht. Das fehlende Bäumchen fiel ihm ein, auch egal.

Nach einer Weile setzte Sebastian sich auf, zog sein Hemd vollends aus. Er lachte wieder, hatte Lust zu erzählen. Von Salvatore, den er überall hinfahren und wieder abholen musste, gerade vorhin bei der Bärbel daheim.

»Bei der Bärbel?«

»Sie sind verliebt.« Sebastian blinzelte ein paarmal. »Übrigens will er morgen Mittag mit ihr zum Trauergottesdienst für Merle.«

Fabio war auf einmal hellwach. Während er darüber nachdachte, ob es ihm passte, dass sein Vater in einer laufenden Ermittlung mit einer Zeugin herummachte, erschien vor seinem inneren Auge sein übervoller Schreibtisch. »Ich muss morgen früh arbeiten. Ein klasse Sonntag wird das mal wieder.«

Sebastian nahm ihn in die Arme. Er war heute sehr anhänglich, das war neu und Fabio dachte, er könne sich daran gewöhnen. Mit der flachen Hand strich er ihm über den langen Rücken und hörte zu, wie er von gestern Abend in der Pizzeria erzählte. »Die beiden himmeln sich an«, sagte er noch, und dann küsste er Fabio zart auf die Stirn. Fabio würde was drum geben, wenn er hier einfach so reglos liegen bleiben dürfte.

Sebastian lachte. »Am liebsten würde er jeden Tag zweimal in der Pizzeria essen.«

War Salvatore so gut bei Kasse?, wunderte sich Fabio. Zu Sebastian sagte er: »Sag nicht, dass du jedes Mal bezahlst.«

Sebastian grinste. »Lass uns schlafen gehen.«

Fabio schälte sich aus den Kissen. Er griff nach dem Serviertablett mit dem Wein, dem Teller und dem Topf. »Das räum ich noch in den Spüler«, sagte er. »Bin gleich bei dir.« Er wartete, bis er das typische Poltern auf der Treppe hörte. Dann ging er an Sebastians Umhängetasche an der Garderobe und schob heimlich einen Fünfzigeuroschein in eine der Außentaschen. Da kratzte eine steife Karte an seinen Fingern, und eine Sekunde lang dachte er: eine Einladungskarte zu einer Ausstellung, oder so. Aber dann warf er, typisch Polizist, einen Blick darauf und die Enttäuschung war perfekt.

Es war Mitternacht, als er nach oben ging. Er legte sein iPhone auf den Nachttisch. Sebastian war noch wach, streckte die Arme aus.

»Ich muss schlafen«, sagte Fabio. Er legte sich ins Bett. »Ich muss sehr früh raus.«

Sein Freund flüsterte: »Dein Vater hat heute von deiner Mutter erzählt.«

»Ah! Klasse Thema.« Fabios Augen waren weit offen in dem dunklen Zimmer.

»Es war ein Schock für ihn, als sie mit dem Ami mit den Koteletten ausgewandert ist, und du warst erst drei.«

Fabio schwieg. In seinem Kopf drehte sich alles.

»Du sprichst nie darüber.«

Es half ja nichts. Fabio starrte weiter zur Decke.

Sebastian lag auf der Seite, ihm zugewandt. Fabio spürte seinen warmen Atem, als er sagte: »Deine Mutter ist noch einmal ins Dorf zurückgekommen. In einem türkisfarbenen

Hosenanzug aus Trevira 2000. Zwei Landstreicher haben sie gesehen.«

Fabio seufzte. »Das sind doch bloß Geschichten.«

»Diese Idioten haben ihr zugerufen, sie käme zu spät. Ihr Söhnchen sei bereits an gebrochenem Herzen gestorben.« Sebastian schluckte. »Sie hat das geglaubt.«

Fabio drehte sich weg. »Zwei ewig Besoffene«, sagte er tonlos, »die sich wichtig machen wollten.«

»Deine Mutter wurde ein paar Tage später noch einmal gesehen, wie sie auf dem Friedhof von Pretola die Kindergräber absuchte.«

»Das ist fünfunddreißig Jahre her.« Fabio stöhnte auf. Wenn sie sich weiter unterhielten, konnte er ja gleich ins Präsidium fahren, denn dort gab es für ihn tatsächlich etwas zu tun. Widerstrebend sagte er: »Mit achtzehn habe ich nachgeforscht. Die beiden Männer waren gestorben, und die anderen, die ich befragte, sagten, es sei Schwachsinn. Man hat nie wieder etwas von Conchetta gehört oder gesehen.«

»Wir müssen sie suchen!« Sebastians Stimme in seinem Rücken klang liebevoll.

»Ich weiß nicht, wie sie jetzt heißt.« Er lachte ohne Freude. »Lavelli jedenfalls nicht mehr.«

Sebastian schlang den Arm um seine Taille. »Sie müsste dich googeln, Fabi. Warum tut sie das nicht? Sie würde das doch machen, wenn sie glaubt, dass du lebst.«

Fabio atmete tief ein. Woher sollte er das wissen. Er stellte sich schlafend, denn das alles tat nur weh und sonst nichts.

Vor allem das Flugticket nach Rio, das er in der Hand gehalten hatte, schmerzte ihn sehr.

35

Es war Sonntagfrüh, kurz nach vier. Corry zog sich an – schwarz von Kopf bis Fuß wegen Merles Trauergottesdienst heute Mittag. Sie sah zum Fenster hinaus, keine Spur einer Dämmerung, es war noch stockdunkel jetzt im November.

Als sie zur Tür hinaus wollte, hielt sie irgendetwas zurück. Aber da war nichts, und so warf sie die Tür hinter sich zu und lief los.

Anton Garipov stand mit seinem alten Saab an der Straßenecke. Corry nahm auf dem Beifahrersitz Platz. Auf der Rückbank saß Arlet in ihrem Kamelhaarmantel. Sie streckte den Arm aus und reichte Corry den Durchsuchungsbeschluss für die Wohnung Bohn. »Unser Tatverdächtiger ist flüchtig und es besteht Verdunkelungs- und – wer weiß – Wiederholungsgefahr«, sagte sie. Ihre weißen Zähne blitzten im Dunkeln.

»Super«, sagte Corry und steckte das Papier ein.

In der Sekunde rauschten zwei Streifenwagen an ihnen vorbei. Corry erkannte Dirk Baier mit seinem gelben Hahnenkamm und Uwe Majowski, der rund und rosig am Steuer saß. Als sie vor Bohns Haus anhielten, kamen Fabio und Fink zu Fuß die Wolfsberger Straße herauf.

Corry schaute auf ihre Uhr, es war kurz nach fünf. Sie waren komplett, stellte sie zufrieden fest. Ein halbes Dutzend Kollegen, heiß auf den Einsatz, und gut informiert. Denn Peggy hatte allen den Gebäudeplan für das Haus und den Grundriss von Bohns Wohnung auf die Tablets geschickt.

Corry ertappte sich bei dem Gedanken, vielleicht nur einen Toten und seine Skorpione aufzufinden.

Für die Durchsuchung hatten sie mit Kohlenstoffdioxid gefüllte Handfeuerlöscher dabei. Damit könnten sie die Skorpione, falls welche herumliefen, »einfrieren«. Der Tipp kam von Insekten-Sven aus der Wilhelma, der scheu angeboten hatte, mitzukommen. Aber Corry war das Risiko, einen Außenstehenden mit einzubeziehen, zu hoch.

Corry klingelte oben und unten im Haus, und schließlich ging bei Ivka Holzschuh das Licht an und fünf Sekunden später erschien sie in einem hummerfarbenen Nachthemd an der Tür. »Herr Bohn hat Urlaub«, rief sie, »und den hat er auch nötig. Die Arbeit im Altenheim ist anstrengend, wissen Sie das überhaupt?«

»Wissen Sie, wo er ist?« Corry stand mit einem Bein im Hauseingang.

Frau Holzschuh wackelte mit dem Kopf. »Das braucht eine Vermieterin nicht zu kümmern«, blaffte sie.

Corry zeigte ihr den Durchsuchungsbeschluss und verlangte Bohns Wohnungsschlüssel, den sie unter Schimpfen herausgab. Eine Sekunde später war sie schon am Treppenaufgang, das Gesicht nach oben gerichtet, ein Bein in der Luft.

»Stopp«, rief Fabio. »Sie müssen unten bleiben.«

»Für meinen Mieter leg ich die Hände ins Feuer«, schallte es durchs Treppenhaus.

Uwe Majowski drängte die Hausbesitzerin in ihre Wohnung zurück und Fabio bat ihn, auf sie aufzupassen.

Das restliche Team zog die Plastikschuhe über und stieg die Treppe hinauf. Fabio, der unglücklich aussah an diesem Morgen, drehte den Schlüssel im Schloss um und öffnete die Tür einen Spalt. Ein schaler Geruch entströmte der Wohnung. Zigarettenasche, abgestander Alkohol – aber kein Leichengeruch. Fabio stieß die Tür vollends auf.

Dunkelheit stand wie eine Wand vor ihren Augen. Die Kollegen schalteten ihre Taschenlampen ein, und Fabio drückte auf den Lichtschalter neben der Tür. Die Deckenlampe sprang an, aber ihr Licht wurde vom Schwarz der Wände fast ganz verschluckt.

Corry und Fabio standen Schulter an Schulter in der Tür. Hinter ihnen Fink, Anton, Dirk und Arlet. Letztere war zu klein, um groß was zu sehen. Deshalb drehte Corry den

Kopf und flüsterte ihr zu: »Die Wände der Diele sind pechschwarz.«

Die Kollegen knipsten ihre Maglites an. Fink trat neben Corry und richtete den Strahl ihrer Taschenlampe nach unten, über die Türschwelle hinweg in den Flur hinein. Keine Skorpione, nur Staubflusen auf dunklem, glanzlosem Parkett. Sie ließen das starke Licht über die schwarzen Wände gleiten, eine Garderobe kam in ihr Blickfeld, an den Haken zwei, drei Herrenjacken, daneben ein Schuhschrank. Und vier geschlossene Türen.

Fabio betrat die Diele und öffnete die erste Tür. Anton folgte ihm, die Kamera schussbereit in der Hand. Corry schlich hinterher. Zu dritt blickten sie in ein Zimmer, in dem alles, bis auf das tiefbraune Ledersofa, schwarz war.

Dass die Jalousien der beiden Fenster herabgelassen waren, hatten sie von der Straße aus gesehen. Jetzt erkannten sie, dass vor den Lamellen auch noch blickdichte schwarze Vorhänge hingen.

Die Lichtstrahlen der Taschenlampen wanderten über den Holzboden und die wenigen Möbel – alle aus trübschwarzem Holz: ein fast leeres Bücherregal, ein antiker Ebenholz-Sekretär mit einem Stuhl davor, ein rechteckiger Couchtisch mit vollen Aschenbechern, leeren Flaschen und Zigarettenschachteln. Anton fotografierte das alles.

Corry entdeckte weder ein Terrarium noch ein ähnlich verdächtiges Behältnis. Aber etwas anderes stach ihr ins Auge.

In der linken Ecke stand ein Dreibeinstativ mit einem Fernglas. Fabio neben ihr sah es auch in dem Moment. Sie traten an die Fenster. Die Kollegen blieben, wo sie waren. Corry hob einen der Vorhänge ein Stück an und blickte zwischen zwei Lamellen hinunter auf die Reihenhauszeile, in der Julia Wiechmann das Endhaus bewohnte. Wenn dort das Licht brannte, konnte Bohn in Merles Zimmer sehen. Wie Corry erinnerte, stand dort unterm Fenster Julia Wiechmanns Schreibtisch. Hatte Bohn nun Merle oder ihre Mutter gestalkt? Das wusste Corry noch nicht. Sie ging mit Fabio zu den anderen zurück. »Er hat sie gestalkt«, sagte Corry. Arlet kratzte sich mit einem Finger am Hals und meinte, das hätte sie sich schon gedacht.

»Er hat nur ein Fernglas, keine Kamera«, sagte Fabio. »Was er beobachtet, zeichnet er nicht auf. Das ist heute selten.«

Corry nickte ihm zu. Er sah heute aus wie das Leiden Christi. Das konnte an dem Fall liegen, instinktiv tippte sie aber auf Salvatore, seinen Dauergast. Sie sagte: »So wie hier stell ich's mir bei Graf Dracula vor.«

»Sehen wir uns den Rest an«, meinte Fabio und drehte sich um.

»Sekunde.« Arlet hielt ihn am Ellbogen fest. »Siehst du das?« Alle schauten noch einmal in den Raum. »Auf dem Couchtisch die leeren Tablettenschachteln. Und dort, neben dem Ascher das Papierröhrchen, seht ihr das?«

Ja, sie waren Polizisten und sahen alles.

»So ein Röllchen«, teilte Arlet mit, »benutzt man zum Schnupfen von Kokain.«

In der Küche erwarteten sie ebenfalls schwarze Wände, und der von Fink ausgeleuchtete Fußboden aus schwarzem Laminat war zumindest auf den ersten Blick skorpionfrei.

»Mach mal bitte den Hochschrank auf«, bat Corry die Staatsanwältin, deren Finger bereits unternehmungslustig in Gummihandschuhen steckten.

Sie öffnete den Schrank und trat einen Schritt zurück. »Das ist bizarr«, sagte sie. Corry hatte schon Seltsameres gesehen, aber der Anblick der drei Tassen gab ihr schon zu denken. Es waren derbe Bechertassen, wie man sie auf Krämermärkten fand. Zwei waren ganz gleich; auf der einen stand »Mark« in blauer, auf der anderen »Julia« in roter Schrift. Merles Tasse war etwas schmaler und der Henkel war anders gebogen. Ihr Vorname war für die Serienproduktion wohl zu selten. Deshalb hatte Bohn ihn mit roter Acrylfarbe stark verschnörkelt aufgemalt. Anton fotografierte in den Schrank hinein. Sie gingen ins Badezimmer, wo Corry ein Schauer durchrieselte beim Anblick der Kachelwände, die mit blutroten Stoffbahnen bespannt waren.

»Sieh mal«, sagte Arlet und streckte einen Gummifinger aus.

Corry schaute hin. »Was soll das sein?«

»Ein Ritzbesteck«, sagte Arlet.

Während Corry auf die spitzen Instrumente in dem aufgeklappten schwarzen Samtetui starrte, telefonierte sie bereits mit einem »Urban«, den sie duzte. Als sie auflegte, lächelte sie wie eine Katze vor der Sahneschüssel. »Dr. Urban Arras ist einer der besten Psychiater«, sagte sie. »Er kriegt glänzende Augen, wenn er das hier sieht.«

Corry hielt weiter Ausschau nach Skorpionen. Sie zog ihr Handy hervor und brachte mit ein paar Sätzen den Chef auf den neusten Stand. Zu gern hätte sie Ottes Gesicht gesehen, als sie ihm schilderte, wie »gemütlich« der geschätzte Mitarbeiter seines Kumpels Dieter so wohnte.

Dann wählte sie Gerds Nummer. »Kannst du gleich kommen? Wir sind hier in Bohns Gruselkabinett.«

Fabio öffnete die letzte Tür. Es war das Schlafzimmer. Auf den ersten Blick sah Corry, dass hier etwas Grundlegendes nicht stimmte. Freilich war auch in diesem Raum alles schwarz – die Vorhänge, das ungemachte Bett, der Schiebetürenschrank, der die ganze hintere Wand einnahm.

Etwas anderes irritierte Corry. »Auf dem Plan ist das Zimmer größer«, sagte sie. »Zeigt ihn mir noch einmal.« Fink zog ihr Tablet aus der Tasche und reichte es Corry. Zusammen mit Arlet blickte sie auf die Grundrisszeichnung des Zimmers.

Arlet las vor: »Breite: vier Meter.« Das könnte hinkommen. »Länge: fünfeinhalb Meter.« Das war eindeutig falsch.

Fabio trat hinzu. »Von hier bis zum Kleiderschrank sind es maximal drei Meter fünfzig.«

Das schätzte Corry auch.

Fabio machte einen Schritt in den Raum. »Nehmen wir für die Schranktiefe sechzig Zentimeter, dann sind wir bei vier Metern. Das heißt: Es fehlt ein Meter fünfzig.«

Corry und die Kollegen blieben in der Tür stehen. Sie verbot ihnen, auch nur einen Fuß in dieses Zimmer zu setzen. Es reichte völlig aus, dass Fabio darin herumturnte.

»Hinter dem Schrank muss es weitergehen«, sagte er über die Schulter. Und dann zog er die Schiebetür auf, und wie eine überreife exotische Blüte brach ein Berg rosa Tüll daraus hervor. Fabio wich zurück, und sie alle sahen, was sich da vor ihm aufbauschte: ein Haufen verspielter rosa Prinzessinnenkleider. »Das ist doch total …« Fabios Stimme verlor sich, als er mit seiner Maglite in der Hand in den Schrank kroch.

»Komm da raus!«, rief Corry, wusste aber im gleichen Moment, dass sie dasselbe tun würde, wäre sie an seiner Stelle.

Arlet zupfte sie am Jackenärmel. »Ob Merle jemals in dieser Wohnung gewesen ist?«

Corry schloss einen Moment die Augen. »Ich hoffe nicht.«

Sie hörten Fabio in dem Schrank klopfen. »Da ist ein Riegel«, kam es gedämpft zwischen dem rosa Stoffberg hervor. »Ich sehe eine kleine Tür.« Er zog seine Beine nach, und dann war Fabio weg, durch den Schrank in einen weiteren Raum verschwunden. Hatte Bohn dort hinten ein Terrarium versteckt? Corry zitterte vor Ungeduld.

Als Fabio wieder auftauchte, war er blasser als zuvor. Die Mundwinkel herabgezogen, die Augen voller Trauer. Er stieg über die Kleider und kam zur Tür. Schockiert berichtete er von dem winzigen, fensterlosen Raum, in den er soeben auf allen Vieren gekrochen war. »In der Mitte liegt ein rosa Kinderteppich und es gibt ein weißes Regal. Darauf stehen paarweise kleine Porzellantiere. Daneben ein schmales Bett mit weißen Schleiern und Spitzenbordüren, und es liegt eine Puppe darin.«

»Na toll«, sagte Corry, die atemlos zugehört hatte. »Das ist ja alles total verrückt hier.« Dann entdeckte sie etwas, das sie unbedingt haben wollte. Sofort, nicht erst, wenn Gerd Feldhaus die Güte hätte, es freizugeben. Sie sagte: »Fabio«, und zeigte auf Bohns Bett. »Ich möchte das Heft da haben.« Er zögerte einen Moment, die Staatsanwältin hüstelte, aber dann holte er es für sie. Es war ein Schulheft, DIN A4, mit mattschwarzem Umschlag. Auf dem Titelblatt dieselbe Schnörkelschrift wie auf Merles Tasse. »Buch der Zuwendung« stand dort mit schwarzer Tinte geschrieben. Corry und die Kollegen hielten den Atem an, als sie die erste, zartblau linierte Seite aufschlug.

Um acht Uhr erhielt Corry einen Anfruf von Müzeyyen Gül.

»Corry, sitzt du zufällig?«

Zufällig saß sie nicht. Zufällig stand sie, flach atmend, in der schwarzen Diele in Bohns Horror-Wohnung, wo es Ritzwerkzeug, Koks und ein Kinderverlies gab, und vielleicht auch ein Rudel Skorpione. Zu Müzze sagte sie: »Ich sitze gerade in einem netten Café und bestelle mir das Gourmet-Frühstück, okay?«

»Ich hab was für dich«, sagte Müzze, und dem Ton nach war es eine gewaltige Sache.

Müzze war gerade aus dem Karl-Olga-Krankenhaus gekommen, wo sie Herrn Wagner besucht hatte. Erst wollte der Revierleiter über Petra Löble keinen Ton sagen. Zum Glück war sein Bein, das im Bettgalgen über ihm hing, noch reichlich empfindlich, wie Müzze genüsslich betonte. Sie brauchte es nur ein wenig in dem Gestell zu drehen, und schon erhielt sie eine sachdienliche Aussage.

»Was hat er gesagt?« Corry platzte vor Ungeduld.

»Dass Petra Löble unter ihrer Wohnung, im Heizraum, Leiurus quinquestriatus züchtet.«

»Züchtet?«

»Genau so hat er es gesagt.«

»Gute Arbeit, Müzze.«

Corry legte auf und informierte Arlet und Fabio. Wie sie sich gedacht hatte, wollte Fabio augenblicklich nach Münster fahren. Dagegen gab es nichts einzuwenden. Sie hörte, wie er zur Staatsanwältin sagte: »Wie sieht's aus mit einem Durchsuchungsbeschluss für Löbles Wohnung?«

»Wird nachgereicht«, sagte sie und lächelte auf ihre spezielle Art. »Wir haben Gefahr im Verzug.« Dann gab sie ihm einen Klaps auf den Arm. »Du hast grünes Licht, Fabio!«

Corry wollte mit Arlet hierbleiben und auf die Spurensicherung und den Psychiater warten. Zu Fabio sagte sie: »Wen nimmst du mit?«

»Paul Silber«, antwortete Fabio, und lief mit dem Telefon am Ohr los.

Fabio stand am Straßenrand. Ein feiner Schleierregen wehte vom Himmel, und er genoss die Feuchtigkeit auf seinem Gesicht und die frische Luft. Er atmete tief ein. Wieder versuchte er, Müzze telefonisch zu erreichen. Da fuhr der weiße Golf GTI mit Paul Silber am Steuer heran, und Fabio ließ sich in den Sitz fallen. Während der zwanzigminütigen Fahrt informierte er den Kollegen über Bohns Wohnung, und dann sprach er mit Müzze, die ihm weitere Fakten nannte:

Nach Karl Wagners Information standen in dem Heizkeller mindestens sieben Terrarien mit Skorpionen. Im Dachgeschoss gab es einen Mieter, der während Löbles Abwesenheiten stets ihre Tiere und Pflanzen versorgte. Nach Müzzes Recherchen hieß der hilfreiche Geist Günter Nitsch. Falls er ausgeflogen sei oder nicht aufmachte, sollte Fabio sich an den Hausbesitzer wenden, der in der Nähe wohnte. Sie gab den Namen und die Adresse durch.

Sie erreichten Münster um neun Uhr. Paul parkte den Wagen in der Einfahrt des Dreifamilienhauses. Bevor sie ausstiegen, sahen sie sich den Gebäudeplan an, den Peggy auf Fabios iPhone geschickt hatte. Aus dem Augenwinkel bemerkte Fabio, wie zwei Streifenwagen heranschlichen und zu ihrem Schutz am Straßenrand Position bezogen.

Verschlafen öffnete Herr Nitsch die Haustür. Mit seinen graugelben Haaren, die in wenigen steifen Strähnen auf seinen Schultern lagen, sah er aus wie ein in die Jahre gekommener Hippie. Er war so dünn, dass er in dem grünen Morgenmantel aus Frottee wie ein Gepenst daherkam.

Fabio sagte: »Sind Sie der Mann, der sich um Frau Löbles Tiere kümmert?«

Der Hippie runzelte die Stirn: »Logisch«, sagte er und hielt die Tür zu.

Paul stemmte sich kurz dagegen, dann traten sie in den Hausflur. Herrn Nitschs Protest machte ein starker Raucherhustenanfall zunichte. Doch nachdem er wieder Luft bekam und die Kriminaldienstmarken geprüft hatte, gab er sich, wie er sagte, geschlagen.

»Wer wohnt noch im Haus?«, fragte Fabio.

Herr Nitsch zog den Bindegürtel an dem Morgenmantel fester und blickte die paar Stufen zu Löbles Wohnungstür hinauf. »Also da wohnt die Petra«, sagte er unter Räuspern. »Im ersten Stock wohnt der alte Herr Schurr, aber der ist taub, da können Sie lange klingeln. Tja, und ganz oben wohnt meine Wenigkeit.« Er legte den Zeigefinger, ganz gelb vom Nikotin, an sein Kinn. »Alles Singles«, stellte er fest. »Ein ganzes Haus für drei kleine Leutchen.«

»Und ein paar Tierchen«, ergänzte Fabio.

Günther Nitsch kniff die Augen zusammen.

»Wir wollen uns die Wüstenskorpione ansehen«, erklärte Fabio.

»Ach, die.« Herr Nitsch lächelte. Offenbar hatte er Schlimmeres erwartet. »Die sind im Heizraum.«

Durch eine Holztür ging es über eine schmale Steintreppe in das Kellergeschoss.

»Das wird der Petra aber nicht schmecken.« Herr Nitsch ging voraus, seine Badeschlappen klatschten auf den Boden. Ein langer Korridor tat sich auf, und Nitsch wehte an zwei grau gestrichenen Eisentüren vorbei. Vor der letzten Tür blieb er stehen. Er griff in seine tiefe Frotteetasche und holte einen Schlüsselbund hervor. Dann sperrte er auf und schaltete das Licht ein.

Es war unerwartet hell und warm in dem Raum, es roch nach Heizöl und Fischfutter. Die linke Seite wurde vom Ölkessel und den dazugehörigen Rohren eingenommen. Hinten gab es eine verdunkelte Fensterluke. Auf der rechten Seite stand ein Stahlregal mit etwa zwanzig Terrarien.

Fabio und Paul bewegten sich auf einen Glaskasten in Augenhöhe zu. Er maß etwa dreißig mal dreißig Zentimeter und beherbergte ein Gewusel winziger Skorpione.

»Ich weiß, was Sie jetzt denken«, sagte Herr Nitsch. »Sie denken, wieso stopft die Petra so viele Skorpione in ein Terrarium, wo doch jedes Kind weiß, dass das Kannibalen sind.« Er musste wieder husten. »Aber bis zur zweiten Häutung, sagt die Petra, kannst du problemlos hundert Babys in so nem Kasten halten. Später nicht mehr!« Herr Nitsch riss seine Augen auf. »Sind die ausgewachsen, hältst du sie besser einzeln.« Er zog den Knoten des Bindegürtels noch einmal fester. »Denn: Ein Weibchen sticht gern mal ein Männchen tot. Und wenn du Weibchen und Weibchen zusammen …«, er schüttelte den Kopf, »sorry, aber das geht gar nicht.«

Paul drehte sich zu ihm um: »Sagt das die Petra?«

Sein Gesicht leuchtete. »Logisch, die kennt sich aus.«

Auf dem unteren Regalboden standen zwei große, etwa fünfzig Zentimeter lange Falltür-Terrarien, die mit Sand, Korkstücken und Steinen bestückt waren.

»Die sind abschließbar«, sagte Herr Nitsch eilfertig. »Da geht die Petra auf Nummer sicher.« Er zeigte mit dem Finger auf die Totenkopf-Embleme an den Scheiben.

»Vorbildlich«, sagte Paul nicht ohne Ironie in der Stimme.

»Aber wo sind die ausgewachsenen Skorpione?« Fabio ging in die Hocke, um besser sehen zu können. »Diese Terrarien sind leer.«

Herr Nitsch atmete tief ein und schloss die Augen. »Erstens: Der Wüsti ist nachtaktiv, also verkrümelt er sich, wenn hier Festbeleuchtung an ist. Zweitens: Der Wüsti ist ein wühlender Skorpion, sagt die Petra. Logisch, dass er sich meistens im Sand versteckt.«

Paul sagte: »Schau, da sieht man eine Schere.«

Fabio sah jetzt genauer hin. Tatsächlich. Halb unter einem flachen Stein hatte sich ein größerer Skorpion eingegraben.

Auf dem oberen Regal standen vier quadratische Glaskästen, in denen Punktspotstrahler brannten. Fabio zog einen Schemel, der an der Seite stand, heran und stieg darauf. Jetzt blickte er von oben auf einen Skorpion, der von einer Unzahl schneeweißer Maden bedeckt war. Im ersten Moment ekelte er sich, bis ihm klar wurde, dass dies ein Muttertier war, auf dessen Rücken es von Jungen nur so wimmelte. Es lag unter einem Spotstrahler auf einem flachen schroffen Fels, den Schwanz an den Stein geschmiegt, und wärmte sich und seinen Nachwuchs.

»Wieso brennen in den anderen Terrarien keine Lampen?«, wollte Fabio wissen.

»Wir haben jetzt Winterruhe. Schon mal gehört? Nur die Mütter kriegen Extrawärme.«

»Die Mütter«, echote Paul und schüttelte fassungslos den Kopf.

Herr Nitsch meinte aufgeräumt: »Gut, dass die Petra immer die Mütter separiert.« Er lachte gutmütig, er war jetzt richtig aufgewacht. »Sonst fressen sich die Weibchen gegenseitig die Jungen vom Rücken runter, und das wäre ja irgendwie …«

Fabio stieg wieder von dem Schemel. »Grausam?«

Das Wort hing in der Luft, während er sein iPhone hervorholte und Corry anrief, um die Aussage des Karl Wagner zu bestätigten. »Ja, Petra Löble unterhält einen Zuchtbetrieb für Leiurus quinquestriatus.«

Corry freute sich aufrichtig.

»Wir brauchen Gerd und sein Team hier«, sagte Fabio. »Am besten jetzt gleich.«

»Ich sag's ihm.« Corry klang fast schon heiter. »Fabio?«

Er lauschte der aufgekratzten Stimme. »Die Fahndung nach Mark Bohn ist raus«, jubelte sie. Der Ermittlungsrichter ist endlich voll auf unserer Seite.«

»Klasse.«

»Finde ich auch.« Corry zögerte. »Pass auf dich auf!«

Schon während des Telefonats hatte Fabio ein Zirpen und Kratzen gehört, das von dem Holztisch unter der Fensterluke kam. Paul stand schon dort. Fabio trat hinzu. An die Wand geschoben standen dort fünf milchig-transparente Plastikgefäße in der Größe für eine kleine Portion Kartoffelsalat, mit Luftlöchern im Deckel. Die Schälchen waren bis obenhin mit etwas Zappelndem gefüllt.

»Futtertiere«, informierte Nitsch bereitwillig. »Grillen und Heuschrecken.«

»Und Heimchen?« Fabio sah ihn an.

»Na, da weiß aber einer Bescheid!« Der Mann nickte anerkennend, aber dann musste er wieder heftig husten.

»Übernehmen Sie jetzt das Füttern?«, erkundigte sich Fabio, nachdem Nitsch sich ausgehustet hatte.

»An die Skorpione lässt die Petra keinen ran. Ich füttere nur oben die Vögel und die Meerschweinchen, wenn sie verreist, so wie jetzt, weil sie ihren Affen an die Spanier abgeben muss.« Er schaute verdrießlich. »Den Wüstis hat sie bestimmt so viel Beute reingetan, dass es reicht, bis sie wiederkommt. Die können ja bis zu zwei Jahre hungern«, schob er sichtlich getröstet nach, »und dann leben die immer noch.«

»Sagt die Petra?«, fragte Fabio.

»Ja, Mann.«

Fabio und Paul ließen ihre Blicke über die Anlage schweifen. Paul fuhr sich durch den Bart. »Wie viele sind das?«, wollte er wissen.

»Gute Frage. Weiß die Petra wahrscheinlich sebst nicht«, meinte Herr Nitsch.

»Führt sie denn keine Bestandsliste?«, fragte Fabio.

Herr Nitsch stülpte die Unterlippe vor. »Glaub ich kaum. Wie soll man die durchzählen? Die stehen ja nicht zum Appell vorn an die Scheibe hin.«

Wenn Fabio sich heute nicht so elend gefühlt hätte, hätte er laut herausgelacht. So grinste er nur zu Paul hinüber und hörte auch gleich wieder damit auf. Denn Paul machte ihn auf ein Instrument aufmerksam, das neben dem Regal an der Wand hing: ein etwa siebzig Zentimeter langer Aluminiumstab mit einer Pinzette am Ende, die vom Griff aus betätigt werden konnte.

Herr Nitsch war zur Stelle. »Man fasst da ja nicht mit den Händen rein.« Er kam einen Schritt näher. »Aber mal unter uns: Was kann die Polizei daran auszusetzen haben, wenn jemand vom Fach, so wie die Petra, sich ein paar Skorpiöner hält? Das ist doch wohl nicht verboten?«

Fabio antwortete mit einer Gegenfrage. »Schauen Sie mal.« Er zeigte ihm Merles Foto. »Haben Sie dieses Mädchen mal hier gesehen?«

Herr Nitsch schüttelte den Kopf. »Nein. Ist das die Kleine aus dem Wald?« Sein Mund stand offen, die Zähne waren lang und gelb und nicht mehr vollständig. Seine Miene war todernst geworden.

»Andere Frage: Kannten Sie Petras Freund?«

Herr Nitsch reckte den Hals: »Hat sie denn wieder einen?«

»Letzten Freitag ist er anscheinend hier gewesen, und sie hat Spaghetti für ihn gekocht.«

»Donnerwetter«, sagte er. »Dass die Petra sogar kochen kann ...« Er biss sich auf die Lippe und fuhr hastig fort: »Wenn sie das sagt, wird es schon stimmen.«

»Der Mann heißt Mark Bohn«, erläuterte Fabio.

»Den hab ich ewig nicht gesehen«, kam es spontan. »Wusste gar nicht, dass er Bohn mit Nachnamen heißt. Wie Bohne?«

»Einfach Bohn«, sagte Fabio.

»Und was hat das mit dem Mädchen zu tun?«

»Das wird sich zeigen«, sagte Fabio.

Herr Nitsch schwankte, fast wäre er gegen die Tischkante gefallen, wenn Paul ihn nicht festgehalten hätte. »Geht's wieder?«

»Muss ja.« Er schluckte schwer.

»Wir gehen jetzt in Frau Löbles Wohnung hoch«, bestimmte Fabio. Herr Nitsch blieb stocksteif vor ihnen stehen. »Das erlaube ich nicht«, brachte er unter Husten und Würgen hervor, aber Paul klärte ihn auf: »Der Durchsuchungsbeschluss liegt fix und fertig auf Herrn Lavellis Schreibtisch im Polizeipräsidium. Es ist nur so: Falls Sie die Ermittlungen in dieser Sache verzögern oder behindern …«

»Schon gut«, knickte er ein. »Die Staatsmacht zeigt ihre Fratze, wie?«

»Jetzt übertreiben Sie mal nicht«, sagte Paul und gab ihm energisch das Zeichen, voranzugehen. Vor Löbles Tür musste er die Schlüssel abgeben und draußen warten.

Fabio sagte: »Gehen Sie doch in Ihre Wohnung hoch.« Aber Herr Nitsch setzte sich auf die Treppe.

Vorgestern war Fabio mit Corry in dieser Wohnung gewesen. An dem Tag hatte Petra Löble deprimiert gewirkt, aber sie hatten das auf den baldigen Verlust ihres Zöglings geschoben. Und jetzt sah es ganz danach aus, als hätte die zärtliche Affenmutter die Mordwaffe für ein kleines Mädchen gezüchtet. War Löble Mittäterin? War sie vielleicht sogar Merles Mörderin?

Sie betraten das aufgeräumte Wohnzimmer mit den gelb und orange gestreiften Tapeten. Aus dem Meerschweinchengehege gurrte und knurrte es, und in der Voliere zwitscherten die Vögel. Fabio wies mit dem Kinn zum Schlangenterrarium, und Paul schaute interessiert hinein.

Fabio drehte sich im Raum. Auf dem Tapeziertisch am Fenster stand das Notebook, das würde die Spurensicherung nachher mitnehmen. Er ließ seine Augen über das Regal beim Sofa wandern, und er fand etwas, das sofort seinen Verdacht erregte.

»Das Buch da«, sagte er und zog es zwischen zwei dicken Romanen hervor. Paul trat hinzu und schnalzte mit der Zunge. Das überbreite Buch war ein Versteck.

Inzwischen hielt es Günter Nitsch offenbar nicht mehr länger vor der Türe aus. Fabio bemerkte, dass er in die Wohnung schlich – genau in dem Moment, als Paul sagte: »Die Menagerie hier soll jemand vom Tierheim abholen.«

Wie vom Schlag getroffen stand der Mann jetzt auf der Türschwelle.

»Warten Sie bitte draußen«, wies Paul ihn zurecht. »Sie dürfen hier nicht mehr rein.«

»Die Eierschlange«, erbot er sich rasch, »… die würd ich glatt übernehmen.«

»Mal sehen«, sagte Fabio, und als die Tür wieder hinter Herrn Nitsch zugefallen war, faltete er eine Beweismitteltüte auf und legte hinein, was in dem ausgehöhlten Romanschinken versteckt war: Petra Löbles Tagebuch.

36

Als die Organistin die letzten Töne von »So nimm denn meine Hände« spielte, schloss sich hinter Corry und Fink die Kirchentür. Es regnete und sie rannten zu dem Mitsubishi und fuhren ein Stück weiter in die Feuerbacher City hinein. Wie an Schnüren fiel das Wasser vom Himmel – Tränen für Merle.

In dem Café waren die Fensterplätze mit älteren Damen und Herren besetzt, die hier zu Mittag aßen. Also gingen sie nach hinten und setzten sich vor eine holzgetäfelte Wand. Sie bestellten Kaffee und Käsekuchen und schwiegen eine Weile. Die Bedienung servierte, ohne eine Miene zu verziehen.

Einmal Kellnerin sein, dachte Corry. Einmal nur für ein Serviertablett die Verantwortung tragen.

Sie teilten sich die Kondensmilch aus dem Plastikdöschen. Fink hielt ihr Gäbelchen wie ein Pendel über ihrem Kuchenstück.

Corry sagte: »Mach mal die Augen zu.«

»So?« Fink schielte unten raus.

»Du musst sie ganz schließen.«

Fink ihr gegenüber, die Ellbogen mit den schwarzen Samtstulpen auf den Tisch gestützt.

»Jetzt iss«, sagte Corry.

Fink ließ die Gabel in den Käsekuchen sinken. Als sie die Augen aufklappte, grinste sie. »Stimmt«, sagte sie. »Es ist ein ganz typisches Geräusch.«

Corry neigte das Ohr zu ihrem Teller und stach ebenfalls zu. »Kein anderer Kuchen klingt so. Egal, was du nimmst – Bienenstich, Quark- oder Schmandkuchen – sie klingen anders.«

»Es ist das Käsekuchen-ich-fress-dich-Geräusch«, sagte Fink.

Sie lachten ein wenig, nur, um sich gegenseitig gutzutun. Dann zahlten sie und fuhren ins Präsidium.

Corry stieß die Tür zu Raum IV auf. Vier Kollegen saßen bereits am Konferenztisch und hörten Fabio zu, der lebhaft einen Skorpion beschrieb, mit einem Rücken, weiß wie Koks, wabernd vor frisch geschlüpften Jungen.

»Grüß Gott«, sagte Corry und zog sich einen Stuhl heran.

Müzze beugte sich zu ihr hinüber: »Ulla hat Muffins gebacken, weil sie nicht schlafen konnte heute Nacht.« Sie schob die Platte über den Tisch.

»Endlich wissen wir, woher die Biester stammen«, sagte Corry. »Ich gebe zu, dass ich dem zarten Pflänzchen Löble eine Skorpionzucht nicht zugetraut habe. Aber unsere Kunden überraschen uns ja immer wieder.« Sie trank von dem Wasser, das Müzze ihr reichte. »Was habt ihr Neues?« fragte sie mit einem Blick in die Runde.

»Die Fahndung nach Bohn läuft auf Hochtouren«, vermeldete Jan. »Jede Polizeidienststelle im Land hat sein Foto auf dem Schirm, ebenso die Bahnpolizei, die Autobahnpolizei, Mietwagenunternehmen, Taxizentralen und Flughäfen. Im ganzen Stadtgebiet fahren Streifen, so viele wir bekommen konnten.«

»Wunderbar«, sagte Corry.

Arlet schaute zufrieden über den Rand ihrer Brille. »Bohns Konto wird morgen früh, sobald die Bank öffnet, beschlagnahmt.«

»Toll«, sagte Corry und blinzelte dankbar in ihre Richtung.

Otte aß ein Muffin, gleiche Farbe wie der Leiurus aus der Wilhelma, aus der hohlen Hand. Seine Augen bewegten sich aufgeregt hin und her.

»Es läuft doch bestens«, sagte Corry zu ihm. Es dauerte einen Moment, bis sie begriff, was ihm auf dem Herzen lag: die Presse. Der ewig hungrigen Hyäne sollte man den Ermittlungsstand mitteilen, meinte er, sonst würde sie die Soko »Poncho« in der Luft zerreißen.

»Im Augenblick«, mahnte Corry, »behalten wir gewisse Details besser für uns.«

Arlet und Fabio nickten, und Otte neigte sein Ohr nach links, wo Fink ihm besänftigend, aber laut genug, dass alle es hörten, ins Ohr flüsterte: »In Kürze servieren wir der Öffentlichkeit einen großartigen Erfolg, Otte.«

»Genau«, sagte Corry. »Wenden wir uns jetzt Löble und den Hintergründen ihrer Zucht zu: bitte, Müzze, die Fakten.«

Müzze berichtete über den Krankenbesuch am frühen Morgen. »Erst hat Karl Wagner gemauert, aber dann gab er zu, dass er wusste, dass Petra sich ein Zubrot verdient, indem sie für einen Online-Shop Leiurus quinquestriatus züchtet. Er meinte, sie hätte uns den Sachverhalt nur deshalb verschwiegen, weil sie den Nebenerwerb noch nicht beim Finanzamt angemeldet hat.«

»Und die Kollegen in der Wilhelma?« Otte langte nach einem weiteren Muffin. »Die haben nichts gewusst?«

»Herr Wagner meinte, Petra wollte kein Gerede im Betrieb. Er sagte, er verwettet sein gesundes Bein für sie.« Müzzes rechtes Lid zuckte. »Er kennt sie seit zwanzig Jahren und niemand sei verantwortungsvoller.«

Otte erhob sich und ging mit großen, traurigen Schritten ans Fenster, um zu wippen.

»Verantwortungsvoll«, höhnte Jan. »Verrückt passt besser, wenn sie ausgerechnet das züchtet, wogegen sie allergisch ist.«

»Sie nimmt die Dinger ja nicht in die Hand«, konterte Fink kühl.

Arlet schrieb oder malte etwas in ihren Block. »Bohn hat die Tat begangen«, sagte sie. »Vielleicht auch gemeinsam mit seiner Freundin.«

»Oder sie hat es allein getan.« Jan zupfte an seinen Lippen.

»Ich trau es ihr nicht zu«, sagte Corry mit Nachdruck. Ein Bild tauchte auf: Petra Löble, wie sie die zerzauste Kesi auf den Arm hob. War dies eine Kindsmörderin? Corry schwirrte der Kopf.

Otte ließ das Wippen und setzte sich wieder neben Fink. Er drehte den Kopf zu Corry und fragte mürrisch: »Wie lange bleibt die Dame in Barcelona?«

»Vier, fünf Tage«, antwortete Corry.

»Das ist zu lang.« Er stieß den Daumen auf die Tischplatte, jeder andere hätte ihn sich gebrochen, er aber pustete nur kurz und sagte: »Jan soll sie holen!«

Die Vorfreude auf einen Auslandsaufenthalt spiegelte sich sofort in Jans sumpfgrünen Augen. In seiner Khakikleidung würde er im Zoo von Barcelona nicht einmal auffallen, fand Corry. Die Idee, die Löble dort herauszuholen und nicht abzuwarten, ob und wann sie nach Stuttgart zurückkäme, hätte von ihr stammen können. »Damit bin ich einverstanden«, sagte sie.

Otte brummte: »Jan, du setzt dich in den nächsten Flieger.«

Jan nickte langsam, er war sich der Bedeutung seines Auftrags bewusst. In dem Moment pochte es kurz und hart an der Tür, und schon sprang Peggy Richter herein. Am ausgestreckten Arm hielt sie ein Handy. »Frau Wiechmann ist am Apparat«, rief sie und reichte es Corry über den Konferenztisch. »Sie hat Bohn gesehen.«

Augenblicklich wurde es still im Raum. Corry stellte auf Lauthören.

»Frau Wiechmann? Hallo. Sind Sie sicher?«

»Ja. Ich habe Mark gesehen.«

»Wann war das?«

»Vielleicht ... vor einer halben Stunde«, sagte Julia.

»Also gegen vierzehn Uhr«, vergewisserte sich Corry mit einem Blick auf ihre Uhr. »Wo haben Sie ihn gesehen?«

»Am Kaninchengehege.«

Corry biss sich auf die Unterlippe, dann sagte sie: »Neulich haben Sie dort auch mal Merle gesehen ...«

»Ja. Aber das war falsch – sie ist tot. Vorhin war Mark da. Er hat nach den Kaninchen gesehen.«

Jan tippte sich an die Stirn und verdrehte die Augen.

Corry fragte: »Sind die Kaninchen denn wieder da?«

Schweigen.

»Könnten Sie nachsehen? Ich bleibe am Apparat. Ich warte auf Sie.«

Corry hörte, wie sie die Terrassentür öffnete. Nach einer kleinen Weile: »Die Kaninchen sind weg.« Sie schluchzte. »Immer sagen Sie, dass ich Sie anrufen soll ... wenn Mark kommt.«

»Das ist genau richtig. Haben Sie denn mit ihm gesprochen?« Corry hielt die Luft an.

Stille. »Ich wusste nicht, was ich sagen soll.«

Corry atmete langsam aus. »Wir haben einen Wagen mit Beamten bei Ihnen stehen, die passen Tag und Nacht auf Sie auf. Die Kollegen haben auch die Haustür von Herrn Bohn im Blick. Wenn er kommt, wird mir das gemeldet.«

»Sie meinen, er war vorhin gar nicht da?« Sie stieß einen langen Seufzer aus. »Sie glauben, ich lüge.«

»Ganz bestimmt nicht«, sagte Corry. »Sind Sie denn allein?«

»Sarah Stein kommt bald.«

Corry atmete auf. »Etwas anderes: Sie sagten, dass Sie nie in Marks Wohnung waren.«

Sie weinte. »Er kam ja immer zu uns.« Sie seufzte wieder. »Hat er denn einen Skor..., hat er so ein Tier in seiner Wohnung?«

»Nein, hat er nicht«, sagte Corry.

Frau Wiechmann atmete hörbar auf. »Mark ist kein Mörder.« Sie legte auf.

Nach dem Telefongespräch musste Corry erst einmal schlucken.

»Das hat sie sich bloß eingebildet«, murrte Otte. »Das sind die Nerven, die liegen bei ihr blank.«

»Vorgestern hat sie Merle zwischen den Mänteln an ihrer Garderobe gesehen«, sagte Jan.

»Wir können das nicht so abtun«, entgegnete Corry. »Die Kollegen vor der Tür sind übermüdet, keiner schaut jede Sekunde auf eine Haustür.«

»Der Wagen steht da nicht mehr«, unterbrach Otte sie. Er sah seitlich an ihr vorbei. »Nachdem die Spurensicherung Bohns Wohnung versiegelt hat, haben wir die Streife abgezogen. Schau nicht so. Wir brauchen jeden Wagen für die Fahndung.«

Corry fuhr sich mit der Hand über den Kopf. Ihre Haare waren elektrisch wie Katzenfell. »Das hätte ich gern vorher gewusst«, sagte sie.

»Und dass die Kaninchen weg sind«, lenkte er ab, »ist kein Thema. Vielleicht ist ein Loch im Zaun?« Er starrte Jan an. »Habt ihr das überprüft?« Ohne eine Antwort abzuwarten, erklärte er: »Karnickel pressen sich durch die kleinsten Ritzen.« Er zögerte. »Apropos Ritzen: Wo ist dieser Psychiater, ich will wissen, wieso das jemand macht und was das bedeuten soll.«

»Dr. Arras ist in Ihrem Büro, Chef«, sagte Ulla und fuhr sich über die müden Augen. »Er liest die Zuwendungsbücher und Listen aus Bohns Wohnung. Er möchte nicht gestört werden.«

»Das möchte ich auch mal sagen können«, platzte Otte heraus. »Wann ist er denn so weit? Ich will hier keine Doktorarbeit, ich werde langsam nervös.«

»Ich schau mal bei ihm rein«, meinte Ulla und schon war sie weg.

Während Otte seine Zigarilloschachtel aus dem Jackett kramte und Finks Finger über den Tisch krochen, beschäftigte Corry sich mit Löbles Tagebuch, das mit seinem Dschungelmotiv-Einband und dem goldenen Zierschloss kindlich wirkte. Fabio saß neben ihr. Sie schauten gemeinsam hinein. Im Januar hatte Löble um die Worte »Bei Mark geschlafen – er braucht mich!« ein Herz mit Rotstift gemalt. Im Frühjahr notierte sie euphorisch: »Gewinne ich im Lotto, kaufe ich für Mark 1 Audi TT Roster.« Das hatte sie falsch geschrieben, sie meinte sicher einen Roadster.

Die weiteren Notizen betrafen den Affen in der Art von: »Heute Kesi Durchfall«, »Kesi isst zum 1. Mal Blumenkohl.« Drei Seiten weiter tauchte wieder der Name Mark auf: »Ich denke immer an Mark.« Am 4. November, einen Tag vor Merles Tod, las Corry Löbles letzten und ungewöhnlich langen Eintrag laut vor:

»Mark kann mir auch nicht helfen, bald muss ich mich von Kesi trennen. Ich möchte gar nicht mehr leben.«

»Was ist das für ein Geschreibsel?« Otte rauchte, Fink ebenfalls. Das aromatisierte Kraut roch nach Whisky.

»Erst bringt sie den Affen in seine neue Heimat«, meinte Fink, »dann nimmt sie sich das Leben.«

Otte nickte schwer. »Ich will die Löble hier haben«, sagte er mit Blick auf den Zigarillo zwischen seinen Fingern, »und zwar lebendig.« Jetzt schaute er zu Corry über den Tisch. »Wir haben viele Fragen an sie.«

Das konnte Corry nur bestätigen.

»Ich will nicht, dass sie sich umbringt, Wir wollen mit ihr reden, nicht mit ihrer Leiche. Und deshalb fliegt Corry nach Barcelona.« Otte paffte und schaute dem Rauch nach.

»Ich bleibe hier«, sagte Corry. Sollte doch der grünäugige Jan fliegen, sie fahndete lieber weiter zusammen mit Fabio nach Bohn. Doch Otte lehnte ab.

Jan Blessing zog das Kinn ein und blieb so sitzen.

Corry fühlte, wie sie müde wurde. Das ganze schöne Adrenalin verpuffte. Sie sah sich schon in einem engen Flugzeug in eine Tüte erbrechen. »Kann ich wenigstens Müzze mitnehmen oder Fink?«

Otte drehte seinen Stuhl in ihre Richtung. »Früher hätten wir alle zusammen einen Ausflug nach Barcelona gemacht. Hasta la vista! – das waren noch Zeiten. Heute wird uns jeder Cent gestrichen.«

Corry hatte keine Lust, Vorträge zu hören. »Ich fliege allein, okay. Kein Problem. Und ihr schnappt Bohn.«

Arlet langte mit einer Hand zu ihr herüber. »Und dann stellen wir das Pärchen vor den Richter«, flötete sie.

»Genau.« Corry versuchte ebenso zuversichtlich auszusehen wie die Staatsanwältin.

Otte dröhnte: »Nimm den ersten Flieger, den du kriegen kannst. Die spanischen Kollegen werden dich unterstützen, und falls keiner deutsch kann, sprichst du halt englisch. Wenn du nachher zu Hause bist und deine Tasche gepackt hast, ruf mich an. Dann kann ich dir alles Weitere mitteilen.« Er sagte noch: »Ich stehe wie eine Wand hinter dir, das weißt du, Corry«, und dann walzte er zur Tür hinaus, um das Ganze mit den Oberen abzuklären.

Bevor Corry ausatmen konnte, klopfte es, und Gerd betrat in Jeans und einem hellen Sweatshirt den Raum. Er kam sofort auf das DIN-A4-Heft mit der Überschrift »Ulti…« zu sprechen, das Bohn offensichtlich verbrannt hatte. »Es hieß wohl ›Ultimatum‹ und ist so stark zerstört, dass nur ein paar Worte lesbar sind, und die ergeben keinen Sinn.« Dann wechselte Gerd zu den leeren Tablettenschachteln: »Vermutlich ist der Mann vollgepumpt mit Drogen. Nach den leeren Verpackungen zu urteilen, liegt ein Mehr-Substanzmissbrauch vor. Das heißt, er schmeißt sich alles Mögliche rein: Antidepressiva, Angstlöser, Neuroleptika. Wir haben auch mehrere leere Schachteln Tavor gefunden. Ein starkes Beruhigungsmittel, das schnell abhängig macht.«

Corry sah ihn an. »Und wenn ihm die Tabletten ausgehen?« Sie packte ihre Sachen auf dem Tisch zusammen und stand schon mal auf.

»Dann treten Entzugserscheinungen auf. Soweit ich informiert bin, fängt das mit Zittern an und endet mit Schlaflosigkeit und Panikattacken. Und natürlich ist der Drang, sofort wieder an den Stoff heranzukommen, übermächtig.« Gerd hob die Schultern. »Heute ist Sonntag, Leute, es ist schwierig, ich hab nur eine Notbesetzung.« Er ließ die Schultern wieder herab. »Wir sind jetzt an seinem Computer dran, um herauszukriegen, wie er tickt, wo er sich versteckt und was er vorhat.«

Corry verließ den Raum.

Als ein Schuh heftig von außen gegen die Tür stieß, dachte Fabio, dass dies der Psychiater sei, aber es war Otte, der mit seinen Vorgesetzten Corrys Reise nach Barcelona klargemacht hatte. Hinter ihm traten Paul, Dirk und Uwe ins Zimmer.

»Da mein Büro von einem Psychiater blockiert wird«, raunzte er, »habe ich von meinem Vorzimmer aus telefoniert. Auch mit der Zoo-Direktion in Barcelona ist nun alles geregelt. Man sagte mir, Frau Löble sei unauffällig. Sie ist mit einer Ramona zusammen, die den Affen übernehmen soll. Der Direktor hat mir Stillschweigen zugesagt, damit Corry ihre Arbeit tun kann.«

Fink sagte: »Klasse gemacht, Otte.«

Was er mit dem Polizeichef von Barcelona vereinbart und Corry bereits telefonisch übermittelt hatte, klang gut:

»Ein deutsch sprechender Kollege in Zivil holt Corry vom Flughafen ab, bringt sie in den Zoo und unterstützt sie – falls erforderlich – bei der Festnahme. Frau Löble verbringt die Nacht dann im Polizeigewahrsam auf der Hauptwache in Barcelona, und morgen früh fliegt sie mit unserer Corry wieder nach Stuttgart zurück.«

Fabio und jeder der hier Versammelten wusste, dass der Chef »unsere« Corry bloß aus der Schusslinie haben wollte. Er schonte sie, und genau das wollte sie mit Sicherheit nicht. Corry wollte Bohn kassieren, und was Otte ihr gelassen hatte, war nichts als ein kleiner Trip in den Süden.

Doch Otte war sichtlich mit sich zufrieden. Er lachte und sagte: »Dann hab ich ihr noch gesagt: ›Bring uns außer der Löble noch einen schönen Cognac mit, hasta la vista! und einen guten Flug.‹«

Fabio hasste es, dass er bei dem Stichwort Flug an Sebastians Ticket in der Umhängetasche denken musste. Würde er sich wieder mit dem großartigen José treffen? Er versuchte die Frage wegzuschieben, sie steckte ihm wie ein Stachel im Fleisch. Doch jetzt musste er unbedingt den Psychiater sprechen, um zu verstehen, was in einer Person vor sich ging, die ein Kinderverlies errichtet und dort ein absonderliches Bett aufgestellt hatte – ohne Laken, ohne Matratze, nur eine Sperrholzplatte auf vier kurzen Holzstücken. Er würde nie wieder vergessen, wie er die rosa Daunendecke angehoben und darunter die Puppe vorgefunden hatte.

Ulla schob den Psychiater herein. Der Mann war etwa Mitte vierzig und fast so groß wie Sebastian. Er trug einen dunklen Dreiteiler mit einem hellen Einstecktuch und eine schwarze Kastenbrille. Arlet erhob sich und ging auf ihn zu. Sie duzten sich und lächelten beide.

»Wir wissen vom Leiter der Spurensicherung«, sagte Fabio, nachdem sie sich die Hände geschüttelt hatten, »dass Mark Bohn über die Maßen Medikamente konsumiert.«

»Ja, ich bin unterrichtet«, sagte Dr. Arras und nahm neben Arlet Platz. »Bohn nimmt wohl Tavor, dieses Medikament gibt man bei Krisen, aber immer nur kurz, denn das Suchtpotenzial ist sehr hoch. Außerdem kann es enthemmend wirken. Dasselbe gilt für das sonstige Zeug, das er sich zuführt: Joints und Wodka und Amphetamine.«

Fabio schob ihm eine Tasse Kaffee und die Zuckerdose über den Tisch. Dr. Arras dankte und fuhr fort: »Wer lange genug Speed konsumiert, hat sogar im nüchternen Zustand ein übersteigertes Selbstwertgefühl. Ebenso übersteigert sind die Risikobereitschaft und der Rededrang. Die Leute reden bis zum Umfallen. Auch paranoide Zustände sind nicht selten; die Süchtigen fühlen sich verfolgt, vergiftet, infiziert und so weiter.«

»Warum hat er das Kind getötet?«, fragte Otte.

»Das Ganze aufzuarbeiten, ist in der kurzen Zeit nicht möglich«, antwortete Dr. Arras und schüttete eine Menge Zucker in seinen Kaffee. »Eine Diagnose kann so nicht gestellt werden, aber ich vermute, dass Bohn unter einer bestimmten Persönlichkeitsstörung leidet.«

Gemurmel ging durch die Ermittlergruppe, ein Stuhl ächzte. Es war Ottes Stuhl. »Was ist das?«, fragte er, als hätte er noch nie davon gehört.

»Es handelt sich um eine vielschichtige psychische Erkrankung, die noch nicht vollständig erforscht und auch für die Betroffenen und ihr Umfeld schwer zu verstehen ist. Die Patienten sind überproportional impulsiv und neigen zu Wut- und Gewaltausbrüchen. Manche sind kaum fähig, ihr explosives Verhalten zu kontrollieren.«

»Was sind die Ursachen?«, fragte Fabio.

»Die Betroffenen erlebten als Kind viel Streit in der Familie, damit verbunden Gefühlskälte und Vernachlässigung«, erklärte Dr. Arras. »Solche Kinder wurden oft über lange Zeit allein gelassen, häufig haben sie Gewalt- und Missbrauchserfahrungen gemacht.«

Paul fuhr sich durch den Bart. »Eine schwere Kindheit? Das kennen wir doch.«

»Eine sehr schwere.« Der Psychiater nickte. »Die Erkrankten fühlten sich als Kind ohnmächtig und niemals willkommen, das sind ganz scheußliche Gefühle. Sie haben keine Geborgenheit in der Familie erlebt. Was sie kennenlernten, waren Unbeständigkeit und Chaos. Ich hatte Patienten, die als Kind den Atem so lange anhielten, bis sie in eine Art Rauschzustand kippten. Andere soffen Putzmittel bis zum Umfallen oder aßen irgendwas bis zum Erbrechen.«

»Die Kinder wollten Aufmerksamkeit«, meinte Arlet.

Fink sagte: »Ich tippe auf Selbstbestrafung.«

»Beides trifft zu.« Mit nachdenklicher Miene erklärte der Psychiater: »Die Erkrankten sind emotional noch immer fast wie Kinder, so unerfahren verhalten sie sich. Und immer sind sie schutzlos ihren Gefühlen ausgesetzt, die von einem Extrem ins andere kippen. Ein vermeintlich falsches Wort, ein Blick, den sie falsch interpretieren, und schon schlägt die Stimmung um in Hass und Wut. Das geht von einer Sekunde auf die andere.« Dr. Arras rührte unermüdlich den Zucker in seiner Tasse um. »Leute wie Bohn taumeln zwischen Anhänglichkeit, Aversion und Aggressivität.«

»Was steht in seinen Heften?«, wollte Fabio wissen.

»Den Aufschrieben habe ich entnommen, dass Herr Bohn und eine gewisse Julia …«

»Julia Wiechmann, die Mutter des Opfers«, klärte Arlet ihn rasch auf.

»… dass er sich selbst, Julia und Merle für die perfekte kleine Familie hält. Auch die Puppe, von der mir Herr Garipov vorhin ein Foto vorbeigebracht hat, gehörte dazu.«

»Die Puppe.« Otte presste die Hände gegen seine Wangen. »Mir stehen immer noch die Haare zu Berge. Wenn Corry die gesehen hätte!«

Dr. Arras hielt seine Tasse in der Luft. »Beziehungssehnsucht und Verschmelzungswünsche sind typisch für diese psychische Störung. Trennungen werden oft als lebensbedrohlich empfunden, sodass diese Leute alles tun, um den Partner nur ja nicht zu verlieren. Sie verhalten sich trickreich manipulativ oder üben zwanghaft Kontrolle aus – wobei es auch zu körperlichen Verletzungen kommen kann.« Er lehnte sich zurück und atmete hörbar aus. »So sehr die Betroffenen die Nähe suchen, so wenig können sie genau das auf lange Sicht aushalten. Nach jeder einigermaßen ruhigen Phase in ihrer Beziehung fallen erneut extrem negative Gefühle von Zwang und Einengung über sie her. Und das führt dazu, dass sie den Partner von jetzt auf nachher hassen, und zwar abgrundtief.«

»Also erst klammern, dann abstoßen«, stellte Jan fest.

»Richtig«, sagte Dr. Arras. »Erst einmal ist alles ganz toll. Doch sobald die idealisierte Person einen kleinen Fehler macht, wird sie abgewertet, fallengelassen und schlimmstenfalls zerstört.« Er stellte seinen Kaffee ab, ohne davon getrunken zu haben. »Sie leben in einer Welt, in der es nur Schwarz oder Weiß gibt.«

»Bei Bohn war alles schwarz«, berichtete Fink. »Nur im Badezimmer, da waren die Kacheln mit blutrotem Stoff beklebt.«

»Weil er sich ritzt«, kommentierte Arlet.

Otte beugte sich vor. »Darüber würde ich gern mehr erfahren.«

Bevor der Psychiater in die Details ging, nahm er einen Schluck Kaffee. »Ritzen«, sagte er milde, »heißt in der Fachsprache selbstverletzendes Verhalten. Die Betroffenen stehen unter Hochspannung, und auf diese Weise bauen sie Stress und inneren Druck ab. Andererseits geben ihnen Selbstverletzungen auch Kicks. Manche behaupten, danach wieder klarer denken zu können, andere sagen, sie brauchten den Schmerz, um sich zu spüren.«

Müzze sah mitgenommen aus. »Ich fühle den Schmerz, also bin ich, ist es so?«

Dr. Arras nickte ihr freundlich zu. »Die meisten spüren während des Vorgangs nichts. Sie schauen zu, wie ihr Blut abfließt, und können dabei entspannen. Andere empfinden Schmerzen und ertragen sie; es gibt ihnen ein Triumphgefühl.«

»Was sind die Auslöser für Selbstverletzungen?«, fragte Fabio, der sich nicht vorstellen konnte, sich selbst oder einem anderen etwas anzutun.

»Objektiv gesehen sind es oft kleine Ereignisse«, sagte Dr. Arras. »Schon der Gedanke an eine Kränkung oder Blamage reicht aus, um die Person aus der Bahn zu werfen.«

»Wie konnte Bohn noch arbeiten?«, fragte Müzze.

»Diese Menschen suchen geradezu nach Beschäftigung«, erläuterte der Psychiater. »Einerseits, weil sie daraus Selbstwert schöpfen. Andererseits vermeiden sie so die Angst vor Leere, vor dem tiefen Loch, in das man fallen kann, wenn man nichts zu tun hat. Deshalb erbringen sie oft Höchstleistungen bei der Arbeit, obwohl die Erkrankung sie an den Rand ihrer Belastungsfähigkeit bringt.« Er runzelte die Stirn. »Verlieren sie ihren Job, kann das für sie lebensbedrohlich sein.«

Otte brummte: »Steht in seinen Heften etwas von Skorpionen?«

»Wenn, dann verschlüsselt. Bis jetzt bin ich auf keinen Hinweis gestoßen.«

»Schreibt er, was er mit Merle gemacht hat«, fragte Fabio.

Dr. Arras wand sich auf seinem Stuhl. »In seinen Notizen geht es um vielfältige Verletzungen, die er zu ertragen hatte. Er sieht sich selbst am Rand einer Klippe. Ich fürchte, er hat nichts mehr zu verlieren. Suizid ist bei diesem Syndrom nicht selten. Mehr habe ich in der kurzen Zeit nicht …«

»Herr Lavelli!« Peggys Stimme schrillte vom Korridor her. »Bohn ist aufgetaucht!« Sie streckte ihr Diensthandy in die Luft.

Im Präsidium hätte eine Bombe hochgehen können, in diesem Raum hätte sich keiner auch nur einen Millimeter bewegt.

Fabio nahm ihr das Telefon ab. Sein Adrenalinspiegel schnellte in die Höhe. Was er zu hören bekam, war wunderbar. Bohn saß in seiner Wohnung. Wie ein Kätzchen im Henkelkorb oder eine Maus in der Lebendfalle. Es war zum Verrücktwerden komisch. Fabio musste lachen. Gerade noch hatte der Doktor vom Rand einer Klippe gesprochen … aber Bohn balancierte an keinem Abgrund, er lief nur in seiner Wohnung auf und ab. Dass er das Polizeisiegel entfernt hatte, egal! War das seine Wohnung oder nicht?

»Leute«, sagte Fabio, »wir brechen hier ab.« Er schaute den Dreiteiler an. »Danke, Dr. Arras, wir werden Sie noch brauchen, aber im Augenblick …«

Dr. Arras fasste kurz sein Einstecktuch an. »Dann würde ich gern in den Heften weiterlesen …«

»Aber ja, tun Sie das, bitte.« Fabio war ganz angetan von dem Psychiater.

Als Dr. Arras die Tür hinter sich schloss, rückten die Kollegen zusammen, und Fabio, der ein Grinsen kaum unterdrücken konnte, obwohl das heute nicht sein Tag war, berichtete von dem Gespräch, das er gerade geführt hatte: mit Jonas Betz, wohnhaft in der Wolfsberger Straße 36.

»Der Junge von gegenüber?« Jan zog das Kinn ein. Fabio erinnerte sich, dass Jan es war, der bei der Haus-zu-Haus-Befragung Familie Betz besucht hatte.

Fabio nickte und breitete die Arme aus, damit jeder sehen konnte, dass es voranging in dem Fall, dass sich Türen öffneten. »Der Junge sagte soeben: Sie sind doch hinter dem Mieter von Frau Holzschuh her. Der ist jetzt zu Hause.«

Acht leuchtende Augenpaare waren auf ihn gerichtet. Die Staatsanwältin, der Chef, Fink und Müzze, Jan, Paul und die beiden Feuerbacher Kollegen sahen ihn gespannt an.

»Die Spurenermittler haben heute Mittag in Bohns Wohnung sämtliche Jalousien hochgezogen«, erläuterte Fabio, »und vor zehn Minuten hat Jonas hinter den Fenstern einen mittelgroßen, dünnen Mann gesehen. Er erkannte ihn als den Wohnungsmieter. Er sagte, er hätte ihn ja schon öfter dort oben gesehen.«

Jan nickte. »Ich war in Jonas' Zimmer. Es ist richtig, dass er von dort aus zu Bohn hinübersehen kann.«

Fabio atmete durch. Julia Wiechmann hatte diesmal kein Gespenst gesehen. Bohn war tatsächlich in Feuerbach.

Fabio besprach mit den Kollegen die Strategie zu Bohns Festnahme. Am Ende sagte er: »Wir schnappen ihn uns, und morgen liefert Corry die Löble.« Ironisch fügte er hinzu: »Bei uns bleibt keiner allein – das ist doch ganz in Bohns Sinn.«

Arlet und Paul lachten. Fink schlug kurz mit der flachen Hand auf den Tisch.

»Was ist mit Bohns Vermieterin?«, fragte Müzze.

»Sie ist aus dem Weg«, anwortete Fabio. »Sie wird gerade zu ihrer Schwester nach Marbach gebracht.«

Fabio und die Kollegen schoben ihre Stühle unter den Tisch und zogen sich Jacken und Mäntel über. An der Tür holte Ottes gewaltige Stimme sie ein. »Du bekommst sechs Kollegen von der Schutzpolizei dazu, Fabio. Alles klar? Passt auf euch auf!«

37

Die Dämmerung brach herein, der Zeitpunkt des Einsatzes war gekommen. Paul fuhr den Ford über die nass glänzenden Straßen. Hinter ihnen fuhren zwei Zivilfahrzeuge mit den Kollegen. Fabio schrieb eine SMS an Corry, die bereits im Flugzeug saß: »Bohn in der Falle«, formulierte er. »Schnappen ihn subito.« Trotz aufziehender Kopfschmerzen schmunzelte er. Dann rief er Julia Wiechmann an, um zu hören, ob sich etwas ereignet hatte. Nein. Er bat sie, im Haus zu bleiben.

In der Wolfsberger Straße angekommen, nahmen sie Bohns Wohnzimmerfenster in Augenschein. Die Jalousien waren zur Hälfte hochgezogen, es brannte kein Licht und es war kein Schatten zu sehen. Sie gingen zurück zur Straße. Zwei Kinder in blauen Anoraks kamen auf der anderen Straßenseite den Gehweg herauf. Fabio wartete, bis sie in einem der Häuser verschwunden waren. Dann gab er das Kommando zum Zugriff.

Sie öffneten mit Bohns Schlüssel das Haus. Stiegen die Holztreppe empor. Das polizeiliche Siegel war erbrochen. Und alles war still.

Vor zehn Stunden hatte Fabio diese Wohnungstür schon einmal geöffnet. Nun drückte er wieder die Klinke herunter. An seiner Seite Paul, der zum ersten Mal Bohns Behausung sehen sollte, genauso wie Jan und Müzze. Die drei hielten die Augen weit offen und zogen ihre Waffen.

Dirk und Uwe ließen ihre Taschenlampen aufleuchten, und Fabio schloss die Wohnungstür auf und rief: »Herr Bohn, wo sind Sie?«

Keine Antwort.

Der bekannte Geruch der ungelüfteten Wohnung stieg Fabio in die Nase. Sie betraten leise die Diele, dann drangen sie tiefer in Bohns Reich vor. Ein Blick in die Küche. Alle Regalfächer ausgeräumt, Schubladen aufgezogen, der Inhalt auf dem Fußboden. Die Kollegen von der Spurenermittlung hatten sich einen ersten Überblick verschafft.

Sie hörten das Schluchzen. Blick Richtung Wohnzimmer. In der hinteren Ecke kauerte eine dunkle Gestalt. Der Kopf war nicht zu sehen, er war hinter der wulstigen Lehne der Ledercouch verborgen. Fabio sah schwarze Schuhe und aufgestellte, von Männerhänden krampfhaft umfasste Knie.

Der Mann heulte laut auf, als Dirk und Uwe ihre Maglites auf sein Gesicht richteten.

Erst jetzt sah Fabio die Messerspitze auf dem Boden. Verblüfft erkannte er, dass dort Heiko Wiechmann saß.

»Ist noch jemand in der Wohnung?«, rief Fabio. »Antworten Sie!«

Wiechmann, an die schwarze Wand gelehnt, kreuzte die Arme vor dem Gesicht und schüttelte den Kopf. Paul war mit einem Schritt bei dem Messer, dessen Klinge etwa fünfzehn Zentimeter maß, und kickte es aus der Gefahrenzone.

»Stehen Sie auf«, befahl Fabio. Er hatte hier einen anderen erwartet und war zutiefst enttäuscht. Wie er diesen Job hasste. Sein Kopfweh wurde schlimmer. »Wie sind Sie hier hereingekommen?« Er streckte Wiechmann eine Hand hin, ein Polizist war ein Polizist. Wiechmann ergriff sie zögernd und ließ sich hochhelfen.

Mit gesenktem Kopf stand er im Lichtschein der Taschenlampen. Sein schwarzes, in der Mitte gescheiteltes Haar hing ihm ins Gesicht. Die Wangen wirkten stark eingefallen, er schlotterte am ganzen Körper. »Was hab ich … nur getan?« stammelte er. Seine Augen waren groß und schwarz wie Kohlen. Sein Mund verzerrt. »Wenn ich Merle mitgenommen hätte«, stieß er kaum hörbar hervor, »würde sie noch leben. Meine Kleine … sie würde … herumhüpfen, und sie würde …«

»Hören Sie auf mit den Selbstanklagen!« Fabio platzte gleich der Kragen. »Was soll denn das hier werden?«, fuhr er den Mann an. Offensichtlich litt er unter dem so genannten Überlebensschuldgefühl, das ihn innerlich auffraß. Aber irgendwo da draußen lief der Täter herum, und sie standen zu sechst vor einem Vater, der es bereute, zu wenig Zeit für sein Kind erübrigt zu haben.

»Wo ist Frau Voss?«, schluchzte Wiechmann.

Genau das konnte Fabio jetzt gebrauchen! Wiechmann war es gewohnt, dass er es sich aussuchen konnte, mit wem er sich unterhielt. Aber hier war Schluss.

»Ich zähle bis drei«, sagte Fabio zu ihm. Und zu Paul gewandt: »Führ ihn ab, wenn ich bis drei keine Antwort bekommen habe.«

Paul nickte deutlich.

»Eins.«

Fabio brauchte nicht weiter zu zählen. Wiechmann legte den Kopf schief und sprach, die Unterlippe hing wie ausgeleiert herab. Die Nacht hatte er im Bürgerhospital verbracht, wo ihn Leila nach seinem Nervenzusammenbruch abgeliefert hatte. Heute Morgen war er dort abgehauen und mit einem Taxi nach Feuerbach gefahren. Er wollte gemeinsam mit seiner Exfrau um elf zu Merles Trauergottesdienst.

Wiechmanns Stimme war kraftlos, er richtete die Augen auf den Boden. Fabio hörte, wie Müzze im Hintergrund leise einen Krankenwagen rief.

Julia und Konstantin hatten ihn aber nicht ins Haus gelassen. Und wie er den Fußweg zurück zur Straße ging, sah er, dass in dem Haus hinter dem verwilderten Grundstück weiß vermummte Kriminaltechniker ein- und ausgingen.

»Da war mir klar«, wimmerte er, »dass es der Nachbar war, dieser Milchbubi.« Wiechmann warf sich die Hände vors Gesicht und ließ sie langsam herabsinken. »Ich sagte mir: Den schlag ich tot, dem brech ich jeden Knochen einzeln.«

Der Mann konnte kaum mehr stehen. Paul stützte ihn am Arm. Durch Seufzer unterbrochen, brachte Wiechmann seine Geschichte zu Ende. Wie er die Kriminaltechniker beobachtet hatte. Wie er abwartete, und genau dann zielstrebig und mit einem Lächeln im Gesicht auf die Haustür zusteuerte, als zwei von ihnen an ihrem Kleinbus standen und ihre Schutzanzüge abstreiften. Der dritte Mann fragte ihn, zu wem er wolle, und da fiel sein Blick auf das Klingelschild und er sagte: »Zu Holzschuh.« Da hielt ihm der Mann die Tür auf.

Wiechmann lachte. Fabio gönnte ihm die Genugtuung. Was hatte er noch groß zu lachen im Leben? Das Messer hatte er in Bohns Küche gefunden, und er wollte es dem Milchbubi tief in den Rachen stoßen.

Es klingelte, und Müzze ließ die Sanitäter herein, die sich sofort um Wiechmann kümmerten.

Fabio versuchte, Corry zu erreichen, aber nur die Mailbox sprang an. Er hinterließ die Nachricht, dass Bohn noch immer frei war und dass sie nur Heiko Wiechmann vorgefunden hatten. Und er sagte ihr, wohin er jetzt gehen würde. Denn ihm war ein Gedanke gekommen. Dem plötzlichen Impuls folgend, verließ Fabio das Haus.

Der Mond war bereits aufgegangen, als er an dem hellgelb getünchten Haus ankam. Die von der Straße aus sichtbaren Fenster waren schwarz, bis auf das Küchenfenster, wo er einen zarten Lichtschein wahrnahm. Fabio stand vor dem niedrigen Gartentor und drückte fest auf den Klingelknopf. Das melodische Ding-dong erklang.

Ruth Engelbrecht öffnete ihm nicht, aber er sah, dass jemand am Vorhang zupfte. Also klingelte er erneut, und weil er nicht länger warten konnte, legte er eine Hand auf das schmiedeeiserne Türchen und sprang darüber. Rasch lief er über den Pfad zum Eingang. Dort knipste er den roten Schalter für das Außenlicht an, worauf er einen erstickten Schrei hinter der Haustür hörte.

»Frau Engelbrecht?«, rief er.

Die Tür öffnete sich einen Spalt und hinter der Sicherheitskette lugte ein angespanntes, schmales Gesicht hervor. »Ich lasse niemanden herein«, verkündete Frau Engelbrecht mit zittriger Stimme.

»Aber doch einen Polizisten …« Fabio lächelte.

»Wir dürfen kein Licht anmachen«, flüsterte sie durch den Spalt. »Es ist wie im Krieg, nicht wahr?« Sie wirkte ungepflegt, roch nach Alkohol. »Aber die kleine Lampe hab ich an, die sieht man von außen nicht.«

»Schön!«, sagte Fabio. »Wer sagt, dass Sie kein Licht machen sollen?«

»Niemand.«

Schließlich ließ sie ihn hinein. Das Außenlicht fiel in einem Streifen ins Treppenhaus und in die Wohnung, wo im Flur auf dem Telefontischchen die kleine Lampe brannte.

»Sind Sie allein?«

»Bis auf meine Mutter«, nuschelte sie. »Aber die wirft den ganzen Tag alles, was man ihr gibt, auf den Boden.«

Die Wohnung war dunkel und überheizt. Fabio hörte die Greisin in ihrem Zimmer am Ende des Flurs laut miauen. »Wieso wirft sie alles runter?«, fragte er.

»Sie weiß, dass die Welt schlecht ist.«

Fabio folgte Frau Engelbrecht in die Wohnküche. »Nicht die ganze Welt«, sagte er. »Aber manche Menschen sind schlecht, und man sieht es ihnen nicht an.«

Die alte Dame schwieg.

»Wenn wir die Fensterläden zuklappen«, schlug Fabio vor, »könnten wir das Licht anmachen und keiner sieht es von außen. Dann können wir uns unterhalten.«

»Ich sage sowieso nichts«, sagte sie.

Fabio überlegte einen Moment, dann ging er zum Fenster, öffnete es und zog die Holzläden herein. Dann bat er sie, das Licht einzuschalten, was sie nach einigem Zögern tat.

Er beobachtete, dass sie immer wieder ängstlich zur Tür sah, als erwarte sie jemanden, vor dem sie Angst hatte. Er durfte jetzt nichts überstürzen. Frau Engelbrecht musste sich erst wieder ein wenig an ihn gewöhnen; also fragte er, ob sie ein Stück Brot für ihn hätte, er sei den ganzen Tag noch nicht zum Essen gekommen, was nicht einmal gelogen war. »Tut mir leid«, schob er noch hinterher, »dass ich Sie belästige.«

Sie bewegte einen Moment lautlos die Lippen, dann sagte sie: »Ich kann Sie ja nicht verhungern lassen.«

Klein und zittrig, doch umso geschäftiger, hantierte sie an der Anrichte, nahm eine Scheibe Leinsamenbrot aus der Verpackung, holte Butter und einen Wurstteller aus dem Kühlschrank.

Der Kopfschmerz hinter Fabios Schläfen war schlimmer geworden. »Ich möchte mit Herrn Bohn sprechen«, sagte er.

Sie legte eine dicke Scheibe Schinken auf das Brot. Dann drehte sie sich zu ihm um. »Er kann es gar nicht gewesen sein«, sagte sie aufgeräumt. Sie schenkte Fabio ein Glas Sprudel ein.

»Wieso sind Sie so sicher?« Mit einem dankbaren Lächeln nahm er Brot und Wasser entgegen.

»Weil unser Herr Bohn immer nur das Beste für Merle wollte.«

Die Greisin kreischte in ihrem Zimmer.

Fabio biss in das Brot. Es war so trocken, dass es an den Seiten hochstand. »Wann haben Sie ihn zuletzt gesehen?« Auch der Schinken war hinüber.

»Ich weiß nicht mehr.« Frau Engelbrecht blinzelte. »Ich hab es vergessen.«

»Es wäre wichtig.« Fabio ließ das Brot sinken.

»Wenn man alt ist, bringt man alles durcheinander.« Sie erhob sich und ging wieder zur Anrichte, wo eine offene Flasche Wein auf sie wartete. Sie langte nach einem Glas aus dem Hochschrank und goss es so voll, dass es überlief. »Gottle«, entfuhr es ihr.

Das Glas mit wackeligen Händen umfassend, trudelte sie an den Tisch zurück. »Tja, wann war das? Es war dunkel. Ich dachte, Herr Bohn nimmt mich mit zu Merles Trauergottesdienst.«

»Aber die Messe war heute am Vormittag«, sagte Fabio. »Da war es hell.«

»Nein, es war dunkel.«

Dunkel. Fabio dachte nach. Sie konnte recht haben. An diesen verregneten Novembertagen wurde es nie richtig hell. Und wenn sie die Vorhänge zugezogen hatte, war es hier drinnen dunkel.

»Was hat Herr Bohn gesagt?« Fabio versuchte, seine stechenden Kopfschmerzen zu ignorieren.

»Er sagte, es gäbe nichts Schlimmeres, als dass man ihn verdächtigt, Merle etwas getan zu haben«, erzählte sie weinerlich. Und dann: »Soll ich Ihnen noch ein Brot richten?«

»Oh nein, danke.« Er trank rasch einen Schluck Sprudel. »Herr Bohn war also heute Vormittag bei Ihnen?«

Sie guckte unbestimmt. »Ja, das könnte sein«, sagte sie und schielte nach ihrem Wein.

»Der Trauergottesdienst fing um elf an, ist das richtig?« Fabio sah sie aufmerksam an.

»Ja.«

»Dann war Herr Bohn etwa um halb elf bei Ihnen, kommt das hin?«

»Ja.«

»Er ist aber nicht mit Ihnen in die Kirche gegangen«, stellte Fabio fest. »Sie waren allein dort. Das hat mir meine Kollegin erzählt.«

»So?«

»Was hat Herr Bohn denn bei Ihnen gewollt?«

»Nichts.«

Er beugte sich vor. »Lassen Sie uns vernünftig reden.« Sie nickte ernst und freundlich. Im Hintergrund krähte ihre Mutter. Fabio beteuerte: »Wenn Herr Bohn mit Merles Tod nichts zu tun hat, geschieht ihm ja auch nichts.«

Ruth Engelbrecht trank von ihrem Wein. »Er meinte, infrage käme nur Julias Chef.« Sie stellte ihr Glas vorsichtig ab. »Er sagt, es steht ja sogar auf seinem großen Auto drauf: Mörder.«

»Das hat jemand aus Blödsinn hingekritzelt, das kommt vor«, erklärte Fabio.

»So?«

»Haben Sie eine Kopfschmerztablette für mich?«

»Herr Bohn hat auch oft über Kopfweh geklagt.«

Fabio sah ihr zu, wie sie den Hochschrank öffnete und in einem Kistchen mit Tabletten kramte.

»Wir haben gehört, dass Herr Bohn öfter mal nervös war. Ist Ihnen das auch aufgefallen?«

Sie kam mit einer zerdrückten Tablettenschachtel an den Tisch zurück. »Er ist ein stürmischer junger Mann«, sagte sie zittrig, »und manchmal ist er wütend, aber immer mit gutem Grund.«

Fabio drückte sich eine Tablette aus dem Blisterstreifen. »Was regt ihn denn so auf?«, fragte er in beiläufigem Ton.

»Wie man mit den alten Menschen umgeht«, sagte Frau Engelbrecht.

Nachdem sie über den Trauergottesdienst gesprochen und Fabio ein zweites hartes Schinkenbrot angenommen hatte, fasste Ruth Engelbrecht Vertrauen, sodass sie Fabios weitere Fragen beantwortete, wenn auch zögernd und bedächtig.

Nur die Frage nach eventuellen Selbstverletzungen des Herrn Bohn tat sie als Humbug ab. »Wo gehobelt wird, fliegen Späne«, sagte sie, und schenkte sich noch einmal das Glas voll. »Natürlich ist er immer mal irgendwo hängen geblieben; wer schneidet denn sämtliche Dornenhecken in der Nachbarschaft, wenn nicht Herr Bohn?«

Fabio kratzte sein ganzes Feingefühl zusammen und befragte die alte Dame weiter. Und schließlich kam etwas heraus, das den Fall voranbringen würde und Fabio erschreckte:

Bohn war bei Frau Engelbrecht gewesen, und er hatte Geld gewollt, um neu anzufangen. Und sie hatte ihm das Geld gegeben.

»Warum hackt man immer auf ihm herum?«, klagte sie, »so sehr, dass er jetzt fortgegangen ist, vielleicht für immer.«

»Wie viel Geld haben Sie Herrn Bohn gegeben?«

»Alles, was im Haus war. Auf der Bank bringt es ja doch keine Zinsen.«

»Wie viel?«

»Wir haben es nicht gezählt.«

Geld für einen Neuanfang. Wo? In Spanien? Mit Petra Löble? Auf dem Weg zu seinem Wagen überlegte Fabio, dass Bohn mit dem Auto gefahren sein musste, denn vom Flughafen war keine Meldung gekommen und die Bahn war eher unwahrscheinlich. Und Bohns dunkelroter Peugeot, nach dem seit Tagen gefahndet wurde, war nirgends entdeckt worden.

Fabio setzte sich hinters Steuer und ließ sein iPhone ausrechnen, wann Bohn in Barcelona ankommen würde, falls er heute um vierzehn Uhr losgefahren wäre. Dies war der Zeitpunkt, als Julia Wiechmann, wie sie sagte, ihn in ihrem Garten gesehen hatte. Für die Strecke von eintausendreihundert Kilometern veranschlagte der Rechner als Minimum dreizehn Stunden. Das hieß: Bohn könnte morgen um drei Uhr in der Frühe in Barcelona ankommen.

Um die Zeit würde Corry im Tiefschlaf in ihrem Hotelbett liegen und Petra Löble auf einer Pritsche in der Gewahrsamzelle bei der Polizei von Barcelona.

Er wählte Ottes Nummer. Durch die Windschutzscheibe sah er am Straßenrand eine graue Katze, die etwas Fedriges im Maul trug, das nicht wagte, zu zappeln. Oder es nicht mehr konnte.

Nach dem dritten Freiton war der Chef dran. In seinem Büro wurde lebhaft spanisch gesprochen, offensichtlich hatte er einen Dolmetscher bei sich, der mit Barcelona telefonierte. Über die Entwicklung des Falles war er mehr als beunruhigt.

Fabio sagte: »Bohn ist garantiert mit dem Auto nach Barcelona gefahren. Die Autobahnpolizei soll entlang der Route nach ihm suchen. Er will bestimmt zu Petra Löble.«

»Unsere Corry hat sich nicht gemeldet«, wechselte Otte das Thema. »Das ist untypisch!«

Im Stillen gestand Fabio sich ein, dass auch er sich Sorgen machte. Er hatte noch nie so lange nichts von ihr gehört, wenn sie an einem Fall arbeiteten. Sie informierten sich ständig über jeden Schritt. Erst vor zwei Minuten hatte er ihre Nummer gewählt. Mailbox.

»Es könnte höchstens sein«, fuhr Otte fort, »dass sie in einem Funkloch steckt. Die Quarantänestation für die Affen ist nämlich in einem Untergeschoss in einem Betongebäude.«

»Ja, dann ist es klar«, sagte Fabio. »Und noch etwas: Frau Engelbrecht braucht Hilfe.«

»Bin ich die Caritas?«, schmetterte der Chef.

Mark ist kein Mörder. Er hält keine Skor... sie durfte das Wort nicht denken oder sprechen. Sie kannte überhaupt niemanden, der sich mit solchen Tieren befasste. Das hatte sie den Kommissaren auch deutlich gesagt, aber sie hatten es sich nicht nehmen lassen und systematisch alle Menschen überprüft, mit denen sie je Kontakt gehabt hatte. Sie waren bei ihren Eltern im Odenwald, sie hatten sogar Gustav Perlitz in seinem Haus in München besucht und ihn gefragt, ob er Feinde habe oder sein Sohn oder der Verlag. Nein. Keine Feinde. Und er kannte auch keinen, der Skor...

Julias Magen war leer. Es kam nur noch Galle. Sie hoffte inständig, dass die Polizisten den Mörder finden würden. Ich will wissen, warum, schrie schneidend eine Stimme in ihrem Kopf.

Sie hatte Merle noch einmal im Robert-Bosch-Krankenhaus besucht. Die Kommissarin hatte sich dafür eingesetzt, dass sie ihr Kind noch einmal sehen durfte. Das war wichtig für Julia gewesen, denn sie musste sich dringend vergewissern, dass sie keinen Fehler gemacht und etwas Falsches gesagt hatte. Dass dies wirklich ihre Tochter war – und nicht etwa ein anderes Mädchen, das ihr zum Verwechseln ähnlich sah. Aber es war Merle gewesen.

Dr. Kern hatte sie an der Hand zu ihr geführt. Sie hatte Merles Bärli dabei. So wie man seinem kranken Kind ein Schmusetier mitbringt, so brachte sie ihrem toten Kind seinen Teddy mit. Bog ihm die steifen Arme runter und legte ihn zu ihr.

»Ich will sie mit heimnehmen, auch wenn sie tot ist«, hatte sie zu Dr. Kern gesagt. Er hatte dann gemeint, dass es niemanden auf der Welt gebe, der das nicht verstehen könnte. Und dann hatte er ihre Schulter gedrückt, und das war alles gewesen.

Um halb zwölf beschloss sie, ins Bett zu gehen. Sie legte sich verkehrt herum, die Füße auf dem Kopfkissen. Sie musste an das Telefongespräch von heute Mittag denken. Frau Voss hatte ihr nicht geglaubt, aber es war wirklich so gewesen: Sie hatte in den Garten geschaut, und mit einem Mal ... stand Mark am Gehege. Er hatte zwar keine Füße, aber was machte das schon? Es war Mark. Sie hatte die Hand nach der Terrassentür ausgestreckt, um sie zu öffnen. Aber dann wusste sie nicht, was sie sagen sollte. Ob er die Kaninchen weggebracht hätte und wohin? Das war doch belanglos. Also hatte sie sich umgedreht, um sich eine Zigarette anzustecken, und als sie wieder hinausgesehen hatte, war Mark weggegangen.

Verkehrt herum im Bett zu liegen, fühlte sich richtiger an. Ihre Welt stimmte ja hinten und vorne nicht mehr. Jetzt sah sie die Kirche. Sie war mit weißen Blumen geschmückt, und es waren viele Menschen gekommen, vor allem Kinder. Am Altar stand das vergrößerte Bild, das sie im Sommer gemalt hatte: Merle im Gartenstuhl, rechts und links ein Kaninchen im Arm, und sie strahlte übers ganze Gesicht.

»Sie werden durch ein tiefes Tal der Trauer gehen«, hatte der Pfarrer zu ihr gesagt. »Aber es wird Licht geben am Ende dieses Weges.«

»Was für ein Licht?«, fragte sie ihn. Aber dann sang auch schon der Kinderchor.

Die Kinder waren schwarz-weiß gekleidet und rissen ihre Münder weit auf. Ihr Gesang war wirklich schön. Julia drehte den Kopf. Sie hatte gar nicht gewusst, dass es in Feuerbach so viele Kinder gab. Es sah ganz so aus, als hätte jede Frau alle ihr zur Verfügung stehenden Kinder mitgebracht, eigene und ausgeliehene. Denn sie bildeten nicht nur den Chor, sie saßen auch in den Bänken, manchmal drei oder vier nebeneinander, und manche quengelten und verdrehten die Augen.

Julia saß zwischen Konstantin und Sarah Stein und suchte mit den Augen die Bankreihen ab, ob nicht doch Merles Gesichtchen herausleuchtete aus dieser tristen Kindermasse und den grauen erwachsenen Gestalten. Eine der Mütter ergriff die Gelegenheit und flüsterte ihr zu: »Deine liebe Maus … ist jetzt bei Gott, im Licht.«

Sie sollte aber nicht dort sein, sondern hier, erwiderte Julia stumm. Schick doch du dein Kind ins Licht, wenn dir danach ist. Es wird sowieso sterben. Meins ist nur vorausgegangen. Die erste Reihe im Chor ist morgen vielleicht schon tot. Die zweite Reihe übermorgen. Und so weiter.

Sie entdeckte die Kitaleiterin, deren Namen sie vergessen hatte. In ihren lustigen blauen Augen standen Tränen. Jetzt, wo sie Julias Blick begegnete, kullerten sie herab. Ganz hinten erkannte sie Ruth. Sie stand hinter der letzten Bank, im Halbdunkel. Heiko war nirgends zu sehen. Merles Papa war ein Feigling. Der Pfarrer sprach undeutliche Worte, Julia versuchte sie zu verstehen. Aber sie verstand immer nur: Merle.

Sarah Stein war ihr eine Stütze. Ihre langen Arme passten eineinhalbmal um Julia herum, wenn sie es zuließ. Jetzt zeigte sie mit den Augen zum Pfarrer, und Julia folgte ihrem Blick zur Kanzel. Sie versuchte erneut, zuzuhören, aber die heiligen Worte erreichten sie nicht.

Als es vorbei war und Julia aus der Kirche ging, gezogen und geschoben von Konstantin, kam sie an Engelchen vorbei, und sie sah, dass der Rollstuhl, hinter dem sie stand, leer war. Sie hatte Oma-Leo daheim vergessen. Vor der Kirchentür sah sie die Bäckerin, die ihr einen traurigen Blick ohne Hoffnung sandte. Dafür war Julia dankbar.

Julia zog sich die Bettdecke über den Kopf. Sobald sie die Augen schloss, war ihr Kind bei ihr. Gemeinsam gingen sie die schönsten Stunden durch, die sie zusammen verbracht hatten. Aber Merle kam immer wieder auf den letzten Freitag zu sprechen. Da musste Julia weinen. In der Küche hatten sie eine blaue Schleife um eine Tafel Schokolade gebunden, und Merle hatte erklärt: »Da sind ganz viele Eier drin und Vikör. Die Leila mag das.«

»Und was magst du, mein Schatz?« Julia krümmte sich zusammen und weinte in ihre Hände. »Ich kann dir nichts mehr geben.«

Und schwupps! flog Merle davon.

38

Noch eine Stunde bis Mitternacht. Bohn schwitzte. Seine Kleidung klebte an seinem Körper. Der lange, schwarze Mantel, den er trug, hing schwer an ihm herab.

Unruhig lief er unter Neonleuchten, die an langen Drähten von der Decke herabhingen, auf und ab. Irgendetwas ballte sich in ihm zusammen, und wenn es sich entfaltete, würde es zu jener Explosion kommen, der er mit Schrecken und Lust entgegensah.

Der Raum war riesig und fensterlos, wenn man von dem von außen zugewachsenen, winzigen Oberlicht absah. Die Decke war hoch, fast wie in einer Kathedrale. Und überall Beton, rechts und links, oben und unten.

Der Fußboden war übersät mit Orangenschalen und angefressenen Äpfeln und sonstigem Obst. Etwas knirschte unter Bohns Füßen. Er bückte sich und hob ein rotes Feuerwehrauto auf, Made in China. Er pfefferte es auf den Haufen mit den anderen Spielsachen und schoss ein grünes Plüschkrokodil ab, dessen Augen an schwarzen Wollfäden heraushingen und das jetzt langsam von dem kleinen Hügel herabrutschte.

Es stank bestialisch.

Die Menschen, die vor ihm auf dem Boden lagen, rochen das vielleicht schon gar nicht mehr. Es stank nach Schweiß und Angst und Kesis Exkrementen.

Sie verhielten sich still, bis auf den fetten Pförtner, der unbedingt nach Hause wollte. Er fing erneut zu wimmern an, aber Bohn schob dem gleich einen Riegel vor.

»Schnauze!«

Er wollte in Ruhe nachdenken und sich auf seinen Plan konzentrieren, was an sich kein Problem wäre, wenn sich nicht dauernd das Bild der Ärztin in sein Bewusstsein schieben würde: Sie hatte ein rotes Top angehabt und einen Minirock, der bei jedem Schritt wippte. Dazu weiße Stiefel. Tief in der Nacht hatte sie sich an Mister Bigs Geländewagen zu schaffen gemacht. Bohn hatte sie durch sein Fernglas gesehen und sie sofort an ihren langen, blonden Locken erkannt. Sie hielt etwas Kleines in der Hand. Es war nicht das Opernglas, mit dem sie früher hoch zu Pferd die ganze Stadt nach ihm abgesucht hatte. Wie sie da unten an dem Wagen stand, sah sie sich nach allen Seiten um und tat mächtig geheimnisvoll. Dann stellte sie sich auf die Stiefelspitzen, beugte sich über die Motorhaube und ließ ihren rechten Arm tanzen. Zwei Sekunden später flüchtete sie zu ihrem Wagen die Straße hinunter. Das Kennzeichen konnte er erkennen, es fing mit einem »M« an, wie Mark oder Merle – oder München. Okay, es war München. Sie stieg in ihren weißen Mazda MX-5 und ließ ihn ohne Licht die Wolfsberger Straße hinunterrollen.

Als sie weg war, rannte Bohn hinunter, um mal nachzusehen, was sie getrieben hatte: »Mörder« hatte sie in großen Buchstaben auf die Karosserie geschrieben – mit Lippenstift. Da musste er lachen. Weil sie endlich wieder da war. Die schöne Ärztin, die Heidrun nie geglaubt hatte, dass er von der Schaukel gefallen war. Leider hatte sie ihn nicht rechtzeitig gefunden, denn jetzt war er erwachsen und alles war zu spät und verloren. Bohn hatte sich nach ihrem Pferd umgeschaut, auf dem kleinen Acker hinterm Haus und unten im Niemandsland, aber weit und breit kein Schimmel.

Ramona Sala lag mit dem Gesicht zum Boden. Ihr Haar lag als dicker, sattbrauner Zopf über ihrem Rücken, der vor Anspannung zitterte. Sie durfte ja ihren Kopf nicht ablegen, weil sich darunter etwas versteckte, das keinen Spaß verstand. Sie winselte um Wasser, vielleicht musste sie auch aufs Klo oder war müde.

Bohn kannte keine Müdigkeit. In seinen Adern jagte das Adrenalin rauf und runter. Gestern Abend hatte er Ruth besucht, die so verwirrt war, dass sie glaubte, er wolle sie zur Kirche abholen. »Nee«, hatte er gesagt, »die Messe ist doch erst morgen.« Und dann gab sie ihm das Geld, um das er sie bat, und ansonsten hielt sie ihren Mund. Keine Vorwürfe, keine Ratschläge, nichts.

Und er war losgefahren, die ganze Nacht und den ganzen Morgen, vierzehn Stunden. Und gegen zwölf, als zu Hause Merles Messe vermutlich zu Ende war, stand er vor dem Zoo von Barcelona. Er zahlte den Eintritt, griff sich den Prospekt mit dem Lageplan und marschierte geradewegs zum Primatenhaus und dann runter in die Quarantänestation. Dort ein Schild mit rotem Piktogramm für Zutritt verboten. Aber nicht für Mark Bohn.

Er lachte auf, als er daran dachte, wie überrascht Petra ausgesehen hatte, als er in den Keller gekommen war. Und Ramona dreimal fragte: »Du – Mark?« Na klar, wer sonst?

Bohn kannte Ramona Sala aus der Wilhelma. Er hatte bei den Raubtieren gearbeitet und sie machte ein Praktikum im Affenaufzuchthaus. Sie war schlanker geworden, sah gut aus mit ihren vollen Lippen und den großen braunen Augen.

Sie hatte ihn gleich in die Futterküche gewinkt, die mit Kesis Fotos aus Stuttgart tapeziert war. Die ganze Wand orange. Sie sagte, sie sei total glücklich, dass sie diesen Orang bekäme. Ramona bückte sich zu dem Getränkekasten unter der Spüle und reichte ihm eine Limo. Mark lehnte sich an die Arbeitsplatte und trank und redete, und als er ihr sagte, dass er nonstop gefahren sei, zeigte sie zur Küche raus auf die beiden Feldbetten. »Leg dich hin«, sagte sie.

Petra, die auf dem Boden saß und den Affen fütterte, blickte beklommen zu ihm hoch.

Bohn hatte tatsächlich ein wenig geschlafen, aber erst nachdem Kesi, eine Portion Holzwolle auf dem Kopf, sich in seine Kniekehlen gekuschelt hatte. Als er erwachte, gab es mächtig Streit. Petra drohte mit der Polizei. Ramona guckte peinlich berührt, aber Bohn zwinkerte ihr zu und wickelte sie spielend um den Finger: »Hey, es ist nichts, don't worry.« Da grinste sie und lief mit Kesi am Hals in die Futterküche, wo sie mit Blecheimern und Näpfen schepperte.

Aber Petra hatte weiter verrückt gespielt. Die Kripo musste ihr stark zugesetzt haben. Sie wollte wissen, ob er um Gottes willen an ihre Skorpione gegangen sei? Was für eine Scheißfrage! Mark kam dicht an ihr Gesicht heran, mit weit geöffneten Augen, aber sie redete weiter, und zwar in einem Ton, der ihm gar nicht gefiel. Mit ihren Skorpionen sei das Kind irgendwie vergiftet worden, faselte sie, und er habe ja ihren Schlüssel noch gehabt. Sie glaubte ihm offenbar nicht, dass er nichts, aber auch rein gar nichts mit dem Tod der Kleinen zu tun hatte. Also nahm er ihr Kinn zwischen zwei Finger und sagte ihr konkret, was er von einer Lebensgefährtin erwartete: zusammenhalten, im Guten wie im Schlechten, bis in den Tod.

Es ging auf Mitternacht zu. Die Frau an der Wand wirkte apathisch. Wenn Mark sie betrachtete, empfand er minimal Mitleid. Er wusste, wer sie war: Corinna Voss, fast fünfzig, ledig, Kriminalhauptkommissarin im Dezernat für Tötungsdelikte und – bäng-bäng! – Polizeilandesmeisterin im Pistolenschießen mit der Dienstwaffe.

Vor zwei Jahren hatte die Presse sie als die mutigste Polizistin Baden-Württembergs geadelt. Sie war einfach reingestiegen in den brennenden Wagen und hatte die Leute rausgezogen. Nur einen erwischte sie nicht, der war schon Asche, als sie nach ihm griff. Pech gehabt. Im Marienhospital lag sie dann in Goldfolie, und alle fanden sie taff. Jeder wollte sich um sie kümmern. Sie war wirklich sensationell. Gleich nach der ersten OP versuchte sie, ihre Verbände abzuwickeln, aber jetzt hockte sie in ihrer Pisse, und wenn sie einen Glauben besaß, dann betete sie.

Nachdem sich Petra am Nachmittag wieder eingerenkt hatte, verlebten sie ein paar nette Stunden. Kesi lebte da noch, sie schnatterte vor Freude. Gegen halb fünf ging Ramona mal hoch, um Kekse und Kaffeepulver zu holen; Wasser hatten sie ja hier in der Küche. Bevor sie ging, musste Ramona versprechen, niemandem zu sagen, dass er hier war. Er wollte heute Nacht hier unten schlafen, ein Hotel wäre zu teuer gewesen. Das leuchtete ihr sofort ein, und sie zwinkerte ihm zu. Viertel vor fünf stand sie wieder auf der Matte mit einer Schachtel Kekse. Wenig später eskalierte die Situation.

Petra hatte wieder mit der Geschichte von dem Mord an dem Kind angefangen. Sie schwor ihm, sein Alibi platzen zu lassen. Sagte es nicht nur, sondern streckte auch noch drei Finger in die Luft. Das war ein kleiner Schock, sodass er gleich eine Tavor einwarf. Doch sie wirkte nicht schnell genug. Er schlug zu, heftig, mit der Faust. Ramona, die vor dem Feldbett kniete und den Affen durchkitzelte, fuhr entsetzt herum. Petra kauerte am Boden.

»Ich decke keinen Mörder«, murmelte sie. »Ich geh … zur Polizei.« Während ihr Blut von der Schläfe tropfte, blickte sie hoch. Wie er ihre gelbstichigen Augen hasste. Sie starrten immerzu, und sobald sich ihnen die Gelegenheit bot, sogen sie die Liebe und Wärme anderer Leute auf, wie modrige Schwämmchen.

Das Wort »Polizei« stach Bohn wie ein Messer im Kopf herum. Ausgerechnet Petra, das stille Wasser so tief, wollte ihm damit kommen. Er blickte auf sie hinunter, und die Wut kochte in ihm hoch. »Dir glaubt keiner ein Wort«, fuhr er sie an. »Du hast Merle doch gehasst.«

Sie hatte den Kopf geschüttelt, und das Blut lief ihr kreuz und quer übers Gesicht. Sie sagte, sie habe das Kind ja nicht einmal gekannt. Da schob er ihr mit dem Fuß einen Schemel zu und befahl ihr, sich zu setzen.

Ganz wie ein Orang, zog sie sich mit den Fäusten auf den Affenstuhl, und Bohn sagte ihr eindringlich, dass sie nun einmal zusammengehörten. Das war es doch, was sie immer wollte.

Ihre hassenswerten Augen sagten nein. Da ging er zu dem Feldbett, auf dem seine Reisetasche lag, und stapelte ein Türmchen Heimchendosen daraus hervor, und Ramona, die Schlange, versuchte abzuhauen. Allerdings nicht ohne den Affen. Der ließ sich aber nicht einfangen, sondern schrie wie am Spieß, sobald sie auch nur einen Zipfel seines Fells zu fassen bekam … Ramona kam näher und schrie mit jeder Menge Panik in der Stimme: »No, no!« Sie versuchte, ihm aus den Händen zu reißen, was er den weiten Weg von Stuttgart nach Barcelona mitgebracht hatte. »No«, hatte sie geschrien, »Petra … sie hat … diese Allergie!«

Bohn sah auf seine Armbanduhr. Null Uhr zehn. Die Lache unter dem Fettsack wurde größer. »Willst du, dass deine Pisse zu der Kommissarin fließt?«, fuhr er ihn an. »Machst du das mit Absicht? Pisst du auf die Polizei? Scheiße, du verstehst ja kein Wort.«

Der Zooportier flüsterte irgendwas. Er lag ebenfalls mit dem Gesicht zum Fußboden, brauchte aber keinen Skorpion wie Ramona, bei der Bohn nicht sicher war, ob sie nicht doch wieder zur Tür rannte.

Bohn stand dicht hinter Petra. Die Neonleuchte schien auf ihren weißen Scheitel. Sie rührte keinen Finger mehr. Sie hätte auf ihn hören sollen. »Hey«, hatte er zu ihr gesagt. »Warum hast du Schluss gemacht?«

Natürlich hatte sie es abgestritten. »Du bist es, der immer Schluss macht«, hatte sie geheult. Aber Mark hatte vor, sich zu ändern, das Leben begann jeden Tag neu. »Ab jetzt«, hatte er gesagt, »bleiben wir zusammen. Spanien ist cool, alles wird gut, Baby.«

Aber sie hatte wieder alles kaputtgemacht. »Wie denn, wenn du ein Kind umgebracht hast?«, schrie sie. Da war klar, dass er sie hart bestrafen musste. Sein Blick fiel auf Kesi, die nach dem vielen Herumrennen müde geworden war und sich in Petras Armen verkrochen hatte. Mit blanken Augen blinzelte sie aus ihrem Versteck hervor.

Es war ihm nicht leicht gefallen, denn Kesi hatte ihn angeschaut, als er den Skorpion zu ihr herabsenkte. Ramona ertrug die Schreie des Affen nur sehr schlecht. Sie hielt sich krampfhaft die Ohren zu und schrie selbst noch dazu. Zum Glück war die Quarantänestation schallgedämpft. Es war chaotisch. Sie versuchte, erneut wegzulaufen. Schon war sie auf Armeslänge an der Brandschutztür.

Da hatte Bohn sie zurückgepfiffen: »Wenn du gehst, stirbt sie.« Er hielt einen zappelnden Skorpion in der langen Klemmpinzette über Petras Kopf. »Sie wird etwa zehn Minuten überleben. Das reicht nicht, um sie in ein Krankenhaus zu bringen. Also lass es lieber. Es geht ihr gut, schau sie an, sie ist ihrem Affen ganz nah.« Er konnte sehen, wie es in Ramonas Gehirn arbeitete. Ihr Gesicht war tränenüberströmt. Und dann wollte sie auch noch diskutieren. Zwischen all dem Affengeschrei und dem haltlosen Schluchzen und Stöhnen von Petra wollte sie mit ihm diskutieren.

Bohn hatte es fast schon als erleichternd empfunden, als plötzlich die schwere Stahlbetontür aufgeschoben wurde und die Kommissarin aus Stuttgart mit einem korpulenten Herrn in Pförtneruniform hereinspaziert kam. Die kleine Show, die sie abgezogen hatte, war reines Kino. Bohn hatte sich kaputtgelacht.

Das lag ein paar Stunden zurück. Jetzt war die Kommissarin still. Der Fettsack dagegen regte sich. Wie lange er es wohl ohne Essen aushielt? Bohn warf ihm einen Keks zu, aber er getraute sich nicht, danach zu greifen. Presste seine Stirn nur weiter auf den Boden und murmelte Sprüche. »Padre nuestro …« und so weiter, es klang schwer nach dem Vaterunser … dein Wille geschehe, wie im Himmel, so auf Erden.

Aber nicht in diesem Keller!

Bohn brach in Gelächter aus, und Miss Narbenhand, die ihm dabei in die Augen sah, verzog nicht mal den Mund.

39

Corry war in Schweiß gebadet. Der Stoff ihrer Marlenehose kniff ihr am Bund ins Fleisch. Ihr Rücken schmerzte. Ihre Beine spürte sie schon gar nicht mehr. Seit Stunden saß sie auf dem Betonboden, mit der linken Schulter an einer unverputzten Wand. Der rechte Arm lag auf ihrem Schoß, den linken hielt sie flach auf Augenhöhe. Natürlich zitterte sie. Das schien dem Skorpion nichts auszumachen. Er hatte sich wohl an das leise Beben gewöhnt, er lag reglos in der vom Feuer verschonten Kuhle zwischen ihrem Ring- und Mittelfinger.

Etwa drei Meter hinter ihr musste sich die Stahlbetontür befinden, die der Portier gegen acht Uhr abends aufgewuchtet hatte. Gott, wäre das nur nie geschehen!

Corry war mit der Siebzehn-Uhr-fünf-Maschine nach Barcelona geflogen. In zehntausend Metern Höhe hatte sie an Fabio gedacht, der jetzt Bohn in seiner Wohnung festnehmen würde, und sie fühlte sich erleichtert und lachte ein wenig mit der Stewardess. Sie saß auf der rechten Seite, auf der beim Anflug auf die Millionenstadt das Meer lag. Sie sah die glitzernden Lichter der Schiffe und Boote.

Ärgerlich, dass sie hier zum Arbeiten herkam, um ihren lächerlichen Teil zur Lösung des Falles beizutragen. Viel lieber würde sie die Stadt erkunden.

Die Maschine landete um fünf vor sieben, und eine halbe Stunde später stieg Corry zu Manuel Sanchez, ihrem katalanischen Kollegen, ins Auto. Während er den Seat auf die Fahrbahn hinauslenkte, wollte sie die Anruf- und SMS-Liste ihres Handys überprüfen. Dabei stellte sie fest, dass sie dummerweise ihr Privathandy mitgenommen hatte, anstatt des Diensthandys, das im Wesentlichen genauso aussah und nun zu Hause auf ihrem Wohnzimmertisch lag. Es gab Schlimmeres.

»Das ist mir auch schon mal passiert«, sagte Manuel Sanchez aus seinem königsblauen Samtjacket heraus. Er war

Ende dreißig und sprach gut Deutsch, da er in Göppingen aufgewachsen und zur Schule gegangen war. Im Zoo sei alles ruhig, meinte er. Lächelnd jagte er den Wagen über die moderne Stadtautobahn. Sie besprachen die Details der bevorstehenden Verhaftung der Petra Löble, während im schwindenden Tageslicht Öl-Raffinerien, Tankanlagen und gigantische Verladekräne an ihnen vorbeiflogen. Corry kurbelte das Fenster herunter; die Luft war feucht und lau und roch giftig nach Schweröl.

»Hinter dem Industriegebiet«, erklärte der Kollege, »liegt das Meer.«

Kurz vor der Stadt erhob sich linkerhand eine Bergkette als ein riesiger Schatten, in dem Tausende Lichter funkelten.

»Dort oben gibt es einen Vergnügungspark«, sagte Manuel. »Der hat auch jetzt, im November, geöffnet.«

Nach zwanzig Minuten kamen sie ins Zentrum, wo Taxis, gelb-schwarz wie Wespen und ähnlich aggressiv, über den Asphalt schwirrten. Motorräder flogen vorüber. Unzählige Mopeds knatterten an dem Seat vorbei, sobald es langsamer voranging. Niemand, der nicht auf die Hupe drückte. Als würden die Ampeln schneller auf Grün springen, wenn man sie mit Lärm traktierte. Auch Manuel, der es sich eine Weile verkniff, tippte schließlich seine Hupe an, und ja, es ging weiter. Sie passierten das erleuchtete Kolumbus-Denkmal, und Corry drehte den Kopf und schaute zu der gigantischen Statue hoch, die mit ausgestrecktem Arm übers Meer zeigte. Wenig später hatten sie den Zoo im »Parc de la Ciutadella« erreicht.

Sie waren zunächst auf dem Parkplatz im Auto sitzen geblieben, um sich den Lageplan des Zoos anzusehen. Es war dunkel geworden, und vor der Glasfront am Eingang waren die Scherengitter herabgelassen. Der Zoo hatte geschlossen.

Manuel zog seine Aktentasche vom Rücksitz und wühlte in seinen Unterlagen. Eine Kinderzeichnung fiel heraus und Corry fing sie auf.

»Hast du ein Kind?«, fragte sie.

»Ein kleines Mädchen, sie wird morgen vier«, sagte er und lächelte. »Amber will später Malerin werden.«

Nachdem er das Kunstwerk seiner Tochter in einem Seitenfach verstaut hatte, beugten sie sich über die Pläne der Zooanlage und des Primatenhauses. Das sah doch alles recht übersichtlich aus. Corry sagte: »Das bringen wir schnell hinter uns«, und stieß die Wagentür auf.

Die warme, salzige Luft strich über ihr Haar. Sie hörte gedämpften Verkehrslärm, Möwengeschrei und das Rattern einer Bahn. »Petra Löble wird keine Probleme machen«, versicherte sie, während sie auf einen Seiteneingang des Portals zuschritten. Durch diese Tür – so war das zwischen Otte und der Zoodirektion vereinbart worden – würden sie von einem loyalen und verschwiegenen Mitarbeiter des Zoos eingelassen.

Antonio Solano wartete bereits auf sie. Sein kleiner, stämmiger Ringer-Körper steckte in einer weinroten Livree mit Goldknöpfen. Sein Gesicht glänzte, und auch sein Haar, das wellenförmig auf seinem Kopf lag, triefte fast vor Pomade. Mit kullernden Augen und einem lächelnden, staunenden Mund beantwortete er Manuels Fragen.

Der übersetzte Corry, was Herr Solano ihm mitteilte: In der Quarantäne befanden sich Petra Löble und Ramona Sala. Von beiden hörte und sah man nichts, was der Portier damit begründete, dass die jungen Frauen mit dem Orang-Utan alle Hände voll zu tun hätten. Am späten Nachmittag sei Ramona Sala einmal nach oben gekommen, um Kekse zu holen, und da habe sie nur so von dem Affen geschwärmt. Beide Frauen wollten bei dem Jungtier übernachten, das war so üblich. Sie hätten dort unten ein kleines Bad mit WC und in der Futterküche stünde ein Kühlschrank für ihr Vesper und so.

Nun denn, dachte Corry. Bald hatte es sich ausgevespert für die Löble.

Auf dem Weg zum Primatenhaus brannte nur das Notlicht. Wie ein zahmes Nashorn trabte der Portier neben Corry und dem Kollegen her. Große Schatten von Huftieren bewegten sich hinter Zäunen und Glasfronten, und Hanfpalmen streckten ihre langen Finger aus.

Corry freute sich, dass sie nachher mit Manuel essen gehen würde. Ihr Magen knurrte schon. Sie würden die Löble im Polizeirevier abliefern, wo sie die Nacht im Gewahrsam blieb, und dann in ein Restaurant einkehren, das in der Nähe ihres Hotels lag.

Und dann standen sie vor dem Primatenhaus, einem Betongebäude, das von Außengehegen umgeben war. Herr Solano schloss die Tür auf. Sie hörten die Menschenaffen murren. Sie gingen eine lange Treppe hinab. Der Beton roch sauer. Am Fuß der Treppe eine graue Feuerschutztür, die Herr Solano gleich öffnete. Sie traten stumm in einen kleinen Vorraum, wo sie ein muffiger Geruch empfing. Den kannte Corry, das war typisch Affe. Vor ihnen eine zweite Tür. Corry gab dem Portier das Zeichen zum Öffnen. Er streckte seine runde Hand aus und zog die schwere Stahlbetontür auf.

Herr Solano schleuderte zurück. Mit seinem dicken Pomadekopf prallte er gegen Corrys Kinn. Sie biss sich dermaßen auf die Zunge, dass sie Sternchen sah. Undeutlich nahm sie wahr, was sich in dem Raum vor ihr abspielte. Ab dem Moment war sie nur noch rechte Hand, und die umfasste ihre Heckler & Koch. Sie neigte ihren Kopf kaum merklich dem Kollegen zu – dem jungen Papa. Und ohne groß die Lippen zu bewegen, hatte sie ihm leise, aber deutlich befohlen, das Feld zu räumen.

»Manuel, lauf weg! Sofort!«

Nun saß Corry zusammengekrümmt, den Handrücken flach vor sich, am Boden. Ihr rechtes Auge war zugeschwollen und ihre Schulter war geprellt. Sie hatte starke Schmerzen. Der Skorpion untersuchte den Strickbund ihrer Bikerjacke. Jetzt wühlte er sich rückwärts unter das elastische Material. Corry wurde fast verrückt vor Angst, dass er ihr ganz in den Ärmel krabbeln könnte. Aber er blieb, wo er war – auf der PEACE-Armbanduhr. Nur die Spitzen seiner dünnen Scheren schauten heraus.

Mit ihr befanden sich fünf Personen in der schlauchförmigen Quarantänestation: am Ende des Raumes lief Mark Bohn in seinem langen schwarzen Mantel unter sirrenden Neonleuchten wie auf einer Bühne auf und ab. Hinter ihm, an der Wand, zwei zerwühlte Feldbetten. Vor ihm, unter der mittleren Neonröhre: Petra Löble auf einem Holzschemel. Ihr hellroter Pullover war ihr über die Schulter gerutscht. Ihre weiße Brust war entblößt. Im Gesicht, auf den Armen und an den Händen war sie voller Blut. Vielleicht hatte der Affe sie gebissen. Er lag quer über ihrem Schoß wie ein hingeworfener Lumpen.

In der Mitte des Raumes lag die Tierpflegerin Ramona Sala ausgestreckt und mit dem Gesicht zum Boden. Etwa zwei Meter von ihr entfernt in gleicher Position: Antonio Solano, der Zoo-Portier. Er brabbelte ständig vor sich hin.

Corry zwang sich, einen klaren Kopf zu bewahren. Sie war Polizistin, bestens ausgebildet, sie würde nicht hysterisch werden, nur weil ein Skorpion auf ihrer Hand saß. Im Geist sah sie Doro Kästner vor sich, die sagte, dass die jungen Skorpione gern ihr ganzes Gift auf einmal verspritzen, wenn sie in Rage kommen. Der kleine Leiurus auf Corrys Hand war eindeutig jung.

Immer wieder drohte Bohn, das Licht zu löschen, damit die nachtaktiven Skorpione mal loslegen könnten. Die meiste Zeit aber stand er bei der Löble und redete auf sie ein.

Der Skorpion krabbelte unter dem Strickbund hervor und hakte sich mit den winzigen Krallen an seinen acht Beinen in ihre Haut ein. Das fühlte sich an wie bei dem Maikäfer, den sie als Kind von der Hecke im Schulhof gepflückt und zu Eva nach Hause getragen hatte. Aber dies war kein Maikäfer. In Gedanken sagte sie zu ihm: »Mach deine Augen zu und stirb.« Dann drifteten ihre Gedanken ab und sie gelangte wieder zu der Stelle, an der Herr Solano, der Zoo-Portier, einen verhängnisvollen Fehler begangen hatte …

Antonio Solano hatte Angst um sein Leben gehabt, das war verständlich. Nachdem er mit seinem Kopf Corrys Kinn fast zertrümmert hatte, versteckte er sich hinter ihrem Rücken. Wer hätte keine Angst vor dem jungen Mann in Amok-Schwarz, der mit einem erkennbar hochgiftigen Skorpion in dem Keller herumturnte? Corry begriff sofort: Die Lage sah nach einer Geiselnahme aus. Und der Typ, der hier seine Show abzog, war Mark Bohn. Merles Mörder.

Petra Löble hing mit gesenktem Kopf auf einem Schemel, die Beine ausgestreckt vor sich, als gehörten sie gar nicht zu ihr. Sie starrte den Orang-Utan an, der zerzaust in ihren Armen lag. Bohn hielt ihr einen Skorpion an einer fünfzig Zentimeter langen Klemme an die blutige Schläfe und grinste zu Corry herüber.

»Die Waffe her!«, rief er, »oder das hier endet ganz böse.«

Solano, der an Corrys Rücken hing, keuchte: »Dio, Dio, Ave Maria.«

Corry stand mit der Pistole in der Hand in der Tür und überlegte sich eine Deeskalationsstrategie. Lass den Scheiß, lag ihr auf der Zunge.

Bohn lachte. »Kann man mit den Händen überhaupt schießen?«, frotzelte er.

»Man kann«, sagte Corry trocken.

»Hey, bevor du losballerst«, rief er, »überleg mal: Soll sie sterben?« Er wies mit der Metallstange auf sein Opfer. »Petra ist gegen das Gift allergisch. Kriegt sie nen Schock, stirbt sie. Kannst du das verantworten?«

Corrys Blick schoss von Bohn zu Löble; sie wirkte benommen. Ihre Arme hingen schlaff auf den Boden herab. Der Affe klammerte sich an in ihrem verrutschten Pullover fest.

Corrys Waffe lag schwer in ihrer Hand; schwerer als sonst. Natürlich dachte sie daran, Löble stechen zu lassen, um Bohn zu überwältigen. Aber wie sollte sie die Frau innerhalb von zehn Minuten in ein Krankenhaus schaffen? Das war nicht zu bewerkstelligen.

Bohn fuhr sich mehrmals mit der freien Hand unter der Nase durch. »Und jetzt die Knarre auf den Boden!«, rief er. Wo hatte sie ihn schon einmal gehört? Die Stimme kam ihr bekannt vor. Es wollte ihr nicht einfallen. Sie konnte sich nicht konzentrieren. Wie auch, wenn der Portier an ihren Knien hing und sie mit den Händen anbettelte. Er stammelte irgendetwas, aber Corry verstand kein Spanisch. Er versuchte es auf Deutsch: »Ich … ville Kinde!« Tränen in seinen riesigen Augen.

»Ich hab auch welche«, gab Corry zurück. »Sie drehen mir hier nicht durch, klar?«

Sie hörte Bohn lachen und sah, wie er seine Linke in der Manteltasche versenkte, dann holte er etwas heraus. Ein Plastikbehältnis.

»Petras little babys«, rief er zu ihr herüber.

Zwischen Corrys Beinen keuchte Solano: »Geben … Pistol.«

Nie im Leben. Nie im Leben würde Corry ihre Dienstwaffe aus der Hand geben.

Als Bohn anfing, den Deckel abzuschrauben, rastete Solano aus. Blitzschnell sprang er auf die Füße, stürzte sich mit seinen hundertzwanzig Kilo auf Corry und rammte sie mit seinem Bauch gegen die Tür. Sie versuchte, ihm die Beine unter dem Leib wegzutreten, aber der Koloss stand wie in den Boden genagelt. In seiner Panik stieß er ihr seine Finger ins Gesicht. Er grapschte nach ihrer Pistole, und Corry kämpfte, bis der Trampel ihr auch noch den Haarreif vom Scheitel schlug. Der Reif rutschte ihr vor die Augen – scheiße! Und ihr Haar fiel ihr ins Gesicht und damit in den Rücken.

Corry knallte mit der Schulter gegen die Wand. Sie rutschte an der Wand herab, und plötzlich hatte Solano die Heckler in der Hand – und in einer fließenden Bewegung, so wie beim Bowling, schlitterte er Bohn die Waffe zu. Sie war schwer, sie rutschte drei, vier Meter weit. Corry wollte sich an der Wand abstoßen, nach vorn hechten, um sie sich zurückzuholen, doch sie war wie gelähmt und der Schmerz in der Schulter durchzuckte sie, und schon schwebte Bohn wie ein schwarzer Schatten auf die Pistole zu und nahm sie auf. Scheiße. Scheiße. Scheiße. Der Raum verschwamm vor ihren Augen. Sie versuchte auf die Füße zu kommen. Blut und Wasser liefen aus ihrem rechten Auge. Hinter ihr weinte Solano laut. Corry hätte ihn erschlagen mögen. Einem Irren eine Waffe geben!

»Sie sind unzurechnungsfähig, merken Sie sich das«, stieß sie hervor. Er verstand sie sowieso nicht.

»Madre de Dios«, heulte er.

»Silencio«, schrie Corry. Sie hing an der Wand, berührte das rechte Auge. Aus, basta, mit dem sah sie nichts mehr. Mit dem anderen beobachtete sie Bohn, der Solano anwies, sich flach auf den Boden zu legen, Schuhe aus, Gesicht nach unten, genauso wie die junge Frau in der Tierpflegerkluft. Und falls sie wissen wollte – jetzt wandte Bohn sich grinsend an Corry – wieso Ramona so krampfhaft versuchte, ihr Gesicht über dem Boden zu halten: »Ein Skorpion sitzt ihr an der Kehle.«

Vor Abscheu krümmte Corry sich innerlich. Blutige Tränen liefen ihr vom Auge in den Mund. »Wir könnten reden«, rief sie ihm zu. Mit Geiselnehmern musste man im Konjunktiv sprechen, sonst könnten sie rot sehen. »Mark, Sie könnten mir sagen, was ich für Sie tun könnte«, versuchte sie es.

Er lachte sie aus. Lief hin und her auf seiner Bühne und spielte Nitroglycerin in Menschengestalt.

Er stakste auf Corry zu. In einer Hand die lange Pinzette mit dem schwanzschlagenden Skorpion an der Spitze, in der anderen, zwischen unruhigen Fingern, die Heckler & Koch.

Im Geist schrie sie: Wenn du jemanden mit meiner Dienstwaffe verletzt und die Person bin nicht gerade ich, reiße ich dir die Eier raus.

Er ging vor ihr auf ein Knie. Sein Gesicht wirkte trostlos. Die Brauen zur Hälfte abrasiert, eingefallene Wangen, aufgesprungene Lippen. Er grinste. Corry spürte, dass er nicht mehr umkehren würde. Dass seine Welt hier zu Ende war. Und falls sie ihn reizte, ihn kränkte, falls sie irgendeinen Fehler machte, würde er sie alle mitnehmen.

Während er ihr den Skorpion auf die rechte Hand setzte, hielt er die Heckler an den kleinen Steg zwischen ihren Nasenlöchern. Corry blickte ihrem Peiniger ins Gesicht. Keine Regung. Kein Triumph in den Augen, nicht einmal Spaß. Vielleicht war er ganz woanders. Instinktiv hob sie den Arm, damit das Gifttier, wenn es von ihrer Hand fiele, nicht zwischen ihren Beinen landete. Bohn entfernte sich mit langen Schritten. Und Corry kauerte an der Wand mit dem Skorpion auf ihrer Hand, und der Kloß in ihrem Hals erstickte sie fast.

Der Skorpion war praktisch gewichtslos, wie ein filigranes, hohles, mit Semmelbröseln überzogenes Plastiktierchen. Das Einzige, das etwas bei ihm wog, war wohl sein Gift. Er drohte, reckte Scheren und Schwanz in die Höhe, drehte sich ruckartig, hielt inne, und krabbelte zur Seite. Corry hielt den Atem an. Als er sich über ihre Handkante hinauslehnte und die Scheren herabhängen ließ, dachte sie, gleich fällt er. Aber er drückte sich fest an den Untergrund und balancierte sich mit dem Schwanz aus.

Einmal sah es aus, als würde er von der Seite her zustechen – so, wie in Professor Kästners Video »Der Leiurus und die Grille«. Innerlich wappnete Corry sich gegen den Stich und die Schmerzen, die gleich folgen würden. Aber das Exemplar auf ihrer Hand hatte es sich anders überlegt und legte sich in die Kuhle zwischen ihren Fingerknöcheln, umgeben von höckrig vernarbter Haut.

Fast hätte Corry das Viech von sich geschleudert. Aber was dann? Sie hörte die Professorin in ihrem Kopf: »Einen Leiurus abwerfen? Er ist blitzschnell und absolut jederzeit bereit zum Stich.« Und wenn sie ihn am vorletzten Glied packen würde, direkt unterm Stachel? Sie glaubte die Kästner lachen zu hören: »Absolutes No-Go! Glauben Sie mir: Den Leiurus überraschen Sie nicht, der überrascht Sie.«

Corry wollte ihre rechte Hand wieder frei haben. Ihre schöne Hand. Ihre Schießhand. Immer wenn ihr Bohn bei seinen Spaziergängen durch den Raum den Rücken zuwandte, hielt sie ihrem Skorpion den stärker brandverletzten linken Handrücken hin – und ja, er nahm ihn schließlich an, spazierte mit vorgestreckten Scheren hinüber. Corrys Rechte war wieder frei. Die gute Hand gehörte wieder ihr.

Ihre linke, die ungeliebte Hand aber hatte sofort begriffen, was ihre Rolle war: Sie spielte Stein. Ab jetzt war sie ein Felsstück aus einer afrikanischen Geröllwüste. Tatsächlich senkte der Skorpion die Scheren und legte den Schwanz, leicht zur Seite geknickt, flach in die harten Narben.

Corry ging im Kopf jede Stunde Geiselnahme-Unterricht durch. Ergebnis: Sie musste sich in Bohn hineinversetzen, sie musste versuchen, seine Motive zu verstehen. Welche Motive? Corry hatte Angst, Schmerzen, sie schwitzte, sie hatte Durst. Aber sie sollte dem Geiselnehmer aktiv, empathisch und analytisch zuhören. Vielen Dank, Herr Lehrer. Corry hatte mehrmals versucht, umzusetzen, was man ihr beigebracht hatte. Sie stellte Bohn beinahe jedes Mal, wenn er in ihre Nähe kam, leise Fragen: »Was kann ich für Sie tun?« oder: »Mark, erklären Sie mir bitte …«

Weiter kam sie nie, weil er sich jedes Mal lachend abwandte und wieder nach hinten trabte zu Petra Löble und ihrem kranken Affen und Tabletten schluckte, die er aus einer Blisterpackung direkt in den Mund drückte.

Was sollte sie ihm anbieten? Dieser Geiselnehmer äußerte keine Wünsche. Er wollte weder Geld noch Hubschrauber. Sollte sie sagen: Herr Bohn, wir marschieren jetzt alle hier heraus und ich verspreche, es passiert Ihnen nichts?

Wenn sie ihn verarschte, könnte es ihr genauso ergehen wie der Lehrerin in Littleton im US-Staat Colorado, 1999. Sie hatte zu dem Amokläufer gesagt, er sei doch sonst so ein netter Schüler, und er: »Heute nicht, Madam«, und dann erschoss er sie.

Bohn drehte unablässig seine Runden zwischen Hanfseilen und Feuerwehrschläuchen. Manchmal verschwand er durch die halb geöffnete Schiebetür in die Futterküche, um sich etwas zu holen. Aber bevor Corry auf drei zählen konnte, war er wieder da. Die meiste Zeit hielt er sich bei Löble auf, die apathisch auf dem Schemel saß. Dort stand oder hockte er und quasselte unermüdlich auf sie ein. Die Heckler baumelte an einem Finger. Corry hatte den Eindruck, dass er improvisierte. Er hatte keine Ahnung, was er als Nächstes tun würde. Das machte ihn doppelt gefährlich.

Wieder kam er in ihre Nähe. Zündete sich umständlich eine Zigarette an. »Petra glaubt, ich sei ein Mörder«, sagte er heiser. »Sie will mein Alibi platzen lassen, wo gibt's so was?« Er beugte sich ein wenig zu Corry herab. »Ich brauch kein Alibi! Ich war das nicht. Alle wollen mir den Tod von der Kleinen anhängen. Dabei hab ich sie grenzenlos geliebt.«

Sie kannte diese Stimme. Es machte sie wahnsinnig, dass sie nicht draufkam, woher. Sie fühlte sich so elend. Die stickige Luft, der abscheuliche Geruch, Solanos Flüstern, der Tremor der Sala, die nun ständig mit der Stirn auf dem Boden aufschlug – das alles sägte an Corrys Nerven. Mehr als einmal war sie dicht davor, die Fassung zu verlieren. Und jetzt wurde der Skorpion wieder munter. Er spazierte an ihrer Handkante entlang, verlor das Gleichgewicht und hing wie ein Freeclimber kopfüber herab. Mit zwei Krallen hielt er sich an ihrer zerklüfteten Haut fest und schaffte es, sich wieder hochzuziehen. Obwohl er sich in einer misslichen Lage befand, zog er den Giftschwanz aufreizend weit über seinen Rücken.

Der Skorpion war im Grunde genauso explosiv wie der Geiselnehmer. Einer wie der andere konnte jederzeit angreifen.

Corry wartete. Sie hatte begriffen, dass es nur eine Chance gab, hier lebend herauszukommen: Wenn Bohn müde würde und sich hinlegte. Dann würde sie sich ihre Waffe zurückholen. Und falls der Skorpion in dem Moment in ihre

Hand stach, würde sie sich lieber die Zunge abbeißen, als auch nur einen Ton von sich zu geben. Denn in diesem Keller standen fünf Menschenleben auf dem Spiel.

Und Corry wartete. Ihr Mund war wie ausgedörrt. In ihren Beinen spürte sie kein Leben mehr. Sie hatte starke Schmerzen. Das verletzte Auge pochte. Sie versuchte, durch positive Gedanken die Kraft zu finden, nicht aufzugeben.

Sie dachte sogar an Gott und einmal auch an die Kollegen. Wenn Bohn durchdrehte und sie sterben müsste, wäre sie bald vergessen. Es war doch immer so: Aus den Augen, aus dem Sinn. Wie bei Max Bender. Wer redete noch von ihm? Nur Otte sagte, er müsse oft an ihn denken. Max war sein Liebling gewesen. Der ging nicht bloß durchs Feuer, der stellte sich einer Motorradgang in den Weg. Und dann lag er bis obenhin verbunden auf Intensiv und wachte einfach nicht mehr auf.

Wenn Bohn sich doch nur endlich hinlegen und einschlafen würde. Sie hatte einmal gelesen, dass der Weltrekord im Wachbleiben bei über zweihundertfünfzig Stunden lag. Wie viele Tage waren das? Sie war hier in diesem Keller nicht fähig zu rechnen. Ratten überlebten sieben Tage ohne Schlaf. Wer probierte so etwas aus? Wer sah dabei zu? Sadisten? Wie lange würde sie, Corinna Voss, durchhalten?

Die Zeit verging nicht. Der Affenkot stank bestialisch.

Löble lag schief auf dem Schemel, Kesi im Arm. Der Affe rutschte ihr über die Schenkel. Löble versuchte, ihn wieder aufzunehmen, zog an den Armen. Aber er war wohl zu schwer; wie ein nasser Sack glitt er ihr von den Knien und fiel auf den Boden. Kesi blieb auf dem Gesicht liegen, die Beine unterm Bauch.

Bohn hatte auch Löbles Kind getötet.

Wie lange sollte das so weitergehen? Was verlangte Bohn von Petra? Er wurde nicht müde, auf sie einzureden; sie reagierte überhaupt nicht mehr. Bohn tippte sie einmal an die Schulter, da klappte sie zusammen wie eine Marionette, der man die Fäden kappt.

Er hatte sie alle in der Hand.

Inzwischen richtete er immer einmal das Wort an Corry und deutete an, dass er auspacken wolle. Aber dann steckte er sich nur wieder eine Zigarette an oder warf eine Tablette ein, und vergaß es wieder. Jetzt kam er auf sie zugeschlakst und verkündete von Weitem, er habe Lust, ihr etwas zu erzählen.

40

»Man kann nicht einfach die Kollegen in diesen Keller schicken«, sagte Fabio. »Nach allem, was wir über Bohn wissen.«

Otte saß auf Corrys Drehstuhl und starrte zu ihrem Goldbuddha an der Wand hinauf. »Was schlägst du vor?«

»Dr. Arras«, sagte Fabio. »Er ist mit Bohns Notizen durch, er kennt jetzt den Mann. Das heißt: Er weiß, wie man ihn anpackt, wie man mit ihm sprechen muss.«

Der Chef nickte und zog an seinem Zigarillo.

»Ich nehme ihn mit«, hörte Fabio sich sagen, und im selben Moment wurde ihm beim Gedanken ans Fliegen flau im Magen. Er hatte Flugangst, und er würde das ignorieren.

Otte paffte heftig, als wollte er sich in dem Qualm verstecken.

»Bist du einverstanden?«, fragte Fabio.

Aus der Rauchwolke kam ein zustimmendes Geräusch.

Sie erwarteten Arlet und den Psychiater. Endlich hörten sie Schuhe auf dem Flur klacken, und die Staatsanwältin erschien in einem seidenen Ausgehmantel mit Dr. Urban Arras im Schlepptau.

»Sie holen uns mitten in der Nacht«, stellte sie fest. Mit ihrer Abendtasche wedelte sie in den Rauch. »Was ist mit Corry?«

Otte drückte den Stumpen aus. »Wir haben mit ihrem Verbindungsmann geredet. Manuel Sanchez sagt, dass Bohn in der Quarantäne Geiseln genommen hat. Sanchez kam frei, aber unsere Corry steckt mittendrin.«

»Die Kollegen versuchen, zu beobachten, aber sie können kaum etwas sehen. Sie sind in einem der Außengehege, das an die Quarantänestation anschließt. Es gibt dort eine vergitterte Fensterluke, ist von einem Busch zugewachsen, sodass es schwierig ist, da heranzukommen, ohne dass Bohn etwas mitkriegt.

Otte sah elend aus. »Viel haben die Katalanen nicht gesehen, nur einen Streifen Fußboden durch eine halb geöffnete Schiebetür. Dort haben sie die Affenpflegerin Ramona Sala auf dem Bauch liegen sehen.«

Arlet und Dr. Arras saßen still neben Otte und hörten zu. Fabio schäumte innerlich, denn er machte sich heftige Vorwürfe. Wie hatte er sich nur auf die Aussagen zweier Zeuginnen verlassen können, von denen die eine, Ruth Engelbrecht, alkoholkrank, die andere, Julia Wiechmann, akut traumatisiert war. Aber es hatte zu gut zusammengepasst:

Die alte Frau hatte behauptet, Bohn sei gekommen, um sie zu Merles Totenmesse abzuholen, die bekanntlich am Sonntag um elf Uhr stattfand. Und Frau Wiechmann hatte ihn angeblich am selben Tag mittags in ihrem Garten gesehen. Aber zu der Zeit war er bereits in Barcelona, denn er musste schon am Vorabend gefahren sein. Fabio biss vor Wut die Zähne zusammen.

»Es gibt keinen Zweifel«, sagte Otte auf Arlets Frage. »Die Kollegen haben ihn auf dem Fahndungsfoto erkannt. Er ging mal in diese Futterküche hinein, und sie sagten, es ist Bohn, und er bedroht die Geiseln mit weiß Gott wie vielen Skorpionen.«

»Hochriskant«, schaltete sich Dr. Arras ein. »Wenn er merkt, dass man ihn observiert, kann ich für nichts garantieren.«

Otte schnaubte. »Wann haben wir schon mal Garantien?« Er verzog den Mund. »Erschwerend kommt hinzu, dass die Löble – so steht es in ihrer Personalakte – allergisch gegen Insektengift ist. Ein Stich und kurz danach verliert sie das Bewusstsein und dann …«

Das wird der Grund sein, dachte Fabio, weshalb Corry nicht aus der Station herauskommt.

Arlet knallte ihre schmale Tasche auf den Besprechungstisch. »Wie viele Leute befinden sich in seiner Gewalt?«

»Vier«, sagte Fabio. »Corry, Petra Löble, Ramona Sala, der Portier Antonio Solano.«

»Gut, aber wir kennen doch Corry …« Arlet machte große Augen. »Die lässt sich doch nicht so einfach gefangennehmen.«

»Sicher nicht.« Das war es ja, was Fabio so beunruhigte. »Die Kollegen im Zoo sichern das Primatenhaus und den gesamten Park. Sie werden nichts unternehmen.« Er warf Dr. Arras einen vielsagenden Blick zu. »Die Situation kann nur von einem Profi entschärft werden, der sehr viel über Bohn und seine spezielle Persönlichkeitsstörung weiß.«

»Verstehe«, sagte Dr. Arras und fasste kurz sein Einstecktuch an. »Ich bin bereit.«

Das war es, was Fabio hören wollte.

Otte schaute ihn an, tiefe Schatten unter den Augen: »Bring mir unsere Corry wieder heim«, sagte er.

Sie nahmen den Nachtflug nach Barcelona. Ihre Maschine war nur schwach besetzt, sodass eine Dreierreihe in der Mitte des Fliegers ihnen allein gehörte. Fabio verfolgte stumm die Sicherheitsunterweisung der Flugbegleiterin, während Dr. Arras die Augen geschlossen hielt. Wie er durchblicken ließ, bereitete er sich innerlich auf stundenlange harte Verhandlungen mit Bohn vor.

Fabio bestellte Kaffee und fragte den Psychiater frei heraus, wie er gedachte, mit Bohn zu sprechen, um Corry und die anderen zu retten.

Dr. Arras bedauerte, dass er dazu nichts Konkretes und schon gar nichts Erfreuliches sagen konnte. »In extremen Situationen«, meinte er, »können bei Leuten wie Bohn Bewusstseinsstörungen auftreten, sodass man ihre Reaktionen nicht voraussehen kann. Es könnte sein, dass er gewalttätig reagiert.«

»Schon klar.« Als Polizist rechnete Fabio mit nichts anderem, und das war auch der Grund, weshalb er seinen Beruf oft regelrecht hasste. »Was schreibt Bohn denn so?«

Dr. Arras holte aus dem Handgepäck ein schwarzes DIN-A4-Schulheft und legte es auf seinen Klapptisch. Im

Namensfeld auf der Vorderseite stand reichlich verschnörkelt: »Buch der Zuwendungen«. Darunter in Blockschrift: »M. Bohn«. Gemeinsam gingen sie die Notizen durch. Über die erste Doppelseite war eine Tabelle gelegt. Die Linien rot, die Eintragungen schwarz. Am Kopf der Tabelle standen drei Begriffe: »anlächeln«, »anfassen« und »Geständnisse«.

Fabio schüttelte den Kopf. »Wie kommt man auf so was?«, fragte er den Arzt.

»Bohn arbeitete mit Demenzkranken«, erklärte der Psychiater. »Er hat wohl Angst gehabt, dass er die schönen Erlebnisse mit Julia und Merle eines Tages vergisst.«

Sie beugten sich über die Tabelle, die sich durch das ganze Heft zog, und in der Bohn jedes Lächeln, jede Berührung und jedes freundliche Wort von Julia und dem Kind festgehalten hatte.

Dr. Arras klappte das Buch der Zuwendungen zu und steckte es in die Tasche zurück. Gleichzeitig zog er ein kleines Heft heraus, Einband schwarz, und schlug es bei einem Merkzettel auf.

»Ich bin in einem Moment gut drauf«, las er vor, »aber im nächsten Augenblick kann es kippen und ich hab das Gefühl, mich irgendwo runterstürzen zu müssen.«

»Hätte er es doch getan«, sagte Fabio und meinte es auch so.

Der Psychiater überging die Bemerkung. Er las weiter vor: »Oft bin ich unsicher, ob etwas real ist oder nicht.« Nächster Eintrag: »Manchmal hab ich Angst, meine nette Maske zu verlieren. Denn dann sehen sie, was ich bin. Ich bin nichts als eine leere Hülle.«

»Ich heule gleich«, sagte Fabio.

»Es ist nicht seine Schuld. Seine Eltern …« Dr. Arras räusperte sich. »Wer Gewalt sät, wird Gewalt ernten. Es klingt banal, aber es ist so.«

»Bohns Eltern ernten aber leider nicht, sie sind nämlich schon tot«, wandte Fabio ein. »Merle musste ihre Vergehen ausbaden, und jetzt ist meine Kollegin in Gefahr. Erzählen Sie mir mehr über ihn.«

»Er war besessen von der Vorstellung, zu Julia und Merle zu gehören, sie waren seine Traum-Familie. Einmal schrieb er: ›Familie ist das, worauf es ankommt im Leben.‹ Ich meine, kann man das besser ausdrücken?«

Fabio verzichtete auf eine Antwort.

»Bohn entwickelte Zukunftsvisionen, in denen er die beiden umsorgte. Es ist hochinteressant«, fand Dr. Arras. »Diese Mühe, diese Liebe …«

»Ein Dreck ist das«, entgegenete Fabio.

Dr. Arras packte das schwarze Heft weg. »Bohn vergötterte die beiden geradezu«, erklärte er. »Aber als er Wind bekam, dass Julias Chef nicht bloß eine Affäre war, änderte sich alles. Ab da spielt er seitenlang Rachefantasien durch, in denen er sie auf verschiedene Arten verunglücken und sterben lässt. So versuchte er, Ohnmachtsgefühle und Wut auszugleichen.«

Die Stimme des Psychiaters am Ohr, begriff Fabio das Drama Bohns, der ein Leben auf schmalem Grat führte. Und wer ihm zu nahe kam, lief Gefahr, mit ihm abzustürzen.

Gemeinsam entwickelten sie eine Strategie, die hoffentlich zum Erfolg führen würde. Am Ende sagte Dr. Arras: »Sie werden es merken, es fällt gleich beim ersten Treffen auf, wie intensiv emotional und präsent Menschen wie Bohn sind. Es ist nicht leicht, ihrem manipulativen Charme zu widerstehen.« Er stopfte sein Einstecktuch tiefer in die Brusttasche. »Augenkontakt ist eminent wichtig; die Betroffenen zwingen ihr Gegenüber regelrecht dazu. Ständg untersuchen sie Mimik, Gestik und Sprechweise. Sie sind voller Misstrauen.« Er drehte sich in seinem Sitz zu Fabio und sagte noch: »Übrigens haben sie häufig eine starke Beziehung zum Wald – und zu Tieren.«

Die Schlachthühner, dachte Fabio. Es sollte keines allein zurückbleiben. Zwei ließ er immer übrig. In der Quarantäne befanden sich insgesamt fünf Personen. Er hoffte inständig, dass die ungerade Zahl Bohn nicht nervös machte.

Dr. Arras legte den Kopf zurück, um sich noch ein wenig zu sammeln, wie er das nannte. In dem Moment wurde Fabio klar, dass er flog. Bis zur Landung waren es noch zwanzig Minuten. Ihm wurde schlagartig schwindelig und er spürte seinen Magen. Außer Frau Engelbrechts Broten hatte er nichts gegessen. Er legte ebenfalls seinen Kopf zurück, auf das dünne weiße Kissen, und bemühte sich um eine gleichmäßige Atmung. Flugangst. Ging doch. Aviophobie, würde der Lateiner neben ihm sagen.

Einmal stieß er ihn an, um zu sehen, ob er nicht etwa eingenickt war. Dr. Arras riss sofort die Augen auf und lächelte herüber. »Amy Winehouse«, sagte er ehrfürchtig, »war auch betroffen, und Kurt Cobain, und ziemlich sicher Michael Jackson. Marilyn Monroe und James Dean – alles kreative Leute mit Charisma und viel, viel Energie. Verstehen Sie, Herr Lavelli? Sie sind depressiv und chaotisch, sie leiden, sie leben exzessiv, und sie faszinieren. Es sind Künstler …«

»Wir haben es mit einem Mörder zu tun«, stellte Fabio fest, bevor der Psychiater vielleicht noch gern ein Autogramm von Bohn hätte. »Und wenn der sensibel ist, dann tut mir das leid. Aber ich will, dass wir Corry aus seiner Reichweite bringen, und auch die anderen, und zwar lebendig. Haben Sie das verstanden?«

Die Maschine stieß hart auf der Landebahn auf. Es war halb zwei Uhr morgens, und die Luft roch nach Süden. Der Himmel war blau, grün und gelb von den Lichtern der Stadt.

Fabio und Dr. Arras liefen neben Manuel Sanchez, der sie abholte, zum Parkstreifen am Ausgang des Flughafens.

»Frau Voss hat mich rausgeschmissen«, erklärte er, die Stirn in Falten gelegt. »Sie hat an Amber gedacht, das ist meine Tochter«, beteuerte er. »Sie sagte: ›Manuel, lauf weg!«

Klar, um Hilfe zu holen.

»Ich mache mir Vorwürfe«, fuhr Manuel fort. Er ließ die Türschlösser eines Seat Altea aufspringen und hielt die Beifahrertür für Dr. Arras auf. »Dass ich herausgekommen bin, macht mich fertig, ich fühle mich so feige.«

Dr. Arras klopfte ihm die Schulter.

Fabio setzte sich in den Fond und fragte, wie die Lage sei.

Manuel startete den Wagen. »Man hat die Quarantäne auf sechzehn Grad heruntergekühlt«, antwortete er. »Dann sind die Skorpione weniger aktiv.« Er fuhr los. »Der Zoo ist umstellt, die Einsatzgruppe am Primatenhaus ist mit Feuerlöschern ausgestattet. Der Zoodirektor meint, mit dem kalten CO_2-Gas könnte man sie halbwegs ausschalten; andere meinen, Haarspray sei besser: sie verklebten dann. Wir haben ein paar Kartons davon organisiert.«

»Was ist mit Frau Voss?« Fabio sah auf den Tachometer und wünschte, der Kollege würde mal ordentlich Gas geben.

»Es ist furchtbar. Der Geiselnehmer hat mehrmals kurz den Raum verlassen, er ging in die Futterküche. Und als er das letzte Mal wieder zurückging, hat er die Tür fast ganz zugeschoben.«

»Das heißt?«

»Man sieht durch die Fensterluke nicht mehr als Frau Salas Füße – also ein Paar bunte Söckchen, sonst nichts.«

»Wie lange brauchen wir bis zum Zoo?«

»Etwa zwanzig Minuten um diese Zeit«, schätzte Manuel und schaute in den Rückspiegel, wo er Fabios Blick begegnete. »Okay, fünfzehn.«

»Dann geben Sie mal Gas«, setzte Dr. Arras hinzu.

Manuel jagte den Seat bei Rot über die nächste Ampel, und er war nicht der Einzige. Es gab ein kurzes, wildes Rennen mit zwei Taxis, aus dem der Kollege als Sieger hervorging. Wenig später rauschte ein Motorrad heran und heftete sich an ihre Fersen. Fabio, der im Schein seiner Maglite den Grundriss des Menschenaffenhauses studierte, nahm aus dem Augenwinkel die farbigen Lichter und die Straßenpalmen wahr, die an den Seitenfenstern vorbeihuschten. Das Motorrad fuhr jetzt sehr dicht auf, so, als wollte es durch den Kofferraum ins Auto steigen. Manuel beschleunigte. Das Motorrad überholte, schlingerte, und setzte sich vor den Seat. Und dann hörte Fabio ein Krachen, die Lichter und Palmen überschlugen sich, jemand stöhnte, und dann war alles still.

Als Fabio die Augen aufschlug, sah er einen schwarzen sternenbesetzten Himmel. Im ersten Moment wusste er nicht, wo er war. Dann kamen die Geräusche wieder, erst gedämpft, dann laut. Der Verkehr rauschte an ihm vorbei und jemand hupte. Irgendwo in weiter Ferne hörte er Corry »Hilf mir« rufen, was völliger Quatsch war, denn Corry fragte keinen groß um Hilfe, die half sich selbst.

Dann ein lauter Heulton, der immer näher kam. Autotüren schlugen, Schritte näherten sich. Fabio setzte sich auf, ein blinkender Rettungswagen, Sanitäter, die zu einem Motorradfahrer sprangen, der ein Stück weit hinter seiner Maschine lag. Fabio schloss die Augen. Er spürte den harten Boden unter sich, sonst spürte er nichts. Er hörte jemanden flüstern: »Ich bin schuld.«

Fabio öffnete die Augen einen Spalt. Dr. Arras lag auf einer Trage. »Was ist mit Ihnen?«, fragte Fabio.

»Ich bin okay, aber die lassen mich nicht gehen.«

Fabio machte die Augen weit auf. Über dem Bauch des Psychiaters spannte sich ein breiter Gurt. Das Einstecktuch an seiner Anzugjacke war rot von Blut. »Aber sonst geht's gut?«, fragte er.

»Mach dir keine Sorgen.« Dr. Arras duzte ihn jetzt, aber das war in Ordnung.

Dann sah Fabio einen senkrecht aufragenden Arm in einem knallblauen Sakko. Er robbte darauf zu. Manuel Sanchez ließ den Arm wieder herabfallen. »Wo liegt der verdammte Zoo?«, keuchte Fabio. Der Kollege streckte schwach einen Finger in Richtung Süden. Offenbar konnte er nicht mehr sprechen. »Da lang?«, hakte Fabio nach. Manuel nickte und öffnete nun doch den Mund, worauf Blut herauslief. »Du musst … durch El Born«, nuschelte er. »Lauf!«

Fabio stand auf und rannte los.

Der Asphalt flog ihm unter den Füßen davon. Etwas Nasses lief ihm über die Brust, aber Regen war es nicht. Er erreichte eine Gegend mit vielen Bars, wo er sich durch Ströme von Menschen in Feierlaune drängte. Es war fast drei Uhr morgens, aber Barcelona war hellwach. Um ihn herum flackerten bunte Lichter, er hörte Musik, dies hier war El Born, die gotische Altstadt. Er legte den Kopf in den Nacken, und alles drehte sich, und sogleich stürzten die himmelhohen Häuser mit ihren Schnörkelbalkonen auf ihn herab. Fabio lief weiter, und die Menschen starrten ihn an.

Als sich die breite Gasse gabelte, blieb er zum zweiten Mal stehen, und der Boden wellte sich unter ihm. Eine Gruppe junger Leute tanzte und lachte vor einer Bar, deren grünes Neonlicht auf das Kopfsteinpflaster fiel. Auf Italienisch fragte er nach dem Zoo. Die Mädchen blickten ihn entgeistert aus schwarz geschminkten Augen an. Ein junger Mann mit einer dicken Goldkette im weit geöffneten Hemdkragen kreuzte die Hände zum Zeichen, dass der Zoo geschlossen sei. Er rief: »El zoo está cerrado!«

Ob er nicht einen Arzt brauche, fragte eins der Mädchen und machte ein langes, besorgtes Gesicht. Aber er schüttelte den Kopf, das Blut tropfte ihm den Hals hinunter, es hatte sein Hemd ganz rot gefärbt, und er rannte weiter.

Als er hinter einer hohen Mauer einen Wald von schwarzen Palmenwipfeln sah, wusste er, dass dies der Park war und er an der Mauer rechts entlanglaufen musste, um zum Eingang des Zoos zu kommen.

Zwei Polizisten in Uniform eilten ihm entgegen. Der Kleinere reichte ihm eine Flasche Wasser, der andere fragte ihn: »Painful?«, und zeigte auf Fabios Hals. Er trank Wasser, aber er spürte nichts. Weiter, dachte er. »Andiamo!«

Sie liefen hundert Meter weiter, zum Zooeingang, wo ein Mitte Fünfzigjähriger mit Hut an der geöffneten Wagentür einer schwarzen Limousine lehnte. »This is Mister Fernando Gonzáles«, sagte der große Polizist.

Okay, das war der Polizeichef von Barcelona, und er sprach mit jemandem, der mit seinem weißen Ziegenbärtchen und einem Zylinder aussah wie ein Zirkusdirektor. Beide blickten Fabio fragend an.

In einer Mischung aus Italienisch und Spanisch war schnell alles Wesentliche geklärt. Der Polizeichef sagte, der Zoo sei nach wie vor von der Spezialeinheit umstellt. Alle neuralgischen Punkte seien besetzt ...

»Was ist mit Corinna Voss?« Fabio hielt den Atem an.

Fernando Gonzáles zog die Schultern hoch, dann sah er auf die Uhr. Vor acht Minuten habe der Kollege an der Luke zuletzt berichtet. Außer Frau Salas Füßen könne man weiterhin nichts sehen, aber sie lebte. Ein Fuß hatte sich ein klein wenig bewegt.

»Hat die Zielperson etwas gemerkt?«

»No!«

Nun schaltete sich der Zoodirektor ein. Man hatte ihn von einer privaten Feier geholt, und er war nicht ganz sicher auf den Beinen. Umso fester behauptete er, die Quarantäne sei schalldicht, der Geiselnehmer könne von der Außenwelt nichts mitbekommen. Außerdem seien sämtliche Tierpfleger, die Nachtdienst zu leisten hatten, inzwischen herausgeholt worden. Der Zoo sei gänzlich menschenleer, bis auf die Geiseln natürlich. Das Bärtchen zitterte, während er flehte, auf die junge Frau Sala aufzupassen.

Hinter ihnen gab es einigen Aufruhr. Mehrere Polizisten versuchten, am Ende des Parkplatzes einen Trupp Menschen zurückzuhalten. Fabio stellte fest, dass es Presseleute waren. Einige hielten Kameras hoch; Fabio drehte sich weg.

Der Polizeichef drängte ihn in den Fond der Limousine. Blitzlichter flammten auf. Fabio zog seine Jacke vors Gesicht. Der Zoodirektor fragte nach der Verletzung, aber Fabio winkte ab und kam, wie Corry immer gern sagte, »zur Sache«:

Fabio bestand darauf, allein mit dem Geiselnehmer zu verhandeln. Niemand dürfe ihn begleiten. Mit dem Wissen, das ihm der Psychiater in den letzten Stunden vermittelt hatte, wollte er die Geiseln aus dem Keller herausholen, wo sie seit Stunden gefangen waren. Bohn war eine tickende Zeitbombe. Der geringste Druck auf die Zielperson könnte zum Kippen der Lage führen.

Fernando Gonzáles stimmte zu. Die beiden Uniformierten begleiteten ihn noch bis zum Menschenaffenhaus. Sie zeigten auf das hohe Gebäude mit den Außengehegen.

Fabio sagte: »Let me go alone.«

Und sie ließen ihn gehen.

41

Warum sollte er ihr nicht erzählen, wie es gewesen war? Er hatte kein Problem damit. Ihn umfing eine Gewissheit, die sich wunderbar weich und warm anfühlte. Er brauchte keine Angst mehr zu haben, vor nichts und niemandem. Wenn alles zerstört war, gab es nichts mehr, was er verlieren und dann vermissen könnte. So einfach war das.

Bohn sah auf seine Armbanduhr: ein Uhr fünfundvierzig. Seine Knarre zeigte mal auf diesen, mal auf jenen Körper auf dem dreckigen Fußboden. Sie waren ihm alle egal.

Im Zickzack näherte er sich der taffen Kommissarin, wobei er achtgab, nicht auf das schmierige, angefressene Obst zu treten. Als er vor ihr stand, hob sie den Kopf. Sie blickte nur noch aus einem Auge, das andere war komplett zugeschwollen. Sie verhielt sich ganz ruhig. Genauso wie der kleine Deathstalker auf ihrer entstellten Hand. Es war kühler geworden; vielleicht sparten die Spanier und regelten die Temperatur in den Tierhäusern nachts runter. Geiz ist geil, auch im Zoo.

Er ging vor ihr in die Hocke, und dann erzählte er ihr, wie es war, als er mit Merle in den Wald gegangen war.

Er quasselte einfach drauflos: Wie sie neben ihm hergetrottet war. Wie er ihr das Köfferchen tragen musste. Wie sie ihre Puppe lässig am Fuß gehalten hatte, sodass sie kopfüber unter ihrem Poncho heraushing. Natürlich hatte sie den rosa Poncho an und ihre Puppe auch. Merle liebte normalerweise Rosa, aber jetzt behauptete sie pausenlos, ihre Lieblingsfarbe sei – gelb. So krass konnte die lügen. »Hey«, hatte er zu ihr gesagt. »Es fehlt exakt ein Zentimeter und die blonden Locken fegen den dreckigen Waldweg, he.« Da lachte sie. So war Merle. Lachte jeden Vorwurf weg.

Wenn uns keiner begegnet, dachte er, dann soll es so sein. Begegnet uns einer, blasen wir die Sache ab.

Es begegnete ihnen niemand. Es war Freitag, zwanzig nach eins, die üblichen Waldplagen saßen noch beim Mittagessen.

Merle hatte nicht viel Lust zum Spazierengehen; sie schaute zu den Baumkronen hoch und stolperte hinter ihm her. Als der Weg eine Kurve machte, beschleunigte er seinen Schritt. Das wirkte immer, sie wollte ja mithalten. Sie sprang ihm nach und hüpfte, dass der Poncho vorne hochschwang und ihre bestrumpften Knie in dem dunklen Wald weiß aufschienen wie zwei Riesenchampignons.

Er zog das Fühli aus seiner Umhängetasche. Die Kordel saß extra fest, aber er kannte die Kleine, die löste jeden Knoten. Die kleine Spielratte war ja auch sonst nicht zu schlagen; es gab keinen Gegenstand, zu dem ihr nichts einfiel. Gib Merle einen Kiesel, und sie unterhält dich zwei Stunden lang.

Er hakte den Zeigefinger in die Kordel und ließ das Fühli rotieren. Herum und herum, die Skorpione mussten schon besoffen sein. Wenn ich jetzt loslasse, sagte er sich, fliegt das Zeug im hohen Bogen ins Laub und Ende. Oder ich werfe es auf den Boden und zertrete es. Und dann kehren wir einfach um und gehen aus dem Wald raus. Merle würde die ganze Zeit neben ihm herspringen wie ein Hündchen, und er ließe sie ungeschoren.

Merle stand vor ihm und kicherte. Ihm fiel ein, dass sie das Spiel auch Mr. Big beigebracht hatte. Es hatte ihm einen Stich versetzt. Bohn hatte beobachtet, wie sie zu zweit mit den Säckchen herumalberten. »Spielt Konstantin besser als ich?«, hatte er sie idiotisch gefragt. Wie tief sollte der Stachel denn noch ins Fleisch?

»Was ist denn, Mark?« Sie machte eine Heulschnute. »Gehn wir wieder zur Kita? Mein Papa holt mich doch heute ab.«

»Und das glaubst du?« Er fasste sie ins Auge, aber sie tat so, als hätte sie die Frage überhört.

»Kinder dürfen nich mit jemand in den Wald«, plapperte sie. »Warum hast du Handschuhe an, Mark?«

»Gut, dass du das sagst.« Er stellte das Köfferchen zwischen seine Beine und rollte den dünnen, weißen Baumwollhandschuh ein Stück hoch. »Deshalb.« Er hielt ihr seinen Handteller hin und zeigte auf die zarten Linien. »Wieso, glaubst du, haben wir beide da ein M?« Er wartete eine Minute, ob sie von selbst draufkam, aber sie schwieg. Er bog ihre widerstrebenden kleinen Fäuste auf. »Siehst du, das heißt Merle und Mark. Die bleiben immer zusammen.«

Sie zog geräuschvoll die Nase hoch. »Wir könnten ja zusamm'n nach München gehn«, schlug sie lahm vor. »Vielleicht spielt Konstantin dann auch mit dir.«

In dem Moment fiel alles auseinander. Er schickte sie die Senke hinunter. Sie schaute zu ihm hoch. Sie sagte, dass sie lieber heim wollte. Aber was ist »heim«? Für den Bruchteil einer Sekunde sah er Willie Tanner bei dem vermoosten Holzstapel stehen, aber das musste ein Trugbild sein. Wenn er wirklich da gewesen wäre, also real, hätte es Bohn aus dem Sog gezogen, und nichts wäre passiert.

So aber sagte er: »Los!«

»Okeee«, sagte sie gedehnt. Auf der einen Seite hing ihr die Puppe aus dem Poncho, auf der anderen das Fühli mit den Skorpionen. So ging sie runter zu dem Baum, den er ihr gezeigt hatte. Dort sollte sie den Beutel öffnen, tasten, dann eine Geschichte erfinden, aber eine gute. In ein paar Minuten würde er wiederkommen. Das war alles.

Er drückte sich die Stöpsel in die Ohren, und ein wuchtiger Beat knallte in seinen Kopf, während er weglief.

Als er an einer Schutzhütte ankam, dachte er, dass Merle den Beutel vielleicht gar nicht aufgemacht hatte, das kluge Kind. Dass sie ihm hinterhergelaufen war und er sie nur nicht hörte wegen der Musik. Also drehte er sich langsam um, aber es war niemand hinter ihm. Da stellte er das Köfferchen hinter den nächstbesten Baumstumpf und ging weiter.

»Es fing ja an zu regnen, Frau Voss!«

Er blickte auf die Kommissarin hinunter, die zwischen Wand und Boden kauerte. Ob ihr die Story gefallen hatte? Damals hatte sie es genossen, wenn er ihr etwas erzählt hatte … zum Beispiel über Vögel. In Biologie war die großartige Voss eine Null. Wäre sie länger im Marienhospital geblieben, hätte er ihr einiges beigebracht. So reichte es gerade mal für den Gartenrotschwanz, der direkt vor ihrem Fenster gesungen hatte.

Er war Auszubildender und durfte ab und zu nach ihr sehen. Auf den Vogel hatte er sie aufmerksam gemacht. »Hören Sie das, Frau Voss?« Minimale Regung. »Das ist ein Gartenrotschwanz, Frau Voss.« Zuckt bloß mit der Schulter. »Der fliegt über die Sahara, der kleine Wicht.« Sie hatte keinen Schimmer. Er musste ihr erst mal verklickern, dass der Vogel in der ersten Strophe manchmal wiehert wie ein Pferd. Da verzog sie den Mund, und als er genauer hinsah, erkannte er, dass sie grinste. »Ja, der wiehert«, wiederholte er, weil sie die Sache anscheinend lustig fand, »aber ab der zweiten Strophe macht er, was ihm gerade so einfällt: Er pfeift oder imitiert irgendwas. Wenn er gut drauf ist, macht er Geräusche, als würde ne Katze an der Tür kratzen und all so was.«

Wie sie die Ohren gespitzt hatte.

Jetzt war nicht mehr viel mit ihr anzufangen. Der kleine Stalker auf ihrer Hand war aufgewacht und tanzte einen Kreis. Sie schaute gar nicht hin, sie blickte unentwegt hoch zu ihm. Aber sie erkannte ihn nicht. Weil sie damals nie die Augen aufgemacht hatte. Jedenfalls nicht, wenn er ins Zimmer gekommen war.

Jetzt hatte sie so ein affektiertes Leuchten in der Pupille. Sah sie schon die Engel? Egal.

Rückwärts gehend entfernte er sich langsam. Ein Hanfseil berührte ihn zwischen den Schulterblättern. Er lachte. Und setzte weiter einen Fuß hinter den anderen. Auch blind trat er nicht ein einziges Mal auf ein noch so kleines Fitzelchen verfaultes Obst.

42

Corry war sich nicht sicher, ob sie das nur träumte: An der Fensterluke in der Futterküche war für den Bruchteil einer Sekunde ein Lichtpunkt erschienen. Vielleicht bildete sie sich das nur ein. Vielleicht war sie schon verrückt.

Jemand hatte ihr ein Zeichen gegeben.

Bohn durfte auf keinen Fall merken, dass etwas im Busch war. War es denn auch so? Ab sofort verbot sich Corry jeden Zweifel. Sie war noch nicht bereit zu sterben. Man musste an etwas glauben im Leben. Ihre Knie zitterten. Vor Angst. Vor Freude. Dann blitzte wieder das Licht auf.

Corry erhielt eindeutig Lichtsignale. Sie durfte nicht noch einmal zu der Luke hinaufblicken. Innerlich schrie sie: Wer immer da draußen ist: Holt uns raus, bitte!

Eine dunkle Ahnung verstörte sie zutiefst. War das der Junge mit den Vögeln? Als Bohn ihr berichtet hatte, was im Wald geschehen war, hatte sie seinen Anblick nicht mehr ertragen können. Vor Entsetzen schloss sie die Augen und so hörte sie seine Stimme, ohne ihn zu sehen. Die Stimme war rau und brüchig, und sie löste in ihr seltsame Gefühle aus. Ihre Hände zitterten plötzlich nicht mehr und sie fühlten sich an, als läge eine Folie darüber.

Corry hatte Mühe durchzuatmen und Durst quälte sie. Sie sah Bilder von zu Hause. Ihre Mutter, wie sie am Esstisch stand und Getränke hinstellte. Sie fragte, ob Corry lieber einen Saft wollte oder bloß Wasser. Aber Corry konnte nicht antworten, sie brachte den Mund nicht auf. In ihren Augen brannten Tränen. Dann winkte ihr jemand. »Vati«, sagte sie, nur mit den Lippen, wo sie ihn doch seit fünfundzwanzig Jahren Volker nannte. Er ließ traurig die Hand sinken.

Später versuchte sie zu beten, aber sie kannte kein Gebet mehr auswendig.

Der Durst wurde übermächtig.

Sie kam erst wieder zu sich, als sie einen Lufthauch hinter sich spürte und Fabios Stimme vernahm: »Ich bin unbewaffnet.«

Ihr Herz trommelte. Fabio war gekommen. Oder sie träumte.

»Ich soll Grüße von Merle ausrichten«, rief Fabio. »Sie fragt, ob die Kaninchen bei der Kälte rausdürfen oder nicht.«

Corry drehte den Kopf weit nach rechts. Er war es wirklich. Und genau wie sie befand er sich in Lebensgefahr. »Lauf weg!«, wollte sie schreien. Aber sie hatte ja nicht einmal die Kraft, den Mund aufzumachen.

»Ich hab ihr gesagt, wenn's keinen Bodenfrost hat, können die draußen bleiben.« Das war Bohns Stimme. Er stand über die Löble gebeugt, in der Rechten hielt er die Heckler, in der Linken die lange Pinzette mit dem Skorpion daran, und er sprach mit Fabio. »Sie braucht bloß aufs Thermometer zu schauen. Ich hab's ihr beigebracht. Sie ist aber tot, Mann.«

Fabio ging ein paar Schritte in den Raum, die Hände erhoben. »Haben Sie schon mal von einer Medikamenten-Halluzination gehört?«, fragte er milde, wartete die Antwort aber nicht ab. »Wenn Sie nämlich glauben, Merle sei tot, liegt das vielleicht an einem Horrortrip.«

»Und dieser Affe hier ist auch nicht tot, he?« Bohn stieß mit der Schuhspitze an Kesis Kopf. »Der markiert, oder was?«

»Das sieht nach einem Unfall aus, meinen Sie nicht auch?«

Corrys Puls raste. So hatten sie es beim Amok-Training gelernt: Reden Sie nicht viel! Fragen Sie!

Fabio tat noch einen Schritt nach vorn und war jetzt auf ihrer Höhe. Mit seinem Hals stimmte etwas nicht; Corry konnte kaum sehen, aber es war verkrustetes Blut. »Wenn ich in dem Punkt etwas für Sie tun kann«, bot er an, »würden Sie es mir sagen?«

»Wegen Kesi?« Bohns Stimme überschlug sich.

»Wollen Sie, dass wir sie beerdigen?«

Corry glaubte nicht recht zu hören.

Fabio schob noch hinterher: »Ich hätte einen Beagle zu begraben.«

»Einen Hund! Willst du jetzt einen Hund mit diesem Orang hier vergleichen, oder was? Das sind Welten!« Bohn schnaubte. »Der unterscheidet sich vom Menschen gerade mal durch ein einziges Gen, der ist zu 99,9 Prozent ein Mensch. Der gehört auf den Friedhof, wenn du mich fragst.«

»Das habe ich noch gar nicht so gesehen, bestimmt hast du recht«, sagte Fabio und ging tiefer in den Raum. Corry dachte krampfhaft: Schauspieler, elendiger! – weil sie sonst losheulen müsste. Was tat Fabio da?

»Ich verstehe deine Gefühle«, hörte Corry ihn bluffen.

Bohn lachte bitter auf. »Weißt du, momentan geht's mir gefühlsmäßig nich sonderlich …«

Fabio erwiderte umgänglich: »Eigentlich wäre es jetzt mal an der Zeit, dass es dir gut geht – nicht bloß den anderen, meinst du nicht auch?«

»Welche anderen, wen meinst du?«

»Die Leute, die alles haben – tolle Autos, Häuser, Familie …«

»Hör auf mit dem Scheiß.«

»Ich könnte mir vorstellen, dass man jetzt mal was für dich tut, mal das macht, was du willst. Oder?«

»Könnte man meinen.« Bohn schwieg einen Moment. »Wo kommst du her?«, fragte er heiser.

»Ich?« Fabio zögerte. »Italiener.«

»Bist du 'n Bulle?«

»Ich bin bloß hier, um dir Bescheid zu sagen, dass die Kleine lebt und fröhlich rumzwitschert.«

»Die hat nie gezwitschert.«

»Ich meine, sie lacht. Sie lacht doch ziemlich viel, oder?« Fabio, der Wahnsinnige, machte noch einen Schritt nach vorn. »Was soll ich ihr nun wegen der Karnickel bestellen?«

»Bleib stehen!« Bohn stieß die Klemme mit dem Skorpion in die Luft. »Sie weiß, was zu tun ist.« Sein Ton war scharf. »Deshalb ist klar, dass sie tot ist. Weil die nie so blöde Fragen stellen würde: rauslassen oder nicht. Die zwei waren immer draußen.«

Corry war einer Ohnmacht nahe.

»Sie will halt wieder mit dir zusammen sein«, sagte Fabio ruhig, »da hat sie halt was Blödes gesagt.«

»Ach so.« Bohn ging hinter Löble hin und her. »Das hat sie verbockt, würd ich mal meinen.« Fabio nickte deutlich. Bohn fuhr mit kratzender Stimme fort: »Redet einen Scheiß von wegen nach München ziehen.«

»Da hat sie Bockmist gebaut«, sagte Fabio in vertraulichem Ton. »Aber darf sie nie einen Fehler machen? Muss man ihr immer alles ankreiden?«

Bohn schwieg eine Weile. »Du hast recht.« Er blieb abrupt stehen. »Und die lebt?«

»Sonst wär ich nicht hier.«

»Klingt logisch.«

Corry schwitzte. Bohn spielte tatsächlich mit. »Okay, was jetzt?«, fragte er und lief weiter unter den Neonröhren auf und ab.

»Du könntest das hier vorerst abbrechen – man kann es ja später wieder aufgreifen ...«

»Ich hab's eh satt.« Bohn blieb stehen: »Aber Kesi ist definitiv tot?«

»Das ist wahr«, sagte Fabio.

»Und Merle nicht?«

»Die? Nein.« Fabio zeigte seine geöffneten Hände.

»Ich will mit ihr telefonieren«, bellte Bohn. »Jetzt gleich.«

Corrys Herz zersprang fast.

»Hier unten haben wir keinen Empfang«, bedauerte Fabio. »Wir müssten nach oben gehen, wenn du einverstanden bist?«

»Und wenn wir oben sind, wohin dann?« Er klang belustigt.

»Wir steigen in meinen Wagen. Vielleicht willst du ihn fahren?«

»Was für'n Wagen?«

»Audi TT.«

Corry würde alles zurücknehmen, was sie je Gemeines über Fabio gesagt oder auch nur gedacht hatte.

»Das wäre okay«, meinte Bohn überraschend bereitwillig.

»Wir könnten die Skorpione vorher einsammeln«, sagte Fabio in beiläufigem Ton. »Ich würde dir helfen.« Corry blieb das Herz stehen.

»Ne, Mann, lass die Finger davon, die sind saugefährlich.«

»Dann mach du.«

»Aber auf deine Verantwortung.«

»Geht klar.«

Bohn machte keine Anstalten, sich hinter Löbles Stuhl wegzubewegen. »Es gibt Skorpione«, erklärte er, »die spritzen ihr Gift einen Meter weit. Parabuthus granulatus, da guckst du.« Corry sah schemenhaft, wie er den Leiurus an der Pinzette in ein Gefäß umsetzte, wobei er sich ihre Pistole zwischen Kinn und Hals klemmte. Sie bemerkte den winzigen Ruck, der in Fabio vorging. Aber schon hielt Bohn die Waffe wieder in der Hand. »Wenn man mit denen zu tun hat«, fuhr er fort, »muss man ne Schutzbrille aufsetzen. Sonst wird man blind.« Er lachte.

Corry war am Verdursten. Sie begriff, dass Bohn nur noch sich selbst und »den neuen Freund« sah. Die Geiseln beachtete er nicht mehr, er hatte sie ausgeblendet.

Bestürzt nahm sie wahr, dass Fabio noch einen Schritt weiter auf ihn zuging. Er war jetzt nur noch drei Meter von Bohn entfernt. Wie durch Watte hörte sie, wie Fabio nach der Heckler fragte. »Du kannst das Ding mir geben, wenn du willst. Wäre das in Ordnung?«

Bohn sagte, er wolle nicht.

»Das ist okay«, log Fabio.

Langsam bewegte sich Bohn auf ihn zu. »Ein Audi TT, sagst du?«

»Ein Roadster.« Fabios Stimme klang erstaunlich normal.

Bohn pfiff anerkennend durch die Zähne. Und dann ging alles ganz schnell. Bohn stürzte nach vorn, duckte sich, und schlitterte die Waffe mit einer solchen Wucht über den Boden, dass sie genau vor Corrys Füßen liegenblieb. Sie riss das unverletzte Auge weit auf, um genau sehen zu können, was sie tat, obwohl sie es blind hätte tun können, denn ihre Heckler und sie gehörten zusammen wie ihre linke und ihre rechte Hand, und sie griff danach, und irgendwie schaffte sie es, sich an der Wand abzustützen, sich hochzuschieben und auf die tauben Beine zu rappeln und dabei hielt sie ihre Linke mit dem Skorpion immer noch flach. Sie nahm in Kauf, gestochen zu werden, sie würde damit zurande kommen, jetzt, wo Fabio da war. Und dann hörte sie Bohns kratzige Stimme:

»Schade, Bulle, dass ich nie so ein Teil fahren werde.«

Da glänzte etwas Schmales auf, das Bohn aus der Beintasche seiner Cargohose zog, und verschwommen erkannte sie, dass es ein Messer war, das er hochriss und an Fabios Kehle hielt, und Corry schoss.

Sie vernahm eine freundliche spanische Männerstimme und das Getrappel von Füßen in kräftigen Schuhen, die über Kies hasteten. »Corry«, hörte sie eine weitere Stimme, die eindeutig Fabio gehörte. Antworten konnte sie nicht, denn unter ihr wölbte sich der Boden, und sie war nahe daran, sich zu erbrechen.

Als sie ihr heiles Auge einen Spaltbreit öffnete, sah sie, dass sie auf einer Trage lag und im Halbdunkel durch eine Dschungellandschaft getragen wurde. An ihrer Seite lief eine junge Krankenschwester in hellblauer Tracht. Sie hielt eine Infusionsflasche hoch, mit der Corry durch Schlauch und Nadel verbunden war. Auf der anderen Seite tauchte kurz Fabios Gesicht auf. Er sagte, es sei halb fünf Uhr morgens.

Corry atmete tief durch und machte das unversehrte Auge wieder zu. Erst im Krankenhaus, in das man sie fuhr, öffnete sie es wieder. Sie lag in einem weißen, sauberen Bett am Fenster, durch das ein zartes Morgenlicht fiel. Neben ihr seufzte Fabio auf. Er saß nach hinten gebeugt auf einem Stuhl und ließ sich von einer resoluten Krankenschwester den Hals mit Desinfektionslösung abreiben. Einmal stupste sie eine Handvoll Watte auf seine Nase, wie man es bei einem Baby tun würde, damit es lacht. Sie benutzte eine Menge Watte, die sie dann, schwarz von geronnenem Blut, in eine Nierenschale auf Corrys Bett warf. Fabio sprach italienisch mit ihr und was sie darauf antwortete, klang spanisch. Dass sie bei der Arbeit nicht noch sang, war alles.

Als die Schwester gegangen war, merkte Corry, dass noch jemand an ihrem Bett saß. Da er sich auf der Seite des kranken Auges befand, das mittlerweile mit einem dicken Kühlverband versorgt worden war, hatte sie ihn nicht gesehen. Sie drehte den Kopf herum und sagte schwach: »Hallo.«

In seinem zerfetzten königsblauen Samtsakko lächelte Manuel sie mit geschlossenen Lippen an. Sein Mund sah anders aus als gestern, als er sie am frühen Abend vom Flughafen abgeholt und zum Zoo gefahren hatte. In der Zwischenzeit hatte er offensichtlich die Hälfte seiner Zähne eingebüßt, und Corry fragte sich, ob nicht besser er in ihrem Bett liegen sollte.

Während sie darüber nachdachte, schob er ihr einen Flaschenhals zwischen die Lippen. Sie roch den Alkohol und leistete nicht den geringsten Widerstand, nahm einen Schluck und dann noch einen. Sie spürte, wie der weiche Brandy sie entspannte und Tränen über ihre Wangen rollten. Manuel rückte mit dem Stuhl nah an sie heran, aber das war schön, und so trank sie, was er ihr reichte – einmal Wasser, einmal Alkohol, nur das Brötchen, das er ihr unterjubeln wollte, spuckte sie gleich wieder aus.

So langsam kehrte Leben in ihre Glieder zurück; es stach wie mit glühenden Nadeln. Die Beine, die Schenkel, der Rücken – ein einziges schmerzhaftes Prickeln, das Corry hingebungsvoll genoss.

Und ihre tauben Finger? Bewegten sich plötzlich von ganz allein. Der Brandy musste ihr zu Kopf gestiegen sein, denn sie lachte laut. Sie schaute auf ihre Hände – und fand sie wunderschön. Vor allem die linke, die zu Stein geworden war, als es darauf ankam.

Corry fühlte sich behaglich wie selten, als sie so Brandy schlürfend mit den beiden Kollegen in dem Krankenzimmer saß. »Ich dachte«, sagte sie nach einer Weile, »irgendwann schläft Bohn ein. Und dann hole ich mir meine Waffe zurück.«

»Das hättest du getan, ja«, sagte Fabio. Corry drückte ihm die Flasche auf den Schenkel und er nahm ebenfalls einen großen Schluck von dem Brandy.

Corry spürte, wie Tränen über ihr Kinn liefen. »Ich habe ihn erschossen.«

Fabio sagte: »Er hat es darauf angelegt. Du hast ihm einen Gefallen getan.«

»Ich habe ihn erkannt«, sagte Corry leise.

Fabio drehte seinen Kopf zu ihr. »Was?«

Corry legte ihre verheulte Wange an seine Schulter und öffnete im Geist eine Tür …

Sie war in einem stillen Zimmer mit einem großen Fenster.

»Sie sind im Marienhospital«, sagte die Oberärztin. Dann wies sie jemanden an, zwischendurch mal nach der Patientin zu sehen. »Fragen Sie, ob sie etwas braucht.« Der Angesprochene antwortete aufgeräumt: »Klaro.«

Corry hielt die Augen geschlossen. Lieber eine schwarze Wand ansehen, als das, was in Goldfolie verpackt vor ihr auf der Bettdecke lag. Ihre Hände, wenn das welche waren, fühlten sich an wie aus Pappmaschee.

Der junge Mann kam in den nächsten Tagen öfter an ihr Bett. Von draußen drang gedämpftes Vogelgezwitscher an ihr Ohr. Er sagte, dass er eine Ausbildung absolviere, irgendwas mit Therapeut oder Krankenpfleger. Wenn er kam, sprach er ihr Mut zu. Einmal sagte er, sie könne froh sein, dass so weit noch alles an ihr dran sei. Ein andermal meinte er, sie solle sich wegen der Hände keinen Kopf machen, es gebe nicht wenige Leute, die sie um so coole Narben beneiden würden. Dass sie Vögel nicht an der Stimme erkannte, fand er fast schlimmer als ihre Brandverletzungen. »Gibt's nicht«, sagte er. »Sie kennen den Gartenrotschwanz nicht, he? Der wiehert bei der ersten Strophe. Das ist so krass, und Sie wussten das nicht?«

Corry erinnerte sich, dass sie lachen musste. Mit geschlossenen Augen. Was ging sie ein Vogel an, wenn ihre Hände kaputt waren und sie den Mann auf dem Rücksitz nicht rechtzeitig aus dem Auto rausgezerrt bekommen hatte. Aber sie sah es dem jungen Pfleger nach, er war irgendwie verrückt, aber nett. Er sagte immer: »Hey«, wenn er ins Zimmer kam.

Epilog

In der ersten Zeit konnte Corry manchmal nicht aufhören zu weinen. Sie nahm das einfach so hin. Ramona Sala und der Zoo-Portier hatten das Abenteuer ihres Lebens einigermaßen unbeschadet überstanden. Petra Löble, die nachweislich keine Mitschuld an dem Verbrechen trug, fühlte sich dennoch schuldig. Sie unterzog sich einer Traumatherapie, und wie Corry von Monika Denzler erfahren hatte, wollte sie von den Affen zu den Fischen wechseln.

Fink und Müzze hingen wie die Kletten an Corry. Da sie vom Dienst beurlaubt war, kamen sie nach Feierabend zu ihr nach Hause. Es war dann immer ein Kampf, bis sie sie abends wieder draußen hatte.

Otte bestand darauf, dass sie sich richtig auskurierte. »Wann kommst du wieder?«, fragte er am Telefon. »Ich zähle schon die Stunden.«

»Gleich nach Weihnachten.«

»Viel zu früh«, rief er heuchlerisch. »Lass dir Zeit, werde gesund …«

»Wer ist hier krank?«, sagte sie.

»Du musst dich schonen, das weißt du, Corry.«

Aber da legte sie schon auf.

Sie besuchte oft Fabio und Sebastian. Salvatore wohnte immer noch bei ihnen, und mit Bärbel Hummel war es was Festes. Die beiden hatten ja den Hund beerdigt, dort, wo Fabios Bäumchen gestanden hatte. Mit einem Holzkreuz. Fabio sagte, im Frühjahr wolle er Pfingstrosen darauf pflanzen.

Mit Arlet Cronmüller verband sie nun eine Freundschaft; die Staatsanwältin schaute öfter bei Corry herein. Einmal hatte sie Dr. Arras mitgebracht, der nur schwer die Treppe hochkam mit seinen Krücken. Er war bei dem Unfall in Barcelona schwer verletzt worden, befand sich aber auf dem Weg der Besserung.

Mit ihm sprach Corry auch über das Phänomen »Suicide by Cop«, bei dem ein Straftäter es darauf anlegt, von einem Polizisten erschossen zu werden. »Es ist eine feige Art zu sterben«, sagte Corry. »Man gibt sein Leben aus der Hand und bürdet einem anderen die Verantwortung dafür auf.«

Viel mehr beschäftigte sie, wie Bohn es fertiggebracht hatte, das Kind zu töten.

»Als Bohn mit Merle in den Wald ging, war er mit Sicherheit gefühlstaub«, sagte Dr. Arras. »Eine Depersonalisation ist sehr wahrscheinlich, das heißt, der Täter erlebte das Kind gar nicht als real. Merle existierte nicht mehr. Er konnte in dieser Phase kein Mitleid empfinden.«

»Und das Verlies? Was sollte das?«

»Zeitweiliger hochgradiger Verlust des Realitätsbezugs«, erklärte Dr. Arras. »Bohn befürchtete, dass Merle etwas zustoßen könnte, wenn sie wegzöge – sie sollte in Stuttgart bleiben, bei ihm.«

»Und hinterm Schrank wohnen?« Corry konnte kaum an sich halten.

»Er wollte das bestimmt nie umsetzen. Es war nur eine Vorstellung, eine ausgeschmückte paranoide Fantasie. Er hatte sicher panische Angst, dass Merle und ihre Mutter wieder aus seinem Leben verschwinden. Denn dann würde er wieder in den Abgrund fallen, den er nur zu gut kannte.«

Schluss mit der Psychologie. Es gab auch Erfreuliches. Gerd Feldhaus rief jeden Tag bei Corry an, wenn er nicht selbst vorbeikam. Sie waren jetzt Freunde, na ja, fast schon ein bisschen mehr. Am Anfang wollte er ihr die Puppe nicht zeigen, aber sie bestand darauf. »Ich will das Ganze abschließen und dazu muss ich sie sehen.«

Also kam er mit der Plastikbox, klappte sie auf und schob den Deckel zur Seite. Dann zog er Handschuhe an und legte die Puppe auf den Tisch.

Eine Mini-Merle.

Braunes langes Haar, schneeweißes Gesicht, geschlossene Augen mit sanft nach oben geschwungenen Wimpern. Tot.

»Er hat ihr eine Zwillingsschwester gebastelt«, entfuhr es Corry.

»Das alles ist dermaßen irrational, das können wir nicht begreifen«, sagte Gerd und packte die Puppe wieder weg. Dabei fiel die kleine weiße Spitzenstola von ihren Schultern. »Die hat er wohl aus einer Gardine ausgeschnitten.« Er warf den Stofffetzen in das Behältnis und machte den Deckel zu. »Schluss jetzt.«

Corry seufzte. »Mark Bohn. Wie komme ich da drüber weg? Ich habe einen Menschen getötet, Gerd, damit muss ich fertig werden.«

Er blinzelte sie an. »Schau nach vorn, Corry, du schaffst das.«

Dank

Danke an meinen Mann, Joachim Wahnschaffe, der mein Manuskript mit kritischen Augen gelesen und mich ermutigt hat, mich jeden Tag an den Schreibtisch zu setzen.

Danke für die wertvollen Anregungen von Professor Dr. Frank Wehner, Prof. Edwin Klingner, Annette Staroste, Mike Dabs, Regina Heeß, Paul Konstandin und last not least: Mirka.